DUMONT

In schöner Regelmäßigkeit kommen Amy, Roberta, Jill und Karen im »Golden Horn«, ihrem Stammlokal und Zufluchtsort im hektischen New Yorker Alltag, zusammen. Alle sind sie Mütter, Anfang vierzig und jede von ihnen kann ein Lied davon singen, wie es ist, wenn sich die Rückkehr in den Beruf als schwieriger erweist als gedacht. Trotz der besten Ausbildung. Und so plagen Amy Geldsorgen, Jills Doktorarbeit liegt auf Eis, und Roberta, die früher mal Künstlerin war, begnügt sich mit Bastelnachmittagen in der Grundschule. Allein Karen geht gelegentlich zu Vorstellungsgesprächen, allerdings vor allem, um im Training zu bleiben. Doch während ihre Kinder mit jedem Tag selbstständiger werden, müssen die vier neue Perspektiven finden. Zum Glück haben sie einander. Und das »Golden Horn«.
Meg Wolitzer widmet sich in diesem Roman der Frau in ihrer Rolle als Mutter – und vier Menschen, aus deren Leben nicht das geworden ist, was sie sich erhofft hatten. Gewohnt pointiert und unterhaltsam erzählt sie in ›Die Zehnjahrespause‹ von häuslichem Glück, Unglück und allem, was dazwischen liegt.

Meg Wolitzer, geboren 1959, veröffentlichte 1982 den ersten von zahlreichen preisgekrönten und erfolgreichen Romanen. Viele ihrer Bücher standen auf der New-York-Times-Bestsellerliste. Bei DuMont erschienen die SPIEGEL-Bestseller ›Die Interessanten‹ (2014) und ›Das weibliche Prinzip‹ (2018) sowie ›Die Stellung‹ (2015), ihr Roman ›Die Ehefrau‹ (2016), der mit Glenn Close in der Hauptrolle verfilmt wurde, und zuletzt ›Das ist dein Leben‹ (2020).

Meg Wolitzer

Die Zehnjahrespause

Roman

Aus dem Englischen
von Michaela Grabinger

DUMONT

Von Meg Wolitzer sind bei DuMont außerdem erschienen:

Die Interessanten
Die Stellung
Die Ehefrau
Das weibliche Prinzip
Das ist dein Leben

MIX
Papier aus verantwortungsvollen Quellen
FSC® C083411
FSC www.fsc.org

Oktober 2020
DuMont Buchverlag, Köln

Die englische Originalausgabe erschien 2008 unter dem Titel
›The Ten-Year Nap‹ bei Riverhead Books, New York.

Übersetzung: Michaela Grabinger
Umschlaggestaltung: Lübbeke Naumann Thoben, Köln
Umschlagabbildung: © perekotypole/fotolia.com
Satz: Angelika Kudella
Gesetzt aus der Stempel Garamond
Druck und Verarbeitung: CPI books GmbH, Leck
Gedruckt auf säurefreiem und chlorfrei gebleichtem Papier
Printed in Germany
ISBN 978-3-8321-6555-0

www.dumont-buchverlag.de

Für Peter Smith

Eins

Im ganzen Land erwachten die Frauen. Ein Wecker nach dem anderen setzte mit sanftem Gedudel, schrillem Geläut oder dem Lieblingssong ein. Es summte, es piepste, und hier und da plärrte das Radio los. Windspiele erklangen, Brandung begann zu tosen, elektronisches Vogelgezwitscher und andere dezente Tierlaute ertönten annähernd realitätsgetreu. Die Begleitmusik der auf Flüssigkristallanzeigen vorangleitenden Zeit. Fast alles in den Häusern und Wohnungen dieser Frauen benötigte Stecker. Strom floss durch gewundene Kabel, und hätte man das Ohr an eine der komplizierten Uhren in den Schlafzimmern gelegt, hätte man es tief im Inneren emsig rumoren hören. Da ging in aller Stille etwas vor sich.

PIEP PIEP PIEP. An diesem Montagmorgen im Herbst klingelte der erste Wecker in einer kleinen, blitzblanken Vorstadt an einem Bett in einem holzverkleideten Haus, und eine Frau setzte sich auf, den gesamten Tag bereits vor Augen. TUT TUT TUT. Drei Ortschaften weiter brachte ein anderer, eine Oktave tiefer gestimmter Wecker eine Frau in ihrem klassizistischen Haus dazu, langsam die Lider aufzuschlagen. »WERFEN WIR EINEN BLICK AUF DEN VERKEHR – WAS TUT SICH DA DRAUSSEN, RANDY?« In der ganzen Region und in anderen, ähnlichen Gegenden des Landes erwachten die Frauen – die einen in breiteren, weiter auseinanderstehenden Häusern, andere in kleineren, dichter gedrängten. In den fernen Wohntürmen der Stadt, jenseits undurchschwimmbarer Gewässer und des Geflechts aus Brücken und Autobahnen, piepsten und zwitscherten, heulten und riefen noch einmal ganz andere Wecker.

Sie ertönten überall, auf den Nachttischen der Vororte und der Stadt, neben aufgeschlagenen, umgedreht abgelegten Büchern, Lesekreislektüre mit zerknicktem Rücken und Titeln wie »Briefe eines im Irak kämpfenden Vaters an seinen neugeborenen Sohn« und eingerollten Elternbriefen (»Ich, ______________, erkläre mich mit der Teilnahme meines Kindes ______________ an der Exkursion zur Recyclinganlage einverstanden«). Der anschwellende Weckergesang drängte die Frauen, ihr Bett zu verlassen und sich auf den Weg zu machen, den ihr Tag nehmen würde. Die einen würden ihre Kinder in bestens ausgestattete spießig-amerikanische Familienkutschen verfrachten, den Spiegel einstellen, zurücksetzen und vom Bordstein weg in die Welt hinausfahren, andere ihre Kinder an den kleinen weichen Händen packen und wie Ziehtiere ins Fußgängergewühl der Großstadt zerren.

Eine nach der anderen nahmen die Frauen ihre vertraute Alltagsroutine auf. Die Präsentationen, die Angst, etwas den ganzen Vormittag über im Kopf behalten und Punkt elf vor der versammelten Kollegenschaft wiedergeben zu müssen – damit war es vorbei. Denn Kollegen gab es nicht mehr – ebenso wenig wie Telefonkonferenzen oder »Mittagessen mit Kunden«. Das war Vergangenheit. Wenn die Frauen morgens von den Weckern aus dem Schlaf gerissen wurden, dachten sie manchmal kurz an das, was hinter ihnen lag, und schoben die Erinnerung erleichtert oder bedauernd beiseite.

GURR GURR GURR GURR GURRRRRR. In einer mit Sonnenflecken getüpfelten Wohnung in der Third Avenue in New York, auf der elften Etage eines relativ neuen wuchtigen Klinkerbaus, gab der Wecker in Amy Lambs Schlafzimmer Alarm. Wie immer, wenn er losging, war sie allein, denn Leo hatte sich schon eine Stunde zuvor von seiner Timex wecken lassen und war unbeholfen durch die bläulichen Schatten ins Bad und in den Lift, ins Fitnessstudio und von dort ins Büro getapst. Wenn die Tauben Amy riefen, saß Leo Buckner schon an seinem Schreibtisch in Midtown und heftete den Blick auf eine Videovorrichtung, die ein leicht konvexes Abbild seines Gesichts in den Konferenzraum eines Pittsburgher Gewerbeparks sandte, wo sich seine Kunden um einen Teller mit Keksen versammelt hatten.

Während der Arbeitstag ihres Mannes begann, wachte Amy langsam auf. Der Wecker, den Leo im Katalog von Domestic Edge ausgesucht und ihr zum letzten Geburtstag geschenkt hatte, ließ sich auf verschiedene Tierlaute einstellen und klang an diesem Tag wie gurrende Tauben. Weil Leo und ihr gemeinsamer Sohn Mason ganz wild auf technische Spielereien waren, gab es in der ganzen Wohnung blinkende, surrende, Tierlaute ausstoßende Geräte. Einige sprachen mit gepresster Computerstimme sogar ganze Sätze und sagten Dinge wie: »Die-Schlü-ssel-lie-gen-hier«, wobei man deutlich hörte, wie egal es ihnen war, wo sich die Schlüssel befanden. Amys Mann und ihrem Sohn machte die unpersönliche Art der Geräte nichts aus; sie waren nicht darauf angewiesen, von ihnen geliebt und umarmt zu werden. Das besorgte Amy, und mehr brauchten sie nicht.

»Aufstehen, Mason!«, rief sie mit trockener, unergiebiger Morgenstimme und erhielt keine Antwort. Effektiver wäre es gewesen, in sein Zimmer zu gehen und sich nach Mutterart über sein Bett zu hängen wie ein Schakal über einen Ast. »MASON!«, rief sie noch einmal, heiser, aber laut. Als wieder keine Reaktion erfolgte, ließ sie es gut sein, stellte sich in die Mitte des in hellen Tönen gehaltenen Zimmers, drehte den Kopf nach links und nach rechts und lauschte dem Knirschen und Knacken im Nacken. Ihr vierzigjähriger Körper machte weit mehr Lärm und forderte mehr

Aufmerksamkeit als früher. Sie war zwar noch immer schlank, doch das Alter hinterließ bereits Spuren. Amy hob die Arme über den Kopf. Durch Leos viel zu großes Unterhemd, das sie im Bett trug, weil er das vor langer Zeit als erotisch bezeichnet hatte, schienen ihre Brustwarzen durch. Aus unerfindlichen Gründen standen viele Männer darauf, wenn sich ihre Frauen in Herrenklamotten schmissen, auch wenn sich Amy nicht erinnern konnte, wann Leo sie das letzte Mal heftig begehrt hatte. Vielleicht sollte sie sich mit Elektrospielzeug behängen. Jedenfalls lagen sie nach dreizehn Jahren Ehe und in der Mitte ihres gemeinsamen Lebens nachts oft wie zwei müde Urzeittiere im Bett, die, jedes für sich, draußen in der Welt stundenlang ums Überleben gekämpft hatten.

»Ein wahnsinnig blöder Tag«, hatte Leo vergangene Nacht im Dunkeln gesagt, und seine Hand war halbherzig, fast zufällig an ihre Brust gestoßen und dort liegen geblieben. »Stutzman wollte wissen, wann wir endlich vor Gericht gehen. Ich habe ihm gesagt, dass ich keine Wunder vollbringen kann, schließlich bin ich nicht Wischnu. Darauf er: ›Ist das ein neuer Partner in der Kanzlei?‹«

»O mein Gott. Ja, an so was kann ich mich auch erinnern.«

»Es ist schlimmer geworden. Ständig muss man erklären, was man meint. Und ständig muss man alle beruhigen. Pausenlos geht das so. Es ist zum Verrücktwerden. Findet Corinna auch.«

Corinna Berry war seine beste Freundin im Büro. Früher, vor langer Zeit, war Amy seine engste Vertraute bei der Arbeit gewesen, die Frau, die gemeinsam mit ihm so manches zum Verrücktwerden fand, doch diese Rolle hatte sie abgegeben. »Das tut mir leid«, sagte sie.

»Alle anderen kommen damit zurecht. Als würden sie ständig Zuckerbrot bekommen und ich sehe nur die Peitsche.« Trübselig fügte er hinzu: »Ich möchte auch ein bisschen Zuckerbrot.«

Wenn Leo mit seiner Arbeit unglücklich war, versuchte Amy

ihn zu trösten, und sei es mit einer Anekdote über sie selbst, damit die eheliche Symmetrie wiederhergestellt wurde. »Mein Tag war auch mies. Das Wartezimmer bei der Kinderärztin – die reine Typhushölle. Eine volle Stunde haben wir dort gesessen.«

Abends im Bett erzählten sie sich anhand kleiner nachgestellter Szenen von ihrem Tag. Leos Schilderungen und Imitationen seiner Erlebnisse in Kenley Shubers Kanzlei, in der auch Amy früher gearbeitet hatte und in der sie sich kennengelernt hatten, beschworen in ihr sofort die Erinnerung an die beige gestrichenen Gänge und den Besprechungsraum mit dem Eichenholztisch und den eingebauten Deckenleuchten herauf. Erzählte sie ihm von ihrem Tag, stieß er nur höfliche, unspezifische Laute aus. Ihr war klar, dass er sich das Wartezimmer von Dr. Andrea Wishstein, in dem bakterienverseuchte, quenglige Kinder auf dem Boden mit Motorikschleifen spielten und an dessen Wänden Pastellbilder mit Einrad fahrenden Clowns hingen, nur schwer vorstellen konnte und eigentlich auch nicht wollte.

Obwohl Leo sie über alles liebte, interessierte er sich paradoxerweise keineswegs immer dafür, wie sie ihre Zeit verbrachte. Jill Hamlin, seit Collegezeiten Amys beste Freundin, war im Frühjahr von der Stadt in den Vorort Holly Hills gezogen und hatte ihr neulich von einer neuen Bekannten erzählt. Der Ehemann dieser Frau war so weit gegangen, jeden Abend während der Heimfahrt im Pendlerzug das Ritalin des hyperaktiven Sohns zu schlucken, um abends, wenn ihm seine Frau von ihrem Tag berichtete, die nötige Konzentration aufzubringen. »Ohne das Zeug konnte er ihr nicht zuhören«, hatte Jill erklärt. »Er liebt sie wirklich sehr, hat er zu ihr gesagt, aber kaum macht sie den Mund auf, denkt er an etwas anderes. Er hat sich wahnsinnig geschämt.«

»Was Männer erzählen, ist natürlich von vornherein interessanter …«

»Ja, ist so.«

»Wirklich? Meinst du das ernst?«

»Während meiner sehr überschaubaren Filmkarriere wurde die ganze Zeit oder zumindest ganz am Schluss ständig vom Vier-Quadranten-Konzept gesprochen, fast wie vom aristotelischen Prinzip. Älterer Mann, jüngerer Mann, ältere Frau, jüngere Frau – das sind die vier Quadranten. Man hat herausgefunden, dass sich sowohl ältere und jüngere Männer als auch ältere und jüngere Frauen, das heißt alle vier Quadranten, Filme über Männer ansehen, aber nur zwei Quadranten, nämlich junge und alte Frauen, Filme über Frauen. Eine Riesendiskrepanz. Aber so ist es nun mal.«

Amy sah sich selbst auf einer Leinwand. Sie ging durch eine nachmittagshelle New Yorker Straße zur Reinigung und saß anschließend auf einem Kinderstuhl in Masons Schule, um sich die Evakuierungsmaßnahmen im Falle eines Terroranschlags erklären zu lassen. Beide Szenen boten so wenig dramatische Spannung, dass es kein Wunder gewesen wäre, hätten die Männer im Publikum bei diesem Film unruhig mit den Füßen gewippt und nacheinander das Kino verlassen.

Mason rührte sich noch immer nicht. Es blieb still in der Wohnung. Weil Amy morgens einen zeitlichen Puffer einplante, konnte sie jetzt noch rasch ihren Laptop vom Boden aufheben und sich auf die Bettkante setzen, um im morgendlichen Halbdunkel ihre E-Mails zu lesen. Freundinnen aus der Stadt und von außerhalb hatten ihr ebenso geschrieben wie die Schule ihres Sohns – »ZUR ERINNERUNG: HEUTE SICHERHEITSBEGEHUNG« lautete der Betreff –, doch die einzige Mail, die sie öffnete, stammte von ihrer Mutter. Antonia Lamb schrieb ihrer Tochter ungefähr ein Mal pro Woche von ihrem Haus in Montreal aus. Sie war Verfasserin historischer Romane, und weil sie erst vor Kurzem von der Schreibmaschine zum Computer gewechselt hatte, waren Mails für sie etwas ganz Neues, so wie Jahrzehnte zuvor Anrufbeantworter neu für sie gewesen waren. Antonia hatte damals in feierlichem Ton die letzte Strophe von Sylvia Plaths Gedicht »Lady Lazarus« als Ansage aufs Band gesprochen: »›Mit meinem roten Haar / Steig ich aus Asche und Gruft/Und ich esse Männer wie Luft.‹ Bitte hinterlassen Sie nach dem Signalton eine Nachricht. Danke.«

Heute war bereits der Betreff ihrer Mail provokant und einer Mitteilung an ihre Tochter nicht angemessen:

WAS DU BALD MAL MACHEN KÖNNTEST

Amy öffnete die E-Mail und las:

A.,
ich habe folgende Idee: Wie wäre es mit Pflichtverteidigerin? Darüber sollten wir mal sprechen. Ich bereite mich gerade auf meine Teilnahme an der NAFITAS (der Frauenkonferenz in NYC im Winter) vor und kann es kaum erwarten, bei euch auf der Luftmatratze zu schlafen und viel Zeit mit dir und L. und v.a. mit dem süßen Mason zu verbringen.
Alles Liebe
Mom

Offenbar hatte sich ihre Mutter erfolgreich eingeredet, Amy habe ihr irgendwann ein Geständnis mit folgendem Wortlaut gemacht: *Ich stecke gerade in einer Phase völliger Orientierungslosigkeit. Dir ist es ähnlich ergangen, deshalb sag mir bitte, was ich tun soll.* Dass ihre mittlere Tochter keinen Beruf mehr ausübte und ihr ganzes Potenzial womöglich bereits ausgeschöpft hatte, beschäftigte Antonia Lamb sehr. Amys Schwestern waren in Kanada geblieben. Jennifer verdiente ihr Geld als Sozialarbeiterin in der Geriatrie, während Naomi im Namen der Slow-Food-Bewegung agrarische Biodiversität promotete. Besonders Naomi sprach sehr viel über ihren Job. Sie konnte ziemlich anstrengend sein, weil sie alles unheimlich genau nahm. Die kanadische Slow-Food-Bewegung durfte sich allerdings glücklich schätzen, sie in ihren Reihen zu haben. Sie befasste sich intensiv mit Heringsrogen und speziellen Weizensorten und unterbrach ihre Tätigkeit immer nur kurz, um Kinder auf die Welt zu bringen, kam aber sofort zurück, sobald die Kleinen tagsüber betreut wurden. »Ihr könnt später so ziemlich alles machen, was ihr wollt«, hatte Antonia ihren drei kleinen Töchtern einmal gesagt und dabei an ihrer ersten Zigarette des Tages gezogen. Kurz zuvor hatte der Feminismus in Kanada Einzug gehalten. Der Wunsch und die Fähigkeit, historische Romane zu schreiben, hatten wohl schon immer in Antonia gesteckt; doch um beides zum Ausdruck bringen zu können, war ein politischer Umbruch nötig gewesen. Schlagartig änderte sich das Leben im Haus. Antonia erklärte den Kindern, dass sie nun nach der Schule nicht mehr den ganzen Nachmittag mit ihnen verbringen könne. Sie arbeite jetzt, und ihre Arbeit sei eine Arbeit wie jede andere auch. Sie wandelte das Gästezimmer in ein Büro um, sorgte dafür, dass die Mädchen mit Hausaufgaben, einem Spiel oder einem Buch beschäftigt waren, verkündete: »Das ist jetzt meine Zeit!«, ging in ihr neues Zimmer und schloss die Tür.

Anfangs standen die Töchter wie unter Schock. Es war seltsam, die eigene Mutter so nah und doch nicht verfügbar zu haben. Antonias Abwesenheit traf sie tief; sie nahmen es persönlich. Gemeinsam brachten sich Amy, Naomi und Jennifer die Zubereitung von Käsetoast und *No-bake*-Haferflockenkeksen sowie den Umgang mit dem Staubsauger selbst bei. Die mutterlosen Kinder stritten miteinander und liefen kreischend und türenschlagend durchs Haus. Sie suhlten sich in Selbstmitleid. Sie taten so, als wären sie blind, und lavierten bei ihren Streifzügen durch die Zimmer nur knapp an den Möbeln vorbei. Sie setzten sich zusammen und sangen die traurigsten Lieder, die sie kannten, und stellten die Szenen aus »Jane Eyre« nach, die in der Kindheit des armen Waisenmädchens spielten. Antonia hatte ihnen schonend erklärt, man dürfe sie tagsüber nur noch stören, wenn es um »Leben und Tod« gehe. Irgendwie überstanden sie diese Monate und Jahre und behelligten Antonia tatsächlich äußerst selten und nur aus wichtigem Anlass, klopften jedoch selbst dann recht zögerlich an, denn dass Antonia wegen der Unterbrechung ihrer Konzentrationsphase erst einmal sauer sein würde, stand fest.

Eines Spätnachmittags, als ihre Mutter im Arbeitszimmer saß, bekam Amy ihre erste Periode. War das eine Sache von »Leben und Tod«? Lange standen Naomi, Jennifer und sie im schräg durchs hohe Flurfenster einfallenden Sonnenlicht und diskutierten die Frage im Flüsterton.

»Na ja, man kann daran verbluten«, sagte Naomi gelassen. Sie war ein Jahr älter als Amy. »Der Kreislauf kann zusammenbrechen – hat es alles schon gegeben. Halte ich aber eher für unwahrscheinlich. Wie stark ist denn deine Menstruation?«

Amy wusste nicht, was »Menstruation« bedeutete. Sie war noch nicht versiert in der Sprache der Weiblichkeit und wollte es auch nicht sein. Es gab schönere Themen. Außerdem wollte sie keine Hilfe von ihren Schwestern, schließlich war sie kein Waisenkind. Sie stellte sich vor, wie Jane Eyre eines Morgens in Lowood School Blut in ihrer Unterhose entdeckte und den Beistand der armen Helen Burns in Anspruch nehmen musste und wie die beiden Mädchen gemeinsam das Eis im Waschbecken zerstießen, damit Jane sich säubern konnte. Jetzt standen die drei Schwestern vor dem Arbeitszimmer ihrer Mutter, die zu Fäusten geballten Hände dicht vor der Tür erhoben. Erst nach langem Zögern klopften sie. Als es drinnen still blieb, klopften sie nochmals, und schnell wurde daraus ein Trommelfeuer.

»Wer ist da?«, fragte Antonia.

»Wir.«

»Was gibt's?«

»Wir müssen mit dir reden.«

Antonia öffnete die Tür. Zwischen ihren Zähnen klemmte ein Bleistift wie eine Rose beim Tango. Im ersten Moment schien es, als wären sie in etwas Sexuelles hineingeplatzt. Ihre Mutter zog den Stift hastig weg. »Was ist los? Warum stört ihr mich bei der Arbeit?«

»Amy hat die rote Pest bekommen«, verkündete Naomi ohne Umschweife.

»Die was?«

»Meine Periode«, murmelte Amy und senkte aus einem abstrusen Schamgefühl heraus den Blick.

»Ihre Periode«, wiederholte Jennifer überflüssigerweise.

»Oje ... Habt ihr Binden aus meinem Bad geholt? Sie liegen im Schränkchen unter dem Waschbecken.«

»Nein«, sagte Amy und begann zu weinen, obwohl sie schon zwölf war. Durch die offene Tür sah sie den Schreibtisch, die Schreibmaschine und die leeren rosa Diätlimonade-Dosen, und die Tränen flossen. Sie wünschte sich nur, ihre Mutter würde ihr das Bindenversteck zeigen – damals übliche Binden, dick wie Jumbo-Sandwiches –, sich mit ihr hinsetzen und irgendetwas Abgedroschenes übers Erwachsenwerden sagen, worüber sich Amy später mit ihren Schwestern lustig machen könnte. Das Leben sollte wieder so sein wie früher, bevor all die Mütter wie hypnotisiert in Gästezimmern, Makleragenturen oder Reisebüros verschwunden waren und ihren Kindern gesagt hatten: »Das ist jetzt meine Zeit!«

Antonia stieß einen erstickten Laut aus, lief rot an und sagte sehr viel freundlicher: »Ach, meine Süße, du bist ja völlig durcheinander.«

»Bin ich nicht«, entgegnete Amy schluchzend.

Ihre Mutter zog sie hastig an sich. »Ich habe es nicht gleich kapiert, ich war ganz in Gedanken. Das ist etwas sehr, sehr Wichtiges. Gut, dass du dich gemeldet hast!«

»Wirklich?«

»Ja klar. Herzlichen Glückwunsch! Das hätte ich als Erstes sagen sollen.«

Den restlichen Tag verbrachten die drei Mädchen gemeinsam mit ihrer Mutter. Sie gingen zu Steinberg's und kauften sowohl große Binden als auch Mini-Tampons, die so dünn wie Rührstäbchen waren, und dann nahm sich Antonia kurzerhand frei, saß mit ihren Töchtern zusammen, machte Popcorn und glättete ihnen die Haare. Am nächsten Tag kehrte sie in ihr Arbeitszimmer zurück, und die Tür ging wieder zu.

Im Lauf der Jahre verschwamm die Erinnerung an das einstige Leben mit einer ständig verfügbaren Mutter – einer Ikone wie die Freiheitsstatue, einer Gestalt, die ein Glas Milch ergriff und es ihrem Kind in aller Ruhe reichte. Hatte Antonia ihnen jemals ganz gehört? Ja, hatte sie, und es war ein exklusiver, wenn auch für selbstverständlich erachteter Besitz gewesen. Tagsüber hatte ihre Mutter ihnen gehört, nachts ihrem Vater, und dieses System hatte ziemlich gut funktioniert. Jetzt gehörte sie allen: ihrer »Muse«, wie sie es ironisch nannte, ihrem Verleger und ihren ernsten Freundinnen aus der Selbsterfahrungsgruppe. Ihre Töchter bekamen sie nie wieder ganz zurück. Aber sie waren inzwischen ja auch viel selbstständiger, wie Naomi betonte. Die beiden älteren hatten ihr

Hauptaugenmerk auf das Verhalten und die Eigenarten von Jungs gerichtet, und alle drei waren in der Lage, sich eine Kleinigkeit zu essen zu machen und gegenseitig ihre Hausaufgaben zu überprüfen. Dennoch war der Verlust schmerzlich gewesen – so verstörend wie Blut im Slip –, und dieser Schmerz hatte erst nach einer Weile nachgelassen. Es war, wie mit tränennassem Gesicht aus einem Traum zu erwachen. Ohne den Grund der eigenen Traurigkeit zu kennen, stellte man voller Erleichterung fest, dass es vorbei war.

Antonia Lamb war auch jetzt, mit neunundsechzig, noch produktiv, obwohl sich ihre größtenteils weibliche Leserschaft in den letzten Jahren verkleinert hatte. Die Lektüre der dicken, kompromisslos feministischen Historienromane, die jahrelang Schlag auf Schlag erschienen waren, so als wäre irgendwo ein Bücherregal gekippt und der Inhalt unerbittlich allen auf den Kopf gefallen, hatte bei den Leuten im Lauf der Zeit wohl zu einer gewissen Ermüdung geführt. Antonia war Trägerin aller wichtigen Literaturpreise Kanadas. Ihr Werk sei Zeugnis der Sehnsüchte und Frustrationen von Frauen weltweit, hatte Mitte der Siebzigerjahre ein Jurymitglied auf dem Podium eines Literaturfestivals in Toronto über ihren Debütroman »Umkehr und Heimkehr« gesagt.

Damals war Antonia Lamb in einem metallgrauen Knautschsamtkleid auf die Bühne gegangen und hatte in gedehntem, intellektuellem Tonfall die Preisträgerrede gehalten. »Ich werde hier heute über Gender, Macht und die Perfidie der Selbstzensur sprechen. Wahrscheinlich denken Sie jetzt, das hätte nichts mit Ihnen zu tun, aber da liegen Sie falsch.« Die Frauen im Publikum schauten andächtig zu ihr nach oben und lauschten aufmerksam. In einer Zeit, als der Feminismus wie ein Stromschlag in die Welt gefahren war und sie auf Dauer erschütterte, sahen sie Antonia als so etwas wie eine Heldin an. Danach aber waren sie aus dem gedämpft beleuchteten Saal hinausgeschlurft und in ihr Leben zurückgekehrt, das die einen als annehmbar, die anderen als grauenhaft empfanden, und was aus ihnen allen geworden war, wusste niemand.

Jetzt stand Antonia Lambs mittlere Tochter viele Jahre später an einem herbstlichen Montagmorgen in ihrem Schlafzimmer, eine Vierzigjährige, die im Gegensatz zur Mutter die eigene Arbeit nie wirklich geliebt hatte. Juristin zu werden war Amy lange Zeit plausibel erschienen. Im Debattierclub ihrer Highschool hatte sie die Aufregung und Anspannung während der Wettkämpfe und die sich im Team abspielenden Dramen genossen. Sie hatte eine längere Liebschaft mit dem Mannschaftskapitän, einem selbstgefälligen Idioten namens Alan Bredloe, der ein paar Häuser weiter wohnte und das gesamte Theaterstück »Wer den Wind sät« auswendig konnte. Sie trafen sich zu gemeinsamen Trainingsdebatten über Themen wie Euthanasie, Pestizide und Quebecs Unabhängigkeit, und als es einmal um die Frage ging: »Gibt es so etwas wie ›Liebe‹, und wenn ja, lässt sie sich messen?«, endete das Rededuell mit einem langen Kuss und wilden Handbewegungen unter den Kleidern auf der Bredloe'schen Wohnzimmercouch.

Ihr gefiel die Ästhetik des Debattierens, die Möglichkeit, einen anderen so lange anzuherrschen, bis er mürbe war und man gewonnen hatte. »Du argumentierst derart mies, dass du einem nur noch leidtun kannst, Bredloe«, sagte sie etwa zu Alan, und der erwiderte: »Ach, wirklich, Lamb? Findest du das?« – »Ja, allerdings«, gab sie zurück, »und in den nächsten zwei Minuten werde ich es dir beweisen.« Obwohl sie erst fünfzehn waren und es nur um Rededuelle an einer Highschool ging, hatten sie das Gefühl, gleichzeitig für einen größeren, erst sehr viel später stattfindenden Kampf zu trainieren. Wenn Amy debattierte, wurde ihr Gesicht heiß, und sie fühlte sich so von sich selbst erfüllt wie

Menschen, wenn sie Sport trieben oder – zumindest nahm sie das an – Sex hatten.

Jahre später, nach der Highschool und dem College, war sie eine der mutigen Studentinnen mit Abschluss in Englischer Literatur gewesen, die sich für einen Studienplatz im Fach Jura bewarben, obwohl sie wussten, dass die Literatur ein weites Feld, die Juristerei dagegen ein Stück umzäuntes Weideland war. Aber sie sahen die Sache pragmatisch. Sie würden nicht ewig versorgt sein; die Welt würde nicht nur mit Liebe und Sicherheit aufwarten. Man musste etwas können. Mit Leidenschaft für den Beruf hatte das nichts zu tun, und obwohl es natürlich besser war, diese Leidenschaft zu besitzen, konnte sie einem niemand schenken oder sagen, wie man sie in sich weckte.

Während des Jurastudiums versiegte der sportliche Ehrgeiz der lang zurückliegenden Teenagerdebatten ebenso wie die selbstinszenierte Abgeklärtheit, mit der sie früher auf einem Stuhl gesessen und die großen Romane der Weltliteratur gelesen hatten. Stattdessen hieß es nun, passiv zu sein und die eigene Winzigkeit im Vergleich zur schieren Größe des Rechts zu akzeptieren. Man musste lernen, wie ein Jurist zu denken, was einige mit großer Begeisterung taten. In Amys Jahrgang gab es Frauen, die schon als Kind den Berufswunsch Anwältin gehabt und mit sechs Jahren aus dem Stegreif sicher argumentieren konnten, was ihre stolzen und erstaunten Mütter veranlasste, in ihnen die nächste Clarencina Darrow zu sehen. Vielleicht waren diese Mütter selbst Anwältinnen gewesen, Pionierinnen mit Schwerpunkt Arbeitsrecht, die ständig beklagten, dass »das System«, diese Escher-Zeichnung mit Treppen und Türmchen und undenkbaren Winkeln, kaum zu kontrollieren sei. Einige wirklich brillante Kommilitoninnen begeisterten sich an dem intellektuellen Gewinn, den sie aus bestimmten Gesetzestexten zogen. Über den Scharfsinn und die Euphorie dieser Frauen konnte Amy nur staunen. Eine Studentin namens Maura war vom Konzept Gerechtigkeit geradezu besessen. In ihrer Kindheit hatte man ihren Vater wegen Drogenhandels zu einer vierzigjährigen Gefängnisstrafe verurteilt. Er saß noch immer im Knast, ein ergrauter Mann, ein Schatten seiner selbst. Nach dem Studium hatte Maura im Büro eines Richters am Obersten Gerichtshof gearbeitet und war inzwischen Dekanin der juristischen Fakultät an einer Uni im Mittleren Westen. Ihre Liebe zur Juristerei gründete auf dem Marihuana, das ihr Vater zu Hause ballenweise gehortet hatte, so als wäre das Vorstadthäuschen ein Silo.

Wenn man keine Leidenschaft entwickle, sei man geliefert, behauptete eine andere frühere Englischstudentin in Amys erstem Studienjahr an der University of Michigan abends beim Pizzaessen. Entgegen Amys Erwartungen weckte Jura an sich überhaupt keine Leidenschaft. Man musste sie selbst in sich entfachen und kultivieren, denn ohne sie wäre man gezwungen, nur so zu tun, als läge einem der Beruf am Herzen. Was sonst blieb einer Englischstudentin nach dem College übrig, fragte eine andere Jurakommilitonin damals beim Pizzaessen – für Beowulf zu arbeiten? Genau, erwiderte eine andere, für »Beowulf, Grendel & Schwartz«, und alle lachten sarkastisch und machten noch ein paar literarische Witze mit juristischem Bezug, um ihr fragiles, bereits rasant im Schwinden begriffenes Überlegenheitsgefühl zu schützen. »Mr. Kurtz – er tot. Er gestorben wegen Langeweile in Vertragsrecht«, sagte Amy, und eine andere: »Ich hatte eine Farm in Afrika, wo ich nach meinem im Jurastudium erlittenen Nervenzusammenbruch hinzog.«

Ja, sie lachten Tränen, während ihr Englischstudium wie ein Küstenstreifen in der Ferne verschwand, und betrauerten insgeheim den Verlust. Doch dann begann die Büffelei. Den ganzen

Winter hindurch schneite es auf den Campus der University of Michigan, und die Gruppe der Englischabsolventinnen löste sich auf, denn jetzt fühlte sich jede nur noch als Jurastudentin. Genauso tüchtig und erschöpft wie alle anderen hängten sie ihre nassen Mäntel über die Lehnen in der Juristischen Bibliothek und vertieften sich mit gesenkten Köpfen in die Fachliteratur, aus der sich beim besten Willen keine Metaphern herauslesen ließen.

Amy arbeitete für die Kanzlei von Kenley Shuber im Bereich Treuhand- und Nachlassverwaltung – ein Gebiet, das ihrer Vermutung nach deshalb mehr Frauen als Männer anzog, weil zwischenmenschliche Beziehungen darin eine große Rolle spielten. Trotz der beruhigenden Gewissheit, nach drei Jahren Studium eine gute Juristin geworden zu sein, gab sie, als der Augenblick gekommen war, die Arbeit in der Kanzlei bereitwillig auf, um sich zur allgemeinen Verwunderung lange, mittlerweile bereits überlang, als Mutter zu betätigen. Ihr Sohn Mason war zehn und brauchte weder ständige Betreuung noch jemanden, der die ganze Zeit ein Auge auf ihn hatte. Sie musste nicht mehr pausenlos für ihn da sein, aber sie war es. Morgens ging es zwar oft zäh voran, und manchmal wurde der Ton ruppig, doch die Stunden nach der Schule, die gemeinsame Zeit ohne Hektik, fand sie noch immer wunderschön.

»Kennst du die Geschichte von Achilles? Den haben sie als Baby in den Styx getaucht, aber seine Ferse ist trocken geblieben«, sagte Mason beispielsweise auf dem Heimweg, und Amy antwortete: »Nein, kenne ich nicht, erzähl mal.« Die Möglichkeit, sich die Geschichte des mutigen, tragischerweise jedoch verwundbaren Achilles in der Version ihres Sohnes anzuhören, war zwar kein Grund, nicht arbeiten zu gehen, oder sollte es zumindest nicht sein, aber Mason – und damit auch sie – war nie so klarsichtig und munter wie nachmittags zwischen drei und sechs.

Die Geschichten über Achilles waren in letzter Zeit weniger

geworden. Der Tag wies plötzlich Lücken auf, die Amy deutlich spürte. In Masons ersten Lebensjahren hatte sie es nur selten bedauert, zu Hause zu sein. Manchmal hatte sie die Langeweile gepackt, und manchmal war sie fast durchgedreht, aber es hatte eben auch Momente gegeben, in denen er nur nach ihr verlangte, und hin und wieder war etwas Unerwartetes passiert. Sie hatte immer so viel zu tun gehabt. Listen, Pläne, Termine, ohne die es im Haushalt nicht lief und die zugleich lächerlich, ja zum Totlachen öde waren. Ausgerechnet sie, die Blitzgescheite, Unruhige, hatte dafür zu sorgen, dass das Familienleben weiterrollte wie ein Panzer. Ausgerechnet sie musste sich um Nachmittagssnacks kümmern. Während ihre Hände die Plastikfolie eines Sechserpacks Saftkartons aufrissen, hielt ihr verrenkter Kopf das schnurlose Telefon, in das sie »Maureen? Hi, ich bin die Mom von Mason Buckner. Ich würde gern für Mason ein Spieldate mit Jared vereinbaren« hineinsprach.

Man musste dieses Unwort verwenden, das so schnell Eingang in den Sprachschatz gefunden hatte – »Spieldate«. Und man durfte es niemals mit ironischem Unterton sagen. Natürlich blieb es einem unbenommen, die dicke, scharfe Linse des eigenen Intellekts auch auf die große weite Welt zu richten, wenn man wollte. Man konnte sich Sorgen wegen des Kriegs machen, der auf einem fernen Kontinent geführt wurde – und tagsüber dachte Amy des Öfteren, wenn auch ohne Hoffnung, über solche Dinge nach –, doch das ging nur in der eigenen Zeit, zwischen den Erledigungen. Sie war die Torwächterin, das Nervenzentrum und das pulsierende, permanent pumpende Herz der Familie, diejenige, zu der alle kamen, wenn sie etwas brauchten. Sie war diejenige, die das schlafende Kind Tag für Tag aus dem Bett kriegen musste.

Sie holte tief Luft und rief: »MASON, DU STEHST JETZT AUF, FREUNDCHEN!«

In letzter Zeit hatte sie erstaunt einen leicht gereizten Ton an sich festgestellt, wenn sie morgens mit ihrem Sohn sprach. »Geht dir das auch so?«, hatte sie vor einigen Tagen Jill gefragt, die mit dem Zug in die Stadt gefahren war. Sie saßen in der hintersten Sitznische im »Golden Horn«, wo sie und ihre Freundinnen sich mehrmals pro Woche zum Frühstück trafen und sie oft mit Jill gesessen hatte, bevor Jill nach Holly Hills übergelaufen war.

Wenn die Welt am späten Vormittag zur Ruhe kam und der Raum hinter der Glasfassade von Dampf und Gewürzduft erfüllt war, blieben die Frauen oft lange. Der Wirt und die Bedienungen kannten ihre Gewohnheiten und störten oder drängten nie. »Ertappst du dich auch manchmal dabei, dass du Nadia wie ein Feldwebel anbrüllst, obwohl du nicht mal weißt, warum, und es selbst schrecklich findest?«, fragte Amy.

Jill hob erstaunt den Blick. »Ja, stimmt. Manchmal sage ich: ›Dalli jetzt, Nadia!‹ oder: ›Komm endlich in die Gänge!‹ Diese ganzen grauenhaften Befehle.«

»Ich auch. Was ist nur aus uns geworden …«

»Junge Frauen, die mitbekommen, wie wir leben, denken sich garantiert: Nie, nie, nie will ich Kinder haben«, sagte Jill. »Wir sind ein abschreckendes Beispiel. Warum auch sollten sie ihr freies Leben, den ganzen Spaß und den unverbindlichen Sex für unseren despotischen, durchgetakteten Alltag aufgeben?«

»Deine fiktiven jungen Frauen können mich mal«, erwiderte Amy. »Die haben doch keine Ahnung.« Sie lachten ein bisschen. Dann stocherten sie eine Zeit lang schweigend im Rührei auf ihren glänzenden Tellern herum.

War man mit seinem Kind draußen in der Welt unterwegs, wurde man nur selten gelobt oder gewürdigt. Amy dachte an einen Vorfall zurück, der sich Jahre zuvor ereignet hatte, als Mason noch nicht einmal den Kindergarten besuchte. Draußen war es nach mehrtägigem Dauerregen so nass und ungemütlich gewesen, dass alle nichtberufstätigen Mütter, alle Kleinkinder und Nannys zu Hause bleiben mussten. Mason und sie konnten sich nur in der Wohnung und in dem mit Teppichboden ausgelegten Spielzimmer im obersten Stock des Gebäudes bewegen. Eines Morgens beschloss Amy vor lauter Verzweiflung, mit Mason ins Museum zu gehen, obwohl er damals die Art Junge war, der man mit ziemlicher Sicherheit durch Bildersäle und auf klappernden Feuertreppen nachlaufen musste.

Es gab gerade eine Magritte-Ausstellung in der Stadt, und Amy liebte Magritte. Zu ihrer Verblüffung stand Mason, ohne zu zappeln, vor »Der Sohn des Mannes« und vertiefte sich in das Bild des Herrn mit dem grünen Apfel vor dem Gesicht. Einen Moment lang kam ihr der absurde Gedanke, ihr Sohn könnte Autist sein, dabei war er einfach nur interessiert. Sie erzählte ihm in schlichten Worten etwas über den Surrealismus, und er hörte aufmerksam zu und stellte Fragen. Da kam eine alte Frau, die in der Nähe gestanden hatte, und sagte zu Amy: »Entschuldigen Sie, aber ich habe gehört, wie Sie mit Ihrem Sohn gesprochen haben. Er ist ein wundervoller Junge, und Sie gehen wundervoll mit ihm um. Sie haben sicher viel Freude miteinander.« Dann folgte das Sahnehäubchen: »Sie beide wirken sehr glücklich.«

Amy hatte sich unglaublich gefreut. Sie war geradezu selig gewesen und hatte die Worte der alten Frau jahrelang wie einen Schatz in sich getragen. Und während sie an diesem Morgen in ihrem Schlafzimmer stand und durch die Wohnung brüllte, rief sie sich die Worte wieder in Erinnerung, denn solche Momente waren rar. Sie hatte kein Büro, in dem alle alles sahen und bewerteten und ihr auf die Schulter klopften. Mason und sie waren immer allein, und abgesehen von vereinzelten Bemerkungen, die von Fremden, Freunden oder hin und wieder von der Kinderärztin Dr. Andrea

Wishstein kamen – »Du hast den Mund ganz toll aufgemacht, Mason! Manche Kinder brechen mir fast das Handgelenk, wenn ich mit dem Tupfer anrücke.« –, blieben so gut wie alle freudigen Momente unkommentiert, weil sie niemand miterlebte.

Amy war stolz auf ihr Kind. Nicht nur, wenn es etwas Kluges sagte – das konnte man in Anekdoten packen, mit denen sich die eigene Eitelkeit befriedigen ließ –, sondern gerade wegen der kleinen, unscheinbaren Dinge. Als Mason beispielsweise auf der Straße abrupt vor einem Obdachlosen stehen blieb und Amy energisch zuflüsterte: »Wir müssen ihm unbedingt was geben, Mom!«

Amy, die den Anblick von Armut und Wahnsinn auf den glitzernden Straßen der Stadt längst gewohnt war und den Obdachlosen im Lauf der Zeit immer weniger und schließlich gar nichts mehr gegeben hatte, sondern verbissen an ihnen vorbeiging und ein Mal im Jahr einen Spendenscheck über eine moderate Summe ausschrieb, hatte damals durch ihren Sohn eine unbequeme Lektion in Sachen Menschenfreundlichkeit erfahren. Er zwang sie dazu, den Leuten das Geld direkt in die Hand zu drücken, und sie tat es. Sie war sich nicht sicher, ob es letztendlich nicht doch falsch und nur einem Reflex zu verdanken war, wenn man stehen blieb, ein paar Münzen gab und weiterging. Aber Mason beschwatzte sie, sodass sie keine Chance hatte, in Ruhe darüber nachzudenken. Sie spendierten den Männern, die rauchend auf den Gittern vor der Subway saßen, Ein-Dollar-Scheine, ohne dass es jemand sah. Ihr gemeinsames Leben mit seinem speziellen Rhythmus, seiner speziellen Dramatik blieb allen anderen praktisch verborgen. Manchmal verglich sie Mason und sich mit Flöhen im Flohzirkus, die in den Vorstellungspausen ihre mikroskopisch kleinen Kunststücke nur füreinander vollführten.

»MASON, BIST DU AUFGESTANDEN?«, rief sie noch einmal aus dem Schlafzimmer. »ZIEH DIE SACHEN AN, DIE ZU-

SAMMENGEFALTET AUF DEM SCHREIBTISCHSTUHL LIEGEN!« Es blieb feierlich still. »ZIEHST DU DICH AN?«

Er war garantiert noch nicht angezogen. Wahrscheinlich lag er mit schlafheißer Haut reglos im Bett, alles gut durchgewärmt, die Decke, sein Oberkörper und die langen Füße. »MASON, DU GIBST JETZT BESSER SOFORT GAS!«

Während seine Mutter brüllte und sein Vater im Büro mit Mandanten in Pittsburgh sprach und dabei Quittungen für die Reisespesenabrechnung zusammensuchte, schlief Mason in seinem abgelegenen Zimmer weiter. Amy schlüpfte in ein Hemd, stieg in eine Hose und machte sich auf den Weg, um ihn höchstpersönlich zu wecken. Aus dem dunklen Schlafzimmer trat sie in den düsteren, mit Familienfotos bestückten Gang. Sie und Leo, verträumt und mit leichtem Sonnenbrand auf der Hochzeitsreise. Daneben Mason in unterschiedlichen Altersstufen, jeweils ein Bild von Amys und Leos Eltern sowie eines von Amy – brünett, niedlich, durchschnittlich hübsch – und der großen, blonden, aristokratisch wirkenden Jill, aufgenommen vor drei Jahren während eines Wellness-Wochenendes in einem Hotel namens »Wildwood Spur«. Ein Last-Minute-Schnäppchen, online gebucht. »Klar macht ihr das«, hatte Leo gesagt.

Sie hatte sich wahnsinnig darauf gefreut, mit Jill wegzufahren. Wie in alten Collegezeiten! Damals hatten sie noch nicht gewusst, dass Jill bald darauf die Stadt verlassen und es mit den zwei, drei Treffen pro Woche vorbei sein würde. Nach Jills Umzug war es Amy sehr schlecht gegangen, was aber niemand sehen sollte. Mit vierzig hatte man sich gut zu fühlen, solange man sich im Kreis der Familie befand. Als Familie zusammenzuleben war, wie in einer kleinen Siedlerhütte zu hausen, die durch die Welt gewirbelt wurde und Sturm und Verwüstung trotzen musste, doch solange alle darin zusammenblieben, war man sicher und froh.

In dem Wellnesshotel hatten sie abends auf ihren Doppelbetten gelegen und sich bedeutsame Begebenheiten aus ihrem früheren Leben erzählt, die sie einander bisher verschwiegen hatten. Jill berichtete, wie ihre depressive Mutter einmal, den Kopf in die Hände gestützt, schluchzend am Küchentisch gesessen hatte und sie, Jill, damals noch ein Teenager, einfach aus dem Raum gegangen war, ohne zu fragen, was los sei, und ohne die Sache jemals wieder anzusprechen. »Du darfst dir keine Vorwürfe machen«, sagte Amy. »Depressionen lagen auch damals schon an einem chemischen Ungleichgewicht im Gehirn, das wusste man nur noch nicht.«

»Ich weiß. Aber ich sehe sie immer noch so vor mir. Ich werde das Bild nicht mehr los. Es hat sich in mein Gedächtnis eingebrannt.«

»Ist vielleicht gar nicht so schlecht. Schließlich war sie nun mal so. Es hat zu ihr gehört.«

»Du hättest meine Mutter gemocht. Sie war zwar labil, aber ein herzensguter Mensch.« Jill strich sich mit den Fingerspitzen über die Augen und sagte: »Jetzt du!«

Amy erzählte von einer Party in ihrem und Jills erstem College-Jahr an der University of Pennsylvania. Sie hatte in einer Ecke gesessen, als plötzlich eine wunderschöne Frau auf sie zukam und sich mit ihr zu unterhalten begann. Nach kurzer Zeit saß die Frau auf der Armlehne des Stuhls, und plötzlich beugte sie sich zu Amy hinunter, küsste sie auf den Mund, und Amy erwiderte den Kuss. Eine Lesbe, sehr androgyn, stylish gekleidet mit einem nietenbesetzten Herrensmokinghemd, die Ärmel hochgerollt, sodass man ihre langen, schlanken Handgelenke sah. Das hinten kurz geschnittene Haar fiel ihr vorn in die Augen, ein bisschen wie bei James Dean.

»War das die, die im French House gewohnt hat?«, fragte Jill verblüfft. »Und war der Kuss auch französisch?«

»Ja.«

»War es schön?«

»Ja, schon«, antwortete Amy. »Aufregend.«

»Unglaublich, dass du mir das nie erzählt hast.«

»Ich war damals ziemlich durcheinander. Ich wusste nicht, dass einen etwas erregen kann, ohne dass man es begehrt hat.«

»Zumindest nicht bewusst begehrt.«

»Ich bin bestimmt nicht lesbisch«, sagte Amy, »aber mal was anderes auszuprobieren hätte mir gefallen.«

»Würde ich auch gern machen. Ein paar Tage ein anderes Leben führen. Eigentlich genau das, was wir gerade tun. Daran könnte ich mich gewöhnen.«

Dabei war ihnen klar, dass das nicht stimmte, dass der Sirenengesang ihres eigentlichen Lebens sie schon wieder leise zurückrief. Sie hatten ihre BlackBerries in das kleine Hotel in den Berkshire Mountains von Massachusetts mitgenommen und nicht nur von ihren Männern und Kindern bereits SMS und Mailboxnachrichten mit grundlegenden hauswirtschaftlichen Fragen erhalten, sondern auch ihrerseits anfallsartig elektronische Liebes- und Sehnsuchtsbekundungen verschickt. Das Wochenende war erholsam, zog sich aber in die Länge. Umgeben vom Stimmengewirr anderer Frauen saßen sie in dem hell getäfelten Speisesaal, durch dessen Fenster man die Berge wie gezeichnet sah. Auf den Tellern fanden sich spärliche, wie zufällig hingewehte Salatblätter. Mehrere Frauen am Tisch in der Ecke machten eine Saftfastenkur und umringten stoisch eine Karaffe mit meergrüner Flüssigkeit.

An diesem Abend sagte Jill, die in ihrem Bett lag: »Manchmal kommen mir Donald und Nadia völlig hilflos vor. Ich weiß, ich bilde mir das nur ein, aber ich habe einfach das Gefühl, dass sie ohne mich kaum überlebensfähig sind. Als hätte ich zwei Neugeborene allein gelassen.«

Amy nickte. Leo und Mason waren zum ersten Mal seit zehn Jahren ein ganzes Wochenende lang auf sich gestellt. Wenn die beiden auch nur ein paar Stunden ohne sie verbringen mussten, rüstete sie sie mit allem Nötigen aus. Sie hatten gelernt, dass alles, was sie brauchten, stets wie durch Zauberhand vor ihnen erschien. Bekamen sie etwa während eines Ausflugs in den Park Durst, griffen sie in die Kühlbox und zogen die von Amy hineingestellte Flasche mit einem grell blauen oder orangen Sportgetränk heraus. Fiel Mason hin und schürfte sich das Knie auf, kramte Leo das von ihr bereitgelegte Pflaster und die antibiotische Salbe aus dem Raumtemperaturfach der Kühlbox hervor. Amy hätte ihnen im Notfall Proviant für einen ganzen Winter zusammengepackt. Leo und Mason wurden immer fündig und bedienten sich. Sie kannten es nicht anders.

Wie ein Fluss strömte das Dunkel des Gangs ins Wohnzimmer und mündete in das glasige Licht des frühen Morgens. Die Wohnung war zu teuer, aber Amy verließ sich in diesen Dingen auf ihren Mann. Der verwaltete die Familienfinanzen in dem winzigen Arbeitsraum, der ihrer Mutter während der Frauenkonferenz im Winter als Gästezimmer diente, und saß oft an dem schlichten Schreibtisch mit dem Katalognamen Sven, dessen Fächer sämtliche Rechnungen in sich bargen. Solange Leo nicht die Hände in die Luft warf und »Wir sind im Arsch!« rief, konnte es weitergehen wie bisher. Amy hatte keine Lust auf die finanziellen Details; ein grobes Bild dessen, was sie sich leisten konnten und was nicht, genügte ihr. Die Wohnung sei »ein Albtraum«, sagte Leo manchmal, aber irgendwie kamen sie über die Runden. Das Wellnesswochenende wiederum war »machbar« gewesen. Solche mysteriösen Äußerungen und vagen Beschwichtigungen holte sich Amy oft bei ihm ab.

Sobald sie sich etwas gründlicher mit dem gemeinsamen Geld

beschäftigte, bekam sie Angst und schreckte vor ihrer eigenen Neugier zurück. Das hatte sie sich angewöhnt, obwohl es kindisch und verantwortungslos war. Der Umgang mit den Finanzen gehörte in ihrer Ehe zu den Dingen, die sich im Lauf der Zeit irgendwie eingespielt hatten. Auch ihr Sexleben zählte dazu. Anfangs waren sie vorbildlich offen gewesen und hatten alle früheren Sexpartner aufgezählt. »Wenn du mir sagst, wie die Typen heißen, bringe ich sie einen nach dem anderen um«, hatte Leo verkündet, und Amy hatte überrascht festgestellt, dass ihr das gefiel. Auch ihre Vorlieben und Abneigungen im Bett hatten sie sich gestanden. Peinlich berührt, aber tapfer hatte Leo zugegeben, dass er es mochte, wenn seine Brustwarzen beim Vorspiel »ein bisschen gelutscht« wurden. »Wahnsinn – ich habe gerade die Wörter ›Brustwarzen‹ und ›gelutscht‹ verwendet, um etwas über mich zu erzählen«, hatte er gleich darauf gesagt und ein bisschen ängstlich gelacht.

Leo Buckner war ein kräftiger, gedrungener, schwerfälliger Mann, ein Wirtschaftsanwalt mit schwarzen Locken und einem etwas flachen Gesicht, das ihn wie einen leicht benommenen Boxer aussehen ließ. Zu Beginn, kurz nach ihrer Begegnung in der Kanzlei, hatten sie hin und wieder das Thema Geld gestreift, wenn sie nach dem Sex verschwitzt und selig nebeneinanderlagen. Sie erzählten sich, wie viel sie verdienten und wie viel sie eines Tages zu verdienen hofften. Keiner von ihnen stammte aus einer reichen Familie. Leos Vater hatte einen Zeitungskiosk im Foyer eines Bürogebäudes betrieben, seine Mutter war Hausfrau. Trotz des großen Unterschieds zu Amys Kindheit mit zwei Schwestern, einer schreibenden Mutter und einem Wirtschaftsprofessor als Vater hatten sich beide Familien in finanzieller Hinsicht kaum etwas genommen. Die Lambs hatten nie viel Geld besessen beziehungsweise das vorhandene für jährliche Reisen nach Frankreich ausgegeben, wo sie in billigen Hotels wohnten und sich einen Citroën mieteten, den Henry Lamb im Madrashemd äußerst angespannt über kurvenreiche Bergstraßen lenkte. Die Lambs waren weder arm noch reich, und über Geld wurde nie gesprochen.

Allerdings hatte damals alles viel weniger gekostet. Jetzt, zu Beginn des einundzwanzigsten Jahrhunderts, war das Leben wesentlich teurer und die finanzielle Lage der meisten Menschen ein offenes Geheimnis. Im Gegensatz zu früher versteckte sich das Geld nicht mehr. Amy Lamb, Leo Buckner und ihr Sohn wohnten in diesem riesigen, hässlichen Haus mit hoher Mieterfluktuation im Osten der Stadt. Auf der Markise vor dem Eingang stand »The Rivermere«, obwohl die Straße weit von jedem Fluss entfernt lag. Die Namen der Häuser, in denen Amys Freundinnen wohnten – sofern der Eigentümer oder die Hausverwaltung die Eitelkeit beziehungsweise Energie besessen hatte, sich einen auszudenken –, waren genauso nichtssagend. Eine Freundin wohnte in »The Cardiff«, eine in »The Chanticleer«. In der Lobby des »Rivermere« zog es wie in einem Windkanal – manchmal musste man die Fahrstuhltür regelrecht aufstemmen. Die hellen Wohnungen hatten Marmorböden und große, quadratische Fenster mit Blick auf die Stadt. In der höchsten Etage des Gebäudes befand sich ein Spielzimmer, auf dessen Teppichboden der kleine Mason oft herumgewatschelt war und in dem es trotz unzähliger Duftspender an der Wand immer nach Windeln stank. Still und gelangweilt hockten die Mütter und Nannys auf den ebenfalls mit Teppich bezogenen Fenstersimsen, blätterten in einer Zeitschrift oder im Katalog einer Kinderbekleidungsfirma aus Vermont, wechselten gelegentlich ein paar Worte und versuchten im Übrigen, flach zu atmen.

Das Spielzimmer war für Amys und Leos Einzug ein entscheidendes Argument gewesen, weil Amy der Vorstellung aufsaß, Mason würde es ewig benutzen. Sie hatte ihn als immerwährendes Kleinkind vor sich gesehen, das sie stets in ihrer Nähe haben, beaufsichtigen und bei Regen in eine Magritte-Ausstellung mitnehmen könnte. Damals war ihr noch nicht klar gewesen, dass er älter werden und in die Welt hinausstapfen würde und eine neue Kindergeneration das Spielzimmer daraufhin übernähme, um darin herumzuwatscheln und herumzukrabbeln, alles abzuschlecken, nach allem zu greifen und verdutzt in dem sonnenhellen, nach Kacke stinkenden Adlerhorst zu sitzen.

Für die meisten Amerikaner war New York eine unerreichbare Insel. Der Horror und die Angst von 2001 hatten der Stadt etwas Lädiertes, Vergängliches verliehen und sie nur noch kostbarer gemacht, so wie die Zerbrechlichkeit eines schönen Gegenstands seinen Preis erhöhte. Die Wohnung in der klotzigen, wenig schönen Festung hatten sie auf dem Höhepunkt von Leos Anwaltskarriere gemietet. Die überteuerten Apartments im »Rivermere« waren für junge, aufstrebende Familien gedacht und nicht dazu, jahrelang von denselben Mietern bewohnt zu werden. Doch Amy und Leo konnten es sich nicht leisten, irgendwo etwas zu kaufen und auszuziehen.

Natürlich gab es Alternativen zu dieser Form von zehrendem Großstadtleben. Wer unbedingt in der Stadt bleiben wollte, konnte es wie die Pragmatischen und Abenteuerlustigen machen und in einen anderen Bezirk ziehen, in dem es sich anständig leben ließ. Amy kannte von früher mehrere Paare, die sich weit nach Brooklyn hineingewagt hatten. Die Mittelschicht vergrößerte ihre Reichweite, verlagerte ihr Territorium. Neben Scheckeinlösestellen und heruntergekommenen Zahnarztpraxen ohne Terminzwang eröffneten winzige Kunstgalerien und Internetcafés. Auf den holprigen Gehwegen im steilen Schatten der Brooklyn Bridge sah man immer mehr Kinderwagen. Diese Gegenden wurden von Familien überrannt. Die neuen Bewohner brachen den einkommensschwachen Altmietern dabei das Genick, versuchten darüber jedoch möglichst wenig nachzudenken, weil das ihr Mitgefühl geweckt und ihren gesamten Lebensplan über den Haufen geworfen hätte. Die weniger mutigen Paare in Amys Bekanntenkreis zogen in relativ nah gelegene Vorstädte oder gleich in idyllische, aber weit entfernte Orte mit einer einzigen schmalen Hauptstraße und einem einzigen, nicht besonders guten Restaurant, das abends um acht schloss und alle Gäste nach Hause trieb, als gäbe es wegen frei herumlaufender Ganoven eine nächtliche Ausgangssperre.

In diesen Orten konnte nur leben, wem wirklich etwas am Beisammensein mit der Familie lag, dachte Amy. Wenn die Nacht hereinbrach, musste man sich bereitwillig in die dunklen, holzverkleideten Zimmer alter Häuser verkriechen. Doch Amy und Leo würden weder nach Brooklyn ziehen noch in einem entlegenen Kaff ein Haus erwerben. So unvernünftig es war, in der Wohnung zu bleiben, sie blieben.

»Wir sind wie die Berliner Juden vor dem Krieg«, hatte Leo einmal gesagt. Amy hatte den Vergleich als fürchterlich bezeichnet, als eine Beleidigung seiner Großtante Talia, die in Dachau gewesen war. »Ich will damit nur sagen, dass wir das Offensichtliche leugnen«, hatte er erwidert. »Wir verhalten uns völlig irrational.« Trotzdem zogen sie nicht weg.

Die Mieten im »Rivermere« waren in den letzten Jahren beängstigend steil angestiegen. Man musste im Augenblick leben, dachte Amy, die es verstand, dem Immobilienmarkt eine existenzialistische Dimension abzuringen. Die Miete beutelte sie, entriss ihnen jeden Monat das Geld, als wäre es in der zugigen Lobby gelagert. Auch Masons Schulgebühren machten ihnen zu schaffen, und dass ihr Sohn im Gegensatz zu den anderen Kindern im Land keine öffentliche Schule besuchte, bereitete Amy nach wie vor Unbehagen. Sie hatten versucht, ihn in einem öffentlichen Hochbegabtenprogramm unterzubringen (»Das ist wie ein verdammter

Lottogewinn!«, hatte der Vater eines angenommenen Kindes unter Freudensprüngen gerufen). Doch Mason war beim Test nur auf 97 statt auf 98 Prozent gekommen und ausgeschieden.

Am Informationsabend der öffentlichen Grundschule standen Amy und Leo mit hundert anderen Eltern in einem niedrigen Raum mit über Putz liegenden Rohren, Kesseln und flackernden Neonröhren, der als Cafeteria wie auch als Turnhalle diente. Für die Fächer Kunst und Musik hatte diese Schule kein Geld. Mason würde dort nie etwas malen oder töpfern oder ein Instrument erlernen. Ein kunstloser Mensch würde er bleiben, im wörtlichen und im übertragenen Sinn. Auch nennenswerte sportliche Aktivitäten umfasste das Angebot nicht, und die Klassengrößen waren erschreckend.

»Meinst du, wir können ihn auf eine Privatschule schicken?«, hatte sie zaghaft gefragt, als Leo und sie nach der Besichtigung auf die Straße traten.

»Weiß nicht«, hatte er gereizt und erschöpft geantwortet.

Hätte ihnen diese integrative, demokratische Schule nur besser gefallen! Über den Türen waren die altertümlichen, vor hundert Jahren in Stein gemeißelten Inschriften »Mädchen-Eingang« und »Knaben-Eingang« zu lesen. Doch die Zeiten waren vorbei, in denen Mädchen und Knaben unter Aufsicht einer streng blickenden, mit einem Stock bewehrten Frau durch diese Türen strömten. Rein theoretisch war die Schule ein umzäuntes Utopia. Doch sie lag in New York, wo das Leben hart und teuer war und sich alle Schulen in einem unhaltbaren Zustand befanden, wenn man von den wenigen absah, an denen sich die Eltern zusammentaten, als Lehrer einsprangen, die Bibliothek am Laufen hielten und die Schule mithilfe eines einzigen, nie endenden Kuchenbasars vor der völligen Mittellosigkeit bewahrten.

»Können wir es wenigstens mal durchrechnen?«, fragte Amy.

»Jetzt sofort?«

»Nein, natürlich nicht sofort. Warum bist du eigentlich so sauer auf mich?«

Leo ignorierte die Frage, doch an der Ecke zur First Avenue aktivierte er die Taschenrechnerfunktion seines BlackBerrys und tippte im Nieselregen, die Schultern unter der Last der Zukunft gebeugt, ein paar Zahlen ein, seufzte theatralisch auf und sagte Ja, es sei wohl zumindest eine Zeit lang zu schaffen. »Wahrscheinlich ist es ein Riesenfehler«, fügte er warnend hinzu. »Vielleicht müssen wir ihn irgendwann runternehmen. Dann wird es noch schwieriger.«

Leo verdiente vergleichsweise gut, aber sein Einkommen als angestellter Mitarbeiter in einer kleinen, zweitklassigen Kanzlei – er war kein Partner, nicht besonders einflussreich – platzierte die Familie in die schwindende, sich mühsam durchbeißende Mittelschicht der Stadt. Die Jungenschule, in die sie Mason letztlich gaben, wirkte fast wie eine Entschädigung für das miese Gefühl in der düsteren Cafeteria. Sie war schön und gut organisiert, die Lehrer zeigten sich engagiert und zugewandt. Doch das halbjährlich fällige Schulgeld und die American-Express-Abrechnungen, dick wie ein langer, mit Gefühlen aufgeladener Roman, dessen zahlreiche Seiten den Wahnsinn des Vormonats in allen Details beschrieben, schockierten Amy und Leo immer wieder. Sie gaben ständig zu viel aus, unterschrieben Schecks, beglichen Restaurantrechnungen und Einkäufe per Kreditkarte, ließen Geld bei Taxifahrern und Handwerkern und Berge von Münzen bei den verständnisvollen hispanischen Bedienungen im »Golden Horn«. Es war, als würden sie permanent »Da, nehmt am besten gleich alles!« rufen. In der zugigen Lobby wurde ihnen das Geld entrissen; dann drehte plötzlich der Wind und wehte wieder welches herbei.

Mason schlief natürlich noch. Über ihm hingen Kampfflugzeuge an Angelschnüren, und im Regal stapelten sich selten hervorgeholte Brettspiele. Eltern und Großeltern kauften zwar weiterhin stur die neuesten Versionen von »Battleship« und »Stratego«, um die Kinder an die verlöschende Glut der Welt vor Erfindung des Mikrochips zurückzulocken, doch die Kleinen griffen fast nur noch zu Videospielen.

»Mason, mein Schatz, du musst aufstehen«, sagte Amy sanft, wie um Buße für ihr Gebrüll zu tun.

Sie betrachtete sein breites, schönes Gesicht, die schmale Nase und das hellbraune Haar. Er schlug die Augen auf und sagte mit belegter Stimme: »Noch fünf Minuten?«

»Nein, Süßer, tut mir leid. Die hattest du schon.«

»Ach so.« Er blinzelte. »Kannst du alle amerikanischen Präsidenten aufzählen, die Linkshänder waren?«

»Was? Nein, kann ich nicht.«

»Versuch's mal.«

»So etwas kann man nicht versuchen.«

»James Garfield, Herbert Hoover, Harry Truman, Gerald Ford, Ronald Reagan, George Bush der Erste und Bill Clinton«, platzte es schwallartig aus ihm heraus.

»Sehr gut«, sagte Amy und empfand es auch so, wusste aber nichts Rechtes zu erwidern. Mason überfiel sie manchmal mit Fakten, die ihr willkürlich erschienen, für ihn jedoch Teil seiner wundervollen Gedankenwelt waren, in der etwa bestimmte Präsidenten mit Stiften oder Schreibfedern in der Linken auf- und abmarschierten.

Seufzend löste er sich aus der Backstubenwärme und der Wolke aus Menschengeruch unter seiner Bettdecke. Am liebsten hätte Amy ihn ins Bett zurückgezogen und ihn sich auf den Schoß gesetzt. Aber das ging nicht, weil er schon zehn war und lange, schlaksige Beine hatte und es hart an der Grenze zum Inzest gewesen wäre. Sie sehnte sich nach ihm, aber auch nach sich selbst in der Zeit als Mutter des kleinen Mason. Sie hätte ihn gern gefragt, ob er sich an das Magritte-Bild erinnere, an den Mann mit dem grünen Apfel. Vielleicht erinnerte er sich sogar, und beide würden sie grundlos zu weinen beginnen.

Doch Mason war endlich aufgestanden und pinkelte lautstark im Stehen in dem schmalen Bad, das zu seinem Zimmer gehörte. Es klang, als würde er mit dem Hammer auf Glas einschlagen. Er war wach und hatte kein Bedürfnis, mit seiner Mutter zu kuscheln, sondern dachte an den vor ihm liegenden Schultag. Irgendwann, sagte sich Amy, und die Vorstellung versetzte ihr einen unerwartet heftigen Stich, würde ihr kleiner Junge – der ihr alles über linkshändige Präsidenten und über Achilles mit der nicht eingetauchten Ferse erzählte, der bis vor Kurzem auf der Straße an ihrer Hand gegangen und ihr manchmal so unglaublich nah war, dass ihr das Leben in diesen Augenblicken nicht nur nicht sinnlos, sondern sinnvoll erschien –, irgendwann würde ihr kleiner Junge wahrscheinlich hinter einem abgedichteten Bürofenster mit Blick auf eine Stadt oder ein Gewerbegebiet sitzen. Sie dachte an den Blick aus ihrem Fenster in Kenley Shubers Kanzlei. Manchmal hatte sie nachmittags kurz Pause gemacht und ihre Stirn und die Handflächen an die Scheibe gelegt.

Anfangs hatte in der Kanzlei ein reservierter, kollegialer Ton geherrscht. Man hatte ihr immer mehr Arbeit zugeteilt, die sie auch schaffte, doch dann setzte eine unangenehme Vertraulichkeit ein, die sie zu ignorieren versuchte, weil es so gut wie überall im Leben ähnlich zuging. Die Aufgaben in der Kanzlei waren zeitweise austauschbar, und sogar die Mandanten, mit denen sie zu Mittag aß, ähnelten sich wie Geschwister. Alle Anwälte trugen graue Anzüge und eisblaue Krawatten oder maßgeschneiderte cremefarbene Blazer. Einer entpuppte sich als der »Firmenclown«, eine als

»Mimose«, und irgendwann kam ihr die Kanzlei vor wie ein kleines, in sich geschlossenes Dorf. Amy zählte zu den »netten« Kolleginnen, was sie nicht störte. Man schaute bei ihr vorbei, lehnte sich an den Türrahmen und sagte: »Na, wie läuft's, Amy?« oder: »Wir gehen heute Abend alle ins ›Umbrella Sushi‹«, oder nahm auf der Schreibtischkante Platz, um sich ganz direkt mit ihrer Nettigkeit zu versorgen.

Als Leo und sie sich ineinander verliebten, wurde im Job plötzlich alles anders. Sie hatte den fülligen Leo Buckner oft auf dem Gang und bei Besprechungen gesehen, obwohl es zwischen ihren Arbeitsbereichen kaum Berührungspunkte gab. Er hatte ein Jahr vor ihr angefangen, ein beliebter junger Anwalt, kräftig, dunkelhaarig, mit einer lässigen, leicht melancholischen Art, die allgemein gut ankam. Die Frauen flirteten ständig mit ihm, kletterten auf ihm herum wie auf einem gutmütigen Onkel, der sein Mittagsschläfchen hielt.

Als die Beziehung zwischen Amy und Leo begann, zogen sich die anderen Frauen wie bei einer höfischen Gavotte vornehm zurück. Durch die Büroaffäre bekam die Arbeit etwas Flirrendes, Aufregendes. Jede Begegnung mit ihrem lockenköpfigen Geliebten auf dem Gang rief in beiden die Erinnerung an die vergangene Nacht zurück.

Dann waren sie eines Tages verheiratet und genossen ihren Status als frischvermählte Kollegen. Die Arbeit selbst blieb erträglich, machte hin und wieder sogar großen Spaß. Während sie abends im Bett geliefertes Essen aßen oder auf dem durchgelegenen Futon in ihrer ersten gemeinsamen Wohnung Fernsehen guckten, gaben sie sich berufliche Tipps und lästerten über die Eigenarten und Pläne ihrer Kollegen. Als Amy schwanger wurde, kamen sie überein, dass sie die bewilligten zwölf Wochen Urlaub nehmen und danach zurückkehren würde. Am Tag ihrer Abschiedsparty regnete es, der Himmel vor dem Besprechungsraum war ganz schwarz. Der Raum hatte schon viele Abschiedspartys gesehen; im Lauf der Jahre waren zahlreiche junge Kolleginnen und Kollegen verschwunden, sei es aufgrund besserer Angebote, eigenen Versagens oder weil die Mutterschaft sie vereinnahmt hatte.

»In zwölf Wochen bin ich wieder da«, hatte Amy in ihrer kurzen, verschämt gehaltenen Rede erklärt. »Bis dahin gilt: Hände weg von meinem Kaffeebecher!«

Die zwölf Wochen erwiesen sich als viel zu kurz. Als nach ihrem Ablauf gewissermaßen ein Wecker losging und elektronische Tauben zum Gurren, Hühner zum Gackern, Pferde zum Galoppieren, ja das gesamte Tierarsenal zum Lärmen brachte, als stünde eine Scheune in Flammen, schaffte es Amy nicht aufzustehen. Sie sah sich nicht in der Lage, die Wohnung zu verlassen, diese verrückte Welt voller Spucktücher, ungebügelter Babysachen, Geburtsgeschenke in Form von Rasseln und weichen Stoffbüchern, die mitsamt Verpackung herumlagen. Der Müll nahm überhand, das Kind verwechselte die Nacht mit dem Tag, und jeder Mensch im Vollbesitz seiner geistigen Kräfte hätte dem Chaos entfliehen und in die Wohlgeordnetheit und angenehme Luft eines Büros zurückkehren wollen, zum Teppichboden aus Nadelfilz und zu den flimmernden Leuchtstoffröhren, die einen morgens wachrüttelten wie ein unter die Nase gehaltener Kolben mit Ammoniak.

Doch junge Mütter waren nicht im Vollbesitz ihrer geistigen Kräfte. Amy hatte das Gefühl, dieses Baby vor irgendetwas retten zu müssen wie ein Superheld, der mit ausgebreiteten Armen am Großstadthimmel dahinflog. Selbst der kurze Gang zum Koreamarkt, um Joghurt und Saft zu kaufen, erschien ihr so endlos, dass sie auf dem Rückweg die drei kurzen Häuserblocks bis zum »Rivermere« im Laufschritt zurücklegte. Sie konnte Mason nicht verlassen, sie liebte ihn zu sehr. In die Obhut einer Frau aus Jamaica, Guyana oder Mount Olympus konnte sie ihn auch nicht geben. Nicht der freundlichsten, warmherzigsten Frau der Welt hätte sie ihn anvertrauen können; nicht einmal eine riesige, weiche, in der Luft schwebende Brust wäre gut genug gewesen. Nur sie konnte ihn retten; nur ihr Knochenmark passte zu seinem. Sie war die einzige Spenderin, und er trank direkt aus ihr. Die Ruhe im Büro, die Briefings, Meetings und Mandanten bedeuteten ihr nichts mehr.

Kolleginnen von Amy hatten nach der Rückkehr aus dem Mutterschutz die Ungeduld, gelegentlich auch Abneigung der anderen offen zu spüren bekommen. Einmal hatte sie miterlebt, wie eine völlig entnervte junge Mutter kurz vor einer Besprechung ihrem Kinderarzt am Telefon nervös zuflüsterte: »Gestern Abend hatte er 37,9, und als ich heute Morgen zur Arbeit ging, waren es nur noch 37,7, aber unsere Babysitterin hat mir gerade mitgeteilt, dass die Temperatur wieder gestiegen ist und dass er viel weint …« Die anwesenden Kollegen hatten auf ihre Uhren geblickt. Einer hatte sich lässig in die Tür gestellt und freundlich lächelnd mit den Lippen den Satz »Lass dir ruhig Zeit« geformt.

So eine Frau wollte Amy noch nicht sein. Keine Kanzlei, kein Unternehmen der Welt konnte einem geben, was man vom eigenen Baby bekam. Von keiner Kanzlei und keinem Unternehmen wurde man gebraucht und geliebt. Keine Kanzlei und kein Unternehmen schmeichelte einem so sehr oder gab einem zu verstehen: »Du bist alles für mich, Amy.« Dort war man nur ein winziges Rädchen, und empfand ein Rädchen jemals Stolz oder Befriedigung? Es wurde erwartet, dass man sich mit Haut und Haar dem Job verschrieb und spät nach Hause ging, und dann blieben abends fünf Minuten mit dem eigenen Kind, so als wäre der kleine Junge, das kleine Mädchen ein mit Terminen überfrachteter Firmenchef. Wenn man schon so viel von dieser zarten Babyzeit verpasste, dann doch höchstens wegen eines außergewöhnlich tollen Jobs. Wie konnte man eine Wirtschaftskanzlei oder irgendein seelenloses Unternehmen oder auch nur deren langweilige Bestandteile oder Produkte – die Mandanten, die Textilien, die Pharmazeutika oder Airbags – allen Ernstes einem Baby mit seiner offenen, hoffnungsvollen Art vorziehen? Wie konnte einem irgendetwas mehr bedeuten als die Stelle am Köpfchen, an der die Knochen noch nicht zusammengewachsen waren, oder der aufgeworfene kleine Mund mit seinen kalligrafisch schönen Konturen?

»Kann ich es nicht noch ein bisschen verschieben?«, fragte sie Leo. »Nur bis er etwas größer ist.«

»Du könntest halbtags arbeiten.«

»Das funktioniert nicht. Es heißt zwar ›halbtags‹, aber dann arbeitet man für sechzig Prozent des Gehalts fünf Tage in der Woche von neun bis sechs, statt rund um die Uhr verfügbar zu sein. Außerdem hat man mit einem Halbtagsjob so gut wie keinen Einfluss.«

Leo setzte sich an seinen Sven-Schreibtisch im Arbeitszimmer, den sie so schlecht zusammengebaut hatten, dass sich seine Schubladen schief öffneten, und hockte lange im Licht der Schwanenhalslampe. Schließlich trat er ins Wohnzimmer, wo Amy, wie so oft, Mason stillte. Es war Mitternacht. Sie blickte erwartungsvoll zu ihm auf, und Leo, unrasiert und ungewaschen in einem Rutgers-T-Shirt und Boxershorts, sagte: »Also, wenn sie dir den Mutterschaftsurlaub verlängern, würde es noch eine Zeit lang gehen.«

»Wirklich? Super! Ich kann mich einfach mit dem ganzen Berufskram noch nicht wieder beschäftigen. Du bist der Beste!«

»Stimmt, ich bin der Beste.«

Nach und nach wurden die Geburtsgeschenke weggeräumt und Dankesbriefe geschrieben, und an manchen Abenden konnten Amy und Leo wieder einen ganzen Film anschauen, ein Hühnchen braten und die ersten zarten Ansätze jungen Familienglücks genießen. Amy fand es wundervoll, dass sich ein Säugling wie ein Kleintierbaby pflegen ließ. Das Stillen – laut ihrem Vater, dem Wirtschaftswissenschaftler, ein Paradebeispiel für Angebot und Nachfrage – spielte sich ein. Ihr Kind erwachte zum Leben, wurde allmählich ein richtiger Mensch. Manchmal konnte sie das Ende von Masons Mittagsschlaf kaum erwarten, so sehr sehnte sie sich danach, mit ihm zu spielen. Das Chaos wich nach und nach, die Freude blieb. Weil es ihr gutes Recht war, mit einem Baby zu Hause zu bleiben, bewertete sie ihre Entscheidung nicht weiter und bezweifelte nie ihre Richtigkeit. Über den genauen Zeitpunkt ihrer Rückkehr in Kenley Shubers Kanzlei wurde nicht gesprochen. Nur hin und wieder erzählte Leo, die Partner würden ihre Abwesenheit bedauern oder einer habe gesagt: »Schade, dass Amy L. bei der Sache mit dem Genzler-Nachlass nicht da war.«

Irgendwann stand fest, dass sie nie zurückkehren würde. Ihre Mutter regte sich unglaublich auf und bat ihre Tochter Naomi, Amy von Edmonton, Alberta, aus anzurufen und ihr einen Job als Anwältin für die internationale Slow-Food-Bewegung schmackhaft zu machen. »Du weißt ja, wie gut es Jonathan und ich mit Slow Food getroffen haben«, sagte Naomi, als läse sie einen von Antonia verfassten Text vor.

Nachdem Amy offiziell ausgeschieden war, wurde ihre Stelle in der Abteilung Treuhand- und Nachlassverwaltung sofort mit einer ledigen jungen Frau besetzt, die auch noch Marathon lief. Leos Berichte aus der Kanzlei klangen plötzlich nach Märchen mit altertümlichen Schauplätzen, die genauso gut Konstantinopel hätten sein können oder das Königreich Bayern. Ihr früheres Leben und ihre frühere Tätigkeit interessierten Amy immer weniger. Ihre Erfahrung im Bereich Treuhand- und Nachlassverwaltung spielte keine Rolle mehr für sie. Sie blieb zu Hause, und das

Baby wurde wie in einem postnatalen Zenon-Paradox größer und größer, ohne je wirklich groß zu werden.

Seit zehn Jahren arbeitete sie nun nicht mehr. Hin und wieder hatten Leo und sie in dieser Zeit darüber gesprochen, ob sie vielleicht in eine andere Kanzlei eintreten könnte. Ihr war klar, dass das hart werden würde. Schließlich war die Arbeit keine Straßenbahn, die man beliebig besteigen und wieder verlassen konnte. So kümmerten sich die Anwälte inzwischen beispielsweise selbst um die Textverarbeitung, da hätte sie vieles nachholen müssen. Außerdem schrieb die Anwaltskammer des Staates New York ihren Mitgliedern vor, sich alle paar Jahre weiterzubilden. Je länger sie zu Hause blieb, umso schwieriger erschien ihr die Rückkehr. Wenn sie gelegentlich an die Arbeit dachte, sah sie sich ein Labyrinth aus neuen Büros mit Arbeitsnischen und Teeküche durchqueren oder starr vor einer ganzen Reihe von Aufzügen stehen. Einmal, es war lange her, hatte sie ein Vorstellungsgespräch in einer riesigen Kanzlei gehabt. Es war ziemlich gut verlaufen, bis ihr der Personalleiter Fragen zu Themen stellte, mit denen sie seit Jahren nicht mehr vertraut war. Sie antwortete zögerlich und sprach plötzlich so leise und nuschelnd, dass er sie freundlich fragte: »Ist alles in Ordnung?«

»Ja.«

»Behagen Ihnen diese Fragen nicht?«

»Doch, doch.«

»Gut. Ich wollte nur sichergehen.« Er warf einen Blick auf seine Notizen. »Sie sind ja bestimmt mit Juxtapose BriefScan vertraut. Beginnen wir mit –«

»Wie bitte?«

»Juxtapose BriefScan.«

Die Wiederholung machte es noch schlimmer. Die einzelnen Silben fügten sich zu keinem sinnvollen Ganzen. »Tut mir leid, das kenne ich nicht«, sagte Amy und lachte ein bisschen in ihrer Verzweiflung. »Klingt wie ein Zungenbrecher.«

»Finden Sie?« Er wirkte erstaunt. »Habe ich nie drüber nachgedacht. Jedenfalls ist das die Kanzleisoftware, die wir aktuell verwenden.«

»Entschuldigung, aber die kenne ich nicht. Ich war eine Zeit lang abgetaucht.«

Das restliche Gespräch plätscherte unangenehm vor sich hin. Als sie die Kanzlei verließ, war ihr Gesicht rot und glühend heiß. Leo konnte sie von dieser Schande unmöglich erzählen. Um die Sache nicht direkt ansprechen zu müssen, blieb sie lange in Masons Zimmer, nachdem sie ihn bei Jill abgeholt hatte, wo er während des Vorstellungsgesprächs gewesen war, und las ihm ein Bilderbuch nach dem anderen vor, als wäre Bloomsday für Kinder. Warm und schwer lag Mason in ihrem Arm und duftete nach Wassermelonenshampoo. Etwas Schöneres, als so mit ihm zusammenzusitzen, war nicht vorstellbar, und wer das Gegenteil behauptete, konnte sie mal. Scheiß auf den alten Job! Weder war er intellektuell anspruchsvoll gewesen noch hatte er richtig Spaß gemacht. Nicht so wie der Debattierclub. Scheiß auf die Treuhand- und Nachlassverwaltung! Scheiß auf die Bürorituale, auf das Juristenkauderwelsch, auf das täglich an Dutzende Leute gerichtete »Guten Morgen« und das alljährliche Wichteln! Scheiß auf Juxtapose BriefScan!

Nicht zu arbeiten sei nicht gleichzusetzen mit Nichtstun, versicherten ihre Freundinnen und sie einander gelegentlich. Eine Aufgabe führte zur nächsten, es gab immer viel zu tun. Trotzdem war Amy in letzter Zeit unruhig und spielte mit dem Gedanken, sich ehrenamtlich zu engagieren. Erwachsenen Analphabeten Lesen und Schreiben beizubringen, würde ihr bestimmt gefallen, dachte sie und nahm sich vor, Roberta Sokolov zu fragen, die

Aktivistin in ihrem Freundeskreis. Roberta wohnte mit ihrem Mann und den Kindern in einem alten Haus ohne Fahrstuhl und erhielt Beihilfe zum Schulgeld ihres Sohns, weshalb sie in der Nahrungskette noch unter Amy stand. Sie scherzten oft über ihren schwindenden Status und die wesentlich bessere Finanzsituation ihrer Freundinnen. Trotzdem nahm sich Roberta die Zeit, an den wöchentlichen Treffen einer Gruppe teilzunehmen, die für reproduktive Rechte kämpfte, und machte Telefondienst für progressive Organisationen. Sie »tat, was sie konnte« – eine Behauptung, die niemals angezweifelt wurde; schließlich wusste nur man selbst, wie viel man zu tun imstande war.

Man musste am Ball bleiben, das stand fest. Während eines Familienbesuchs in Kanada vor einigen Jahren hatte Amys in der Geriatrie tätige Schwester Jennifer erzählt, sie frage neue Klienten manchmal, welche Pläne sie noch hätten. Und obwohl diese Menschen in vielen Fällen alt, depressiv oder beides seien, leuchteten ihre leeren Augen oft auf, und sie antworteten mit erstaunlichen Monologen, in denen es um Sehnsüchte und die eigene Sterblichkeit gehe. Alle richteten den Blick nach vorn; alle wollten Teil von etwas sein, das sich bewege.

Heute hatte es Amy allerdings nur mit den kleinen, immer wiederkehrenden Alltagsaufgaben zu tun. Ich muss Spargel kaufen, fiel ihr ein, und in Gedanken sah sie bereits die erotisch aufgeladenen, mit Gummibändern zu Bündeln geschnürten Triebe im Feinkostmarkt »Camarata & Bello« auf zerstoßenem Eis liegen. Und sich einen Pap-Test machen lassen. Und zur Sicherheitsbegehung erscheinen. Daran hatte sie der Betreff der Schul-Mail gerade erinnert.

Der Sicherheitsbegehung der Auburn Day School, die Amy ein Mal im Jahr übernehmen musste, sah sie diesmal mit seltsamer Bangigkeit entgegen. Man hatte ihr Penny Ramsey als Partnerin zugeteilt, eine Frau, die von Amy und ihren Freundinnen aus der Klasse schon seit dem ersten Schuljahr der Jungs mit gemischten Gefühlen betrachtet wurde. Kaum eine Mutter hatte mit Penny Ramsey jemals mehr als ein paar Worte beim Elternstammtisch gesprochen, doch was Amy über sie wusste, genügte, um sie in leichte Depressionen zu stürzen. Penny war unfassbar abgeklärt und tüchtig. Alle Bereiche ihres Lebens griffen perfekt ineinander. Sie war zierlich, blond, hübsch, sehr intellektuell, Ehefrau eines aggressiven jungen Hedgefonds-Managers und Mutter eines extrovertierten, selbstbewussten Sohns sowie zweier graziler Töchter im Teenageralter.

Das Beeindruckendste aber war, dass sie richtig arbeitete, in Vollzeit und in einem einflussreichen Beruf, nicht wie einige andere Frauen in einem vagen »Consulting«-Job mit flexiblen bis gar nicht vorhandenen Arbeitszeiten. Es gab in der Jahrgangsstufe noch ein paar andere intellektuelle Mütter mit interessanten Berufen, doch denen sah man den Stress ihres komplizierten Lebens an, und man spürte ihre Zeitnot. Die kamen mit einem Aktenordner in der einen Hand und der Kartoffelbatterie aus dem Physikunterricht ihres Kindes in der anderen daher, hielten sich nie lange auf und saßen vor der Arbeit nie im »Golden Horn«.

Andererseits war die Welt natürlich voll von kompetenten, klugen Frauen mit fordernden, verantwortungsvollen Jobs – Ärztinnen, Menschenrechtsanwältinnen, Universitätspräsidentinnen –, Frauen, die auf den Nachrichtenseiten täglich beiläufige Erwähnung fanden. Manchmal wünschte sich Amy ein Sternchen neben ihren Namen und unten auf der Seite ihre Hintergrundgeschichten, die Erklärung dafür, wie sie das alles erreicht hatten. Ob ihre Zielstrebigkeit den Ausschlag gegeben hatte, ob sie irgendwann Mutter geworden waren, und wenn ja, zu welchem Zeitpunkt. Ob sie jemals Zweifel befielen. Ob ihre Männer, so vorhanden, ungewöhnlich häuslich waren, die kleinen, alltäglichen, sozialen, emotionalen und ästhetischen Details des gemeinsamen Lebens beherrschten und ihren leistungsstarken hydraköpfigen Ehefrauen den Rücken freihielten.

Isabelle Gordon, eine andere Mutter in der Jahrgangsstufe, war theoretische Physikerin mit dem Spezialgebiet Stringtheorie und wirkte trotzdem weder abgehetzt noch fertig, sondern glücklich. Erst vor Kurzem hatte Amy sie gesehen, als sie ein Blech mit gefährlich hin und her rutschenden selbst gebackenen Cupcakes in die Schule brachte, weil ihr Sohn Ty Geburtstag hatte. Die Glasur war zwar merkwürdig grau – sie wirkte wie das Ergebnis eines von der Behörde für Lebensmittelsicherheit mit Lebensmittelfarben durchgeführten radikalen Experiments –, aber egal. Ty war aufgeregt um seine Mutter herumgehopst, und sie hatte Späßchen mit ihm gemacht. »Warum bist du denn so schlecht drauf, Ty? Lach doch mal! Hast du vergessen, dass du heute Geburtstag hast?« Isabelle Gordon trug einen komischen dicken Zopf, der über den ganzen Rücken fiel, hatte aber gleichzeitig einen erstaunlichen Hang zu teuren, schicken italienischen Schuhen. Sie ließ sich in keine Schublade stecken. Weder erfüllte sie das Klischee der zerstreuten Wissenschaftlerin noch das der langweiligen Mutter. Sie war nett und originell; sie kannte die Namen der anderen Mütter und hatte sich bereit erklärt, in diesem Schuljahr in den Physikunterricht von Mr. Bregman zu kommen und den Jungs etwas über Stringtheorie zu erzählen.

Isabelle Gordon imponierte Amy und ihren Freundinnen und irritierte sie zugleich. Weil ihnen unbegreiflich war, wie die Frau ihren Alltag stemmte, konnten sie ihre Tricks nicht für sich übernehmen. Sie hatten eine ähnlich gute Ausbildung genossen und anfangs einen klaren Berufswunsch gehabt. Auch sie verfügten über eine rasche Auffassungsgabe, doch Isabelle Gordons Auffassungsgabe schoss durch die Decke. Keine wusste, wie sie wirklich war. Klar war nur, dass sie ihren Sohn und die Stringtheorie liebte. Aber diese Leidenschaften stellten keine widerstreitenden Kräfte dar. Wenn sie im Bett lag, wogten vor ihren Augen wahrscheinlich mehrere Dimensionen, und in einer davon schwebte ihr Sohn und aß selig einen Cupcake mit schmutzig weißer Glasur.

Penny Ramsey, Amys Partnerin bei der Sicherheitsbegehung, fiel in eine völlig andere Kategorie. Trotz ihrer Zierlichkeit, ihres femininen Stils und der mütterlichen Patina hatte sie sich in der rauen, waffenstarrenden Welt der Männer Macht verschafft und sie nie auch nur eine Sekunde lang aufgegeben, sondern immer schön an ihr festgehalten. Sie war interessant, aber nicht exzentrisch; sie war eine wandelnde Reklame für Arbeit, Muttersein, Glamour und die Weigerung, Kompromisse zu schließen. Deshalb freute sich Amy an diesem Morgen so wenig darauf, mit Penny Ramsey zwei Stunden lang durch die Straßen zu patrouillieren.

»Jetzt aber dalli, mein Schatz!«, sagte sie zu ihrem Sohn, der schlaftrunken ins Bad schwankte und herumtrödelte. Als er endlich herauskam und nach seinen Kleidern griff, verließ sie das Zimmer, um ihm seine Privatsphäre zu lassen. Kurz darauf erschien er in der Küche und plumpste auf einen Stuhl.

»Hast du den Zettel abgegeben, den ich unterschrieben habe? Den wegen der Recyclinganlage?«, fragte sie.

»Warum müssen wir zu einer Recyclinganlage?«

»Das ist bestimmt interessant.«

»Das sagst du nur so.«

»Stimmt«, gab sie zu, und beide schwiegen eine Weile. »Findet heute in der Schule irgendwas Besonderes statt?«

»Nö.«

»Gar nichts Besonderes?«

»Nö.«

Obwohl er ein intelligenter, fokussierter und manchmal nachdenklicher Junge war, erzählte er kaum je etwas von der Schule, außer wenn ihn etwas sehr aufgeregt oder begeistert hatte. Die Jungs hätten dort auch Karnevalsmasken tragen und mit den Lehrerinnen Unzucht treiben können. Amy dagegen wäre auf Anfrage in der Lage gewesen, stundenlang über alle Details ihres eigenen Alltags zu referieren, gerade weil in ihrem Leben so gut wie nichts Bedeutsames geschah.

»Machst du dir eigentlich manchmal Gedanken darüber, was ich so tue, wenn du in der Schule bist?«, fragte sie plötzlich, während er sich über seine Waffel beugte.

Er sah sie verdutzt an. »Ist das ein Trick?«

»Nein.«

Er zuckte mit den Achseln. »Keine Ahnung. Irgendwas eben. Verschiedene Sachen.«

Die Frage interessierte ihn nicht, und die Antwort zeigte Amy, dass sie, wie wahrscheinlich viele Frauen auf der Welt, für ihr Kind und vielleicht auch für ihren Mann ein Mysterium und trotzdem kein bisschen geheimnisvoll war.

PIEP. TUT. PIEP machten die Wecker in der Stadt und in den Vororten und Kleinstädten im Land – GURR GURR GURR GURRRRR UND JETZT EIN BLICK AUFS WETTER –, und mancher Frau wurde im Aufwachen schmerzhaft bewusst, wer sie war und was in der Mitte des Lebens aus ihr geworden war.

»Hast du dein Lateinbuch dabei?«, fragte Amy ihren Sohn auf dem Weg zur Wohnungstür. Mehrmals pro Woche kehrten sie an dieser Stelle um, weil Mason etwas nicht eingepackt hatte. Amy ärgerte sich über seine Vergesslichkeit. Andererseits war er ein Junge, und Freundinnen hatten ihr versichert, ihre Söhne seien keinen Deut anders.

»Nur gut, dass es uns gibt«, hatte Karen Yip, Mutter von Zwillingen, neulich beim Frühstück im »Golden Horn« gesagt, als sie sich über die Schusseligkeit ihrer Jungs unterhielten. »Ohne uns würden die ganz schnell in der Gosse landen.«

»Ja, und zwar ohne ihre Hausaufgaben«, hatte eine andere Mutter hinzugefügt.

Heute hatte Mason zwar das Lateinbuch dabei, nicht aber seine Klarinette. Nach kurzer Suche kam er mit leeren Händen zurück. »Ich finde sie nicht. Na ja, dann gibt mir Mr. Livio eben einen Strich. Ist nicht so schlimm.«

»Was ist das denn für eine Einstellung? Du suchst sie, und zwar jetzt sofort!« Sie empfand ihre eigenen Worte als aggressiv. Sie war reizbar in letzter Zeit. Als wäre es seine Schuld, dass sie sich ein bisschen verloren fühlte. »Komm schon, Schatz«, fügte sie hinzu.

Mason kramte eine Zeit lang herum, bis ihm etwas einfiel. Er griff in seinen Rucksack, zog das genau für solche Situationen programmierte elektronische Objektsuchgerät heraus, gab mehrere Ziffern ein und wartete. Plötzlich ertönten irgendwo in der Wohnung gedämpfte Laute. Sie folgten ihnen bis vor die Tür zu seinem Zimmer, wo eine androidenhafte Computerstimme aus der dunklen Höhle unter dem Bett pausenlos »Dei-ne-Kla-ri-net-te-ist-hier« schnarrte. Die Technik hatte ihn wieder einmal gerettet.

Während ihr Sohn seine Sachen zusammenpackte, trat Amy ans Fenster und zog die Jalousie hoch. Das trübe Morgenlicht wurde gelb, weiß, optimistisch, breitete sich im Raum aus. Gemeinsam gingen sie ins Treppenhaus, und Amy drückte den Aufzugknopf. Die Kabine hielt an, die Tür öffnete sich, und zwei Frauen in Hosenanzügen standen vor ihnen, sichtlich für die Arbeit gekleidet. »Morgen«, sagte die eine.

»Morgen«, erwiderte Amy.

Sie rochen nach Shampoo und einem Hauch Parfüm und waren hellwach. Amy hatte das Gefühl, auf diese Frauen wie ein ungemachtes Bett oder eine gutmütige alte Milchkuh zu wirken, und brachte die Fahrt mit geschlossenen Augen hinter sich. Unten im großen Eingangsbereich stand eine kleine Menschentraube vor der Theke von Hector, dem diensthabenden Portier, einem schlanken jungen Mann, der mit seiner viel zu großen Schirmmütze wie ein als Polizist verkleidetes Kind aussah und in diesem Moment hastig auf die ihn umringenden Hausbewohnerinnen einredete. Die berufstätigen Frauen aus dem Fahrstuhl warfen nur einen kurzen Blick auf die Szene und gingen weiter.

»... und als die Sanitäter kamen, war er schon tot«, erzählte Hector gerade.

»Schrecklich«, sagte eine junge Frau, die Amy von diversen Aufzugfahrten kannte. Ihre kleine Tochter hielt die Beine der Mutter umschlungen. »Er war doch erst Ende dreißig, oder?«

»Achtunddreißig. Aktienhändler«, wusste die Mutter aus dem neunten Stock zu berichten.

Auch Amy ging nun zur Portierstheke, um Näheres über die schlimme Neuigkeit zu hören. Ein junger Familienvater aus der vierzehnten Etage von Block H war in der Nacht an einem Herzinfarkt gestorben. Amy erfuhr sämtliche Details über die Sanitäter, die Tragbahre, die Sauerstoffmaske, die mehrfachen brachialen Wiederbelebungsversuche, die Ehefrau und die Kinder, die geweint und nichts mehr für den Sterbenden hatten tun können. »Daddy, Daddy, nimm meinen Schlüsselanhänger mit dem Eulengewölle, der bringt Glück!«, hatte der fünfjährige Sohn hysterisch geschrien.

Doch damit war die Geschichte noch nicht zu Ende. Eine Frau meinte, die junge Witwe in 14H werde sich ihre Wohnung nun nicht mehr leisten können. »Sie hat seit Jahren nicht gearbeitet.

Allein kann sie die Miete unmöglich bezahlen. Sie werden wohl ziemlich bald ausziehen müssen.«

»Die Arme«, sagte eine andere Frau. »Und die armen kleinen Kinder ...«

»Ich war dabei, als es passiert ist.« Hector wischte sich mit dem Handrücken über die Augen. »Ich habe alles gesehen. Seine Lippen«, flüsterte er, als gäbe er Geheimwissen weiter, »waren ganz lila, so wie Blaubeeren.«

Amy erinnerte sich nur vage an den verstorbenen Familienvater aus 14H. Ein Mann Ende dreißig mit rundlichem Gesicht und blonden Haaren. Unter seinem weißen Bankerhemd hatte sich ein Bäuchlein abgezeichnet. Doch im Haus herrschte ein ständiges Kommen und Gehen, die Familien gaben sich die Klinken in die Hand. In dem Gebäudekoloss bekam man die Wohnungen anderer Mieter meist nur an Halloween zu sehen, wenn man hinter dem eigenen Kind stand und mit schamloser Neugier durch die offene Tür in halbdunkle, fremd riechende, vom Licht eines überdimensionierten Plasmabildschirms durchzuckte Zimmer spähte, um sich einen Eindruck davon zu verschaffen, wie andere wohnten.

Vielleicht hatte der Mann letztes Jahr an Halloween im weißen Hemd und mit gelockerter Krawatte an seiner Wohnungstür gestanden und dem als Yoda maskierten Mason eine Keramikschüssel hingehalten, aus der der Junge mit beiden Händen Kitkats an sich raffte. Jetzt war er tot. Seine Frau und die beiden kleinen Kinder würden bald ausziehen müssen. Ihr Leben würde seine Form und Farbe verändern wie ein auf einem Plasmabildschirm vorbeiziehendes Bild. Die Wohnung würde, geweißelt und mit einem neuen Geschirrspüler sowie einer neuen Arbeitsplatte aus Obsidian ausgestattet, an eine junge Familie vermietet werden, die sie sich leisten zu können glaubte und deren Leben an diesem

Ort beginnen und sich zumindest eine Zeit lang hier abspielen würde.

»Wir kommen zu spät«, sagte Mason und zog Amy sanft aus der Gruppe der düster blickenden Frauen vor der Portierstheke heraus. Plötzlich hatten sich ihre Augen mit Tränen gefüllt. Sie dachte an den Familienvater, den sie gar nicht kannte, übertrug die Situation auf Leo und sich und stellte sich vor, alles wäre kaputt und verloren.

»Entschuldige«, sagte sie zu Mason. »Ich komme schon.«

Mason sah sie neugierig an. »Ist alles gut, Mom?«

»Ja, alles gut.«

»Was ist passiert?«, fragte er, während sie durch die Drehtür gingen.

»Ach, es ist jemand gestorben, mein Schatz.«

Sie standen auf dem Gehweg. Mason wurde ernst. »Hast du gewusst, dass immer irgendwer stirbt? Jede Sekunde? Jetzt. Jetzt ist irgendwo auf der Welt gerade einer gestorben.«

»Ja, aber es ist hier passiert. Gestern Nacht ist im vierzehnten Stock ein Mann gestorben, und das ist sehr traurig.«

»Was hatte er denn?«

Amy zögerte kurz. Dann sagte sie: »Er war alt.«

Draußen erwartete sie ein überraschend klarer, milder Morgen – eine Wohltat nach der Eingangshalle mit ihren wabernden Neuigkeiten vom plötzlichen nächtlichen Tod. Ein Hausmeister spritzte den Gehweg ab. Das Wasser floss in den Rinnstein und in die kleinen Fleckchen Erde am Straßenrand, aus denen mickrige Stadtbäume wuchsen. Die Luft vor dem Eingang des »Rivermere« stank leicht nach Rübenkeller. Jeder herrliche Herbsttag erinnerte sie an den herrlichen Tag, an dem die Stadt getroffen worden war. Doch heute dachte Amy auch, dass sie Grund zur Zufriedenheit hatte. Sie war noch immer schlank, und vor ihr lag ein ganzer, neuer Tag. Sie hatte eine kleine, innig verbundene Familie und eine beste Freundin, die sie liebte. Zwar war kein Ende des Irakkriegs in Sicht, was alle hilflos machte und einen Terroranschlag durchaus möglich erscheinen ließ, doch die Devise lautete, man dürfe sich nicht zu Hause verschanzen, man müsse »sein Leben leben«, denn etwas anderes könne man schlicht nicht tun.

Jetzt strömten auch die übrigen Frauen durch die Drehtür auf den Gehweg, und in der ganzen Stadt und den umliegenden Orten hinter den Highways folgte der Rest. Gleich würden sie ihre Kinder vor den Schultoren abgeben, sie auf den Kopf küssen und ihnen nachblicken, während sie im Gebäude verschwanden. Dann würden die Frauen frei sein. Dann hatten sie, wenn sie wollten, die überdachten Malls und Plazas und die offene Landschaft der Vororte und sämtliche Gebäude, Geschäfte, Museen der Stadt und auch alles unter offenem Himmel für sich. Der Tag erwartete sie mit all seiner Fülle und Freiheit, die ihre Männer fast gar nicht mehr hatten und, wie sie versicherten, gar nicht mehr haben wollten. Niemand wusste, wie es so gekommen war. Es hätte nie so kommen dürfen.

Doch an einem schönen Tag wie diesem überdeckte die Freude fast jeden Anflug von Verzweiflung und Kummer. Im ganzen Land stießen die Frauen die Türen auf und gingen hinaus, um sich zu nehmen, was ihnen gehörte.

Zwei

Montreal 1972

»Ich glaube, wir schließen besser die Jalousien!«, sagte eine der Frauen mit schrillem Lachen, und die anderen lachten auch, dreckiger als sonst, weil sie seit fast einer Stunde Gin Tonic tranken und keine Kinder am Boden wuselten und keine Männer in den Türen standen und lange Schatten warfen, während sie fragten, wann es mit dem Abendessen so weit sei oder wo die Schere liege. Selbst Henry Lamb war an diesem Abend verbannt worden, dabei war er ein Guter, ein sanfter, introvertierter Mann mit feinem blondem Haar, das ihm rechts und links der beginnenden Glatze zu Berge stand, ein Mann allerdings, der nie viel darüber nachgedacht hatte, wie unfair die Gesellschaft die Frauen behandelte. Schon im Mikrokosmos der Fakultät für Wirtschaftswissenschaften an der McGill University wären ihm, dem Professor, Beispiele für schreiende Ungerechtigkeit aufgefallen, hätte er nur richtig hingesehen.

Seine Frau Antonia hatte ihn und die drei kleinen Töchter nicht zum ersten Mal oben eingesperrt. Jetzt musste er ein Brettspiel namens »Irrgarten!« spielen, dessen zahlreiche Verschieberegeln er trotz seines Doktortitels nicht verstand, die drei schlauen Mädchen dagegen sehr wohl. Unten im schwer mit Pflanzen bestückten Wohnzimmer diskutierten die Mitglieder der Selbsterfahrungsgruppe über die Rolle der Frau in der heutigen Gesellschaft. Je nach Temperament der Sprecherin klangen die nach oben dringenden Stimmen aggressiv, leidenschaftlich oder monoton.

Es klingelte, und Antonia öffnete den Nachzüglerinnen. Sie stampften ein paarmal auf den Fußabtreter, hauchten ihre Atemwölkchen in den kalten Abend und traten ein. Drinnen warfen sie ihre mit Reif überfrorenen Mäntel auf die Bank im Flur und gingen weiter, ins Wohnzimmer, wo sich ein warmer, bunter, dichter Wald aus Frauen formierte. Um halb neun klopfte Antonia Lamb an ihr Glas.

»Ich schlage vor, dass ihr schnell austrinkt«, sagte sie, als die teilweise ziemlich angeschickerten Frauen endlich schwiegen. »Der gesellige Teil des Abends ist nämlich vorbei. Jetzt beginnt der Aufklärungsteil.«

»Oh, oh, ihr wisst, was das heißt«, rief Carol Bredloe, die ein paar Häuser weiter wohnte.

Hier und da wurde gekichert, und eine andere Frau verkündete: »Lasst, die ihr eintretet, alle Hoffnung fahren!«

Die Gin-Tonic-Gläser wurden geleert und auf sämtlichen verfügbaren Oberflächen – dicken Bildbänden, Taschenbuchromanen und dem Couchtisch selbst – abgestellt. Antonia sah sich leicht besorgt um und überlegte bereits, welches Reinigungsmittel sie am nächsten Tag bei Steinberg's kaufen sollte, um die sich überschneidenden Gläserringe auf dem Holz zu entfernen.

Warum denkst du jetzt an Möbelpolitur?, fragte sie sich. Spring über deinen Schatten und versuch *ein* Mal, nicht nur das Heimchen am Herd zu sein! Verdammt, wir sind im Jahr 1972 – Frauen verändern sich! Daran solltest du jetzt denken, an die gesellschaftliche Entwicklung der Frauen! An das, was sich hier und in den Vereinigten Staaten, drüben in Europa und auf der ganzen Welt tut! Denk an das, was sich hier in diesem Zimmer gleich abspielen wird!

Antonia hatte eine gewisse Marsha Knowles aus Toronto zu einer Präsentation vor der Selbsterfahrungsgruppe eingeladen. Ein

Mal pro Monat machte eine Frau aus der Gruppe einen Auflauf, meistens etwas mit Hackfleisch und angekohltem Käse, backte einen Streuselkuchen, stellte Gin und Tonic Water, eine Schüssel Eiswürfel und mehrere Flaschen Zinfandel bereit, schaffte Mann und Kinder aus dem Weg und lud die anderen zu sich ein. So ging das jetzt ein Jahr. Seit dem ersten Treffen hatte die Gruppe bereits zahlreiche Themen abgehandelt, die von der Frage »Wie wichtig ist mein Orgasmus?« über die Forderung »Politisches Bewusstsein entwickeln!« bis hin zu dem Anliegen »Töchter zu selbstbewussten und Söhne zu gefühlvollen Menschen erziehen« reichten. Waren sie bei den ersten Zusammenkünften noch schüchtern und gehemmt gewesen, so war es in späteren Diskussionen ziemlich heftig zur Sache gegangen. Oft flossen in den Wohnzimmern Tränen, und gelegentlich schoss die Wut wie aus Blasrohren aus den Frauen heraus.

»Ich bin so unglücklich«, erklärte eine Frau beispielsweise und erzählte mit unterdrückter Empörung von ihrem Mann, der einfach nichts wissen wollte von seiner moralischen Pflicht, gelegentlich den Geschirrspüler auszuräumen. »Martin fällt doch kein Zacken aus der Krone, wenn er im Haushalt ein bisschen mithilft! Aber er sieht das als allein meine Aufgabe an. Ich meine, kann man nur dann Besteck in Schubladen räumen, wenn man Eierstöcke besitzt?«, fragte sie, und die anderen beeilten sich, ihr das Gegenteil zu versichern, und bestärkten sie und sich in ihrem Recht, auf Veränderungen zu pochen. »Es ist ja nicht so, als hätte ich mich bei der Hochzeit dazu verpflichtet!«, fuhr die Frau fort. »Oder hieß es bei der Trauung, dass in unserer Ehe ausnahmslos und bis in alle Ewigkeit ich für den Geschirrspüler zuständig bin?«

»Außerdem gab es bei deiner Hochzeit mit Martin noch gar keine Geschirrspüler«, warf eine Frau zur Bestärkung ein.

Henry war im Gegensatz zu einigen anderen Ehemännern nicht offen sexistisch. Trotzdem steckte Antonia noch immer ein Vorfall in den Knochen, der sich 1969 bei der Weihnachtsfeier der Wirtschaftswissenschaftlichen Fakultät ereignet hatte. Sie war an seinem Büro vorbeigegangen und hatte ihn dabei gesehen, wie er die Fachschaftssekretärin Ginny Foley küsste, ein biederes, farbloses kleines Ding mit roten Haaren und anämisch bleicher Haut, das immer extrem weite Schlaghosen trug. Obwohl Antonia keine Sekunde eine Gefahr in Ginny sah, fühlte sie sich fürchterlich betrogen und entsprechend unzulänglich. Wie konnte es sein, dass die groß gewachsene, graziöse, wortgewandte Antonia ihrem Mann nicht genügte, sodass er sich an der kleinen Ginny Foley schadlos hielt, deren Hände nach Matrizenspiritus rochen und die auf dem Schreibtisch ein stets gefülltes Glas mit Brausebonbons stehen hatte, damit sich die Wirtschaftsdozenten im Vorbeigehen bedienen konnten?

Auf der Rückfahrt von der Weihnachtsfeier war Henry bemerkenswert gut gelaunt gewesen. Antonias brodelnde Wut und ihren inneren Schmerz bemerkte er nicht. »Ich habe dich gesehen«, sagte sie knapp.

»Wie, du hast mich gesehen?«

»Mit deiner bescheuerten Fachschaftssekretärin.«

Er legte die Hand über die Augen wie ein Kind, das glaubt, es könnte sich dadurch unsichtbar machen. »Henry, du fährst!«, ermahnte sie ihn. Er entschuldigte sich überschwänglich. Er habe zu viel getrunken, und Milt Berkman habe einen Joint herumgehen lassen. Auf der Stereoanlage im Gang seien die Doors gelaufen, und alle seien in Feierlaune gewesen und hätten ein bisschen die Sau rausgelassen, »vor allem die Keynesianer«, wie er hinzufügte. Er schwor, es sei das erste Mal gewesen.

Was sollte sie tun? Sie verzieh ihm. Schließlich hatte er nur jemanden geküsst; er hatte Ginny Foley geküsst. Und er wirkte ehrlich zerknirscht und schuldbewusst.

Sie fingen sich wieder, aber in ihrer Ehe veränderte sich etwas. Nie wieder würde Antonia ihren linkischen, zerstreuten Mann so lieben können wie zuvor. Als zwei Jahre später der Feminismus in ihr Leben trat, empfing sie ihn mit offenen Armen. Die Frauenbewegung gab ihr eine Aufgabe. Und sie war eine hervorragende Ablenkung – die Frauenbewegung wurde zu Antonias Ginny Foley. Die Neuartigkeit dieser aufregenden Treffen, die Solidarität, die Offenherzigkeit in den Gesprächen mit den anderen Frauen begeisterten sie immer mehr und lösten etwas in ihr aus. Schon nach kurzer Zeit äußerte sie sich leidenschaftlich zu konkreten, wichtigen Themen.

Sie erzählte ihrer Selbsterfahrungsgruppe von ihrem alten Wunsch, historische Romane zu schreiben. Sie habe auch schon eine Idee für ein Buch. »Sehr gut!«, sagten die Frauen. »Du schaffst das!« Am Morgen nach dem Gruppentreffen in ihrem Haus begann Antonia Lamb gleich nach dem Aufstehen mit der Niederschrift ihres Romans »Umkehr und Heimkehr«, der im Ontario des neunzehnten Jahrhunderts angesiedelt war und von einer Lehrerin und deren Liebesaffäre mit einem Farmer handelte. Den Farmer stellte sie sich wie das genaue Gegenteil ihres Mannes vor – bauchgesteuert statt intellektuell, muskulös statt drahtig. Alles andere als ein akademischer Hungerhaken.

In letzter Zeit hatten sich mehrere Gruppenmitglieder über ihr enttäuschendes Sexleben beklagt. Ihre Ehemänner seien zwar ganz wild aufs Vögeln, schliefen aber sofort danach laut schnarchend ein. Daraufhin hatte eine Frau vorgeschlagen, die Männer über die diversen Teile des weiblichen Körpers aufzuklären. Doch dazu mussten sich die Frauen erst einmal selbst kundig machen.

Auftritt Marsha Knowles. Ja, Auftritt, dachte Antonia Lamb in ihrem Wohnzimmer. Denn Marsha Knowles, Beratungslehrerin an einer Middle School im Großraum Toronto und als Gast eingeladen, präsentierte an jenem Abend allen ihre schwarze Ledertasche, ein Erbstück ihres Vaters, eines Arztes, der sich über deren aktuellen Verwendungszweck entsetzt gezeigt hätte. Marsha Knowles war Mitte dreißig und ihr dunkles Haar stoppelkurz. Sie war eine nette Frau und offenbar durch nichts in Verlegenheit zu bringen, wie den im Wohnzimmer versammelten Frauen schnell klar werden sollte.

In einem Tonfall, in dem üblicherweise Toasts ausgebracht wurden, verkündete sie: »Ich danke euch Frauen, dass ihr so mutig und wissbegierig seid!« Sie sei viel in ganz Ontario unterwegs und in Häusern wie diesem zu Gast, um vor Selbsterfahrungsgruppen zu sprechen, die ja in den letzten Jahren wie frisch gepflanzte kleine Ahornsetzlinge aus dem Boden geschossen seien. Erst letzte Woche sei sie nach Moosonee hinaufgeflogen und habe vor einem Dutzend Hausfrauen einen Vortrag gehalten.

Mit vorgebeugtem Oberkörper sah Antonia Lamb von ihrem Stuhl aus zu, wie sich Marsha Knowles, dabei entfernt an eine Zirkusrobbe erinnernd, aus ihrer Verlourshose und dem verwaschenen, leicht deprimierenden Baumwollschlüpfer schälte, dessen Gummiband einen geriffelten blassrosa Abdruck auf der Haut hinterließ, und eilig auf der Couch der Lambs Platz nahm. Antonia hatte die Couch aus gegebenem Anlass mit einem Laken bedeckt, das einer ihr drei Töchter gehörte und an den Rändern ein Muster aus kleinen Erdbeeren aufwies. Jetzt hätte es Antonia am liebsten abgezogen und durch eine alte Picknickdecke oder ein ausgefranstes Strandtuch ersetzt. Martha Knowles entnahm der Ledertasche einen metallisch glänzenden Gegenstand, und als das Spekulum im Licht aufblitzte, holte Antonia so tief Luft, als würde sie gleich penetriert werden, obwohl vereinbart war, dass das

Instrument ausschließlich in und durch Marsha Knowles eingesetzt werden sollte.

Die Frauen verfielen in gespielte Ungezwungenheit – schließlich ging jede von ihnen ein Mal im Jahr zur kostenlosen gynäkologischen Untersuchung. Doch außerhalb der mit Vorhängen abgetrennten Behandlungsräume und ohne Krankenschwester erschien ihnen das Spekulum wie eine mittelalterliche Waffe. Nachdem Marsha Knowles schweigend gewisse Vorkehrungen getroffen hatte, legte sie sich auf das Laken mit dem Erdbeerrand und wartete keck lächelnd, bis die Frauen vor ihr eine Schlange gebildet hatten, um sich das Ganze anzusehen.

Sie hätten auch vor einem Buffet anstehen können, so ruhig, geordnet und gesittet lief die Sache ab. Antonia war die Erste. Immerhin sei sie die Hausherrin, hieß es. Sie ging auf Marsha Knowles zu, die träge dalag wie ein Baby, das auf seine Windel wartet, oder wie ein Hühnchen, das begossen werden muss – beides haushaltsnahe Bilder. Doch welchen Vergleich man auch immer heranzog: Sie wirkte in jedem Fall sehr verletzlich mit ihren starr gespreizten Beinen, ein Sinnbild der neuen Weltordnung. Zögerlich wagte Antonia den Blick in ihr Inneres. Die Leselampe hatte man so ausgerichtet, dass ihr Licht auf diese eine Frau fiel und diese eine Körperöffnung ausgeleuchtet wurde. Antonia Lamb spähte durch den klaffenden, lebenden Raum und sah das Dunkle und das Helle, die Wände, den Boden und die Decke. Fast glaubte sie, Stalaktiten und Stalagmiten zu sehen. Klare Linien gab es nicht. Im weiblichen Körper war offenbar alles so dicht und komplex wie das Leben selbst, kein Weg darin einfach oder gerade.

Mutig geworden blickte sie sich weiter in dem glänzenden Zeittunnel um. Sie würde Romane schreiben und andere Frauen inspirieren. Ihr Mann und ihre Kinder würden ihre Veränderung akzeptieren und sich darüber freuen. Eine Frau in der Gruppe würde demnächst erkennen, dass sie lesbisch war. Eine andere würde innerhalb weniger Jahre an Krebs versterben. Wer darauf achtete, dem wurden die Schwierigkeiten und Sonderbarkeiten des Lebens bewusst. Doch während Antonia Lamb, vierzig Jahre alt, in die Körperöffnung zwischen den stämmigen Beinen einer Beratungslehrerin aus Toronto blickte, einer Frau, der sie nie wieder zu begegnen hoffte, erschien ihr die Zukunft offen und glänzend, nicht matt und vorhersehbar.

Ihre Töchter Naomi, Amy und Jennifer würden nicht mehr so kämpferisch, so unzufrieden sein und so revolutionär agieren müssen wie Antonia und ihre Freundinnen. Sie würden nicht in grell erleuchteten fremden Wohnzimmern mit quälender Befangenheit eiskalte Spekula in sich einführen müssen, während daneben auf dem Sideboard Gin Tonic, Cracker und Käsebällchen im Nussmantel standen und draußen vor den dunklen Fenstern der Schnee durch die Luft wirbelte.

Die Töchter dieser Frauen, die Generation der Postspekulumfeministinnen, würden zu Frauen heranwachsen, die mit ihren Männern und Kindern in bisher nie gekannter Harmonie zusammenlebten. Sie würden wesentlich bessere Ehen führen als Henry und Antonia – ohne Fachschaftssekretärinnen mit armseligem Bonbonglas zwischendurch. Wenn sich das Geschirr im Spülbecken stapelte, würde die Frau zum Schwamm greifen – oder der Mann. Es würde keine Unterschiede zwischen den Geschlechtern geben, und der Anblick eines Mannes mit Schürze, einer Frau mit Werkzeuggürtel, eines Mannes mit Baby im Arm oder einer Frau als Vorstandsvorsitzender würde niemanden erstaunen. Alle würden arbeiten, alle würden Einfluss haben, alle würden zu Hause mithelfen. Die Töchter würden anerkennen, welch unglaubliche Veränderungen ihre Mütter angestoßen hätten, würden das unumkehrbar und historisch in ein »Ja« verwandelte »Nein« sehen und dankbar sein. Am nächsten Morgen würde Antonia mit ihrem Roman beginnen. Von nun an würde sie mit ihrem Leben etwas anderes machen und seine Dimensionen erweitern.

»Meine Güte, was ist denn da drin so Tolles zu sehen? Du kriegst ja gar nicht genug«, sagte eine Frau aus der Gruppe in nervös-scherzhaftem Tonfall und stupste Antonia leicht an, die, unfähig sich abzuwenden, wie festgewurzelt im Lampenlicht stand.

»Entschuldige«, erwiderte Antonia Lamb und trat rasch zur Seite, um der anderen Einblick in ihre Zukunft zu gewähren.

Drei

Und da war sie, die Zukunft. Nachmittags nach Unterrichtsschluss stellte die Welt ein Mosaik aus Frauen und Kindern dar. Egal, wo man wohnte, ob man ein vertikales Leben in der Stadt führte oder anderswo im weiten Land auf großer Fläche ein horizontales – nie ging es draußen männerloser zu als um drei. Sobald die Schultür aufschwang, kehrten die Kinder in die Obhut ihrer Mütter zurück, die einen Moment lang das Gefühl hatten, die Trennung wäre endlos und zermürbend gewesen, nicht bloße sieben Stunden, in denen sie frei und unbeschwert ihrer Wege hatten gehen können.

Während Amy Lamb auf Mason wartete, wünschte sie sich nichts mehr, als sich ihn zu schnappen, andeutungsweise zu umarmen, ihm ein Eis oder geröstete Nüsse zu kaufen und mit ihm nach Hause zu gehen. Anfangs war er oft einsilbig, doch durch die Süßigkeit öffnete er sich, als enthielte sie ein Wahrheitsserum. Dann erfuhr sie dies und jenes über den Tag in der Schule.

»Mr. Bregman hat uns eine Nebula gezeigt.«

»War sie neblig?«, fragte Amy.

»Was?«

»Nichts. Kleiner Scherz.«

Der Heimweg von der Schule hatte etwas so Friedliches. Zu Hause trödelte Mason mit den Hausaufgaben herum, chattete mit seinen Freunden, kam vielleicht irgendwann in die Küche, wo Amy gerade beschäftigt war, und lud sie ein, mit ihm Karten zu spielen. Sie nahm das Angebot immer an. Während sie die Karten auf den Tisch knallten, verriet Mason manchmal weitere Details über den großartigen Mr. Bregman, etwa, dass er den Jungs erzählt habe, die Menschen in ihrer maßlosen Selbstüberschätzung seien bis vor Kurzem davon überzeugt gewesen, das Weltall im Detail zu kennen, bis sich herausgestellt habe, dass alles, was man davon sehen und erfassen könne, nur ganze vier Prozent des Universums ausmache. »Der Rest heißt Dunkle Materie oder Dunkle Energie, und kein Mensch weiß, was das genau ist. Niemand hat eine Ahnung. Wahnsinn, man kennt nur vier Prozent …«, hatte Mason damals gesagt und seine oberste Karte aufgedeckt.

Doch heute konnten sie nicht zusammen nach Hause gehen und Karten spielen und über die Schule und die tiefe, geheimnisvolle, nur einen Spaltbreit geöffnete Tasche namens Universum reden, denn wie so manche andere Frau in der Stadt und im Land war Amy für heute zur Sicherheitsbegehung eingeteilt, eine Pflicht, die jedem Elternteil ein Mal pro Jahr auferlegt wurde und die sie bei der Geburt ihres Sohnes unwissentlich übernommen hatte. Nein, dachte sie, eigentlich hatte sie diese Pflicht bereits übernommen, als auf dem Höhepunkt eines wundervollen, ohne Verhütungsmaßnahmen durchgeführten Sexualakts ein sich spontan vergrößernder Zellklumpen entstanden war, der sie viele Jahre später dazu zwang, ihre Eitelkeit zu überwinden und eine grell orangerote Kunststoffweste anzuziehen, sich eine Pfeife um den Hals zu hängen, ein Funkgerät in die Hand zu nehmen und mit der ihr zugeteilten Partnerin in die Welt hinauszugehen.

Das fröhliche Nachmittagschaos war jetzt überall zu spüren. Die Kinder, schwindlig vor Freude über den restlichen freien Tag, plapperten, schrien und vollführten Karate-Moves in der kühlen Luft. Amy Lamb trat auf den Gehweg und wäre sich auch mit einer Clownsnase und langen, schlappen Latschen nicht absurder vorgekommen, als sie sich jetzt fühlte. Jeden Tag mussten zwei

Elternteile aus unterschiedlichen Familien gemeinsam in den Straßen rings um das Schulgebäude patrouillieren, obwohl sie alle in ihren tief unter den Kunststoffwesten schlagenden Herzen wussten, dass sie ihre Kinder nicht schützen konnten.

»Sehr geehrte/r Erziehungsberechtigte/r von MASON LAMB-BUCKNER« hatte die Anrede auf dem Brief der Auburn Day School gelautet. »Sie und Ihr/e Sicherheitspartner/in, der/die Erziehungsberechtigte von HOLDEN RAMSEY, treffen sich am MONTAG um 15 Uhr vor der Schule.« Es hieß nie »Mutter«, immer »Erziehungsberechtigte/r«. Wenn gelegentlich ein Vater erschien, gab es vonseiten der Mütter meist ein so großes Hallo, als stünde dem Mann eine Vorzugsbehandlung zu, weil er tatsächlich noch vor Ende seines Arbeitstags das Börsenparkett verlassen hatte. Oder es tauchte der eine, einzige nichtberufstätige Vater der Klasse auf, ein Mann namens Len Goodling, der tagsüber manchmal gedankenverloren vor dem Schaufenster von »Camarata & Bello« stand und auf die Feinkostsalate stierte, als sähe er sich einen Porno an. Seine Frau war in der Werbung tätig und kam nur selten in die Schule; sie war so unsichtbar wie viele Väter.

»Wenn wir zehn Jahre jünger wären«, hatte Roberta Sokolov neulich gesagt, »hätten wir Männer, die uns die Sicherheitsbegehung abnehmen würden.«

Wie wahr. Obwohl sie größtenteils liebe, anständige Ehemänner hatten, die sich zum Wickeln nicht zu schade gewesen waren, herrschte in Sachen Kindererziehung und Haushalt alles andere als eine faire Arbeitsteilung. Das lag nicht nur an ihren Vollzeitjobs. Die Männer hatten sich über die Welt ihrer Frauen so wenig Gedanken gemacht, dass sie darin völlig hilflos gewesen wären. Die seien ja nicht mal in der Lage, Vorhangringe zu kaufen, hatte Karen Yip einmal gesagt. Und ebenso wenig imstande, ein Klassengeschenk für die Lehrerin oder den Lehrer zu besorgen, wie eine andere Mutter behauptete. Teilte man ihnen diese Aufgabe zu, brächten sie etwas völlig Unpassendes nach Hause, eine Schachtel Pralinen aus dem Drogeriemarkt beispielsweise, mit einer ausführlichen Beschreibung der einzelnen Pralinen im Innendeckel. Und wenn sie einen Tag lang auf das Kind aufpassen müssten, gehe unweigerlich etwas schief. Wie oft sei ihr bei Männern mit Kinderwagen schon aufgefallen, dass das Baby nur eine Socke trage, meinte eine andere. In der Regel höre man dann jemanden »Warten Sie! Warten Sie!« rufen, und eine Passantin komme mit dem Söckchen in der Hand den Weg zurückgelaufen.

Das stimme doch alles gar nicht, widersprach eine andere Frau. Und selbst wenn – so schlimm seien die väterlichen Defizite auch wieder nicht. Schließlich würden die Männer nicht im Winter mit ihren nackten Kindern aus dem Haus gehen und sie im Wald aussetzen. Und verhungern würden die Kleinen unter ihrer Aufsicht auch nicht. Doch die Ehemänner, mit denen sie zusammenlebten, steckten zwischen Vergangenheit und Zukunft fest. Die Zukunft selbst waren sie noch nicht. Sie waren noch nicht die Früchte des Feminismus, die dessen Begründerinnen ihren Töchtern gern zum Geschenk gemacht hätten.

Veränderungen benötigten immer etwas mehr als eine Generation. Gelegentlich liefen Amy und ihren Freundinnen junge Kerle um die dreißig über den Weg, die zu Hause blieben, während ihre Frauen zur Arbeit gingen. Völlig andere Männer als ihre eigenen, zehn Jahre älteren. Sie hatten jugendlich schmale Körper – oder lag das nur daran, dass sie nicht arbeiteten und von der im Geschäftsleben üblichen Uniform befreit waren? Die jüngeren Ehemänner trugen T-Shirts mit den Logos der Rockbands und Fischlokale ihrer Jugendzeit. Sie hatten Kinnbärte und schicke eckige Brillen und pressten ihre Babys in Tragetüchern aus Stoff an die Brust. Wenn ihre Frauen noch ein bisschen mitgenommen, im

Großen und Ganzen aber gelassen an den Arbeitsplatz zurückkehrten, wussten sie ihr Kind zu Hause in der Fürsorge eines Menschen, der es genauso liebte wie sie selbst.

Männer und Frauen entwickelten sich weiter; die jüngeren Männer bewiesen das, indem sie mit allem zurechtkamen, die jüngeren Frauen, indem sie die Männer machen ließen. Es gab auch vierzigjährige Männer wie Len Goodling, dessen nachmittägliches Erscheinen in der Schule jedoch für Irritationen sorgte, weil es sämtliche Theorien über die Welt ins Wanken brachte. Anfangs freute man sich über einen wie ihn, doch schon nach kurzer Zeit begann er zu nerven, trieb er sich doch in einem Kosmos herum, den die Frauen für sich eingerichtet hatten.

Amy hatte vereinbart, dass Mason an diesem Tag nach der Schule zu Caleb und Jonno, Karen Yips Zwillingen, gehen sollte. Jetzt stand sie in ihrer orangeroten Weste da. Penny Ramsey kam ein paar Minuten zu spät, stellte sich mit leicht gerötetem Gesicht neben sie und sagte, während sie die Schnallen ihrer Weste schloss: »Entschuldigung, aber ich hatte heute ein Meeting nach dem anderen.«

»Kein Problem«, erwiderte Amy freundlich.

Sie gingen im Gleichschritt. Dass sie schwiegen, lag weniger an der Schwere ihrer Aufgabe als an einem gegenseitigen Unbehagen. Penny Ramsey, Direktorin des Museums für Stadtgeschichte, war Amys Vermutung nach in Gedanken noch bei ihren endlosen Meetings. Das in einem Townhouse in Chelsea untergebrachte Museum war klein und unterfinanziert, und obwohl die meisten Mütter der Klasse es für ein durchaus lohnendes Ziel hielten, gingen sie immer nur ins Metropolitan oder ins Modern oder in die kalkweiße Spirale des Guggenheim statt in das kleine Museum für Stadtgeschichte mit seinen schlichten, liebevollen Erinnerungen an das alte New York.

Manchmal wurden dort Fotos ausgestellt, manchmal Gegenstände aus den Mietskasernen der Lower East Side oder Speisekarten aus Restaurants der Jahrhundertwende mit Preisen, die wie von Kindern erfunden wirkten. Fünfundneunzig Cent für ein Steak! Zwanzig Cent für Petersilienkartoffeln als Beilage! In welcher Welt hatte es das gegeben? Verschwunden, verloren, aus und vorbei. Vergangenes Frühjahr waren die Auburn-Schüler ins Museum eingeladen worden und unter Penny Ramseys persönlicher Führung durch die Räume getrottet. Sie hatten alte Fotos von armen Kindern gesehen, die um 1900 mit Besenstielen und Gummibällen auf den Straßen der Stadt Stickball spielten. *Tot, alle tot,* hatte Amy, die als Begleitperson mitgekommen war, beim Anblick der hungrigen, zerlumpten kleinen sterblichen Jungs gedacht, die ihre Besenstiele aneinanderschlugen. Die gut genährten, sauberen, dem Anblick der unverfälschten historischen Zeugnisse zwangsweise ausgesetzten Schüler waren augenrollend auf den ächzenden Dielen weitergestapft, was der Direktorin jedoch nichts auszumachen schien. Sie war nicht nur in ihrem eigenen Museum nett, liebenswürdig und unermüdlich, sondern auch draußen in der Welt. Hin und wieder sah man Fotos von ihr und ihrem Mann auf den Gesellschaftsseiten einer Zeitung: Penny Ramsey creme- und paillettenglänzend, Greg Ramsey dicklich und ausdruckslos im Smoking.

Für die Sicherheitsbegehung hatte die kleine, feine Penny Ramsey ihr goldblondes Haar zu einem Ballerina-Dutt geschlungen, in dessen mittiger Vertiefung Amy sämtliche Geheimnisse der Frau vermutete, nicht zuletzt die Antwort auf die Frage, wie sie es schaffte, ein Museum zu leiten, ihren drei Kindern eine geduldige und gleichzeitig tatkräftige Mutter zu sein, den Ansprüchen und Forderungen ihres Mannes zu genügen und trotzdem fast pünktlich zur Sicherheitsbegehung zu erscheinen. Sie war großartig, ohne eine Narzisstin zu sein. Sie übte einen wichtigen Beruf aus, den sie liebte und weder gegen eine Vollzeitmutterschaft noch gegen ein reduziertes, weniger anstrengendes Mutterdasein eingetauscht hatte. Sie hatte sich weder von der eigenen Häuslichkeit noch vom eigenen Ehrgeiz vereinnahmen lassen, sondern beide Bedürfnisse austariert und gemäßigt.

Während die meisten Mütter der Klasse glaubten, viel aufgegeben zu haben, hatte Penny Ramsey auf gar nichts verzichtet. Als ihre Kinder noch sehr klein gewesen waren, hatte sie ihre berufliche Tätigkeit angeblich kurz unterbrochen, doch stets an ihrem Platz in der Welt festgehalten. Gleichzeitig galt sie als liebevolle Mutter, die zu allen Konzerten und Fußballspielen ihrer Kinder kam und sie hinterher jubelnd umarmte. Sie hatte sich im Gegensatz zu den anderen Frauen nicht nach und nach vom Museum oder von der Kanzlei verabschiedet, von der Filmproduktionsfirma, dem Job als Statistische Analystin, dem Puppenspiel oder gar, wie im Fall von Laurie Livers, einer Mutter, die die anderen Frauen nur flüchtig kannten, von einem großen Verlag, in dem sie als Cheflektorin gearbeitet hatte.

Wie kriegst du das alles auf die Reihe?, hätte Amy am liebsten gefragt, während Penny und sie durch die Straßen gingen. Zum ersten Mal in all den Jahren waren sie nur zu zweit. Jetzt hätte Amy die Gelegenheit gehabt zu sagen: »Du bist wirklich außergewöhnlich, wahrscheinlich hast du Zauberkräfte.« Stattdessen dachte sie: Auf Dauer kann das nicht gut gehen. Diese Kartenhäuser stürzten fast immer irgendwann ein.

Es war ein schöner Herbstnachmittag, kühl wie eine Flasche, die kurz im Kühlschrank gelegen hatte. An einem solchen Tag hätte man die Sicherheitsbegehung sogar genießen können, wäre Amy nicht so befangen gewesen. Immer wieder schielte sie zu Pennys zartem, unbestreitbar intelligentem und, wie Amy fand, leicht stoisch wirkendem Gesicht hinüber. Im neunzehnten Jahrhundert wäre Penny Ramsey eine Siedlerfrau gewesen, die mit lockerem Dutt und gespanntem Gewehr auf ihrem Grund und Boden gestanden hätte.

»Und? Wie läuft es dieses Schuljahr bei euch?«, fragte Penny. »Hattet ihr einen guten Start?«

»Ja, ich kann mich nicht beklagen. Und ihr?«

»Alles bestens. Holden fühlt sich ziemlich wohl, glaube ich. Aber ich sehe meine Kinder zurzeit nicht sehr oft.«

Da war er, der Haken. Die Vorstellung, dass Pennys Leben nicht völlig im Gleichgewicht war, entspannte Amy sofort ein bisschen. »Also, ich sehe meinen sehr oft«, sagte sie. »Vielleicht bist du da besser dran als ich.« Das war zwar gelogen, aber die übliche Phrase.

»Es heißt ja immer, Jungs hätten eine enge Beziehung zur Mutter«, sagte Penny.

»Ja. Angeblich legen sich die Väter immer mit den Söhnen an, und die Mütter kommen gut weg.«

»Früher war das bei uns tatsächlich so. Als Holden klein war, hatte ich einmal ein verwaschenes Nachthemd an, und er rief: ›Das ist aber ein schönes Kleid, Mommy!‹« Amy lachte. »In letzter Zeit ist er allerdings ziemlich schwierig. Er ahmt seinen Vater nach und führt regelrechte Verhandlungen mit mir.«

»Ich weiß, was du meinst. Mason gibt sich auch manchmal so männlich. Ist aber typisch für das Alter.«

»Ich finde es trotzdem ziemlich deprimierend«, gestand Penny mit plötzlicher Vehemenz. »Man verliert sie an ihre Männlichkeit und landet praktisch auf dem Abstellgleis.«

Vielleicht urteilte Penny gar nicht über sie. Vielleicht zerbrach sie sich gar nicht den Kopf darüber, wie Amy ihre berufsuntätigen Tage füllte. Zwar wurden Frauen von anderen Frauen so gut wie nie offen dafür kritisiert, dass sie zu Hause blieben, doch Amy wusste, wie es nach außen wirkte. Der Vorwand, ein kleines Kind zu haben, taugte nicht länger als Schutzschild gegen die Frage, was sie denn »mache« – das Erste, was man bei jeder Dinnerparty von ihr wissen wollte.

Einer italienischen Mutter an der Schule zufolge galt es in Europa als unhöflich, dem Gegenüber diese Frage sofort nach dem Kennenlernen zu stellen. Stattdessen diskutierte man bei Abendgesellschaften in Paris oder Rom über Politik und Filme oder wählte unverfängliche Gesprächsstoffe. Niemand wurde durch Äußerungen gekränkt, niemand versuchte dezent das Thema zu wechseln. Nach einem langen, angenehmen, entspannten Abend gingen die Leute einzeln oder zu Paaren in die Nacht hinaus, ohne erfahren zu haben, was die anderen Gäste »machten«. Die Stunden waren ohne hektisches Networking vergangen, und keiner hatte sich an jemanden mit etwas mehr Einfluss herangeschmissen. In New York und im restlichen Amerika mit seinem angespannten Verhältnis zur Berufstätigkeit ging es anders zu. Hier wurde man oft danach beurteilt, was man den Tag über trieb.

Wenn Amy schon nicht arbeitete, hatte sie gefälligst etwas Sinnvolles zu tun. Die Terminkalender mancher Frauen strotzten vor Einträgen wie »Am Triptychon weitermalen« oder »Sudanesische Flüchtlinge besuchen«. Zwar kuvertierte Amy mit ihren Freundinnen auf Roberta Sokolovs Initiative hin gelegentlich für deren Familienplanungsorganisation, ging ein Mal pro Woche in die ruhige, in hellem Holz gehaltene Schulbibliothek, um inmitten der wohlig gedämpften, gerade noch wahrnehmbaren Geräuschkulisse Bücher in die Regale zurückzustellen, und besuchte ausnahmslos jeden Elternabend, doch irgendwann im Lauf der Jahre war ihr klar geworden, dass sie sich offenbar entschieden hatte, ihr Leben nur ein wenig auszufüllen, aber nicht vollzustopfen.

So unterschiedlich Penny Ramsey und Amy auch waren, ihre orangen Sicherheitswesten, eine Art Uniform, machten sie einander gleich wie Gefangene in Anstaltsoveralls. Dass die eine möglicherweise wegen Ladendiebstahls saß, die andere, weil sie einen Pädophilenring betrieben hatte, spielte keine Rolle mehr. Die Uniform ließ sie anonym und austauschbar wirken. Gemeinsam passierten sie Schaufenster, müßig herumstehende Portiers unter den grünen Eingangsbaldachinen der Wohnhäuser und Bäume, die ihre ersten Blätter in den Rinnstein und auf die Windschutzscheiben parkender Autos abwarfen.

»Manchmal frage ich mich, ob die Jungs in der Schule eine bestimmte Art von Männlichkeit lernen«, sagte Penny nach einer Weile. »So eine ›Herr-der-Fliegen‹-Männlichkeit. Nur weil ihre Aggressivität unter Kontrolle gehalten wird, ist sie noch lange nicht weg. Ich kann sie ehrlich gesagt förmlich greifen.«

Wenn Penny Ramsey gerade keine Fotos oder Filmstreifen mit Aufnahmen des verschwundenen New York zwischen den Fingern hielt und gerade keine endlosen Meetings zu absolvieren hatte, wurde sie offenbar von den gleichen Gedanken gequält wie Amy. Die Schule, versicherten sie einander, empfänden sie als gnadenlos männlich, von Konkurrenzdruck bestimmt, und dazu noch ziemlich versnobt. Beide störte das unterschwellige Elitedenken. Das Auswendiglernen von Gedichten beispielsweise war Bestandteil des Lehrplans, und auf dem Weg in eine Lehrersprechstunde hatte Amy einmal einen Zweitklässler gesehen, der allein durch die Eingangshalle streifte und, den Finger verträumt zwischen Nasenspitze und Mund haltend, »Frauen kommen und gehen und schwätzen so/daher von Michelangelo« vor sich hinmurmelte.

Bei den Schulfesten vor den Ferien gehörte es dazu, dass die Jungs ihre mit Traubensaft gefüllten Gläser erhoben und das Auburn-Day-Gelöbnis sprachen. Und demnächst, im Spätherbst, fand das Vater-Sohn-Wochenende statt. Dann fuhren die Männer und Jungs mit Bussen in ein Naturerlebniszentrum auf dem Land und verbrachten die Nacht in Waldhütten. Außerdem gab es den sogenannten »Hand-in-Hand-Tag«, an dem jedem Schüler ein sozial benachteiligter Junge aus den Vierteln im Norden der Stadt zugeteilt wurde. Unter der hellblauen Flagge strömten die Gastschüler in die Auburn Day School, traten im Basketball und im Ringen gegen die Heimmannschaften an und bekamen Nudelauflauf zu essen. Zum Schluss erhielt jeder einen elektrischen Anspitzer und eine Packung neue, ungespitzte Bleistifte. Danach fuhren sie alle, Schwarze, Weiße, Hispanics, völlig unverändert zurück in die Welt, die sich ebenso wenig verändert hatte. Das traurige Unwohlsein, das Amy dabei immer befiel, ging im anschwellenden Lärm schnell unter.

»Haben wir die falschen Entscheidungen getroffen?«, fragte Amy. »Mit der Schule? Mit dem Leben hier? Mit allem, was wir brauchen, um das hier am Laufen zu halten?«

Penny sah sie an. »Du sprichst mir aus der Seele. Manchmal spiele ich mit dem Gedanken, von hier wegzuziehen, weit raus. Aber dann fällt mir mein Job ein, und der steht für mich im Mittelpunkt. Ich liebe meine Arbeit. Sie wird mir nie langweilig. Und das Leben drumherum … Klar, ich habe es so gewollt, und die Schule ist im Großen und Ganzen fantastisch. Die Schule meiner Töchter übrigens auch. Andererseits ist es wahnsinnig anstrengend, alles am Laufen zu halten. Ich würde so gern mal mit Greg darüber reden, wie wir leben, aber das kann ich vergessen.«

Einige Sekunden lang herrschte Schweigen. Dann gestand Amy: »Ich denke auch viel über diese Dinge nach. Das artet schon in Selbstgeißelung aus.« Sie machte eine kurze Pause. »Falls du dich fragst, was ich die ganze Zeit treibe.«

»Wie bitte?«

»Selbstgeißelung.« Als Penny sie weiterhin verständnislos ansah, murmelte Amy: »Sollte ein Witz darüber sein, was Frauen wie ich den ganzen Tag machen. Also Frauen, die nicht arbeiten.«

»Ach so.«

Aus ihrer Reaktion ließ sich schließen, dass Penny Ramsey sich keineswegs fragte, was Amy ohne Job den ganzen Tag über machte. Vielleicht hatte man das Gerücht über die Spannungen zwischen berufstätigen und nichtberufstätigen Müttern nur in die Welt gesetzt, um die Frauen zu spalten. Offensichtlich hing das eigene Glück nicht vorwiegend davon ab, ob man arbeitete oder nicht. Eine der fröhlichsten Mütter der Klasse, Ronnie Prager, arbeitete nicht mehr, seit sie vor mehreren Jahren der Wall Street den Rücken gekehrt hatte. Ronnie sagte oft, immerhin habe sie dadurch jeden wichtigen Moment im Leben ihrer Kinder mitbekommen und keine Anrufe ihres Babysitters mehr entgegennehmen müssen, während auf der anderen Leitung Tokio wartete. »Mrs. Prager, Anderson möchte Ihnen etwas sagen.« – »Hi, Mommy, ich bin's, Anderson. Mommy, ich habe auf meinem Musiktöpfchen gesessen, und dann habe ich richtig reingemacht!« Langfristig wäre entweder Tokio oder Anderson auf der Strecke geblieben, sagte Ronnie. Sie hätten immer in solch entscheidenden Augenblicken um ihre Aufmerksamkeit wetteifern müssen. »Natürlich wäre die Welt nicht untergegangen, wenn ich in diesen Momenten eines der beiden Gespräche abgebrochen hätte«, gab sie zu. Doch die Entscheidung war ihr ohnehin leichtgefallen, weil sie ihren Job nie so geliebt hatte, dass er ihr nach der Geburt der Kinder ganz schrecklich fehlte. »Ich habe Geld für reiche Leute rangeschafft und wusste, die kommen auch ohne mich klar.«

Eine andere Mutter, Hannah Lowry, hatte eine leitende Position in einer Werbeagentur inne und beteuerte stets, sie werde niemals dort aufhören, egal, was passiere. Erstens könne sie auf ihr

Einkommen nicht verzichten, zweitens sei die Arbeit mit der ständigen Anspannung und Hektik in der Agentur unglaublich anregend. Sie fand es toll, um Budgets kämpfen und sich immer wieder beweisen zu müssen, als wäre es das erste Mal. »Ich bin da ganz in meinem Element. Der Konkurrenzdruck gibt mir ein super Gefühl. Bei der Arbeit fühle ich mich jung. Ich mache und tue wie eine Verrückte, und wenn eine Kampagne noch nicht ganz rund ist, bleibe ich mit meinem Kreativteam so lange im Raum, bis wir herausgefunden haben, welches winzige Detail noch fehlt, und plötzlich ist es allen sonnenklar, und wir jubeln vor Freude. Einfach Wahnsinn!«

Natürlich blieben leicht befremdliche Situationen zwischen den Frauen mit und ohne Job nicht aus. Vor einem Jahr hatte Amy als Elternbeirätin eine E-Mail an die anderen Mütter geschickt und darum gebeten, zu einem »Römischen Festessen« thematisch passende Gerichte beizusteuern. Mehrere Frauen, darunter berufstätige wie auch nichtberufstätige, hatten mitgeteilt, sie würden »Gemelli alla puttanesca«, »Artischocken auf jüdische Art« oder »Hähnchen Fra Diavolo« zubereiten. Eine allerdings, die Finanzplanerin Jane Stark, hatte umgehend zurückgeschrieben: »Super, dann bringen wir Apfelsaft mit!«, was Amy veranlasste, die Mail kommentarlos an Jill weiterzuleiten.

Während Amy und Penny weitergingen, kamen sie immer besser ins Gespräch. Penny erzählte, welche Belastungen die Leitung eines Museums mit sich brachte, und Amy ertappte sich dabei, ihr gern zuzuhören. »Da wird dir wohl eine Menge abverlangt«, sagte sie.

»Stimmt. Wenn man praktisch keine finanzielle Ausstattung erhält, ist es richtig schwer.«

»Kannst du in nächster Zeit Urlaub machen?«

»Ja, über Weihnachten fliegen wir nach St. Doe's.« Amy erinnerte sich, von dem Ferienort für Reiche gehört zu haben. Die Insel war im Besitz eines Milliardärs aus Melbourne, dessen Unternehmen die sogenannten »Bing-Bongs« produzierte, Vollkornkekse, die in Australien und Neuseeland offenbar jeder aß, entweder einfach so oder mit Marmite bestrichen. »Die Insel ist noch ganz unverdorben«, sagte Penny. »So etwas gibt es heutzutage kaum mehr.«

Jede für sich sinnierten sie über die Verderbtheit der Welt. Da lag inmitten eines blauen Ozeans diese außergewöhnliche, auserwählte Insel St. Doe's, auf die Amy und Leo wegen ihrer drückenden und nur mühsam in den Griff zu bekommenden Geldnot nie einen Fuß setzen würden, während sich Penny dort in wenigen Monaten unbeschwert an den Strand legen würde. Als sie schweigend in die Ninety-first Street eingebogen waren, blitzte vor Amy ein Farbfleck auf, der wie Masons Windjacke aussah. Instinktiv schaute sie genauer hin. Mason war in einer Gruppe aus mehreren Jungs und einer großen schwarzen Babysitterin unterwegs, und in der Mitte ging Pennys Sohn Holden. Die Kinder schleckten aus gerillten Pappbechern knallbuntes italienisches Eis, das Zunge, Lippen und den Bereich um den Mund wasserleichenblau färbte.

Plötzlich dachte Amy an die blauen Lippen des toten Familienvaters aus ihrem Haus, und für einen Augenblick sah sie ihn vor sich. Dann zerfloss das Bild und verschwand.

»Holden!«, rief Penny, und ihr Sohn, ein beliebter, dominanter, männlich wirkender Junge mit dichtem blondem Haar, drehte sich zu ihr um. »Wie war's in der Schule?«

»Gut.«

»Ich komme zum Abendessen nach Hause. Sag deinen Schwestern, sie sollen auf mich warten, dann essen wir zusammen.«

»Mason!«, rief nun Amy, als wäre sie kurz davor zu ertrinken. Der seltene Anblick ihres Sohns aus der Distanz und in Obhut eines anderen Menschen jagte ihr jedes Mal erstaunliche Angst ein.

»Hey, Mom.«

»War es schön heute?«

»Ja.«

»Super!«, erwiderte Amy, die den Wortwechsel viel zu eifrig betrieb.

Mason verabschiedete sich mit einer vagen Handbewegung. Er hatte keine Lust, seine Verbundenheit mit ihr zu zeigen oder auch nur so zu tun, als existierte sie, denn Holden Ramsey hielt eine tragbare Spielkonsole in der Hand, die Mason komplett in ihren Bann zog, ein blinkendes Ding, das elektronische Summtöne produzierte und um das sich alle Jungs scharten. Mason wandte sich von seiner Mutter ab in der Hoffnung, sie würde ihn *bitte* in Ruhe lassen, damit er sich wieder auf die Konsole, auf das Eis, auf Holden, auf die anderen Jungs und auf den Rest des schwindenden Tages konzentrieren könnte.

»Hast du genug Geld fürs Einkaufen, Clementine?«, fragte Penny ihre Babysitterin.

»Ja«, antwortete Clementine. »Wenn der Brokkoli nicht gut aussieht, nehme ich Blumenkohl. Das sind beides Kreuzblütler und sehr nährstoffreich.«

»Perfekt.«

Clementine und die Jungs bogen um die Ecke. Die beiden Mütter blickten ihnen nach. »Kreuzblütler«, sagte Penny. »Mann, was würde ich ohne Clementine machen! Sie kennt sich wirklich mit allem aus. Mit einem Vollzeitjob kann man immer nur Daumen drücken und hoffen, dass zu Hause alles klappt. Bisher hatte ich wirklich Glück.«

Der Ausdruck »Glück haben« fiel oft, wenn die Mütter der Jungs über ihr Leben sprachen. Ihnen allen war klar, dass den meisten Frauen dieser Welt weit weniger Möglichkeiten offenstanden als ihnen, sofern sie überhaupt eine Wahl hatten. Nur ein winziger Prozentsatz konnte zu Hause bleiben, während die meisten schlicht arbeiten mussten, weil das Überleben ihrer Familien davon abhing. Die meisten Frauen hatten nicht dieses besondere, außergewöhnliche Glück. Doch unter den Glücklichen kursierten hin und wieder Geschichten vom Unglück, in denen es um die Betreuung der Kinder berufstätiger Mütter ging. Da war die Babysitterin, die einen hübschen, nur leider sadomasochistischen Blog über Sex und Drogen betrieben hatte, während eine andere für eine Woche zu ihrer Familie nach Trinidad geflogen und nie wieder aufgetaucht war. Die Mutter des Kindes hatte eine Entführung oder gar einen Mord befürchtet und war beim Herumtelefonieren auf die Cousine des Mädchens gestoßen. »Inez? Ach, der geht es gut. Sie betreut jetzt die Kinder von einem berühmten Filmstar, aber von wem, darf ich nicht sagen.«

Eine Geschichte hatte in der kleinen Welt der Mütter Legendenstatus erlangt. Die Story kannten alle, die Frau, um die es darin ging, niemand. Die Protagonistin hatte in die Politik zurückkehren wollen und deshalb eine Babysitterin für ihre dreijährige Tochter angestellt. Der Job war anstrengend, aber alles lief gut, bis die Mutter eines Tages im Büro feststellte, dass sie Unterlagen zu Hause vergessen hatte, und mit dem Taxi zurückfuhr. Als der Wagen auf dem Broadway an einer roten Ampel hielt, sah sie eine auf dem Gehweg kauernde Bettlerin und ein Kind, das in eine Decke gehüllt war und ein Schild mit der Aufschrift »BITTE HELFEN SIE UNS, WIR HABEN KEIN GELD UND KEINE UNTERKUNFT« hielt.

Als Erstes erkannte sie die Decke; die hatte ihre Schwiegermutter für sie gehäkelt. In ihrer Verwirrung dachte sie noch: Was machen diese Obdachlosen mit meiner Decke? Dann wurde ihr klar, dass diese Obdachlosen ihre Babysitterin und ihre dreijährige Tochter waren. Kaum hatte die Mutter morgens das Haus verlassen, war die junge Frau mit dem kleinen Mädchen auf Betteltour gegangen.

Eine grauenhafte Geschichte, wenn sie denn stimmte. Stimmte sie nicht, war sie extrem frauenfeindlich und man hatte sie erfunden, damit sie allen Müttern, die wieder arbeiten und ihr Kind zu Hause zurücklassen wollten, als Warnung diente. Konnte man sich bei der Betreuung des eigenen Kindes auf einen anderen Menschen als sich selbst verlassen? Wie sollte es jemals gelingen, die feindlichen Sphären Mutterschaft und Arbeit in Einklang zu bringen? Diese Fragen las man in sämtlichen Frauenzeitschriften; nur die Antworten variierten von Monat zu Monat. *Ja, es geht. Nein, es geht nicht.* Besagte Großstadtlegende hatte Amy nicht weniger entsetzt als alle anderen. Insgeheim aber war sie erleichtert gewesen. Sie hatte den kleinen Mason nie allein gelassen und sich solche Sorgen nie machen müssen.

Die beiden Frauen gingen weiter. Unterwegs trafen sie mehrere Freundinnen von Amy, die begrüßt und von Penny mit soziologischem Interesse beäugt wurden, denn sie wusste ja nicht, was sich um drei Uhr nachmittags in der Umgebung der Schule tat. Dann begegneten sie Geralynn Freund, der Mutter mit der nicht zu übersehenden Essstörung. Sie war so dürr, dass man bei ihrem Anblick immer erst einmal wieder kurz wegsah. Angeblich hatte sie vor mehreren Jahren eine schlimme Scheidung erlebt und war vor Kummer in ihre Teenager-Magersucht zurückgefallen. Eine Zeit lang war sie oft zum Spinning ins »Flexon Gym« gegangen. Karen Yip hatte einmal neben ihr trainiert und Geralynns Bewegungshunger als »erschreckend« bezeichnet.

Ein andermal hatte Amy sie in der Umkleide des Fitnessstudios gesehen. Geralynn hatte sich ganz selbstverständlich ausgezogen und vor allen Frauen ihren nackten Körper zur Schau gestellt. Mit dem Rücken zu ihrem geöffneten Spind hatte sie jede Sehne, jeden Knochen, jedes Kugelgelenk präsentiert, während sie in den Tiefen unterhalb ihrer mageren Ärmchen mit einem Roll-on-Deo hantierte. Sie erinnerte an die Leichenexponate bei dieser Ausstellung, in der man enthäutete Tote bei diversen Aktivitäten zeigte, die sie als Lebende vermutlich gern ausgeübt hätten – Leichen, die Golf oder Frisbee spielten, wie um sich von der schrecklichen Wahrheit ihres Totseins abzulenken.

Geralynn Freund, geschieden, zerbrechlich, alleinerziehend und ohne erkennbare emotionale Unterstützung, hatte nackt vor ihnen gestanden, und die anderen Frauen hatten sie angestarrt und ihr Entsetzen sofort durch einander schweigend zugeworfene Blicke zum Ausdruck gebracht. Doch obwohl niemand etwas über sie gesagt hatte, während ringsum die Duschen rauschten und Haare mit jaulenden Föhnen verbissen in Form geblasen wurden, schien sie sich ihres Aussehens seitdem zu schämen, denn im Studio war sie nicht mehr gesehen worden.

Jetzt schlenderte sie mit ihrem Sohn Joshua auf dem Gehweg dahin. Joshua war ein dicklicher Junge, der beim Eisessen nicht den kleinsten Rest übrig ließ, sondern noch den letzten blauen oder roten Tropfen aus dem zerdrückten Pappbecher quetschte. Amy begrüßte die beiden in einem Ton, der ihr übertrieben freundlich geriet, und Geralynn grüßte zurück.

Als sie um die Ecke gebogen waren, sagte Penny: »Wirklich traurig. Gibt es keine anderen Therapiemöglichkeiten?«

»Um den Krebs zu behandeln, meinst du? Nein, nein, sie ist magersüchtig.«

»Ach so. Ja, natürlich. Trotzdem traurig. Sie sieht aus, als würde sie jeden Moment davongeweht. Eine tragische Figur.«

Amy hätte ihr gern von dem Familienvater aus 14H erzählt, der in der Nacht gestorben war. Penny würde verstehen, warum es keine Rolle spielte, dass sie ihn kaum kannte. Sie würde verstehen, dass sie noch immer erschüttert war und dass einen all diese kleinen Familientragödien, von denen man hin und wieder erfuhr, schrecklich mitnahmen. Doch Penny war abgelenkt. Sie war stehen geblieben und blickte geradewegs auf einen Passanten, der ihnen mit raschen Schritten entgegenkam. »Ein Freund von mir«, flüsterte sie nervös.

Er war Anfang dreißig. Ein Typ Mann, wie er Amy früher gefallen hätte, den sie mittlerweile jedoch kaum mehr kannte. In ihrem Freundeskreis gab es nur noch mit Geldverdienen beschäftigte, sorgfältig frisierte Ehemänner, die entweder Anzug oder, am Wochenende, bequeme Sportklamotten trugen. Dieser Mann dagegen war klein, jungenhaft, attraktiv, hatte zerzaustes braunes Haar, eine blasse, sommersprossige Haut und trug ein hübsches helles Hemd ohne Krawatte. Spontan kam ihr der Gedanke, dass bestimmt auch seine Schultern voller Sommersprossen waren.

»Da bist du ja!«, rief er Penny im Näherkommen zu. »Na, habe ich das gut getimt?« Zu Amys Überraschung war er Engländer. Sie sind mitten unter uns, dachte sie, und irgendwie freuen wir uns immer, wenn sie sich zu erkennen geben.

»Amy Lamb, Ian Janeway«, sagte Penny.

Er gab Amy die Hand und sagte: »Schickes Outfit.«

»Mach dich bloß nicht lustig über uns!«, erwiderte Penny.

»Entschuldige, aber ihr seht einfach komisch aus. Ihr solltet bei ›*Style Bobbies*‹ mitmachen.«

»Was ist das?«, fragte Amy.

»Eine britische Fernsehsendung. Frauen gehen in Polizeiuniform durch die Gegend und verteilen Mode-Knöllchen. Unterstes kulturelles Niveau.«

»Erzähl Amy doch mal von der Rolle, die deine Familie beim Niedergang der britischen Kultur gespielt hat«, sagte Penny.

»Dabei haben wir keine Rolle gespielt.«

»Ich meine deine Tante.«

»Ich weiß zwar nicht, warum, aber Penny findet es toll, dass meine Tante Lesley die Privatsekretärin von Margaret Thatcher war«, erklärte Ian.

»Sein Tantchen«, sagte Penny. »Die große Mrs. Thatcher. In der Reagan-Zeit die mächtigste Frau der Welt. Damals nahm man Frauen nur ernst, wenn sie ultrakonservativ und antifeministisch waren. In ihrem Kabinett saß nur eine einzige Frau.«

»Meine Tante hat sie vergöttert«, fuhr Ian fort und fügte an Amy gewandt hinzu: »In meiner Familie werden starke Frauen grundsätzlich vergöttert.« Er grinste verschmitzt. Penny lachte und wurde bis zu den runden kleinen Ohrläppchen rot. Wie sich herausstellte, war Ian Janeway Kurator an der National Gallery in London, arbeitete jedoch gerade ein halbes Jahr lang als Berater in der Abteilung »Bilderrahmung« des Metropolitan Museum und beriet freiberuflich auch andere Museen.

»Ich habe deine Drucke durchgesehen«, sagte er zu Penny. »Ruf mich an, dann reden wir darüber.«

»Gut. Gleich nach der Sicherheitsbegehung.«

Sie starrten sich so offen an, dass Amy die Szene wie durch ein Schlüsselloch zu sehen glaubte. Ihr Blick weitete sich und erfasste plötzlich alle Einzelheiten, die ihr bis eben entgangen waren. Penny und Ian betrachteten einander und erkannten die Grandiosität des jeweils anderen, die dabei noch wuchs, und mutmaßlich floss dabei Blut in die entsprechenden Körperteile. Während sie sich ansahen, unterhielten sie sich über die »Drucke«. Gab es diese Drucke überhaupt oder war das eine Art Code? Amy fühlte sich zunehmend ausgeschlossen aus dem Gespräch, das immer öder wurde und sich inzwischen um die Frage drehte, ob Ian auch einer Museumskollegin, einer gewissen Donna Belknap, die Drucke zeigen sollte.

Sie zogen die Unterhaltung in die Länge, um mit der Monotonie des Gesprächs jeden Außenstehenden zu vertreiben. Das kam der Aufforderung an Amy gleich, die beiden allein zu lassen, nachdem sie sie zunächst ja beteiligt hatten. Doch Amy hörte weiter zu, denn ihr Sexleben lag zurzeit, in der Mitte des Lebens, so gut wie brach. Dass ein Großteil des Bodens abgetragen war, bemerkte man allerdings erst, wenn man mit einem innerlich aufgewühlten, von üppigen Blumenwiesen umgebenen heimlichen Paar auf der Straße stand. Leise kreiste das Gespräch der beiden um die Drucke und um Donna Belknap, und am Ende jedes Satzes hoben sie die Stimme vielsagend an. Plötzlich ertönte von irgendwoher lautes Geschrei. Der Lärm störte Amy. *Seid still, ich will das hören,* dachte sie.

»Wann bist du hier fertig?«, fragte Ian.

»In ungefähr einer Stunde.«

»Da arbeitest du den ganzen Tag und musst auch noch durch die Gegend latschen. Finde ich ungerecht.«

»Das ganze Leben ist ungerecht«, sagte Penny.

»Stimmt nicht.«

Sie lächelten sich an und schüttelten den Kopf über den Witz, der nicht mal eine Pointe hatte. Die Rufe in der Ferne ließen nicht nach, und während sie Penny Ramsey und Ian Janeway beobachtete, dämmerte es Amy, dass sie ihnen galten. »Hilfe! Überfall!«

Sie riss sich aus ihrer Erstarrung, wandte den Blick von den beiden ab und sah an der Ecke mehrere Leute, die einen Jungen in Auburn-Day-Uniform umringten.

»Was ist denn da los?«, fragte Ian und lief hin. Penny und Amy folgten ihm. Erst als die Gruppe auseinanderstob, sah man, dass sie ausschließlich aus Jungs bestand, schwarzen Jungs, keiner älter als fünfzehn, mit dicken, für die Jahreszeit zu warmen Jacken.

Der Auburn-Day-Schüler, ein Sechstklässler namens Dustin Kavanaugh, lag unverletzt, aber weinend auf dem Boden. Ian versuchte noch, ein oder zwei der Burschen zu packen, doch sie waren zu schnell und rannten in ihren Ripstop-Jacken davon.

»Lass gut sein, Ian«, sagte Penny und legte ihre Hand auf seinen Arm – die erste öffentliche Berührung. »Geh jetzt.«

»Ich laufe diesen Wichsern nach!«

»Nein, das bringt nichts mehr. Geh jetzt!«

Penny schickte ihn weg, und er trollte sich, während Amy wie eine Verrückte den Knopf am Funkgerät drückte, um sich bei der Schule zu melden. Dustin Kavanaugh berichtete unter Tränen, er sei einfach nur mit *In-ear*-Kopfhörern und einer Tüte Maisflips auf dem Weg nach Hause gewesen und habe Musik gehört.

»Bist du verletzt?«, fragte Amy, ging in die Hocke und gab ihm mehrere Papiertaschentücher.

»Nein.« Er schnäuzte sich mit zittrigen Fingern die Nase. »Aber sie haben meinen iPod.« Nach kurzem Zögern fügte er hinzu: »Ich kenne die.«

»Woher?«, fragte Penny.

»Vom ›Hand-in-Hand-Tag‹.«

Wusch, dachte Amy und sah den gut gemeinten, aber Probleme verursachenden »Hand-in-Hand-Tag« bereits aus dem Terminplan der Auburn Day School verschwinden. Die weißen Jungs würden für immer mit den weißen zusammenstecken, die schwarzen mit den schwarzen, die Hispanics mit den Hispanics, und den einzigen der Gemeinsamkeit gewidmeten Tag würde man streichen. Doch wer wusste schon, ob die Jungs wirklich dieselben waren, die in der Auburn vorbeigekommen, Sport getrieben und Nudelauflauf gegessen hatten. Wahrscheinlich würde die Schule nicht einmal versuchen, es herauszufinden.

Der Wachmann der Schule, der bald darauf mit einem Polizisten eintraf, bat die Frauen, nachdem sie alles berichtet hatten, um ihre Westen und Funkgeräte. Es fühlte sich wie eine Degradierung an. In dem von ihnen überwachten Straßenzug war ein Schüler der Auburn Day überfallen worden, daran gab es nichts zu deuteln. Anstatt den Vorfall direkt zu klären oder ihn überhaupt zu verhindern, hatten sie beide in aller Seelenruhe mit einem Engländer zusammengestanden und minutenlang vergessen, warum sie in orangen Westen auf der Straße waren.

Erst jetzt, als sich der Wachmann und der Polizist um Dustin Kavanaugh kümmerten, sah Amy, wie bestürzt Penny war. Sie wirkte vollkommen fassungslos und brachte kaum ein Wort heraus. Amy beschloss, mit ihr ins »Golden Horn« zu gehen. Dort angekommen, lehnte sich Penny auf der türkisblauen Sitzbank zurück und sagte: »Ich habe ein fürchterlich schlechtes Gewissen. Es war meine Schuld.« Sie begann leise zu weinen und erntete neugierige Blicke. Schließlich zog sie eine Handvoll Servietten aus dem Spender und trocknete sich die Augen.

»Nein, du bist nicht schuld«, erwiderte Amy, dachte aber: *Du bist schuld.* »Wahrscheinlich hätten sie ihm auch dann aufgelauert, wenn wir aufgepasst hätten. Oder siehst du das anders?«, fügte sie hinzu, weil sie ihrerseits eine Bestätigung brauchte.

»Vielleicht.« Niedergeschlagen saßen sie da, umringt von gedämpftem Stimmengewirr.

»Zum Glück ist er nicht verletzt«, sagte Amy. »Wir sollten ihm etwas schenken.«

»Einen neuen iPod«, schlug Penny vor, während sie sich die Nase putzte. Ihre Haut war so hell, dass die wenigen Tränen ihr Gesicht gerötet hatten. »Angeblich liebt er ja Musicals.«

»Stimmt, er liebt Musicals.« Alle Mütter kannten Dustin Kavanaughs musikalisches Faible und sprachen darüber in vielsagendem Tonfall.

»Das wird eine Riesenüberraschung für die Jungs, die ihn überfallen haben, wenn sie die Sachen auf dem iPod hören«, sagte Penny.

»›*The Circle of Life*‹ aus ›König der Löwen‹.« Trotz der düsteren Stimmung mussten sie beide lachen.

»Von Dustin Kavanaughs Mutter werden wir auch was zu hören kriegen, und ich kann es ihr nicht mal übel nehmen.«

»Ja, Helen regt sich garantiert auf. Würde uns nicht anders gehen.«

Helen Kavanaugh kleidete sich wie die Vorstandsvorsitzende einer Bank, obwohl sie seit ihrem Collegeabschluss keinen Cent verdient hatte. Weil ihr Mann, ein Börsenmakler, extrem gute Investitionen getätigt hatte, konnte sie sich mit Dingen beschäftigen, die ihr kein Geld einbrachten, was sie von fast allen Menschen unterschied, die Amy und Penny kannten. Als Leiterin einer Wohltätigkeitsorganisation engagierte sie sich unermüdlich für die Bekämpfung der Armut, sammelte ständig Spendengelder, hielt unermüdlich Reden auf Charity-Banketten. Ihr Altruismus war umfassend und nötigte ihnen allen den höchsten Respekt ab, denn er enthielt nicht das kleinste Körnchen Narzissmus. Er war der Antrieb, der sie morgens dazu brachte aufzustehen, den harten Panzer ihres Business-Kostüms anzulegen und das Haus zu verlassen. Eigentlich war es in New York unmöglich, reinen Altruismus zu entwickeln. Er war immer vermischt mit anderen Dingen, sodass alle irgendwann nur noch »taten, was sie konnten«, und es dabei beließen. Amy hatte Helen Kavanaugh immer bewundert; jetzt hatte sie plötzlich auch Angst vor ihr. Sie hörte förmlich, wie Helen in ein paar Stunden am Telefon mit ihrer Meetingstimme sagen würde: »Amy? Hi, Helen Kavanaugh. Ich möchte den heutigen Vorfall besprechen.«

Alle würden sie über den Vorfall reden, das wurde Amy jetzt

bewusst. »Wir sollten abhauen, bevor sie uns mit Schimpf und Schande aus der Stadt jagen«, sagte sie zu Penny.

»Ja, wie Hobos, mit Wanderstock und Bündel.«

Amy stellte sich vor, wie sie gemeinsam immer den Schienen folgten. Sie spielte Mundharmonika, und alles war seltsam friedlich. Was, wenn sie ihr Leben hinter sich lassen, auf Güterzügen fahren und ohne Zeitnot und unauffindbar ewig durch die Welt ziehen könnten?

»Immer endet bei mir alles in der Katastrophe«, sagte Penny.

»Was heißt das? Bist du auch für andere Überfälle verantwortlich?«, fragte Amy, obwohl sie wusste, dass ihre Rolle darin bestand, passiv zu bleiben und zuzuhören, wie vielleicht noch nie ein Mensch Penny Ramsey zugehört hatte, einer Frau, die nur selten die Zeit fand, um vor einem Teller Rührei, einer halben Grapefruit oder einem mit Unmengen Süßstoff angereicherten Eiskaffee und über den Tisch verteilten aufgerissenen Papiertütchen zu sitzen und einfach zu reden.

Penny brachte die Eiswürfel in ihrem Selters mit einem Strohhalm zum Klirren. »Nein«, sagte sie, und wieder füllten sich ihre Augen mit Tränen. »Entschuldige bitte, aber ich bin fix und fertig.«

»Schon gut«, sagte Amy.

»Ich sitze so tief in der Patsche … Da denkst du, deine Ehe und dein ganzes Leben laufen in eine bestimmte Richtung, und plötzlich – zack! – ändert sich alles. Weißt du, was ich meine?«

Amy sah sie sekundenlang an. »Ja.«

»Du hast es bemerkt, vorhin auf der Straße. Ich hab's dir angesehen.«

»Ian?«, fragte Amy vorsichtig.

Penny nickte. »Ich habe so was noch nie getan. Aber Greg ist inzwischen nur noch mit seinem Job verheiratet. Außerdem hat er in Bezug auf seine Investoren sämtliche Skrupel abgelegt.«

»Was machen die denn?«

»Waffengeschäfte, unter anderem. Mit diesem Krieg und anderen Kriegen reich werden. Ich darf das eigentlich nicht erzählen, es ist streng vertraulich. Greg würde entgegnen, dass seine Anleger auch Kinderkrankenhäuser bauen. Aber früher war er anders. Er behauptet, ich würde davon nichts verstehen. Ich soll mich mit meinem eigenen Kram beschäftigen, sagt er, mit Kunstprojekten rund um den Brand der Triangle Factory und Fotomontagen … Mit Hart Crane und dem Bau der Brooklyn Bridge. Dabei weiß er nicht mal, wer Hart Crane ist.«

Amy dachte an Greg Ramsey mit seinen teuren Hemden und protzigen Manschettenknöpfen und dem Handy-Headset. Ein kleiner, dicker, eitler Mann von einundvierzig Jahren, ein Fighter, ein Erfolgsmensch, und plötzlich fiel ihr wieder ein, wie er sich im Frühjahr beim Väterfrühstück am Pancake-Maker in Szene gesetzt und seine schön gebräunten Scheiben in die Luft geschleudert hatte, während andere Väter mit der ungleichmäßigen Hitze kämpften und nur blasse, unbrauchbare Teigfladen zustande brachten.

Jetzt saß Amy im »Golden Horn«, um Penny Ramsey zu versichern: »Mir kannst du alles sagen.« Das war ihr Part, und sie hatte nicht einmal etwas dagegen. Plötzlich wollte sie, dass Penny sie mochte und sich von ihr trösten ließ; sie wollte diejenige sein, die tröstete, ohne zu urteilen. Der Satz ging ihr leicht von den Lippen. Und Penny erwiderte: »Ich bin froh, dass heute du da warst und nicht jemand anderes.«

Hätte man während des Gesprächs in einer anderen Ecke des Cafés gesessen, hätte man beobachten können, wie die beiden Frauen mit dem Hintern immer näher an die Kanten ihrer Sitzbänke rutschten und die Köpfe immer dichter zusammensteckten, fast wie ein Liebespaar. Frauenfreundschaft!, dachte Amy sehnsüchtig. Die hatte ihr seit Jills Wegzug aus der Stadt so sehr gefehlt.

Sie dachte an den Nachmittag im letzten Jahr, als sie mitten in der Woche auf Jills Ehebett gelegen hatte. Weil noch ein bisschen Zeit gewesen war, bevor die Kinder von der Schule abgeholt werden mussten, hatten sie Klamotten anprobiert, die Jill spenden wollte. Sie hatten darüber gesprochen, wie sich ihre Körper im Lauf der Zeit veränderten und dass man das am besten akzeptierte, anstatt damit zu hadern. Sie hatten einander versichert, noch genauso attraktiv zu sein wie im College, was prinzipiell stimmte. »Das Problem mit Kleidern ist, dass man nie weiß, was sich als absolutes Lieblingsteil entpuppt und was man nie tragen wird und gar nicht erst hätte kaufen sollen«, hatte Jill damals gesagt.

»Genau. Eigentlich müsste man seinen neuen Klamotten direkt sagen: ›Einer von euch wird mich verraten‹«, hatte Amy erwidert, und sie waren vor Lachen rücklings auf das breite Bett geplumpst wie früher im College. Amy hatte den Kopf über die Seitenkante hängen lassen und das Zimmer verkehrt herum gesehen, und das Blut war ihr in den Kopf geschossen. Als wäre sie wieder siebzehn.

Doch die gemeinsame Zeit war ihnen wie gestohlen erschienen, wie gegen den Strich des Familienlebens gebürstet. Manchmal brachten Ehe und Kinder alte Freundinnen auseinander. Den ein, zwei Bekannten von Amy, die nicht geheiratet und keine Kinder bekommen hatten, waren die immensen Unterschiede zwischen ihrem und Amys Leben offenbar nicht bewusst. Sie riefen immer abends unter der Woche an, wenn es bei jedem Menschen mit Kind hoch herging, weil die Hausaufgaben gemacht werden mussten, weil lautstark gestritten wurde, weil es viel zu tun gab und die Vorbereitungen für den nächsten Tag liefen.

»Amy, meine Liebe«, sagte beispielsweise Lisa Silvestri an einem Dienstagabend um acht, »wie geht's dir? Hast du gerade Zeit oder störe ich?«

Amy hatte während des Jurastudiums oft mit Lisa auf den klobigen Sitzelementen in der Eingangshalle der Bibliothek gesessen und gebüffelt, und wie es der Zufall wollte, hatten sie später gegenüberliegende Büros in der Kanzlei von Kenley Shuber gehabt, wo Lisa, wie Leo, nach wie vor arbeitete. Sie war Partner geworden, während er nie mehr als ein angestellter Anwalt sein würde. Doch von den Rhythmen des Familienlebens, die Freunde oft entfremdeten, hatte sie keine Ahnung.

Manche Frauen glorifizierten ihre Mutterschaft insgeheim und waren überzeugt, dass ihren kinderlosen Freundinnen niemals etwas auch nur annähernd so Grandioses widerfahren würde wie ein chaotisches Familienleben. Niemals würde ihnen die Offenbarung zuteilwerden, einem Kind das Lesen beizubringen, niemals würde sich vor ihren Augen das Drama eines Tobsuchtsanfalls abspielen, niemals in ihnen die ständig abrufbare Mutterliebe entwickeln, an deren Intensität und Rauschhaftigkeit nicht einmal die sexuelle Liebe herankam. Das Leben mit Kindern war größer als das ohne Kinder, so viel stand für sie fest. Kinderlose Frauen waren in ihren Augen nüchtern und kleinlich, was man aber niemals laut sagen durfte, weil man damit nicht nur über die anderen urteilen würde, sondern natürlich auch ungerecht wäre.

Wenn Lisa Silvestri mitten im abendlichen Trubel anrief, musste Amy sie mit dem Satz abspeisen: »Du, ich rufe zurück, aber heute wahrscheinlich nicht mehr.« Und während in Amys Wohnung irgendetwas knallte und ein Schrei ertönte und das Badewasser unbeaufsichtigt aus dem Hahn schoss, dudelte in Lisas Loft sanfter Jazz vor sich hin.

Selbst wenn man sich Zeit für die Freundinnen freischaufelte und wenn sie sich ihrerseits Zeit nahmen, kehrten die Gedanken reflexartig zur Familie zurück. Man saß mit den anderen vormittags im »Golden Horn« und dachte: Ich muss noch Schienbeinschoner für Mason kaufen. Oder man nutzte die wertvolle Zeit mit den

Freundinnen sogar für eine Frage wie: »Wisst ihr, wo ich Schienbeinschoner bekomme?« Dann wurde ein neuer Sportartikelladen empfohlen, »Outdoorland«, und schon griff man zum BlackBerry, das im Gegensatz zu dem mit Juristenkram und Kliententerminen vollgestopften Handy des Ehemanns Namen diverser Geschäfte, Ärzte, Kieferorthopäden und anderer Mütter sowie Termine für Schulveranstaltungen enthielt, bei denen man erfuhr, wie man so mit seinem Sohn sprach, dass er zuhörte. Der Schulpsychologin Dr. Linda Kreps zufolge sollten Mütter das Wort nie direkt an ihre Jungs richten, wenn sie ihnen etwas Wichtiges zu sagen hatten. »Gehen Sie mit ihm nach draußen und schaffen Sie eine Situation, in der Sie ihm nicht in die Augen schauen können, damit er nicht eingeschüchtert wird.« Man sollte also beispielsweise angeln gehen, im Auto herumfahren, durch New York oder auf Landstraßen spazieren, während man seinem Kind erzählte, dass man sich scheiden lassen oder bald sterben würde.

Jetzt erzählte Penny Ramsey, wie sie Ian Janeways Geliebte geworden war, und Amy hörte zu. Vor sechs Wochen, so Penny, sei Ian zu einem Treffen mit einem Kurator in ihr Museum gekommen und habe oben im Vorzimmer ihres Büros gewartet. Sie habe noch schnell etwas zu Mittag gegessen, »irgendwas Trostloses, Instant-Ramen mit Rindfleischgeschmack oder so«, als Ian den Kopf zur Tür hereingesteckt und »Das riecht aber gut!« gesagt habe, was wohl gleichbedeutend war mit: Du riechst gut!

Penny Ramsey, eine gestresste Frau in einem edlen blassgelben Kostüm mit kleinen eingewobenen schwarzen Flecken, bot ihm an, in ihrem Büro zu warten. Er setzte sich vor den Schreibtisch mit der Glasplatte, inhalierte das salzige Rindfleischaroma und flirtete so heftig mit ihr, dass sie beide zu lachen begannen.

»Sie wollen etwas von meinen Ramen abhaben, stimmt's?«, fragte sie.

Die Bettgeschichte begann eine Woche später, nachdem er sie fünf, sechs Mal auf dem Handy angerufen hatte, einmal mit der Frage »Kann ich dich zum Mittagessen einladen?«, ein andermal mit der Mitteilung »Ich habe wichtige Neuigkeiten zum Thema Bilderrahmen«.

An dem Tag, an dem sie zum ersten Mal miteinander schliefen, war Penny am frühen Nachmittag auf dem Rückweg von einem Geschäftsessen am Park entlanggegangen und hatte dabei mit ihrem Assistenten Mark telefoniert, als Ian ihr »Komm zu mir. Ich liege zu Hause im Bett« schrieb.

Sie rief ihn sofort an. »Bist du krank?«

»Nein«, antwortete er, das Wort in die Länge ziehend. Und dann sagte er: »Ich muss dich unbedingt berühren.« Er senkte das Gespräch auf Teenager-Niveau, und am Ende kicherten beide nur noch wie beschwipst. Bis sie wieder im Museum sein musste, blieb noch ein bisschen Zeit, und so eilte Penny Ramsey zur Subway und fuhr mit dem Expresszug nach Uptown zu Ian Janeway, einem dreiunddreißigjährigen Briten, der im Bett auf sie wartete.

In dem Mietshaus nördlich der Ninetieth Street nahe der Fifth Avenue ging sie die Treppe zu der kleinen Zwei-Zimmer-Wohnung hinauf. Amy versuchte sich das enge Schlafzimmer vorzustellen, die ans Fußende des Betts gelehnten ungerahmten Drucke und den Rahmer selbst, wie er mit seiner behutsam raunenden Stimme und seinem bleichen, schmalen Körper neben dem goldenen Körper von Penny lag, deren schöne Kleider den Stuhl drapierten. Sie stellte sich vor, wie Ian auf Penny niedersank, während er, den Mund an ihrer kleinen Brust, mit seinem wundervollen Akzent auf sie einredete, ihr zuredete, sich auf ihr zurechtrückte, sie mit dem Finger berührte und damit in sie glitt, bis sie hilflos stammelte, und wie die Bewegungen schneller wurden. Die Vorstellung erregte Amy nicht deshalb, weil einer der beiden sie sexuell anzog, sondern weil sie es als Privileg empfand, zumindest einen indirekten Blick auf die Szene werfen zu dürfen. Dummerweise versuchte sie sofort, sich Leo und sich selbst im Bett vorzustellen, und sah nur, wie ihr Mann sich auf ihr mit demselben Fleiß abmühte, den er täglich in Kenley Shubers Kanzlei bewies.

»Bitte sag was«, bat Penny. »Du findest es bestimmt verwerflich.«

»Ich will nicht über dich urteilen. Schließlich bin ich nicht deine Mutter.«

»Meine Mutter würde sterben, wenn sie es wüsste. Sie ist wahnsinnig beeindruckt von dem, was Greg beruflich macht. Von seinen Geldsachen.« Sie schwieg. »Ich erzähle das mit Ian übrigens nicht überall herum. Ich habe es noch niemandem erzählt. Nur dir.«

»Nur mir? Darf ich fragen, warum?«

»Ich weiß auch nicht. Der Überfall. Danach musste ich reden. Tut mir leid, dass ich dich damit belaste.«

»Das ist keine Belastung«, versicherte Amy, obwohl sie es plötzlich doch ein wenig als Belastung empfand.

»Vielen Dank jedenfalls«, sagte Penny.

Dann erzählte sie Amy mehr über Ian. Er hatte an der Ruskin School of Drawing and Fine Art in Oxford studiert, weil er Maler werden wollte, erlitt jedoch im ersten Jahr einen kleinen Nervenzusammenbruch, lag kurz im Krankenhaus und wurde anschließend nach Hause geschickt. »Die Ärzte meinten, ihm sei alles über den Kopf gewachsen«, erklärte Penny, »und dass er mehr körperliche Bewegung und ›frische Luft‹ bräuchte – das mit der frischen Luft war ihnen sehr wichtig –, und Ian sah es auch mehr oder weniger ein. Er sagte, die kreativen Ideen hätten ihn geradezu überschwemmt, und die vielen Bilder im Kopf hätten ihn nicht mehr schlafen lassen. Er war total überreizt, dann kam der Zusammenbruch. Er wechselte zu Kunstgeschichte mit Schwerpunkt ›Italienischer Kupferstich‹, entdeckte dann das Rahmen für sich und wurde ein sehr guter Kurator. Aber er ist noch immer ziemlich gefühlsbetont, das ist bis heute nicht verschwunden. Und irgendwie jungenhaft und romantisch, was mir sehr gut gefällt. Er spricht mir immer durchgeknalltes Zeug aufs Handy, endlose Selbstgespräche. Ich mache mir ein bisschen Sorgen um ihn, weil er so emotional ist.«

Amy dachte an die wenigen Männer, mit denen sie früher, vor Leo, etwas gehabt hatte. Sie erinnerte sich an jedes Gesicht. Junge Männer zwischen zwanzig und dreißig mit feinen Härchen an den Armen und Mägen, die noch nicht durch die ständige Zufuhr von Gebäck bei Frühstücks-Meetings und nächtens verschlungenen Keksen oder vom freien Fall auf der Abwärtsspirale der Midlife-Resignation verdorben gewesen waren. Damals hatte man kaum je darüber nachgedacht, wohin es mit der Liebe gehen sollte und welchen Sinn sie hatte, sondern war ihr bedingungslos gefolgt. So hatte sie selbst es immer gemacht, und jetzt tat Penny genau das Gleiche mit Ian. Amy war die distanzierte Beobachterin, das verkrüppelte Mädchen aus dem alten Kinderbuch, vor dessen Augen Heidi und Peter auf einem Berghang tollten und vögelten.

»Noch was«, sagte Penny. »Ich muss dich bitten, niemandem etwas davon zu erzählen. Nicht mal deinem Mann, okay? Auch nicht den anderen Müttern. Bitte versprich es. Es ist wirklich wichtig.«

Amy lächelte erfreut und sagte: »Definitiv!«, ein Ausdruck von Mason.

Als ihr Sohn am Abend wollte, dass man ihm vorlas, meldete sich Amy freiwillig. Sie sehnte sich danach, gemütlich neben Mason auf dem Ausziehbett zu liegen, an dessen Kopfende die Reste alter, halb abgezogener Sticker klebten. Er äußerte den Wunsch inzwischen nur noch selten; bald würde es damit für immer vorbei sein.

»Welches Buch?«, fragte sie und war ein bisschen enttäuscht, als er ihr »Blindman und die Jagd durchs Moor« von Rachel Millar, einer Schottin, nannte, das gerade alle Jungs in seiner Klasse lasen. »Blindman« war tatsächlich der Name einer Figur, die von Geburt an keine Augenhöhlen hatte (war das überhaupt möglich?) und durch ein Moor in einer bis ins kleinste Detail erdachten, seltsam futuristischen, zugleich aber ans neunzehnte Jahrhundert erinnernden Landschaft streifte, um den Tod ihres Bruders Azajian zu rächen. Eine richtige Schwarte, so wie alle Kinderbücher seit einiger Zeit.

Amy konnte mit Fantasy nichts anfangen. Wenn Mason sie fragte, ob sie ihm vorlesen wolle, sagte sie immer Ja, doch in den letzten Jahren fühlte sie sich von den Büchern betrogen. Die ständige Suche, auf der die Figuren waren, und die schauerlichen, apokalyptischen Szenerien empfand sie als ebenso ermüdend und deprimierend wie die Nachrichten aus dem Nahen Osten. Alles war in Blut getaucht, dessen Farbe in Rachel Millars Beschreibung »der des Granatrings von König Moloral dem Zweiten glich«. Vor Jahren hatte Amy ihrem Sohn »Der geheime Garten« vorgelesen, ihr Lieblingsbuch als Kind, das er auch lieben sollte, obwohl er ein Junge war. Immerhin hatte es ihm so gut gefallen, dass er bis zum Ende durchhielt – die Handlung wartete mit einem Ausbruch der Cholera auf, in deren Verlauf die Eltern von Mary Lennox, der Hauptfigur, starben, und ständig war von geheimnisvollen nächtlichen Geräuschen die Rede –, doch danach hatte es ihn nicht mehr beschäftigt. Es hatte ihn nie so gefesselt wie die düsteren, blutigen Fantasy-Schinken.

»Na gut«, sagte Amy, während sie danach griff. »Wo waren wir?« In ihrem Handgelenk zog es ein wenig, als sie das dicke Buch mit den protzig in den goldenen Rücken geprägten Zinnen aufhob.

»Da ist ein Lesezeichen drin, Mom«, antwortete Mason.

»Stimmt, da ist ein Lesezeichen. ›Elftes Kapitel, in welchem dem Moorjäger eine Lektion von unschätzbarem Wert erteilt wird.‹«

»Warum ›von unschätzbarem Wert‹? Warum nicht einfach ›wertvoll‹?«

»Bitte lass mich lesen«, sagte Amy und begann mit dem elften Kapitel.

> »Beim ersten Schlag der alten Turmuhr von Stillson Abbey war der Moorjäger längst nicht mehr im Dorf Haddensdown-on-Cleft. Er hatte sich an einem der Verteidiger vorbeigeschlichen und die ›Zone des Kummers‹ erreicht, aus der kein Mensch je zurückgekehrt war. Doch der Moorjäger war kein Mensch. Er war ein Frailkin, und nie zuvor hatte ein Vertreter seiner Spezies die Zone betreten. Kaum war das grünlich schimmernde Kupfertor durchschritten, dessen verschlungene Ranken jeden zu erdrosseln drohten, regte sich etwas in seinem Inneren. Ich bin zu Hause, dachte der Moorjäger, obwohl dies nie sein Zuhause gewesen war, es sei denn im Traum.«

Mason hatte die Augen halb geschlossen. Er war müde, doch hätte Amy sich erkundigt, ob ihn das Buch langweile, hätte er vehement widersprochen und es als »spannend« bezeichnet. Was, bitte, ist ein »Frailkin«?, hätte sie ihn am liebsten gefragt. Wie um alles in der Welt soll ich dieses Wort aussprechen, ohne das Gesicht zu verziehen? Ihr war schleierhaft, wie er den Roman spannend finden konnte. Vielleicht steckte etwas in seinem Gehirn, etwas Winzigkleines, das die Verheißungen einer nicht existierenden Welt für ihn faszinierend machte. Oder die reale Erwachsenenwelt mit ihren endlosen Meetings und dem ständigen Zwang still zu sitzen war für die meisten Jungs schlicht zu ernüchternd, um ihr offen ins Auge blicken zu können. Oder Jungs mussten einfach glauben, die Zukunft halte etwas Aufregenderes als diese Welt bereit, um sich vor der Wirklichkeit zu schützen, sobald der Weihnachtsmann entlarvt war. Als Junge verlor man den Weihnachtsmann, den Osterhasen und die Zahnfee, alle auf einmal, in einem einzigen grauenhaften Gemetzel mit abgetrennten Gliedmaßen, blutbesudeltem Fell, ausgerissenen, einst zart genetzten Flügeln und Wolken von flauschigem Stoff, und nahm trotzdem mindestens bis zur Highschool Frodo und ganz Mittelerde für bare Münze. Büßte man danach auch noch den letzten Halt, die Fantasy-Welt, ein, ließ sich der Schmerz nur überwinden, indem man die Mädchen mit ihren überdimensionierten Brüsten, beweglichen Zungen und der schönen Geometrie ihrer einladend gespreizten Beine als sexuelle Wesen entdeckte. Eine Fantasie ersetzte die andere, und diese letzte verlor man nie.

»Jungs«, hatte eine ältere, erfahrenere Mutter vor langer Zeit im Park zu Amy gesagt, »sind im Grunde sehr einfach gestrickte Wesen. Manchmal muss man sie wie Hunde führen.«

Stellvertretend für alle Jungs auf der Welt, die sich in diesem Moment nicht verteidigen konnten, hatte Amy leicht beleidigt reagiert. Doch es steckte ein Körnchen Wahrheit in der Bemerkung. Einmal hatte sie mit dem zweijährigen Mason einen Mutter-Kind-Schwimmkurs im YMCA besucht. Als er hinterher angezogen war, sie selbst aber noch nackt dastand, drückte er die schwere Tür zur Eingangshalle auf, wo viele alte Männer und Frauen saßen. Durch den Spalt der sich mit pneumatischem Zischen langsam schließenden Tür hatte sie Mason Richtung Ausgang laufen sehen, und ihr war klar geworden, dass er ihr in diesem Moment womöglich für immer entwischte.

»MASON, KOMM ZURÜCK!«, schrie sie und schrie es im Grunde bis heute. Panisch, nackt, nass griff sie sich ein YMCA-Handtuch, ein schäbiges kleines, quadratisches Ding, mit dem sie ihre Brüste oder ihr Schamhaar bedecken konnte, nicht aber beides. Sie musste sich entscheiden: Welcher Anblick war anstößiger? Die Wahl fiel auf die Brüste. Mit entblößtem Schamhaar rannte sie in die Eingangshalle, geriet fast ins Schlittern, brüllte den Namen ihres Sohns. Einige der alten Leute unterbrachen ihre trägen Gespräche und hoben den Blick. Ein greiser Mann mit spitzen Zähnen winkte ihr grinsend zu. Sie packte den völlig unbeeindruckten Mason am Arm und zog ihn zurück. Dann begann sie vor Erleichterung zu schluchzen und konnte nicht mehr aufhören.

»Warum weint Mummy?«, fragte er auf der Heimfahrt im Bus immer wieder. »Warum weint Mummy?« Das brachte sie wieder zum Weinen.

Jahre später hatte die Geschichte allen Schrecken verloren und war zu einer lustigen Anekdote im »Golden Horn« geworden. Reihum erklärten die Frauen, welchen Körperteil sie in der gleichen Situation mit dem Handtuch bedeckt hätten. Die einzige wirklich gute Antwort kam von Roberta, die achselzuckend erklärte: »Ich hätte mich für mein Gesicht entschieden.«

Jungs waren demnach also wild und eher schlicht, Mädchen mit ihrer ruhigen, nachdenklichen Art dagegen eher kompliziert. Jungs rannten ständig durch die Gegend, und wenn sie endlich müde waren, setzten sie sich hin und nahmen irgendetwas auseinander oder bauten irgendetwas zusammen, während die Mädchen still und stumm aus buntem Garn Freundschaftsbänder knüpften, einander Zuneigung schenkten und lebenslange Treue schworen.

Amy, die mit Mädchen aufgewachsen war, hatte sich eine Tochter gewünscht. Die Geburt des Sohns war ein Schock gewesen. Ihre Eltern schenkten dem Baby eine handgemachte, erkennbar männliche Puppe mit winzigem Penis. Sie war mit Naturfaser ausgestopft und der fleischfarbene Stoff mit einer Socke überzogen, was sie erschreckend lebensecht aussehen ließ. Mason hatte sie nie besonders gemocht. Dann hatte Amy beim Putzen in seinem Zimmer festgestellt, dass aus einem Nasenloch der Puppe Ameisen krochen, die sich offenbar in der Füllung breitgemacht hatten, und vor Schreck aufgeschrien. Das Ding war sofort im Müllschlucker gelandet. Mason hatte es nie vermisst und sich auch nie eine andere Puppe gewünscht.

Er stand auf Dinge, die sich bewegten. In den ersten Jahren schob er Autos und Laster über den Boden, hob aber, wenn ein Freund zu Besuch war, gelegentlich ein Fahrzeug hoch und knallte es dem anderen Kind an den Kopf. Amy zwang ihn dann zu einer Entschuldigung, so wie andere Kinder in anderen Situationen gezwungen wurden, Mason um Verzeihung zu bitten. »Entschuldigung, dass ich deinen Monstertruck weggenommen habe«, leierte er scheinheilig herunter. »Entschuldigung, dass ich dir den Schädel eingeschlagen habe.« Entschuldigung, Entschuldigung, Entschuldigung für alles, was ich getan habe und in meinem restlichen Leben höchstwahrscheinlich noch tun werde.

Amy und Leo hatten sich bemüht, Mason von Anfang an ein gewisses spirituelles Bewusstsein anzuerziehen. Leo, der für Amy, Mason und seine Eltern alljährlich einen zwanglosen, kurz gehaltenen Seder leitete, bei dem die Juden das geteilte Meer so schnell durchquerten, als glitten sie auf einem Flughafen-Rollsteig dahin, hatte dem kleinen Mason gegenüber gelegentlich den Namen Gottes erwähnt, was diesen allerdings kaum interessierte. Ebenso gut hätte sein Vater von einem entfernten älteren Verwandten sprechen können, der als Apotheker in Indiana lebte. Der nüchterne Mason war nicht an Gott interessiert, sondern an Sternennebeln. Er war von den Naturwissenschaften begeistert, ein Listenlerner, kein spiritueller Mensch. Doch immer wenn sich Amy sagte, dass er nun einmal so war und nicht anders, tat er etwas, das ihren Blick auf ihn wieder veränderte.

Mit sieben hatte er ihr eines Abends vor dem Zubettgehen gestanden: »Mom, ich fürchte mich vor dem Aufzug und vor dem gelben Teil in den Eiern. Der schaut einen immer so an wie Augen.« Seltsame, aber sehr menschliche und verständliche Ängste. Als sie am nächsten Tag von einem Kindergeburtstag nach Hause gingen, bei dem ein völlig überdrehter Zauberer aufgetreten war, schwiegen sie eine Weile, um die Erinnerungen an flatternde Tücher und quietschende, unerwartet platzende Ballondackel nach und nach aus dem Kopf zu bekommen. Unter einem wunderbar blassblauen Himmel fragte Amy plötzlich: »Mason, vergeht die Zeit für dich schnell oder langsam?«

Sie hatte darüber nachgedacht, wie verletzlich er war und wie verletzlich sie selbst gewesen war als kleines Mädchen in Montreal vor ihrer Pubertät. Das Leben damals war so langsam gewesen. Die Sommer hatte sie damit verbracht, in der Hängematte zu liegen und realistische Jugendromane aus der Bibliothek zu verschlingen, die bröckelige Glasur von Eisriegeln abzuknabbern und das Auto ihres Vaters in der Einfahrt mit dem Gartenschlauch abzuspritzen. Ihre Schwestern Naomi und Jennifer waren ihr vor allem am Küchentisch sitzend in Erinnerung geblieben, wo sie neue Hefte fürs kommende Schuljahr beschrifteten, während ihre Mutter in ihrem abgeschlossenen Arbeitszimmer Romane schrieb oder Treffen der Frauengruppe besuchte und ihr Vater Sommerseminare gab.

Damals hatte sie geglaubt, sie würde immer ein kleines Mädchen ohne Busen und ohne Sorgen bleiben, würde herumliegen und Bücher lesen können, solange sie Lust dazu hätte, und das Erwachsensein, wenn es irgendwann käme, würde genauso langsam vergehen wie ihre Kindheit. Es kränkte sie, dass es nicht so war und sie jetzt, mit vierzig, auch ohne Job das Gefühl hatte, kaum noch zum Lesen zu kommen. Sie war nicht mehr das kleine Mädchen von früher, und nur ein paar Fotos, Schulzeugnisse und Freundschaftsbänder bewiesen, dass es diese Amy jemals gegeben hatte.

Als sie Mason auf der Straße danach fragte, sah er sie an und sagte sanft: »Was ist das denn für 'ne komische Frage?« Er meinte es, wie Jungs Dinge eben meinten: Nimm's mir nicht übel, Mom, aber bitte frag mich so was nie wieder. Das tut uns nämlich beiden nicht gut. Von da an war es ständig hin und her gegangen – sie hatte ihm Distanz ermöglicht, und war ihm dann wieder auf den Pelz gerückt.

Amy drehte sich im Bett um und sah, dass Mason schlief. Sein Haar roch ein bisschen muffig, rauchig, doch sein Gesicht strahlte in dieser ersten Phase des Schlafs eine fast transparente Reinheit aus. Er war so groß. Sein Kopf roch, und seine Füße stanken auch, hatten geschwitzt in den gerippten Sportsocken und den Heelys mit den Rollen in der Sohle – als bräuchten Jungs einen zusätzlichen Antrieb, als könnten sie nicht aus eigener Kraft endlose Strecken zurücklegen. Er konnte so leidenschaftlich und zärtlich sein, doch immer öfter blitzte das von Penny erwähnte männliche Rückzugsverhalten auf. Das brauchte er vielleicht, um eines Tages in die Welt hinausgehen zu können. Seit Monaten baute er an einem komplizierten Katapult und hatte von sich aus ein ungeheures Interesse an Kampfflugzeugen entwickelt. Einmal hatte er im Schlaf halblaut »Heinkel He 51B« und »Vought F4U Corsair« hervorgestoßen.

Amy verließ das kleine Bett ihres Sohns und ging zu dem anderen, größeren, in das sie gehörte und in dem Leo bereits mit einem Glas Milch und einem Teller Kekse – riesige mürbe Industrieware – lag. Rings um sich hatte er juristische Schriftstücke verteilt. Obwohl er ein so fülliger, großer, eher bieder wirkender Mann mit leicht teigigem Gesicht war, hatte er ihr immer gefallen.

»Hi.« Sie stieg aufs Bett und über die herumliegenden Unterlagen und setzte sich leicht auf Leos Brust. »Kleine Pause gefällig?«

»Hey, hey, hey!« Als Leo die Hände hob, dachte sie, auch er wäre in Stimmung. Doch als sie ihn küsste – ein Hauch von Fertigkeksatem wehte sie an –, zeigte ihr die Zögerlichkeit, mit der er darauf einging, dass nichts laufen würde.

»Ich kann jetzt nicht«, sagte er. »Ich muss mich um die Pittsburgh-Sache kümmern.«

»Welche Pittsburgh-Sache?«

»Die Wurstleute. Die Salmonellenverteidigung.«

»Schade, dass du nicht wirklich Wischnu bist.«

»Was?«

»Dein Witz von gestern Abend. Du hast so was in der Arbeit zu Stutzman gesagt hat, und er wusste nicht, wer Wischnu ist, und dachte, das wäre ein neuer Partner in der Kanzlei.«

Leo schien sich darüber zu wundern, dass die kleine, banale Anekdote Amy in Erinnerung geblieben war, denn umgekehrt kam das so gut wie nie vor; wenn sie ihm Geschichten über ihren Tag erzählte, vergaß er sie meistens sofort. Dass er sie nicht interessant genug fand, um sie im Kopf zu behalten und darauf zurückzukommen, war beiden klar. Doch zumindest sexuell hätte er Amy jetzt interessant finden können. Von Ehemännern wurde erwartet, dass sie häufiger Sex haben wollten als ihre Frauen. Wenn man es einem von beiden zugestand, sich hin und wieder zu verweigern, dann den Frauen. Und manchmal hatte Amy tatsächlich keine Lust, weil sie abends müde war, was Leo nie verstand. »Wovon bist du müde?«

Berufstätige Frauen waren erschöpft; nichtberufstätige Frauen waren ebenso erschöpft. Gegen ihre ungeheure Erschöpfung war kein Kraut gewachsen. Als berufstätige Mutter verlor man immer und als Vollzeitmutter genauso. Alle wollten etwas von einem; kaum war man morgens aufgestanden, ging die Nerverei los. Alle waren auf einen angewiesen, forderten etwas, erinnerten einen daran, was man ihnen schuldete, und obwohl man die Mitte des Schultags oder Arbeitstags für sich allein hatte, fühlte es sich nie so an. Die Männer dagegen preschten vor, als hätten sie wie ihre Söhne Rollen in den Schuhen. Manchmal wollten sie Sex, immer wollten sie Geld. Sie wollten Börsentipps, Weine und gute Komponenten für ihr Audiosystem. Sie wollten alles, was sie kriegen konnten.

Nur dass Leo jetzt, abends im Bett, sie nicht wollte.

In den vergangenen Jahren hatten Amy und er abwechselnd keine Lust gehabt. Überall war vom Tod der ehelichen Libido die Rede, und wie viele andere waren auch sie nicht verschont geblieben. Heutzutage hatte man sich mit solchen Dingen aktiv auseinanderzusetzen. Sex war ein Projekt wie eine bestimmte Aufgabe im Job oder das Diorama in der Schule. Um nicht in Gleichgültigkeit zu verfallen, sollte man sich wöchentlich miteinander »verabreden«. Shelly Harbison, eine Mutter aus der Klasse, hatte erzählt, dass sie und ihr Mann sich jeden Donnerstag in Schale warfen und zum Essen oder ins Kino gingen. »Und die Regel lautet: Kein Wort über die Kinder«, hatte sie hinzugefügt.

»Das muss schwer sein«, hatte eine andere Frau gesagt.

»Stimmt. Schwerer, als man glaubt.« Und nach kurzem Nachdenken hatte Shelly frustriert gestanden: »Ohne das Thema Kinder geht einem der Gesprächsstoff aus. Plötzlich wird einem bewusst, wie sehr sie die Gedanken und Gespräche bestimmen. Dann kommt das große Schweigen.« Wieder machte sie eine Pause. »Als wir mal essen waren, herrschte im Lokal eine Zeit lang völlige Stille. Die anderen hatten sich auch alle verboten, über ihre Kinder zu sprechen. Man hörte nur noch das Besteck klappern und die Gläser klirren.«

Zwischen Amy und Leo herrschte Schweigen, obwohl sie sich nie zum Essen verabredeten, obwohl sie sich dem anderen nie bewusst aufzwangen. Leo wirkte todunglücklich, als er sich jetzt unter ihr hervorwand. »Tut mir leid, Amy.«

»Der alte Lysistrata-Trick, nur umgekehrt«, sagte sie leise und beschämt. Leo lächelte und entschuldigte sich nochmals. Auch dass sie das Unterhemd trug, in dem er sie angeblich so gern sah, und zum Vernaschen gut nach Granatapfel-Lotion roch, half nicht. Sie fragte sich, ob er spürte, dass sie sich aus Verunsicherung und Überforderung auf ihn gesetzt hatte und weil sie nicht aufhören konnte, an das zu denken, was heute passiert war.

»Ich weiß nicht, wo mir der Kopf steht«, sagte Leo. »Es würde uns beiden keinen Spaß machen.« Er nahm sich den nächsten Keks, steckte ihn in den Mund und griff nach einer Akte. Er aß, um sich zu beruhigen und sich etwas Gutes zu tun. Die Kekse waren eine kleine Belohnung, Schlusspunkt eines langen, anstrengenden Tages.

»Schon gut«, erwiderte Amy leichthin, drehte sich auf ihrer Bettseite um und hielt ein aufgeschlagenes Buch vor sich wie eine Requisite. »Schon okay.« Wie zwei trockene Kienspäne in einer Zunderbüchse lagen sie da.

Penny Ramsey hatte eine Lösung für das Problem der schwindenden Liebe gefunden, dachte Amy. Penny stieg die Treppe in einem Haus hinauf, das sie normalerweise nie betreten hätte, und zog sich in einem fremden Zimmer aus. Der britische Rahmenexperte nahm ihre Brüste in die Hände und rieb sie, zog im Liegen ihren Körper dicht an sich heran, und sein Penis wurde vor Begeisterung steif. Wie konnte ein Mann wie Greg Ramsey erwarten, dass sich seine Frau keinen Liebhaber nahm? Wie konnte er ihre Sehnsucht nach Zärtlichkeit, Mitgefühl, Ästhetik und Bescheidenheit ignorieren und mit seinen läppischen Maßanzügen aus Hongkong, seinem Squashschläger und dem stumpfen Glanz seines widerlichen Geldes herumstolzieren und allen Ernstes glauben, sie würde das akzeptieren? Was dachte sich der Kerl dabei?

Die Liebesgeschichten anderer Leute waren spannend, man hörte sie gern. Es kostete nichts, sie sich schildern zu lassen und sich Gedanken darüber zu machen. Ohne etwas von sich preisgeben zu müssen, konnte man in einer vergröberten, fernen Vorstellung davon schwelgen, und genau das tat Amy jetzt auf ihrer Bettseite mit dem Rücken zu ihrem desinteressierten Mann. Der Gedanke an Penny und Ian tröstete und beschäftigte sie. Trotzdem wünschte sie sich, Leo, der gute alte Leo, der so viel besser war als der miese Greg Ramsey, würde ihr die Hand auf die Schulter legen und sie an sich ziehen, wie um sie für sich zu gewinnen. Doch woher sollte er wissen, dass sie das von ihm erwartete?

Sie musste sich nicht umdrehen und nachsehen, um zu wissen, dass er die Miene des geistig abwesenden Ehemanns aufgesetzt hatte. Trotzdem beschwor sie ihn in Gedanken – nicht Wischnu, nur einen begehrenden Mann mit zwei Armen –, sie zu umfassen, ihr das dünne Unterhemd wie eine Haut vom Körper abzuziehen und das mit ihr zu machen, was er schon so lange mit ihr machte, dass das Muster vollkommen absehbar war. Doch er tat nichts. Seine Hände tasteten nicht nach ihr, und sie blieb, wie sie war, mit dem Rücken zu ihm.

In einer langen Ehe wie ihrer hielt sie es für ihr gutes Recht, Leo hin und wieder sexuell zu benutzen. Ehelicher Sex nahm immer wieder seltsame neue Formen an, und Amy und Leo befriedigten einander je nach Bedarf. Manchmal ähnelten sie friedlich nebeneinanderher spielenden Kindern. Manchmal unterbrach spontan aufkommende Lust wochenlange Flauten, in denen sie sich wie zwei keusche Zellenbewohner in einem Benediktinerkloster verhielten. Dann störte es weder, dass Amy ihr Gesicht wegen einer

Akne-Attacke, hervorgerufen durch altersbedingte hormonelle Veränderungen, mit Benzoylperoxid betüpfelte, noch, dass Leo mitgebrachte Thai-Nudeln schlemmte, bis sich das scharfe rote Öl an seinem Atem bemerkbar machte. Jeder gemeinsam verbrachte Augenblick war ja nur ein kurzer, einschneidender oder auch ganz normaler Moment in der langen, abwechslungsreichen Geschichte ihrer Ehe.

Leo drückte ihr einen Kuss auf die Schulter. Das ploppende Geräusch, mit dem seine Lippen ihre Haut berührten, war zugleich das Schlusswort des Abends. Auf die Idee, Sex könnte sie beruhigen, kam er nicht. Als sie ihn gleich morgens bei der Arbeit angerufen und ihm aufgewühlt vom plötzlichen Tod des jungen Familienvaters aus dem Haus erzählt hatte, und später, als sie ihm den Tränen nahe von der Sache mit Dustin Kavanaugh berichtete, an der auch sie wegen des gedankenlosen Geplauders mit Penny nicht unschuldig war, hatte er Mitgefühl gezeigt.

Ian Janeway war in ihren Berichten nicht vorgekommen. Das hatte sie Penny versprochen. Früher hatten sich Amy und Leo alles erzählt. Doch weil er ihren Geschichten ohnehin nie Aufmerksamkeit schenkte – und dazu wahrscheinlich Ritalin gebraucht hätte –, fühlte sie sich jetzt, wenn auch mit Unbehagen, zum Schweigen berechtigt. Die kleinen Geheimnisse, die sich um manche ihrer Tage rankten, störten ihn nicht, denn deren Schauplätze – die Wohnung, die Schule und das Café – interessierten ihn ohnehin kaum. Das war Amys Bereich; er wusste, dass sie dort tat, was getan werden musste.

»Gute Nacht«, sagte sie mit dünner Stimme in die Dunkelheit hinein zu ihrem Mann.

Er blieb in seinem Bereich, sie in ihrem. In seinem gab es Korridore, Rechnungen und plötzlich stabile Telefonverbindungen, hässlichen Kopiererlärm und einen endlosen Reigen von Meetings mit anderen Anwälten in einem Raum mit korngelbem Licht, das kreisförmig auf einen korngelben Tisch fiel, sodass man sich fühlte, als wäre man in einem Weizenfeld gefangen, aus dem man jahrelang nicht mehr herauskäme. In ihrem Bereich tummelten sich die Gedanken an den Familienvater aus 14H, dessen Zeit auf Erden abgelaufen war, an einen erotisch anziehenden englischen Fachmann für Bilderrahmen, mehrere müßiggängerische, gutherzige und gelegentlich Selbstzweifel hegende Mütter sowie eine, die versiert und ehrgeizig war, mit den Geheimnissen der Welt vertraut zu sein schien und kurz davorstand, sie zu offenbaren.

Vier

»*Rise, sorrow, 'neath the saffron sister tree*«, sang das Mädchen wieder in diesem merkwürdigen Moll. Tief im Inneren des Hauses mit seinen verschiedenen Ebenen und hallenden Räumen, die dem Neuen oft so große Tristesse verliehen, betrachtete die Kleine die Sternbilder an der Zimmerdecke und sang ein trauriges, aber wunderschönes Lied. Woher sie es kannte, wusste ihre Mutter nicht. Die Tochter war ihr schon immer ein Rätsel gewesen.

Die Mutter, Jill Hamlin, hörte den Gesang, während sie auf der breiten, mit Teppich bespannten Treppe zu ihrem Schlafzimmer hinaufging, und blieb stehen, um zuzuhören. Sie hatten sich alle noch nicht an das Haus gewöhnt, und gerade das kleine Mädchen war nachts unruhig. Allerdings hatte es auch in der Stadt nie besonders fest geschlafen. Oben wartete Jill eine Weile, betrat schließlich das Zimmer ihrer Tochter und setzte sich unter den lumineszierenden Sternen, die Donald in bewusster Anordnung befestigt hatte, auf die Bettkante. »Ich habe dich singen hören«, sagte sie. »Was ist los, mein Schatz? Du solltest längst schlafen.«

»Ich kann nicht schlafen, Mom.«

»Hast du etwas auf dem Herzen?«

»Nein.«

Sie sagte immer Nein, wenn man ihr diese Frage stellte. Jill verunsicherte die Antwort, die sie erst recht daran zweifeln ließ, dass ihre Tochter nichts auf dem Herzen hatte, während sie in diesem perfekten Vorstadtkinderzimmer lag, merkwürdig vor sich hin sang und zu den Sternbildern hinaufsah. Wahrscheinlich wusste sie nicht einmal, dass es Sternbilder waren, sondern sah nur grüne Lichtpunkte, die ihr Vater angeklebt hatte, um ihr eine Freude zu machen. Jill fragte sich oft, was ihre Tochter wirklich wusste, was sie wirklich kannte und konnte.

Sicher war nur: Sie konnte das Alphabet aufsagen, wenn auch stockend. Sie kannte die Farben, zumindest die wichtigsten. Benutzte die rechte Hand, meistens.

Was das kleine Mädchen wusste, kannte und konnte, zeigte sich nur vereinzelt und unregelmäßig. Das unterschied es von den anderen Kindern, die auf dem Spielplatz an ihren Eltern vorbeihüpften und »Ich bin ein Brachiosaurus! Das heißt ›Armechse‹!« riefen, und sogar von den jüngeren, die aus ihren Autokindersitzen oder Buggys heraus auf Stoppschilder deuteten und niedlich »Achteck« sagten.

Solche Äußerungen taten Jill weh; sie trafen einen wunden Punkt. Sie hatte längst erkannt, dass sie erst am Beginn einer langen Reihe von Kränkungen und Beleidigungen stand. Sie hatte sie alle tapfer abgewehrt, die Hände gegen die Angriffe vor das Gesicht erhoben. Ihre Tochter wusste nichts von den eigenen Mängeln, doch sobald andere sie zum ersten Mal darauf hinweisen würden, wäre die Katastrophe für Jill perfekt.

»Du musst jetzt ins Bett«, sagte sie überflüssigerweise, denn ihre Tochter lag ja schon darin, und was hätte Nadia noch tun sollen – sich selbst bewusstlos schlagen mit einer der schweren Porzellanpuppen auf dem Fenstersitz? Sie hatte offenbar Jills Schlafstörung geerbt. Oder nicht richtig geerbt, sondern mit der gemeinsam eingeatmeten zirkulierenden Luft in sich aufgesogen. Jill erhob sich und ging durch das halbdunkle Zimmer zur Tür.

»Gute Nacht, Mom.«

»Gute Nacht. Hab dich ganz, ganz lieb.« Und das war es auch schon. Jill Hamlin ließ ihr kleines Mädchen allein und wach und ging leise über den hellen Teppichboden, der so viel Fläche in diesem Haus bedeckte, so wie Sand die Wüste bedeckte, nein, die Wüste war. Zu Vorstadthäusern gehörten unweigerlich Teppichböden. Das Weiche unter den Füßen schien einer der Gründe zu sein, warum man hier lebte, nicht nur drinnen, auch draußen, der Rasen. Das Weiche ersetzte das Harte – Holz, Pflastersteine und den mit Walzen verdichteten Asphalt. Ob ihre Tochter noch oft an das Stadtleben dachte? So vieles schien von ihr unbemerkt einfach durch sie hindurchzuströmen.

In dem Haus in Holly Hills wohnten sie erst seit wenigen Monaten, doch mehr als vier Jahre war es her, dass sie ihre Tochter, damals dreiundzwanzig Monate alt, aus einem Waisenhaus im südsibirischen Tuwa nach Amerika gebracht hatten. Mütter, hieß es, würden ihre Kinder vor lauter Zuneigung am liebsten »auffressen«. Jill ging das in der ersten Zeit nicht so. Sie konnte niemandem sagen, was sie fühlte, nicht einmal ihrer Freundin Amy Lamb. Alles andere erzählte sie ihr – sogar, wie viel Donald und sie für die Wohnung bekommen hatten, wie schrecklich der lang zurückliegende Suizid ihrer Mutter für sie gewesen war und jetzt von der Einsamkeit in dem großen, modernen Haus. Nur von dem Herz aus Eis, das in ihr schlug, erzählte sie Amy nie. Nicht nur, weil sie sich schämte, sondern auch, weil der Umzug die Intensität ihrer Freundschaft verändert hatte. Sie konnten sich nicht mehr spontan auf einen schnellen Kaffee treffen oder mittags im Kino, umringt von anderen Frauen und alten Leuten, gemeinsam einen Film ansehen. In den letzten Telefongesprächen hatte Amy nur noch das Thema Penny Ramsey interessiert.

»Sie würde dir gefallen«, hatte sie gesagt.

»Schön«, hatte Jill verhalten erwidert, denn woher sollte sie wissen, ob das stimmte? Für sie war Penny Ramsey keine Person, sondern ein von den anderen Frauen seit Jahren immer wieder erwähnter Begriff: die Mutter aus der Schule, die alle an Vollkommenheit und Erfolg so sehr übertraf, dass man nach einem fassungslosen Blick nichts mehr zu sagen wusste. Amy und Roberta hatten Jill ein paarmal eigens auf sie hingewiesen – »Das ist die, von der wir dir erzählt haben« –, dabei wollte Jill diese Phantommutter gar nicht ausgemalt und in die Wirklichkeit übertragen sehen, sondern beließ es lieber bei der reinen – wenn auch mit stylischen Klamotten verbundenen – Vorstellung von ihr. Amy sollte möglichst wenig von ihr sprechen und sich tunlichst nicht allzu sehr mit ihr anfreunden. Jill wollte Amys wichtigste Freundin sein und schaffte es ironischerweise doch nicht, ihr das derzeit Wichtigste in ihrem Leben zu erzählen – die wachsende Angst, mit Nadia könnte etwas nicht stimmen.

Viele Frauen, die etwas ältere Waisen aus Osteuropa adoptiert hatten, stellten an den Kindern Bindungsstörungen fest. Das Problem war größer als allgemein bekannt. Dass aber die Mutter eines adoptierten Kindes eine Bindungsstörung entwickelte, hatte Jill noch nie gehört, und auch in der wissenschaftlichen Literatur fand sich nichts dazu. Der ursprüngliche Name des Mädchens, Manya, hatte in Jill sofort das Bild einer stämmigen Frau hervorgerufen, die breit grinsend mit einer Sense im Weizenfeld stand. Über das große Adoptionsnetzwerk hatte sie online Frauen kennengelernt, die ihren im Ausland geborenen Töchtern schicke, zeitgemäße amerikanische Namen wie Jenna oder Harper oder gar extravagante wie Pandora gegeben hatten. Weil Jill das auf keinen Fall wollte, bekam Manya einen kulturell passenden Name – obendrein einen mit Bezug zu Jills Kindheit.

Die vierzehnjährige rumänische Turnerin Nadia Comaneci war bei den Olympischen Spielen 1976 mit ihrem Talent, ihrem zarten, tulpengleich biegsamen Körper, ihrer osteuropäischen Disziplin und Exotik zum weltweit bewunderten Goldmedaillenstar geworden. Die neunjährige Jill hatte Nadia Comaneci entdeckt, als sie in Philadelphia in ihrem Bett lag und Fernsehen guckte. Später hatte sie sich wieder und wieder das süßliche Musikstück »Nadia's Theme« angehört und sich vorzustellen versucht, wie es wäre, so durch die Luft zu wirbeln, so mückenleicht zu sein und immer genau dort zu landen, wo man landen wollte.

Jahrzehnte später glaubte sie, sie müsste ihrer unglücklichen, erdverbundenen, mit Krätze übersäten kleinen Tochter nur die gleiche Eleganz und Grazie entlocken, um die Zukunft des Kindes zu sichern. Dabei hatte sich die Zukunft Nadia Comanecis nicht gerade perfekt gestaltet. Angeblich war sie als Teenager in Ceauşescus innersten Zirkel geraten und grell geschminkt mit dem Sohn des Diktators durch die Bars gezogen. Wenige Wochen vor der Revolution hatte sie sich in die USA abgesetzt, war, wie das kleine nach ihr benannte Mädchen, Amerikanerin geworden und führte möglicherweise irgendwo in dem riesigen Land ein besseres Leben.

Jill und Donald hatten alles getan, um ein eigenes Kind zu bekommen. Sie erinnerte sich noch gut an die Qual, ständig nach Vorschrift mit ihrem Mann schlafen zu müssen. Wenn Donald, der als Wirtschaftsprüfer tätig war, abends heimkam, wartete Jill schon auf ihn. Er nahm die Krawatte ab, zog Hemd und Hose aus, und dann versuchten sie gemeinsam, die Geschehnisse des Tages zu vergessen, und sich nur auf sich und ihre Mission zu konzentrieren.

Sie vögelten im Bett, manchmal auch auf der Wohnzimmercouch, bis das Webmuster des Bezugsstoffs in Jills Rücken eingestanzt war und ihre Körper synchron pulsierten. Mit Spaß hatte das nichts mehr zu tun, aber sie nahmen es mit Humor, sagten hinterher beispielsweise »Ach, war das schön!« oder »Das war so bewegend!« und lachten ein bisschen. Doch trotz aller Mühe klappte es nicht. Ei und Samen wollten sich nicht ineinanderfügen wie die beiden Teile eines Schmuckverschlusses.

Sie hatte sich ihr Leben völlig anders vorgestellt, hatte sich mit den Jahren immer und immer wieder verändert. Als es losging mit den Versuchen, schwanger zu werden, war sie sich ihrer »Ziele« – dieses bei Berufsberatern und Karriereplanern so beliebte Wort – längst nicht mehr sicher. Sie war die perfekte Studentin gewesen, die ihre Seminararbeiten immer pünktlich abgegeben und viel Lob erhalten hatte. Dass sie so aussah, wie man sich eine erfolgreiche, oberflächliche Frau vorstellte, wusste sie. Sie war hübsch, blond, sportlich, kultiviert und sehr groß, allerdings der Typ große Frau mit schlechter Haltung, die den Rücken rund machte, um sich vor dem vermeintlichen Anderssein zu schützen. Sie wollte nicht auffallen. Erfolgreich und bewundert werden, das ja, aber in aller Stille und Bescheidenheit.

Von ihrem beruflichen Werdegang hatten sich alle mehr erwartet. Nach dem College war sie an die New York University gegangen und hatte an einem Graduiertenprogramm mit dem Titel »Formen amerikanischer Kultur« teilgenommen. Es waren die späten Achtzigerjahre, als AIDS die Welt in Angst und Schrecken versetzte, der schöne Schein des Wohlstands und der Selbstgefälligkeit der Reagan-Ära allmählich verblasste und alles, auch an den Unis, in Umbruch geriet. Damals florierten unverständliche Orchideenfächer, und Jill hatte sich verführen lassen. Die Erläuterungen zum Graduiertenprogramm hatten in ihr den Eindruck erweckt, sie würde sich nicht allzu sehr spezialisieren müssen, sondern ein breites Wissensspektrum abdecken können.

Zu Beginn umfasste das Studium tatsächlich viele Bereiche. Drei Jahre lang besuchte Jill eifrig Seminare in Geschichte, Politischer Wissenschaft und Popkultur – eine irre, rasante Fahrt durch Gender, Rasse und deren Bedeutung, mit einem Sprung vom Bürgerkrieg zur Bürgerrechtsbewegung, Stippvisiten bei der Erfindung des Musikvideos, dem Aufkommen von queerer Theorie,

Black Studies und *Women's Studies* unter Einbeziehung des gleichzeitig entstehenden AIDS-Aktivismus –, alles Teil der großen amerikanischen Sinnsuche. Doch als sie ihre Dissertation schreiben wollte, war sie schlagartig allein.

Seit der Oberstufe an einer privaten Highschool hatte sie sich im flirrenden Licht akademischen Glanzes bewegt. Ruhig und gelassen war sie Tag für Tag zu ihrer Arbeitskabine in der Bibliothek hinaufgegangen und hatte mehrere Stunden mit dem vom Lehrer ausgegebenen Arbeitsblatt verbracht. Sie lernte gern bei absoluter Stille, wie ein Hund, der auf sein Herrchen lauscht. Ihr ganzer Körper war beim Lernen aufmerksam, sogar die Handgelenke, dachte sie manchmal, sogar ihre Milz. Wenn sie einen Mentor hatte, wurde sie noch besser. Sie hatte von Anfang an zu den Mädchen gehört, die sich an einen Lehrer hängten und bei ihm blieben. Seite um Seite machte sie sich Notizen in Schönschrift und verbündete sich mit dem besten verfügbaren Lehrer, wenn er obendrein nett und an ihrer Förderung interessiert war. Die Schule machte ihr nie Angst; dort fühlte sie sich nie allein.

Das setzte sich an der Uni fort. Wie fast alle Studentinnen verknallte sie sich in Dr. Michael Dearborn, einen der akademischen Shootingstars des relativ neuen Fachs. In seinem Seminar überkam die Studenten eine Mischung aus Ehrfurcht und Neid, denn er war zwar nicht wesentlich älter als sie, doch so druckreif wie er glaubten sie selbst im Leben nie sprechen zu können. Dr. Dearborn sah gut aus, trug einen schwarzen Bart, Jeans und einen kleinen Ohrring. Es hieß, er sei bisexuell und mit einem Semiotikstudenten der Brown University liiert. Jill ging oft mit, wenn sich seine Anhänger in einer Bar in der Bleecker Street auf ein Bier mit ihm trafen. Sobald es wärmer wurde, setzten sie sich abends nach dem Seminar draußen vor das Lokal, und Dr. Dearborn streckte seine langen Beine aus, legte die Füße auf einen Metallstuhl und dominierte das Gespräch mit seinen weitschweifigen, frei assoziierten Ausführungen.

»Als arroganter kleiner Rowdy in Yale – ich war gerade mal neunzehn – hörte ich mir einen Vortrag von Susan Sontag über das französische Theater an«, erzählte er eines Abends. »Und bei dem kleinen Empfang danach ging ich zu ihr und sagte: ›Entschuldigen Sie, Ms. Sontag‹ – nein, noch schlimmer, ich glaube, ich sagte: ›Entschuldige, Susan‹, obwohl ich ihr noch nie begegnet war. Und dann sagte ich, dass es da möglicherweise eine Verbindung zwischen ihren Betrachtungen zu Sartre und dem Gefühl des Grauens und der Leere gebe, das ich in der Popkultur der Siebzigerjahre entdeckt hätte, und zwar vor allem im Fernsehen, mit dem ich ja aufgewachsen sei. Als Beispiele nannte ich die abgeschmackten Kulissen bestimmter Sendungen, die hässlichen Orangetöne, die Figur der ›aufdringlichen Nachbarin‹, die Gemeinschaftsgefühl illustrieren sollte, unbewusst aber ein Schlaglicht auf die Einsamkeit in der Kleinfamilie warf, sowie die damals in den amerikanischen Sitcoms wie ›*Count Me In*‹ oder ›*Back to Back*‹ allgemein übliche Einfallslosigkeit hinsichtlich des jeweiligen Familienkonstrukts. Dass diese Gesamtästhetik gewissermaßen die von Sartre in ›Geschlossene Gesellschaft‹ und andernorts beschriebene grundlegende Aussichtslosigkeit widerspiegle.«

Die ihn umringenden Studentinnen und Studenten warteten freudig gespannt auf den Ausgang der Geschichte. »Und was hat sie gesagt?«, fragte Jill.

»Sontag? ›Entschuldigung, aber ich hole mir jetzt noch ein bisschen Käse‹, hat sie gesagt und ist gegangen.«

»Hat sie sich wirklich Käse geholt?«, wollte eine andere Studentin wissen.

»Nein«, antwortete Dr. Dearborn nach kurzem Zögern so perplex, als wäre ihm dieser Umstand zum ersten Mal bewusst geworden, obwohl er die Geschichte schon oft erzählt hatte. »Nein. Sie hat sich gleich mit jemand anderem unterhalten.«

Im Halbdunkel vor der Bar schüttelten alle mitfühlend den Kopf und setzten die Biergläser zum nächsten Schluck an. Er war wie Susan Sontag von allem etwas: kultiviert und ruppig, ernst und albern, dunkel, schön, intelligent und für seine Studenten schlicht unerreichbar.

»Sollte ich auf diesen Dearborn eifersüchtig sein?«, fragte Donald, als Jill in jener Nacht in die gemeinsame Wohnung in der West Eleventh Street zurückgekehrt war, deren Miete sie sich vor allem wegen Jills Treuhandfonds leisten konnten. Ihre Familie hatte die erfolgreiche Schellack-Fabrik Benecraft gegründet. »Du bist tatsächlich eine Schellack-Erbin!«, hatte Amy staunend gesagt, als sie es erfuhr. Donald Hamlin stand kurz vor einem Doppelabschluss. Er arbeitete sowohl an seinem MBA als auch an einer Dissertation über Accounting, »was weniger schlimm ist, als es klingt«, wie er ihr gleich zu Beginn versichert hatte, als sie sich bei einer Mitbringparty kennenlernten. Bevor sie ins Gespräch gekommen waren, hatte sich Jill den ganzen Abend über eingeredet, er würde entweder Geschichte oder Philosophie studieren, und zeigte sich leicht enttäuscht, als sie die Wahrheit erfuhr. Donald war ein ernster, aufmerksamer Mann mit früh einsetzender Kahlköpfigkeit, ein schlanker Mann in hellblauen Brooks-Brothers-Hemden und gedämpften Hosen, auf denen er jetzt eine Serviette ausgebreitet liegen hatte. Wie er da auf dem Boden saß, um vom Couchtisch zu essen, erinnerte er an einen höflichen Windhund. Er versuchte, sie davon zu überzeugen, dass er nie langweilig werden würde, obwohl er zu einer gewissen »Pingeligkeit« neige. »Ich werde trotzdem immer sarkastisch sein und einen trockenen Humor pflegen. Ein Dr. Michael Dearborn wird aus mir nicht mehr, aber ich will mich gern um größtmöglichen Esprit bemühen.«

Donald verstand nicht wirklich, was Jill eigentlich studierte. Die zwischen Hochkultur und Popkultur wechselnde kunterbunte Themenmischung ihres Fachs ergab für ihn kein organisches Ganzes. Ihr Graduiertenkolleg übersteige seinen geistigen Horizont, meinte er, und weil ihm das offenbar gefiel, ließ sie ihm seinen Glauben. Doch es stimmte nicht, denn erstens war er sehr gebildet, und zweitens traute nicht einmal sie selbst den vielen Bezügen zwischen den unterschiedlichen Themen, mit denen sie sich beschäftigte, obwohl Theorie sie grundsätzlich faszinierte – die Idee von Theorie. Ihre starke Fixierung auf Michael Dearborn hatte nichts Sexuelles. Trotz seines engelgleichen Gesichts, das der dichte schwarze Bart noch engelhafter machte, wollte sie nicht, dass er sie berührte. Berührt werden wollte sie von Donald, den sie inzwischen liebte; Michael Dearborn sollte ihre akademische Arbeit lieben.

Solange Dearborn ihre Hausarbeiten und das Konzept ihrer Dissertation lobte, blieb sie sich ihrer Sache sicher. »Manchmal ist mir nicht wohl bei dem Gedanken, so lange an der Uni zu sein«, sagte sie zu Amy, die damals in Michigan Jura studierte.

»Weil man dadurch praktisch nie erwachsen wird?«

»Nein. Weil ich im Studium einfach gut bin – das ist meine größte Stärke. Aber irgendwann wird mir das nichts mehr nützen.«

»Glaube ich nicht. Wichtig ist, dass du weiterkommst. Eines Tages ist das Studium vorbei, dann musst du irgendetwas damit anfangen.«

Also machte Jill weiter mit dem Lernen und ging weiter in die Sprechstunden ihres Betreuers und Doktorvaters Michael Dearborn und setzte sich schließlich an ihre Dissertation. Nach vielen langen Gesprächen und kontroversen Diskussionen in Dearborns kleinem Büro entschied sie sich für das Thema »Ungehörte weibliche Stimmen im Amerika der Vorkriegszeit«, das es ihr ermöglichte, ihr Interesse am Bürgerkrieg mit feministischen Aspekten zu verbinden und somit »Geschichte und Politik in Beziehung zueinander zu setzen«, wie sie in der Anmeldung ihres Promotionsvorhabens schrieb. Für die Popkultur – Dearborns große Leidenschaft – war darin allerdings kein Platz. Jill konnte sie unmöglich sinnvoll in das Thema integrieren, was Dearborn sichtlich enttäuschte. Seine Studentinnen und Studenten sollten nicht nur ein möglichst großes kulturelles Netz über alle Lehrinhalte auswerfen, sondern auch im Bodensatz der Kultur nach Bedeutung fischen.

Dann begann das eigentliche Schreiben. Dearborn bekam sie in dieser Zeit kaum noch zu sehen. Mit freundlichen Worten und einem Blick in die Ferne, genauer: auf die nächste draußen im Gang vor seinem Zimmer wartende Studentin, hatte er sie fortgeschickt. Er war zwar ihr Betreuer, versicherte jedoch, sie werde in der bevorstehenden Phase allein zurechtkommen. Jill, die es gewohnt war, Hausarbeiten zu schreiben und dafür gelobt zu werden, verfiel in Schockstarre, als sie ganz auf sich gestellt eine umfangreiche Arbeit verfassen sollte. Sie hockte in ihrer Wohnung, anstatt in die Bibliothek zu gehen, und sah sich sogar hintereinanderweg einige der blöden alten amerikanischen Sitcoms an, für die sich Dearborn so interessierte.

Amy und Donald sagten ihr, sie müsse sich konzentrieren und es »durchziehen«. Müsse die Doktorarbeit in einem einzigen großen Schwung verfassen, verteidigen und ad acta legen. Dann könne sie sich irgendwo in Amerika eine Dozentenstelle suchen. Jill folgte dem Rat und begann eine bodenständige Dissertation zu schreiben. Der Verlust ihres Mentors schmerzte sie. Der dozierte derweil im Seminarraum vor angehenden Doktoranden, die nun vom süßen Wein seines Intellekts schlürfen durften. Die Glücklichen! Sie mussten noch nicht auf eigenen Füßen stehen.

»Ich sollte eine Skulptur von ihm aufstellen«, sagte Donald eines Nachmittags, als Jill bei seiner Rückkehr von der Arbeit traurig in sich zusammengesunken am Schreibtisch saß, den sie ins Schlafzimmer gestellt hatte. »Oder so tun, als wäre ich er. ›Schau mich an, ich bin Dr. Dearborn. Ich habe mal Susan Sontag angesprochen, aber sie hat mich abblitzen lassen. Und ich striegle für mein Leben gern meinen schönen Bart.‹« Jill hörte auf zu weinen und begann schallend zu lachen. »Möchtest du meinen schönen Bart striegeln?«, fragte er, und sie fiel ihm in die Arme, sagte, dass er der Beste sei, genauso spritzig wie versprochen und einfach wunderbar. Sie wusste, welches Glück sie hatte mit diesem Mann, der sie aufheiterte und alles gab, um sie bei Laune zu halten. Doch trotz ihrer glücklichen Ehe fand sie es schwer, ihre Dissertation ohne den Schatten eines Menschen zu verfassen, der stärker war als sie selbst.

Endlich war die Arbeit geschrieben; Jill fügte die Fußnoten hinzu und erledigte, was sonst noch zu tun war – formulierte eine Danksagung und kümmerte sich um eine ordentliche Bindung. Doch schon zu diesem Zeitpunkt wusste sie es, sie wusste es einfach. Dearborn hatte ihr in den vorangegangenen Wochen von seinen Bedenken bezüglich ihrer Dissertation berichtet, und als sie an einem späten Freitagnachmittag den Seminarraum betrat, sah sie als Erstes sein Gesicht. Er saß ganz hinten am Tisch, hob nur kurz den Blick und senkte ihn wieder auf den festen, schwarz genarbten Einband ihrer Arbeit. Dann fuhr er mit den Fingern über den Tisch, dass es quietschte, als wollte er ihr demonstrieren, wie enttäuscht er war. Natürlich war er enttäuscht. Jeder Doktorvater freute sich über die guten Leistungen seines Schützlings. Blieben sie aus, war er persönlich beleidigt. Michael Dearborn wirkte stinksauer und sprach kaum ein Wort.

»Ihre Arbeit mutet ziemlich diffus an«, erklärte eine Beisitzerin gereizt. »Sie sind sich Ihrer Sache nicht sicher. Die Fakten stimmen, aber Sie misstrauen Ihrer eigenen Intuition. Sie stellen gute Thesen auf, und dann geht Ihnen die Luft aus. Wir haben nicht den Eindruck, dass Sie Ihre zentrale These eingehend mit Dr. Dearborn besprochen hätten.«

Die Ablehnung traf sie so hart, dass sie hinterher auf den niedrigen Stufen vor dem Gebäude nach Luft rang. Eine Frau, die gerade ihr Fahrrad abgesperrt hatte, ging zu ihr und fragte, ob sie Hilfe brauche, denn offenbar hatte sich Jill gekrümmt und die Augen angesichts des qualvollen Versagens geschlossen. Es war ihr unmöglich gewesen, der Prüfungskommission zu gestehen, dass sie, um eine gute Doktorarbeit anzufertigen, jeden Tag einen Betreuer neben sich benötigt hätte, während sie ihre Gedanken ausarbeitete und niederschrieb.

»Wenn es dir wieder besser geht, kannst du sie umschreiben und für ein nichtakademisches Publikum veröffentlichen. Es steckt ja viel Interessantes darin«, sagte Donald am Abend. Er selbst hatte eine hervorragende, mit Diagrammen und Tabellen gespickte Dissertation abgeliefert, die bewies, wie meisterlich er alle erforderlichen Accounting- und Businesstheorien beherrschte. Das Schreiben selbst war ihm seinen Worten zufolge leichtgefallen; in dieser Phase hatte er keinen Betreuer mehr gebraucht. Jill solle begreifen, dass Männer ihre Doktorväter schlussendlich töten müssten, sagte er, als sie ihn danach fragte. Jill entgegnete, er verstehe nicht, was es bedeute, das ganze Leben hindurch zu so großen Hoffnungen Anlass gegeben zu haben und am Ende so zu enttäuschen.

Doch es war natürlich noch längst nicht das Ende. Jill war noch jung, hatte Jahrzehnte vor sich, die gefüllt sein wollten. Die Leidenschaft für ihr Studium wich dem Wunsch nach etwas ganz Neuem. Sie würde keine Doktorandin mehr sein, würde keine College-Professorin werden, und ihre Arbeit umzuschreiben kam für sie auch nicht infrage. Sie wollte nie wieder auch nur einen Blick darauf werfen; sie war fertig damit.

»Und was willst du jetzt machen?«, fragte Donald. Damals machte jeder irgendetwas.

Die Nachricht, dass Jill, die ewige Beste, von der Uni abgegangen war, machte unter den Freundinnen schnell die Runde. Auch Claire Madding, eine College-Bekanntschaft, erfuhr davon. Sie war eine erfolgreiche Projektentwicklerin im Filmgeschäft, hatte zunächst in einem großen Studio in L.A. gearbeitet, war jedoch seit einiger Zeit im Büro einer New Yorker Filmproduktionsfirma tätig. »Tilt-a-Whirl Productions« hatte bereits mit kleinen, prestigeträchtigen Filmen auf sich aufmerksam gemacht, als Claire zum ersten Mal anrief, um über eine mögliche Anstellung zu sprechen. Jill war überrascht, freute sich und wusste nicht, was tun.

Beim gemeinsamen Mittagessen sagte Claire Madding: »Nur gut, dass du nicht mehr in der Uni steckst. Das ist doch eine völlig surreale Umgebung ohne jede Bedeutung für die Außenwelt.« Sie aßen Salat mit gebratenem Thunfisch in einem minimalistischen Lokal in SoHo, ganz in der Nähe der Büros von »Tilt-a-Whirl«. Alle Leute an den anderen Tischen sahen aus, als wären auch sie in der Filmbranche oder in deren weniger glamouröser Stiefschwester, dem Verlagswesen, beschäftigt. Die jungen Frauen waren langbeinig und angestrengt, die Männer attraktiv, irgendwie süß mit ihren Dreitagebärten und ausgeleierten T-Shirts. »Du würdest staunen, wie viele in Hollywood vor der Uni geflüchtet sind«, sagte Claire. »Die sind alle irgendwann in ihrer akademischen Karriere ausgebremst worden. Für die war das Filmbusiness eine Befreiung. Der Drehbuchautor von »The Healing House« hat bis vor Kurzem in einem Doktorandenkolleg für Linguisten in Harvard gesessen. Jetzt verdient er im hohen Hunderttausenderbereich. Ich habe auch mal mit dem Gedanken gespielt zu promovieren«, fuhr sie fort. »Aber heutzutage bleibt einem ja danach nichts anderes übrig, als in irgendeinem zweitklassigen Mennoniten-College anzuheuern. Nicht, dass ich auch nur ein einziges erstklassiges Mennoniten-College kennen würde«, fügte sie kichernd hinzu. »Und dann verbringt man den Rest seines Lebens an einem Ort, an dem man nie leben wollte.«

»Ich habe keine Ahnung vom Film«, gestand Jill. »Ich kenne mich nur in der Uni aus. Ich war ewig an der Uni.«

»Dann ist die Branche genau das Richtige für dich. Du bist klug und seriös. Und so groß und blond zu sein, schadet auch nicht. ›Tilt-a-Whirl‹ ist im Moment ein richtig spannendes Unternehmen. Wir stehen noch ganz am Anfang und versuchen gerade ein paar Superschlaue für uns zu gewinnen. Du wirst von Selby begeistert sein.«

»Mich hat noch nie jemand als superschlau bezeichnet«, erwiderte Jill. Aber es schmeichelte ihr und trieb ihr das Blut ins Gesicht. Das Angebot war erst einmal genau das Richtige, um ihr den Schmerz über die abgelehnte Dissertation zu nehmen. Am liebsten hätte sie auf der Stelle Amy in Michigan angerufen und gefragt, ob sie glaube, dass es richtig sei, die Uni für so etwas aufzugeben. War eine akademische Bildung sinnlos, wenn man nichts daraus machte, oder war sie ein Wert an sich, weil sie für das weitere Leben stärkte, egal, wie dieses Leben aussah?

Anfangs fühlte sich die Arbeit in der Projektentwicklung von »Tilt-a-Whirl« wie eine Achterbahnfahrt an. Jill war unsicher und verwirrt. Die Leute lümmelten auf niedrigen Couches und fantasierten laut über die Filme, die das Unternehmen ihrer Ansicht nach produzieren sollte. Alle hatten hochfliegende, realitätsferne Ideen, was jedoch gern gesehen wurde. Man einigte sich darauf, eines Tages ein wunderschönes Biopic zu machen; mehrfach wurde der Name Willa Cather geradezu sehnsüchtig genannt. Die

Chefin von »Tilt-a-Whirl« war Selby Rothberg, eine dreiundvierzigjährige, große, dünne Frau aus L. A. mit zerzaust gegeltem, schlohweißem Haar, die beim Nachdenken und in Meetings exzessiv Lippenbalsam mit dem Finger aus einer kleinen Dose herausschmierte. Ein Privatleben hatte sie angeblich nicht – keine Freunde, keine Liebhaber, keine Kinder. Ihr gehe es nur um die Arbeit, und sie sei schwierig, meinten die Leute im Büro mit leicht bewunderndem Unterton, weil sie wussten, wie schwer es für eine Frau war, sich in Hollywood – und genau genommen überall – Gehör und Respekt zu verschaffen.

Unter Selby Rothberg hatten die Personal Assistants bei den Drehs ebenso zu leiden wie die Office Assistants, die die Latte macchiatos aus den Tragekartons verteilten. Sie brüllte sie hemmungslos an. Die jungen Frauen blickten trotzdem zu ihr auf, war sie doch eine Überlebende der demütigenden frauenfeindlichen Aufnahmerituale, die alle Frauen in der Branche über sich ergehen lassen mussten, wenn sie etwas erreichen wollten. Obwohl sie die Frau kaum kannte, blickte auch Jill zu ihr auf, denn Selby erfüllte sämtliche Voraussetzungen, die eine Mentorin mitbringen musste, auch wenn sie selbst, wie Jill in diesem Fall klar war, von ihrem Potenzial nichts ahnte.

Selby müsse eben Druck ablassen, hieß es, müsse sich abreagieren. Das sei doch verständlich. Jahrzehnte nach dem Aufkommen des Feminismus war die Branche noch immer von Männern dominiert. Mittlerweile schlichen sich die Frauen klammheimlich nach oben, als sollte niemand bemerken, welche Macht sich da zusammenballte, bis es eines Tages zu spät wäre und Hollywood in die Hand der Frauen geriete, die dann sensible Filme über starke, interessante weibliche Figuren wie Willa Cather drehen würden. Solange dieses in mittlerer Utopieferne liegende Ziel nicht erreicht war, galt Unauffälligkeit als die Taktik der Wahl.

Gleich zu Beginn hatte Jill die Idee, den bekanntesten der von Amys Mutter verfassten historischen Romane, »Umkehr und Heimkehr«, zur Verfilmung vorzuschlagen. Alle Figuren außer dem Farmer, dem Geliebten der Lehrerin, waren weiblich. Amy hatte Jill erklärt, dass die wenigsten kanadischen Autoren eine große amerikanische Leserschaft fanden, weil in ihren Büchern viel »Landschaft« vorkam – ausführliche Beschreibungen etwa des Blicks, den man von Bathurst Inlet aus hatte – und diese Landschaften leider immer in Kanada lagen. Antonia Lambs Werke enthielten zwar viele geografische Details, konzentrierten sich jedoch auf die Figuren, und ihr erster, wunderschöner Roman aus den Siebzigerjahren eignete sich Jills Ansicht nach hervorragend für eine filmische Interpretation.

Selby Rothberg las das Buch oder zumindest Jills Zusammenfassung und gab ihr grünes Licht, die Rechte für eine kleine Summe zu erwerben. Antonia Lamb war so begeistert, dass sie Jill an dem Tag, als der Vertrag bei ihr in Montreal eintraf, einen Blumenstrauß schickte. Jill nahm Kontakt zu einem jungen Drehbuchautor auf, besprach die Adaption mit ihm und faxte detaillierte Fortschrittsberichte an Selby nach Los Angeles. Oft schlief Donald schon, wenn sie spätabends nach Hause kam.

Eines Nachmittags sprach sich im Büro herum, dass ein von ihrer Kollegin Claire Madding in aller Stille entwickeltes Filmprojekt soeben vom Studio angenommen worden sei. Die Handlung drehte sich um einen Profikiller, der nach einem verbockten Auftrag in einem Profikiller-Lehrgang umgeschult werden sollte. Ein großer, brutaler, teurer Film mit männlichen Stars und einer »fantastischen Demografie«, wie Claire sich ausdrückte. Jill erinnerte sich nicht, das Wort »Demografie« jemals in einer normalen Unterhaltung gehört zu haben, doch kaum hatte Claire es ausgesprochen, begegnete es ihr ständig. Jill und ihre beiden Kollegen in der Projektentwicklung waren verunsichert. Warum hatte Claire ihnen nichts von dem Vorhaben erzählt? Warum wurden alle anderen dazu verdonnert, ruhige, bedeutungsschwere literarische Filme zu machen?

Kurz darauf schickte Selby vom Büro in L. A. aus ein Fax mit der Bitte, »doch mal darüber nachzudenken, wer sich den fertigen Film eigentlich ansehen würde«. Sensible weibliche Zuschauer seien kein Zielpublikum mehr. Beziehungsweise schon, aber nur wenn sie ihre Freunde und jüngeren Brüder ins Kino mitnähmen. »JUNGE MÄNNLICHE DEMOGRAFIE IST TOTAL WICHTIG«, faxte Selby. »OHNE DIE SIND WIR IM ARSCH, LEUTE.«

Drei Monate später war »Umkehr und Heimkehr« gestorben. Jill brachte es nicht über sich, Amys Mutter zu erklären, dass eine starke Frau als Chefin einer Produktionsgesellschaft noch lange kein Garant für progressive oder anspruchsvolle Filme oder eben Frauenfilme war.

»Das geht nicht gut aus«, sagte sie am Telefon zu Amy. »Ich sehe schon, wie das Ganze endet.« Die von den Mitarbeitern so bewunderte Selby Rothberg lud ihren Ärger beim New Yorker Büro ab, und obwohl es nicht überraschend kam, überraschte es alle. Die Leute zögen nicht genug Projekte an Land, die sie, Selby, für wichtig erachte. (Mit einer Ausnahme natürlich: Claire Madding war nach einer Beförderung ins Büro in L. A. gewechselt.) Die Leute verstünden einfach ihre MISSION nicht und sollten sich GEFÄLLIGST ZUSAMMENREISSEN.

Die drei verbliebenen Projektentwickler, Jill, Harold und Peter, trafen sich eines Morgens heimlich im Café um die Ecke, besprachen, was sie tun sollten, und beschlossen, dass einer von ihnen Selby in L. A. anrufen und bei eingeschaltetem Lautsprecher sagen sollte: »Selby, wir respektieren dich als Arbeitgeberin, und du bist wirklich eine tolle Chefin und machst einen hervorragenden Job. Bitte versteh das jetzt nicht falsch, aber wir fühlen uns von dir unfair behandelt.« Mittels Streichhölzern wurde der schüchterne, schmächtige Peter Chen dazu bestimmt, die Worte zu übermitteln. Er begann fast zu hyperventilieren, als das Los auf ihn fiel. Der Anruf sollte in der Mittagspause erfolgen.

Doch um elf Uhr vormittags Eastern Standard Time sandte Selby Rothberg ein Fax, in dem sie mitteilte, dass sie – beziehungsweise das Studio – das New Yorker Büro schließe, womit den dreien die Möglichkeit genommen war, ihr die Meinung zu geigen. Jill, plötzlich arbeitslos, war verzweifelt und fühlte sich gedemütigt.

»Jetzt habe ich schon zwei Mal versagt«, beklagte sie sich am Abend bei Donald. »Das ist so gar nicht meine Art.«

»Beim ersten Mal hast du nicht komplett versagt. Du hast nur die Arbeit noch nicht umgeschrieben. Und die zweite Sache hat überhaupt nichts mit dir zu tun.«

»Das sind Haarspaltereien«, erwiderte Jill, doch es beruhigte sie, dass er weiterhin an sie glaubte. Er war eben ein optimistischer Mensch. Seine Eltern lebten noch; seine Mutter hatte sich nicht umgebracht. Der Suizid eines Elternteils, hieß es, öffne dem Kind eine Tür, die es später selbst durchschreiten könne, wie um dem Vater oder der Mutter in den Tod zu folgen. Donald wusste nichts von dieser Tür. Er war nicht nur Optimist, sondern auch Pragmatiker, und Jill war dankbar für diese paradoxe Kombination. Sie klammerte sich sehr an ihn. Sie waren jung und verheiratet, lebten in New York und liebten sich. Sie wollten ein Kind, beschlossen sie kurz darauf eines Nachts beim Sex. Schließlich war der Zeitpunkt ideal. Jill befand sich in einer »Zwischenphase« und würde beruflich nichts aufschieben müssen. Nach der Geburt des Kindes könnte sie vielleicht ihre Doktorarbeit noch einmal in

Angriff nehmen und das Ganze in kleinen Schritten umschreiben, wenn das Baby schlief.

Doch sosehr sie sich auch bemühten, es klappte nicht. Eineinhalb Jahre hatten sie es bereits versucht, als Jill die ersten Injektionen bekam und Donalds Sperma zentrifugiert und gewaschen wurde. Für Jill war es ein Vollzeitjob, der jede tatsächliche Arbeit komplett ersetzte. Nachts im Bett dachte sie an nichts anderes mehr als an Hormonspiegel und Ovulationstermine. Es endete wie bei vielen Paaren. Ausgelaugt und erschöpft, zermürbt, ernüchtert und durch wirkungslose Prozeduren erniedrigt, machten sie sich auf den Weg zu einer Adoptionsagentur namens »Haus der Hoffnung«, deren Geschäftsmodell in der Vermittlung – im »Verkauf«, meinte Donald gallig – ausschließlich osteuropäischer Kinder bestand.

Nach dem vielen Sex und den vielen Fehlschlägen waren sie nun offen für alles. Die Vorstellung, ein neugeborenes, von seinem Bad im Fruchtwasser noch feuchtes Baby überreicht zu bekommen, erschien ihnen ein für alle Mal unrealistisch. Der Gedanke, ein trocken geriebenes, viel älteres Kind zu adoptieren, hatte nichts Abwegiges mehr.

Man bot ihnen Manya an. Feierlich wurde ihr Foto in dem kleinen Büro herumgereicht. Auf dem Polaroidbild war ein breites, rundes Gesicht zu sehen, aus dem zwar nicht Glück, aber der Wunsch danach sprach. Sie erfuhren, dass Manya mit vielen anderen Kindern in einem Saal im Waisenhaus untergebracht war und kaum sprechen konnte. Man warnte sie, dass sie zu Hautausschlägen neige, und vor ihrer »nervösen Verfassung«, was alles und nichts bedeuten konnte, denn die Kinderärztliche Akademie in Russland verwendete Begriffe, für die es keine englischsprachigen Pendants gab.

Außerdem wies man sie auf eine Richtlinie des Waisenhauses

hin, der zufolge ein nicht russisches Paar nur Kinder adoptieren durfte, die zuvor von drei russischen Paaren abgelehnt worden waren. Warum hatte kein einziger von Manyas Verwandten das Kind haben wollen? Wegen der Hautausschläge? Weil es so still war? Mrs. Feld, die Sachbearbeiterin, erklärte im Flüsterton, das Waisenhaus poche zwar auf die Einhaltung der Regel, doch existierten nur selten Unterlagen, die beweisen könnten, dass ein Kind tatsächlich drei Mal abgelehnt worden sei.

»Zeigen Sie mir die Refuseniks«, sagte Donald.

»Wie bitte?«, fragte Mrs. Feld.

»Hör auf, Donald«, sagte Jill und an Mrs. Feld gewandt: »Sollte ein Scherz sein.«

»Ja, ich bin ein richtiger Scherzkeks«, bestätigte Donald fröhlich.

Jill konnte es nicht ausstehen, wenn ihr Mann fremden Leuten mit seinem trockenen Humor kam. Die Leute begriffen es nie, wenn er einen Scherz machte, weil sie in ihm nur den dünnen, kahlköpfigen, gut angezogenen, zu Ironie und Witz völlig unfähigen Finanzmenschen sahen. Die beiden Bilder passten einfach nicht in ein und denselben Rahmen.

Da sich Mrs. Feld vom »Haus der Hoffnung« an Donalds Flachserei jedoch weder gestört noch ihr allzu große Aufmerksamkeit geschenkt hatte, war der Papierkrieg weitergegangen. Nach der Abnahme der Fingerabdrücke durch das FBI folgte die private Vorbereitung zu Hause. Dann traten sie endlich die lange, mit viel Umsteigerei verbundene Reise nach Tuwa an. Zu Jills Überraschung war das Waisenhaus hell und sauber. Zwar drängten sich die Kinder in dem barackenartigen Schlafsaal, doch das Pflegepersonal kümmerte sich voller Stolz um sie.

Als Donald und Jill den Raum durchquerten, kitzelte eine muskulöse Frau gerade das dralle kleine Mädchen im Bett neben

Manya, und eine andere zog beim Wickeln eines kleinen Jungen lustige Grimassen. Leider waren es viel zu wenig Frauen. Die Kinder mussten warten, bis sie an die Reihe kamen, um auch nur am Kinn gekrault zu werden.

»Schauen Sie, das ist Ihre Manya. Sie freut sich schon auf ihre Mama und ihren Papa«, sagte eine Betreuerin, als sie ihnen das ernste Kind mit den großen Augen brachte.

Donald rief: »Manya!«, breitete die Arme aus und begann zu weinen.

Auch Jill rief: »Manya!«, doch dann schnürte sich ihre Kehle zusammen. Sie sah das echte Kind vor sich – kein Kind auf einem Foto – und dachte an alles, was kommen könnte, und auch an den Tod. Besonders an die Unerträglichkeit des Todes, das Ende aller Möglichkeiten. Sie dachte daran, dass ihre tote Mutter dieses kleine Mädchen nie sehen, nie Großmutter sein würde. Auch ihr Vater, der einige Jahre zuvor an Bauchspeicheldrüsenkrebs gestorben war, würde das Kind nie sehen, doch vor allem der Gedanke an Susan Benedict, ihre Mutter, zerriss Jill innerlich. Sie schirmte sich ab gegen die umherfliegenden Gefühlsfunken, so wie sie es ihrer Vorstellung nach während einer Entbindung hätte tun müssen. Als Manya den fremden Amerikanern in einen rosa Schneeanzug gepackt überreicht wurde, konnte Jill noch immer nicht weinen, obwohl Manya und ihr neuer Vater herzzerreißend schluchzten. Sie kümmerte sich um den Papierkram, machte mit der kleinen mitgebrachten Kamera möglichst viele Fotos und war froh, sich wenigstens für eine Weile dahinter verstecken zu können.

Wir gehören nicht zusammen, dachte sie, als sie in dem verbeulten kastenförmigen Lada zum Flughafen fuhren. Wie auf dem Polaroidfoto hatte ihr Kind ein rundes Gesicht, schwarzes Haar, weit auseinanderstehende Augen und eine Haut voller Ekzeme. Jill war sehr hübsch und blond, Donald kahl und erinnerte vage an ein Insekt. Zu dritt saßen sie auf der ungefederten Rückbank. Das zwischen ihnen eingezwängte Kind weinte um alles, was es zurückließ, und um alles, was es nun bekommen würde.

»Schon gut, schon gut, meine Kleine«, sagte Donald mit tränenerstickter Stimme. »Endlich bist du bei Mommy und Daddy.« Seine brechende, plötzlich gefühlsgeladene Stimme zu hören war seltsam.

Bitte verzeih, bat die äußerlich stoische neue Mutter ihre Tochter im Stillen. *Mein Kinderwunsch war so groß, dass du ihn auf einem anderen Kontinent gespürt hast und aus deinem erstaunlich schönen Waisenhaus gerissen wurdest, fort von den zu stark parfümierten Frauen, die für dich gesorgt, in deiner Sprache mit dir gesprochen, deine entzündeten Wangen mit Vaseline eingecremt, dich löffelweise mit Rinderzungensuppe gefüttert und unter den schwierigen Umständen ihr Möglichstes gegeben haben.*

Jetzt musste Jill ihr Möglichstes tun. In New York wurde aus Manya Nadia, und Jill und sie verbrachten jeden langen Tag gemeinsam zu Hause, während Donald bei der Arbeit war. In ihrer Verzweiflung ließ Jill das Kind manchmal stundenlang im Hochstuhl vor dem Fernseher sitzen, weil sie hoffte, das Gemisch aus Stimmen und Bildern würde Nadia unterhalten oder ihr etwas beibringen. Sie schrieb sie bei »Maestro 'n' Mommy« ein, einem interaktiven Kurs, den Amy bereits mit Mason besucht hatte, und lauschte mit bakterienverseuchten Rumba-Rasseln in der Hand einer Musik, die alle anderen in gesundheitsgefährdende Ekstase peitschte. Der Kursname klang unangenehm zweideutig, so als hätte Mommy tagsüber eine Affäre mit dem Maestro, mit dem Kind als traurigem Zeugen. Es deprimierte Jill, wie die Mütter herumkommandiert wurden. »Und immer darauf achten, Mommys, dass eure Kleinen nie weiter von euch weg sind als das Orchester vom Maestro!«, rief der junge Kursleiter.

Die Mütter gehorchten; sie passten auf ihre Kinder auf und sangen tapfer die vorgeschriebenen Lieder auf der CD mit, die man bei der Anmeldung hatte kaufen müssen. »Tret, tret, tret und ha, ha, ha«, sangen die bemühten müden Mütter. »Schnell aufs Dreirad, fahr, fahr, fahr!« In dem Kurs und im Strom der Buggys auf den Gehwegen der Stadt war Nadia nur eines von vielen Kindern, und niemand bemerkte, wie anders sie war, außer Jill, die ihr Gesicht ständig taxierte und sich vorzustellen versuchte, wie sie später als Schülerin und dann als Frau sein würde. Es gelang ihr nicht, sich eine gradlinige, erfreuliche Entwicklung auszumalen, durch die Nadia vom Kleinkind zum Teenager und zur Erwachsenen werden würde.

Als Jill und Amy in der ersten Zeit einmal im »Golden Horn« saßen und Nadia in ihrem Buggy schlief, sagte Jill: »Ich würde dich gern etwas fragen. Magst du Nadia?«

»Wie bitte? Nein, natürlich nicht. Ich hasse deine zweijährige Tochter abgrundtief. Sie ist ein richtiges Miststück.«

Jill lachte über den kleinen Scherz. »Aber jetzt im Ernst: Magst du sie? Denk mal darüber nach.«

»Schau sie an, wie sie da liegt und schläft. Sie ist wunderschön, und sie ist dein Kind. Schon deshalb mag ich sie. Ich liebe sie ganz automatisch. Warum fragst du eigentlich? Kannst du Mason nicht ausstehen?«

»Natürlich mag ich Mason, ich liebe ihn. Ich weiß nicht, warum ich gefragt habe. Vergiss es.«

Doch Amy machte sich Sorgen. »Du musst geduldig sein und abwarten, wie sich alles entwickelt. Das ist die eigentliche Aufgabe von Eltern.«

»Wie meinst du das?«

»Na ja, die ständige Warterei. Und dann passiert plötzlich alles auf einmal. Dann machen sie diese Entwicklungssprünge, und irgendwann sagt man: ›Unfassbar, wie schnell es gegangen ist.‹ Dabei haben einem das alle anderen prophezeit.«

Nachts in ihrem Zimmer sang sich die sechsjährige Nadia, den Blick zu den Sternbildern an der Decke gerichtet und mit Gedanken beschäftigt, die ihre Mutter sich nicht vorstellen konnte, dieses sonderbare Lied vor, dessen Ursprung keiner kannte. Sie hatte eine interessante, aber leicht raue Stimme, und die einzelnen Wörter prallten so hart aufeinander, dass Jill dachte, es wäre vielleicht ein Volkslied, das Nadia im Waisenhaus gelernt und sich gemerkt hatte, so wie man bestimmte Details ein Leben lang nicht vergisst.

Nadia lag in ihrem Bett und sang immer wieder dieselbe Zeile: *»Rise, sorrow, 'neath the saffron sister tree.«* Ein rätselhafter, schöner Text. Aber warum sollten die Kinder in einem russischen Waisenhaus einen englischen Text gesungen haben? Vielleicht, um sie auf die amerikanischen Familien vorzubereiten, in die sie kommen würden? Nein, das leuchtete nicht ein. Als Jill das schwermütige Lied zum ersten Mal hörte, war sie schockiert und gerührt gewesen. Sie hatte Nadia allein in ihrem Bettchen in Tuwa vor sich gesehen, wie sie ein bisschen auf der Matratze wippte und sang.

»Rise, sorrow, 'neath the saffron sister tree.«

Das war doch kein Text für ein Kind! Amerikanischen Kindern brachte man ruhige Beatles-Songs bei oder das, was bei »Maestro 'n' Mommy« lief, und natürlich die Lieder aus der ziemlich durchgeknallten Kindersendung »Ahoy, Mateys!«. Manchmal fragte Jill ihre Tochter nach dem Lied und versuchte ihr zu erklären, dass Folksongs fester Bestandteil der amerikanischen Kultur seien. Eine Zeit lang hatte sie davon geträumt, Nadia würde eine Liebe zur Folklore entwickeln. (»Ja, Nadia beschäftigt sich mit Folklore«, würde sie ihren Freundinnen Jahre später erklären können und den Klang des Worts auskosten.) Doch das Lied blieb einfach das Lied und hatte nicht zu einem Interesse oder einer Leidenschaft für etwas Bestimmtes geführt. Nadia sang auch andere, bekannte Sachen. Sie summte oder sang überhaupt oft vor sich hin. Doch offenbar war Musik für sie nichts Fröhliches, Gemeinschaftliches wie für die meisten anderen Kinder, sondern etwas streng Privates.

War das Mädchen geistig zurückgeblieben? Selbst in dieser kulturell so hoch entwickelten Zeit ließen sich solche Wahrheiten erstaunlich lang beiseiteschieben. Jill kannte noch aus New York ein Ehepaar, die Devlins, deren Sohn Teddy erst nach Jahren die Diagnose Autismus erhalten hatte, obwohl seine Probleme unübersehbar gewesen waren: Er vermied jeden Augenkontakt und liebte Thermostate. Einmal, als er mit seinen Eltern bei anderen Leuten zu Besuch war, brach er die kleine rote Metallnadel des Thermostats ab, sorgte dafür, dass alle zu ihm hinsahen, und schob sich das Ding neckisch in den Mund, als wäre das wahnsinnig witzig. Man durfte gegenüber Teddys Eltern allerdings keine Bedenken äußern, denn hätte sich der Verdacht als unhaltbar erwiesen, wäre jede Bemerkung als Beleidigung aufgefasst worden und die Freundschaft dahin gewesen. Außerdem hatte sich nicht einmal Teddys Kinderarzt alarmiert gezeigt. »Es kann eben nicht nur Extrovertierte geben«, hatte er auf die Zweifel der Mutter erwidert.

Niemand würde es wagen, Jill offen darauf hinzuweisen, dass Nadia ein bisschen langsam war. Keine einzige Freundin in New York hatte jemals etwas in der Art zu ihr gesagt, und hier in Holly Hills hatte sie keine richtigen Freundinnen. Es gab in diesem Vorort ein paar Mütter, die nett waren oder gerne redeten oder sogar beides, doch Jill fand sie genauso glatt und undurchsichtig wie ihre Häuser. Dass auch Nadia immer noch keine Freundinnen hatte, war ihr nicht entgangen.

»Die Frauen hier interessieren mich nicht«, erklärte sie Amy in der ersten Woche nach den Sommerferien am Telefon.

»Die können unmöglich alle gleich sein. Es muss doch wenigstens eine geben, die dir sympathisch ist.«

»Ja, gibt es bestimmt.« Wahrscheinlich hatte Amy recht. Wahrscheinlich hockten alle möglichen Frauen in ihren Häusern, auch schlaue, die anspruchsvolle Bücher lasen, am Leben ringsum Anteil nahmen und spannende Gesprächspartnerinnen abgeben würden. Doch Jill war nicht auf neue Freundschaften aus. »Ich bin zu alt dafür«, sagte sie und fügte schmollend hinzu: »Was man von dir nicht behaupten kann.«

»Wie bitte?«

»Du hast doch eine neue Freundin – Penny Ramsey.«

»Ach so. Ja, stimmt«, sagte Amy.

Jill konnte sich nicht vorstellen, jemals wieder einen neuen Menschen zu finden, dem sie vertrauen könnte. Sie hatte Amy und ein paar andere in der Stadt, die kannten und akzeptierten sie. Sie akzeptierten auch Nadia und behandelten sie, als wäre sie wie ihre eigenen Kinder, was sie nicht war. Amys Sohn Mason wirkte oft mürrisch und neigte zur Selbstüberschätzung, aber er war auch blitzgescheit. Er wusste alles über die Luftfahrt, das Weltall und die amerikanische Geschichte. Schon als kleiner Junge hatte er Bücher mit Titeln wie ›Ich, Benjamin Franklin‹ gelesen, und sein Frühstücksteller hatte jahrelang auf einem Kunststoff-Set mit vor rot-weiß-blauem Hintergrund schwebenden Präsidentenköpfen gestanden, sodass er schon seit Langem alle ihre Namen und die dazugehörenden wichtigsten Daten kannte.

Vor ein paar Jahren, als Jill zu Besuch bei Amy gewesen war, hatte Mason erzählt, die Leiche des fettleibigen William Howard Taft sei in einer Klavierkiste vom Fenster seines Sterbezimmers herabgelassen worden, und »faktisch« sei nicht etwa George Washington der erste Präsident gewesen, sondern ein gewisser John Hanson, den der Kontinentalkongress 1781 in das Amt gewählt habe. Schon der Begriff »faktisch« deprimierte Jill, wenn er aus Masons Mund kam. Nadia hätte ihn nie verwendet. Ihr Wortschatz gab ihn ebenso wenig her wie »Kongress« oder »kontinental«. Nadias Wissen über die amerikanischen Präsidenten hätte in die kleinste aller russischen Matroschkapuppen gepasst.

Doch Nadia unterschied sich nicht nur durch ihr mangelndes Wissen von anderen Kindern. Mehrmals pro Woche erschien sie morgens im Schlafzimmer ihrer Eltern und wartete, dass der Wecker losging, damit sie ihn vor ihrer Mutter abstellen konnte. Wann das angefangen hatte, wusste Jill nicht mehr, und obwohl sie Nadia oft bat, im Bett zu bleiben und länger zu schlafen, wachte das kleine Mädchen immer als Erste auf, ging schnurstracks ins Schlafzimmer ihrer Eltern und wartete gespannt auf das leise PIEP PIEP.

»Wach auf, Mom«, sagte sie, während sie mit ernstem Gesicht vor dem Bett stand.

Jill mit ihrem schlechten Gewissen wegen ihres inneren Zwiespalts streckte die langen Arme aus dem Bett und zog die schwer und gleichmütig dastehende Nadia an sich, bis die beiden Körper in den hellen, feenhaften Nachthemden plump aneinanderstießen. »Guten Morgen, mein Schatz«, sagte sie. »Auf in den Tag!«

Doch als Nadia jetzt, um elf Uhr in einer kalten Oktobernacht, ihr seltsames Volkslied sang, sah Jill nur kurz nach ihr und ging gleich wieder. Nadia strengte sie an oder zumindest die Sorgen um sie strengten sie an. Sie wollte nur noch ins Bett und das neue, eben erstandene Buch über den Bürgerkrieg lesen. Alle halben Jahre erschien ein weiteres Werk über irgendeinen noch wenig erforschten Aspekt dieses Kriegs. Wäre Jill Historikerin geworden, hätte sie vielleicht eines davon geschrieben, und obwohl sie es selbst absurd fand, betrachtete sie den Inhalt oder Stil der Bücher manchmal so kritisch, als hätte sie es besser gemacht.

Und dann schlafen.

Fünf Milligramm Noctrem würden dafür sorgen, dass sie im Gegensatz zu Nadia in dieser Nacht kein Problem mit dem Einschlafen hätte. Seit dem Umzug hatte sie das Mittel fast jeden Abend geschluckt; es machte das Leben erträglich. In den Jahren zuvor hatte sie sich geweigert, die chronische Schlaflosigkeit seit dem Tod ihrer Mutter mit den verschriebenen Tabletten zu bekämpfen. Die Medikamente sedierten, sie aber wollte am nächsten Tag klar und wach sein, wollte sich trotz ihrer Trauer und der damit verbundenen Schlaflosigkeit nicht verändern. Dann sprachen letztes Jahr plötzlich alle über Noctrem, ein nicht sedierendes Mittel. Bei Dinnerpartys hatten alle so angeregt darüber gesprochen wie früher über wichtige Theaterstücke oder Romane.

Allerdings berichteten die Wissenschaftsressorts der Zeitungen in letzter Zeit über Probleme mit Noctrem. Einzelne Personen hatten sich nach der Einnahme mitten in der Nacht völlig merkwürdig verhalten. In Pennsylvania war ein Mann in den stockdunklen Garten hinter dem Haus gegangen und hatte Sonnenblumenkerne ausgesät. In Kalifornien hatte eine Frau die Polizei angerufen und gestanden, sie habe dreißig Jahre zuvor in einem Laden einen Lippenstift geklaut. Vor einem Transatlantikflug hatte eine Frau die Tablette kurz vor dem Start geschluckt, um während der gesamten Reisezeit schlafen zu können. Weil sie das Gefühl hatte, dass die Wirkung nicht eintrat, wollte sie sich an einem kniffligen Kreuzworträtsel in einer britischen Zeitung versuchen, einem der fast unlösbaren Rätsel, die offenbar nur Engländer knacken konnten. Nach der Landung in Heathrow kam sie wieder zu sich und sah das völlig unberührte Kreuzworträtsel auf ihrem Schoß. Anstatt die Kästchen auszufüllen, hatte sie vor den Augen der im Gang hin- und hergehenden Passagiere mit dem Stift riesige Kreise vorn auf ihre weißen Bluse gemalt.

Die meisten aber, auch Jill, vertrugen Noctrem gut. Ohne das Mittel hätte sie ihre Angst um Nadia nicht dämpfen können. Donald war, wie an fünf Abenden pro Woche, um neun ins Bett gegangen. Nachts fühlte sie sich immer wie eine Witwe. Dann war da kein Mann mehr, der ihr die Füße massierte und sich ihre Sorgen wegen Nadias intellektueller Schwächen oder ihrer eigenen Einsamkeit anhörte.

Den Drang, aus der Stadt wegzuziehen, hatte sie zeitweise ebenso stark empfunden wie Donald. Anfallartig hatte sie sich nach Sicherheit und grünem Rasen gesehnt, als garantierten ein schöner Rasen an sich bereits Sicherheit – und Sträucher und Zäune Schutz vor atomarer Vernichtung. Gut möglich, dass sich eines Tages in achtzig Kilometer Entfernung die ganze Stadt neigte und in den Fluss glitt und nur die Bewohner von Holly Hills überlebten. In der ersten Zeit nach dem 11. September waren die Leute allmählich und wohlüberlegt aus der Stadt weggezogen, nicht so hastig und hysterisch, wie es sich die Immobilienmakler auf ihren Besichtigungsfahrten durch die Vororte insgeheim erhofft hatten, ohne es je laut auszusprechen. Relativ wenige New Yorker hatten damals im Herbst und bis ins folgende Jahr hinein die Stadt verlassen und die Straßenschluchten gegen das platte Land eingetauscht.

Einige hatten den Wegzug als das Ende ihrer Jugend empfunden und waren mit ehrlicher Trauer gegangen. Männer, die früher durch die Clubs gezogen waren, befürchteten, sie würden ihre Wochenenden von nun an in dicken, weibisch wirkenden Pullis unter freiem Himmel verbringen und Gartengeräte in den ungeübten Händen halten, während sich die Frauen an einer Kochinsel in der Mitte einer beneidenswert großen, futuristischen Küche stehen und bis in alle Ewigkeit Frühlingszwiebeln schneiden sahen. Jill und Donald hatten nach dem Anschlag jahrelang darüber nachgedacht, ob sie ihre Wohnung verkaufen und die Stadt verlassen sollten, bis sie endlich genügend Mut – oder Resignation – aufbrachten und alles rasch in die Wege leiteten. Doch kaum war der Umzug erledigt und das Haus am Jacob's Path bezogen, sehnte sich Jill nach dem, was sie aus freiem Willen aufgegeben hatte.

Vor dem Umzug war ihr Holly Hills als eine verlockende und vernünftige Alternative zur Stadt erschienen. Der Ort gab seinen Bewohnern jede Menge Argumente hinsichtlich der Frage »Wie kann man hier bloß leben?« an die Hand. Weil er nur eine knappe Autostunde von der Stadt entfernt war, lautete eines, und weil es dort nicht nur eine riesige, moderne, schicke öffentliche Bibliothek gab, sondern auch ein Restaurant mit Pacific-Fusion-Küche und einer Bar, an der man Wasabi oder Oyster Shooter trinken konnte. Die Schulen waren für das einundzwanzigste Jahrhundert ausgestattet und gebührenfrei. Im Kulturzentrum war im vergangenen Winter an vier Abenden der gesamte Wagner'sche »Ring«-Zyklus aufgeführt worden, und während der Pausen hatte es im Foyer warmen Strudel und Kaffee mit Schlag gegeben. Hinterher waren die Autos in einer langen Schlange vom Parkplatz gefahren und hatten mit ihren hoch liegenden Scheinwerfern die für die Gegend so ungewöhnlich lange Nacht erhellt. In den Strahlen hatte der Dunst gewabert, und die Paare hatten gähnend, aber glücklich in ihren kalten Wagen gesessen. Alle waren von dem Gefühl erfüllt gewesen, an diesem Abend etwas Besonderes erlebt und mitgenommen zu haben, von dem Gefühl, dass das Leben hier nicht nur aus Malls bestand, dass es ganz und gar nicht so leer war, wie die Leute in der Stadt immer dachten.

Was konnte man mehr von einem Ort verlangen? Genügte es nicht, dass man sich hier sichtlich bemühte, eine alternative, erträgliche Welt zu erschaffen? Genügte es nicht, dass sich offenbar alle hier eines Tages gesagt hatten: »Die Stadt hat nicht ewig Anspruch auf uns. Auch wenn wir fortgehen, zum grünen Rasen und in breite, ruhige Straßen, weg von der Terrorgefahr, bleiben wir trotzdem, wer wir sind«?

Doch wenn es nachmittags dunkel und in dem neuen Haus unfassbar still wurde, gestand sich Jill ein, dass auch sie den Anschlag auf die Türme als Vorwand genutzt hatten. Allerdings war ihr Weggang aus einer immer härter, rücksichtsloser werdenden Stadt durch ihn nur beschleunigt, nicht überstürzt worden. Außerdem hatte sie es immer schön gefunden, im Grünen aufzuwachsen, erst als kleines Mädchen außerhalb von Philadelphia und später im Internat. Nadia hielt sich auch gern im Freien auf, und Jill fand es egoistisch, sie in der Stadt ständig zu überwachen. Nadia benötigte keine Kultur und kein intellektuelles Umfeld für ein erfülltes Leben. Brauchte das überhaupt irgendein Kind oder redeten sich das die Eltern nur ein? Der Umzug war unumgänglich gewesen. Sie hatten nur irgendetwas gebraucht, um den Absprung zu schaffen, und nun schoben sie eben den Anschlag vor. Sie hatte ständig das Gefühl, demnächst von einem geliebten Menschen verlassen zu werden, vielleicht schon morgen einen Verlust zu erleiden. Selbst zu gehen war besser, als zurückzubleiben.

»Also, ich weiß nicht«, hatte Donald gesagt, als sie zum ersten Mal durch den Ort gefahren waren und sich die älteren, gepflegten Häuser neben den neueren, schlichteren ansahen. »Holly Hills. Für mich klingt das nach einem Pornostar.«

»Ein zusätzlicher Pluspunkt, wenn Sie mich fragen!«, hatte der Makler hinter dem Lenkrad gut gelaunt erwidert.

Jetzt fuhr Donald jeden Morgen die Vier-Minuten-Strecke zum Bahnhof und stand dann mit seiner Aktentasche und der Zeitung wie ein Rückkehrer in die Vergangenheit auf dem taufeuchten Bahnsteig. Ein paar Frauen warteten dort auch, aber vor allem

Männer, deren Ehefrauen zu Hause noch eine Zeit lang schliefen, bis ihre eigenen Wecker klingelten.

Jill zählte zu den Schlafenden. Wenn Donald aus dem Haus ging und wegfuhr, blieb sie mit Nadia zurück, dem Kind, das sie nicht verstand. Fleisch von ihrem Fleische, das in Wahrheit nicht von ihrem Fleisch war. Hätte sie das laut gesagt, hätte man sie für kalt gehalten. Deshalb sagte sie nichts, und ihr Schweigen wurde als das Schweigen jeder Mutter aufgefasst, die ihr Kind so sehr liebte, dass sie darüber nie ein Wort verlieren musste.

»Hast du schon Leute kennengelernt?«, fragte Roberta Sokolov, während sie sich im Wohnzimmer auf ihre Gummimatten stellten. »Nicht, dass ich dich zu irgendetwas drängen will.«

»Ja, ein paar«, antwortete Jill.

»Namen, bitte!«

»Lass sie in Ruhe«, sagte Amy. »Sie macht das schon.«

Es war Vormittag, Columbus Day. Amy, Karen und Roberta waren mit dem Zug zum gemeinsamen Yoga nach Holly Hills gefahren. Die zwanglosen Treffen fanden seit Jahren abwechselnd bei einer von ihnen statt, und weil heute Jill an der Reihe war, hatte sich die Gruppe pflichtgemäß im Haus am Jacob's Path 11 versammelt. Nadia, die an diesem Tag nicht in die Schule gehen musste, war ihrer Mutter den ganzen Morgen hindurch von Zimmer zu Zimmer gefolgt und hatte gefragt, ob sie bei den Vorbereitungen helfen dürfe. Jill hatte ihr den Auftrag erteilt, eine kleine Potpourri-Schale ins Gästebad zu stellen, und sich kurz über sich selbst gewundert. Früher hatte sie nie Potpourris gehabt. In der Stadt kannte sie keinen, der so etwas hatte.

»Ich habe vor Kurzem tatsächlich Leute kennengelernt«, sagte Jill. »Sie sind nett, aber anfreunden werden wir uns wohl kaum.«

»Warum nicht?«, fragte Roberta.

Jill erzählte von der Einladung, die sie vor ein paar Wochen von einer gewissen Sharon Gregorius erhalten hatte, einer Mutter aus Nadias Grundschulklasse. Sie kannte die Frau von der Autoschlange her, in die sich die Vans, SUVs und die ein oder anderen Hybridwagen einreihten, um die Kinder vor der Schule abzusetzen. Eine hintere Tür nach der anderen flog auf, die Chauffeur-Mütter riefen: »Tschüss und einen schönen Tag! Tschüss, tschüss!«, und fuhren weiter auf ihrem Weg durch das Labyrinth der waldgesäumten Landstraßen und über gebührenpflichtige Autobahnen.

Eines Tages war ein großer silberfarbener Van neben Jills Wagen stehen geblieben, und hinter der hinabgleitenden Fensterscheibe erschien eine rothaarige Frau. »Ich bin die Mom von Juliana«, sagte Sharon Gregorius und beugte sich so weit über den Sitz, wie es der Gurt erlaubte. »Ich kenne dich vom Klassenfrühstück und wollte nur kurz Hallo sagen und dich zu mir einladen. Es geht um ein Projekt von mir. Hättest du Zeit? Daniel's Lane sechsundvierzig.«

Schon allein um herauszufinden, was das sein könnte, dieses »Projekt«, beschloss Jill hinzugehen. Im Esszimmer des hellgrauen klassizistischen Hauses der Familie Gregorius setzte sie sich zu den anderen um den Ahorntisch gruppierten Müttern und aß ein paar Scheiben von der Pfannkuchen-Puten-Roulade, einem Snack, der zwar köstlich, aber längst zum Klischee verkommen war. »Das, was früher die getrockneten Tomaten waren«, hatte Amy einmal gesagt. Entgegen Jills Vorurteil entsprachen die anderen Frauen nicht alle ein und demselben Typ. Eine Lustige, die etwas Spitzbübisches hatte, erinnerte sie an ein Mädchen aus dem Internat, das einmal auf das Schieferdach des Westaway-Refektoriums geklettert war und einen Dildo an der Wetterfahne befestigt hatte. Eine andere, ehemalige Therapeutin, wirkte sehr einfühlsam, wenn auch leicht abwesend. Jill hätte sich vorstellen können, bei dieser Frau im Wohnzimmer auf der Couch zu liegen und von ihrer Mutter und den Ängsten um Nadia zu erzählen. Trotzdem blieb sie streng und erlaubte es sich nicht, in engeren Kontakt mit den neuen Frauen zu treten. Dann sprach Sharon Gregorius und schlug ihren Gästen ein Geschäft vor. Sie stehe kurz vor der Gründung eines Grußkartenunternehmens, für das sie den Namen »Hab-dich-lieb-Karten« vorgesehen habe. Nun wolle sie ihren Prospekt präsentieren.

»Das Neue an diesen Karten ist, dass sie ausschließlich für Kinder konzipiert sind«, erklärte sie.

»Ich spiele mal den Advocatus Diaboli – es gibt schon jede Menge Grußkarten für Kinder«, erwiderte Denise, die ehemalige Therapeutin.

»Stimmt, aber die ›Hab-dich-lieb-Karten‹ sollen ausschließlich von Kindern an die Eltern verschenkt werden. Klar, es ist wahnsinnig schwer, ein neues Produkt auf den Markt zu bringen. Ich war zehn Jahre in der Wandverkleidungsbranche tätig, da ging das Altbewährte auch immer am besten. Aber wenn sich unser Vertriebsteam mit etwas Neuem befassen musste, kam jedes Mal große Begeisterung auf. Ich arbeite zwar seit der Geburt meiner Kinder nicht mehr, aber in dieser Hinsicht hat sich bestimmt nichts verändert. Hoffe ich zumindest«, fügte sie lachend hinzu. »Also, das hier sind jetzt nur Muster. Meine Kinder haben mir beim Desktop-Publishing geholfen. Richtig gedruckt sehen sie natürlich viel professioneller aus.«

Sharon verteilte die Muster. Die Frauen wischten sich die Putenröllchenhände an den Servietten ab, betrachteten die Desktop-Publishing-Karten lachend oder nickend oder mit dem Ausruf, wie witzig sie seien. Auf einer stand: »Mom, Dad, ich hab's RICHTIG VERBOCKT.« Innen war zu lesen: »Und es tut mir echt leid.« Auf einer anderen: »Ich muss euch etwas sagen.« Öffnete man die Karte, hieß es dort: »IHR WURDET ADOPTIERT.«

»Die hier finde ich gut, Sharon«, sagte eine der Frauen.

»Das freut mich.«

»Entschuldigung, aber das kapiere ich nicht«, platzte es aus Jill heraus. Eigentlich hatte sie es sich verkneifen wollen, doch jetzt war es zu spät.

»Ach wirklich? Das ist schlecht«, sagte Sharon. »Dann müssen wir sie optimieren.«

»Tut mir leid, vielleicht liegt es an mir.«

»Also, worauf wir mit der hier hinauswollten …«, sagte Sharon. »Im echten Leben erklären ja die Eltern dem Kind, dass es adoptiert ist, aber mit dieser Karte kann das Kind so tun, als wären die Eltern, die natürlich ganz anders sind als das Kind …«

»Ja, den Gedanken dahinter verstehe ich. Aber das Ganze … Warum sollen Kinder ihr eigenes Geld für solche Karten ausgeben?«

Jills Offenheit schien Sharon sehr, sehr unglücklich zu machen. Die anderen Frauen wurden still und verloren ihr Lächeln. Sie war der Eindringling, der bei diesem Mittagessen dezent abgecheckt wurde, und wie benahm sie sich? Jill ärgerte sich über die Sache mit der Adoption, aber auch die Geschäftsidee an sich und den Markennamen fand sie idiotisch. War das nicht offensichtlich? Aber die anderen sahen sich die Muster an und überlegten, ob sie Geld in dieses Unternehmen stecken sollten; eine machte sich sogar Notizen in ihrem BlackBerry. Jill wurde übel. Die Putenröllchen hinterließen plötzlich einen komischen Geschmack im Mund. War das Wildfleisch?, dachte sie angewidert und geriet leicht in Panik. War das Kaninchen? Waren das Affenfleischröllchen? Sie hielt es nicht länger aus.

»Kritik ist wichtig«, meinte Sharon Gregorius gelassen. »In dieser Phase sogar dringend erforderlich. Deshalb danke, Jill.« Dann blickte sie reihum und fügte rätselhafterweise hinzu: »Jill war beim Film.«

»Versteht ihr jetzt, was ich meine?«, fragte Jill in die Yoga-Runde. »Das war ein Freundschaftsangebot. Sie wollten mich miteinbeziehen. Sie waren nett, und mindestens eine scheint sogar interessant zu sein. Aber meine Freundschaft mit diesen Frauen scheitert an genau vier Wörtern: Hab. Dich. Lieb. Karten.«

Sie lachten, denn lachen und genau auf einer Wellenlänge zu sein war leicht; so hatten sie es immer gemacht, es war so selbstverständlich wie atmen. Doch dann sagte Amy, während sie ihre Yogamatte neben dem Ficus in Jills sonnenhellem Wohnzimmer entrollte: »Ich weiß nicht. Vielleicht bist du ein bisschen zu streng.«

»Wieso?«, fragte Jill.

»Ich weiß, du bereust es, hierhergezogen zu sein, aber hast du ihnen wirklich eine Chance gegeben? Immerhin versuchen sie etwas auf die Beine zu stellen, seit ihre Kinder in der Schule sind. Ich habe das noch immer nicht hingekriegt, dabei geht Mason schon in die vierte Klasse.«

»Wieso sagst du: ›Immerhin versuchen sie etwas auf die Beine zu stellen‹?«, fragte Karen. »Muss man immer etwas ›auf die Beine stellen‹? Kann man nicht einfach das Leben genießen? Ich tue das jedenfalls.«

»Aber sie machen es aus keinem inneren Drang heraus«, wandte Jill ein. »Man sieht förmlich, wie sie ihn sich krampfhaft einreden. Sie alle haben gearbeitet, und sie alle haben damit aufgehört.«

»Genau. Unter anderem deshalb, weil sie bei den amerikanischen Unternehmen auf keine Gegenliebe gestoßen sind.«

»Woher willst du das wissen, Amy? Nur weil du immer schon rauswolltest?«

Nach kurzem Schweigen erwiderte Amy: »Ich weiß aber nicht, ob es für immer ist. Ich denke ständig darüber nach, wieder zu arbeiten, vielleicht als feste Ehrenamtliche. Ich weiß auch nicht, warum ich so lange brauche, aber so ist es nun mal. Frauen mit schulpflichtigen Kindern, die sich ein bisschen langweilen und ihr berufliches Wissen von früher anwenden und ein Start-up gründen wollen, sollte man doch eher fördern, oder? Hätte jedenfalls meine Mutter gesagt.«

»Nicht jede Idee verdient Förderung«, entgegnete Jill. »Diese Frauen könnten mit ihrer Zeit Vernünftigeres anstellen!«

»Warum zerbrichst du dir den Kopf darüber, was andere mit ihrer Zeit anstellen? Was würdest du sagen, wenn die darüber urteilen, was du mit deiner Zeit machst?«

Die anderen Frauen standen mit durchgedrücktem Rücken wie angewurzelt auf ihren Matten. Einen so heftigen Wortwechsel zwischen Amy und Jill, seit vielen Jahren beste Freundinnen, hatten sie noch nie erlebt. Sie waren ein bisschen schockiert und beunruhigt, doch sie lauschten gespannt.

»Ihr habt euch auch ausgeklinkt – du und Karen und Roberta«, fuhr Jill nach einer Pause fort, »obwohl ihr in New York lebt, dem Zentrum der Weltwirtschaft. Hier draußen haben sich alle mehr oder weniger ausgeklinkt, egal, ob sie arbeiten oder nicht. Hier halten sich alle vom Epizentrum fern wie von einer heißen Herdplatte.«

»Ich würde nicht sagen, dass ich mich ausgeklinkt habe«, warf Karen ein. Keine der anderen erwiderte etwas darauf.

»Wer behauptet denn, dass man nur in der Stadt leben kann?«, fragte Amy. »Überall in Amerika leben Menschen. Damals an der Uni, als du Urbanistik oder was weiß ich studiert hast, hast du mal gesagt, Städte seien im Prinzip künstliche Konstrukte.«

»Ja, aber jetzt bin ich wesentlich älter und sehe die Sache anders. Donald und ich sind wegen Nadia weggezogen.«

»Ich befürchte einfach, dass du dir mit deiner Haltung selbst schadest«, sagte Amy in freundlicherem Ton. »Du klingst, als würdest du den Ort verachten, an den du freiwillig gezogen bist.«

»›Verachten‹ ist nun wirklich übertrieben.«

»Ich will nur dein Bestes, Jill. Außerdem vermisse ich dich. Du bist meine beste Freundin. Und ich bin diejenige, die zurückgeblieben ist.«

»Du hast dich doch längst getröstet«, erwiderte Jill trocken.

»Meinst du Penny?«

»Ja.«

»Ich habe dir gesagt, dass sie ein guter Mensch ist. Sie ist interessant und klug und beschäftigt sich mit Kunst und Kultur. Sie findet es erschreckend, wie dieser Bereich finanziell auf der Strecke bleibt.«

»Das muss mir keine Penny Ramsey sagen«, erklärte Roberta. »So war es schon, als ich von der Kunstakademie abging.«

»Aber unter den Republikanern ist es zehn Mal schlimmer geworden«, wandte Amy ein.

»Ihr Mann, Greg Ramsey, spendet den Republikanern doch hohe Summen.«

»Ja, stimmt. Aber das ist kompliziert.«

»Na, hoffentlich werdet ihr glücklich miteinander«, brach es aus Jill heraus. Sie lachte höhnisch auf. Der kurze Ton klang wie ein Gong durch den hallenden Raum.

»Sie ist ganz anders, als du glaubst«, sagte Amy.

»Ich glaube gar nichts. Warum solltest du nicht mit ihr befreundet sein? Wenn sie es nicht geworden wäre, dann eben eine andere.«

»Na ja – sagen wir: Geralynn Freund wohl eher nicht«, meinte Karen.

»Die arme Geralynn«, sagte Roberta. »Einfach nur schrecklich.«

»Fangen wir endlich an!«, rief Jill unvermittelt. Sie hatte keine Lust auf weitere Verlautbarungen bezüglich ihres früheren Großstadtlebens. Außerdem machte sich auf einmal das überraschend angenehme Gefühl in ihr breit, Penny Ramsey nun wirklich zu hassen.

Sie schalteten den DVD-Player ein und begannen ihren improvisierten Yogakurs. Jill empfand es ausnahmsweise als Erleichterung, nicht zu reden, sondern auf ein und demselben Fleck zu bleiben und ihren langen Körper zügig und fließend zu bewegen. »Kurs« traf es nicht ganz, schließlich saßen sie nur vor einem Plasmabildschirm und nahmen ohne Unterbrechung die von einer Lehr-DVD vorgegebenen Vinyasa-Stellungen ein, doch das war egal. Der Kurs war ins Leben gerufen worden, um ein wenig Struktur in den Tag zu bringen, ihnen etwas zu tun zu geben.

Früher, als junge Frau in der Anfangszeit an der Pouncey School in New Hampshire, lange vor der Dissertation und der anschließenden Arbeit an Filmprojekten, hatte Jill sich keine Gedanken darüber machen müssen, was sie eines Tages mit dem erworbenen Wissen anfangen würde. Die Frage hatte ihr kein Kopfzerbrechen bereitet. Zu lernen und sich vorzubereiten hatte ausgereicht, um gut durch die Schulzeit zu kommen. Sie hatte es genossen, nur von Mädchen umgeben zu sein und sich nicht mit Jungs auseinandersetzen zu müssen. Später, als es auf den Abschluss zuging, hatte die Jungslosigkeit die Mädchen ein bisschen aufgeregt und unruhig gemacht. Doch lange Zeit hatten sie Jungs für so dominant und gefährlich wie brünstige Elche gehalten und es besser gefunden, in der verletzlichen Entstehungsphase ihres weiblichen Intellekts von ihnen ferngehalten zu werden.

Und sie hätte nie gedacht, dass sie einmal so froh sein würde, von zu Hause weg zu sein. Susan Benedict hatte ihrer kleinen Tochter viele Entscheidungen überlassen, selbst völlig banale. Als eines Tages der Gasmann klingelte, war Jills Mutter ins Wohnzimmer gekommen und hatte die Achtjährige gefragt: »Was soll ich denn jetzt tun?«

»Ihn reinlassen.«

»Ich bin mir aber nicht sicher, ob es wirklich der Gasmann ist«, sagte Susan Benedict, und Jill erinnerte sich an den kindlich-furchtsamen Gesichtsausdruck. Ihre Mutter ließ den Gasmann schließlich herein und folgte ihm nervös in den Keller, um sicherzugehen, dass er wirklich der Gasmann war.

In solchen befremdlichen Momenten spürte Jill, dass ihre Mutter ängstlicher und zaghafter als andere Mütter war, doch sie bewunderte sie fast dafür. Beide Eigenschaften hatten etwas Schönes, fand sie, so als wäre ihre Mutter eine Blume und jede andere ein Holzklotz. Wenn Susan Benedict besonders traurig war und ein paar Stunden ruhen wollte, setzte sich Jill im düsteren Elternschlafzimmer auf die Bettkante und erzählte von der Schule, von ihren Brüdern oder von dem Buch, das sie gerade las, und Jills Mutter stellte Fragen und berichtete aus ihrer Zeit als Schauspielerin. Ein einziges Mal war sie in einem Broadway-Musical aufgetreten, »Toll trieben es die alten Römer«. Dann hatte sie ihre Karriere aufgegeben.

Jill wusste nicht genau, was ihrer Mutter fehlte, außer dass sie sich hin und wieder von der Familie zurückziehen musste. Jill half ihr dabei – ganz im Gegensatz zu ihren unabhängigen, wilden und raufllustigen älteren Brüdern. Und Jills Vater war immer weg, saß meist in seinem Büro in der Schellackfabrik Benecraft. »Das war bestimmt sehr schwer für dich«, sagten ihre Freundinnen, wenn sie als Erwachsene über diese Zeit sprach. Doch so schwer war der Umgang mit einer traurigen Mutter gar nicht gewesen, zumindest nicht anfangs, als Jill noch nicht verstand, dass sie traurig war. Es hatte ihr sogar Spaß gemacht, neben ihrer Mutter auf dem Bett zu sitzen und sich die Bühnengeschichten anzuhören.

»Geh nie zum Theater!«, hatte ihre Mutter in dem halbdunklen Zimmer geraten. »Das ist ein so unstetes Leben. In den Stücken von Tennessee Williams mitzuspielen war allerdings toll. Ein hervorragender Autor. Aber seine Figuren waren immer so ergreifend. Versuch einfach, etwas anderes als Theater zu machen.«

»Ja, ist gut«, versprach Jill. Sie hatte kein Interesse an der Bühne und konnte sich ihre verletzliche Mutter nur mit Mühe vor Publikum vorstellen. Andererseits konnten auf der Bühne natürlich gerade Menschen wie sie mit ihrer zarten Stimme und dem fast durchscheinenden Körper die Zuschauer in ihren Bann schlagen und die ganze Aufmerksamkeit auf sich ziehen. Susan Benedict sank auf ihrem Bett zurück wie eine alternde Figur in einem Stück von Tennessee Williams. Sie war das mitfühlende, weibliche Element der Familie. Alle liebten sie, doch entscheiden – etwa ob man den Gasmann ins Haus ließ – mussten andere.

Jill saß oft im Schlafzimmer bei ihrer Mutter, gab aber immer nur preis, was sie für zumutbar hielt. Hatte eine Mitschülerin zu ihr gesagt, sie sei zu intelligent, »und Jungs hassen Mädchen, die zu intelligent sind«, behielt sie den Schmerz darüber für sich, um ihre Mutter nicht aufzuregen. So kämpfte sie sich durch die Kindheit. Als der Wechsel in die Pouncey School in Weyburn, New Hampshire, anstand, fürchtete sie sich davor, ihre Mutter allein zu lassen. Doch Susan Benedict machte es ihrer Tochter leicht.

»Geh ruhig«, sagte sie zu Jills Verwunderung. »Schreib mir und genieß die Zeit dort.«

In der Pouncey School wurde die Leistungsbereitschaft der Mädchen gefördert. »Bitte, Ms. Babcock!«, rief Jill, als es im Unterricht um den Amerikanischen Bürgerkrieg ging, und meldete sich wie verrückt. »Darüber weiß ich ganz viel!«

»Das glaube ich gern«, sagte die junge, ironische Ms. Babcock, Jills erste Mentorin, die damals wahrscheinlich nicht älter als fünfundzwanzig war, Jill jedoch tief beeindruckte. Die Mädchen amüsierten und begeisterten die Lehrerin, die sie auf dem Sportplatz hinter der Schule die Schlacht von Gettysburg nachstellen ließ. In Stiefeln und improvisierten blauen und grauen Uniformen fielen sie im Kampf, nicht ohne zuvor »Ah, Kamerad – ich sterbe!« gerufen zu haben. Dann gingen sie Arm in Arm in ihre Zimmer und schrieben kühne, meist weit übers Ziel hinausschießende Aufsätze mit verstiegenen Titeln wie »General Lee im Shenandoah-Feldzug – eine historische Analyse« oder »Die Schlacht am Pea-Ridge – Wendepunkt im Krieg einer Nation gegen sich selbst«.

»Wo sind sie, die sanften Mädchen, über die ich in ›Rapunzels Befreiung‹ gelesen habe? Die ›Komplexe‹ haben und den Mund nicht aufbekommen?«, fragte Ms. Babcock. Die rings um den großen Tisch im Klassenzimmer lümmelnden Schülerinnen lachten. »Was? Ihr habt noch nie gehört, dass Mädchen schüchtern sind und sich nicht auszudrücken wissen?«

Pouncey hatte seit jeher großen Wert auf eine klassische, strenge Ausbildung gelegt, obwohl sich Generationen zuvor, in den Vierziger-, Fünfzigerjahren, die meisten Schülerinnen sofort nach dem Abschluss eine gute Partie gesucht hatten. Die Diskrepanz zwischen dem Erlernten und dem, was man daraus machte, war ihnen kaum einen Gedanken wert gewesen. Wissen löste sich ja nicht in Luft auf, sondern blieb erhalten, erfüllte den Menschen und veränderte die Zellstruktur, sodass man nicht mehr dieselbe wie zuvor war, wenn man als Pouncey-Absolventin aufs College, in die Sekretärinnenschule oder, während des Zweiten Weltkriegs, in eine Flugzeugfabrik ging oder gar eine frühe Ehe schloss. Bei ihrer Ankunft in Pouncey Anfang der Achtzigerjahre hatte Jill sich vorgestellt, ihre Ausbildung würde zu weiteren Ausbildungen und schließlich sie selbst und alle, die sie kannte, in ein herrliches Leben führen.

Während der vier Jahre in der Klosterschule blieben die lauten Mädchen laut und die stillen still, doch unabhängig von ihrer Persönlichkeit verfügten sie am Schluss alle über solides Faktenwissen und waren in der Lage, eine Passage aus so ziemlich jedem existierenden Buch zu analysieren. Alles, was man sie auf dem grün-goldenen Campus lehrte, sogen sie nach und nach in sich auf. Von ihrem Wissen würden sich später viele Leute angezogen fühlen, versicherten Ms. Babcock und die anderen Lehrer und Lehrerinnen. Den Männern, aber auch künftigen Arbeitgebern würden ihre Intelligenz und Leistungsfähigkeit gefallen. Die ganze Welt sehe ihrer intellektuellen Reife gespannt entgegen.

Bei der Abschlussfeier erhielt Jill den alljährlich verliehenen Vivian-Swope-Preis für die »vielversprechendste Absolventin«. Er war von den Eltern einer begabten Pouncey-Schülerin gestiftet worden, die im Frühjahr 1931 bei einer Schulwanderung ums Leben gekommen war, als sie den Halt verloren hatte und mit dem Kopf an einen Felsblock geprallt war. Jill kannte nur ein einziges Foto von ihr – Vivian Swope mit einer großen Seidenschleife im gewellten Haar und einem aparten Überbiss. Mehr verriet das Foto nicht über dieses Symbol unvollendeter Geistesgröße. Alle Preisträgerinnen hatten zum Zeitpunkt der Ehrung eine herausragende Stellung eingenommen. Sie waren die Stars von Pouncey gewesen, diejenigen, die sich im Unterricht ständig gemeldet hatten.

Das Vielversprechende, von dem die Schule nur so strotzte, wurde am besten von den Überlegenen verkörpert, die man hassen wollte, ohne es zu schaffen. Jill beispielsweise – damals noch Jill Benedict, Jahrgang 85 – war vielversprechend. Groß, kräftig, naturblond, beim Hockey immer auf dem Weg zum Tor. Sie kam »aus gutem Hause«, wie es hieß, was Jill lange auf die Stabilität ihres Elternhauses bezog, eines großen, weitläufigen, leicht verwahrlosten Gebäudes, in dem man sie zu einem freundlichen, intelligenten, aber bescheidenen Kind erzogen hatte. In den Zimmern ihrer beiden ständig lachenden älteren Brüder roch es nach menschlichen Körpern und etwas undefinierbar Männlichem. (»Du arme Ahnungslose, ich buchstabiere es dir: S-A-M-E-N«, sagte eines Abends ein Mädchen in Pouncey, als Jill von dem rätselhaften Gestank erzählte.)

Sie war für den Swope-Preis nicht unbedingt prädestiniert gewesen. Letztlich verschaffte ihn ihr der Tod. Im vorletzten Schuljahr wurde ihre Mutter noch verschlossener und trauriger. Niemand wusste, warum. Man ließ sie lange schlafen, versuchte verständnisvoll zu sein und sie nicht zu behelligen, wenn sie besonders teilnahmslos war. Dann ging Susan Benedict eines Frühlingsmorgens in die Garage, verstopfte das Auspuffrohr des Cadillacs mit zusammengeknäulten Socken ihres Mannes und blieb, nur mit Nachthemd und Mantel bekleidet, in dem im Leerlauf tuckernden Wagen, bis sie das Bewusstsein verlor und starb.

Einer ihrer Brüder rief Jill in der Schule an. »Hör zu, Jill, ich muss dir etwas ganz, ganz Schlimmes sagen.« Er stieß einen krächzenden Laut aus; dann musste er aufstoßen. »Mom hat sich umgebracht.«

Jill fragte wie eine Idiotin: »Wird sie wieder gesund?«

»Was? Nein, hör doch zu – sie ist tot.«

»Mom ist tot?«

Sie rannte in Panik über den Sportplatz, lief in den Wald, setzte sich auf den Boden und weinte haltlos, bis es wieder ging und sie in die Welt zurückkehren konnte. Irgendwie schaffte sie es am nächsten Tag nach Philadelphia zum Begräbnis. Die Abschlussprüfungen durfte sie im Lauf des Sommers zu Hause ablegen. Die Sachen in ihrem Zimmer wurden zusammengepackt und nachgeschickt.

In ihrem Abschiedsbrief hatte ihre Mutter geschrieben, dass sie zwar ihre Familie über alles liebe, jedoch, wie sie ja alle wüssten, ein sehr »emotionaler« Mensch sei und in letzter Zeit nicht mehr die kleinste Freude empfunden habe. »Ich verstehe nicht, warum sie nie mit uns darüber geredet hat«, sagte Jills Vater jedem, dem er in der ersten Zeit nach dem Suizid begegnete. Bob Benedict hatte gewusst, dass es seiner Frau schlecht ging. Jetzt war es fast so, als müsste er in dem von ihm stets unverstandenen Schmerz leben. »Warum hat sie nie gesagt, wie schlecht es ihr ging?«, fragte er seine Kinder unter Tränen. »Warum hat sie uns verschwiegen, wie schlimm es um sie stand?« Jill hatte in Susan Benedict einen sensiblen, ganz besonderen Menschen gesehen. Ihre Melancholie war schlicht ein Teil von ihr gewesen. Alle hatten davon gewusst und sie, mal verärgert, mal geduldig, hingenommen.

Im Herbst kehrte Jill nach New Hampshire zurück. Wie in Trance hatte sie den langen Sommer gemeinsam mit ihrem am Boden zerstörten Vater und den hilflosen, ständig schluchzenden Brüdern in ihrem Elternhaus verbracht und sich sichtlich verändert. Im Geschichtsunterricht war sie stiller als früher, nicht mehr so sehr aufs Reden erpicht, dafür redegewandter. Im Speiseraum der Lehrer wurde ihr Aufsatz über die Industrielle Revolution während des Essens herumgereicht. Beim Hockey schlug sie den ramponierten Ball über den Rasen, als wäre er der Tod.

Die allgemeine Zuneigung stürzte mit voller Wucht auf Jill Benedict ein. Plötzlich wussten alle, dass sie besser war als der Rest. Plötzlich sahen sie, was sie zuvor ausgeblendet hatten: dass Jill ungewöhnlich intelligent war und im Leben höchstwahrscheinlich viel erreichen würde. Sie, so entschied man, habe den Swope-Preis von allen Schülerinnen des 85er-Jahrgangs am meisten verdient. Selbst Mädchen, die sich bereits Hoffnungen gemacht hatten, sahen das in einer still und leise bei Kaffeelikör abgehaltenen nächtlichen Besprechung ein. Der Geheimvorrat an kleinen Fläschchen befand sich im Hängeschuhsack im Kleiderschrank einer Schülerin. »Jill Benedict kriegt den Preis, keine Frage«, versicherten sie einander sehr abgeklärt. »Reden wir nicht darum herum – sie bekommt ihn.«

Und Jill bekam ihn. An einem sonnigen Frühlingsvormittag wurde er ihr während der Zeugnisverleihung auf einem Holzpodest überreicht. Vivian Swopes jüngere Schwester, jetzt, 1985, eine feine ältere Dame mit kupferrotem Haar, überreichte ihr die eingerollte Urkunde, die von einem lavendelfarbenen Band zusammengehalten wurde. Jill erinnerte sich an den großen ovalen Pouncey-Goldring am Finger der Frau, in den das lateinische Motto der Schule, *»Ad omnia parata«*, eingraviert war – »Auf alles vorbereitet«. Während die Schwester ihre Rede verlas, blitzte er in der Sonne.

»Dieser Preis geht an die vielversprechendste Schülerin. Meiner Schwester Vivian blieb es verwehrt, die in sie gesetzten Erwartungen zu erfüllen. Mit der heutigen Verleihung des Preises an dich, Jill, sollen deine bisherigen und zukünftigen Leistungen anerkannt und gewürdigt werden.«

Plötzlich platzte Nadia in die Yogastunde im Wohnzimmer und stand so bei den Frauen wie jeden Morgen über ihrer Mutter. Nach und nach bemerkten sie das Kind, und eine drückte auf die Fernbedienung. Nadia hatte ein »Ahoy, Mateys!«-Handtuch mitgebracht, das sie nun als Matte auf den Boden legte. »Wie geht's dir, Nadia?«, fragten die Gäste. »Gefällt es dir in eurem neuen Haus?«

»Ja, sehr«, sagte Nadia leise.

»Komm, mach mit«, sagte Karen Yip und klopfte mit der flachen Hand auf den Boden, und Jill sah zu, wie sich ihre Tochter niederließ und ihre Beine in den Lotussitz zu bringen versuchte. Aber sie war nicht geschmeidig und konnte nicht gut balancieren; sie hatte nichts von der kleinen Nadia Comaneci. Sie hampelte eine Weile auf dem Boden herum und zerrte an ihrem linken

Bein, bis sich Jill zu ihr hinüberbeugte und leise fragte: »Möchtest du vielleicht etwas anderes machen? Hol dir doch ein Buch und setz dich in die Ecke und lies ein bisschen.«

»Okay, Mom.«

Jill sagte den anderen, sie sei gleich wieder da, sie sollten auf sie warten, und folgte ihrer Tochter aus dem Raum und ins Spielzimmer, wo Nadia nacheinander Bücher aus dem Regal zog und mit zusammengekniffenen Augen Einband für Einband musterte. Sie konnte die Titel noch nicht entziffern. Obwohl sie sechs und in der ersten Klasse war, ging es mit dem Lesen kaum voran. Die hübsche Vorschullehrerin in New York, eine Berufsanfängerin, hatte Jill und Donald im Jahr zuvor versichert, mit der Zeit werde das schon. Stirnrunzelnd ließ Nadia den Blick über die Bilderbücher wandern, traf ihre Wahl schließlich anhand der Einbandillustration und schob sich das Buch unter den Arm. Das machte sich gut. Sie sah aus wie eine sehr junge Studentin auf dem Weg in ihr Seminar, Studienfach »Bioethik und der Amerikanische Traum.«

Doch Nadia hatte keine Überlebenschance in einer Welt, in der man zwar nicht intellektuell sein, aber eine gewisse cliquentaugliche weibliche Dynamik besitzen musste. Jill sah ihrer Tochter nach, wie sie mit einem Buch, das sie nicht lesen konnte, ins Wohnzimmer zurückging. Dann schoben die vier Frauen den Anweisungen der sanften DVD-Stimme gemäß erneut die Hüften nach oben und ließen sich auf ihre kleinen blauen Gummirechtecke zurückgleiten. Sie winkelten Arme und Beine an, streckten sie wieder und hoben den Kopf wie die Tiere an einem Wasserloch in der Serengeti. Sie machten den hinabschauenden Hund, die Libelle und grüßten unzählige Male diverse Himmelskörper. Sie verwandelten sich in Tiere und in Bäume mit Wurzeln, die sich wie lange Finger in die Erde bohrten, hielten in ihren Bewegungen inne und waren der Sonne dankbar für ihre Wärme und dem Mond, weil er der Nacht Schönheit verlieh. Als die DVD zu Ende war, herrschte Stille. Nur aus der Ecke, in der Nadia mit ihrem Buch saß, ertönte Gesang. Die Frauen öffneten die Augen.

»Das klingt aber schön, Nadia«, sagte Karen. »Was ist das?«

Nadia zuckte schüchtern mit den Schultern. »Ach, nur so ein Lied.«

»Rise, sorrow …«, wiederholte Karen. »Und wie geht es weiter?«

»… 'neath the saffron sister tree«, sagte Jill hastig. »Irgendein Volkslied, nehmen wir an, aber wir wissen es nicht genau.«

»Das hat sie schon mal gesungen. Ein wundervoller Text«, sagte Karen. »So traurig und anrührend. Ich höre dich gern singen, Nadia. Du hast eine sehr schöne Stimme.« Sie wandte sich an Jill. »Sie braucht Gesangsunterricht. Sie ist wirklich gut.«

»Danke«, erwiderte Jill, überzeugt, dass Karen nur nett sein wollte. Nadia besaß zwar wirklich eine angenehme, wenn auch ungewöhnliche Stimme, doch Jill hatte immer nur den Unterschied zu den Stimmen der anderen Kinder bemerkt. »Gut, dann machen wir für heute Schluss. Wie wär's mit einem Om?«

Schweigend schlossen sie noch einmal die Augen und sprachen die Silbe. Als Jill ein bisschen blinzelte, sah sie, dass Karens Blick auf sie gerichtet war. Sie grinsten, gerieten ins Lachen, und auch die beiden anderen verloren schließlich die Konzentration.

»Entschuldigung«, sagte Karen. »Ich schaffe das einfach nicht, ohne das Gesicht zu verziehen. Was haltet ihr davon, wenn wir stattdessen mit Nadias kleinem Lied schließen? Das ist immerhin ein richtiger Text, ein schöner Text. Ich finde das viel passender. Bist du einverstanden, Nadia?«

Das Mädchen nickte, aber Jill wusste, dass Nadia keine Ahnung hatte, wovon Karen sprach. Allen gefiel die Idee. Sie schlossen die Augen, auch Nadia, und sangen gemeinsam *»Rise, sorrow, 'neath the saffron sister tree«*.

Mehrmals wiederholten sie den melancholischen Text. Sie dachten an Freundschaft zwischen Frauen, an Verlust und an alles mögliche andere in ihrem Leben. *»Rise, sorrow, 'neath the saffron sister tree«*, sangen sie immer wieder.

Roberta Sokolov dachte: Wie hält es Jill hier bloß aus? Es wirkt alles so leer. Und warum bin ich jetzt hier? Manchmal sind meine Freundinnen ziemlich langweilig. Wieso bin ich ausgerechnet an sie geraten?

Karen Yip, die reine Mathematik studiert hatte und mit Zahlen jonglieren konnte, dachte: $[\sigma_i^m, \sigma_j^{m-1}] = 0$, wenn σ_j^{m-1} keine Fläche von σ_i^m ist. $[\sigma_i^m, \sigma_j^{m-1}] = \pm 1$, wenn σ_j^{m-1} eine Fläche von σ^m ist …

Amy Lamb dachte: Woran Penny wohl gerade denkt? An den New Yorker Hafen um die Jahrhundertwende? Oder an Ian Janeway? Ich muss mich bei ihr melden. Ob es jemand bemerkt, wenn ich mich nach dem Yoga ins Bad schleiche und sie auf dem Handy anrufe? Ich muss sie unbedingt sprechen.

Jill Hamlin dachte: *Rise, sorrow …* Was steckt dahinter? Ist Nadia depressiv? Ist sie durcheinander und fühlt sich allein und verloren? Was, wenn sie uns das pummelige lachende Mädchen im Nachbarbettchen gegeben hätten? Dann wäre alles anders gekommen. Aber wenn sie uns das andere Kind gegeben hätten, wäre Nadia jetzt vielleicht noch immer in dem Waisenhaussaal bei den vielen ein Leben lang unbeachteten, ungeliebten Mädchen. Und der Gedanke, dass niemand sie jemals lieben würde, ist unerträglich. Ich muss mit Amy darüber sprechen. Aber die sitzt da auf ihrer Matte und denkt wahrscheinlich nur an Penny Ramsey. Ein Blick auf sie genügt; ich habe Amy verloren.

»Rise, sorrow« – Erhebe dich, Schmerz – sangen die Frauen, und gehorsam erhob sich ihr Schmerz und stieg höher und höher.

Fünf

Philadelphia 1962

»Ich würde Sie so gern in der ›Glasmenagerie‹ sehen«, sagte Bob Benedict zu der jungen Frau, die in der Gemeinschaftsgarderobe vor einem schlierigen Spiegel saß. Obwohl der Bereich hinter der Bühne unbeheizt war, liefen die Schauspieler in Hemdsärmeln herum, denn soeben war die Aufführung von »Sommer und Rauch« beendet worden, ein Stück, das vorwiegend im Süden spielte. »Greasepaint Amateur Theatricals« hatten zum ersten Mal ein Drama von Tennessee Williams aufgeführt. Der eingefahrene Philadelphia-Akzent der Schauspieler hatten sich nur mühsam zur trägen Sprechweise des Südens formen lassen, doch am Ende waren alle mit ihrer Leistung sehr zufrieden und von einer schwermütigen Sinnlichkeit durchdrungen gewesen, die sich auf das Publikum übertragen und den ernsten jungen Geschäftsmann Bob Benedict dazu bewegt hatte, sich hinter die Bühne und ins Blickfeld des Spiegels zu begeben, vor dem Susan McCrory saß, die jugendliche Naive der Truppe. Sie drehte sich um.

»Ich glaube nicht, dass ich das jetzt schon stemmen könnte«, erwiderte sie leise, aber erfreut über die Aufmerksamkeit. Der Geschäftsmann besuchte jede »Greasepaint«-Vorstellung. Er kam immer allein und überreichte ihr nach dem letzten Vorhang einen Strauß Lilien in feuchtem Papier. Er sah nicht schlecht aus, wirkte nur ein bisschen gewöhnlich mit seinen dunklen Anzügen und der Hornbrille. Doch nach einer Weile, als sie ihn Abend für Abend grinsend und auf den Füßen wippend im Spiegel gesehen hatte, begann ihr sein völliger Mangel an Berechnung zu gefallen, der ihn insbesondere von den Männern der Theatertruppe unterschied, einem bunten Haufen aus Narzissten, offen Schwulen und skurrilen »Charakterdarstellern«. Die Schauspieler, Männer wie Frauen, waren sich ihrer selbst im Verhältnis zur übrigen Welt ständig bewusst und gaben sich immer so, als stünden sie auf einer Bühne. Bei den Leseproben lachten sie so gekünstelt, als stellten sie sich vor, ein Broadway-Produzent würde heimlich zusehen, plötzlich aus der Seitenbühne treten und ihnen mitteilen: »Ich habe Sie alle beobachtet. Einer von Ihnen hat mich besonders beeindruckt, und zwar wegen seiner Manieriertheit, die er nicht nur in der Rolle selbst an den Tag legt, sondern auch in seinen Reaktionen auf die Darbietungen der anderen hier in der Runde.« Und als würde er dann den Namen nennen und denjenigen oder diejenige mit nach New York nehmen, wo er oder sie unverzüglich auf einer Broadway-Bühne landen würde.

Tagsüber arbeitete Susan McCrory als schlecht bezahlte Erzieherin in einem Kindergarten im Zentrum von Philadelphia. Danach ging sie zu den Proben, und an den letzten beiden Abenden hatte sie im Pfarrsaal einer Kirche vor einer kleinen, aber nicht demütigend kleinen Zuschauerschar auf der Bühne gestanden. Sie hatte sich an den Beifall gewöhnt und wusste, dass es für sie im Laientheater immer gut lief. Sie verband Schüchternheit mit einem Hang zur Selbstdarstellung: eine sehr hübsche, große, strahlend blonde junge Frau von neunzehn Jahren – wenn auch mit etwas zu breit geratenen Schultern –, die unbedingt professionell Theater spielen wollte. Bisher hatte das Geld nicht ausgereicht, um es als Schauspielerin in New York zu versuchen, doch das würde sie in den nächsten Monaten angehen. Ihre Mitbewohnerin besaß eine Brownie und hatte sich bereit erklärt, Porträtaufnahmen von ihr zu machen. Im März, wenn der Kindergarten geschlossen war, würde Susan nach New York fahren, auf dem Sofa ihrer Tante übernachten und sich auf die Casting-Inserate in der »Backstage« melden. Mit etwas Glück würde sie dann ihr Leben in Philadelphia hinter sich lassen, zu ihrer Tante ziehen und es einfach probieren. Wenn es schlecht lief, würde sie nach Hause zurückgehen und es in der nächsten Saison wieder versuchen.

Doch bis zu ihrem Urlaub würde Susan McCrory weiterhin mit der »Greasepaint«-Truppe auftreten, dieser netten, wenn auch etwas luschigen Ansammlung von Hausfrauen, Büroangestellten und Profis. Im Amateurtheater kamen die unterschiedlichsten Leute zusammen. Dr. Carlson, der die meisten männlichen Hauptrollen bekam und den Susan in so gut wie jeder Inszenierung irgendwann küssen musste, wurde aus Respekt vor seinem medizinischen Doktortitel als einziges Mitglied der Truppe gesiezt. Er war verheiratet, dreißig, Gynäkologe von Beruf und trotz seines fliehenden Kinns sehr eitel. Im letzten Jahr hatte Susan in »Der Mann, der zum Essen kam« mit ihm auf der Bühne gestanden. In der entsprechenden Szene hatte er sie richtig zimperlich, mit verkniffenem Mund, geküsst und sich dabei so postiert, dass das Publikum möglichst viel von seinem Gesicht zu sehen bekam.

Der Businessman Bob Benedict – die Alliteration gefiel Susan – wirkte im Vergleich mit diesen Leuten angenehm männlich und kaum selbstgefällig. Es schien ihm nicht bewusst zu sein, wie elegant er sich bewegte, wenn er den Vorhang teilte und mit den Blumen in der Hand auf sie zuging. Man hatte ihm offenbar weder Verschämtheit noch Arroganz anerzogen.

Sie verabredeten sich. Er fuhr sie in seinem großen grünen Cadillac mit den riesigen Heckflossen in Steakhäuser, an deren Speisekarten Troddeln hingen, und nach einiger Zeit schliefen sie miteinander, immer am Wochenende in seiner Junggesellenwohnung.

Susan ließ sich ein Diaphragma anpassen und geriet in eine Erwachsenenwelt, die ihren früheren Vorstellungen zwar nicht hundertprozentig entsprach, als annehmbare Kopie jedoch durchging. Bob unterstützte ihre Leidenschaft fürs Theater und brachte sie während der jeweils nur kurz laufenden Inszenierungen Abend für Abend nach Hause. Wenn er durch die Garderobe ging, murmelten ihm die anderen »Hi, Bob« zu oder: »Na, Bob, wie waren wir heute?«

Doch dann machte sie ihm einen Strich durch die Rechnung, durchkreuzte seine Pläne, ruinierte um ein Haar alles, wie es ihre Mutter von Anfang an befürchtet hatte. Sie bestand darauf, wie geplant nach New York zu gehen, und wurde bei einem offenen Casting für die Black-Box-Produktion irgendeines belanglosen Stücks prompt entdeckt. Beim Vorsprechen musste sie unter anderem folgenden Text rezitieren: »Ich bin Mary, die Geliebte des Webstuhls. Hier sitze ich, webe, weine und wehklage. Ich bin Mary, die Geliebte des Webstuhls.« Sie wurde zwar nicht besetzt, erfuhr aber von einem der Produzenten, ein Freund von ihm suche gerade nach Nebendarstellern für das neue Broadway-Musical »Toll trieben es die alten Römer«, den solle sie kontaktieren. Vor diesem Freund sang sie ein bisschen und tanzte herum. Als er fragte, ob sie schon einmal eine Toga getragen habe – oder vielmehr eine Stola, wie er erklärte, denn so heiße das von Frauen verwendete Pendant zur Toga, was aber viele nicht wüssten –, antwortete sie: »Ja, in einem früheren Leben«, und bekam die Rolle.

»VIEL GLÜCK AM BROADWAY«, hatten die Mitglieder von »Greasepaint Amateur Theatricals« auf das Spruchband geschrieben, das über dem Eingang zum Probenraum im Keller der Kirche in Philadelphia hing. Der Kuss, den sie von Dr. Carlson erhielt, war trocken und undurchsichtig wie ein Stück Elfenbein.

Dr. Carlson schüttelte ihr noch die Hand und bat sie, in Kontakt zu bleiben, aber das war es auch schon. In diese Südstaatenkulissen, in denen sie laut Regieanweisung ständig mit dem Fächer wedeln, Limonade »aus einem beschlagenen Glas« trinken und sich mit dem Handrücken über die Stirn fahren musste, würde sie garantiert nicht zurückkehren. Nicht einmal um sich neue Inszenierungen anzusehen, denn das hieße gewissermaßen, sich selbst von außen zu betrachten und im Rückblick zu erkennen, wie schultheaterhaft und peinlich die Aufführungen im Grunde gewesen waren. Sie wollte sich nicht sehen, wie sie wirklich war; diese Deutlichkeit hätte sie nicht ertragen.

In der ersten Zeit nach ihrem Umzug nach New York rief Bob Benedict täglich an und versicherte am Ende jedes Gesprächs, dass er sie liebe. Doch als Susan immer öfter nicht zu Hause war, weil sie irgendwo im Greenwich Village in einem Haus ohne Aufzug an einem verschrammten Klavier stand und sang oder nach einer Probe mit den anderen Nebendarstellern in einer Bar trank, zeichnete sich ab, dass Bob sie bald an ihr neues Leben verlieren würde. Er bekam Angst, rief sehr oft an, lachte zu viel und fragte nervös, ob sie ihn liebe.

Ihre Mutter Margaret sagte: »Bob Benedict ist ein guter Mann. Und im Gegensatz zu uns haben die Benedicts mit ihrer Schellackfabrik sehr viel Geld. Ich weiß wirklich nicht, wie du überleben willst ohne jemanden wie ihn, der für dich sorgt.« Margaret McCrory hatte sich schon immer große Sorgen ums Geld gemacht. Manchmal blieb sie vor lauter Verzweiflung ganze Tage im Bett, um wieder zu Kräften zu kommen. Alle Frauen auf der mütterlichen Seite von Susans Familie waren in diesem Punkt überempfindlich gewesen. Einmal besuchte Susans Vater seine Tochter in New York und machte ihr am Küchentisch der Tante klar, welche Einschränkungen sie zu erwarten hätte, wenn sie am Theater bliebe. »Extras kannst du dir dann keine leisten«, erklärte er, als hätte es in Susans Leben jemals Extras gegeben.

Das Broadway-Musical hatte Premiere und wurde natürlich ein Riesenerfolg. Susan sang, tanzte, schlüpfte danach in einer Garderobe, die sie sich mit fünf, sechs anderen verschwitzten Mädchen teilte, wieder in ihre Alltagskleider und zog bis spätnachts um die Häuser. Nach zwei Monaten war sie so übermüdet und erschöpft, dass sie sich eine virale Lungenentzündung einfing. In den schmalen Lichtstreifen, die durch die Jalousieritzen ins Zimmer fielen, saß der aus Philadelphia angereiste Bob den ganzen Nachmittag über neben dem Sofa, auf dem Susan lag. Aus Gründen, die sie auch später nie wirklich verstand, ergriff er die Gelegenheit und machte ihr, schwach und krank, wie sie war, einen Antrag. »So geht es nicht ewig weiter«, sagte er sanft. »Du warst am Broadway, du hast getan, was du immer tun wolltest. Diese Erfahrung nimmt dir keiner, du kannst sie dir für immer bewahren. Aber du möchtest doch sicherlich auch noch andere Dinge machen.«

»Ja, unbedingt.«

Er zählte sie auf. »Heiraten«, sagte er. »Dich um einen Haushalt kümmern. Und um Kinder natürlich. Wir wollten doch beide bald eine Familie gründen.«

Vom Codein benebelt erklärte sie sich mit all den anderen Dingen einverstanden und versicherte, ihn nicht verlieren zu wollen.

In der Nacht vor der Hochzeit dachte sie kurz daran, sich das Leben zu nehmen. Obwohl es keinen Grund dafür gab, sah sie sich vom Dach des Hotels springen und mit verrenkten Beinen und eingedrücktem Schädel in einer schmalen Durchfahrt liegen. Ein letztes Mal Aufmerksamkeit, dachte sie und empfand eine dunkle, brutale Befriedigung.

Doch sie tat es nicht. Sie heiratete ihn. Die Hochzeit verlief gut, obwohl ihre Broadway-Freundinnen wegen der Nachmittagsvorstellung am Samstag nicht mitfeiern konnten. Nach heftigem Sex mit ihrem sehr zufriedenen Ehemann schlief die frisch verheiratete Susan Benedict in der Hotelsuite zwanzig Stunden durch. Kaum war sie wieder wach, versprach ihr Bob nicht nur, dass sie das Leben mit ihm lieben, sondern auch »an nichts je Mangel leiden« werde. Er formulierte es tatsächlich so; es klang wie ein Zitat aus einem ganz miesen Stück.

»Danke« lautete ihre unbeholfene Replik.

In ihrem Tudorhaus in einer Privatstraße am Stadtrand von Philadelphia dachte sie manchmal mitten am Tag, wenn die Luft nach Regen roch und das Dienstmädchen im Wohnzimmer diskret mit dem Staubsauger hantierte, dass sich ihr Scherz damals beim Casting bewahrheitet hatte: In einem früheren Leben hatte sie eine Toga getragen.

Sechs

Früher hatte gegolten: Kunst ist Kunst, und Kunsthandwerk ist Kunsthandwerk, und den Unterschied hatte jeder gekannt. Kunst ließ sich sofort identifizieren, weil sie selten war und ein besonderer Glanz von ihr ausging. Außerdem lauerte der Künstler oft in der Nähe und drängte darauf zu erfahren, was man von seinem »Werk« hielt. Kunsthandwerk dagegen gab es überall, auf Klapptischen bei Landwirtschaftsmessen oder auf den Schutzplanen, mit denen die Böden von Haushalten ausgelegt waren, in denen Kinder lebten. Ein Künstler, hieß es, habe ein gutes Auge; für Kunsthandwerk aber brauchte man vor allem Hände.

Roberta Sokolov besaß beides. Dass sie künstlerisch begabt war, hatte sie schon als politisch aktives Bohème-Mädchen in einer musischen Highschool im Chicagoer Vorort Naperville gewusst und war sich danach ihrer Sache immer sicherer geworden, während ihres Kunststudiums und als sie sich Anfang der Neunzigerjahre – ihrer Freundin Cindy Skye zufolge die Phase der weißen männlichen Künstler – in New York einen Namen als Malerin machen wollte. »Jede Zeit ist die Zeit der weißen männlichen Künstler«, hatte Roberta erwidert. In den Neunzigern waren die Händler auf der ständigen Suche nach jungen Männern, die ihre Leinwände mit Stahlwolle scheuerten oder mit Puppenköpfen beklebten und sich mit verschränkten Armen angriffslustig davor aufbauten. Oft ließen sich die Händler durch das schiere Ausmaß des Werks verführen.

Als Roberta das Gleiche versuchte, waren die Händler von ihren

Bildern weit weniger angetan als von den riesigen, irren Sachen der Männer. Hin und wieder lud man sie zu Gruppenausstellungen ein, die, sofern sie nur Künstlerinnen umfassten, in völlig unbekannten Galerien stattfanden – im »Ovum« oder »Marilyn Heinberg Artspace«. Die Frauen versuchten ihre durchaus beachtlichen figurativen Bilder in Szene zu setzen, doch die Aufmerksamkeit hielt sich in Grenzen. Daher beschloss Roberta, ganz für sich und in aller Stille zu malen, ohne Erwartungen und ohne etwas zu fordern. Ein bisschen Glück, schon würde ihre Karriere Schwung aufnehmen, hatte sich Roberta noch Jahre nach dem Kunststudium gesagt. Doch in die stillen Winkel, in denen sie malte, verirrte sich so gut wie niemand.

Auf die Frage nach ihrem Beruf hatte sie eine Zeit lang »Künstlerin« erwidert, was nach regelmäßigen Einnahmen klang, die es aber nicht gab. In der Zeit, in der sie sich mit Puppenspiel über Wasser zu halten versuchte, hatte sie sich als »Puppenspielerin und Malerin« bezeichnet, und seit einigen Jahren formulierte sie es so: »Ich war Künstlerin und Puppenspielerin. Dann kamen die Kinder. Aber wenn ich Zeit habe, mache ich auch heute noch Kunst.« Sie sagte es mit gepresster Stimme, denn ihr war sehr bewusst, dass die aus finanzieller Not geborene Tätigkeit als Puppenspielerin die Kunst in den Hintergrund geschoben hatte und beides schließlich von der Mutterschaft verdrängt und durch das in der Kindheit wie im Mutterdasein allgegenwärtige sogenannte »Kunsthandwerk« ersetzt worden war.

In ihrem Alltag gab es niemanden mehr, der Roberta noch als Künstlerin kannte. Dass sie eine gewesen war, und zwar eine gute, mussten die anderen ihr einfach glauben. Mit dem Puppenspiel aber brachte man sie noch in Verbindung, wegen Nathaniel. Erst gestern Vormittag war wieder der alljährliche Anruf der Frau gekommen, die in der Auburn Day School spezielle Programme und

Aktivitäten organisierte. Immer im Herbst fragte sie bei ihr an, und Roberta sagte jedes Mal verlässlich zu, was beiden im Vorhinein klar war. Weil sie für ihren Sohn Harry weniger Gebühren bezahlen musste, hatte sie das Gefühl, in der Schuld der Schule zu stehen, und war gleichzeitig dankbar. Davon abgesehen machte sie gern etwas für die Auburn. Es war wirklich kein großes Ding, ein Mal im Jahr ihr kleines Stück aufzuführen. Gestern hatte sie der Frau erklärt: »Sie brauchen nicht mehr jedes Jahr anzurufen. Ich sage hiermit pauschal zu.«

Nach kurzem Schweigen hatte die Frau in unangenehm offiziell klingendem Ton erwidert: »Wir planen aber lieber von Jahr zu Jahr.« Als sollte sich Roberta bloß nicht zu sicher sein, eingeladen zu werden. Da stellte sie ihre Zeit und ihr Können freiwillig zur Verfügung, und die Schule plante lieber von Jahr zu Jahr!

Jetzt, beim Frühstück im »Golden Horn«, berichtete sie ihren Freundinnen von dem Gespräch. »Ruf zurück und sag, dass du es dieses Jahr doch nicht machen kannst!«, schlug Amy Lamb vor. »Sag, du hättest zu viel um die Ohren.«

Es war Vormittag. Die Frauen saßen im hinteren Teil des Lokals in der Sitznische neben der Schwingtür, durch die das Personal, Tabletts mit Eiern und Kaffee und noch mehr Eiern und Kaffee schwenkend, wendig wie Flamencotänzer erschien und wieder verschwand. Wie fast immer war das »Golden Horn« proppenvoll. Der freundliche, allgegenwärtige Besitzer brachte ihnen das Wasser und nahm die Bestellungen auf. Heute saßen sie zu fünft unter der beleuchteten Wandnische mit den verstaubten Acrylblumen und dem kleinen Gemälde, das griechische Fischer beim Einholen ihres Fangs zeigte. Außer Roberta, Amy und Karen Yip hatte sich auch Joanne Klinger eingefunden, deren sieben Monate alter Sohn Zachary in einem riesigen, vollbepackten Magnetti-Supremo-Buggy schlief. Sogar am Griff hingen mehrere Netze. Klaglos nahmen es die Bedienungen hin, dass sie dem Wagen ausweichen mussten, sobald die Tür weit aufschwang. Auch Shelly Harbison saß am Tisch, was in Ordnung war. Zwar mochten sie sie alle nicht sonderlich, aber sie tauchte ohnehin nur selten auf. Sie besuchte oft Mütterkurse und Ganztags-Workshops und ließ ihr Kind zu Hause von einem Babysitter betreuen.

»Von mir will die Schule nie etwas außer Geld«, sagte Karen.

»Du warst Statistische Analystin«, erwiderte Amy. »Was könntest du den Jungs schon zeigen? Da sieht man doch nichts.«

»Was, wenn man ihr einen chinesischen Abakus gibt?«, meinte Joanne Klinger.

»Das wäre aber ein bisschen rassistisch«, sagte Roberta.

Karen blieb gelassen. »Ich habe sogar mal einen Abakus benutzt. Die Dinger sind unglaublich. Übrigens werde ich wahrscheinlich wieder arbeiten«, fügte sie hinzu. »Der Headhunter hat wieder angerufen.«

»Der Headhunter ruft dich ständig an«, sagte Amy.

Karen Yip ging alle paar Wochen zu einem Vorstellungsgespräch, immer in einem der schicken Kostüme mit kleinen, rautenförmigen Knöpfen, die sie früher bei der Arbeit getragen hatte. Sie nahm zwar nie ein Angebot an, erzählte jedoch gern von den Gesprächen, denn sie waren es, worum es ihr eigentlich ging.

»Die Väter werden nie in die Schule beordert«, sagte Amy. »Kein Mensch erwartet, dass sie sich einen Tag freinehmen und einen Workshop veranstalten. Auf den Gedanken kommt die Schule gar nicht.«

»Dabei würde das den meisten Vätern gut gefallen«, ergänzte Roberta, unterbrach sich und dachte nach. »Mir gefällt es eigentlich auch«, sagte sie schließlich, selbst erstaunt. »Es ist schön, den Jungs etwas über Puppenspiel zu erzählen, obwohl ich mich nicht mehr damit identifiziere. Eigentlich kann ich mich über die Anrufe nicht beklagen. Die Schule weiß, dass ich für die Aktion zu haben bin und es bedauerlich fände, wenn sie ausfallen würde. Mir ist alles recht, solange ich mein Geld nicht wieder als Puppenspielerin verdienen muss.«

»Jammerschade, dass wir uns damals noch nicht kannten. Ich hätte gern gehört, wie du diese Piepsstimmen machst«, sagte Amy.

»Du hast mich auch in meiner Zeit als Künstlerin noch nicht gekannt.«

»Aber irgendwie bist du doch jetzt auch noch künstlerisch tätig. All die Projekte, die du mit deinen Kindern auf die Beine stellst!«, sagte Karen. »Ich finde es toll, dass du so kreativ bist!«

In Robertas Wohnung stapelten sich Plastikboxen mit Perlen und Pailletten und Behälter mit Aufschriften wie »FILZSTIFTE« oder »BUNTSTIFTE«. Ihre Freundinnen unterschieden weniger streng als sie selbst zwischen Kunst und Kunsthandwerk. Sie hatte nichts gegen Kunsthandwerk, ganz im Gegenteil – sie liebte es. Die Zeiten, in denen sie mit ihren Kindern Harry und Grace aufwendige Sachen gebastelt hatte, die dann irgendwann im Schrank gelandet waren und seither still vor sich hin moderten, zählten zu den glücklichsten ihres Lebens.

Doch für Roberta stand das Kunsthandwerk immer auch im Schatten der Kunst und erinnerte sie so an den bleibenden Verlust. In ihrem »früheren Leben«, wie sie es nannte, vor der Zeit als Puppenspielerin und Mutter, hatte sie in Downtown gelebt, figurative Bilder gemalt und war nach und nach in die dortige »Puppenspiel-Community« hineingerutscht, ein Ausdruck, der ihr noch immer ein bisschen peinlich war.

Weil sich alle Puppenspieler früher oder später begegneten, verwunderte es nicht, dass sie ihren Mann Nathaniel Greenacre vor zwölf Jahren bei einer Vorstellung kennengelernt hatte. Es war eine Veranstaltung am Samstagvormittag gewesen, mit verschiedenen an das Naturell und die Aufmerksamkeitsspanne von Kindern angepassten Darbietungen. Auf eine stark gekürzte Fassung von »Hänsel und Gretel« folgte beispielsweise ein stummer Kampf zwischen zwei Händen in weißen Handschuhen und anschließend ein wirres ungarisches Volksmärchen, gespielt von langen, bunt bemalten Holzmarionetten mit beweglichem Unterkiefer, die sehr bedrohlich wirkten. Roberta hatte mit zwei anderen Frauen das vierte Stück übernommen, in dem es um das Leben auf dem Bauernhof ging.

Als sie mit einer über die Hand gestülpten Schweinepuppe hinter der Bühne auf und ab ging, sah sie Nathaniel Greenacre in einer Truhe nach einer Puppe suchen. »Die ist doch nicht einfach abgehauen«, murmelte er vor sich hin.

»Kann man nie wissen. Die haben ihren eigenen Kopf.«

Aus seinem Lächeln sprach nicht nur Zustimmung, sondern auch etwas leicht Anzügliches. Roberta war nicht der Typ Frau, der Männer auf den ersten Blick faszinierte. Die meisten brauchten ein bisschen, um mit ihr warm zu werden. Wenn sie sich für sie interessierten, dann weil es ihr gelungen war, ihnen ihre Persönlichkeit – ihre Stärke und Unabhängigkeit – sofort zu zeigen. Doch Nathaniel Greenacre wusste nicht, wie andere Männer Roberta normalerweise sahen. Er war viel älter als sie und hatte sich in den Jahren zuvor meist gleichaltrige, von zahlreichen fehlgeschlagenen Beziehungen — oft auch von ein, zwei gescheiterten Ehen — zermürbte Frauen gesucht.

»Bist du beim nächsten Stück dabei?«, fragte er, und sie erzählte ihm von der Bauernhofgeschichte.

»Wir sind nicht besonders gut«, gestand sie. »Wir machen es nur, um ein bisschen Geld zu verdienen. Bitte nicht zuhören!«

»Keine Sorge, hatte ich nicht vor.«

Viele Puppenspieler sprachen abschätzig und gehässig über ihre

Kollegen und deren Aufführungen. Sie verstanden sich als Performancekünstler, die äußerer Umstände wegen Kindervorstellungen geben mussten, eigentlich aber dazu berufen waren, mit ektoplasmischen Gebilden aus Neopren und Blisterfolie vor anderen Performancekünstlern in Privatlofts aufzutreten.

Aber jetzt standen Roberta und Nathaniel hinter der Bühne im trostlosen Saal eines New Yorker YMCA. In den Zuschauerreihen warteten ein paar abgerissen wirkende Typen dösend auf die Öffnung der Suppenküche im ersten Stock. Aus dem Publikum hörte man bellenden Kinderhusten und in Wellen aufkommendes Raunen. Als die Marionetten im ungarischen Stück mit klappernden Unterkiefern auf Zehenspitzen über die Bühne staksten und die eine der anderen zurief: »Graf Szilagyi, ich fordere meine zehn Goldstücke zurück!«, schrie ein kleiner Junge in der zweiten Reihe: »MOMMY, WANN IST ES ENDLICH VORBEI?«

Einige Eltern kicherten solidarisch; ein Erwachsener klatschte sogar. Die Bedürfnisse und das mäßige Interesse der Kinder hielten Eltern und Puppenspieler gleichermaßen in Geiselhaft. Wenn Roberta und Nathaniel einen Film, ein Theaterstück oder eine Auseinandersetzung zwischen ihnen beiden ganz besonders schrecklich fanden, sagten sie noch heute, zehn Jahre später: »MOMMY, WANN IST ES ENDLICH VORBEI?«

Als sie sich an jenem verschneiten Tag hinter der Bühne begegneten, war sie achtundzwanzig, also noch jung, er mit seinen neununddreißig Jahren war es nicht mehr. Roberta hatte einen leicht untersetzten Körper und eine zu große Nase für ihr Gesicht. Immerhin war ihr von mitfühlenden Freundinnen versichert worden, sie habe diesen seelenvollen jüdischen Ausdruck. Eine hatte ihr sogar eine gewisse Ähnlichkeit mit Anne Frank attestiert und sofort »Aber im absolut positiven Sinn« hinzugefügt. Roberta bändigte ihr welliges schwarzes Haar seit dem College mit alten Keramikspangen und war auf den ersten Blick als Künstlerin zu erkennen, was den Leuten entweder gefiel oder nicht.

Nathaniel war älter als alle in Robertas Bekanntenkreis. Er strahlte etwas leicht Verbittertes aus, das sie anziehend fand, weil sie nur wenige ältere Menschen kannte und nicht wusste, dass dieser Zug bei ihnen ziemlich häufig anzutreffen war. Nathaniel Greenacre hatte schon damals, mit neununddreißig, ein müdes Gesicht. Sein bereits ergrautes Haar trug er nach hinten gekämmt und im Nacken lang. Ein attraktiver, stiller Kiffer. In seiner Wohnung in Brooklyn, die er sich mit einem Puppenspieler namens Wolf Purdy teilte, stand eine Kiste voller so komplex wie genial konstruierter Filz-Handpuppen.

Als Nathaniel und Roberta eine Woche später zum ersten Mal miteinander schliefen, stülpte er sich hinterher im zerwühlten Bett jede einzelne Puppe über die Hand und führte sie ihr vor. Roberta empfand das als prickelnd pervers, fast als weiteren sexuellen Akt. Nathaniels beste Puppen, ein Duo, hießen Nuzzle und Peeps.

»Die könnten groß rauskommen«, sagte sie. »Mit denen solltest du was machen.«

»Mach ich schon«, erwiderte Nathaniel. »Aber du weißt ja, wie verkommen die Welt des Puppenspiels ist.«

Nein, wusste sie nicht. Für sie war es nur ein Job, nicht ihr Leben. Die Puppenspielerszene hatte für sie wie jede in sich geschlossene Welt etwas Inzestuöses und ziemlich Borniertes gehabt. Je kleiner die Welt, umso kleinlicher ihre Menschen. Doch Roberta, einstige Kunststudentin mit Schwerpunkt »Figurative Malerei« und eher zufällig in diese Welt geraten, glaubte, dass Nathaniel Greenacre Hierarchien und soziale Systeme besser verstand als sie, und begründete es mit seinem Alter, den vielen im Puppenspielermilieu verbrachten Jahren und seiner großen Liebe zu dieser Kunst. Seine Puppe Nuzzle war ein Wesen mit glänzendem, gold-braunem Fell, eine Mischung aus Bär, neugeborenem Baby und Wichtigtuer, Peeps, der Sidekick, ein dussliges, selbstgefälliges frisch geschlüpftes Küken.

Roberta sah vom ersten Moment an Nathaniels Riesentalent, das nicht annähernd ausgeschöpft war oder angemessen wertgeschätzt wurde. Sie glaubte fest an seinen baldigen Durchbruch – ein sarkastisches, zotteliges Idol für die Kinder der »Tetra-Pak-Generation«. Dabei waren seine Puppen weder blutbesudelt noch unflätig, nur ein bisschen schräg, aber auf eine originelle Art, die sich richtig anfühlte.

In den ersten Ehejahren arbeiteten sie zusammen und führten an Vorschulen und in Bibliothekskellern in New York und im Umland Stücke mit Nuzzle und Peeps auf. Roberta, die den Part von Peeps übernahm, gab der Puppe ein nasales, leicht stotterndes Piepsstimmchen. Die beiden brauchten niemanden sonst, was gut war, denn niemand sonst brauchte sie. Puppentheater für Kinder zu machen war kein besonders dankbarer Job. Als sie einmal ihre kleine Bühne in einem Allzweckraum aufbauten, bat die Bibliothekarin: »Und bitte die Stühle genau so stehen lassen! Gleich nach Ihnen trifft sich hier eine Selbsthilfegruppe für Drogenabhängige.«

Ihre Einkünfte waren bescheiden, ihre Bedürfnisse allerdings auch. Robertas Eltern Norma und Al Sokolov, Kunsthandwerker durch und durch – zwei kleine, rundliche, einander tief verbundene und sehr fleißige Menschen –, arbeiteten selbst im Zweierteam und fanden es wunderbar. In ihrem kleinen Betrieb in Chicago entstand Tischschmuck für große Feste: radschlagende Truthähne, zweifarbiger Mais und überdimensionierte Eicheln für Thanksgiving, Minikrippen für Weihnachten und so weiter. Ihr Geld hatten sie in eine einzige, hervorragende Investition gesteckt. Ende der Sechzigerjahre lernten sie auf einer Messe für Partyzubehör in New York eine Frau kennen, die auch als Immobilienmaklerin tätig war und ihnen von einem »Schnäppchen« erzählte, einer Wohnung in einem schlichten Haus in der Upper East Side, die, wie sie meinte, eines Tages viel wert sein würde.

Norma und Al vertrauten ihr, kauften die Wohnung und vermieteten sie sofort. Und obwohl sie schwierige Eltern waren, die sich mehr füreinander als für ihre Tochter oder deren Kunst begeisterten – mit Mitte zwanzig sagte Roberta während eines schrecklichen Streits, ihr werde langsam klar, »dass meine Bilder *natürlich* nicht annähernd so gut und kreativ sind wie ein österlicher Tafelaufsatz aus Kunstrasenschnipseln und billigen gefärbten Eiern« –, zeigten sie sich bei Robertas Hochzeit überaus großzügig und schenkten dem frischgebackenen Ehepaar die New Yorker Wohnung.

Die allerdings zahlreiche Wünsche offen ließ. Sie war zwar sehr hell, aber winzig: zwei kleine quadratische Zimmer und ein altes, heruntergekommenes Bad in Schwarz-Weiß auf der vierten Etage eines aufzuglosen Gebäudes oberhalb der östlichen Seventieth Street nahe dem Fluss. Freiwillig wären Roberta und Nathaniel nie in diese für ihren Geschmack viel zu ruhige, fade Gegend gezogen. Brooklyn wäre es gewesen oder sogar Harlem, ein Viertel, das trotz aller Gefahren an Beliebtheit gewann – alles, nur nicht das hier. In dem Haus war es üblich, dass die meist älteren Nachbarn alles, was sie nicht mehr brauchten, auf die Fenstersimse im Treppenhaus legten. Stieg man hinunter, kam man sich vor wie Alice auf ihrem Weg in den Kaninchenbau. Man fand die abenteuerlichsten Sachen – angekokelte, aber noch taugliche Ofenhandschuhe beispielsweise oder eine still vor sich hin gammelnde Taschenbuchausgabe von »Im Westen nichts Neues«. Aber die Wohnung war nun mal abbezahltes Eigentum, und für den Umzug in eine spannendere, buntere Gegend fehlte ihnen das Geld. Außerdem waren sie verliebt und kamen zurecht. Nach der Geburt der beiden Kinder wurde es jedoch so eng, dass sich Roberta manchmal wie hinter einer Puppenbühne fühlte, wo man gebückt und Ellbogen an Ellbogen mit den anderen Spielern stand.

Lange hatten sich die Sokolov-Greenacres irgendwie arrangiert, doch jetzt waren Grace und Harry acht und zehn Jahre alt. Die anderen Mütter im »Golden Horn« warnten Roberta. Demnächst würde bei ihren Kindern die körperliche Entwicklung einsetzen (»Dann kriegt Grace einen Busen, Roberta!«) und sie könnten sich nicht länger ein Zimmer teilen. Bis auf Weiteres aber schliefen die beiden in einem Stockbett und waren unzertrennlich.

Roberta gab vor, die Notwendigkeit eigener Zimmer für Harry und Grace einzusehen, wusste jedoch, dass es dazu nie kommen würde. Ihre Kinder würden sich das Zimmer auch dann noch teilen müssen, wenn Harry permanent Erektionen hätte und Grace einen Busen bekäme und die Stürme der Pubertät ohne Vorwarnung oder Anlass über sie hereinbrächen. In einer indiskutablen Immobiliensituation besaßen Roberta und Nathaniel eine mietfreie Wohnung und würden dort mit ihren Kindern bleiben, obwohl sie eigentlich woandershin gehörten.

Nach der Geburt von Grace hatte Roberta das Puppenspiel aufgegeben. Auch wenn die enge Wohnung sie manchmal deprimierte, war sie doch eine Zuflucht vor den langen, klammen Kindertheatervormittagen. Nathaniel schleppte sich weiterhin tapfer in die Bibliotheken und Schulen und führte mit seinem Freund Wolf Nuzzle-und-Peeps-Stücke auf, doch Roberta vermisste die Arbeit keine Sekunde lang. Als Grace in den Kindergarten kam, dachte Roberta lange darüber nach, ob sie Nathaniel an den Wochenenden unterstützen sollte, rechnete das Ganze dann aber durch und kam zu dem Schluss, dass es sich nicht lohnen würde. Die Kosten für den Babysitter hätten fast alle Einnahmen aufgefressen. Es gab keinen Grund, die Kinder zu verlassen, außer vielleicht einen einzigen, vagen, der jedoch eher auf dem Gefühl basierte, arbeiten, etwas »tun« zu wollen, als auf logischen Argumenten.

Sie blieb zu Hause und versuchte zu malen, doch an der Staffelei tat sich nichts. Es war quälend. Mit derselben Sorgfalt und Konzentration, die sie früher ihren Bildern gewidmet hatte, half sie nun Harry und Grace beim Basteln. Die Kinder waren begeistert, und weil ihnen noch jede Selbstkritik abging, schufen sie immer mehr »Sachen«.

Wie schön das Leben ohne Selbstkritik sein muss, dachte Roberta. Doch der Zustand, in dem es keine Gehemmtheit und Selbstverachtung gab, war irgendwann zu Ende. Als Grace noch Vorschulkind gewesen war und sich beim »Hokey Pokey« ein Körperteil aussuchen sollte, sang sie: »Du ziehst die Nippel ein, du streckst sie wieder raus, ein aus, ein aus, streck sie wieder raus …« Die junge Erzieherin hatte mit einem Pokerface weitergemacht, es sich aber nicht verkneifen können, Roberta beim Abholen davon zu erzählen. »Sie war völlig unbefangen«, meinte eine andere Erzieherin bewundernd. »Ein herrlicher Anblick.«

Grace sollte die Freiheit haben zu sagen, zu tun und hervorzubringen, was sie wollte, ohne sich um die Meinung anderer zu kümmern. Sie würde im Gegensatz zu ihrer Mutter eine richtige Künstlerin werden, sie würde ehrgeizig sein und es nach oben schaffen.

Künstlerisches Talent war für Roberta Sokolov vergleichbar mit der Seele; ohne etwas Vorzeigbares ließ sich seine Existenz nicht beweisen. Nathaniel hatte keine Zweifel, dass Robertas Talent zwar schlummerte, aber noch immer vorhanden war. Er stellte es sich als ein positives Wesen vor, das jahrzehntelang unter der Erde überlebte und bei günstigen Umständen eines Tages völlig unbeschadet an die Oberfläche käme.

Während ihres Kunststudiums in Providence hatte sich Roberta ernsthaft mit figurativer Malerei auseinandergesetzt. Wie kam es, fragte sie Cindy Skye in der Porträtklasse, dass keine zwei Menschen auf der Welt genau gleich aussahen? Dass schon kaum wahrnehmbar größere Nasenlöcher oder eine etwas ausgeprägtere Rundung der Stirn jemandem einen ganz anderen Charakter verleihen konnten als einem anderen? Und wie kam es, dass Kinder sich entwickelten, wie sie sich entwickelten?

Als ihre Kinder klein gewesen waren, hatte Roberta die Idee gehabt, eine Serie mit Bildern berühmter früh verstorbener Menschen zu malen, auf denen sie zeigte, wie sie in höherem Alter ausgesehen hätten. Anne Frank sollte dabei sein, aber auch Prinzessin Diana als betagte hakennasige Matrone und die brutal ermordete Kinder-Schönheitskönigin JonBenét Ramsey als alte, absurd eitle Frau. »Alte Kinder« wollte sie die Serie nennen.

Wenn Grace und Harry Mittagsschlaf hielten, machte sie sich an die Arbeit. Das erste Porträt, Anne Frank, wirkte zaghaft und unausgereift; kaum etwas darin sprach von Unschuld, Verlust oder deutete auf die Banalität des Bösen hin. Eigentlich sprach überhaupt nichts daraus. Die porträtierte Frau ähnelte keinem Menschen, der jemals gelebt hatte. Obendrein war ein Auge etwas größer als das andere geraten. Robertas Porträtierkunst war ebenso verschwunden wie die großartige, lebensfrohe Anne Frank.

Warum es so gekommen war, wusste sie nicht. Jedenfalls empfand sie es als Erleichterung, dass das Muttersein und alles, was dazugehörte, sie so sehr in Anspruch nahm. Sie brauchte etwas, worauf sie sich konzentrieren konnte, und manchmal gestand sie sich ein, wie entlastend es war, keine Künstlerkarriere mehr anzustreben. Auch dass sie keinen nichtkreativen Vollzeitjob annehmen musste, in dem sie nicht glücklich gewesen wäre, war eine Entlastung. Nathaniel, ihr schwer schuftender Mann, tat ihr leid. Der führte an den Wochenenden weiterhin die alten Puppenstücke auf und arbeitete im Hauptjob seit Jahren klaglos als Kameramann bei CBS News.

Sie hatten sich zusammengesetzt, sorgfältig ausgerechnet, was es kosten würde, die Kinder in New York großzuziehen, und Grace und Harry schließlich etwas halbherzig in Privatschulen angemeldet, nachdem ihnen ein Zuschuss in Aussicht gestellt und tatsächlich gewährt worden war. Mit Nathaniels Einkommen, der mietfreien Wohnung und den reduzierten Schulgebühren konnte Roberta zu Hause bleiben und weitermalen. Sie gehörten zu den finanziell schwächsten Eltern der Klasse, doch ihre Bedürfnisse waren wesentlich bescheidener als die der meisten anderen. Wenn sie sich an diesem Herbstvormittag im »Golden Horn« über die Frau von der Schule beklagte, die sich bei ihr gemeldet und einen Puppenspiel-Workshop angefragt hatte, ohne ihr die erhoffte Wertschätzung zu zeigen, kam sie sich fast kleinlich und verwöhnt vor.

Sie wollte kein verwöhnter Mensch sein, sondern ein politisch bewusster, der nicht völlig gedankenlos in einem rein weißen Viertel in der privilegiertesten Stadt der Welt vor sich hin lebte. Das Thema »Weiß« beschäftigte sie sehr. »Wie sind wir nur so weiß geworden?«, hatte sie Nathaniel einmal gefragt.

Sie fand es wichtig, mit den Kindern alte Freunde zu besuchen, die nach Brooklyn gezogen waren, und sie fuhr auch nach Harlem, wo ihre Freundin Cindy Skye in einer renovierten Wohnung lebte, die sich über eine ganze Etage erstreckte. Cindy zufolge gab es in der Nähe eine neue, relativ gute Schule in freier Trägerschaft. »Ihr solltet herziehen. Man muss sich zwar umgewöhnen – die Supermärkte sind mies und annehmbare Läden weit weg –, aber ich finde die Gegend grandios.« Robertas Kinder sollten sich unter nichtweißen Leuten wohlfühlen und in einer Umgebung aufwachsen, in der das Geld nicht in Strömen floss. Sie sollten lernen, dass sich die Welt nicht um sie drehte, obwohl sie es ziemlich oft tat.

Vor allem aber wollte sie sich beweisen, dass sie selbst sich nicht verschlossen und verändert und mit ihrer Kunst nicht auch den politischen Elan verloren hatte. Es war völlig in Ordnung, eine Mutter und Hausfrau zu sein (obwohl sie den Begriff hasste), deren politisches Bewusstsein darüber hinausging, den Kindern für die Pausen Bio-Sonnenblumenkekse und pestizidfreien Saft mitzugeben. Es war völlig in Ordnung, eine leidenschaftliche, fürsorgliche Mutter zu sein, die über das Elend in der Welt nachdachte und im Rahmen ihrer beschränkten Möglichkeiten tat, was sie konnte, und am Ende des Schultags ihre Kinder abholte und nach Hause brachte. Sie würden noch oft miteinander lachen und basteln und sich anschreien – bis die Kinder eines Tages erwachsen und aus dem Haus sein würden. Dann wäre es vorbei.

Und was machst du dann? Das fragte sie sich oft. Wie willst du es schaffen, dein restliches Leben zu ertragen?

Wie um diese traurigen Fragen zu beantworten, hatte sich Roberta vorgenommen, mit ihrer für reproduktive Rechte eintretenden Aktivistengruppe nach Sioux Falls, South Dakota, zu fliegen. Fast die ganze nächste Woche hindurch würde sie Frauen in die einzige Klinik in South Dakota fahren, die noch Schwangerschaftsabbrüche vornahm, und sie von dort wieder nach Hause bringen.

Ihre Freundinnen und sie waren vor Jahren durch eine kurze »politische« Phase gegangen, aus der sich alle außer Roberta nach und nach wieder verabschiedet hatten. Angefangen hatte es nach 9/11. Am Tag des Anschlags waren alle Eltern – die berufstätigen ebenso wie die nichtberufstätigen Mütter und Väter – in die Schule gerannt, um ihre Kinder aus der Klasse zu holen. Nur ein einziger Schüler, Jackson Pershing, ein Junge aus der dritten Klasse mit auffälligen Grübchen, hatte noch stundenlang dort ausharren müssen. Sein Vater, ein Bondhändler mit nicht minder auffälligen Grübchen, hatte im 102. Stock des Nordturms gearbeitet, und Jacksons Mutter verbrachte den ganzen Tag damit, in Downtown nach einem Lebenszeichen ihres vermissten Mannes zu suchen. Zwei Tage später, die Trümmer rauchten noch, saßen die Frauen in ihrer angestammten Nische beim Frühstück, sprachen im Vokabular höchster Erregtheit vom Ende der Welt, stützten weinend den Kopf in die Hand und überlegten, was man tun könnte, wie man sich »einbringen« könnte, dieses verschwommene, unverbindliche Wort.

Dann begann, von einigen Eltern befürwortet, der Irakkrieg. Roberta reagierte entsetzt. Karen zufolge fand ihr Mann Wilson die Invasion »schrecklich, aber notwendig«, sollte seine Meinung jedoch bald wieder ändern. In der ersten Zeit sahen sich Nathaniel und Roberta abends, wenn die Kinder schliefen, auf ihrem kleinen Gerät die TV-Berichterstattung an. »Diese Wichser in Washington!«, rief Nathaniel immer wieder. Einmal zog er während der Nachrichten seine Kommodenschublade auf und holte den Beutel mit dem Gras heraus, wie um zu sagen, dass gegen eine aggressive Regierung und ein verängstigtes Land nichts auszurichten sei und man beide am besten einfach vergesse. Irgendwann verkam der Krieg zu einem Hintergrundgeräusch wie das Geschirr- und Besteckgeklapper im »Golden Horn« kurz nach Erscheinen der Frühstücksgäste.

Die Frauen, die an diesem spätherbstlichen Vormittag in ihrer Nische saßen, gingen schon lange nicht mehr demonstrieren. Sie waren weder politisch noch engagierten sie sich regelmäßig. Nur für Roberta galt das nicht. Politisch zu sein war anders, als Künstlerin zu sein; politisch sein durfte jeder. Jeder war »willkommen«.

Niemand sagte, man sei dazu nicht männlich oder nicht phallisch genug oder die Bilder seien nicht groß genug oder man habe nicht genug zerbrochene Puppenköpfe an die Leinwand geklebt. Robertas Engagement in der Aktionsgruppe für reproduktive Rechte fußte auf unmittelbarer Hilfe unter Beteiligung der Betroffenen.

Noch war sie nicht bereit, die Nachricht von ihrer Mission in South Dakota in den Ring der Frühstücksgespräche zu werfen, wo sie zwischen den Kommentaren der anderen versickern würde. »Echt bewundernswert«, würde Joanne Klinger sagen. »Ich finde das ganz, ganz toll! Du bist nicht nur kreativ, sondern auch politisch engagiert.« Dann würden sie über die schwierigen, traurigen Zeiten sinnieren und darüber, was der Einzelne der Welt schuldete. Als Nächstes käme der Umweltschutz aufs Tapet, denn alle sahen sie ihre Kinder bereits über einen vergifteten Planeten irren, an dessen gallertartigen Flüssen Fische mit flatternden Kiemen lagen, dessen Polkappen nur noch aus Matsch bestanden und auf dem es keinen Winter mehr gab. Das war das Erbe, das sie ihren Kindern hinterließen, und ja, es war die Schuld der Eltern; sie hatten nicht genug getan, um die Katastrophe im letzten Moment zu verhindern. Innerhalb kürzester Zeit würden die Frauen am Tisch deprimiert schweigen.

Bis eine in einer gewagten Überleitung eine Frage stellen würde wie: »Habt ihr die Kolumne über diese Entwicklungshelferin gelesen, die in Darfur getötet wurde? Ich war mit ihrer Schwester an der Wesleyan University.« Oder: »Habt ihr Geralynn Freund in letzter Zeit gesehen? Es ist schlimmer denn je.« Oder: »Freut ihr euch schon auf das Vater-Sohn-Wochenende?«

Das Frühstücksgespräch mäanderte von Robertas Kreativität über den Lehrplan für den Kunstunterricht zu Amy Lambs Freundschaft mit der scheinbar perfekten Mutter und Museumsleiterin Penny Ramsey. Roberta war aufgefallen, dass Amy seit einiger Zeit so viel und mit so großem Stolz von ihr sprach, als wäre Penny Ramsey eine Prominente. »Ich treffe mich nachher in Downtown mit ihr zum Mittagessen«, verkündete sie gerade. »Sie führt mich durch die ständige Sammlung des Museums.«

»So ein Blick hinter die Kulissen ist bestimmt interessant«, sagte Shelly Harbison. »Du musst mir unbedingt erzählen, wie es war.«

»Klar.«

»Warst du mal in ihrer Wohnung?«, fragte Shelly. »Die ist angeblich richtig schick, alles in Weiß. Aber was soll man mit Kindern in einer weißen Wohnung? Da ist man die ganze Zeit damit beschäftigt, ihnen zu sagen, was sie zu tun und zu lassen haben. Keine Hausaufgaben mit Tintenfüller. Kein Traubensaft.«

In diesem Augenblick ertönte Joanne Klingers Handy. Sie wandte sich ein wenig ab, nahm den Anruf entgegen, beendete ihn Sekunden später und erklärte, eine Freundin ihrer Schwiegermutter wolle ihr gebrauchte Sachen für das Baby geben, die sie schnell abholen müsse. »Könnt ihr kurz auf Zachary aufpassen?«, fragte sie und verließ das Lokal, nachdem sich alle einverstanden erklärt hatten. Die Frauen unterhielten sich weiter und nahmen das Kind kaum noch wahr. Doch dann fiel einer Bedienung ein Teller aus der Hand und zerbrach auf dem Boden. Zachary wurde aus dem Schlaf gerissen und begann zu schreien.

»Deine Mommy ist bald wieder da«, sagte Roberta, obwohl das Kind kein Wort verstand, und alle streckten ihm die Köpfe entgegen, was für ihn aussehen musste, als wären mehrere Asteroiden im Anflug auf seinen Wagen.

Joanne kam aber nicht, und Zachary schrie immer lauter. Amy rief Joanne auf dem Handy an, erreichte jedoch immer nur die Mailbox. »Joanne?«, fragte sie. »Wie lange brauchst du noch?«

Shelly Harbison beugte sich wortlos vor, löste den Gurt und hob das Kind aus dem Wagen. Dass für Shelly das Muttersein alles war, wussten die anderen Frauen, doch bis jetzt war dieses Wissen eher abstrakt gewesen. Beim Frühstück sprach sie manchmal geradezu inbrünstig von ihren drei Kindern, und fast immer trug sie irgendein Sachbuch zu einem viel diskutierten Thema mit Bezug zum Muttersein bei sich. Vor Jahren hatte sie die anderen dazu gebracht, den Klassiker »Rapunzels Befreiung« noch einmal zu lesen, und erst neulich war die Aufforderung an sie ergangen, sich »Vorsicht: Nachsicht! Warum Frauen der Umgang mit Aggressivität so schwerfällt und warum sie dieses Verhalten blockiert« zu kaufen. Shellys regelmäßig gehaltene Vorträge über den Spagat zwischen Pflichten gegenüber den Kindern und der Arbeit hörten sich die Mütter am Tisch mit dem gleichen Halbinteresse an, mit dem sie den meisten im »Golden Horn« erzählten Geschichten lauschten.

Zachary bäumte sich in Shellys Armen auf und schlug verzweifelt um sich. Die anderen Gäste wurden aufmerksam. Auf der anderen Seite des Gangs hoben mehrere Drittklässler-Mütter aus der Schule den Blick von ihren Frühstückstellern und begannen zu tuscheln. Roberta kannte eine von ihnen, die langweiligste Mutter der ganzen Schule, vielleicht sogar der Welt, eine Frau mit einem runden, verkniffenen Gesicht.

Das Gebrüll übertönte alle Gespräche und Hintergrundgeräusche im Café. »Ach, was soll's«, sagte Shelly, und ehe die anderen kapierten, was vor sich ging, hatte sie ihre Bluse hochgezogen und die riesigen pfirsichfarbenen Körbchen ihres Still-BHs zum Vorschein gebracht. Mit einer routinierten Handbewegung löste sie einen Verschluss und entblößte ihre rechte, von hellen Adern durchzogene Brust, deren Warze erschreckend groß und rau war. Joanne Klingers Baby, der trottelige, kleine Bigamist, ließ sich nicht lange bitten.

Rings um den Tisch breitete sich stummes Entsetzen aus. Nach einer Weile sagte Karen, während Zachary schmatzte und schluckte: »Shelly, das ist nicht dein Kind.«

»Du siehst doch, er merkt den Unterschied gar nicht.«

Das Baby wirkte tatsächlich entspannt. Mit einer Hand betastete es die Rundung der fremden Brust, mit der anderen wickelte es sich eine Strähne von Shellys Haar spielerisch um den Finger. »Also, ich weiß nicht, Shelly«, sagte Roberta und fügte an die Runde gewandt nervös witzelnd hinzu: »Wenn Joanne jetzt noch Shellys Kind stillt, ist es wie bei ›Der Fremde im Zug‹, nur ohne Mord.« Niemand lachte. Den Blick ängstlich auf ihre Teller gesenkt, erwarteten sie schaudernd Joannes Rückkehr.

Kurz darauf erschien sie schwer bepackt mit Einkaufstaschen. Als sie den leeren Kinderwagen und das Kind an Shellys Brust sah, schoss ihr offenbar ein dunkler chemischer Mutterstoff ins Hirn und sie dachte nur noch: Falsch, falsch, falsch. »Was soll das, Shelly?«, fragte sie, stellte die Taschen ab und riss das Kind an sich, dem Shellys Nippel so rasch und unerwartet aus dem Mund glitt, dass ein dumpfes Plopp-Geräusch wie beim Öffnen eines Gurkenglases ertönte. Feucht ragte die verschmähte Brustwarze in den Vormittag hinein – ein äußerst eindrückliches Bild. Alle im Café sahen sie. Sie strahlte Licht und Wärme aus.

»Er hat wie wahnsinnig geschrien«, rechtfertigte sich Shelly, während sie alles wieder verpackte. »Wir haben es auf deinem Handy versucht. Hätte ich ihn weiterbrüllen lassen sollen?«

Shelly und Joanne stritten sich wie zwei weinerliche Zicken. Beide regten sich unglaublich auf, ohne genau zu wissen, worüber. Die Frauen am Tisch waren Zeuginnen einer obskuren Grenzüberschreitung geworden, einer Grenzüberschreitung mit sexuellem Beigeschmack und Anklängen von Dominanz. »Sind Kinder unser Besitz?«, fragte eine von ihnen später. »Sind sie kleine funkgesteuerte Fahrzeuge, die sich nie von uns trennen dürfen?« »Und ist Stillen nicht an sich irgendwie etwas Sexuelles?«, warf eine andere ein. »Wir mögen es doch, wenn Männer im Bett unsere Brust mit dem Mund berühren! Wir drücken ihre Köpfe zu uns hinunter und halten sie fest.« Roberta wusste von einem ungeheuerlichen Fall, in dem einer Mutter ihr Baby kurzzeitig genommen worden war, nachdem sie einer Freundin gestanden hatte, sie sei beim Stillen immer leicht erregt.

Das Leben mit einem Baby war genauso primitiv und intensiv wie das Leben mit einem geliebten Mann. Wo endete der eine Körper, wo fing der andere an? Die Grenzen waren grob gezeichnet wie von einem Kind. Shellys Stillaktion hatte in den anderen Frauen seltsame Gedanken ausgelöst, die sie selbst nicht genau verstanden. Nur eines war sicher: Das Ganze war nicht weniger schlimm, als wenn Joanne bei ihrer Rückkehr gesehen hätte, dass eine andere Frau ihrem Mann einen blies.

Joanne stopfte ihr verwirrtes Kind in den Wagen und rauschte aus dem »Golden Horn«. Karen folgte ihr. Shelly wandte sich an die verbliebenen Frauen und fragte zerknirscht: »Was war denn so schlimm? Ich wollte nicht übergriffig sein. Das war reiner Instinkt.«

Was damit gemeint war, wussten die anderen kaum noch. Sie hatten seit Jahren nicht mehr gestillt. In ihrem Leben gab es fast nichts mehr, was biologisch und unverfälscht war. Alles war genau bedacht und erwogen.

Der Vorfall bot eine Zeit lang Gesprächsstoff für einige Mütter der Klasse und sogar für einzelne Frauen aus anderen Schulen, die sich in anderen Cafés trafen, im »Coper Skillet«, im »Sizzling Pan« oder, in einem nicht allzu weit entfernten Vorort, im »Parthenon«, einem Lokal gleich neben einer verkehrsreichen Straße.

Roberta, die die Anekdote schon am Tag des Geschehens selbst, noch während sie im »Golden Horn« saß, satthatte und der es überhaupt in ihrem Leben und dem ihrer Freundinnen viel zu viele Anekdoten gab, dachte nur noch: MOMMY, WANN IST ES ENDLICH VORBEI?

Am Sonntagmorgen machte sich Roberta Sokolov bei Tagesanbruch auf den Weg in eine Kleinstadt in South Dakota, exakt 308 Kilometer von ihrem jetzigen Standpunkt entfernt, wenn man dem im Armaturenbrett ihres Mietwagens leuchtenden Navi Glauben schenkte. Sie war am Vorabend mit den anderen ehrenamtlichen Helfern aus New York hergeflogen, hatte nachts wach in ihrem Motelbett gelegen und jeden Geruch und jedes Geräusch in ihrer Umgebung registriert. Das Zimmer stank nach kaltem Rauch, was sie an ihren Mann mit seinen dünnen Joints zwischen den dünnen Fingern erinnerte. Im Nebenzimmer lief der Fernseher, eine Polizeiserie. Roberta konnte sogar den Wortlaut der Dialoge verstehen: »Hast du unter ihren Fingernägeln nachgesehen?« – »Ja, hab ich.« – »Und?« – »Nichts.«

Irgendwann war sie doch eingeschlafen. Dann hatte man sie telefonisch geweckt, und jetzt stand sie in einem leichten Hagelschauer auf dem Parkplatz hinter dem Motel. Ein Mitglied der Gruppe hatte noch Minimuffins und Kaffee vom mickrigen Frühstücksbuffet verteilt. Dann hatten sie sich zugenickt und waren mit ernsten Mienen in ihre Autos gestiegen, um die Reise über das große Rechteck des Bundesstaats anzutreten. Unter dem weiten, dunklen Himmel steuerte Roberta den Chevrolet Cobalt vom Parkplatz und zum Haus von Brandy Gillop, einer Sechzehnjährigen, die bei ihrer Mutter in Lorton wohnte. Brandys Eltern seien geschieden, hatte man Roberta gesagt, und den Leuten von der Aktionsgruppe zufolge tat es Brandys Mutter schrecklich leid, dass sie ihre Tochter nicht selbst nach Sioux Falls fahren konnte. Es gehe einfach nicht, hatte sie versichert. Das Spielcasino, in dem sie als Kassiererin arbeite, gebe ihr nicht frei; außerdem sei der Wagen in der Werkstatt.

Auf der Fahrt – der Kaffeebecher stand im Getränkehalter, und aus dem Radio dudelte leise Musik eines nichtkommerziellen Senders – rief Roberta zwei Mal ihren Mann im Sender an, weil ihre Bedenken größer und größer wurden.

»Hey, Baby, alles in Ordnung? Bist du schon im Wagen?«, fragte er.

»Nicht nur im Wagen, sondern auch mitten in Amerika unterwegs.«

»Wenn mich nicht alles täuscht, habe ich gerade die Schwingen eines Adlers gehört.«

»Stimmt. Du hast ein gutes Ohr.«

»Du fehlst mir«, sagte er. »Hier ist heute überhaupt nichts los. Ich mache gerade ein bisschen Puppenspiel für die Kollegen.«

»Du fehlst mir auch.«

Nathaniel hatte sie in ihrer Idee eines ehrenamtlichen Engagements von Anfang an bestärkt. Erst vor Kurzem hatte sie zaghafte erste Schritte in diese Richtung unternommen und ein Treffen organisiert, bei dem in ihrer engen Wohnung Faltblätter zum Thema »Reproduktive Rechte« kuvertiert werden sollten. Ihre Freundinnen waren dazu verdonnert worden, in Robertas winzigem Wohnzimmer Zettel zu beschriften und sie den Einladungen zu einer Veranstaltung beizufügen, deren Titel – »Ein ganz besonderer Abend für die Selbstbestimmung« – Roberta ziemlich albern fand.

»Hi«, hatten ihre Freundinnen auf die Zettel geschrieben, »dieser Wohltätigkeitsabend ist wichtig für alle Frauen. Hoffentlich könnt ihr es einrichten!«

Sie hatte sie gebeten zu kommen, und sie waren gekommen. In dieser Hinsicht konnte man sich auf sie verlassen. Aber Roberta war die Einzige, die politische Aktionen organisierte. Das Interesse der anderen an Politik war im besten Fall mäßig zu nennen. Wenn man ihnen zusetzte, legten sie vernünftige, empathische Ansichten an den Tag, aber sie schafften es nie, sich so zu empören wie sie. »Warum rege immer nur ich mich so auf?«, hatte sie kürzlich zu Amy gesagt. »Wir haben doch dieselben Überzeugungen. Warum werde immer nur ich aktiv?«

»Wir brauchen einfach länger, bis wir in die Gänge kommen. Ich prokrastiniere, du nicht.«

»Das glaubst auch nur du!«, hatte Roberta in Gedanken an ihre Bilder gesagt, mit denen sie nicht vorankam.

Doch es stimmte. Es gab Unterschiede zwischen ihnen und ihr. Einige hatten bei der Hochzeit den Namen ihres Mannes angenommen. »Ich will denselben Nachnamen wie meine Kinder haben«, hatte eine auf Robertas Frage hin erklärt. »Beim Kinderarzt ist das viel einfacher. Außerdem liebe ich meinen Mann, also ist es doch egal.« Die meisten hielten es nicht im Mindesten für überkommen und zeigten viel mehr Aufgeschlossenheit für dieses Modell als Roberta. Selbst die starke, emanzipierte Penny Ramsey hatte ihren Namen geändert.

»Ist euch eigentlich klar, dass wir fast alle hier inzwischen zu alt sein dürften, als dass wir jemals wieder einen Schwangerschaftsabbruch bräuchten?«, hatte Roberta damals in ihrem Wohnzimmer gefragt.

»Und als Eizellenspenderinnen kommen wir noch viel weniger infrage«, sagte Karen. »Ich sehe immer diese Anzeigen: ›Sind Sie unter 35? Verdienen Sie sich $ 7000!‹ Wie kommen die darauf, dass Eizellen genau diese Summe wert sind? Das ist reine Willkür. Wahrscheinlich basiert die Zahl auf einem ökonomischen Modell, aber erklären kann ich sie mir nicht.«

»Unsere Eizellen sind jedenfalls keine siebentausend mehr wert, dafür sind wir zu alt«, sagte Amy. »Bei uns würden sie nicht mal einen Ultraschall machen. Bei uns würden sie den Schleudersitz im Wartezimmer aktivieren.«

»Mich hätten sie immer sofort abgelehnt«, sagte Jill leichthin. Einige der anderen hoben erstaunt den Blick. Dann fiel ihnen wieder ein, was Jill mit ihrer Unfruchtbarkeit durchgemacht hatte.

»Bitte entschuldige«, murmelten sie. Jill überging es und schob den nächsten Zettel in einen Umschlag.

»Ich bin immer ein bisschen beleidigt, wenn ich diese Anzeigen sehe«, sagte Karen. »Sind unsere Eizellen so mies, so schadhaft, dass sie wirklich niemand nehmen würde? Sie wären doch besser als nichts.«

»Wenn es dir hilft, kaufe ich dir deine Eizellen ab. Achtundzwanzig Dollar und fünfzig Cent. In bar«, bot Amy an.

Alle lachten. Dann kuvertierten sie schweigend weiter. Doch die Themen Alter und Versagen, Verlust der Fruchtbarkeit und Schwund des sexuellen Begehrens waren angeschnitten worden und lagen weiterhin in der Luft. Ihre Körper hatten sich mit der Zeit verändert, die einzelnen Teile hatten sich gelockert, waren ein wenig aus dem Leim gegangen. Hin und wieder ragte ein verirrtes Haar grotesk aus Kinn oder Brustwarze, und die Fruchtbarkeit trieb ihren baldigen Abschied für immer rasend schnell voran – wenn er nicht sogar bereits erfolgt war.

»Eigentlich«, sagte Karen unvermittelt, »geht's doch genau darum. Klar, wir haben unsere Kinder bekommen, um die Spezies zu erhalten und weil es so wahnsinnig erfüllend ist. Aber auch, weil man durch seine Kinder jung bleibt, obwohl man es gar nicht mehr ist.«

Sie erntete zustimmendes Gemurmel. Eine sagte: »Ja, die Kinder sind das Wichtigste.« Es wurde still, und jede dachte gerührt an die eigenen Sprösslinge, die idealisierten Miniaturausgaben ihrer selbst. Auch Roberta war fast ehrfürchtig verstummt in Gedanken an Harry und Grace, ihr letztes wirklich anspruchsvolles Werk, erschaffen, ehe eine unsichtbare Kraft ihre Produktion tatsächlicher Kunst zum Erliegen gebracht hatte.

Und nun dachte sie wieder an die Kinder. Nathaniel hatte versprochen, sich während ihrer Abwesenheit um alles zu kümmern. Harry und Grace würden nach der Schule zu Freunden gehen, wo er sie auf dem Weg von der Arbeit abholen sollte. Natürlich würde er vergessen, Grace Geld für Chips aus dem Schulautomaten mitzugeben, und ebenso wenig daran denken, mit Harry für den Vokabeltest Wörter aus »Wilbur und Charlotte« zu üben (»Spinnentier«, »überheblich«, »schweineähnlich«, »sterblich«). Roberta wusste es, aber sie verzieh ihm schon jetzt.

Nathaniel, mit zweiundfünfzig ein volles Jahrzehnt älter als die anderen Ehemänner, steckte zwischen den langen Arbeitstagen und seiner anhaltenden, fast trotzigen Liebe zu den Puppen fest, die er als junger Mann selbst gebaut hatte. Er hatte ihre Stimmen und Gesten vor dem Spiegel eingeübt und viele Jahre später die eigenen Kinder als strenge Kritiker rekrutiert. Mittlerweile spielten die Puppen keine ganz so große Rolle mehr für ihn, aber sie waren ihm nach wie vor wichtig. Manchmal dachte Roberta, dass er von ihr in ein großes, kompliziertes Leben hineingezogen worden war, um das er nicht gebeten hatte. Wäre er allein gewesen, hätte er wohl noch immer mit Wolf Purdy in der alten Wohnung in Cobble Hill gelebt oder auf dem Land, wohin Wolf inzwischen gezogen war, und beide hätten den ganzen Tag lang bekifft in einem ungeheizten Atelier Puppen gebaut. Überall hätten Filzschnipsel und verkrustete Klebepistolen herumgelegen und unter den Füßen Glupschaugen aus Plastik geknirscht.

Die Liebe einer Frau hatte Nathaniel in einen verantwortungsbewussten Familienmenschen und hart arbeitenden Ehemann verwandelt. Gut, ab und zu kiffte er, aber nie, wenn die Kinder wach oder in der Nähe waren. Eine Zeit lang hatten Roberta und er gelegentlich gemeinsam etwas geraucht und waren danach ins Bett gefallen. Ganz am Anfang hatten sie ein paarmal Ecstasy genommen, und alles, was Roberta sah und berührte, war so unglaublich klar, ja verklärt gewesen, dass sie stundenlang nur noch ergriffen staunte und die ganze Welt für eine Kunstausstellung mit ineinander übergehenden Galerien hielt, die man endlos durchwandern konnte. Nach dem ersten Kind hatten sie damit aufgehört.

»Auf keinen Fall«, hatte Roberta gesagt, nachdem Nathaniel kürzlich vorgeschlagen hatte, wieder einmal Ecstasy zu schlucken, und Nathaniel hatte mit den Schultern gezuckt und »Wir sind richtig arme Schweine« gemurmelt. Doch so war es eben: Ecstasy ging im Moment nicht und vielleicht sogar nie wieder.

Nathaniel hatte die Initiative ergriffen und sich einen Job mit einem richtigen Einkommen und Sozialleistungen gesucht. Wenn er überhaupt je über die Arbeit klagte, dann in dem derben, mit Flüchen gespickten Ton, in dem er sich über alles beschwerte. Doch allmählich wurde er zu alt für den Job. Die meisten Kameraleute im Sender waren junge, kräftige Männer. Außerdem, dachte Roberta, nagte es bestimmt sehr an ihm, dass aus dem Puppenspiel nicht mehr geworden war und er die Wochentage in der Hölle eines Jobs verbringen musste, der ihm nichts gab. Doch seine wehmütige, hündische Anständigkeit hatte etwas Liebenswertes, und ihrer beider öde, mühsame Wochentage verharrten in seltsamer Symmetrie, die darin bestand, dass diese Tage weder ihn noch sie kaum je erfüllten. Sie waren beide Versager, dachte Roberta, wenn sie das Selbstmitleid überkam. In Nathaniels Gegenwart hätte sie das niemals gesagt, um ihn nicht zu verletzen. Aber sie sah bereits so tief in das restliche Leben mit ihm hinein, als hätte ihr das gemeinsame Verlierertum einen ungewöhnlich klaren Blick auf den bergab führenden Weg verliehen.

Nachdem sie mit ihrem Mann telefoniert und festgestellt hatte, dass es zu Hause auch ohne sie lief, begann sie die Fahrt durch die imposante schroffe Landschaft beiderseits des breiten Highways trotz ihrer Anspannung zu genießen. Der Ausbruch aus dem normalen Alltag tat gut. Endlich einmal keine Brotscheiben mit Erdnussbutter bestreichen, endlich verschont sein vom steten Geraune im »Golden Horn«, vom ewigen Gerede über die vielen Hausaufgaben, vom Geplänkel über Politik und von Amy Lambs Monologen über Penny Ramsey.

Kann mir alles gestohlen bleiben, dachte Roberta. Vom Navi sanft in die richtige Richtung gedrängt, erreichte sie Lorton nach dreieinhalb Stunden, verließ den breiten Highway und landete in einer Anliegerstraße, die, schmaler und schmaler werdend, im Nichts endete. Hinter einer Ansammlung dürftiger, angekohlter Bäume kam der Wohnkomplex zum Vorschein, in dem Brandy Gillop und ihre Mutter lebten. Das zweigeschossige verputzte Gebäude bestand aus mehreren miteinander verbundenen Einheiten und wirkte so trostlos, dass sich Roberta unwillkürlich fragte, wie sie es den anderen Frauen in ein paar Tagen im »Golden Horn« prägnant und anschaulich schildern sollte.

Als sie näher heranfuhr, sah sie das Mädchen aus dem Haus treten. Brandy Gillop war ein ziemlich hübscher Teenager mit einem gefiederartigen Haarschnitt, wie ihn die Frauen so gut wie überall im Land trugen, außer in New York. Trotz ihrer Daunenjacke sah man, dass sie dünn war. Sie wirkte unsicher, unglücklich. Ihre Mutter Jo, der Tochter sehr ähnlich, aber kräftiger und ziemlich reizlos, folgte unmittelbar dahinter.

»Hallo«, sagte die Mutter, als Roberta ausstieg. »Sie haben einen weiten Weg hinter sich und möchten bestimmt mal für kleine Mädchen, bevor es weitergeht.«

»Wie bitte?«, fragte Roberta. »Ach so, ja, ja.« Sie lachte dümmlich auf, weil sie nicht gleich verstanden hatte, und ging hinein. Auf dem Weg zur Toilette hielt sie den Blick gesenkt, um der Hoffnungslosigkeit auszuweichen, die ihr, da war sie sicher, von überall entgegentreten würde. Auch ihre eigene winzige Wohnung hatte etwas Deprimierendes, aber das hier war etwas anderes.

Als sie die Toilette verließ, bot ihr Jo Gillop ein Glas Diätlimonade an, für das sie sich überschwänglich bedankte. Sie schämte sich ihres übertrieben gefühligen Getues einer engagierten linken New Yorker Jüdin und wusste sich doch nicht anders zu verhalten. Wäre sie besser zu Hause geblieben, anstatt hierherzufahren? War es besser, einfach breit gefächert zu spenden, wie es einige ihrer Freundinnen taten? Jill und Karen schrieben Jahr für Jahr gigantische Schecks zugunsten der Hungrigen, der Benachteiligten und der bettlägerigen AIDS-Kranken aus und saßen gelegentlich in Organisationskomitees von Charity-Veranstaltungen, die von Bankettsälen mit vergoldeten Bambusstühlen aus die Welt verbesserten. Roberta war es deshalb so wichtig gewesen, nach South Dakota zu fliegen, weil ihr das Geld zum Spenden fehlte. Doch hier in dieser kleinen Küche schnürte es ihr die Kehle zusammen. Bestimmt wirkte sie schrecklich peinlich; bestimmt war sie schrecklich peinlich.

Oder sie bildete sich das alles nur ein. Die Mutter des Mädchens war freundlich, müde, dankbar und das Mädchen selbst fast krankhaft schüchtern, aber keine von ihnen machte sich über sie lustig. Der Situation fehlte jeder ironische Anflug, und das verwirrte sie. Wie sollte sie sich verhalten? Welchen Teil ihrer Persönlichkeit sollte sie zeigen?

»Dann machen wir uns jetzt mal auf den Weg«, sagte sie fröhlich.

»Sind Sie nicht zu müde?«, fragte Jo Gillop. Zunächst rührte Roberta ihre Fürsorglichkeit. Dann dachte sie: Klar, sie will nicht, dass ich am Steuer einschlafe und den Tod ihrer Tochter verschulde. Sie versuchte sich vorzustellen, sie würde ihre kleine Grace mit einer Fremden durch einen halben Bundesstaat fahren lassen, und schaffte es nicht. Als wäre ihr eigenes Kind mehr wert als dieses.

»Ich bin hellwach, von mir aus kann es losgehen«, versicherte Roberta. Sie war so überdreht und vom Kaffee im Motel aufgeputscht, dass sie bis Minnesota und weiter, bis nach Wisconsin hinein, hätte durchfahren können, ohne müde zu werden. Jo und Brandy umarmten sich zum Abschied und flüsterten sich etwas zu, was Roberta nicht verstand. Roberta stieg ins Auto. Auf den Gedanken, das Mädchen könnte während der Fahrt neben ihr sitzen, war sie komischerweise nie gekommen. Sie hatte sich die Fahrt mit ihr als Abtreibungs-Chauffeuse so vorgestellt, dass Brandy stumm auf der Rückbank saß. Auch die Möglichkeit, dass ein Gespräch in Gang kommen könnte, hatte sie ausgeblendet. Als Brandy auf dem Beifahrersitz Platz nahm, geriet Roberta in Panik. Worüber sollten sie sich so lange unterhalten?

»Los geht's«, sagte sie und ließ den Motor an. Die Mutter war vor der Haustür stehen geblieben, wie um sicherzugehen, dass Roberta auch wirklich Auto fahren konnte. Roberta wurde so nervös, dass sie versehentlich in den Leerlauf schaltete und zugleich Gas gab. Sie rief: »Scheiße!«, und sofort danach: »Entschuldigung.«

Woraufhin Brandy leise sagte: »Nächstes Jahr belege ich in der Schule Fahrunterricht.«

»Mir würde ein Auffrischungskurs auch nicht schaden, wie man sieht. Vielleicht könnte ich den bei dir an der Schule machen.«

Brandy sah sie nachdenklich an. »Ich glaube, dafür sind Sie zu alt.«

»Da hast du wohl recht«, erwiderte Roberta, während sie wendete. Im Rückspiegel sah sie die Mutter des Mädchens. Die Arme um den Oberkörper geschlungen stand sie da und ging schließlich wieder hinein. Roberta fuhr zur Straße zurück. Nachdem beide eine Zeit lang geschwiegen hatten, sagte sie: »Das wird bestimmt schwer heute.«

»Geht schon.«

»Es wäre dir wahrscheinlich lieber gewesen, wenn deine Mutter dich gefahren hätte.«

»Sie hat die Einverständniserklärung unterschrieben.«

»Aber es muss doch hart für dich sein.«

»Ja, schon. Es ist sehr nett von Ihnen, dass Sie das machen«, sagte Brandy. »Dass Sie hergeflogen sind und jetzt die weite Strecke mit dem Auto … Meine Mom hat gesagt, ich soll das unbedingt sagen.«

»Danke.« Plötzlich platzte es aus ihr heraus. »Ich habe auch mal abgetrieben. Ich war damals an der Kunstakademie.«

»Ach so.«

»Ist lange her. Ich kann mich kaum daran erinnern, falls dich das tröstet.«

Dass sie weder eine Einverständniserklärung eingeholt noch eine Fahrt durch einen riesigen Bundesstaat gemacht hatte, daran konnte sie sich erinnern. Seth Brennan hatte sie geschwängert, ein hoch aufgeschossener, hagerer Kunststudent aus Miami, der wandfüllende Gemälde im Stil antiker Landkarten machte und später ziemlich erfolgreich wurde. Sie hatte damals ein Diaphragma verwendet. Im Nachhinein war ihr klar geworden, dass sie nicht jedes Mal an das Spermizid-Gel gedacht hatte.

Der Abbruch fand in einer Klinik in der Innenstadt von Providence statt. Cindy Skye begleitete sie. Am Abend danach lag sie in ihrer Wohnung außerhalb des Campus im Bett und döste auf

Percocet vor sich hin, während ihre Freundinnen im Wohnzimmer Bier tranken und »Würdest du lieber?« spielten. Ab und zu steckte jemand den Kopf herein, um nach ihr zu sehen. Am nächsten Vormittag war sie wieder in ihrer Klasse, zeichnete, malte und hantierte, eine Schutzbrille vor den Augen, mit einem Lötkolben. In ihren Arbeiten thematisierte sie den Abbruch nie. Anstatt sich in Kunst zu verwandeln, blieb er eine leicht problematische Erfahrung, die mit der Zeit an Problematik verlor.

Erst nach der Geburt von Grace und Harry dachte sie manchmal darüber nach. Was wäre aus dem Embryo geworden, wenn er hätte weiterwachsen und den vorgezeichneten Weg zu Ende gehen können? Wäre es ein Mädchen oder ein Junge geworden? Welche Haarfarbe hätte das Kind gehabt und welches Buch abends am liebsten gelesen? Wie sehr hätte ich dieses Kind geliebt, wenn ich es ausgetragen hätte? Sehr, sehr. An diesem Punkt unterbrach sie den Kreislauf ihrer zwanghaften Gedanken. Sie führten zu nichts, trieben sie nur in haltlose Trauer und Reue.

Sie wollte nicht, dass Brandy von Reue überwältigt wurde, sie sollte die Sache aber auch nicht auf die leichte Schulter nehmen. Im Grunde, wurde Roberta klar, hätte sie die Gefühle des Mädchens am liebsten gesteuert. Brandy sollte dankbar für ihre Hilfe sein, aber nicht leiden. Idealerweise wäre sie ein bisschen ängstlich, aber tapfer. In Wirklichkeit war sie beides nicht. Sehr normal, sehr still und wachsam und ein wenig steif saß sie auf dem Beifahrersitz, den Gurt quer über der Brust.

»Und, wie war es?«, fragte Brandy plötzlich.

»Wie es war? Na ja, man bekommt Percocet. Eigentlich ist es gar nicht so schlimm. Aber die Gefühle danach … die sind kompliziert. Man ist natürlich ein bisschen niedergeschlagen, ein bisschen traurig. Es ist –«

»An der Kunstakademie, meine ich.«

»Ach so, an der Kunstakademie?«, fragte Roberta perplex. »Toll, ganz toll.«

»Echt? Ich möchte auch mal Künstlerin werden. Ich male abstrakte Bilder.«

Was für ein Zufall! Als wären Brandy Gillop und sie von der Organisation für reproduktive Rechte zusammengespannt worden wie Zimmergenossinnen von der Collegeverwaltung. »Das ist ja großartig«, sagte Roberta, und schon kannte die stille kleine Brandy kein Halten mehr. Sie erzählte vom Kunstunterricht und von dem tiefgreifenden Crystal-Meth-Problem, das die Lorton High School nicht in den Griff bekam, weshalb sie, Brandy, es gar nicht erwarten könne, aus der Schule rauszukommen und irgendwann vielleicht sogar auch aus South Dakota.

»Und wie ist es in New York?«, erkundigte sie sich.

»Gute Frage. Es ist wirklich immer was los.« Roberta mit ihren zwei Kindern, die als Single jedes Wochenende abends etwas unternommen hatte, war in ihrem jetzigen Alter nachts natürlich kaum noch unterwegs und hatte nicht einmal Lust dazu. Aber das wollte sie Brandy nicht sagen.

Das Mädchen stellte weitere Fragen über die Stadt, die niemals schlief. Gab es dort wirklich Clubs, die wie Höhlen waren, in die man hinunterstieg und in denen man bis zum nächsten Morgen blieb? Stimmte es, dass man in New York mitten in der Nacht herumlaufen konnte, ohne ermordet zu werden? War es toll in New York? War es schön? War es so, wie alle sagten?

Roberta wurde auf der Fahrt durch South Dakota zur Reiseführerin durch New York. Ihr war noch nie ein Mensch begegnet, den man so leicht unterhalten konnte wie Brandy, die mittlerweile alle Scheu verloren und sich geöffnet hatte. Als sie anhielten, um in einer widerlich süß riechenden Cinnabon-Bäckereifiliale auf die Toilette zu gehen, sagte sie zu Roberta: »Darf ich dich was fragen?«

»Klar.«

»Bist du Jüdin?«

Das Thema nervte Roberta normalerweise, weil es sich zumindest indirekt immer auf die für ihr Gesicht zu große Nase bezog. Doch auf Brandys Frage reagierte sie weder verlegen noch beleidigt, sondern gerührt.

»Ja, eine hundertprozentige.«

Hinterher erzählte sie Nathaniel, dass sie Brandys »erste Jüdin« gewesen sei und ihr diese Rolle gefallen habe. Das Mädchen wusste nichts und kannte nichts. Die Schwangerschaft hatte sein kleines, klar umrissenes Leben mit einem Schlag noch enger und zugleich ungewisser gemacht. Jetzt war Brandy auf eine Fremde angewiesen, die sie durch den Bundesstaat fuhr, damit sie wieder ein normaler Teenager, wieder sie selbst sein konnte. Dass sie Brandys Selbstwerdung ermöglichte, gab Roberta so viel Kraft und erfüllte sie mit solcher Ehrfurcht, als wäre es die erste selbstlose Tat ihres Lebens.

Die überarbeitete, todmüde junge Gynäkologin in der Klinik sprach sich dagegen aus, dass Brandy noch am gleichen Nachmittag den ganzen Weg zurückfuhr. Sie hatte ständig mit Frauen zu tun, die aus allen Teilen des Bundesstaats hergekarrt wurden. »Am besten übernachtet sie hier in der Nähe«, sagte sie zu Roberta, während sich das Mädchen in einem kleinen Hinterzimmer ausruhte. »Sie hat Blutungen und musste sich übergeben. In diesem Zustand sollte sie in kein Auto steigen.«

Die Vierzigjährige aus New York und die Sechzehnjährige aus Lorton verbrachten die Nacht gemeinsam in einem Motelzimmer. Brandy lag im Bett, und Roberta saß auf dem kunstledernen Schreibtischstuhl und wachte über ihren Schlaf. Wie oft schon hatte sie ängstlich und besorgt auf dem Boden im kleinen Kinderzimmer gehockt und Harry oder Grace betrachtet, wenn eines der Kinder nachts fieberte.

Brandy war noch müde von der Valiumspritze und döste. Sie hatte hellblonde Strähnchen im Haar, und an den Schläfen sah man die Adern unter der Haut. Sie schlief mit offenem Mund, ließ sich weder von den Krimiserien stören, die im Nebenzimmer pausenlos liefen, noch vom Lärm der Autos und Laster auf der Interstate oder von den schleppenden Schritten der Leute auf der wackeligen Holztreppe, die außen in den ersten Stock des Motels führte. Am liebsten hätte Roberta gegen die Tür zum Nachbarzimmer gehämmert, die Holztreppe erklommen und sich sogar an den Rand der Fernstraße gestellt, um allen zu sagen, sie sollten leise sein, das Mädchen wolle schlafen.

Sie dachte an die Küche in Lorton, an den Geschmack der Limonade und die überforderte Mutter auf dem Weg zu ihrem Job im »Kubla Khan Casino«. Sie stellte sich den Stapel abstrakter Bilder in Brandy Gillops Zimmer vor, jedes in sauberer Mädchenschrift rechts unten signiert: Brandy G. Vielleicht waren sie ja brillant. Vielleicht hatte Brandy Gillop es drauf, vielleicht hatte sie nicht nur Talent, sondern auch den nötigen Antrieb. Kunst entstand an den seltsamsten Orten, tauchte auf wie aus dem Nichts, wuchs wie die Limabohnen bei diesem Experiment im dunklen Schrank, bei dem sich plötzlich, *wow,* eingerollte, Scifi-artige Pflänzchen durch die feuchte Watte zwängten. Roberta war von den Bildern des Mädchens, die sie sich nicht anders als originell, unakademisch, authentisch vorstellen konnte, schon jetzt begeistert.

Sie würde Brandy helfen. Sie würde sie entscheidend fördern. Brandy schlief, während es in dem Motelzimmer hinter dem blassgrünen Vorhang dämmrig wurde, und als sie abends aufwachte, lief Roberta über die Zufahrtsstraße zum Burgerlokal, um etwas zu essen zu holen. Gemeinsam aßen sie im gedämpft beleuchteten

Zimmer, in dem es nach Fleisch roch, und hatten Gesprächsstoff genug. Brandy wollte mehr erfahren über Kunst und Galerien und die New Yorker Szene. Roberta gab Auskunft, so gut sie konnte, und ihr Ton wurde belehrender und bestimmter.

»Wenn du Malerin werden willst, musst du ununterbrochen arbeiten. Du musst arbeiten und arbeiten und immer besser werden. Und dann zeigst du den Leuten deine Bilder. Dann wird man vielleicht allmählich auf dich aufmerksam. Und vielleicht gehst du irgendwann nach New York, um das Ganze ein bisschen voranzutreiben.«

»Ich würde so gern nach New York gehen«, sagte Brandy. »Das ist mein großer Traum.«

»Ein ziemlich guter Traum.«

»Das wäre so geil.«

»Schick mir Fotos von deinen Arbeiten. Vielleicht kann ich sie ein paar Leuten aus der Kunstszene zeigen.«

»Wow«, sagte Brandy. Dann fragte sie unsicher: »Fotos?«

»Kennst du jemanden mit einer vernünftigen Kamera?«

»Ja, meine Freundin Chrissy hat eine. Vielen Dank, Roberta! Er heißt Tyler«, sagte sie plötzlich.

»Wie bitte?«

»Tyler Parvell. Wir haben zusammen Kunstunterricht in der fünften Stunde. Er glaubt, dass er gut zeichnen kann, aber eigentlich ist er nur ein Angeber.«

Ein Künstlertyp mit kräftigen, zielstrebigen Spermien – noch eine Gemeinsamkeit. In Robertas Augen glitzerten Tränen. Was könnte sie für das Mädchen tun? Mit ihren Kontakten zu »Leuten aus der Kunstszene« hatte sie etwas zu unüberlegt geprahlt. Weil ihr der Ehrgeiz fehlte, etwas aus ihrem Talent zu machen, hatte man sie trotz ihrer Begabung vor langer Zeit aus der unfairen Welt der Kunst verstoßen, damals, als die Männer alle Aufmerksamkeit auf sich lenkten, während Robertas Bilder und die anderer Frauen in provisorische Galerien verbannt worden waren, wo sie sich alle in die Defensive gedrängt und zweitklassig fühlten. Sie kannte kaum noch Leute aus der »Kunstszene«, und gerade die Verwendung des Begriffs bewies, dass sie in dieser Szene eine Außenseiterin war, ein Loser, genau wie Nathaniel. Aber sie konnte Brandys Fotos natürlich trotzdem jemandem aus der Branche zeigen, ganz einfach weil sie in New York lebte und Leute kannte, die Leute kannten, was einem Teenager aus Lorton, South Dakota, mit einer Mutter, die im »Kubla Khan Casino« an der Kasse saß, ebenso wenig vergönnt war wie den meisten Menschen auf der Welt.

Amy Lamb hatte sich sogar mit einer Museumsleiterin angefreundet. Mit einer bestimmten Art zu leben, unterstützt von guten Colleges, Praktika, Jobs, einem ruhigen Stadtviertel und einer Welt voller Privilegien, in der die Kinder miteinander spielten, wurde man ganz von selbst Teil einer langen Kette von Kontakten. Alle konnten einander helfen. Allen standen alle Möglichkeiten offen, wenn sie nur wollten. Nur wollten viele gar nicht mehr oder hatten vergessen, dass sie einmal gewollt hatten.

In dem Motelzimmer an der Interstate packte Roberta zum ersten Mal seit Jahren wieder der Ehrgeiz. Nicht für sich, das war vorbei, sondern für das Mädchen auf dem Bett, für Brandy, deren Fingerspitzen von Pommes glänzten und die zögerlich, aber so begeistert über Kunst sprach, als wäre die Kunst ein Ort, den man besichtigen und zu dem Roberta Sokolov sie führen könnte.

Sieben

Naperville, Illinois, 1969

Die Idee, gemeinsam ein Unternehmen zu gründen, hatte Al gehabt, nicht Norma. Später sagten sie immer, sie hätten »keine Ahnung«, ob das Ganze auf seinem oder ihrem Mist gewachsen sei, denn mittlerweile war daraus eine Partnerschaft in jedem Sinn des Wortes geworden, und warum sollten sie die in Schieflage bringen? Al Sokolov war der Impulsgeber, seine Frau Norma die Macherin. Gemeinsam war es ihnen gelungen, die einst erträumte bescheidene kleine Firma in etwas Großes zu verwandeln. Inzwischen belieferten sie die gesamte Innenstadt und die Vororte von Chicago mit ihren Dekoartikeln. Diese Woche hatten sie einen Auftrag für eine Party mit dem Motto »Woodstock«. Norma hatte die Idee für den Tischschmuck entwickelt: Körbe, in denen jeweils eine E-Gitarre, ein nacktes Puppenpärchen in inniger Umarmung sowie Zuckerwürfel in einem mit »LSD« beschrifteten Behälter lagen. Um die Zuckerwürfel hatte es einige Aufregung gegeben, obwohl Al und Norma dem Kunden versicherten, es handle sich um einen Scherz, was bestimmt allen Gästen der Hochzeitstagsfeier klar sein werde.

»Wir sind ja nun wirklich die Letzten, die LSD verteilen würden«, hatte Al nach Abschluss des Tischdeko-Auftrags während der Fahrt nach Hause gesagt.

»Es würde mich interessieren, wie das ist, wenn man das nimmt«, erwiderte Norma. »Wenn man Dinge sieht, die gar nicht da sind.«

Sie hatten die Sechzigerjahre miterlebt, aber als Eltern und in einem Vorort, und beide neigten weder zu Experimenten noch waren sie Intellektuelle. »Ich glaube nicht, dass uns das gefallen würde«, meinte Al. »Angeblich wird einem dabei sehr schwindlig, und die Gleichgewichtsstörungen letztes Jahr waren doch schrecklich für dich.«

»Stimmt. Aber interessant wäre es trotzdem. Diese Halluzinationen. Vielleicht würden uns dabei neue Ideen für Tischdekos kommen.«

»Apropos – heute kam eine Anfrage für ›*Butch Cassidy and the Sundance Kid*‹«, sagte Al.

Sie waren an diesem kalten Winternachmittag auf dem Weg aus der Innenstadt nach Hause, wo in diesen Minuten ihrem einzigen Kind, Roberta, der kleinen Bertie, von ihrer Großmutter Fischstäbchen mit Dosenmais aufgetischt wurden. Oma Ruth kümmerte sich täglich um die Kleine, ein Geschenk des Himmels. Norma Sokolov hatte nie vorgehabt zu arbeiten, sondern wollte wie alle anderen Mütter zu Hause bei ihrem Baby bleiben. Doch dann brachte Al von der Firma, in der er angestellt war, diese bezaubernden Körbchen für festliche Anlässe mit, und Norma konnte sich ihre Verbesserungsvorschläge nicht verkneifen. »Hier noch ein paar Seidenblümchen, schon sieht es aus wie ein Mohnfeld. Wie in meiner Lieblingsszene im ›Zauberer von Oz‹.«

Neulich hatten sie im Scherz gesagt, bei all dem Mohn und dem LSD werde das FBI ihr Unternehmen wohl demnächst schließen. So alberten sie an dem großen Zweier-Schreibtisch in ihrem Büro im Zentrum Chicagos ständig herum. Norma hatte sich ohne Ausbildung zu einer cleveren, tüchtigen Geschäftsfrau gemausert, und Al kannte sich in der Branche ohnehin bestens aus. Unermüdlich hatte er sich jahrelang am Telefon mit Kunden und Lieferanten herumgeschlagen, Irrläufer ausfindig gemacht und eine Magentablette nach der anderen aus der Packung gedrückt, weil es so viel im Blick zu behalten galt und er ständig mit Nervosität und Bauchschmerzen kämpfte. Als sich zeigte, dass Norma vor originellen Ideen geradezu sprühte, hatte er sie ins Boot geholt. Sie hatten seine Mutter überredet, die kleine Bertie täglich zu betreuen, und das Wagnis der Selbstständigkeit auf sich genommen. Seitdem lief es wie geschmiert.

Sie waren ständig zusammen. Tagsüber saßen sie sich in dem verstaubten Büro gegenüber, abends lehnten sie am gepolsterten Kopfteil des Betts, beugten sich über das Hauptbuch und sprachen übers Geschäft. Es war eine Ehe rund um die Uhr. Manche von Normas Freundinnen meinten, eine solche Nähe zu ihren Männern sei für sie unvorstellbar, doch Norma fragte sich nach einer Weile, wie eine Ehe klappen sollte, wenn man den Tag des anderen nicht in allen Details mitbekam. Worüber unterhielt man sich dann? Übers Wetter? Über Vietnam? Über die Frage, was es abends zu essen geben sollte? »Ach, nicht schon wieder Hühnchen, das hatten wir doch erst gestern.« – »Nein, Hühnchen hatten wir am Dienstag.« Tischschmuck und Motto-Deko boten Stoff für Gespräche über Gott und die Welt. Sie malten sich aus, wie es gewesen wäre, in Woodstock dabei zu sein. »Ich sehe dich vor mir, wie du mit nacktem Busen und einem Blumenkranz auf dem Kopf im Schlamm stehst, Norm«, sagte Al lachend. Die Vorstellung war absurd, denn beide waren ähnlich robust gebaut, kräftig wie Pferde.

Bertie spürte die ungewöhnlich enge Bindung ihrer Eltern. Manchmal stieg sie nachts zu ihnen ins Bett und sagte: »Ich auch, ich auch!« Dann nahmen sie ihre kleine Tochter in den Arm und beruhigten und küssten sie. Doch Bertie war auf der richtigen Spur. Die starke Ehe ihrer Eltern wurde immer stärker durch die Seidenblumen, die kleinen Elfen und die überall herumliegenden grünen, goldenen, orangeroten Blätter, immer Blätter, die Hochzeiten, Studienabschlüsse oder den Eintritt in den Ruhestand zierten und, im Fall ihrer Eltern, schlicht das Vergehen der Zeit.

Acht

Kurz bevor die Ehemänner nachts im Schlaf ihre Frauen riefen und die Kinder ihre Mütter, waren die Frauen oft schon wach. Sie lagen wie auf Abruf im Bett und mussten nicht erst munter werden, um eine leichte Frauenhand auf den bebenden Männerrücken zu legen oder durch den Flur zu einem träumenden Kind zu hasten. Doch die Frauen, die zu diesem Zeitpunkt noch nicht schliefen – wegen der Hormone, weil der zu spät getrunkene Cappuccino seine verzögerte Wirkung zeigte oder aufgrund einer ständig in ihnen kreisenden Angst, die sich in ihren normalen Stoffwechselrhythmus eingefügt hatte –, dachten nicht an ihre Familien.

In einer New Yorker Novembernacht, in der die Straße dunkel und starr gefroren vor dem Haus lag und kurz bevor Leo Buckner wieder zu ächzen, zu schlottern und laut im Schlaf zu rufen begann, lag Amy Lamb wach und dachte an das Paar. So hatte sie Penny Ramsey und Ian Janeway den ganzen Herbst hindurch im Stillen genannt: »das Paar«. Tags zuvor hatte sie sich mit ihnen zum Mittagessen im Metropolitan Museum of Art getroffen, wo Ian Berater in Sachen Rahmung war. Weil Penny ihn dort besuchen und danach einen Rundgang durch die Ausstellungsräume machen wollte, hatte sie Amy morgens angerufen und gefragt: »Kann ich dich zum Lunch überreden?« Sie wusste, wie die Antwort lauten würde.

Amy hatte den ganzen Vormittag über immer wieder an das Paar gedacht, auch während der Besprechung in der Schule, in der es um den neuen Eltern-Newsletter gegangen war. Meistens graute es ihr vor diesen Treffen, doch sie empfand es als ihre Pflicht, daran teilzunehmen. Schon beim Betreten des Gebäudes sah sie vor ihrem inneren Auge die Versammlung der üblichen Verdächtigen und die Obstplatte auf dem Tisch, als müsste man sie alle dafür belohnen, überhaupt erschienen zu sein. Sie sah die großen, harten Erdbeeren auf die danebenliegenden Ananasscheiben abfärben, den durchsichtigen jadegrünen Strahlenkranz der Kiwis, das fleischfarbene Innere der nicht in die Jahreszeit passenden Melone. Bei den Meetings in der Kanzlei hatten sich die Leute Amys vager Erinnerung nach nicht annähernd so hochtrabend und wichtigtuerisch verhalten wie bei den tristen, zergrübelten, nicht enden wollenden Schulbesprechungen. Ihnen beizuwohnen fühlte sich an, als läge das restliche Leben in Trümmern und als wäre die Zeit bestochen worden, damit sie für diese Frauen stillstand.

Im Musiksaal der Auburn Day School roch es an diesem Vormittag nach Feuchtigkeitscreme, Augenschatten-Concealer und etwas undefinierbar pheromonhaltig Weiblichem. Jede Mutter verströmte ihren eigenen Duft, die meisten aber einen fruchtigen, mädchenhaften, der entfernt an Saft und Gummibärchen erinnerte. Das große, dichte Knäuel aus Müttern auf der Suche nach einem Sitzplatz zwischen den gestapelten Xylofonen, Zithern, Becken und Holzblöcken roch gut.

Oft stellte mitten in diesen Besprechungen eine Frau eine Frage, die ihr spontan eingefallen und genau genommen keine Frage war. »Mein Sohn hat montags und mittwochs Fußball und ist am nächsten Morgen völlig erschöpft. Soll ich ihn aus dem Lateinunterricht in der ersten Stunde am Dienstag herausnehmen? Dienstags ist er bis zum Mittag wirklich zu gar nichts fähig. Außerdem halte ich den Schüler-Lehrer-Schlüssel an der Schule nicht für optimal.«

Immer wenn es so weit war, begann Amy wie wild auf ihrer Serviette herumzukritzeln. An ihrem allerersten Elternabend in

Masons Kindergarten hatte sie Dutzende Male »O MEIN GOTT« geschrieben, und die kleine, dunkelhaarige, ein bisschen komisch aussehende, aber mitfühlende Frau neben ihr hatte es bemerkt. So waren Roberta Sokolov und sie Freundinnen geworden.

In der heutigen Besprechung bezüglich des Newsletters kritzelte Amy nicht herum. Ihre Gedanken galten fast ausschließlich Penny und Ian, mit denen sie sich gleich danach treffen wollte. Sie war die exemplarische nichtberufstätige Mutter im Leben der beiden, die solche Veranstaltungen nach Belieben aufsuchte und sie ironisch kommentierte. Ian hörte ihr stets geduldig, aber leicht verwirrt zu, während Penny wirklich interessiert zu sein schien.

Das Treffen war gut besucht. Es hatten sich nicht nur die eingefunden, die immer kamen, sondern auch einige Teilzeitbeschäftigte. Selbst Dustin Kavanaughs Mutter Helen, die den Ärmsten der Welt über ihre Wohltätigkeitsorganisation enorme Summen zukommen ließ, hatte sich gütigerweise eine Stunde freigenommen, um dabei sein zu können. Sogar Isabelle Gordon, der Stringtheoretikerin – sie wurde von allen ausschließlich so bezeichnet –, war der Schul-Newsletter wichtig genug gewesen, um die weitere Erforschung des Weltalls vorübergehend zu verschieben. Sie hatte sich einen Platz ganz hinten gesucht und saß mit ihrem Zopf und den todschicken Schuhen startbereit zwischen der magersüchtigen Geralynn Freund und dem Vollzeitvater Len Goodling. Seine Anwesenheit warf in den Köpfen der anderen wieder einmal die Frage auf, ob er eigentlich jemals gearbeitet hatte und ob er reich, depressiv oder schlicht so fortschrittlich war wie die am Horizont auftauchenden jüngeren Väter.

Die inoffizielle Leitung der Diskussion übernahm Laurie Livers, die ehemalige Cheflektorin. Laurie hatte zu Beginn ihrer Karriere das Manuskript »Briefe eines im Irak kämpfenden Vaters an seinen neugeborenen Sohn« aus dem Haufen mit den unverlangt eingesandten Manuskripten gezogen und ihr Schicksal damit unwiderruflich an das des schmalen, hochemotionalen Briefbändchens geknüpft. Mehr als ein Jahr lang war das Werk auf der Bestsellerliste zu finden gewesen, und diesem Erfolg hatte Laurie das Selbsthilfebuch eines Finanzexperten nachgeschoben, das den Titel »In der Not schmeckt nicht jedes Brot« trug und sich mit der Mehrung von Privatvermögen beschäftigte. Trotz ihrer rasanten Karriere hatte sie der Verlagsbranche wenig später jedoch Adieu gesagt, ein Kind und danach gleich ein zweites bekommen und nie wieder gearbeitet. Sie war die Frau, die verlässlich hinten in der Eingangshalle stand und Artikel mit Auburn-Day-Aufschrift verkaufte, während die Jungs und die anderen Mütter um diesen Fels in der Brandung herumwuselten. Sie gehörte zum Inventar und war so unerschütterlich wie die Wachen vor dem Buckingham-Palast. Ständig betonten alle ihren unschätzbaren Wert für die Schule, waren in Wirklichkeit aber nur froh, dass sie es toll fand, das Zeug zu verhökern, und ihnen die Aufgabe damit ersparte.

Im gleichen Ton, in dem sie über den Schul-Newsletter sprach, hatte sie ihren Kollegen wohl »Briefe eines im Irak kämpfenden Vaters an seinen neugeborenen Sohn« schmackhaft zu machen versucht. »Dieses Buch handelt von Tapferkeit und Verlust«, hatte sie wahrscheinlich gesagt. Nun beugte sie sich auf ihrem Stuhl im Musiksaal vor und verkündete: »Unser offizieller Eltern-Newsletter soll die Schulgemeinschaft stärker ins Bewusstsein rücken und als wichtiges Bindeglied zwischen Ihnen und Ihren Söhnen fungieren.«

»Zu Befehl!«, rief Len Goodling.

Eine Mutter, die in seiner Nähe saß, kniff die Augen zusammen, meldete sich mit ihrer kleinen weißen Hand und verkündete: »Wir müssen unbedingt die richtige Schriftart wählen, damit der Look stimmt. Ich schlage Courier 12 vor.«

»Courier 12 sieht aus wie mit der Smith Corona geschrieben, die ich in der Highschool hatte«, entgegnete Laurie.

»Aber genau darum geht es doch«, erwiderte die andere Mutter, Sari Handler, die als ziemlich dumm galt. In der Diskussion über ein bevorstehendes Schulkonzert der Holzbläser hatte sie einmal allen Ernstes von »Taco Bell's Kanon in D-Dur« gesprochen. (Und, als die Jungs Diktatoren durchnahmen, angeblich behauptet, »Baby Doc« Duvalier sei ein Kinderarzt, auch wenn Amy die Anekdote für erfunden hielt.) »Courier 12 macht das Ganze irgendwie anheimelnd, wie etwas aus der Vergangenheit.«

»Dann sollten wir vielleicht Butterfass 12 nehmen«, bemerkte Amy. Mehrere Mütter lachten auf, und die meisten, darunter Geralynn Freund, hoben den Blick, um zu sehen, von wem die Bemerkung gekommen war. Geralynns grinsender Mund wirkte fast konkav. Die eingefrorene Grimasse verlieh ihr Ähnlichkeit mit einem Totenkopf. Weitere Frauen brachten ihr Wissen und ihre Fähigkeit, vernünftig und logisch zu denken, in die sich zäh dahinschleppende Diskussion ein. Eine Mutter stöhnte auf, und eine fragte: »Geht das nicht schneller?« Isabelle Gordon blickte auf ihre Uhr – eine Uhr, die statt Zeigern und Ziffern durchsichtige, sich überschneidende Kreise aufwies, deren Bewegungsmuster allein ihrer Besitzerin die exakte Zeit verrieten – und erklärte mit entschuldigendem Lächeln, sie müsse gleich zurück in ihr Institut. Schließlich warf jemand die Schriftart Palatino 12 als Kompromiss in die Debatte ein, und der Vorschlag wurde per Handzeichen angenommen. Amy dachte: Das ganze Tamtam für einen Newsletter, dem man künftig Ankündigungen von Schulausflügen entnimmt, schlicht wie Haikus.

Zehn Dollar der Preis
Für das Planetarium,
Der Shop dort ist schön.

Die Besprechung zog nun weite, sich überlappende Kreise, deren Rhythmus hypnotisch wirkte. Einige Mütter bewegten sich schon mal im Schneckentempo Richtung Tür. Amy gab sich einen Ruck und riss sich aus der Trance, in die sie das Geschwätz versetzt hatte. Mit einem Blick auf die Uhr stellte sie fest, dass die Zeit für das Treffen im Museum gekommen war, und schlich sich leise aus dem Musiksaal, froh, die Reihe knochiger Knie, die mit den Fußballtrikots der Jungs vollgestopften Taschen, die eingerollten Yogamatten und die schön verpackten Geburtstagsgeschenke hinter sich lassen zu können. Einige Mütter hatten einen Lacrosse-Schläger lässig an ihren Stuhl gelehnt, so als wären sie aktive Sportlerinnen, die gerade Pause machten, und nicht bloße Schlägerträgerinnen ihrer Söhne. Auch Geralynn Freund hatte den Musiksaal verlassen und kam Amy im Gang entgegen.

»Ich habe es nicht so mit Gruppen«, erklärte sie.

»Die finden kein Ende. Und die Diskussion war einfach nur lächerlich«, sagte Amy.

»Ja.«

»Es gab schon wesentlich bessere Besprechungen.«

»Richtig.«

»Wenn sie so ablaufen wie heute, ist es reine Verschwendung von Lebenszeit.«

Geralynn Freund stimmte zu und brachte ihren schmalen Körper mit eckigen Schulterbewegungen in einen schwarzen Lammfellmantel, in dem sie wie in einen Teppich eingerollt aussah. Trotzdem konnte sich Amy keinen Mantel vorstellen, der dick oder warm genug gewesen wäre, um diese Frau zu schützen. Gemeinsam gingen sie durch die Flügeltür. Geralynn Freund blieb kurz im kalten Sonnenlicht stehen und blinzelte heftig. Dann eilte sie lächelnd davon.

Wohin sie jetzt wohl geht?, dachte Amy. Wie sah Geralynn

Freunds Tag aus? Was fing sie mit sich an, mit ihrem strähnigen, feuchten Haar und ihrem Körper, diesem an den entsprechenden Stellen zu Ellbogen, Knien und einem Kopf verknoteten Seil? Amy stellte sich Geralynn vor, wie sie stundenlang herumlief und im Stillen ausrechnete, wann sie die Kalorien der verzehrten Kiwi- und Ananasscheiben verbrannt hätte, bis die Zeit gekommen wäre, zurückzukehren und ihren Sohn abzuholen.

Sie sah Geralynn Freund in ständiger Bewegung vor sich, wie aufgezogen, um immer wieder langsam abzulaufen. Dann kam ihr der Gedanke, dass diese Frage auch ihr gelten könnte: Was fing *sie* den ganzen Tag über mit sich an?

Als sie die Cafeteria des Met betrat, saß das Paar bereits an einem Tisch. Aus Pennys Dutt hatten sich einzelne Strähnen gelöst, und Ian Janeways Krawatte war schlampig gebunden. Er trug kein Jackett. Wie lebendig sie immer wirken, ob allein oder zusammen, dachte Amy, während sie am Eingang des großen, hellen Raums stand und die beiden betrachtete.

Jill Hamlin, die in Holly Hills festsaß, hatte sich seit Herbstbeginn zunehmend über Amys Freundschaft mit Penny geärgert. »Objektiv gesehen würde ich sagen, du bist ein bisschen in sie verknallt«, hatte sie kürzlich erklärt, als sie für einen Tag in der Stadt war. »Du hast dich in ein Mädchen verguckt. Wie damals auf der Studentenparty an der Penn State.«

»Meinst du das Mädchen, das mich geküsst hat?«

»Ja, diese James Dean. Die Androgyne.«

»Ich weiß, du liebst das Wort ›androgyn‹, aber Penny ist nicht androgyn, sondern sehr weiblich.«

»Dann hast du eben einen ökumenischen Frauengeschmack.«

»Ich habe überhaupt keinen Frauengeschmack, und ich bin auch nicht verknallt. Was ist so schlimm daran, dass sie mit mir befreundet sein möchte? Dürfen berufstätige und nichtberufstätige Frauen keinen Kontakt miteinander haben? Brauchen wir jetzt getrennte Trinkbrunnen?«

Was sie Jill verschwieg: Sie war zwar tatsächlich nicht in Penny verliebt, aber sie liebte Penny und Ian – das Bild, das sie von ihnen als Paar hatte, das ihren Alltag sanft mit Bedeutung auflud. Sie hätte Jill so gern von der Affäre erzählt, um ihr verständlich zu machen, warum sie nichts auf Penny kommen ließ und sich gleichzeitig ausweichend verhielt. Doch sie durfte es nicht erzählen, sie hatte es versprochen. Deshalb kam es immer wieder zu Situationen, in denen Jill eine kindische, fast schon rührende Eifersucht zeigte, die Amy ihr nicht nehmen konnte.

Penny rief Amy oft an, um die neueste banale Affärennachricht zu vermelden. »Ian hat mir ein großes Stück Trüffelkäse in die Arbeit liefern lassen. Mein Assistent Mark hat den Käse in mein Büro gebracht und mich ständig komisch angesehen, weil das Ding so streng roch.« Jede Anekdote wurde von Amy mit Lachen oder einem Ausruf oder der eben erwarteten Reaktion quittiert, wobei sie sich ausnahmslos immer auf Pennys Seite schlug, denn dafür war sie da. Hin und wieder meldete sich Ian selbst auf Amys Handy und sagte mit seinem englischen Akzent: »Hallo, Ian Janeway am Apparat. Hast du heute schon mit ihr gesprochen? Sie geht nicht ans Handy.«

Woraufhin Amy ihn darüber informierte, dass Penny ihres Wissens in einem Meeting des Museumsvorstands oder in einer Lehrersprechstunde war, und Ian erwiderte: »Ach ja, das hatte ich ganz vergessen.«

Gelegentlich fungierte sie als Verbindungsfrau, doch im Großen und Ganzen war sie schlicht Zeugin. Beim Mittagessen im Met saß sie den beiden gegenüber und betrachtete ihre Gesichter mit andächtigem, genüsslichem Interesse. Penny und Ian waren beschwingt, im Austausch miteinander, sinnlich. Sie sprachen über sich wie Pubertierende, die Raum und Zeit ganz ungeniert in einem Ausmaß für sich reklamierten, auf das im Grunde niemand Anspruch hatte. Und wurden von Amy mit der gleichen Nachsicht bedacht, wie man sie Pubertierenden schenkte.

»Stell dir vor, ich darf Penny übernächstes Wochenende in ihrer Wohnung besuchen«, berichtete Ian.

»Wirklich?«, sagte Amy. »Ach so, da ist ja diese Vater-Sohn-Geschichte.«

Am übernächsten Wochenende würden alle Viertklässler mit ihren Vätern per Bus in ein Naturerlebniszentrum außerhalb der Stadt fahren, in der Kälte um ein Lagerfeuer sitzen, in warmen Hütten schlafen und am nächsten Tag zurückkehren. Zum ersten Mal seit Langem würde Amy eine Nacht allein verbringen. An das letzte Mal konnte sie sich gar nicht erinnern. Zwar reiste Leo oft zu Klienten, aber Mason war fast immer zu Hause.

»Ja, und meine Töchter schlafen bei Freundinnen«, sagte Penny. »Ich habe Ian sozusagen ein verlängertes Spieldate versprochen.«

»Mit Übernachtung«, fügte Ian hinzu und betrachtete nachdenklich seinen Salat. »Es gibt ein Wort für verheiratete Frauen, die eine Affäre mit einem anderen Mann haben«, sagte er schließlich. »Und einen Begriff für Männer, deren Frauen fremdgehen. Aber wie nennt man denjenigen, der etwas mit einer verheirateten Person anfängt? Dafür gibt es keine Bezeichnung.«

Der Lärmpegel in dem riesigen Raum war enorm, akustisch jedoch angenehm. Niemand konnte das Gespräch mithören. Dafür war die Cafeteria zu groß, und kein Mensch wäre auf die Idee gekommen, es könnte sich lohnen zu lauschen. Hier war nicht der Ort, um ein Liebesfeuer zu schüren oder zu verbergen. Dies war ein Treffpunkt für Gruppen mit dreißig Schülern, die mit Strohhalmen Papierkügelchen in die Luft bliesen, für alte Leute, meist zu zweit, die Cracker in ihre Minestrone krümelten, und, zumindest an diesem Tisch ganz hinten unter dem Oberlicht, für zwei Frauen mittleren Alters und einen etwas jüngeren Mann, die in großer Vertrautheit über das Thema heimliche Liebe plauderten.

Das Thema war zwischen den dreien allgegenwärtig. Jede Unterhaltung, in der andere Dinge angesprochen wurden – das Wiederaufleben der Museumskultur, der Hass, der den kriegführenden USA in großen Teilen der Welt entgegenschlug, in Grunde so ziemlich alles –, kehrte früher oder später schleichend zu dem einen Gegenstand zurück, indem Ian beispielsweise »Das war, als das mit Penny und mir anfing« sagte, obwohl es gerade um etwas ganz anderes ging, oder Penny: »Ja, und seitdem schlafe ich mit ihm.« Oder Amy begann einen Satz mit den Worten »Als Hüterin eures Geheimnisses …«, und schon suhlte sich das Paar wieder in der Aufmerksamkeit, die es erhielt.

Denn wer bekam als Erwachsener so viel Aufmerksamkeit? Mit dem Ende der Kindheit verwandelte sich das Wohlwollen, das man erfahren hatte, nur weil man jung, von den Stürmen des Lebens noch nicht zerzaust und mit seidenweichem Haar gesegnet war, unfairerweise in Gleichgültigkeit. Mit einem Mal wurde derselbe Mensch, der eben noch als strahlend jugendlich, als etwas ganz Besonderes gegolten hatte, wie jeder andere Kunde in der Einkaufsschlange behandelt. Plötzlich war man der Welt verdächtig; plötzlich war man nichts Außergewöhnliches mehr.

Es sei denn, man war verliebt. Zwei ineinander verliebte Menschen konnten sich eine gewisse Zeit lang die Aufmerksamkeit aller sichern. Hochzeiten wurden tränenreich gefeiert; zumindest vorübergehend galt das Paar als schön und perfekt, schien sich selbst genug. Wie einzigartig hatten sich Amy und Leo in der Anfangsphase morgens auf dem Weg zur Arbeit gefühlt, wenn hinter ihnen eine Nacht mit der Art von Sex lag, die das Privileg der Jugend ist. Grübelnd und in sich gekehrt hatte Leo dann immer gewirkt und sie selbst wohl auch, nahm Amy an. Vielleicht hatten damals die anderen Passanten gesehen, wie sehr sie mit ihrer Liebe beschäftigt waren. Was Pennys und Ians Affäre betraf, so war Amy noch immer die Einzige in der Stadt – »die Einzige auf der Welt, um genau zu sein«, hatte Penny gesagt –, die davon wusste. »Ich habe es niemandem sonst erzählt. Greg findet es im Leben nicht heraus. Ich halte einfach den Mund.« Es war fast so, als existierte die Sache überhaupt nur durch Amys Mitwisserschaft. Nur sie konnte sie bezeugen.

Seit dem Septembernachmittag, an dem Dustin Kavanaugh während der Sicherheitsbegehung überfallen und die Freundschaft mit Penny begründet worden war, bettete Amy das Paar in ihren flexiblen Alltag ein. Hatte sie davor noch mit dem Gedanken gespielt, sich einen Job als feste Ehrenamtliche zu suchen, so war die Idee nach dem Überfall sang- und klanglos verpufft. Eng umschlungen wie Zwillinge im Bauch der Mutter bildeten Penny und Ian eine Einheit, die perfekt in Amys Gedankenwelt passte.

Am Tisch in der Met-Cafeteria sagte Amy zu Ian: »Ist doch gut, dass es keine Bezeichnung für dich gibt. Als wärst du einfach nur ein unbeteiligter Zuschauer.«

»Er ist kein Zuschauer«, widersprach Penny. »Er ist ein Anstifter!«

»Da hätten wir also doch eine Bezeichnung für mich. Aber warum ›Anstifter‹? Weil ich fand, dass die Ramen-Suppe damals in deinem Büro gut gerochen hat?«

»Nein, wegen dem, was danach passiert ist.«

Daraufhin machte er etwas unter dem Tisch, betatschte Penny oder zwickte oder drückte sie, und Penny wich zurück und rief: »Autsch! Hör auf, Ian!« Sie klang wie ein Teenie, dem ein Junge den Arm auf den Rücken dreht. »Du bist so kindisch!« Sie legte den Fuß auf den freien Stuhl und rieb sich den Knöchel. Amy warf einen kurzen Blick auf das zierliche Stiefelchen aus feinporigem braunem Leder, dessen Pelzbesatz Penny Ähnlichkeit mit einem hoppelnden Shetlandpony verlieh.

Hin und wieder tauchten Penny und Ian aus der Woge ihrer Wir-Sucht auf und bezogen Amy mit ein. Es gefiel ihr, wenn man ihr Fragen stellte und die Blicke des Paars auf ihr ruhten. »Und du, wie siehst du das?«, fragte Ian. »Ist dir die Ehe heilig?«

»Offensichtlich nicht«, antwortete Amy.

»Wir haben einen schlechten Einfluss auf dich. Penny meinte, du bist glücklich verheiratet. Ist doch schön! Und wie lange schon?«

»Dreizehn Jahre.« Amy dachte an Leo am Tag ihrer Hochzeit. Die weiße Blüte in seinem Knopfloch hatte sie an sein Gesicht erinnert, so tapfer und offen hatte sie herausgeragt und auf sie gewartet.

»Alle Achtung«, sagte Ian. »Für mich völlig unvorstellbar.«

Doch inzwischen lebte Leo in seiner eigenen Welt, fern von ihr. Er wollte nicht mehr mit ihr schlafen und brauchte sie nicht mehr als Kumpel. Diese Funktion erfüllte jetzt seine Kollegin Corinna Berry, mit der er über das hohe Arbeitspensum und diverse andere Dinge jammern konnte. Manchmal telefonierten sie abends sogar miteinander. Obwohl Amy ewig nicht mehr in Leos Büro gewesen war, standen ihr die Diplome und Fotos an den mit Strukturtapete beklebten Wänden noch deutlich vor Augen, und bestimmt hing dort auch das schon etwas ältere Bild von Mason und ihr. Vage erinnerte sie sich an das gewellte, leere Zahnfleisch ihres Sohns, aus dem schon bald das erste Zähnchen hervorbrechen sollte. Doch was wusste sie überhaupt noch vom Leben in einer Kanzlei – vom Umgang mit Juxtapose BriefScan, vom Umgang mit eigentlich allem?

Leos Alltagswelt war ihr ebenso fremd wie die jedes anderen Menschen. Als kleines Mädchen hatte sie für ihr Leben gern geheime Orte erkundet, sich Zugang zu kleinen, unbekannten Ecken verschafft – die mit Stoff verhängte sepiabraune Düsternis unter dem Tisch oder das improvisierte Zelt aus ihrem über zwei Stühle drapierten Bettbezug mit dem Erdbeerrand. Oder die Aussparung unten am Schreibtisch im Arbeitszimmer ihres Vaters, während er auf dem Schreibtischstuhl saß und Wirtschaftsklausuren korrigierte. Von dort unten sah sie die Hosenbeine ihres Vaters und seine langen Füße in schwarzen Socken und griff danach wie nach dem Sicherheitsbügel der Achterbahngondel. Dort, in seinem Bereich, war ihr Vater für sie intensiv präsent gewesen, so wie Leo jetzt vor allem in seinem Büro präsent war und sie selbst früher in ihrem – bis zu dem Tag, an dem sie es verlassen hatte.

Leo reiste beruflich etwa ein Mal pro Monat für ein, zwei Tage zu Mandanten außerhalb der Stadt und übernachtete in Businesshotels mit Bademänteln aus dickem Frottee, das vom häufigen Tragen abgewetzt war. Ein Geschäftsmann nach dem anderen hatte sich in diesen Mänteln einsam und müde mit der Fernbedienung in der Hand vom Bett aus durch die Programme gezappt.

Die Zeit hatte Leo und sie auseinandergebracht. Penny und Ian waren ihre Chance, zu ihm zurückzufinden. Sie hätte Pennys dringende Bitte um Diskretion ignorieren und Leo alles erzählen können. Dann wäre auch er in die Sache verwickelt gewesen, und statt einem Paar hätte es zwei gegeben. Dann hätte sie Leo alle Details der Affäre berichten und ihre Beziehung damit vielleicht wieder kitten können.

»Ich finde, du solltest die Informationen gegen Penny verwenden«, hätte Leo möglicherweise gesagt. »Droh ihr damit, ihrem Hedgefonds-Gatten alles zu erzählen, und hol richtig Kohle aus ihr raus. Hey, die Schulgebühren sind bald wieder fällig!«

»Zumindest eine Familienjahreskarte für ihr Museum könnte ich von ihr erpressen.«

»Ja, aber warte, bis sie eine richtig gute Ausstellung organisiert. Fotos von russischen Einwanderinnen mit Kopftuch auf dem Landungssteg in die Neue Welt oder so. Glaubst du, das Museum wird irgendwann so eine Ausstellung machen?«

»Fragt sich, ob sie irgendwann mal eine andere Ausstellung als so eine machen, Leo.« Und sie würden gehässig lachen und sich im sicheren Bewusstsein ihrer Liebe und Offenheit und der Tatsache, dass sie viel mehr hatten, als Penny Ramsey und Ian Janeway je haben würden, in ihrem Ehebett umarmen.

Doch Amy erzählte weder Leo noch Jill von dem Paar, sondern ließ alles ungesagt und auf sich beruhen. Keine der anderen Freundinnen im »Golden Horn« erfuhr davon, obwohl der betörende Kaffee- und Butterduft theoretisch jedem pikante Dinge entlocken konnte. Sie tat, worum man sie gebeten hatte, und behielt das Geheimnis für sich.

Der Anblick der liebestrunken verzerrten Miene, mit der Penny Ian betrachtete, war ähnlich verstörend wie der ihres in Leder und Pelz verpackten winzigen Füßchens. Ian mit seinem immer ungekämmt wirkenden Haar und den über Gesicht, Hals und Hände versprengten Sommersprossen besaß nur die Macht, die er auf Penny ausübte. Er war zwar charmant, aber im Grunde auch nur einer von den undurchsichtigen einsamen Wölfen, die Jahr für Jahr durch die Stadt lavierten, von den wogenden Menschenmassen verschluckt und von kaum irgendwem beachtet wurden.

»Wie soll ich nur die Weihnachtstage überstehen?«, sagte er. »Amy und ich werden uns oft treffen müssen. Du bist doch über Weihnachten hier, Amy?«

»Ja.«

Leo und sie würden sich eine Reise nicht leisten können. Das war schade, aber kaum überraschend. Obwohl die Winterferien noch in einiger Ferne lagen, stand bereits fest, dass die Ramseys nach St. Doe's fliegen, Amy, Leo und Mason dagegen zu Hause bleiben würden. Es war nichts geplant, außer dass Amys Mutter Antonia gegen Ende der Schulferien wegen der Frauenkonferenz für einige Tage kommen und im kleinen Arbeitszimmer auf einer Luftmatratze übernachten würde.

»Ihr könntet doch auch nach St. Doe's fliegen, Amy«, sagte Penny.

»Geht leider nicht«, erwiderte Amy, doch der Gedanke, neben Penny an einem weißen Strand zu liegen, während ihre Söhne in den Wellen plantschten, war unfassbar schön. Gemeinsam die letzten Tropfen Sonnenmilch aus den Flaschen zu pressen und im Flüsterton über Ian Janeway zu sprechen – wie sich die Beziehung entwickeln werde, ob Ian nicht vielleicht »zu« verliebt sei. »Wir können uns das nicht leisten«, fuhr sie fort. »Ich weiß genau, was Leo sagen würde.«

Nach einer kurzen Pause fragte Penny: »Bist du sicher? Habt ihr nicht ein paar Flugmeilen übrig? Das würde die Kosten zumindest ein bisschen reduzieren.«

»Stimmt, wir haben noch Meilen«, erwiderte Amy und sprach plötzlich viel zu laut, fast so wie Jills Tochter Nadia, wenn sie aufgeregt war. Denn vielleicht klappte es ja tatsächlich, vielleicht war es machbar. Sie nahm sich vor, Leo abends zu fragen.

»Ich habe auch Meilen übrig«, verkündete Ian überflüssigerweise.

Nach dem Mittagessen schlenderten sie durch die Ausstellungsräume und blieben vor den Bildern von Magritte stehen. Obwohl der Mann mit dem grünen Apfel gerade nicht dort hing, dachte Amy an den so lange vergangenen Tag mit Mason. Eine Texttafel beschrieb Magrittes Beziehung zu seiner Frau. Georgette war kurz nach der ersten Begegnung sein Modell geworden, seine Muse. »Ich glaube, sie waren sehr häuslich«, sagte Penny zu Ian. »Alles andere als wild. Sie saß ihm Modell, er malte. Dann wurde er berühmt, und sie reisten viel und standen sich sehr nahe.«

»Brenn mit mir durch«, sagte Ian leise.

»Sch!«

Zwischen den schwebenden Traumgegenständen hingen, fast diskret verteilt, Akte, die Amys Vermutung nach Georgette Magritte darstellten, die Frau, die ständig in seinen Gedanken und seine große Inspiration gewesen war. Genügte das, um ein erfülltes Leben zu führen? Karen Yip machte ihrem Wilson gern alles recht, sorgte für sein Wohlbefinden und für ein schönes gemeinsames Leben. Amy hätte das nicht genügt, obwohl sie nicht wusste, was auf Dauer genügte. Einstweilen war sie damit zufrieden, hier zu stehen und zu beobachten, wie Ian Penny etwas zuflüsterte, nach einem Blick durch den Raum dicht an sie heranging und ihre Stirn küsste. Beide waren klein und ähnelten mit ihren schön proportionierten, kompakten Körpern sexualisierten Kindern. Amy empfand einen seltsamen Stolz auf die Liebe dieser zwei Menschen, fast so, als wäre sie die großherzige Anstandsdame. Sie dachte wieder an die Reise nach St. Doe's und überlegte, ob es klappen könnte. Eine Weile stand das Paar im dämmrigen Museumslicht, und Amy erschien es, als leuchteten sie, wenn auch nur füreinander.

Erst kürzlich hatte Mason etwas Neues aus seinem unendlich großen Wissensschatz mit ihr geteilt. Auf Satellitenkarten der Erde könne man den Aufenthaltsort jedes Einzelnen jederzeit und auch aus großer Entfernung erkennen. Die leicht nach oben gewandten Gesichter aller Menschen strahlten einen Schimmer ab, wie es ihn auf der Welt kein zweites Mal gebe – nützlich in der Liebe, ungünstig im Krieg. Ihr inneres Glühen konnten die Menschen nicht verbergen, sosehr sie sich auch bemühten.

Als Leo sich jetzt wieder durch einen Albtraum stöhnte und zitterte, legte Amy ihm die Hand auf den breiten Rücken, und er drehte sich zu ihr.

»Warum weckst du mich?«

»Du hattest einen Albtraum und hast wieder geächzt und gekeucht.«

»Stimmt doch gar nicht.«

»Das sagst du immer, Leo. Dabei klingst du wie ein tollwütiger Hund.«

»Oh, Entschuldigung.« Er rieb sich die Augen. »Ich darf vor dem Schlafengehen nichts mehr essen«, sagte er mit einer Kopfbewegung zu dem mit Pecan-Cookies-Krümeln übersäten Teller auf seinem Nachttisch. »Stimmt, ich hatte einen Traum. Ich war völlig fertig.« Langsam erinnerte er sich. »Ich wusste, dass gleich was ganz Schreckliches passiert, und du und Mason, ihr seid auf den Wald zugegangen – keine Ahnung, wo das war, ich kannte die Gegend nicht –, aber im Wald war es dunkel, und ich wollte nicht, dass ihr da reingeht, weil ich Angst hatte, ihr würdet nie wieder rauskommen. Es war zum Teil richtig apokalyptisch. Wobei es die Apokalypse wohl eher ganz oder gar nicht gibt.«

Er sank zurück. Amy schmiegte sich im Dunkeln an ihn und sagte: »Wahrscheinlich beschäftigt dich das Vater-Sohn-Wochenende.«

»Das Wochenende – Scheiße!«

»Wird schon nicht so schlimm, Leo.«

»Wird schon nicht so schlimm für dich, du bleibst zu Hause. Aber mir graut davor.«

»Vielleicht wird es ganz nett.«

»Dabei müssen wir nicht mal im Zelt schlafen. Wir haben Hütten mit Strom. Aber alle diese Väter mit ihren Söhnen auf so engem Raum! Und Mason und ich sollen gemeinsam wandern. Ich wandere nicht. Ich bin keiner von den Vätern, die den K2 raufklettern oder was immer diese Dads mit ihren angeheuerten Sherpas besteigen. Ich bin anders und habe auch nicht so viel Geld. Ich bin einfach nicht so aggressiv wie die.«

»Ich bin froh, dass du anders bist. Aber es geht doch nur darum, extrem eingespannte Väter ein bisschen Zeit mit ihren Söhnen verbringen zu lassen.«

»Ich weiß nicht mehr, was Mason überhaupt Spaß macht«, jammerte Leo. »Ich weiß nicht mal mehr, ob er glücklich ist oder nicht, weil mir einfach die Zeit fehlt, es rauszufinden.«

Glück war für Amy, Leo und die meisten ihrer Bekannten ein schwer zu erreichender Zustand geworden, in den nur Kinder häufiger gerieten. Wie besorgt und unglücklich man selbst auch war – entdeckte man am eigenen Kind ein Anzeichen von Glück, wurde man schlagartig ebenfalls glücklich. Dann fühlte man sich, als hätte man unvermutet auf einer Wiese ein Rehkitz mit steifen, zitternden Beinen erspäht und würde spontan »Schaut mal!« rufen.

»Ich glaube, er ist glücklich«, erwiderte Amy. »Eine alte Dame hat mal im Museum gesagt, Mason und ich würden sehr glücklich wirken. Ist allerdings schon eine Weile her.«

Die Ungewissheit über den Seelenzustand ihres Sohns brachte beide eine Zeit lang zum Schweigen. Ein starker Anflug von Wehmut erfasste sie – Begleiterscheinung des Rituals, mit dem Eltern ihr Kind der Welt überlassen. Doch falls ihre Gedanken in diesem Moment dem jeweils eigenen Glück galten, so gestanden sie es einander nicht ein. Leo schloss die Augen und drückte sich das Kissen seitlich ans Gesicht. Auch Amy machte die Augen zu und dachte an Penny und Ian. Doch plötzlich riss sie die Lider auf.

»Übrigens – die Ramseys …«

»Ja?« Leo blickte seine Frau an. Ihre Nasen waren so dicht voreinander, dass sich die Spitzen beinahe berührten.

»Ich habe dir doch erzählt, dass sie über die Winterferien nach St. Doe's fliegen«, sagte Amy leise, »und sie hat mich gefragt, ob wir mitkommen würden. Ich habe gesagt, dass das nicht geht.«

»Gut so.«

»Es ist völlig ausgeschlossen, ich weiß.«

»Genau.« Er gähnte. »Vielleicht in einem anderen Leben. In einem Paralleluniversum. Mir reicht im Augenblick das Vater-Sohn-Wochenende.«

»Das packst du.«

»Der Eigentümer von St. Doe's«, sagte Leo nach einer Pause, »stellt diese Kekse her, diese Bing-Bongs. Ob die schmecken?«

»Keine Ahnung.«

Sie lagen schweigend da. Amy wartete darauf, dass Leos Atem im Halbschlaf in die Phase der zermürbenden Apnoe glitt, was meist nicht lange dauerte. Er hatte in den letzten Monaten zugelegt, und sie machte sich Sorgen, er könnte eines Tages tot umfallen wie der Familienvater aus 14H. Schlafapnoe betraf vor allem übergewichtige Männer. Man lag hellwach daneben, hörte das Schwingen des dünnen Rohrs, durch das der Atem strömte, und wusste, dass etwas nicht stimmte. Ängstlich lauschte man dem eigenen Mann, nicht viel anders als die Mutter in Amys Lamaze-Gruppe vor zehn Jahren, die sich so schrecklich davor gefürchtet hatte, ihr Baby könnte einen plötzlichen Kindstod sterben. Die Frau war in den ersten Monaten jede Nacht aufgeblieben, um den Atem des Kleinen zu überwachen, bis sie eines Tages vor Erschöpfung zusammenbrach. Doch Leo atmete noch immer gleichmäßig, denn er konnte nicht schlafen. Beide waren hellwach. Das Gespräch über St. Doe's und die daraus folgenden Gedanken über Geld hatten sie aufgewühlt.

»Bist du noch wach?«, fragte sie.

»Ja. Ich muss die ganze Zeit an diese Insel denken.«

»Tut mir leid. Vergiss es einfach.«

Einige Sekunden verstrichen. Dann sagte Leo: »Wir hätten noch ein paar Meilen.«

Meilen! Amy überkam das Gefühl, ihren Mann steuern zu können wie Mason sein Elektrospielzeug. Sehr behutsam sagte sie: »Daran habe ich auch schon gedacht. Penny hatte die Idee. Und was ist mit diesen Kreditkartenpunkten? Aber eigentlich wollte ich es gar nicht erwähnen, ich weiß ja, dass wir es uns nicht leisten können. Die Insel ist irrsinnig teuer. Das ist nichts für uns.«

»Was hast du gesagt, warum wir nicht mitkommen können?«

»Dass wir es wahrscheinlich nicht hinkriegen würden.«

»›Hinkriegen‹ hast du gesagt?«

»Na ja, es ist die Wahrheit.«

Leo veränderte seine Lage im Bett. »So komme ich rüber wie ein Versager. Als könnte ich mit meiner Familie nicht schön in Urlaub fahren.«

»Jedenfalls nicht nach St. Doe's.«

»Und was hat sie gesagt?«

»Sie hat vorgeschlagen, dass wir unsere Meilen einlösen. Und dann sind mir unsere vielen Kreditkartenpunkte eingefallen. Beides zusammen würde vielleicht einen großen Teil der Kosten decken.« Leo erwiderte nichts. »Ständig schicken sie uns diese Mitteilungen, wir hätten wahnsinnig viele Punkte und Meilen gesammelt, und ständig sagen wir, man müsste damit etwas machen, aber wir tun's nie«, fuhr Amy fort. »Können wir uns nicht ein Mal einen tollen Urlaub gönnen?«

Leo setzte sich benommen auf und ließ die Schultern hängen. Amy erinnerte sich an die Situation auf der Straße, nach der Besichtigung der Privatschule für Mason, als Leo im Regen dagestanden und auf seinem BlackBerry hin und her gerechnet hatte. Nun schaltete er sich wieder in den Kalkulationsmodus, sie sah es ihm an. »Was nicht heißen soll, dass du jetzt sofort Kassensturz machen sollst.«

Ihr Mann stieg trotzdem aus dem Bett und stapfte in Boxershorts und mit nacktem Oberkörper durch den vom grünen Nachtlicht im Gästebad schwach beleuchteten Gang. Amy folgte ihm und sagte leise: »Hör auf, Leo!«, doch er trottete weiter. In dem Licht sah er aus wie ein Klinikmitarbeiter in einem unterirdischen Korridor auf dem Weg zu einer grausigen nächtlichen Operation, wenn nicht sogar zur Arbeit in der Leichenhalle. »Komm wieder ins Bett!«

Doch er war aufgeregt, er fühlte sich bedroht, und sein Interesse war geweckt. Deshalb setzte er sich in den winzigen Arbeitsraum, der selbst als Kinderzimmer zu klein war und in den er kaum hineinzupassen schien, machte es sich auf dem knarzenden, viel zu niedrigen Bürostuhl so bequem wie möglich und entnahm Svens Fächern diverse Unterlagen. »Hör auf damit!«, sagte Amy noch einmal. »Das muss doch nicht jetzt sein. Willst du mir etwas beweisen? Wir sehen uns das morgen an. Du musst schlafen.«

»Zu spät, jetzt bin ich wach.«

Während er die Unterlagen aufeinanderstapelte, sah Amy Rechnungen und Quittungen von seinen Geschäftsreisen mit den nichtssagenden Namen von Hotels in anderen Städten. »Omega Park Centre«. »Woodbridge Suites«. »The Inn on Dover Green«. Leo kämpfte sich weiter durch den Papierkram.

»Was suchst du eigentlich?«, fragte sie.

»Eine Mitteilung über unseren Meilenstand.«

Kurz darauf hatte er sie gefunden. Die Werbegeschenke, die sie normalerweise im Alltag erhielten, waren meist dürftig, doch dass sie überhaupt etwas umsonst bekamen, erfüllte sie mit leicht peinlicher Freude. Wenn sie gelegentlich zum Abendessen etwas aus dem »Sezuan Treasure« kommen ließen und mehr als zwanzig

Dollar zahlen mussten, was schnell passierte, bekamen sie kostenlos einen Plastikbehälter mit kalten Sesamnudeln dazu, die als wirres Fadenknäuel in einer Erdnuss-Soja-Sauce schwammen, und Amy dachte, so armselig es war: Toll, Gratisnudeln!

In dieser Phase, in der alles ihre Mittel leicht überstieg, erschien ihnen jede kostenlose Gabe in ihrem urbanen Umfeld wie ein kleines Wunder. Worin das Geschenk bestand – ob in Nudeln oder in einem Gutschein für eine 15-ml-Tube Antioxidants-Gesichtscreme, einzulösen in der Kosmetikabteilung eines Kaufhauses, allerdings erst nachdem man von einer fahrigen jungen Frau mit perfektem Gesicht ein Formular erhalten und mit Angaben zum eigenen »Gesichtstyp« ausgefüllt hatte –, war nicht so wichtig. Amy aß die Gratisnudeln und bat um die fingerhutgroße Tagescreme-Tube. Und sollte Leo ihr eröffnen, dass die gesammelten Meilen sie nach St. Doe's bringen würden und die verrückterweise angehäuften Kreditkartenpunkte für einen großen Rabatt auf ein paar Nächte in einem schönen Hotel auf der schicken Insel ausreichen könnten, würde sie auch danach grapschen, würde zugreifen und es machen.

»Für einen annehmbaren Ticketpreis müssten wir wahrscheinlich zu nachtschlafender Zeit aufbrechen und im Frachtraum sitzen«, sagte Leo.

»Das wäre mir egal.«

»Ich wüsste gern, warum du dich plötzlich so sehr für Penny Ramsey interessierst.«

»Sie führt ein faszinierendes Leben«, erwiderte Amy in Ermangelung einer besseren Antwort. »Ich höre gern zu, wenn sie davon erzählt.«

Leo nickte. Auf dem kleinen Schreibtisch stapelten sich Unterlagen, Rechnungen und Kontoauszüge. Leo war geradezu umringt von ihnen. Er legte den Kopf auf seine verschränkten Arme.

Amy erinnerte sich, wie er ihr ganz am Anfang, nach ihrer ersten Begegnung in der Kanzlei Kenley Shuber, erzählt hatte, dass er sich sehr davor fürchtete, in seinem Job als Wirtschaftsanwalt zu »verkümmern«, das war seine Wortwahl gewesen. Sie hatten sich ausgerechnet während eines Gesprächs über Selbstzweifel ineinander verliebt. Eines Abends waren sie auf ein Bier ins »Taggart's« gegangen, eine bei den jungen Kanzleiangestellten beliebte Bar. Abgesehen von gemeinsamen Aufzugfahrten war es ihre erste Begegnung zu zweit gewesen. Leo erzählte ihr, wie gern er aufs College gegangen war, mit welcher Begeisterung er dort Tolstoi, Kafka und Thomas Mann gelesen hatte. Beide besaßen einen Abschluss in Literaturwissenschaft – Amy einen von der Penn State in Anglistik, Leo einen von Rutgers in Komparatistik –, aber beruflich mit Büchern zu tun zu haben, hatte er sich nicht vorstellen können. Seine Seminararbeiten waren meist hölzern und förmlich ausgefallen, doch dass er sein Leben lang ein Vielleser sein würde, hatte er immer gewusst. Er sei einfach für Bücher geschaffen, erklärte er in der Bar. In jungen Jahren habe er geglaubt, die Tätigkeit als Anwalt – der sorgfältige und genaue Umgang mit Sprache – werde ihm helfen, etwas von seinem intellektuellen Glanz zu bewahren, und ihn im Lauf der Zeit sogar noch heller strahlen lassen.

Das Wichtigste aber war der beruhigende Gedanke gewesen, als Anwalt über ein regelmäßiges Einkommen zu verfügen. Seine Familie hatte immer am Rande der Armut gestanden. Von seinem Zeitungskiosk brachte sein Vater die neuesten Ausgaben des *»Ladies' Home Journal«* für Leos Mutter und *»Mad«*-Hefte für Leo mit, und Vater und Sohn lösten gemeinsam das Geheimnis des Faltbilds auf der letzten Seite und lasen die Filmparodie des Monats. Danach ging das Ehepaar Buckner oft ins Elternschlafzimmer und stritt sich stundenlang über Geld. »Wir kommen unter die Räder!«, hatte Leo seinen Vater einmal brüllen hören. »Wir kriegen es von allen Seiten!« Und seine Mutter hatte ihren Mann angeschrien: »Beruhig dich doch, sonst stirbst du noch an einem Aneurysma!« Leo betete damals zu Gott: »Bitte mach, dass mein Dad kein Aneurysma bekommt«, obwohl er nicht wusste, was das war. Gegen solche Streitereien würde er als Anwalt gefeit sein. Er würde seine Familie versorgen, würde Frau und Kinder heldenhaft vor Aneurysmen, Rädern und davor schützen, es von allen Seiten zu kriegen.

Der Traum von harter Arbeit und einem regelmäßigen Gehalt hatte allerdings nicht beinhaltet, dass Leo sich im College in die Literatur verlieben und sie schließlich wieder beiseiteschieben würde, so wie es viele Literaturwissenschaftler nach ihrem Abschluss taten. »Im Grunde«, hatte er in der Bar zu Amy gesagt, »ist das College wie ein wunderschöner Wald. Und wenn man ihn eines Tages verlässt, um Jura, Wirtschaft oder was auch immer zu studieren, wird alles anders.« Sie saßen nebeneinander auf Hockern, und während er sprach, stellte sich Amy vor, wie sich in dem wunderschönen Wald sein Körper und ihrer über das nasse Laub wälzten. »Sobald man eine sichere Stelle hat«, fuhr Leo schon ein bisschen betrunken fort, »wird einem klar, dass das restliche Leben nichts, aber auch gar nichts mit Tolstoi, Kafka und Thomas Mann zu tun haben wird.«

Warum sagen die Leute eigentlich immer »Thomas Mann« statt einfach »Mann«?, hatte sie sich, selbst leicht beschwipst, gefragt. Bei Tolstoi und Kafka genügte der Nachname, bei Mann nicht. »Ja, ich weiß, was du meinst«, hatte sie hastig versichert und wäre am liebsten aus der dunklen Bar in die nächste Buchhandlung gerannt, um ihm eine schön gebundene Ausgabe eines Thomas-Mann-Romans zu kaufen, die er sich auf den Nachttisch legen und in der er jeden Abend vor dem Einschlafen ein bisschen lesen könnte. Und dann wollte sie einfach nur noch, dass er sie küsste; für einen Kuss von ihm hätte sie alles getan.

Sie stellte sich vor, Leo Buckner und sie würden zu jenem wunderschönen Wald zurücklaufen und feststellen, dass es ihn nicht mehr gab. Dann würde Leo an sich hinunterblicken und sehen, dass er wie sein dickbäuchiger, von allen Seiten bedrängter, mit Zeitschriften handelnder Vater Murray Buckner gekleidet war, nur ein bisschen edler, und sie würde an sich hinunterblicken und sehen, dass sie einen kurzen Rock und eine Strumpfhose trug, die sie jeden Abend nach der Arbeit ausziehen, in ihrem Junggesellinnen-Waschbecken waschen und auswringen müsste, um dann das seetangähnliche Knäuel mit einer weit ausholenden Bewegung über den Duschkopf zu hängen.

An dem Abend im »Taggart's« sprachen sie darüber, ob er die Kanzlei verlassen und Pflichtverteidiger werden sollte. Sie sah ihn vor sich bei der Arbeit in seinem Büro in einem Verwaltungsgebäude. An den Wänden hingen Plakate, und draußen auf den Klappstühlen im Gang warteten arme alleinerziehende Mütter mit Unterlagen in der Hand geduldig auf ein Gespräch mit ihm. Der Boden war mit einem grauenhaften dunkelroten Teppich ausgelegt, und wenn Leo sich zurücklehnte, kreischte sein billiger Bürostuhl empört auf.

Beiden war klar, dass so ein Job das restliche Leben erschweren, ja fast unbewältigbar machen würde. Denn nach und nach gewöhnten sie sich an das gar nicht so üble Gehalt, das Kenley Shuber seinen jungen Anwälten zahlte, und an die kleinen Extras, die dieses Leben ganz nebenbei bot. Sie waren beide nicht besonders gierig und nicht gewillt, sich komplett zu verbiegen. (»Die Tabakindustrie vertrete ich garantiert nie«, sagte Leo. Später machten sie Witze darüber, dass er dafür nun die »Fleischwurstindustrie« und die »Putenschinken-mit-Honig-und-Hickory-Rauch-Industrie« vertrat.)

Als Leo schließlich das Bier bezahlte, war seine Pflichtverteidiger-Idee bereits ebenso Makulatur wie die kurz angedachte Möglichkeit, es einem hochintellektuellen Freund von ihm gleichzutun, der sich auf Verfassungsrecht spezialisiert hatte und Dozent an einer juristischen Fakultät geworden war. Amy und Leo standen ein bisschen schwankend auf und gingen zurück, um die nächste Spätschicht in Kenley Shubers Kanzlei einzulegen, wo die Bürostühle das Iliosakralgelenk wie eine liebevolle Mutterhand umschlossen und ein Chauffeur bereitstand, um die jungen Anwälte nach getaner Arbeit in einer sanft dahingleitenden Limousine heimzubringen. Leo blieb in der Kanzlei, und der Wunsch nach einem Dasein als Pflichtverteidiger wurde nie wieder übermächtig. Die Erinnerung an die Geldnöte seiner Eltern und sein Bedürfnis nach Komfort veränderten nach und nach seine Wünsche. Er wurde ein guter, ein sehr versierter Zivilrechtler. Auch Amy war eine ziemlich gute Anwältin gewesen, kompetent in der ihrer Ansicht nach sicheren und verlässlichen Kunst der Treuhand- und Nachlassverwaltung. Bis sie, wie so viele Frauen, den Job aufgab, den sie nie so geliebt hatte wie erhofft.

Sie glaubte Leo seufzen zu hören, während er mitten in der Nacht reglos an seinem kleinen Schreibtisch im Arbeitsraum saß, den Kopf auf den verschränkten Armen, die Arme auf dem Wust von Unterlagen. Aber vielleicht war es auch nur der klackernd und klopfend durch die Heizungsventile strömende Dampf.

»Was meinst du, können wir hinfliegen?«, fragte sie. Die Antwort kam erst Sekunden später.

»Was?« Leo hob den Kopf. Er war um drei Uhr morgens unter der Schreibtischlampe eingeschlafen, während seine Frau direkt neben ihm stand und ihn ansah. »Wohin?«, fragte er. »Wohin sollen wir fliegen?«

»Nach St. Doe's. In den Winterferien.«

»Ach so.« Wieder folgte eine Pause. »Ja, wir können es machen.«

Neun

»Wann beginnt der Urlaub mit den Ramseys?«, fragte Karen Yip. Es war früher Abend und schon dunkel auf der Straße Richtung Norden. Im SUV der Yips saß Amy neben Karen auf dem Beifahrersitz, Roberta und Jill teilten sich die Rückbank, und ganz hinten hockte Jills Tochter Nadia und sang, das Gesicht an die Fensterscheibe gepresst, leise vor sich hin, während sie auf die schwarze Straße und die vorbeifahrenden Autos starrte. Karen rechnete zu ihrer eigenen Unterhaltung Meilen in Kilometer um, sogar beim Reden. Eine Meile entsprach 1,609344 km. In ihren Gedanken ratterten die Ziffern entsprechend der Distanz der gefahrenen Strecke.

»Am Sonntag nach Ferienbeginn«, antwortete Amy.

»Fliegt ihr gemeinsam?«

»Nein, wir treffen uns dort. Ich kenne Greg Ramsey ja gar nicht. Und was ich über ihn gehört habe, klingt nicht toll.«

»Ach so, deshalb fahrt ihr mit ihnen in Urlaub«, sagte Jill leise, und Karen spitzte die Ohren, um herauszuhören, ob sich diese Kritik an Amy wieder zu etwas Größerem auswachsen würde wie so häufig in letzter Zeit, wenn es zwischen den beiden um Penny Ramsey ging. Doch Amy schwieg. Die anderen teilten sich ihre Pläne für die bevorstehenden Weihnachtsferien mit, erzählten, wohin sie fahren und was sie machen würden. Roberta erklärte, sie werde wie gewohnt mit Nathaniel und den Kindern zu Hause bleiben, doch diesmal gebe es viel zu tun. Sie müsse sich um Brandy Gillop kümmern, das Mädchen aus South Dakota, das sie zum Schwangerschaftsabbruch gefahren hatte.

»Wir mailen fast täglich. Sie macht jetzt Fotos von ihren Bildern. Ein paar habe ich schon gesehen. Sie hat ein riesiges Potenzial.« Roberta beugte sich so weit vor, wie es ihr Gurt erlaubte, und sagte: »Amy, ich habe mir überlegt, dass du Brandys Fotos vielleicht Penny Ramsey zeigen könntest.«

»Ja, kann ich machen«, erwiderte Amy. »Aber ich wüsste nicht, was Penny für sie tun könnte. Schließlich leitet sie ja kein Kunstmuseum.«

»Penny kennt bestimmt viele Leute in der Kunstszene, da führt eines zum anderen. Brandy kann von South Dakota aus jedenfalls nichts unternehmen.«

»Klar, okay, kein Problem«, sagte Amy und gleich darauf zu Karen: »Ist es nicht herrlich? Wie das ›Golden Horn‹ auf Rädern. Wenn wir doch nur die ganze Nacht durchfahren könnten!«

»Ich hätte nichts dagegen. Ich fahre gern«, sagte Karen.

Sie waren gut drauf, gelöst und in Redelaune. Die drei anderen Frauen unterhielten sich entspannt über Brandy, über Penny Ramseys kleines, aber feines Museum und über die Frage, ob man anderen, weniger gut vernetzten Leuten helfen müsse. Ja, müsse man, lautete das Fazit. Dass Karen während der Fahrt rechnete, bemerkten sie nicht. Sie zählte still vor sich hin, versuchte die exakte Meilenzahl zwischen zwei Ausfahrten zu schätzen, überprüfte ihre Ergebnisse mit einem Blick auf das Armaturenbrett und lag wegen ihres angeborenen Zahlengefühls fast immer richtig. Sie hatte noch jeden Wettbewerb gewonnen, in dem die Anzahl der Perlen, Nüsse oder Bonbons in einem Glas geschätzt werden musste, auch wenn es dafür nie wirklich interessante Preise gab. Ein Mal hatte man ihr sogar nur das mit Perlen gefüllte Glas überreicht.

Sie waren auf einer Mission. Die vier Frauen und das kleine Mädchen fuhren an diesem Samstagabend zu dem Naturerlebniszentrum nördlich der Stadt. Ihre Männer und Söhne waren morgens ins Vater-Sohn-Wochenende aufgebrochen. Um sieben waren die beiden Reisebusse vor der Schule vorgefahren, und man konnte getrost davon ausgehen, dass alle schon wenig später *»Ninetynine Bottles of Beer«* angestimmt hatten, ein eintöniges, sich ständig wiederholendes Lied, das die meisten Erwachsenen hassten, Karen insgeheim jedoch beruhigend fand, obwohl sie selbst es als Kind nie gehört, geschweige denn gesungen hatte.

Sie war die einzige Frau im Wagen, die als kleines Mädchen nie in einem Sommerlager oder auch nur in einem Wochenendlager gewesen war. Sie hatte sich in ihren Kindheitssommern in einem heißen Zimmer über »Mathematik für helle Köpfe« gebeugt und schon mal vorgelernt oder, als sie etwas älter war, an der Kasse des »Ideal Dumpling Palace« in der Stockton Street in San Francisco gestanden, wo ihre Eltern kochten und das benutzte Geschirr mit dem Schlauch abspritzten. In ihren Sommern war nicht gesungen und in Hütten geschlafen worden, wo man sich die Zeit mit Murmelspielen und dem Flechten von Schlüsselbändern vertrieb.

Auch Nadia, die allein und offenbar zufrieden ganz hinten saß, hatte weder Erinnerungen an Sommerlager noch Fantasien darüber. Sie war nur ein schüchternes, verschlossenes kleines Mädchen, das gezwungen war, seine Mutter auf dieser Fahrt zu begleiten. Jill und Nadia waren am Vormittag mit dem Zug in die Stadt gefahren und würden bei Amy übernachten. Aller Wahrscheinlichkeit nach dachte Nadia Hamlin nur an heute und den zurückliegenden Tag. Jedenfalls sang sie wie üblich unbekümmert vor sich hin, und Karen hätte nicht sagen können, ob sie die Gespräche der Frauen überhaupt registrierte.

Die Fahrt zum Zeltplatz war nicht geplant gewesen, ganz im Gegenteil. Eigentlich hätten die Frauen während des Vater-Sohn-Wochenendes in der Stadt bleiben sollen, und das hatten sie auch vorgehabt, bis Karen Yip am Spätnachmittag beim Aufräumen in ihrer Maisonettewohnung in der East Sixty-third Street entdeckte, dass Wilson, ihr Mann, die Nachtsichtbrillen der Zwillinge Caleb und Jonno vergessen hatte, die seit einigen Tagen auf dem Tisch in der Diele lagen, damit Wilson nur ja daran dachte. Der Anblick machte sie fassungslos.

Wilson war eigentlich ein pflichtbewusster Ehemann, und dass er das sein würde, hatte sie schon kurz nach ihrer ersten Begegnung vor den Wärmebehältern mit den veganen Gerichten in der Mensa des MIT gewusst. Wie sich herausstellte, ernährten sich beide nur zeitweise vegan. Mindestens vierzig Prozent der Studenten, die ringsum ihre Teller mit bröckeligen Tofuscheiben und Lasagne aus Soja und Nusskäse beluden, waren Asiaten, aber keineswegs nur Inder, und so kam es, dass Karen Tang aus Chinatown in San Francisco und Wilson Yip aus Chinatown in New York, beide Studienanfänger, beide schmal und dünn, plötzlich nebeneinander standen. Wilson, damals, 1984, ein nervöser, überempfindlicher Typ, Bassist in einer Campus-Band namens »Fermat«, betrachtete das Essen auf Karens Teller mit skeptischem Blick und platzte schließlich, obwohl sie sich nicht kannten, mit der Feststellung heraus: »Sprossen weisen ein relativ hohes Vorkommen von E. coli 0157 auf.«

»Du meinst, ich soll sie besser nicht essen?«, fragte Karen.

Das war, lange bevor E. coli zum berüchtigten Vergifter von Salatbars und verpacktem, bereits gewaschenem Gemüse wurde. Wilson erwiderte achselzuckend: »Ich wollte es nur erwähnt haben, bevor du sie isst.« Mit diesen Worten löffelte er sich Pintobohnen und klumpigen braunen Reis auf den Teller und setzte sich zu seinen Bandmitgliedern. Karen blieb ratlos zurück und kratzte schließlich alles, was auf ihrem Teller lag, in den Müll. Wilson Yip erschien ihr als ein ängstlicher, aber auch nachdenklicher Mensch. Beider Leben wies zahlreiche Parallelen auf. Über den

Zufall mit den zwei Chinatowns hinaus hatten sie beide in ihrer jeweiligen Heimatstadt eine öffentliche Highschool mit Schwerpunkt Technik und Naturwissenschaften besucht und erhielten während ihres Studiums am MIT ein nahezu volles Stipendium. Sie waren beide mit achtzehn noch Jungfrau, wurden jedoch hin und wieder von einer stillen, schwer erträglichen Sehnsucht nach anderen Menschen heimgesucht, die sie weder auszusprechen noch zu befriedigen wagten. Und wie alle anderen auf dem Campus waren sie Zahlengenies.

Als Wilson ihr gestand, dass er abends vor dem Einschlafen Primzahlen aufzusagen pflegte – die Lucas- oder die Mersenne-Primzahlen, je nachdem, wonach ihm gerade war (»Das ist, als würde ich einen Wein auswählen«, hatte er erklärt) –, war Karen entgeistert zu dem Schluss gelangt, ihre andere Hälfte gefunden zu haben. Das Ritual der abendlichen Primzahlen liebten sie beide noch immer.

Weil sich Wilson alles merkte und aus seinem nervösen, faktensüchtigen Hirn nichts entwich, war es ihr völlig unbegreiflich, dass er die Brillen der Zwillinge liegen gelassen hatte. Die beiden echten, für professionelle Spione geeigneten Nachtsichtbrillen waren ein Geschenk von Wilsons Chef in der Bank, einem begeisterten Hobbyspion. Caleb und Jonno, die eingepferchten Großstadtjungs, hatten einen ganzen Monat lang geduldig darauf gewartet, sie während des Vater-Sohn-Wochenendes einsetzen zu dürfen, und den Augenblick herbeigesehnt, in dem sie die Brillen im kalten Walddunkel rings um den Zeltplatz umschnallen würden.

Normalerweise waren die Zwillinge nicht besonders frustrationstolerant. Karen stellte sich vor, wie sie enttäuscht das Gesicht verzogen, sobald sie sahen, dass die Brillen nicht in der Reisetasche lagen. Es war natürlich kein Notfall, wie wenn Jake Giffens Vater vergessen hätte, den EpiPen-Autoinjektor einzupacken. Aber

Karen hatte sich trotzdem über den Aussetzer aufgeregt, so wie sie sich manchmal aufregte, wenn etwas nicht bis ins Detail klappte, wenn jemand zu spät kam oder eine Rechnung nicht aufging, und hatte Amy in der Erwartung angerufen, ihre Freundin würde sie überreden, zum Zeltplatz zu fahren und ihren Söhnen die Nachtsichtbrillen persönlich zu bringen, wenn ihr so sehr daran lag. Genau so war es gekommen. Besser noch – Amy hatte vorgeschlagen, einen Gemeinschaftsausflug daraus zu machen, und sowohl Roberta zum Mitkommen animiert (Robertas Tochter Grace war über Nacht bei einer Freundin) als auch Jill, denn Donald musste übers Wochenende eine Menge wegarbeiten.

Jetzt fuhren sie alle zusammen auf dem Parkway Richtung Norden zu dem fünfundachtzig Meilen entfernten Erlebniszentrum, wo die Natur sogar noch in dieser Jahreszeit üppig war und die Männer und Jungs ein ganzes Wochenende lang allein zu bleiben glaubten. »Findet ihr es falsch, einfach so in ihre Privatsphäre einzudringen?«, fragte Karen hinter dem Steuer. »Die Zwillinge wollten die Brillen zwar unbedingt ausprobieren, aber vielleicht ärgern sie sich, wenn ich komme.«

»Schluss jetzt mit den Brillen!«, befahl Roberta Sokolov. »Wir sind schon halb da, Karen, und sie werden sich bestimmt freuen.«

»Außerdem – was können sie schon so schrecklich Geheimes machen?«, fragte Jill.

»Keine Ahnung«, sagte Roberta. »Nathaniel fühlt sich wahrscheinlich völlig fehl am Platz.« Das dürfte stimmen, dachte Karen. Robertas puppenspielender und kameraschwenkender Mann erschien ihr wie eine Gestalt aus den Sechzigerjahren. Er war zwar immer nett zu Karen, aber sie wusste nie, worüber sie mit ihm reden sollte.

»Leo hatte auch Schiss davor«, gab Amy zu.

»Leo passt da wenigstens rein«, sagte Roberta. »Er bewegt sich auch in der Geschäftswelt. Nathaniel hat seit Jahrzehnten keine Krawatte mehr getragen.«

»Nein, Leo passt da überhaupt nicht rein«, widersprach Amy.

»Also, Wilson hat sich auf das Wochenende gefreut«, verkündete Karen.

»Ich sehe sie förmlich vor mir, wie sie halb nackt ums Lagerfeuer tanzen«, sagte Amy.

Karen stellte sich pflichtschuldig die um das Lagerfeuer tanzenden, trommelschlagenden, sich völlig verausgabenden Männer vor. Sie war ein extrem nüchterner Mensch und hatte nur selten von sich aus lebhafte Vorstellungen von bestimmten Szenen. Ihre Freundinnen neckten sie deswegen oft, versicherten ihr jedoch, sie trotz ihrer mangelnden Fantasie zu mögen. Sie hatten natürlich recht, sie besaß wirklich kaum Fantasie; ihr erschien die Welt wie eine Abfolge systematisch angeordneter Kanäle und Korridore in einem gigantischen Raster. Wilson sah die Welt genauso und Caleb und Jonno wohl auch. Sie lösten für ihr Leben gern Matherätsel und liebten ihren Zauberwürfel, interessierten sich jedoch nicht im Geringsten für die launenhafte Natur, für Märchenbücher oder überhaupt für alles Erzählerische. Das lag in der Familie. Alle Yips waren nüchtern und konzentriert und beschäftigten sich vor allem mit messbaren Dingen.

Kam jedoch irgendwer mit einem Bild daher – mit dem tanzender Männer im Wald beispielsweise –, verspürte Karen in letzter Zeit Lust, es mit Details auszustatten, und versuchte nun, sie sich im Kreis sitzend vorzustellen: Wilson neben Caleb und Jonno, Leo neben Mason, Robertas schlaksiger Nathaniel neben seinem Sohn Harry, die Riege der anderen, höchst imposanten Väter der Klasse, inklusive Penny Ramseys kleinem, dickem, sich ständig aufplusterndem Gatten mit seinem Sohn Holden, und dazu noch all die anderen Männer und Jungs. Sie gab jedem seinen

Platz, vermischte Kiefernduft mit dem Geruch von über dem Feuer gebratenem Wildschwein und ließ plötzlich zwischen den Bäumen etwas Weibliches auftauchen, vier Frauen und ein kleines Mädchen mit geröteten Wangen und Nachtsichtbrillen.

Um kurz vor neun Uhr abends kamen sie an. Karen steuerte den großen Wagen auf den Behelfsparkplatz am Eingang zum Zeltgelände. Die Busse waren längt zurückgefahren und würden erst am nächsten Nachmittag wiederkommen, um die Jungs und Väter nach Hause zu bringen. Das Auto der Yips, ein riesiger SUV, wirkte deplatziert, wie ein Relikt aus der paranoiden Stadt. Kurz vor der zehn Jahre zurückliegenden Frühgeburt der Zwillinge in der zweiunddreißigsten Schwangerschaftswoche hatte Wilson solche Autos zu leasen begonnen. Beim Einkaufen in »Camarata & Bello« war eines Vormittags Karens Fruchtblase geplatzt. Sie hatte ganz hinten im Laden vor der schrägen Glasabdeckung der Fleischtheke gestanden, während der Metzger mit einem krummsäbelartigen Messer Mortadella für sie schnitt. Als die Klinge ins Fleisch sank, spürte sie plötzlich ein starkes Reißen, so als würde sie selbst geschnitten. Karen sagte nur: »O mein Gott.«

Dann hörte sie etwas klatschen. Es klang, als wäre nasse Wäsche auf den Boden gefallen, und obwohl sie keine Verbindung zwischen sich und dem Geräusch herstellen konnte, wusste sie, dass da etwas aus ihr herausgekommen war. Dann spürte sie auch etwas, blickte entsetzt zu Boden und sah das Wasser auf den weißen Fliesen. Die Frau hinter ihr in der Schlange packte sie am Arm und sagte: »Ihre Fruchtblase ist geplatzt, Sie müssen sofort in die Klinik!«

»Aber es ist viel zu früh!«, rief Karen.

»Nein, nein, die haben schon geöffnet«, erwiderte die Frau lachend und wurde schlagartig ernst, als sie es begriff.

Die Ärzte in der Klinik erklärten, die Entbindung müsse innerhalb der nächsten vierundzwanzig Stunden erfolgen. Als sich Karens Muttermund nicht öffnete, brachte man sie in den Kreißsaal und bestrich ihren Bauch mit rostrotem Desinfektionsmittel. Die Geburtshelferin, eine schicke, offenbar auf Designer-Sportklamotten spezialisierte Frau, wie Karen feststellte, als sie sie später in Zivil sah, wirkte fast sauer, weil Karen so undiszipliniert gewesen war, die Fruchtblase platzen zu lassen, anstatt die beiden Babys bis zum Geburtstermin an Ort und Stelle zu halten. Karen kam sich wie eine pflichtvergessene Mutter vor, die es unterlassen hatte, ihre Kinder in die Babyschalen zu schnallen, sodass sie nun durch die Gegend geschleudert wurden. Obwohl ihr alle versicherten, dass es nicht ihre Schuld sei und sie nichts falsch gemacht habe, war sie wütend auf sich und schämte sich in Grund und Boden. Als Calebs und Jonnos Lungen einen Monat später ausgereift und die Babys aus der Frühgeborenen-Intensivstation entlassen waren, versuchte sie, wie um ihr unentschuldbares Versagen wettzumachen, den Kindern zwanghaft Sicherheit zu bieten.

Am Vormittag der Entlassung stand das erste von Wilson geleaste Auto wie aufgebockt vor dem Krankenhaus in der Fifth Avenue. Wilson legte Caleb und Jonno in der Reihenfolge ihrer Geburt in die Babyschalen. Karens Mutter Chu Hua Tang, die aus San Francisco angereist war und ebenfalls im Wagen saß, um beim Transport der Kinder zu helfen, blaffte ihren Schwiegersohn in hektischem Chinesisch an. »So musst du das machen! Nein, nicht so! Das ist viel zu eng am Hals. Sollen deine Söhne dumm werden?«

Während Karen auf die Beleidigungen ihrer Mutter gegenüber Wilson oft fassungslos reagierte, ließ Wilson sie an sich abprallen und erklärte, da Chu Hua nicht seine Mutter sei, mache ihm das alles nichts aus. Damals vor der Klinik wirkten Wilson und seine Schwiegermutter sogar wie Verschworene, während Karen sich wie ein Gast fühlte, der mit der Hervorbringung der zarten Zwillingsbrüder nicht das Mindeste zu tun hatte. Die Kinder waren ihr noch immer fremd und der Wagen auch. Solche Autos, dachte Karen damals, waren Autos für amerikanische Großfamilien, deren Kinder hinten lümmelten und Gameboy oder Uno spielten, jede erreichbare Fläche mit Abfall bedeckten und Saftkartons mit einer Heftigkeit leer sogen, als wären die Strohhalme lebenserhaltende Schläuche. So eine Familie wurden die Yips, wenn überhaupt, viele Jahre lang nicht.

Der Wagen sei unbedingt nötig, hatte Wilson vor der Geburt der Zwillinge beteuert, und ihr war klar geworden, dass er lange darauf gewartet hatte, so etwas zu besitzen. In seiner Jugend hatte es noch keine SUVs gegeben, nur schiffähnliche Lincoln Continentals und Kombis, beide natürlich nie im Besitz seiner Eltern. Nicht einmal Leute mit miesen Autos hatte er als Jugendlicher gekannt. Die zwei Objekte seiner Begierde – besagte Wagentypen – waren irgendwann zu einem einzigen verschmolzen, und zwar zu einem Auto wie diesem: dick und fett wie eine schwangere Ehefrau, aber kraftvoll wie ihr Mann.

In Chu Huas Augen war der Wagen eine goldene Kutsche, und sie verhielt sich so, als hätte man sie ihr geschenkt. Jedem Wort, mit dem sie ihre Begeisterung über Wilsons und Karens Geld durchscheinen ließ, stand eines gegenüber, das ihren Unmut hinsichtlich bestimmter Details im Leben der beiden andeutete. Das Auto sei ja recht schön, erklärte sie, die Polsterung aber »so kalt und ledrig«. *Weil sie aus Leder ist,* Ma, hätte Karen am liebsten gebrüllt, doch sie schwieg.

Zehn Jahre waren seit jenem Vormittag vergangen. Karen war mit dem Wagen fast nur noch in der Stadt unterwegs, außer wenn sie im Sommer mit den Jungs zum Ferienhaus der Familie aufs Land fuhr. Jetzt saß sie mit ihren Freundinnen auf dem Parkplatz des Campinggeländes im Auto, dessen Motor verstummt war. »Was machen die wohl gerade?«, fragte Jill. »Was machen Männer, wenn keine Frauen da sind?«

»Ich will's gar nicht wissen«, sagte Roberta.

»Vielleicht gründen sie eine kleine Selbsterfahrungsgruppe, so wie meine Mutter und ihre Freundinnen«, sagte Amy. »Meine Schwestern, mein Vater und ich mussten bei ihren Treffen immer oben bleiben. Irgendwann hat mir meine Mutter erzählt, dass sie eines Abends Anfang der Siebzigerjahre den Muttermund einer anderen Frau besichtigt haben.«

»Stell dir vor, du wärst in diesem Moment nach unten gegangen«, sagte Jill kopfschüttelnd.

»Haben sie auch ihre eigenen Plazenten gegessen?«, fragte Roberta. »Hat man doch damals gemacht.«

»In Wahrheit hat das doch kein Mensch gemacht«, widersprach Amy. »Oder vielleicht haben es ein paar Frauen tatsächlich getan und den Feministinnen damit für immer einen schlechten Ruf angehängt.«

»Ich glaube nicht, dass die Feministinnen einen schlechten Ruf haben. Ich finde nur, dass der Begriff ein bisschen überflüssig ist«, sagte Karen. »Ein Wort aus der Vergangenheit. Eines, das nach Wut und Verzopftheit klingt.«

»Sag das bloß nie meiner Mutter!«, warnte Amy. »Sie hasst Frauen in unserem Alter, die sich nicht als Feministinnen bezeichnen. Offenbar denkt sie, das wären wir ihr und ihren Freundinnen schuldig.« Nach kurzem Schweigen fügte sie hinzu: »Also, ich sehe mich als Feministin. Ihr nicht?«

»Klar, theoretisch schon«, antwortete Roberta. »Normalerweise stellt sich die Frage ja ohnehin nicht, schließlich muss man es auf keinem medizinischen Formular oder so angeben. Aber ja, natürlich bin ich Feministin. Die Feministinnen haben eine Menge erreicht.«

»Ja, ja, wie gleichberechtigt wir jetzt sind ...«

»Das kannst du nicht ihnen in die Schuhe schieben«, sagte Roberta, »das ist nicht ihre Schuld. Es ist einfach unfair, dass Mütter ständig mit Vorwürfen bombardiert werden.«

»Du wirfst doch deiner Mutter auch ständig irgendwas vor«, sagte Amy.

»Meiner Mutter? Das ist was vollkommen anderes«, erwiderte Roberta, und alle lachten.

»Es ist so still da draußen«, sagte Jill nach einer Weile. »Komisch, dass nicht mal die Jungs Lärm machen.«

»Wahrscheinlich spielen die Jungs Videospiele, und die Männer sind in Telefonkonferenzen«, mutmaßte Amy.

»Nein, ausgeschlossen. Das ist verboten«, widersprach Karen. »In dem Elternbrief stand: ›Lassen Sie die Arbeit zu Hause.‹«

»Das war ein Witz«, sagte Amy.

Karen nahm Wilson reflexartig in Schutz. Selbst scherzhafte Kritik, die ihn als Teil einer Gruppe traf, war ihr zuwider. Er war der anständigste von all den Männern – und der eleganteste mit seinem unbehaarten Gesicht und Körper, seinem glänzenden schwarzen Haar und den langen Fingern, und daran würde sie sein Anblick auf dem Zeltplatz schlagartig wieder erinnern. Ihr Blick würde sofort auf ihn fallen, als würde nur er hell strahlen. Als hätte sie eine Spezialbrille auf, die ihn von den anderen unterschied und ihr die Welt als Wilson-Vision zeigte. Dann würden alle anderen verblassen, und sie würde nur noch ihn sehen.

»Wir gehen zelten, und Zelten macht Spaß«, sagte Jills Tochter Nadia.

»Nein, Schatz, wir gehen nicht zelten«, erklärte ihr Jill. »Wir gehen nur kurz in den Wald und geben den Zwillingen die Brillen, die sie vergessen haben. Es ist eisig da draußen.« Sie stiegen aus. Karens Atem strömte durch die kalte Luft, während sie im Kofferraum nach den Brillen und den Taschenlampen kramte, die sie extra mitgenommen hatte. »Zeig mal die Wunderdinger«, sagte Jill, und Karen wurde übermütig, nahm eine Brille aus der Schachtel und versuchte sie sich um den Kopf zu schnallen. Sie weitete den Gummigurt, der für einen viel kleineren Kinderkopf eingestellt war, betätigte einen Schalter, und plötzlich war die Nacht hässlich gelb.

»Wie durch eine Urinprobe«, sagte Amy, als sie an der Reihe war. Jeder einzelne Strauch, jeder Baum stach hervor.

»Darf ich auch mal?«, fragte Nadia zaghaft mit ausgestreckten Händen, und Karen befestigte die zweite Brille am Kopf des Mädchens. »Oh!«, rief Nadia, als das gelbe Licht eingeschaltet wurde und die Welt vor ihr erleuchtete. »Wow!«

Die Frauen entschieden sich willkürlich für einen der beiden Zeltplatzeingänge und machten sich auf den Weg, der jedoch endete, nachdem sie etwa fünf Minuten gegangen waren. Nun mussten sie in den kalten Wald hineinwaten. Mit den Taschenlampen und Nachtsichtbrillen als Orientierungshilfen schlurften sie durch Laubwehen und herumliegende Zweige. Ihre Intuition führte sie in eine bestimmte Richtung. Sie kämpften sich von Baum zu Baum, von Strauch zu Strauch, stießen wieder auf einen Weg und mussten sich an einer Gabelung entscheiden, wie sie weitergehen wollten. Das alles in völliger Dunkelheit, die nur von den Strahlen der Taschenlampen, dem urinfarbenen Blick durch die Nachtsichtbrillen und den Lichtern der Schlafhütten in der Ferne durchbrochen wurde.

»Wenn jetzt ein aggressiver Bär auftaucht und uns alle auffrisst, erfährt keine Menschenseele jemals, warum wir hier waren«, sagte

Roberta. »Das wäre allen ein großes Rätsel: Was haben sie am Vater-Sohn-Wochenende im Wald gemacht? Wir würden zur Legende werden, und unsere Männer würden den Kindern jedes Jahr eine andere Version des Vorfalls erzählen, je nachdem, was sie gerade selbst glauben.«

»Ihren zweiten Frauen würden sie es auch erzählen«, meinte Jill.

»Welchen zweiten Frauen?«, fragte Karen verwirrt.

»Das war ein Scherz, Karen!«, rief Roberta.

»Ach so.«

»Unsere Männer würden dann wahrscheinlich sagen: ›Mein lieber Sohn, mittlerweile bin ich überzeugt, dass deine echte Mom damals mit ihren Freundinnen zum Zeltplatz gefahren ist, weil sie mir sagen wollte, dass sie mich liebt.‹«

»›Doch leider, mein Kind, hatte eine von den Freundinnen gerade ihre Periode und lockte dadurch einen Bären an.‹«

»Ich habe gerade meine Periode, und zwar ziemlich stark«, gab Karen bekannt.

»Ach, Karen«, sagte Amy, »was du unter ›ziemlich stark‹ verstehst, ist doch in Wahrheit wahrscheinlich ein Fingerhut voll Blut. So viel Blut wie bei einem Stich in den Finger im Märchen.«

»Nein, das stimmt nicht«, protestierte Karen, doch die anderen blieben bei dem – zutreffenden – Verdacht, dass Karen mit ihrem niedlichen kleinen Körper im Gegensatz zu ihnen nur selten von massiven Blutungen heimgesucht wurde.

»Ich sehe da vorn etwas leuchten«, sagte Jill.

»›Ich sehe einen Ring‹«, sagte Amy.

»Einen Ring? Wo?«, fragte Karen.

»Die Eingangsszene in ›Die Wellen‹«, erklärte Amy. »Virginia Woolf. Meine Abschlussarbeit an der Penn State. Den Anfang des Romans kann ich noch immer auswendig.«

»›Ich sehe einen Ring‹, sagte Bernard, ›der über mir hängt. Er bebt und hängt in einer Lichtschlaufe.‹

›Ich sehe eine Tafel aus blassem Gelb‹, sagte Susan, ›die sich verbreitert, bis sie auf einen Purpurstreifen trifft.‹

›Ich höre ein Geräusch‹, sagte Rhoda, ›tschirp, zirp; tschirp, zirp, das auf- und niedersteigt.‹«

»Interessanter Stil«, sagte Karen, nachdem alle eine Weile geschwiegen hatten. »Ziemlich schräg.« Viel zu schräg für meinen Geschmack, dachte sie. Karens Empfinden nach waren Wörter das, was für die meisten anderen Menschen Zahlen waren – verwirrend und so schwer fassbar wie ein bebend herabhängender Ring, gerade so weit entfernt, dass die Fingerspitzen ihn nicht erreichten.

»Es ist zwar nicht mein Lieblingsroman von ihr, aber die Sprache ist unglaublich faszinierend«, sagte Amy. »Ich habe Leo mal das ganze Buch vorgelesen.«

»Das hat er sich gefallen lassen?«, fragte Karen.

»Er fand's toll.«

»Nicht einmal als Kind hätte sich Wilson so lange etwas vorlesen lassen und als Erwachsener erst recht nicht. Höchstens den NASDAQ.«

Während sich die Frauen dem Zeltplatz näherten, begann es deutlich nach Feuer zu riechen und der Himmel wurde vom Flammenschein heller. Zuerst nahmen sie den Geruch wahr, dann das Licht, und kurz darauf den Gesang. Erst der erstaunliche Schall von hundert Männerstimmen, die, miteinander vereint, einen verklärten, testosterontrunkenen Klang erzeugten, veranlasste sie stehen zu bleiben. Eine Welt ohne Frauen, würde Amy es später beschreiben. Wie Bürgerkriegssoldaten, die die Nacht in ihrem Feldlager verbrachten.

»Boah, hört euch das an!«, sagte Karen.

Die Männer sangen ein Lied, dessen Sentimentalität Wilson so sehr verachten musste, dass er von sich aus niemals mit eingestimmt hätte. Er stand noch immer auf die Punkmusik der Achtziger, die er im College gehört und mit seiner Band »Fermat« gespielt hatte, auch wenn die Liebe zum Punk im Lauf der Zeit leicht verblasst war. Der teure E-Bass, den er sich vom ersten großen Bonus seiner Bank zum dreißigsten Geburtstag selbst geschenkt hatte, wurde nur noch selten hervorgeholt. Karen wusste gut genug Bescheid, um zu begreifen, wie ungewöhnlich es war, dass ihr Mann und die anderen Männer hier draußen zwischen Steinen und Scheiten, umweht von glühender Asche, die in die Augen flog, und umringt von stumpf durchspießten Marshmallows an krummen Ästen, den alten Folksong »Donna Donna« von Joan Baez sangen. Aber sie sangen ihn, und sie sangen ihn verblüffend schön.

»On a wagon, bound for market,
there's a calf with a mournful eye.
High above him, there's a swallow,
winging swiftly through the sky.
How the winds are laughing,
they laugh with all their might,
laugh and laugh the whole day through
and half the summer's night …«

»Wundervoll«, sagte Jill. »Ich bin ganz hin und weg.«

Die Männer sangen wie Engel. Keinerlei hörbare Ironie schwang in ihren oft so ironisch klingenden Stimmen mit. Die Frauen gingen ein bisschen näher an das Lagerfeuer heran und betrachteten die Szene durch die Nachtsichtbrillen und im Licht der Taschenlampen. Ein, zwei Väter schlichen ein Stück entfernt mit ihren verbotenen Handys umher, in die sie erregt hineinflüsterten. Doch das war nur eine kleine Minderheit; alle anderen ließen ihre Geschäfte über Nacht bereitwillig ruhen. Wilson und die Zwillinge trugen Anoraks mit reflektierenden Streifen an den Seiten. Ein paar Meter von ihnen entfernt saßen mit funkelnden Augen Leo Buckner und Mason, der massige, meist so verlegen wirkende Mann neben seinem intelligenten Sohn. Alle sangen aus voller Kehle, ohne die Augen zu verdrehen oder Anzeichen von Sarkasmus erkennen zu lassen.

Woher kannte Wilson überhaupt den Text?, fragte sich Karen. Die Männer und Jungs sangen sämtliche Strophen. Als das Lied zu Ende war, beobachteten die Frauen hinter den Bäumen, wie sich Alec Giffen, der Vater von Jake, dem Jungen mit der Erdnussallergie, in der Mitte des Kreises plötzlich erhob. Er trug wie alle anderen Outdoor-Bekleidung. Wie sich herausstellte, war er bei den tagsüber durchgeführten Spielen zum »Teamleader« ernannt worden und musste in dieser Eigenschaft abends eine Ansprache an die Gruppe halten. »Alle mal herhören, Leute!«, rief Alec Giffen, hob die Hand, und das Stimmengewirr verebbte. »Ihr habt sensationell gesungen. Das ist einen Riesenapplaus wert.«

Alle klatschten, und ein paar machten die Siegerfaust. Ein langer Tag im Wald liege hinter ihnen, sagte Alec Giffen. Sie seien gewandert und geklettert und hätten trotz des kühlen Wetters »grandiose Leistungen« in den Mannschaftswettbewerben gezeigt. Zwar habe Team Blau eine vernichtende Niederlage durch Team Rot erfahren, aber das Ganze sei ja nur Spaß gewesen, und alle hätten sich wacker geschlagen. Wieder erklang Applaus, und Alec Giffen fuhr fort: »Jetzt möchte ich ein ganz bestimmtes Vater-Sohn-Team bitten, in die Mitte zu kommen und das Gelöbnis der Auburn Day School zu sprechen. Es handelt sich um zwei Leute, die heute einen besonders starken Teamgeist bewiesen und ungewöhnliche Fähigkeiten an den Tag gelegt haben.«

Er ließ den Blick durch die Runde wandern und sah jeden Einzelnen an, so als müsste er sich noch überlegen, auf welche der vom Feuer erleuchteten Gesichter seine Wahl fallen sollte, obwohl das Ergebnis wahrscheinlich längst feststand. So sehnlich sich Karen wünschte, er würde Wilson, Caleb und Jonno zu sich holen, so sicher war sie sich, dass es anders kommen würde. Dass ihre Söhne Zwillinge waren, nahm ihnen oft jede Chance, und so würde es wohl auch in Zukunft sein. Doch die beiden brauchten einander; sie waren so viel kleiner als alle anderen. Die frühe Geburt und die Torturen auf der Intensivstation reichten schon aus, um von Alec Giffen erwählt zu werden, fand Karen.

»In eine Hand haben sie damals gepasst«, hätte sie ihm am liebsten durch das Gebüsch zugerufen. Nacht für Nacht hatten Wilson und sie, umgeben von piepsenden Monitoren und anderen kranken Babys, neben dem Brutkasten gesessen, ihre in Handschuhen steckenden Hände durch die Löcher geschoben und ihre Kinder mit glatten, sterilen Fingern berührt, um sie zum Leben zu ermuntern, obwohl die beiden vielleicht gar nicht leben wollten. Man sah ihnen die Schmerzen an, die sie litten, während sie an den winzigen Schläuchen hingen, und ihre Fersen ließen an Marmelade denken, weil sie so dunkel und durchsichtig waren. Was brauchte Alec Giffen denn noch?

Nimm die Zwillinge!, beschwor Karen Yip den Mann in Gedanken und stellte sich die freudestrahlenden Gesichter ihrer Söhne vor, wenn ihre Namen fielen. Sie hatte keine Ahnung, worin die Auszeichnung bestand. Würden sie eine Trophäe erhalten, eine Medaille oder von einem Meer verschränkter Arme in die Luft gehoben werden? Egal, sie wollte, dass sie den Preis bekamen. Alec Giffens Blick wanderte weiter, taxierte die gespannt wartenden

Söhne und ihre nervösen Väter. Der arbeitslose Len Goodling und sein Sohn Felix werden es jedenfalls nicht, dachte Karen, und die Trantüte Nathaniel mit dem kleinen Harry ebenso wenig. Jeder suchte den Augenkontakt mit Alec Giffen; jeder Junge gierte danach, erwählt zu werden. Caleb und Jonno, die Armen, saßen so ungewohnt aufrecht da, als versuchten sie mit ihrer Haltung den Teamgeist schlechthin zu verkörpern. Es würde nichts nützen.

Alec Giffen, Finanzvorstand eines Unternehmens, das Tintenstrahlpatronen produzierte, dreht sich langsam im Kreis und schaute und schaute. Als er endlich stehen blieb, sahen alle, auf wen es hinauslief.

»Tja«, flüsterte Amy ihrer Freundin Karen düster zu. »Hätte man sich denken können.«

»Sch!«, machte Karen.

»Holden Ramsey und sein Dad Greg!«, rief Alec pathetisch. »Würdet ihr bitte zu mir kommen?«

Greg Ramsey, ein Scharfmacher und Unterhändler bei bedeutenden Deals, war alles andere als groß, dafür kompakt und kräftig. Sein Sohn Holden und er, die beide nicht im Mindesten überrascht wirkten, standen auf und gingen in die Mitte. Als die anderen Jungs wütend zu zischeln begannen, befahl ihnen Alec hastig, still zu sein. Karen dachte daran, wie oft die Zwillinge sich nach der Schule an den Tisch gesetzt und ihrer Mutter ihr Herz ausgeschüttet hatten, weil Holden Ramsey immer alles gewann.

»Das ist so ungerecht«, hatte Caleb einmal fast unter Tränen gesagt. »Er ist nämlich überhaupt nicht besser, Mom, es geht ihm nur mehr als den anderen darum, der Beste zu sein.«

Holden gewann jeden Wettbewerb, jede sportliche oder akademische Prüfung, und soweit Karen wusste, galt für den Vater dasselbe. Als Amy im Herbst plötzlich Penny Ramseys gute Freundin geworden war, hatte sie betont, diese Freundschaft schließe

Greg nicht mit ein. »Das ist keine Paarfreundschaft«, hatte sie erklärt, wie um sich zu rechtfertigen. »Ich habe in all der Zeit kaum ein Wort mit ihm gewechselt, höchstens bei den Lehrplansitzungen oder beim Pancake-Frühstück kurz ›Hi‹ gesagt. Wahrscheinlich weiß er gar nicht, wer ich bin.«

Doch wenn in wenigen Wochen die Winterferien begannen, würden Amy und Leo ihren Urlaub mit den Ramseys auf St. Doe's verbringen, dann würde Amy ihn kennenlernen. Karen sah, dass Amy diesen Greg Ramsey jetzt scharf musterte, kaum den Blick wenden konnte. Greg stand in einer hellbraunen Schaffelljacke neben seinem Sohn, und beide hatten das Kinn leicht gereckt.

»Er hat die anderen Väter manipuliert, damit sie Holden und ihn wählen«, flüsterte Amy.

»Was soll das heißen? Hat er sie hypnotisiert?«, fragte Karen.

»Er kriegt immer, was er will. Penny sagt, er hält sich für Gott weiß wen.«

»Das tun wir alle«, sagte Jill.

Doch Karen hörte kaum zu. Wie unverhohlen die anderen Männer und Jungs den Ramseys gefällig sein wollten! Da kann man nichts machen, sagte sie sich, und wahrscheinlich hatten die beiden Ramseys heute wirklich noch den letzten Tropfen Teamgeist aus sich herausgepresst. Karens Zwillinge waren eher zurückhaltende Kinder, und Wilson fand es grundsätzlich nicht besonders wichtig zu gewinnen. Er war zwar sehr erfolgreich, aber ein völlig anderer Typ – der bescheidene, ergebnisorientierte Überflieger.

Greg und Holden Ramsey waren fürs Erwähltwerden geschaffen. So ging es nun mal zu auf der Welt. Doch während diese Tatsache normalerweise gut kaschiert war, lag sie hier erstaunlich und fast erfrischend offen zutage. Nachdem sie eine Zeit lang vor ihrem Publikum posiert hatten, nickten sich Holden und sein Vater so schneidig zu, als hätten sie gerade ein Geschäft abgewickelt, klatschten sich ab und stießen die Knöchel aneinander. Dann verschränkte Holden die Arme hinter dem Rücken, hob den Blick zum Himmel und rezitierte die erste Strophe des Auburn-Day-Gelöbnisses.

»Leistung sei mein Hort,
Ehrlichkeit mein Leitstern,
Auf Unschuld vertraue ich,
Nach Wissen strebe ich.«

Die letzten beiden Strophen sprach sein Vater. Die anderen Jungs waren zappelig geworden, doch keiner sagte etwas. Offenbar brachten sie dem Eid einen gewissen Respekt entgegen und auch der Schule selbst, die zwar in vieler Hinsicht selbstherrlich war und einen elitären Anspruch hatte, in der es jedoch auch viele leidenschaftliche Lehrerinnen und Lehrer gab, um die sich die Schüler scharten. An dieser Schule konnten sie sich verändern und ihren Horizont erweitern, lernten sie, frei zu reden und Erwachsenen im Gespräch in die Augen zu sehen. Man brachte ihnen anständiges Benehmen und Höflichkeit bei. Der Großteil ihrer Väter war im gleichen Alter in diesen Dingen bestimmt völlig unbedarft gewesen. Mit zehn hatte Wilson sich wahrscheinlich die meiste Zeit über geduckt, hatte herumgestammelt und sich in sich selbst verkrochen.

Die Liebe der Jungs und der Väter zu ihrer Schule überwog die Verbitterung über die zementierte Vormachtstellung der Ramseys, und der Groll legte sich rasch. Als sich zum Abschluss der Zeremonie alle mit verschränkten Armen an den Händen hielten und einen Indianergesang anstimmten, herrschte ringsum versöhnliche Zufriedenheit. Eine Trophäe oder Medaille wurde nicht überreicht. Offenbar bestand der Preis ausschließlich in der Ehre, die eigene

Dominanz von der Mitte des Kreises aus wortlos unter Beweis stellen und die Gefühle gegenüber der Schule stillschweigend zum Ausdruck bringen zu dürfen. Die Versammlung löste sich auf. Alle Jungs und Männer entfernten sich von dem mittlerweile erloschenen Feuer und stiegen den Abhang zu den beleuchteten Hütten hinunter.

»Mach schnell – gib ihnen jetzt die Brillen!«, sagte Amy zu Karen. »Das ist die letzte Chance. Wir können ihnen unmöglich zu den Hütten folgen.«

Karen starrte auf die Hinterköpfe ihrer Söhne, die wie Glühwürmchen um Wilson herumtanzten. Wie Glühwürmchen! Ausnahmsweise war ihr ganz von selbst ein Bild, ein optischer Vergleich eingefallen. Würde sich heute Abend hier im Wald alles für sie verändern? Waren das die Gefühle, die ihre Freundinnen als kleine Mädchen im Sommerlager empfunden hatten? Jedenfalls wollte sie Wilson und den Zwillingen plötzlich nicht mehr nachlaufen, zumindest nicht sofort. Sie wollte sie nicht stören. Sie hätte auch keine Waschbärenfamilie aufgescheucht, die im Wald stand und fraß. Peng, schon wieder ein Bild! Nein, viel lieber wollte sie ihnen leise folgen und sie in ihrer natürlichen Umgebung beobachten.

»Willst du ihnen die Brillen nicht geben?«, fragte Amy.

»Später«, antwortete Karen.

Sie folgten ihnen mit einigem Abstand durch den Wald. Die Jungs überholten die ins Gespräch vertieften Männer und liefen im Zickzack den Weg hinunter. Karen beobachtete eine flüchtige Szene, die ihr um ein Haar entgangen wäre: Als die Zwillinge in einem Pulk von Jungen an den Männern vorbeirannten, ging Wilson in die Knie, schaufelte seine Söhne mit je einem Arm nach oben und schwang sie kurz durch die Luft, was nicht allzu anstrengend war, denn die schmächtigen kleinen Kerlchen wogen keine dreißig Kilo – 54,55 Kilo brachten sie gemeinsam auf die Waage.

»Dad!«, rief Caleb in dem vorwurfsvollen Ton, der »Dafür bin ich inzwischen zu alt!« bedeutete, und erntete schallendes Gelächter. Doch Karen sah, welchen Spaß die Jungs und auch Wilson in diesem Augenblick hatten.

»Wisst ihr, was?«, sagte sie zu den anderen Frauen. »Ich will sie nicht stören. Ich will nicht mal, dass sie wissen, dass wir hier sind.«

Jill blieb stehen und drehte sich zu ihr um. »Echt jetzt?«

»Es kommt mir plötzlich so übergriffig vor.«

»Ich weiß, was du meinst. Irgendwie waren sie unheimlich süß, als sie ›Donna Donna‹ gesungen haben.«

»Außer Greg Ramsey«, entgegnete Amy. »Der ist nicht süß.«

»Stimmt«, sagte Karen. Doch Männer wie Greg Ramsey waren überall. Wilson erwähnte sie gelegentlich voller Abscheu. Die Finanzwelt war nun einmal von Grund auf männlich und durchtrieben und zog extrem wettbewerbsorientierte Typen wie Greg Ramsey magisch an. Sie waren weder besonders originell noch übermäßig abstoßend. Man musste sie weder lieben noch heiraten, nur irgendwie mit ihnen auskommen.

Plötzlich sagte Amy: »Penny kann ihn auch kaum ertragen, wisst ihr.«

»Wen?«, fragte Roberta.

»Greg.«

»Sie mag ihren eigenen Mann nicht?«, rief Karen schockiert. Wie konnte man so etwas sagen? Wilson war ihr ein und alles. Eheleute mussten sich gegenseitig beschützen. Wozu waren sie sonst miteinander verheiratet?

»Ja. Sie sagt, er hat sich verändert.«

»Geht er fremd, oder was?«, fragte Roberta. »Würde mich ehrlich gesagt nicht wundern.«

Weil Amy nichts erwiderte, fragte Jill: »Amy?«, und die beiden besten Freundinnen tauschten einen tiefen Blick aus. Sie kannten sich schon so lange – viel länger als die anderen –, dass, so spürte Karen, in diesem Moment ein Gespräch zwischen Amy und Jill im Gange war, auch wenn der Rest von ihnen es nicht hörte. Karens Blick schoss zwischen den zwei Gesichtern hin und her. Amy wirkte verlegen, Jill schien einen kleinen Triumph auszukosten und sah doch unglücklich drein. Dann endete die schweigende Unterhaltung abrupt. Jill nickte und sagte: »Darum geht es also. Nicht Greg ist untreu, sondern Penny. Sie betrügt ihn, stimmt's?«

»Ich kann dazu nichts sagen, Jill. Bitte bohr jetzt nicht nach. Ich habe es Penny geschworen.«

»Schweigen ist auch eine Antwort«, erwiderte Jill. »Mehr musst du gar nicht sagen. Danke.« Sie schwieg. »Ich nehme an, dass ihr genau darüber redet. In eurer innigen Freundschaft geht es um Pennys Affäre. Sie erzählt, und du hörst zu. Du warst schon immer eine gute Zuhörerin.«

»Es reicht, Jill. Auch wenn du es nicht glauben willst – das zwischen Penny und mir ist eine echte Freundschaft. Und noch mal: Die Sache bleibt unter uns!«

»Wer ist denn ihr Lover?«, fragte Jill.

»Das spielt keine Rolle. Niemand, den ihr kennt. Jemand aus der Museumsszene.«

Karen konnte sich nicht mehr zügeln. »Ich verstehe einfach nicht, wie man so illoyal sein kann.«

»Sie musste mit jemandem darüber reden«, erklärte Amy. »Nach dem Überfall auf Dustin Kavanaugh waren wir beide ziemlich erschüttert. Es ist förmlich aus ihr herausgesprudelt.«

»Nein, ich meine: wegen der Affäre.« Eheliche Untreue widerte Karen Yip an.

»Und mit diesen Leuten willst du allen Ernstes deinen Urlaub verbringen?«, fragte Jill.

Karen war ziemlich entsetzt, aber nicht persönlich betroffen; aus Jill dagegen sprach fast Wut auf Amy. Alle wussten, dass sie seit ihrem Wegzug aus New York von Amy mehr als ein Mal zugunsten der glamourösen Museumsdirektorin und frisch enttarnten Ehebrecherin ignoriert worden war.

»Ich kenne ihn doch kaum«, sagte Amy kleinlaut.

»Obwohl du weißt, was du weißt, und obwohl du weißt, dass Greg nichts davon weiß, willst du die ganze Zeit mit ihnen abhängen?«, fuhr Jill fort. »Weiß es Leo?«

»Ich habe doch gesagt, dass nur ihr es wisst.«

»Mommy, ich muss auf die Tulette«, sagte Nadia unvermittelt. Karen hatte fast vergessen, dass sie neben ihnen stand.

»Toilette«, sagte Jill. »Ist es dringend?«

»Ja.«

»Na gut.« Jill wandte sich an die anderen. »Wartet hier auf mich, okay?« Sie folgte ihrer Tochter ein Stück in den Wald hinein. Karen war froh über die Unterbrechung des kaum mit anzusehenden Blickduells zwischen Amy und Jill. Sie war nie mit einer Frau so eng befreundet gewesen wie die beiden miteinander und hatte auch nie den Wunsch danach verspürt. Alles, was sie brauchte, bekam sie in ihrer Ehe mit Wilson; es gab keinen Grund, sich anderswo danach umzusehen.

Sekunden später hörten sie Jill fragen: »Nicht zuschauen? Wohin soll ich denn bitte schön gehen, Nadia?«

»Da drüben hin.«

Schritte ertönten, Äste wurden zur Seite geschoben, und Jill rief: »Okay, Nadia, ich bin jetzt hier drüben und schaue nicht zu.«

Urin rieselte knisternd auf laubbedeckten Boden. Den Lauscherinnen erschien die zutiefst intime Situation ebenso merkwürdig indiskret wie die Tatsache, überhaupt auf dem Zeltplatz zu sein. Caleb und Jonno kamen ohne ihre Mutter und ohne die Brillen bestens zurecht. Auf ihren Gesichtern, kurz zwischen Ästen hindurch betrachtet und im gelben Licht der von ihnen an diesem Wochenende nicht benutzten Geräte, war kein Kummer zu sehen gewesen. Sie hatten ihre große Nachtsichtbrillen-Sehnsucht überwunden; sie hatten sich der Lage angepasst. Die Frauen würden nach New York zurückfahren und auf die Heimkehr ihrer Männer am nächsten Tag warten.

Manche Mütter aus der Schule behaupteten Karen gegenüber, sie hätten ihre Jobs der Kinder wegen aufgegeben. Manche sagten, sie hätten es für ihren Mann und für die Kinder getan. »Ich finde es einfach schön, nach der Schule für Mason da zu sein«, hatte Amy neulich im »Golden Horn« gesagt. »Die Situation wird sich früh genug ändern.«

Karen dagegen hatte ihren Job weder für ihre Söhne noch für Wilson an den Nagel gehängt. Sie wusste genau, wofür sie ihn, zumindest ursprünglich, aufgegeben hatte: für ihre Eltern, ihre Schwiegermutter und alle Verwandten in den Chinatowns von San Francisco und New York, wo es nach Fischköpfen und Sternanis roch. Bei jedem Besuch ihrer Eltern, die als Rentner dank Wilsons ungebrochener Großzügigkeit in einer Wohnanlage für Senioren nahe San Francisco lebten, staunten die alten Leute über die zweigeschossige Wohnung, die Einbauregale in den Zimmern der Zwillinge und den riesigen SUV, der wahrscheinlich größer als das Schiff war, auf dem die Tangs vor langer Zeit die Provinz Jiangsu verlassen hatten. Karens Eltern, denen man die Erschöpfung nach jahrzehntelanger Arbeit in der Restaurantküche immer noch ansah, liefen in der Maisonette hochzufrieden treppauf, treppab, ihr Vater aus unbekannten Gründen leicht hinkend, ihre Mutter im Watschelgang. »So schön das!«, hatte ihre Mutter einmal über eine besonders kunstvoll gearbeitete Silberschale gesagt und zu weinen begonnen.

Als nach der zu frühen, chaotischen Geburt geistige Defizite bei den Zwillingen befürchtet worden waren (was sich Jahre später als absurd erwies, denn sie waren beide genial in Mathe), wusste Karen, dass sie nun sehr lange nicht mehr als Statistische Analystin arbeiten würde. Ihre Eltern hatten der Verwandtschaft mitgeteilt, sie werde bei den Zwillingen bleiben, aber ohnehin nie wieder arbeiten müssen, auch dann nicht, wenn die Kinder größer seien. »Ihr Mann Wilson, der Banker, verdient so viel, dass sie sich eine zweistöckige Wohnung in New York leisten können und Karen nie wieder arbeiten muss.« Die Verwandtschaft war entsprechend beeindruckt gewesen.

Sie sollte ihnen diese Haltung ausreden, das war Karen klar. Doch sie freute sich so sehr, wenn ihre Eltern mit den von Wilson spendierten Businessclass-Tickets über den Kontinent flogen und durch die Wohnung streiften, sich nicht sattsehen konnten an den schönen Dingen und immer wieder betonten, Karen habe einen Mann, der für alles sorge.

Als die Zwillinge den Kindergarten besuchten und Karen in einem Telefonat mit ihren Eltern erwähnte, sie spiele mit dem Gedanken, wieder eine Arbeit anzunehmen, hatte ihre Mutter erschrocken gefragt: »Wilson Job verloren?«

»Was? So ein Quatsch, Ma! Nein, natürlich nicht.«

»Warum willst du dann arbeiten gehen? Meine Hände sehen von Arbeit aus wie gehackter Ingwer.«

»Ich habe nie mit den Händen gearbeitet, Ma.« Es klang patzig, und Karen schämte sich. Vielleicht sah ja ihr Gehirn wie Ingwer aus, verformt und knotig von den vielen Zahlen, mit denen sie es traktiert hatte. Ihre Eltern, ehemalige Angestellte im »Ideal Dumpling Palace« in San Francisco, betrachteten es als ein Geschenk, dass ihre Tochter nicht arbeiten musste. Im Grunde war ihnen Karens Leben ein Rätsel, doch das Wenige, was sie von diesem Leben kannten, reichte aus, um geblendet zu sein.

Es war ein Geschenk an ihre Eltern, und es war ein Vorwand. Jedenfalls wurde Karens vager Wunsch, wieder zu arbeiten, im Lauf der Jahre kaum je konkreter. Sie stellte ihre Gefühle nur selten infrage, höchstens wenn sie sich hin und wieder ausmalte, wie es wäre, als Statistische Analystin für ein weltweit renommiertes Unternehmen tätig zu sein. An diesem Punkt kam die Fantasie zum Stillstand, denn Karen war noch nicht bereit für einen neuen Job, trotz der von ihr absolvierten Bewerbungsgespräche. Gespräche, bei denen man sie durch die Räumlichkeiten führte, ihr die Aussicht aus Eckbüros präsentierte und ihr von der Firmenreise nach Maui für alle leitenden Analysten erzählte.

Doch Karen gefiel ihr Leben, so wie es war. Einen tollen Ausblick hatte sie auch zu Hause, und nach Maui konnte sie auf eigene Kosten reisen. Sie führte ein leichtes, ästhetisches Leben, das weder so hektisch noch so brutal, hässlich und chaotisch war wie ihr Leben als Kind. Mittlerweile stand sogar eine Vase mit Freesien in der Diele, was Wilson nicht nur gefiel, sondern was er auch kommentierte. Manchmal ging sie in ein Matineekonzert und lauschte, umgeben von Ruheständlern und anderen Frauen, schöner Kammermusik. Vielleicht würde sie demnächst Italienisch lernen, weil sie die Sprache so schön fand. Mehrmals pro Woche kaufte sie bei »Camarata & Bello« ein, obwohl sie sich noch lebhaft an den Tag erinnerte, an dem dort ihre Fruchtblase geplatzt war, und obwohl die Preise als kriminell galten. Doch wenn sie daheim die kleinen Behälter öffnete und die bunten, mit Johannisbeeren und Aztekengetreide gesprenkelten Salate erblickte, erschien es ihr immer aufs Neue unglaublich, dass sie so weit gekommen war, ein so behagliches, heiteres und luxuriöses Leben führen zu können. Wilson lag ihr Glück sehr am Herzen, das sagte er oft. Ihr Glück sei seine Inspiration, ebenso wie ihr Nacken, ihre Art, mit den Zwillingen umzugehen, ihre mathematische Intelligenz.

»Findest du mich egoistisch?«, hatte sie ihn eines Abends im Bett gefragt. »Schließlich arbeitest du ständig.« Wilson hatte sie daran erinnert, dass er gern so viel arbeitete, dass er in der Bank sehr gut behandelt wurde, mit seinem Leben nichts anderes anzufangen wüsste und sich auch nicht vorstellen konnte, mit dem bereits verdienten Geld in den Ruhestand zu treten. Golf oder Tischlern oder Radtouren durch British Columbia interessierten ihn nicht. Er wollte bis zuletzt Banker bleiben, schöne Anzüge tragen, bei deren Auswahl seine Frau ihm gern behilflich war, und an seinem großen Schreibtisch mit den faszinierend akkuraten Stapeln sitzen. Sie wiederum wollte ihm ein ruhiges, erlesenes Zuhause bieten.

Karen war für alles zutiefst dankbar. Wilson und sie spendeten jedes Jahr sehr viel Geld. Ihre Namen standen neben denen anderer Paare, manchmal neben denen von Unternehmen, auf den Seiten mit den »Top-Spendern«, »Super-Sponsoren« oder *»Director's Circles«* in den Programmheften diverser Charity Events. »Etwas zurückgeben« wurde das seltsamerweise genannt. Karen wusste um ihre Privilegiertheit. Nachdem sie Wilson gefragt hatte, ob er sie als egoistisch empfinde, war ihre Ambivalenz in Bezug auf den Wunsch, ein schönes Familienleben zu gestalten, an einem Ort zu bleiben und teure Salate aus kleinen Behältern zu essen, fast völlig verschwunden. Nur den direkten Kontakt zu Zahlen und zur Zahlentheorie, den vermisste sie wirklich.

Ein Stück tiefer im Wald rief Jill etwas. Es ging um Nadia, die sich offenbar ein paar Meter von ihr entfernt hatte, um ihre Ruhe zu haben. Nun fand Jill sie nicht wieder und wurde plötzlich leicht hysterisch. Die anderen kämpften sich zwischen den Bäumen hindurch zu Jills Stimme vor und erreichten die Lichtung, auf der noch kurz zuvor die Männer und Jungs gesessen hatten. Obwohl der Mond und die Leuchten entlang des Pfads, der zu den Hütten führte, für ein bisschen Helligkeit sorgten, war ringsum niemand zu sehen.

»Nadia!«, riefen die Frauen. »Nadia!« Eben war sie doch noch da gewesen.

»Wir finden sie bestimmt gleich, Jill«, sagte Karen.

»Nadia! Nadia!« rufend, ließen sie die Lichtkegel der Taschenlampen in größer werdenden Kreisen über die Bäume und die kleinen Flecken dunklen Himmels gleiten.

»Irgendwas stimmt nicht mit ihr«, flüsterte Jill den anderen zu.

»Sie ist nun mal sehr verträumt, Jill«, erwiderte Amy. »Nadia! Nadia!«

»Ich glaube, sie weiß überhaupt nicht, wo sie hingehört auf der Welt«, sagte Jill verzweifelt und völlig aufgelöst. »Ständig singt sie dieses traurige Lied, ›*Rise, sorrow, 'neath the saffron sister tree*‹.«

»Unser Yoga-Mantra«, sagte Roberta, denn mittlerweile wurde Nadias Lied am Ende jeder Yogastunde gesungen.

»Vielleicht ist sie immer noch traumatisiert«, fuhr Jill fort. »Nadia! Nadia! Wie soll ich sie jemals richtig kennenlernen? Nadia! Nadia!«

»Ich weiß auch nichts über die Zwillinge«, versicherte ihr Karen. »Unsere Kinder leben einfach mit uns zusammen. Als ich die beiden von der Intensivstation nach Hause holte, dachte ich: Wer seid ihr?«

»Sie ist bestimmt gleich hinter diesen Bäumen«, sagte Amy.

»Manchmal denke ich allen Ernstes, ich hätte sie dort lassen sollen«, flüsterte Jill kaum hörbar.

»Wo?«, fragte Roberta und lauschte gespannt.

»In Russland. Dann wäre sie dort erwachsen geworden und

hätte in einem Lebensmittelladen gearbeitet«, antwortete Jill in gequältem Ton. »Ihr Name auf dem Schild an ihrem Kittel in kyrillischer Schrift. Manya hätte sie geheißen, statt in meine idiotischen Vorstellungen gepresst zu werden. Als ob sie jemals so anmutig und stark und selbstbewusst wie Nadia Comaneci werden würde!«

Die anderen Frauen sahen sie entsetzt an. »Wer weiß, was aus ihr geworden wäre«, sagte Amy nach einer Weile, denn irgendjemand musste etwas sagen. »Gibt es nicht verschiedene Möglichkeiten, sein Leben zu leben? Schau doch uns selbst an – du hast einmal einen Preis als vielversprechendste Schülerin gewonnen.«

»Ja, den Vivian-Swope-Preis. Danke, dass du mich daran erinnerst.«

»Entschuldige, Jill, so habe ich es nicht gemeint. Nicht: ›Ha, du hast den Preis gewonnen, und was ist aus dir geworden!‹, sondern einfach, dass das Leben nie gradlinig verläuft.«

»Ich weiß«, sagte Jill nach kurzem Schweigen. In diesem Moment fanden sie Nadia. Sie saß auf dem Boden und hatte die Arme zum Schutz vor der Kälte fest um den Oberkörper geschlungen. Als sie die Frauen sah, sprang sie auf und rannte zu ihrer Mutter.

»Gott sei Dank, mein Schatz!«, sagte Jill, während sich ihre Tochter an sie schmiegte. »Hast du dich verirrt?«

»Ich kann nichts dafür, Mom.«

»Nein, natürlich nicht. Ich bin so froh, dass nichts passiert ist. Hast du uns nicht rufen hören? Ich habe mir solche Sorgen gemacht. Aber jetzt ist alles gut, jetzt ist alles gut.«

Nadia schluchzte weiter, obwohl Jill ihr immer wieder versicherte, dass alles gut sei, dass nichts Schlimmes passiert sei. War Jill nicht in der Lage, ihr Kind mit ein paar Worten aufzumuntern? Selbst Karen, der wegen ihres immer streng logisch vorgehenden Verstands Nuancen entgingen, die andere ganz selbstverständlich wahrnahmen, schaffte es, ihre Kinder schnell zu trösten. Nur eine

Mutter – nicht irgendeine, sondern die Mutter – konnte Ängste vertreiben. Jill aber schien unfähig, ihre eigenen Ängste zu überwinden und diese eine kleine Sache zu erspüren, die Nadia jetzt brauchte und die alles ändern würde.

Karens Freundinnen beklagten sich oft über ihren schlechten Orientierungssinn, der sie als Beifahrerinnen ihrer Männer zwang, die Straßenkarten auf den Kopf zu drehen, um sich zurechtzufinden. Karen verstand nie, wovon sie sprachen. Warum eine Karte verkehrt herum halten? Jetzt ließ sie die Passagiere in ihren SUV einsteigen und fuhr zügig Richtung Stadt. Diesmal hielten sie nicht an, und Karen hatte auch keine Lust, still und leise Meilen in Kilometer umzurechnen. Es dauerte nicht lang, und sie waren wieder zu Hause.

Als die Männer und Jungs am nächsten Abend von ihrem Wochenende zurückkamen, war Karen erleichtert. Auf Wilsons Frage, was sie in der Zwischenzeit gemacht habe, antwortete sie kurz angebunden. Im Augenblick sagte sie lieber nichts von der Fahrt mit ihren Freundinnen und den Nachtsichtbrillen; später, irgendwann im Lauf der Woche, würde sie ihm davon berichten. Es lag ihr nicht, Geheimnisse vor Wilson zu haben, nicht einmal harmlose. Er sollte alles erfahren: von der abenteuerlichen Fahrt, von Nadias Verschwinden im Wald und dass Penny Ramsey ihren Mann betrog. Ihm konnte sie es guten Gewissens erzählen; er war der diskreteste und verlässlichste Mensch, den sie kannte.

Doch zunächst erzählte sie nichts, sondern legte die Brillen in der Verpackung zurück auf den Tisch in der Diele.

»Die hat Dad hier vergessen«, sagte einer der Zwillinge leicht verächtlich, als er sie sah.

»Ich weiß. Aber Spaß hat es trotzdem gemacht, oder?«, fragte sie, und beide Jungs gaben zu, dass sie sehr viel Spaß gehabt hatten.

Sie hätten ums Lagerfeuer gesessen, Folksongs gesungen, eine Wanderung durch den eiskalten Wald unternommen und morgens nach dem Aufstehen in einem großen Metalltopf über dem offenen Feuer Haferbrei gekocht.

Im Bett sagte Wilson, er sei so erschöpft von dem Wochenende, dass ihm alles wehtue. Da massierte Karen ihrem wundervollen Ehemann den Rücken und den Nacken und knipste schließlich das Licht aus. Und obwohl sie gleich einschlafen würden – damit hatten sie beide keine Probleme –, sagte Karen es, denn das Ritual gehörte zu jeder Nacht.

»Lucas-Folge?«

»Ja. Fang irgendwo an.«

»2207.«

»3571.«

»9349«, sagte Karen Yip.

Und immer so fort, bis sie so weit gekommen waren, wie sie konnten.

Zehn

San Francisco 1975

Als es in der Küche so heiß wurde, dass der Koch in Ohnmacht fiel, war es Zeit für einen Ventilator. Weil der nicht richtig funktionierte, ging es den Hilfsköchen immer schlechter. Alle schwankten ein bisschen, kippten aber nicht um. Chu Hua Tang stand kerzengerade am Herd und zog mit der Zange Teigtaschen aus dem sprudelnden Wasser. Wenn sie nachts nach der Arbeit auf die Stockton Street trat, schlug ihr die kühle Luft wie kaltes Wasser entgegen. Es war zu kalt hier in San Francisco; weder drinnen noch draußen fühlte es sich angenehm an. Die Temperatur stimmte nicht. Aber hatte jemals irgendwer behauptet, das Leben werde angenehm sein?

Als junges Mädchen hatte sie ihre beiden Brüder sterben sehen. Eine namenlose Krankheit, zumindest erinnerte sie sich nicht an den chinesischen Namen. Hier hatten alle Vitamine und blieben gesund. Chu Hua Tang glaubte an die Kraft der Vitamine, doch ihren Kindern musste sie sie aufzwingen. »Nehmt sie!«, sagte sie und gab ihrem Sohn Kevin und ihrer Tochter Karen die Pillen. Kevin fiel das Schlucken leicht. Karen aber sagte: »Die riechen so scheußlich, Ma. Wie ein nasser Hund. Außerdem mag ich das Gefühl nicht, wenn sie im Hals stecken. Dann muss ich immer würgen.«

»Das bildest du dir nur ein«, widersprach Chu Hua. »Nimm sie! Nimm sie!« Die Vitamine in dem braunen Fläschchen stanken tatsächlich, aber gerade deshalb wirkten sie ja so gut und machten die Kinder stark. Sie hatte sie am Lohntag in dem großen Drugstore schräg gegenüber dem »Ideal Dumpling Palace« gekauft und sich darüber so gefreut, dass das Blut in ihren Händen pulsierte. Wie konnte sich ihre Tochter nur immer beschweren! Sie war so selbstsüchtig, ein selbstsüchtiges kleines Mädchen. Das machte Chu Hua wütend.

Sie war oft wütend, wenn sie von der Arbeit kam. Sie musste aus der heißen Küche in die kalte Nacht hinaus und zur Familie, als könnte man das Beisammensein dann noch genießen. »Wie war dein Tag?«, fragten die Leute in San Francisco oder sagten, noch schlimmer: »Einen schönen Tag noch!«

Zu Hause stand ihr Sohn Kevin immer schon an der Tür, weil er gleich weggehen wollte. »Ma, in fünf Minuten treffe ich mich mit Chris und Danny zum Pong-Spielen.« Alles, was er als Bote verdiente, gab er ums Eck in der Spielhalle für dieses alberne Pong aus, stand dort mit seinen Freunden und steckte den Kopf fast in die Maschine hinein. Karen dagegen saß immer in ihrem Zimmer und lernte. Chu Hua hätte das gut finden und stolz auf sie sein müssen, doch meist ärgerte sie sich, wenn das Mädchen mit einem Mathebuch auf dem Bett herumlag und mit offenem Mund gähnte, sodass man die Zunge sah, so amerikanisch, so unanständig.

»Du könntest wenigstens Tisch decken«, sagte sie zu Karen. »Ich komme von der Arbeit heim und muss hier alles kümmern? Muss ich zu Hause arbeiten wie in Restaurant?«

Karen war acht. Sie half nur, wenn sie dazu aufgefordert wurde. Dann legte sie das Buch endlich beiseite, sagte: »Okay, Ma, okay«, schlurfte, noch immer gähnend, so als hätte sie den ganzen Tag lang geschuftet, in die Küche und fragte: »Was soll ich machen?«

Dann scheuchte ihre Mutter sie wieder hinaus. Das Mädchen war zu nichts zu gebrauchen. Chu Hua schon. Sie war die Einzige in der Familie, die wirklich hart arbeiten konnte. Auch ihr Mann, der noch im Lokal war, um aufzuräumen, hatte etwas Herzloses, Verstocktes; das hatte das Mädchen bestimmt von ihm geerbt. Chu Hua war jedenfalls nicht so. Sie arbeitete schwer und schnell. Sie rollte das Schweinefleisch zu einer großen rosa Kugel, umkleidete sie mit dem Teig und warf das Ding, schwupp, in den Topf. Ihre Hände flögen ja regelrecht, hatte einmal jemand in der Restaurantküche gesagt. »Wenn meine Hände fliegen könnten«, hatte sie auf Chinesisch erwidert, »würden sie fortfliegen.«

Dass sie das Leben hier in San Francisco hasste, spielte keine Rolle. Es war egal, dass ihr weder Kalifornien noch die Stockton Street noch der »Ideal Dumpling Palace« gefielen. Oder dass das gar kein Palast war, sondern nur ein Lokal mit Spiegeln an den Wänden. Wo Spiegel hingen, sprachen die Leute von einem »Palast«. Es gefiel ihr nicht, aber sie arbeitete zuverlässig und sah darüber hinweg, dass es ihr nicht gefiel. Von ihrem Geld kaufte sie große Flaschen Vitamintabletten, zog die Watte heraus, die den Hals verschloss, und zwang ihre Kinder, das Zeug zu schlucken. »Lass mich in Ruhe, ich will Mathe machen!«, sagte Karen. »Ich lerne gerade so viele Stellen von Pi auswendig, wie ich kann!«

Nein, kleines Mädchen, nein, nein, hätte Chu Hua daraufhin am liebsten gesagt. *Du kannst nicht dein ganzes Leben lang dasitzen und träumen. Du musst deine Vitamine schlucken und stark werden und in die Welt hinausgehen. Es sei denn, du findest einen reichen Mann. Einen reichen amerikanischen Geschäftsmann – das wäre in Ordnung. Dann könntest du in einem echten Palast wohnen, nicht in einem Restaurant. In deinem Wohnzimmer würden Spiegel hängen, und ich würde dich besuchen und mich hinsetzen und die Beine hochlegen. Aber so wird es nicht kommen. Deshalb werde ich weiterhin Teigtaschen rollen, und du wirst den Tisch decken, und mit fliegenden Händen machen wir in unserer kleinen Wohnung unsere Arbeit.*

Elf

Die Insel St. Doe's lag am äußersten Ende der British Virgin Islands. Alle Teile dieser Inselgruppe wiesen eine großartige raue Landschaft auf, alle wurden vom gleichen warmen Wind durchweht und waren vom gleichen hellen Sand bedeckt. Auf den anderen, den größeren, lauteren und touristischer geprägten Inseln, genossen Männer, Frauen und Kinder ihr Glück, dort sein und das Geld ausgeben zu dürfen, das man brauchte, um die Städte und Vorstädte in einer Zeit im Jahr zu verlassen, in der Auspuffgase, Müll und Schnee die Straßen verstopften.

Auf St. Doe's aber hatten fast alle mehr als Glück und waren mehr als glücklich, denn sie teilten ein Geheimnis: Ihre Insel war den meisten Leuten unbekannt und nur denen zugänglich, die sie sich leisten konnten. Amy Lamb hatte von ihr erfahren und sich mühsam zu ihr durchgekämpft, obwohl ihre Freundinnen die Reise nicht guthießen. Jetzt lag sie, der Eindringling, auf einer Liege aus Leinen unter einem Schirm, über sich die Sonne, die Bäume und gelegentlich einen Paraglider, und fragte sich, wann ihre Unruhe und Überreiztheit abebben und sie endlich so etwas wie Spaß haben würde.

Rings um sie lagerten die Körper amerikanischer, französischer, englischer und einiger weniger skandinavischer Männer und Frauen. Die Strandliegen im Nachbarabschnitt waren mit einer Gruppe ätherischer, albinobleicher Däninnen belegt, die nahezu identisch aussahen und Romane wie *»Sikker Havn«* von Danielle Steel lasen. Einige Europäerinnen hatten die Bikinioberteile ausgezogen und reckten ihre hautfarbenen Brustwarzen in die Sonne. Eine nicht mehr ganz junge Französin cremte sich die Brüste ein, die sich unter ihrer Hand leicht bewegten wie lebendige Wesen. Mason und Holden waren nach dem ersten Blick auf die Frau kreischend davongelaufen. Jetzt standen sie mit Schnorcheln vor dem Gesicht im fast durchsichtigen Wasser. Neben Amy lag Penny. Ob ihre Augen hinter der Sonnenbrille offen oder geschlossen waren, ließ sich nicht erkennen. Die beiden Frauen waren still, nur gelegentlich fiel ein Wort. Wenn Penny sprach, ging es meist um Ian.

»Er schafft das schon«, sagte sie.

»Ja klar.«

»Aber er ist so abhängig. War er schon immer, sagt er. In London hatte er mehrere Jahre lang eine Freundin, Jemima, an deren Wohnung ist er oft vorbeigegangen, auch wenn sie nicht zu Hause war, und hat zu ihrem Fenster hochgeschaut, um zu sehen, wie der Schatten fiel oder so.«

»Was machst du, wenn er nach England zurückgeht?«

»Darüber reden wir noch gar nicht.«

Die Männer waren woanders, allerdings nicht zusammen unterwegs. Seit der Ankunft der beiden Familien vor zwei Tagen blieb Greg Ramsey den größten Teil des Tages verschwunden und betätigte sich allein bei diversen Wassersportarten. Vor allem aber hielt er sich in einer zentral gelegenen Hütte auf, die als Businesscenter fungierte, beziehungsweise im daneben befindlichen Fitnesscenter. Erst zum Abendessen tauchte er unter dem Strohdach des Outdoor-Speisesaals auf, wo große Fackeln brannten, Bongos erklangen und ganze Bootsladungen Riesengarnelen aufgehäuft waren. Trotz seines gebügelten weißen Baumwollhemds und der noch nassen, frisch gewaschenen Haare war ihm anzumerken, dass er das Büro nicht loswurde – den fernen, schweren Duft des Deals.

»Über Politik sprichst du besser nicht mit ihm«, hatte Amy ihren Mann vor der Reise gewarnt. »Du würdest dich über seine Ansichten nur aufregen. Wir sind alle zusammen auf dieser winzigen Insel, und immerhin hat Penny uns angeboten mitzukommen. Ich will keine Spannungen.«

Leo hatte es ihr zugesichert. »Kein Problem. Ich bin nicht mit ihm befreundet. Seine Ansichten sind mir völlig egal.«

Greg Ramsey hatte etwas unpersönlich Höfliches an sich. Im Gespräch sah er mit nachdenklich wirkendem Poetenblick an seinem Gegenüber vorbei. Amy fand ihn zumindest in Bezug auf seine Äußerungen gar nicht so wahnsinnig schrecklich, obwohl sie kaum je einem selbstgefälligeren und ungeduldigeren Menschen begegnet war. Beim Essen tunkte er die Kochbananenchips schwungvoll in den Avocado-Limetten-Dip und schob sie sich im Ganzen in den weit geöffneten Mund.

»… dann bekamen wir neue Investoren aus Island. Ich wollte zwar absolut keine neuen mehr …«, sagte er zu Leo, der wie ein Trottel dasaß, ohne seine Mimik dem Inhalt des Erzählten anzupassen, wie es sich gehörte. Stattdessen neigte er nur leicht den Kopf, schürzte die Lippen und blinzelte, als würde er kein Wort dieser Sprache verstehen. »Aber meine Partner sahen das anders und haben mich überzeugt«, fuhr Greg fort. »Warst du schon mal in Island?«

Leo warf Amy blinzelnd einen kurzen Blick zu wie ein Kind, das nicht weiß, was es einem Erwachsenen antworten soll, und erwiderte nach einer längeren Pause: »Nein.«

»Unglaubliches Land. Unglaublicher Wodka. Unglaubliche Bands. Die haben den besten Indie-Rock überhaupt.«

»Bitte sag nicht ›Indie-Rock‹«, bat Penny leise.

»Was?« Er drehte sich zu ihr um.

»Du klingst wie ein Achtzigjähriger, der krampfhaft auf jung macht, Greg. Als würdest du mit lauter Erstklässlern beim Essen sitzen.« Alle lachten höflich über den gemeinen Witz.

»Klinge ich alt?«, fragte Greg die Jungs.

Mason und Holden, die sich die Zeit mit Armdrücken vertrieben hatten, lösten ihre Hände gerade lange genug, um Holdens Dad zu sagen, dass er nicht alt klinge. Das Urteil zweier Zehnjähriger befriedigte Greg Ramsey offenbar. Er sah seine Frau so an, als hätte er einen obskuren Kampf gewonnen, der schon länger zwischen ihnen im Gang war. »Die Jungs finden nicht, dass ich alt klinge«, sagte er, griff sich den nächsten gewellten Kochbananenchip und stieß ihn in die Schüssel mit dem Avocadomus.

»Aber du siehst alt aus«, sagte Holden. Greg verzog das Gesicht, als wäre er wütend, und täuschte einen Schlag an, dem Holden lachend auswich. Auch Mason lachte. Sie fanden es beide lustig, wenn Vater und Sohn sich neckten. Ganz kurz hatte die Situation den schwach metallischen Blutgeruch echter Aggression verströmt, war jedoch nicht in reale Gefahr abgekippt.

Eine Gamelan-Gruppe spielte im Fackellicht. Das Meer in der Ferne war schwarz geworden; die ganze Nacht war schwarz, abgesehen von den am Horizont langsam vorbeigleitenden Lichtern eines Kreuzfahrtschiffs, in dem unsichtbare Passagiere zur Musik eines unhörbaren Orchesters tanzten.

»Wir sind am Arsch«, sagte Greg.

»Wie bitte?«, fragte Amy.

Er drehte seinen großen Schädel zu ihr, als hätte er sie erst in diesem Augenblick wahrgenommen. Ach ja, stimmt, die Freundin meiner Frau! Er ahnte nicht, dass sie über seine Ehe wesentlich besser im Bilde war als er selbst. Und weil er es nicht ahnte, interessierte sie ihn nicht. Sie verwaltete keinen Hedgefonds, hatte keinen Job, war keine potenzielle Investorin, war nicht schön, war kein Ehemann. Wer war sie überhaupt?

»Ich sagte, wir sind am Arsch. Am Arsch der Welt. Und das Netz ist ziemlich mies.«

»Das Netz?«

»Das Handynetz. Heute ist bei drei Gesprächen plötzlich die Verbindung abgebrochen. Die haben hier erst seit Kurzem überhaupt Empfang, und wenn man Internet braucht, muss man sich in diese Hütte setzen, in dieses sogenannte ›Businesscenter‹. Aber wir befinden uns hier eben praktisch in einem Vulkan, da sollte ich mich nicht beschweren.« Er machte eine Kopfbewegung zu Penny hin. »Meine Frau hat sich bereits im Vorfeld informiert und mich auf die primitiven Bedingungen aufmerksam gemacht.«

Penny blickte zu ihm hinüber und sagte sanft: »Genau, Greg, alles ist hier primitiv, sogar die Fadendichte der Bettwäsche.«

»Du weißt, was ich meine, Pen.«

In diesem Moment legte Leo den Arm auf die Rückenlehne von Amys Korbstuhl, und plötzlich war sie dankbar für die kleine, vielleicht nur zufällige Geste, die weniger Vertrautheit als vielmehr Teamzugehörigkeit signalisierte. Sollten sich die Ramseys kabbeln, wie sie wollten, Amy und Leo würden es nicht tun. Andere Familien aus der Nähe zu beobachten hatte immer etwas Beunruhigendes. Ihr Umgang miteinander war ungewohnt und erschien irgendwie falsch, so als könnte man bei genauem Hinsehen auf Inzest oder etwas ähnlich Abartiges stoßen. Greg Ramsey war ein gehörnter Ehemann; auf diesen Begriff hatte Ian Janeway beim Mittagessen im Met angespielt. Aber er war auch ein Arschloch, ein Scheißkerl, hätte Roberta wahrscheinlich gesagt, dem es nur um sich selbst, um seinen Hedgefonds und seine Investoren ging. Amy musste unwillkürlich an Ian Janeways schöne, sommersprossige, um ein Glas gelegte Hand denken. Sie hörte seinen britischen Akzent, und ihr fiel ein, dass er nie, kein einziges Mal, über Geld gesprochen hatte. Für eine Frau, die mit Greg Ramsey verheiratet war, musste Ian Janeway ein wahres Labsal sein, erfrischend wie ein Sprung ins klare Wasser.

Oberflächlich aufmerksam, aber distanziert besprach Greg nun mit seiner Frau die Pläne für den Abend sowie den Zeitplan für Holdens und Masons Surfkurs Ende der Woche. Sobald er sich an seinen Sohn wandte, hatte Amy das Gefühl, er wollte am liebsten den Arm ausstrecken und Holdens Haar zausen. Dass Greg als Vater so sehr überzeugte, irritierte sie; es passte nicht in das Bild von ihm. Auch mit seinen beiden Teenagertöchtern ging er nett um und wirkte stolz auf sie.

Amy und Leo fühlten sich deplatziert auf St. Doe's. Die Insel an sich und die Ausstattung der Hotelanlage überwältigten Amy. Sie hatte Reichtum und den entsprechenden Konsum gesehen, während sie sich mit ihrer kleinen Familie in New York über Wasser zu halten versuchte, doch das hier war etwas völlig anderes. Die europäischen Gäste blieben ganz unter sich. Die eleganten Frauen entblößten tagsüber ungeniert ihre Brüste und kehrten den anderen abends den Rücken zu, sodass man nur noch die schönen Nacken mit den goldenen Kettenschließen sah. Die Leute, die jeden Winter aus Big Sur oder Malibu anreisten, waren schon bei der Ankunft leicht gebräunt. Ihre Kinder sprangen so beiläufig ins Wasser, als ginge es um das tägliche Bad in der Wanne, und die grandiose, dramatische Felsformation, die ihnen ihren jährlichen Urlaub erst ermöglichte, war ihnen kaum einen Blick wert. Am Himmel, der das alles überwölbte, hingen in der Ferne hin und wieder Paraglider so lässig an den bunten Schirmen wie Kinder, die an einem Ast im Garten baumelten.

Auf langen, schattigen Tischen lagen den ganzen Tag über frische exotische Früchte bereit. Man musste nur auf etwas deuten, schon wurde es vom Personal in Stücke gehackt, mit dem Messer geschält und auf dem Teller arrangiert. Dass man hier alles haben konnte, war selbstverständlich. Wollte man andere Möbel im Bungalow, wurden sie ausgetauscht. Sollte ein kleiner Baum entwurzelt und ein paar Meter weiter eingepflanzt werden, um den Blick nicht zu versperren, wurde das erledigt – so wie Penny zufolge erst vor Kurzem auf Wunsch des Chefs eines Telekommunikationskonzerns. Diese Geschichten waren merkwürdig befriedigend. Die Ansprüche der anderen, größtenteils unvergleichlich höher als die eigenen, schockierten den Zuhörer wie ein Kind, bereiteten ihm einen Kitzel.

Die enorme Fürsorglichkeit des Personals hatte sich vom ersten Moment an gezeigt, gleich nachdem das aus Newark kommende Flugzeug einen Tag nach Weihnachten in San Juan gelandet war. Noch ziemlich erschöpft vom Fest und von der Reise waren Amy, Leo und Mason in eine kleine, wacklige Maschine umgestiegen, die sie nach Tortola brachte. Dort hatten sie im Dunst des winzigen Flughafens inmitten stinkender Flugzeugschwaden und im eigenen Saft schwimmend gewartet, bis nach kurzer Zeit drei Angestellte von St. Doe's auf sie zukamen.

Die drei hatten weiße Kleidung an und erinnerten deshalb an Kapitäne. Der eine, Australier, war blond und hellhäutig, die beiden anderen waren schwarz und stammten von den Inseln. Drei äußerst attraktive Männer.

»Ich bin Hamish«, sagte der Australier, »und das sind Thomas und Pierre. Sie sind bestimmt erschöpft von der Reise. Ab jetzt können Sie alles uns überlassen.«

Starke Arme ergriffen das Gepäck. Mason bekam eine Schachtel Bing-Bong-Kekse mit Schokogeschmack. Dann wurde die Familie vom Flugplatz zum Hafen gebracht, in ein kleines Boot gesetzt, und schon ging es gemeinsam mit den Betreuern los. Während der dreißigminütigen Fahrt über blassgrüne Wellen informierte Pierre sie über das Wetter auf St. Doe's in den letzten Tagen. »Kein

Wölkchen am Himmel«, erzählte er mit französischem Akzent. »Unglaublich!«

Morgens stellten Thomas und Pierre die Tische auf und deckten sie ein. Beim nachmittäglichen Barbecue wurde jeden Tag ein Spanferkel gegrillt. Zum Cocktail gab es Cosmopolitans und frittierte Muscheln mit vier verschiedenen Dips. Ständig wurden Getränke und kleine, köstliche Krustentiere gereicht, die man irgendwie in Blätterteig gelockt hatte.

Amys Gefühl, dass Leo, Mason und sie besser nicht auf diese Vulkaninsel mit der Gamelanbeschallung, den eiförmigen Früchten und den von schönen Schwarzen mit Silberbesteck gedeckten Tischen gereist wären, wurde von Tag zu Tag stärker. Sie hätten die Winterferien in der Stadt verbringen und an jeder kostengünstigen oder kostenlosen Aktivität teilnehmen sollen, die sie in der zuversichtlich mit »Spaß für die ganze Familie« überschriebenen Zeitungsrubrik gefunden hätte. So hatten sie es in den vergangenen Jahren gemacht: mit Roberta, Nathaniel und deren Kindern als großer, wilder Haufen etwas unternehmen. »Wir Daheimbleiber« hatte Roberta ihre Familie in der Weihnachtszeit einmal kichernd genannt, aber sie beklagte sich nie über ihre bescheidenen Möglichkeiten. Sie waren in den Bronx Zoo gegangen, hatten zugesehen, wie die Lichter am Baum im Rockefeller Center angeknipst wurden, und den Weihnachtsgesängen im Park gelauscht – Ausflüge, mit denen man die Stadt in der Weihnachtszeit feiern und zugleich die eigene Angst dämpfen konnte, es womöglich irgendwann finanziell nicht mehr zu schaffen und zusammenpacken und gehen zu müssen wie so viele Leute Jahr für Jahr. Mit dem kleinen Mason hatten sie am Wochenende manchmal Nathaniels Vorstellungen besucht. Inzwischen waren die Interessen des Jungen so viel breiter gefächert, dass ihn keiner mehr am Samstagvormittag in eine Schulaula brachte.

Mason interessierte sich zunehmend für Dinge, die Amy ihm nicht bieten konnte, Dinge, die mit Technik, Freiheit und der großen weiten Welt zu tun hatten. Obwohl er auf St. Doe's mit dem dominanten künftigen Weltenherrscher Holden Ramsey sehr glücklich wirkte, wusste sie nicht mehr genau, was er wollte. Gemeinsam liefen die Jungs den ganzen Tag lang mit nacktem Oberkörper über den Strand, und unter den faltigen nassen Badehosen waren ihre kleinen Penisse zu erahnen. Als Mutter sollte man das nicht bemerken, bemerkte es aber natürlich doch, obwohl man den Penis des eigenen Sohns schon lange nicht mehr gesehen hatte. Früher war der Blick darauf das angestammte Recht der Mutter gewesen. Mehr als einmal hatte Amy beim Wickeln eine Ladung Urin ins Gesicht bekommen und sich dabei gefühlt, als gehörte der Penis ihres Sohns gewissermaßen auch ihr selbst. Damals hatte er für beide ausgereicht, ein zartes kleines Requisit innerhalb der Familienkonstellation. Später hatte Mason in der Badewanne nach und nach eine gesunde Schamhaftigkeit entwickelt und seinen Penis versteckt, wenn Amy hereinkam, um die jeweils von ihm gewünschte Actionfigur zu bringen. »Nicht gucken, Mom!« Dann warf sie Zapman oder Deathrayman mit dem Rücken zur Wanne ins Wasser, wo er mit einem leicht hallenden Klatschgeräusch landete. Doch aus den Augenwinkeln erspähte sie dabei jedes Mal etwas an der Oberfläche Treibendes, wie ein kleines Seerosenblatt.

Wie er jetzt, Jahre später, aussah, wusste sie nicht. Vielleicht waren ihm Flügel gewachsen – sie hatte nicht die leiseste Ahnung. Er gehörte ihr nicht mehr.

Eines Vormittags begleitete Penny sie zum Souvenirladen, wo Amy ein Mitbringsel für ihre Mutter Antonia kaufen wollte, die sich gerade in der New Yorker Wohnung aufhielt und bei der Rückkehr der Familie noch da sein würde. Der Souvenirladen war eine kleine, mit teurem Glas, perlenbesticktem Krimskrams und Seidenstoffen vollgestopfte Hütte. Hinter der Ladentheke aus Binsengeflecht stand eine große schwarze Frau in einer Batikbluse. Während sich Amy und Penny zwischen den langen Kräuselschals, den exotisch duftenden Lotionfläschchen, dem Schmuck und dem übrigen Schnickschnack umsahen, deutete Penny mit den Worten »Der ist hübsch!« auf einen gläsernen Briefbeschwerer mit hellblauen und grünen Korallenästen, umgeben von kleinen Türkissplittern. »Mit dem könnte deine Mutter ihre Manuskriptseiten zusammenhalten.«

»Na ja, normalerweise schreibt sie nicht mitten im Sturm«, erwiderte Amy. Doch als die Frau hinter der Theke die Vitrine aufgeschlossen und die Halbkugel herausgeholt hatte, nahm Penny sie in die Hand, und die Art, wie sie das zerbrechliche gläserne Ding drehte und wendete, um es von allen Seiten zu betrachten, verlieh ihm in Amys Augen einen Wert, den vielleicht auch ihre Mutter darin erkennen würde. »Ja, er ist hübsch«, gab sie zu.

»Zweihundertdreiunddreißig«, sagte die Frau, offenbar ohne den Preis als horrend zu empfinden.

Doch er war horrend. Aber musste Amy wirklich ständig die Geldfrage stellen? Gab es für sie kein anderes Thema mehr? Musste diese Arie wieder und wieder gesungen werden? Auf St. Doe's wurden alle Maßstäbe gesprengt, und daran musste man sich ebenso gewöhnen, wie man sich an die Maßstäbe daheim in New York hatte gewöhnen müssen und an die des modernen Lebens überhaupt, wollte man in dieser Welt überleben. Sie nickte der Frau lächelnd zu, und der Handel war abgeschlossen.

Am vierten Tag des sechstägigen Urlaubs nahmen die Jungs Surfunterricht bei dem attraktiven, maskulinen Pierre. Amy sah ihn mit dem Brett unterm Arm vor Mason und Holden ins Meer hinauswaten. Später erschien ihr die Surfstunde wie das Symbol der letzten schönen, unbeschwerten Augenblicke: die zwei Jungs und der Mann in den gemächlich anbrandenden Wellen.

Leo war auch da. Er lag mit Thomas Manns »Doktor Faustus« auf der anderen Seite von Amys Liege, war jedoch unruhig und las immer nur wenige Seiten am Stück. Alle paar Minuten sprang er auf, holte sich etwas zu trinken, drehte den Sonnenschirm oder ging ans Wasser und sah den Jungs beim Surfunterricht zu. Es war, als hätte er, der ehemals große Leser, das Lesen verlernt. Wie den meisten Leuten fehlte ihm seit einiger Zeit die Geduld mit dem langsamen Fortgang von Romanhandlungen, empfand er die Forderung an den Leser, durchzuhalten, um das Ende zu erfahren, als zu viel verlangt. Komisch, dachte Amy, dass ausgerechnet die Jungs noch lange Romane lesen konnten. Das war die einzige Spur der früheren Welt, die in ihnen weiterbestand, während sie in ihren Eltern nach und nach verloren ging.

»Alles in Ordnung?«, fragte Amy.

»Ja, warum?«

»Du stehst ständig auf. Wie ein erwachsener ADHSler.«

»Ich bin das Ausruhen nicht mehr gewohnt. Es passt nicht mehr zu mir«, erwiderte Leo.

Penny erhob sich von ihrer Liege auf der anderen Seite und sagte zu Amy: »Ich mache ein paar Fotos von den Jungs beim Surfen. Ich habe heute extra die Kamera mitgenommen.« Amy sah ihr nach, als sie zum Wasser ging und Holden und Mason mit der Digitalkamera knipste. Leo blieb auf seiner Liege, aß frittierte Muscheln und versuchte zu lesen, ohne wirklich zu lesen. Vor der wenige Meter entfernten Bambustheke, auf der die Badetücher in warmen Stapeln ihrer Benutzung harrten, unterhielt sich ein Franzose leise und offenbar sehr leidenschaftlich mit seiner Freundin. Gamelanklänge schwebten wie Pollen durch den ruhigen Vormittag, und Kellner brachten den freiwillig hilflosen Gästen Getränke. Amy dachte an die Phrase »So lässt sich's leben«. Als gäbe es nur diese Daseinsart, als wollte man tatsächlich bis in alle Ewigkeit so träge und versorgt sein und untätig Schönes betrachten.

Kurz darauf kam Greg Ramsey aus dem Bungalow an den Strand hinunter, eine Gesichtshälfte noch vom Schlaf zerknittert. »Penny, ich brauche Batterien für mein Aufnahmegerät«, sagte er.

»Ich dachte, die hättest du mitgenommen.«

»Sie sind leer. Du hast gepackt.«

»An dein kleines Aufnahmegerät habe ich beim Packen ehrlich gesagt als Letztes gedacht«, entgegnete Penny. »Du hast eine Assistentin, warum hast du ihr nichts gesagt?« Sie unterbrach sich. »Welche Größe brauchst du?«

»AAA. Vielleicht kannst du welche aus einem anderen Gerät rausnehmen.«

»Tut mir leid, aber ich habe keine Geräte mit AAA-Batterien.«

»Was ist mit deiner Kamera?«

»Ich fotografiere gerade. Die Jungs lernen surfen.«

»Aber ich muss diktieren.«

Er griff nach der Kamera. Penny zog die Hand weg, und sie begannen auf primitive, hässliche, für Eheleute typische Art zu streiten. Amy fragte sich, wie oft sich amerikanische Paare wohl über Batterien verkrachten.

»Schau mal, Chloe, da oben!« Einer der Ehemänner von der Westküste ging mit seiner halbwüchsigen Tochter vorbei und deutete auf zwei Gestalten, die hoch am Himmel an ihren Gleitschirmen hingen.

Auch Amy betrachtete sie eine Weile, denn darum ging es den Gleitfliegern schließlich. Die Segel hatten knallige Farben, eines war rot, das andere gelb. Risikofreudigen Menschen bot St. Doe's unendlich viele Möglichkeiten. Die beiden Jungs in der Brandung besaßen wahrscheinlich das Risiko-Gen, das man offenbar hatte oder eben nicht. Als sie weiter hinausschwammen, erschrak Amy ein bisschen und hätte Mason am liebsten zurückgezerrt, als wäre er durch eine unsichtbare elektronische Hundeleine mit ihr verbunden. Doch er steckte ohne Halsband bis zum Hals im Wasser. Wieder und wieder stemmten sich die beiden auf die glatte Oberfläche ihrer kleinen Anfängerbretter.

»Der Trick besteht darin«, hatte Holden beim Frühstück erklärt, obwohl er selbst keine Ahnung vom Surfen hatte, »dass man es raufschafft und oben bleibt. Sonst gibt's direkt einen Wipe Out. Aber das Wichtigste ist positives Denken. Wenn man daran glaubt, dass man es schafft, schafft man es auch.« Mason hatte seinem Freund zugehört, als wäre Holden Ramsey ein Motivationstrainer, was er eines Tages wahrscheinlich sein würde, dachte Amy und stellte sich den Konferenzsaal vor, in dem der erwachsene Holden den Zeigefinger in die Luft stieß, während sich die Geschäftsleute vor ihm eifrig Notizen machten.

Der kleine Holden aber, der jetzt im Wasser war, brachte die Knie nur mit Mühe aufs Brett. Wie schwer alles am Anfang ist, dachte Amy, während sie zusah. Nur die Paraglider bewegten sich scheinbar mühelos oben am Himmel. »Das sieht so schön aus«, sagte die junge Chloe zu ihrem Vater. Noch während sie sprach, geriet der gelbe Paraglider ruckartig in eine seltsame Schieflage und schoss in steiler Diagonale wie entlang eines Seils über das Wasser hinweg auf den Strand zu. Einige Leute im seichten Wasser hatten es bemerkt und sahen mit hilflos erhobenen Händen zu, wie er sich ihnen näherte. Alles geschah rasend schnell. Amy versuchte instinktiv, den Kopf mit den Armen zu schützen, für den Fall, dass der Stürzende auf sie krachte. Und schon war sie da, die Gestalt mit dem gelben Schirm, schlitterte vor der eigentlichen Landung mit den Füßen ein Stück über den Sand und fiel schließlich hart auf den Rücken. Das Gurtzeug knallte wie ein

Peitschenhieb. Der Mann begann sofort zu schreien. »Scheiße!«, brüllte er, die erste Silbe in die Länge ziehend.

Keinem blieb Zeit, etwas zu tun, denn der Wind zerrte ihn weiter. Der Schirm, der sich quallenartig nach innen und wieder nach außen wölbte, zog den Mann hinter sich her. Mehrere Leute liefen ihm kreischend nach, während er auf dem Rücken holpernd über den Strand geschleift wurde. Als er endlich liegen blieb, bildete sich ein Menschenkreis um ihn, sodass Amy nichts mehr sehen, aber die Rufe in verschiedenen Sprachen hören konnte. »Man darf ihn nicht bewegen!«, hörte sie, »Nicht mal anfassen!« und »Lebt er noch?« und »Können Sie Ihre Arme und Beine bewegen?« Der zweite Gleitschirmflieger hatte ganz in der Nähe eine perfekte Landung hingelegt und erklärte nun mit französischem Akzent völlig aufgelöst, er sei der Lehrer. Er habe Unterricht gegeben, und sein Schüler habe offenbar die Kontrolle verloren.

Amy nahm zunächst nur halb wahr, dass sich auch Penny in den Kreis der Schaulustigen gedrängt hatte. Doch plötzlich hörte sie sie aufschreien und sah sie zurückweichen. Greg ging zu seiner Frau und sagte: »Das ist doch nicht der erste Unfall, den du siehst.« Sie schüttelte nur den Kopf, schlug die Hand vor den Mund, drehte sich um und lief Richtung Bungalow. Greg folgte ihr.

Jetzt musste Amy einfach herausfinden, was Penny gesehen hatte. Sie trat in den Kreis der Leute, die dem abgestürzten Mann und sich gegenseitig Anweisungen zuriefen, und blickte in das sommersprossige Gesicht von Ian Janeway. Seine Augen waren geschlossen. Weil sein lockiges Haar unter dem Helm steckte, sah er fremd aus, wie ein früher Kosmonaut nach der Landung auf der falschen Erdhalbkugel. Sein verzerrter Mund zeugte von unerträglichem Schmerz. Amy hatte gespürt, dass es falsch war, hierhergekommen zu sein, und ebenso wenig hätte er hier sein dürfen. Sie konnte es nicht fassen, dass er ihnen nachgereist war. Am liebsten hätte sie auch aufgeschrien, so wie es Penny spontan getan hatte.

Doch nicht weniger verblüffend als Ians dreiste, unerklärliche Anwesenheit war die Tatsache, dass Penny sich umgedreht hatte und weggerannt war. Sie war nach ihrem Aufschrei nicht neben Ian auf die Knie gesunken, sondern, gefolgt von ihrem Mann, den Weg zum Bungalow hinaufgeeilt, und der Streit wegen der Batterien war für immer vergessen. Wahrscheinlich glaubte Greg Ramsey, seine Frau hätte einen Schock erlitten, als sie den schrecklichen Sturz des Fremden mit ansah, und Penny würde ihn in dem Glauben lassen. Sie würde in den Bungalow gehen, und ihr Mann würde sich um sie kümmern, weil er wusste, wie sensibel und emotional seine Frau sein konnte und dass es nun wieder einmal so weit war. Sie war zwar auch stark und tough, zielsicher im Ankaufen von Exponaten und im Verhandeln über die Forderungen des Museumskuratoriums, doch gerade das Komplizierte hatte Greg Ramsey an seiner Frau wohl schon immer bewundert. Vielleicht hatte gerade das ihn angezogen, als sie jung und sorglos und noch nicht reich gewesen waren und noch nicht wussten, was im Lauf der Zeit aus ihrer Ehe werden würde.

Amy und Leo blieben mit den anderen im Kreis stehen. Zwei Angestellte eilten mit einer Bahre und einer Vorrichtung herbei, die Ian Janeways Kopf und Hals stützen sollte. Mason und Holden waren mit Pierre und mehreren anderen Gästen aus dem Wasser gekommen. Alle redeten bestürzt und schockiert durcheinander, jeder in seiner Sprache.

Mitten in das Stimmengewirr hinein sagte Amy Lamb zu jedem, der es hören wollte: »Ich kenne ihn.«

»Was?«, sagte Leo und fügte hinzu: »Das kann nicht sein!«

»Doch«, sagte Amy.

Weil sie ihn zumindest oberflächlich kannte, bat man sie, den Männern, die Ian trugen, in die Krankenstation zu folgen und einige Fragen zu beantworten. In dem kleinen Haus gleich neben dem Hauptgebäude herrschte helle Aufregung. Die hektischen, hysterischen Festnetz-, Handy- und Funkgespräche auf Englisch und Französisch klangen wie Simultanübersetzungen. Man versuchte den Transport des Verletzten von der Insel zum Hospital del Maestro in San Juan zu organisieren. Der Arzt der Anlage und zwei Gäste, die ebenfalls Mediziner waren, standen hinter einem Vorhang um Ian herum und besprachen hastig und in gedämpftem Ton, ob sein Rückenmark verletzt oder womöglich durchtrennt, ob die Wirbelsäule geprellt oder gar schwer geschädigt sei.

Einer der beiden ausländischen Ärzte zeichnete für Amy etwas auf ein Blatt Papier. »Das ist das Rückenmark«, erklärte er mit starkem französischem Akzent. »Stellen Sie es sich wie Zahnpasta in der Tube vor.« Viel mehr als »in der Tube« nahm Amy nicht wahr. Immerhin verstand sie, dass sofort eine Kernspintomografie gemacht und Ian gegebenenfalls operiert werden müsse, was gleich nach dem Lufttransport nach San Juan erfolgen könne. Außerdem werde man wahrscheinlich Medrol spritzen, ein steroidhaltiges Medikament, das aber nur innerhalb der nächsten Stunden wirken würde. Sollte das Rückenmark allerdings vollständig durchtrennt sein, gebe es keine Hoffnung auf Heilung. Da die Beine von den unteren Rückenwirbeln aus versorgt würden, hätte der Patient in diesem Fall keine Chance, sie jemals wieder zu benutzen. Amy hörte sich alles an, biss sich auf die Lippe und hätte Penny am liebsten befohlen, hierherzukommen, wo sie jetzt hingehörte.

Man führte sie in den Nebenraum und bat sie, alles, was sie über den Verletzten wusste, möglichst schnell in ein Formular einzutragen: Name, Alter, Beruf. Sie beteuerte, ihn kaum zu kennen und sich weder an seine Adresse noch an seine Telefonnummer zu erinnern. Im Grunde wusste sie nichts über Ian Janeway.

Während die Ärzte die Lage einzuschätzen versuchten, hörte man Ians kurze, stammelnde Schreie, die erst verstummten, als er eine Beruhigungsspritze bekam. Weil er bald das Bewusstsein verlieren würde, teilte man ihr mit, falls sie, »Mrs. Buckner«, nach ihrem Bekannten sehen wolle, müsse sie es jetzt gleich tun. Vielleicht könnte sie ihn ein wenig trösten. Auf die absurde Idee, heimlich nach St. Doe's zu fliegen, musste Ian gekommen sein, weil er es ohne Penny nicht mehr ausgehalten hatte, dessen war sich Amy sicher. Wegen seines Liebeskummers war er nun so schwer verletzt, würde sich womöglich auf Jahre verschulden und vielleicht nie wieder laufen können, vielleicht sogar sterben. Noch so ein dummer Freizeittod. All die Tode beim Gleitschirmfliegen, auf dem Schneemobil oder in einem gefährlichen Fahrgeschäft im Vergnügungspark – unnötig, leichtfertig, ohne jeden Sinn.

Eigentlich wollte sie ihn nicht sehen. Der Anblick seines bleichen, vertrauten Gesichts gleich nach dem Unfall hatte sie schon genug schockiert. Doch weil der Arzt sie darum bat, folgte sie ihm hinter den Vorhang, wo Ian mit einer Stütze um den Hals starr auf der Bahre lag, der ganze Körper in eine Art Segeltuch gewickelt und verschnürt. Sein Gesicht war kalkweiß und vor Angst verzerrt.

»Ian, ich bin's, Amy«, sagte sie.

Er drehte die Augen zu ihr und fragte: »Wo ist Penny?«

»Ich weiß nicht.«

»Scheiße.«

Er schloss die Augen und ließ den Mund leicht geöffnet wie ein Morphiumsüchtiger. In diesem Moment spürte Amy eine Hand auf ihrer Schulter und wurde gebeten, den Raum zu verlassen.

Sie ging um den Bungalow der Ramseys herum, konnte jedoch durch die Vorhänge hindurch nichts erkennen. Auf St. Doe's klopfte niemand einfach anderswo an; man achtete auf eine gewisse, stillschweigend vereinbarte Distanz zueinander. Nur die Hausmädchen oder diskrete Masseure mit Klappliegen unter dem Arm huschten tagsüber hinein und hinaus. Im Bungalow der Ramseys regte sich nichts. Es war inzwischen spätnachmittags, aber immer noch heiß. Normalerweise kehrten die Leute zu dieser Tageszeit leicht erschöpft von der Sonne dem Strand den Rücken und verschwanden in ihren abgedunkelten Zimmern, um sich zu erholen. Heute waren fast alle früher in ihre Häuser gegangen.

Sie stieg auf die Veranda und klopfte. Sekunden später erschien Gabrielle Ramsey an der Tür, eine wunderschöne Fünfzehnjährige, zierlich wie die Mutter, aber mit dem breiten Mund des Vaters. In einem ihrer Nasenflügel steckte ein winziges silbernes Piercing.

»Hi, Mrs. Buckner«, sagte sie. »Meine Eltern haben sich hingelegt.«

»Ach so.«

Amy sah das gleiche große, mit einem Moskitonetz behängte Bett vor sich, das auch Leo und sie hatten, und auf diesem Bett einen Mann und eine Frau, die in der Hitze unter einem kühlen weißen Laken schliefen. »Richte deiner Mutter bitte aus, dass ich da war«, sagte sie und ging.

Leo wartete im Bungalow auf sie. »Ehrlich gesagt kränkt es mich ein bisschen, dass du das für dich behalten hast«, sagte er, als sie ihm alles erzählt hatte.

»Hättest du es wirklich wissen wollen?«

Sie trat ins Schlafzimmer, und er folgte ihr. Sie schlug das Netz zurück, ließ sich aufs Bett plumpsen und legte sich hin. Ohne den Kopf zu bewegen, starrte sie auf den gemächlich an der Decke kreisenden Ventilator und stellte sich vor, wie es wäre, ständig so liegen zu müssen.

»Früher hast du mir immer alles erzählt«, sagte Leo, als würde das beweisen, wie unrecht sie ihm getan hatte. Als sie die Augen in seine Richtung drehte, sah sie nur den Rand seines Gesichts. Sie setzte sich auf.

»Stimmt. Und du umgekehrt auch.«

»Ich erzähle dir immer noch alles«, insistierte er.

Sie stritten nie lange, sondern brachten in aller Kürze ihre Argumente vor, wie Anwälte, die der Richter aufgefordert hatte, zum Ende zu kommen. Nicht *wie* Anwälte – sie *waren* Anwälte. Schließlich hatte Amy einen Abschluss in Jura, und in irgendeiner Schublade lag auch noch die Zulassung der Anwaltskammer vom New York State unter all den anderen Souvenirs aus der Vergangenheit, die sie behalten hatte. Als die Sonne über den Virgin Islands sank, war der kleine Streit so gut wie ausgefochten, und als wenig später das Knattern des Helikopters ertönte, machte keiner von beiden eine Bemerkung darüber. Leo war ein bisschen bestürzt, ein bisschen verwirrt, doch das würde sich bis zum nächsten Tag legen. Es blieben noch zwei Tage mit den Ramseys, in denen sie, zumindest offiziell, von Ian Janeway nur als »dem Typen mit dem Gleitschirmunfall« sprechen konnten.

Auch Penny sagte nicht viel zu dem Thema, nachdem Amy ihr vor dem Abendessen auf der Treppe zum Freiluft-Speisesaal »Ich war bei ihm« zugeflüstert hatte.

»Danke.« Sie blickte nach rechts und links, um sicherzugehen, dass niemand zuhörte, und stieg neben Amy die restlichen Stufen hinauf.

»Er hatte wahnsinnige Schmerzen, aber sie haben ihm etwas gegeben. Er muss nach San Juan in den Kernspintomografen, hieß es, und vielleicht operieren sie ihn. Ich war bei euch, um es dir zu erzählen, aber ihr habt geschlafen.«

»Ich bin froh, dass du nach ihm gesehen hast.«

»Vorhin habe ich in der Krankenstation gefragt, ob sie die Klinik anrufen und in Erfahrung bringen könnten, wie es ihm geht«, fuhr Amy fort. »Sie wollen es angeblich machen, aber bisher gibt es nichts Neues.«

»Vielen Dank«, sagte Penny und fügte hastig hinzu: »Aber ich kann jetzt nicht weiter darüber reden. Du weißt schon.«

»Ja, klar. Ich spreche es nicht mehr an. Wir könnten nach dem Essen einen Strandspaziergang machen.«

»Nein, ich kann nicht. Es geht nicht mehr.«

»Nie mehr?« Amy musste lachen, weil ihr das in diesem Moment so albern erschien. Was sollte das? Sollten sie nie wieder ein Wort darüber verlieren? Eigentlich hätte sich das Dauerthema »Ian und Penny« nun in »Der verletzte Ian und Penny« verwandeln und die permanente Zwiesprache zwischen Penny und ihr sich der thematischen Veränderung anpassen müssen. Nur dass Penny nicht einmal das wollte.

Penny schüttelte den Kopf. »Nein, nie mehr.«

»Wie soll das gehen?«, fragte Amy. »Es ist nun mal passiert, und jetzt liegt er allein in irgendeinem Krankenhaus und ist vielleicht für den Rest seines Lebens gelähmt. Ich weiß, du bist in einer schlimmen Lage, aber willst du ihn nicht wenigstens besuchen oder in der Klinik anrufen, damit sie ihm sagen, dass du dich gemeldet hast?«

»Das geht nicht so leicht, ich stehe hier unter ständiger Beobachtung. Ich bin völlig durcheinander.«

Ein Kellner kam, um die Getränkebestellungen aufzunehmen. Penny hob erleichtert den Blick und beschrieb mit leiser Stimme, wie sie ihre Margarita wünschte.

Beim Abendessen im Fackelschein kam Greg Ramsey auf den Unfall zu sprechen, während Penny neben ihm irgendeinen gekochten weißen Fisch aß. Amy hielt es kaum aus, und doch würden sie bis zum Ende des Urlaubs noch einige Mahlzeiten mit den Ramseys durchstehen müssen. Sie hatte an der Rezeption nach der Möglichkeit einer vorzeitigen Abreise gefragt – dann wäre sie mit Leo und Mason unter irgendeinem Vorwand schnellstens verschwunden –, hatte jedoch erfahren, dass sämtliche von St. Doe's abgehenden Flüge ausgebucht waren. Sie saßen auf der Insel fest. »Hätte nie gedacht, dass Paragliding so gefährlich ist«, sagte Greg beiläufig. »Ich habe es letztes Frühjahr auf Turks und Caicos probiert und fand es ziemlich einfach. Gut, es kann Probleme mit der Thermik und den Scherwinden geben, aber dafür sollte man eben immer ein Hakenmesser parat haben. Ich glaube nicht, dass der Typ auch nur die geringste Ahnung von der Sache hatte.«

»Wenn ich zwölf bin, darf ich auch Gleitschirm fliegen«, verkündete Holden.

»Darf ich auch, wenn ich zwölf bin?«, fragte Mason seine Eltern.

»Nein«, sagte Amy.

»Den Frauen macht es Angst«, erklärte Greg. »Penny ist seit dem Unfall völlig durch den Wind. Aber ich habe schon weit Schlimmeres gesehen, einen grauenhaften Wasserski-Unfall beispielsweise. Das war heftig.«

An diesem Abend wurde im Freiluft-Speisesaal sehr viel Wein getrunken. Die Familien und Paare aus allen Ecken der Welt bestellten mehr Alkohol als gewöhnlich. Sie hatten etwas Verstörendes erlebt, und die Aufregung darum hatte sie überrascht. An einem anderen Tisch sprach jemand über tragische Unfälle; eine einzelne Bö könne ein Auto in die Luft schleudern, einen Gleitschirm davonwehen, einen menschlichen Körper zu Boden stürzen.

Am nächsten Morgen kam Penny an den Strand und legte sich auf die Liege neben Amy. Amy wartete, doch Penny schnitt weder das Thema Ian an, noch sagte sie überhaupt etwas. Amy schwieg ebenfalls. So war es, und so würde es bleiben, ganz egal, wie es dem armen Ian Janeway erginge – ob er sich erholen, nach der OP an einer Infektion sterben oder querschnittsgelähmt sein würde. Der Unfall bedeutete das Ende. Er hatte Penny gezeigt, wie labil Ian war: Einfach auf St. Doe's aufzutauchen, obwohl sich ihre Familie hier befand! Sie würde ihn schnell vergessen, und Amy und sie würden über andere Dinge reden.

Vielleicht wäre dann endlich einmal Amy an der Reihe mit Reden und Penny mit Zuhören. »Leo schläft nicht mehr mit mir«, hätte sie Penny am Strand zuflüstern können. Doch sie schaffte es kaum, sie auch nur anzusehen. Fast den ganzen Vormittag über lagen sie schweigend nebeneinander. Obwohl der Tag so schön wie der vergangene war, wirkten viele Gäste jetzt, kurz vor dem Ende ihres Urlaubs, leicht bedrückt. Die Französin, die sich jeden Morgen den nackten Busen eincremte, tat es langsamer als sonst, fast so, als würde sie sich einsam selbst befriedigen. Die trägen Bewegungen ihrer Hand zeigten, wie traurig sie war, die Insel bald verlassen zu müssen.

Am Abend wurde unter der Tür von Amys und Leos Bungalow ein Zettel durchgeschoben. »Ihr Bekannter liegt im Hospital del Maestro in San Juan«, stand da in schöner, altmodischer, nicht amerikanischer Handschrift. »Schwere Lendenwirbelbrüche, aber keine Rückenmarksverletzung. Er wurde operiert. Es muss mit einer langen Genesungsphase gerechnet werden.« Amy gab die Nachricht am nächsten Vormittag am Strand in aller Heimlichkeit an Penny weiter, die sie mit einem kurzen Nicken quittierte, seltsamerweise ohne zu fragen, wie es mit Ian weitergehen würde: Würde er jemals gesund werden? Kümmerte sich irgendjemand um ihn? Würde er wieder gehen können?

Am letzten Tag auf St. Doe's blieben Mason und Holden so

lange verschwunden, dass Amy sich Sorgen zu machen begann. »Das sind Jungs«, sagte Leo. »Lass sie in Ruhe.«

Doch sie musste wissen, wo Mason war. In Situationen wie dieser verspürte sie den Reflex, alle ihre Liebsten um sich zu scharen und durchzuzählen. In der Nacht zuvor hatte sie Jill in Holly Hills zu erreichen versucht, um ihr alles zu erzählen. Sie hatte gehofft, Jill würde beides zugleich sein, entsetzt und mitfühlend, und die richtigen Worte finden. Doch die Verbindung war immer wieder abgebrochen. Zweimal hatte sich Nadia mit ihrem merkwürdigen Stimmchen gemeldet und war dann plötzlich weg gewesen.

»Nadia! Hier spricht Amy! Ist deine Mom da? Kannst du sie ans Telefon holen?«, hatte Amy durch den Bungalow geschrien, als wäre ihre Freundin ihre Rettung. Dann war das Stimmchen verstummt und die Verbindung abgerissen. Amy hatte das Gefühl, als lebten ihre Freundinnen gerade in einer vollkommen anderen Welt. Jill mit ihrem Vorort und ihrem Trübsinn, Roberta mit ihrer Frustriertheit, ihrem Aktivismus und dem Mädchen aus South Dakota, dem sie unbedingt helfen wollte. Diese Geschichten erschienen, zumindest von einer tropischen Insel aus betrachtet, völlig surreal. Amy wollte, dass sie für sie wieder Wirklichkeit würden; sie wollte sie unbedingt wiederhaben.

Sie eilte auf der Suche nach den beiden Jungs am Strand entlang, passierte den Abschnitt, in dem Penny und sie bis zum Unfall jeden Morgen spazieren gegangen waren, passierte die Jogger und Schnorchler und die Gäste, die sich in ihren Kajaks abstießen. Sie ging sehr weit und verlor wegen der Krümmung des Strands das Haupthaus und die Bungalows irgendwann aus dem Blick. Die Landschaft veränderte sich. Selbst die Pflanzen am Strand waren plötzlich weniger schön, wurden dickfleischig, dornig, dunkel. Auf einem Schild stand »AB HIER ZUTRITT FÜR GÄSTE VERBOTEN«, doch sie ging weiter.

Plötzlich tauchten niedrige Gebäude auf, eine Art Barackenstadt, schlecht zusammengezimmerte Hütten aus nacktem Wellblech statt aus Bambus und Binsen wie fast alles auf der Insel. Eine Hütte nach der anderen kam zum Vorschein, und aus den offenen Türen, die in triste Räume führten, blickten Schwarze heraus. Männer saßen auf alten Pritschen und rauchten. Einen Moment lang war sie erstaunt und verwirrt. Verborgen hinter all der Schönheit und Verschwendung gab es einen Slum auf dieser Insel?

Beim Blick in den Eingang der nächsten Hütte sah sie Pierre, den netten, schüchternen Mann, der den Jungs das Surfen beigebracht hatte. Er trug eine weiße Unterhose, kein Hemd, und er rauchte. Im Inneren lief leise Rapmusik. Das war kein Slum, erkannte sie in diesem Moment. Hier wohnte das Personal, und Pierre hatte gerade Pause. Er zog sich hastig in die Hütte zurück, und Amy wusste nicht, wer von ihnen sich mehr schämte.

Bei der Rückkehr nach New York stellten sie fest, dass Antonia Lamb trotz ihrer Bitte vergessen hatte, den Weihnachtsbaum im Wohnzimmer zu wässern. Die Nadeln waren abgefallen und bedeckten Parkett und Perserteppich. »Jetzt ist er eine Brandgefahr«, erklärte Mason beim Anblick der verdorrten Tanne, und als er die kleine goldene Kugel leicht berührte, die er vor Jahren in der Schule bemalt hatte, fiel eine weitere Ladung spröde gewordener Nadeln herab. Der Baum würde früher als geplant entsorgt werden müssen. »Tut mir wirklich leid«, sagte Antonia, »aber ich war ganz mit meiner Frauenkonferenz beschäftigt. Bitte verzeiht mir, Kinder!«

Während des Urlaubs auf St. Doe's hatte sich Amys Mutter wie vereinbart in dem winzigen Arbeitsraum eingerichtet. Die Luftmatratze war aufgepumpt, und auf dem kleinen Waschbecken im Gästebad lag ihre Zahnbürste mitsamt der aufgerollten Tube Bio-

Sonnenblumen-Zahncreme. Amy hatte ihre Mutter seit einem halben Jahr nicht gesehen. Antonia wirkte gesund, war aber deutlich gealtert. Ihr früher mit silbrigen Strähnen durchzogenes Haar war plötzlich durchgehend silbern. Sie hatte nach wie vor etwas Theatralisches, ging gern in Capes auf die Straße. Das Foto auf dem Umschlag ihrer Bücher zeigte eine etwas hexenhafte Frau. Jetzt war sie in der Wohnung, und ihr Besuch wäre in Ordnung, ja sogar Grund zur Freude gewesen, hätte es das Ereignis auf St. Doe's nicht gegeben, von dem ihr Amy nichts erzählen wollte.

Nachdem die beiden Familien getrennt voneinander zurückgeflogen waren, hatte Penny einen Tag später auf Amys Mailbox gesprochen. »Amy, ich bin's. Ich hoffe, ihr hattet einen guten Flug. Gute Flüge, meine ich. Egal. Ich wollte mich kurz melden. Ruf mich zurück, ja?«

Immer wenn Amy zurückrufen wollte, hatte sie wieder das Bild vor Augen: Penny, die von Ian weglief, die sich nicht umdrehte und zu ihm zurückging, aber am nächsten Morgen unbeschwert am Strand lag. Sie brachte nicht die Kraft auf zurückzurufen. Am vierten Tag nach der Rückkehr tat sie es doch. Das Telefonat verlief in dem neuen, gezwungenen Ton, der seit dem Unfall zwischen ihnen herrschte. »Hast du etwas von Ian gehört?«, fragte Amy.

»Nein.«

»Aber du hast doch im Krankenhaus angerufen?«

»Mache ich noch. Bisher habe ich es einfach nicht geschafft. Ich habe keine Ahnung, was ich tun soll. Eine einzige Katastrophe. Das ist jetzt wirklich hart für mich.« Sie schlug vor, in ein paar Tagen gemeinsam Kaffee trinken zu gehen, doch Amy sah nicht ein, warum. Es gab kein Paar mehr, somit war auch die Freundschaft vorbei. Anders als die Affäre zwischen Penny Ramsey und Ian Janeway, die im Augenblick seines Sturzes geendet hatte, brach die Freundschaft zwar nicht abrupt mit dem Handygespräch ab, doch sie hatten kein Thema mehr und standen beide mit leeren Händen da.

Beim Abendessen fragte Antonia: »Warum bist du so melancholisch, mein Schatz? Ich sehe es an deinen Augen. Das habe ich dir schon angesehen, als du noch klein warst.«

»Mom war früher melancholisch?«, fragte Mason interessiert. »Das Wort haben wir in der Schule gelernt. Die Synonyme sind ›schwermütig‹ und ›trübsinnig‹.«

»Sie war nicht ständig melancholisch. Aber sie war sehr sensibel. Alle drei waren sensibel.«

Antonia hatte Gemüselasagne gemacht, eine Spezialität von ihr. Nach dem achtlosen Umgang mit dem Weihnachtsbaum erwies sie sich als überraschend unaufdringlicher Gast, was aber vielleicht nur daran lag, dass Amy noch sehr an der Sache mit Penny und Ian zu knabbern hatte und von ihrer Mutter fast keine Notiz nahm.

»Ich bin nicht melancholisch«, widersprach sie. »Nur nachdenklich.«

»Wenn du reden willst – ich stehe zur Verfügung«, sagte Antonia. »Morgen allerdings nicht, da findet unser NAFITAS-Meeting statt.«

»Das ist ein Akronym, oder?«, sagte Mason.

»Jawohl, mein intelligenter kleiner Enkelsohn! Das ist die Abkürzung für *North American Feminists in the Arts and Sciences*. Im Grunde treffen sich da alte Freundinnen. Früher sind wir Frauen aus ganz bestimmten Gründen zusammengekommen. Wir haben uns ständig versammelt, erst wegen des schrecklichen Vietnamkriegs, der nicht viel anders war als heute der schreckliche Krieg im Irak, und später, nach der Gründung unserer Selbsterfahrungsgruppe, ging es dann um uns selbst.«

Obwohl Mason verwirrt dreinsah und sich wahrscheinlich auch langweilte, drückte seine Miene weiterhin Höflichkeit gegenüber der Großmutter aus, die er um keinen Preis kränken wollte.

»Naomi, Jennifer und ich«, sagte Amy plötzlich und blickte ihre Mutter an, »haben uns immer gefragt, was ihr damals unten im Wohnzimmer eigentlich gemacht habt. Manchmal haben wir geglaubt, ihr würdet Séancen abhalten.«

Antonia lachte. »Ja, wahrscheinlich haben wir den Geist von Susan B. Anthony angerufen.«

»Ich habe die Münze, auf der sie drauf ist«, sagte Mason. »Die Form und die Größe kam bei den Leuten nicht an, deshalb wurde sie aus dem Verkehr gezogen.«

»Weiß ich und hat mich auch nicht überrascht.« Antonia schenkte sich Wein nach. »Amy und Leo, ich würde gern morgen Nachmittag nach dem Treffen ein paar Frauen hierher mitbringen. Die meisten sind von außerhalb und übernachten in Hotels.«

»Klar, kein Problem«, sagte Leo.

»Danke.« Antonia wandte sich an Amy. »Hast du über meinen Vorschlag nachgedacht, Pflichtverteidigerin zu werden?«

»Wie bitte?«

»Was ich dir in den E-Mails geschrieben habe, du weißt schon. Das wäre etwas Anständiges. Eine vernünftige Anwendung deines Jurastudiums.«

»Das kommt für mich nicht infrage, Mom«, erwiderte Amy scharf. »Aber ich spiele mit dem Gedanken, mich ehrenamtlich zu betätigen, im Rahmen eines Alphabetisierungsprogramms oder so.«

Leo hob den Blick. »Ach wirklich? Seit wann?«

»Schon lange«, antwortete Amy trotzig. »Das habe ich dir auch mal gesagt.«

»Ach so. Okay. Alles gut. War nur 'ne Frage.«

»Ich bin nur noch nicht weitergekommen mit der Idee. Warum, weiß ich auch nicht. Sie ist eben Teil meiner langen, zähen Odyssee in Richtung Arbeit.«

»Dieses ganze Jurastudium …«, sagte Antonia und brachte den Wein in ihrem Glas zum Kreisen. »Manchmal frage ich mich, warum du das überhaupt angefangen hast. Du hättest dir nach dem College viel mehr Zeit nehmen können, um herauszufinden, was du wirklich machen wolltest.«

»Ja, hätte ich.«

Im orangen Schein der Kerzen auf dem Tisch schimmerte Antonias Haar silbrig wie ein Susan-B.-Anthony-Dollar, während Masons Haar braun glänzte. Es war noch voller Protein, seidig und von der Farbe der schönen Holzböden in den Korridoren, durch die er eines Tages gehen würde. Leos Blick wanderte von seiner Frau zu seiner Schwiegermutter und von ihr rasch wieder zur sichersten Stelle, der Lasagne auf seinem Teller, die er nun in doppeltem Tempo verschlang. Leicht bucklig saß er da und beruhigte sich mit Essen, voll und ganz auf das Gericht konzentriert, um sich aus einer Situation auszuklinken, die ihn nicht betraf. Von nun an bestand das Tischgespräch fast ausschließlich in einem Dialog zwischen Oma und Enkel. Mason schwang große Töne gegenüber der Frau, die ihn auf ganz besondere Art liebte – auf eine Art, die niemand, auch keine schlecht gelaunte erwachsene Tochter, beanstanden konnte.

Am Morgen des ersten Schultags nach den Weihnachtsferien fiel zum ersten Mal Schnee in der Stadt. Aus den Fenstern der Bürohochhäuser sahen sich die Angestellten das Naturereignis an. Die Männer dachten an Schlitten und an ihre Kinder und wären selbst gern wieder Kind gewesen, während viele Frauen in diesen Hochhäusern, in ihren Wohnungen oder im warmen Licht der Läden entlang der Avenues überlegten, ob den Kindern die alten Winterstiefel noch passten. Die Männer dachten an Freiheit, die Frauen an das, was notwendig war. Wenn der erste Schnee fiel, blickten in der Stadt alle nach oben und bewunderten die kraftvoll und zugleich lässig wirbelnden Flocken. Jeder freute sich auf etwas. Vielleicht fiel morgen der Unterricht aus. Vielleicht sogar die Arbeit! Doch Arbeit war nichts, was sich absagen ließ. Die meisten Büros würden geöffnet sein und alles würde seinen gewohnten Gang gehen.

Der erste Schultag hatte immer etwas Trauriges, fühlte sich an wie eine Kapitulation. Um sieben Uhr meldete sich Amys Wecker. Ohne etwas zu sagen, hatte Mason ihn umgestellt, sodass statt der gurrenden Tauben ein leises Schnauben ertönte, das immer lauter und ungeduldiger wurde, bis die Pferde kräftig zu wiehern begannen und Amy mit ruppigen Nasenstübern aus dem Schlaf rissen.

Kaum war sie wach, rief sie aus dem Bett heraus: »Mason!«, erhielt jedoch keine Antwort. Sie holte tief Luft. »MASON, HEUTE IST WIEDER SCHULE! LOS JETZT, KUMPEL!« Es blieb still in der Wohnung. Leo war längst ins Fitnessstudio gegangen und anschließend zur Arbeit, Amys Mutter schlief tief und fest auf ihrer Luftmatratze im Arbeitsraum – sie trug Ohrstöpsel und war durch nichts wachzukriegen –, und auch Mason schlummerte selig. »ICH SAG'S NICHT NOCH MAL!«, brüllte Amy. »WIR MÜSSEN HEUTE FRÜHER DA SEIN WEGEN DER LÄUSEUNTERSUCHUNG!« Sie fragte sich, ob Penny ihren Sohn zur Schule bringen würde, und sah sich schon mit ihr zusammenstehen und krampfhaft Small Talk machen.

Als Amy und Mason die Turnhalle betraten, schlug ihnen ein Höllenlärm entgegen. Die Jungs hatten sich zwei Wochen lang nicht gesehen und begrüßten einander glücklich wie junge Hunde. Die Mütter und die wenigen Väter standen da und unterhielten sich, während die Jungs um sie herumwuselten. Man tauschte

Ferienerlebnisse aus. Eine Mutter erzählte von ihrem Skiurlaub, eine andere, dass sie einfach in der Sonne gelegen habe, »ohne auch nur einen Finger zu rühren«. Ein Vater berichtete, seine Familie sei in der Stadt geblieben und jeden Abend auf der Eisfläche im Bryant Park Schlittschuh gelaufen. Isabelle Gordon, die Stringtheoretikerin, stand mit einer anderen Mutter an der Wand und erzählte, sie, ihr Mann und die Kinder seien zum Kernforschungszentrum CERN in Genf geflogen und hätten den Large Hadron Collider besichtigt. »Eine unbeschreibliche Erfahrung.« Die andere Frau schüttelte lächelnd den Kopf.

Zwei Mal jährlich fand in der Schule eine Läuseuntersuchung statt – für jede Mutter zwei Mal jährlich Anlass zur Sorge, ihr Sohn könnte Überträger von Insekten sein und damit zum Ausgestoßenen werden. Jemand hatte ein paar Basketbälle aus den Hängenetzen befreit, in denen sie die Ferien über wie Kokosnüsse verstaut gewesen waren, und die meisten Jungs, obwohl in Blazer mit Krawatte, warfen eifrig Körbe, während andere zusammengesackt auf Klappstühlen hockten und sich den Kopf durchforsten ließen.

Nachdem sich Mason auf einen der Stühle fallen gelassen hatte, beugte sich eine kräftige schwarze Frau, deren Arztkittel das eingestickte Motto »Keine Chance den Nissen!« trug, mit einem langen Friseurkamm aus Metall und einer Art Nagelfeile über ihn und teilte sein Haar, sodass immer ein Stückchen Kopfhaut freilag und gleich darauf wieder verschwand. Wie hell seine Haut unter dem dunklen Schopf war, dachte Amy. Das Weiß der Kopfhaut erinnerte an das Weiß von Knochen; es entblößte den Menschen auf schaurige Art. In der nächsten Klappstuhlreihe saßen Karens Zwillinge Caleb und Jonno halb schlafend nebeneinander, während zwei gelangweilt wirkende Frauen ihre seidigen Strähnen in Augenschein nahmen.

Amy blickte ständig zum Eingang, um zu sehen, ob Penny und Holden kämen. Doch als Holden Ramsey die Turnhalle schließlich betrat, folgte ihm nur Clementine, die Babysitterin.

»Kommt Penny heute nicht?«, fragte Karen unvermittelt, nachdem sie sich neben Amy gestellt hatte.

»Nein.«

Nach den Ferien hatte Amy allen Freundinnen am Telefon von dem Unfall erzählt und den Sturz, den Schock beim Anblick von Ians Gesicht und Pennys Teilnahmslosigkeit beschrieben. »Du bist wütend auf sie«, sagte Karen jetzt im Gespräch. »Und wie du weißt, finde ich Fremdgehen unmoralisch. Aber vor Gregs Augen zu ihm zu laufen, wäre ziemlich hart gewesen.« Der Lärm der aufprallenden Bälle und das metallische Klirren des Untersuchungsbestecks hallten durch den Raum. »Was hätte sie deiner Meinung nach machen sollen?«

»Ich weiß es nicht«, antwortete Amy. »Ian lag da, und es war einfach entsetzlich. Du hättest es sehen müssen, Karen. Ja, doch, wenn ich ehrlich bin, habe ich erwartet, dass sie zu ihm geht, und sei es auch nur aus einer Intuition heraus.«

Roberta, die ihren Sohn Harry gerade auf einen der Stühle gesetzt hatte, meinte nur: »Du hast sie idealisiert. Bitte sag jetzt nichts – du weißt, dass es stimmt. Wir alle haben unseren Mist auf Penny Ramsey projiziert. Wir brauchten mal wieder jemanden, den wir idealisieren konnten. Wir sind doch alle völlig abgeschottet mit unseren Kindern und unserem kleinen, durchgetakteten Leben.«

»Stimmt.« Amy schoss ein Bild durch den Kopf: Jill, die in diesem Moment im stockenden Morgenverkehr vor der Grundschule von Holly Hills am Steuer ihres Wagens saß. »Sie war mein großes Projekt. Aber für eine wie sie ist mir meine Zeit zu schade.«

»Halleluja!«, rief Roberta.

»Trotzdem finde ich, sie hätte sich moralisch korrekt verhalten müssen.«

»Und damit alles verlieren?«, sagte Roberta. »Überleg doch mal, Amy!«

»Ich tue fast nichts anderes mehr.«

»Sie hatte eine Affäre. Das war aufregend. Sie hat sich wieder jung gefühlt. Begehrt zu werden und selbst zu begehren und sich gemeinsam mit einem Mann eine geheime Welt zu erschaffen, verleiht unglaubliche Lebenskraft.«

»Aber auf ihr eigentliches Leben, ihr Eheleben, kann sie trotzdem nicht verzichten«, sagte Karen, »weil es die Voraussetzung für dieses andere Leben ist. Greg Ramsey macht es ihr erst möglich.«

»Greg Ramsey ist so deprimierend«, sagte Amy. »Ihr habt ja selbst gesehen, wie ihn die anderen Männer am Vater-Sohn-Wochenende auserwählt haben und wie sehr er es genossen hat, dass seine Dominanz anerkannt wird. Und ihr hättet ihn im Urlaub reden hören müssen. Dieses Gefasel – Indie-Rock, Geld. Immer nur Geld.«

»Greg Ramsey sorgt für sie und die Kinder«, beharrte Karen. »Wenn die Ehe in die Brüche ginge, würde sie ihren Lebensstandard verlieren.«

»Penny Ramsey hat selbst einen guten Job«, widersprach Amy. »Wir stehen hier bei der Läuseuntersuchung, während sie wahrscheinlich längst im Büro sitzt und ein Meeting leitet.«

»Amy!«, rief Roberta aufgebracht. »Penny Ramsey mag einige beeindruckende Fähigkeiten haben, genau wie viele andere Frauen, die wir kennen. Aber sie arbeitet für eine gemeinnützige Institution und könnte ihre Kinder wahrscheinlich nicht allein ernähren, zumindest nicht auf dem jetzigen Niveau. Was, glaubst du, verdient sie in diesem Museum?«

»Keine Ahnung.«

»Auf jeden Fall nicht annähernd genug für drei Kinder, Privatschulen, Kleidung, Essen, Urlaub, Kinderbetreuung und die anderen Kosten für das Leben, auf das sie sich nun mal eingelassen hat. Greg ist derjenige mit den Investoren, der große Geschäftsmann. Penny und er müssen den Laden ständig am Laufen halten. Sie sitzen in der Falle, aber sie wollten es so, und jetzt sind sie darin gefangen.«

Amy dachte an den jungen Familienvater in Apartment 14H, der vor Monaten tot umgefallen war, und an die Frauen, die vor dem Eingang darüber spekuliert hatten, wie lange seine Witwe sich die Miete leisten könnte. Plötzlich wollte sie unbedingt wissen, was mit den Leuten passiert war. Waren sie schon ausgezogen? Hatte man sie aus dem »Rivermere« vertrieben? Vor ihrem inneren Auge wurden die Mutter und ihre beiden Kinder ohne Mäntel in Isabelle Gordons grausames und größtenteils unbegreifliches Weltall hinausgeschleudert.

»Ich bin mir da nicht so sicher«, sagte sie zu Roberta, doch plötzlich dröhnten die Bälle im Turnsaal lauter, und Amy verspürte einen Anflug von Übelkeit. Sie hätte auch gern auf so einem Klappstuhl gesessen und sich mit vornübergesunkenem Kopf von einer »Keine Chance den Nissen!«-Frau sanft durchs Haar streichen lassen. Doch dann stellte sie sich vor, wie diese Frauen morgens in die Schulen gingen, Tische und Stühle aufstellten und sich in die Mähnen privilegierter Kinder versenkten. Ein albtraumhafter Job! Wer wünschte sich ein solches Dasein? Immerhin – vielleicht wurden sie ganz ordentlich bezahlt, genossen halbwegs gute Arbeitsbedingungen, machten das Beste daraus und konnten davon einigermaßen anständig existieren. Sie stellte fest, dass sie keine Ahnung von den Lebensumständen anderer Menschen hatte.

Mason kam zu ihr und sagte: »Ich werfe jetzt Bälle, Mom. Du kannst gehen.«

»Ich kann gehen? Vielen Dank, Sir!«, erwiderte Amy aufgesetzt heiter.

»Was?«

»Nichts, nichts. Hab einen schönen Tag, mein Schatz.«

Hätte er gewusst, wie verstört sie war, hätte sie sich vielleicht ausnahmsweise von ihm trösten lassen, wenigstens ein kleines bisschen. Aber er hatte natürlich keine Ahnung, und bestimmt mussten noch vierzig Jahre vergehen, ehe er sich wirklich um sie kümmern würde. Seine schief hängende Krawatte hatte einen Milchfleck, weil das Ende beim Frühstück in die Müslischüssel geraten war. In seinem Haar sah man die frisch geharkten Kornfeldkreise. Er richtete den Blick an ihr vorbei auf die dribbelnden Jungs. So sollte es sein. Darauf hatte sie hingearbeitet. Ihr Sohn kam allein zurecht. An manchen Dingen musste er sich ohne sie versuchen.

»Und? ›Golden Horn‹?«, fragte Roberta.

»Ja, bitte«, erwiderte Amy.

»Du wirkst so fertig, als wärst du nicht auf St. Doe's, sondern in einem Gulag gewesen«, sagte Karen sanft.

»Hey, richtig witzig für deine Verhältnisse, Karen!«, rief Roberta.

»Danke.«

Kurz bevor sie den Turnsaal verließen, war plötzlich Shelly Harbison neben ihnen und fragte: »Darf ich mich selbst einladen?«

»Klar, komm mit«, sagten sie höflich. Doch dann stapfte Shellys Sohn Dylan heran, zischte seiner Mutter mit Tränen in den Augen verschämt »Ich habe Läuse« zu, und wie durch ein Wunder waren sie Shelly los.

Amy holte ihren Sohn nachmittags von der Schule ab und fuhr mit ihm nach Hause. Beim Aufschließen der Wohnungstür hörte sie Frauengelächter. Sie folgte den Stimmen durch den Flur ins

Wohnzimmer, wo mehrere Frauen in einem Kreis auf dem Sofa sowie auf Stühlen aus dem Esszimmer saßen. »Amy!«, rief Antonia. »Komm und sag Hallo!«

Das Alter der NAFITAS-Frauen rangierte von sechzig bis achtzig. Einige hatten gefärbte Haare mit Schattierungen, die auf dem Mutter-Großmutter-Spektrum zwischen Apricot und Schnee lagen, die anderen wildes graues Gestrüpp. Einige saßen leicht buckelig da, vornübergeneigt wie Jockeys beim Endspurt. Es waren aber auch große, aufrechte Frauen darunter, die mit Sicherheit zu Hause Vinyasa-, Ashtanga- oder sogar Hot Yoga praktizierten.

Die Frauen stellten sich artig vor. »Erinnerst du dich an Marsha Knowles?«, fragte Antonia ihre Tochter und deutete auf eine kleine, quicklebendige Frau mit einem glatten weißen Pony und dem Körper eines alten Kobolds. »Ich glaube, du hast sie als Kind einmal bei uns gesehen. Sie ist Gesundheitsberaterin in Toronto und hat uns vor vielen, vielen Monden gezeigt, wie man die Angst vor der eigenen Sexualität überwindet.«

Marsha Knowles lachte. »Ja, damals lautete mein Motto: ›Mit dem Speculum auf Du und Du‹. Ich kann meine eigene Ungeniertheit bis heute nicht fassen. Aber ich war jung. Auf meine alten Tage bin ich wesentlich zurückhaltender geworden.«

»Du bist immer noch jung, Marsha!«, rief Antonia, und schon verteilten die anderen freigiebig Nettigkeiten, machten sich gegenseitig unaufdringliche Komplimente, wie sie Frauen oft mühelos von den Lippen gehen.

Amy, die sich in Unterzahl und als Gast im eigenen Wohnzimmer seltsam förmlich fühlte, setzte sich dazu. »Ein überaus ertragreicher Tag!«, vermeldete Theda, eine flachbrüstige Frau mit einem hübschen Schultertuch. »Thema meines Seminars war die Frage, ob man seine Erwartungen in unserem Alter hinauf- oder hinunterschrauben soll.«

»Ich glaube, ich habe überhaupt keine Erwartungen mehr«, erklärte eine zarte Frau namens Lee. Sie war die einzige Schwarze im Raum und hatte den Kopf kahl geschoren (weil sie kürzlich wegen Brustkrebs behandelt worden war, wie Antonia ihrer Tochter später erzählte). »Was ich tun wollte, habe ich getan. Mir war klar, dass nichts von selbst kommt, wenn man ewig wartet.«

»Carpe diem«, sagte Marsha Knowles.

»Deshalb habe ich Jura studiert«, fuhr Lee fort, »und zwanzig Jahre internationales Handelsrecht gemacht. Es war toll! Irgendwann mittendrin haben sich mein Mann und ich einvernehmlich getrennt, und dann habe ich mich in meine Partnerin Carol verliebt, die dreißig Jahre lang Verfassungsrecht gelehrt hat und inzwischen im Ruhestand ist.«

»Man müsste eure Geschichten aufschreiben«, meinte eine große Frau, Janet. »Antonia könnte das übernehmen. Wir kommen auf so viele Ehen und Spätkarrieren, einige von uns haben lesbische Partnerinnen und Enkelkinder –«

»– die ihrerseits lesbische Erfahrungen haben!«, warf eine andere Frau ein, und wieder wurde schallend gelacht.

»Tut mir leid, aber ich schreibe historische Romane mit Betonung auf ›Romane‹«, entgegnete Antonia.

»Und wovon handelt der nächste?«, erkundigte sich Marsha. »Verrätst du uns das?«

»Selbstverständlich. Der Titel lautet ›Mildernde Umstände‹, und es geht um drei Niederländerinnen, die im Zweiten Weltkrieg den Widerstand unterstützen.«

»Interessant«, sagte Theda. »Das wird eine Sammelbestellung für meinen Lesekreis. Sehr nett von dir, dass wir dich so überfallen durften«, fügte sie an Amy gewandt hinzu.

»Sie ist das gewohnt«, erklärte Antonia. »Als sie klein war, hat sich meine Selbsterfahrungsgruppe hin und wieder in unserem

Wohnzimmer getroffen. Motzende Frauen sind nichts Neues für sie.«

»Heutzutage motzt kein Mensch mehr«, sagte Janet wehmütig. »Dabei gäbe es noch so viel zu motzen. Die Welt wird noch immer nicht von den Frauen beherrscht.«

»Margaret Thatcher hatte sehr viel Macht«, gab jemand zu bedenken.

»Die war eine Ausnahme, ein historischer Ausreißer und grauenhaft konservativ«, erwiderte Janet. »Außerdem ist das eine Million Jahre her.« Zu Amy sagte sie: »Eure Generation hätte weitermachen müssen, und zwar mit dem Motzen und dem Herrschen.«

»Zu so etwas kann man eine Generation nicht verpflichten«, sagte eine andere Frau mit einer mahnenden Handbewegung.

»Wenn sie es nicht von sich aus tun, muss man ihnen eben Feuer unterm Hintern machen.«

»Uns hat auch keiner Feuer unterm Hintern gemacht«, entgegnete Lee.

Wein wurde eingeschenkt, und Antonia stellte einen Teller mit Burrata auf den Tisch, die sie bei »Camarata & Bello« gekauft hatte. Das grüne Blatt, in das der Frischkäse verpackt war, wurde aufgeschnürt und der Teller herumgereicht. Dazu gab es Cracker. Hungrig stürzten sich die Frauen auf den seidig glänzenden weißen Käse und tranken nicht wenig Wein. Sie waren alt und konnten tun und lassen, was sie wollten. Sie forderten schon längst nicht mehr die ganze Welt.

»Ich akzeptiere, dass die junge Generation das Zepter übernimmt und das künftige gesellschaftliche Leben bestimmt«, sagte Betty Jean, die in der Ecke saß. »Gegen die Sterblichkeit anzugehen, traue ich mir nicht zu, obwohl ich es als politisch progressiver Mensch gewohnt bin, fast jede Schlacht zu verlieren.« Die Frauen nickten verständnisvoll. »Ich verfolge alle Berichte über Ungerechtigkeit gegenüber Frauen, und es sind Unmengen. Aber seit es den fundamentalistischen Islam und die Terrorgefahr gibt, findet man nur noch wenige, die bereit sind, sich in diesem Bereich zu engagieren. Offenbar konzentriert sich das politische Interesse der meisten Menschen auf ein einziges Thema. Ich denke da immer an ›Schnick, Schnack, Schnuck‹. Der Terrorismus ist mittlerweile ›Stein‹, der Feminismus und alles andere ›Schere‹. Terrorismus gewinnt.«

Alle waren sich einig, dass es viel schwieriger geworden war, die Flamme am Brennen und die Wut am Köcheln zu halten und neue Mitstreiterinnen zu finden. »Das liegt nicht nur am Terrorismus, sondern auch an der Technik, mit der sich da draußen alles Tag und Nacht beschäftigt«, sagte Lee. »Mein Sohn in Tampa, Florida, schickt mir ständig Digitalfotos von meinen Enkelkindern, und ich habe keine Ahnung, wie man die runterlädt. Inzwischen habe ich es aufgegeben. Technik übersteigt einfach meinen Horizont.«

»Ganz genau«, pflichtete Theda ihr bei. »Mir fehlt schlicht die Lust, mich ins Internet einzuarbeiten. Ich habe mittlerweile so viel im Kopf, ich kann das nicht auch noch lernen. Da könnte ich mir ja gleich eine neue Fremdsprache vornehmen. Wir haben in der Vergangenheit wirklich mehr als genug getan!«

»Stimmt. Mich stört vor allem, wie meine Enkel und ihre Freunde im Internet kommunizieren«, sagte Marsha Knowles. »Pseudokommunizieren, besser gesagt. Die unterhalten sich mit völlig fremden Leuten und täuschen mit dieser inhaltsleeren Sprache und den vielen Abkürzungen Vertrautheit vor. Alle machen das, und keiner hat es sich erarbeitet! Sie kennen sich nicht, sie mögen sich nicht mal. Sie sprechen ganz anders miteinander als wir früher in ihrem Alter oder auch jetzt.«

Es wurde still. Die Stimmung kippte ins Nachdenkliche, Wehmütige, und Amy, die es im Grunde ebenso empfand, fiel ein, dass sie als Gastgeberin auch für die Atmosphäre verantwortlich war.

»Es wäre doch schön, wenn du zumindest die Fotos deiner Enkelkinder runterladen könntest«, sagte sie. »Ich habe zwar einen Computer und einen BlackBerry, aber keiner kennt sich mit diesen Dingen so gut aus wie mein Sohn. Er weiß einfach alles.« Sie rief: »Mason!«, und erhielt natürlich keine Antwort. Mason saß in seinem Zimmer und hatte die Tür geschlossen. »MASON, KANNST DU MAL KOMMEN? UND BRING DEINEN LAPTOP MIT!«

Kurz darauf erschien ihr Sohn mit seinem Laptop im Wohnzimmer, machte es sich im Schneidersitz auf dem Boden vor dem Couchtisch bequem und erklärte den Frauen in einem zügig, aber schonend erteilten Tutorial, was einige von ihnen so sehr abgeschreckt hatte und wofür ihr Kopf oft zu voll gewesen war. Während sie fragten und zuhörten, stellten sie fest, dass darin doch mehr Platz war als gedacht.

Mason wollte gerade seinen Laptop schließen, da sagte er noch: »Ich würde euch gern was zeigen. Es gibt einen Ton, eine bestimmte Frequenz, die nur Kinder wahrnehmen. Sie tut ihnen sogar richtig weh in den Ohren. Komisch, aber diesen Ton kann niemand über dreißig hören. Dann sind die Ohren nämlich nicht mehr empfindlich genug.« Er ging auf eine Website und klickte. Die Frauen lauschten gespannt.

Es war nichts zu hören. Doch trotz der völligen Stille hielt sich Mason die Ohren zu und verzog das Gesicht. Die Frauen tauschten achselzuckend Blicke aus.

»Ist das ein Streich, Mason?«, fragte Antonia. »Wir hören überhaupt nichts. Veräppelst du uns?«

»Nein, echt nicht, ich schwöre! Ich hab's euch doch gesagt: Die Frequenz ist so hoch, dass ich den Ton höre, aber ihr nicht. Tut mir leid, dafür seid ihr zu alt.« Alle lachten, und Theda tat so, als hielte sie sich eine Pistole an den Kopf.

»Ja, da hast du recht«, sagte Marsha Knowles. »Wir sind schon für vieles zu alt. Und jetzt brechen wir hier unsere Zelte ab.«

Auch Amy hatte nichts gehört; auch ihr waren das Kreischen der Technik und die Fanfarenklänge der Zukunft entgangen. Sie hatte etwa die Mitte des Lebens erreicht und stolperte weiter voran. Im schwindenden, alles klarer zeichnenden Spätnachmittagslicht sah sie die Falten in den Gesichtern ihrer Mutter und der anderen Frauen, die von den weißen Haaren weich verbrämten Profile, und ihr wurde klar, dass die Welt nur selten stehen blieb, um einen Menschen zu würdigen oder zu rügen, egal, was er geleistet hatte oder nicht.

Am Abend stand Antonia Lamb kurz vor dem Zubettgehen in ihrem weißen Nachthemd wie ein Gespenst in der Küche und telefonierte. Amy kam herein und sah sie dort stehen. Das Gesicht ihrer Mutter war üppig eingecremt und glänzte im Halbdunkel wie die marmorne Arbeitsfläche, an der sie lehnte. Ihr Haar hatte sie aus dem Gesicht gekämmt, und unter dem Nachthemd zeichneten sich ihre kleinen, tief sitzenden Brüste ab. Sie sah tatsächlich aus wie jemand, der einen hohen Ton nicht hören konnte, und wirkte leicht verwirrt – wie eine Seniorin auf dem Irrweg durch ein öffentliches Gebäude.

»Hast du die Schweinelende aufgetaut?«, fragte sie ins Telefon hinein. »Sie muss in der Gefriertruhe sein, vielleicht unter einer dieser großen Packungen Eiscreme. Ja. Ja. Ich weiß, dass die da schon ewig liegt. Wahrscheinlich hat sie schon diesen ekligen Gefriergeruch. Weißt du noch, das Eis, das wir damals im Sommer gegessen haben, dieses Karamelleis?« Sie lachte auf. »Am besten suchst du jetzt die Schweinelende, und ich warte so lange am Apparat. Nein? Na gut. Du wirst sie schon finden, Henry. Ja, es geht ihr ausgezeichnet. Sie ist gerade in die Küche gekommen. Sag kurz Hallo.«

Sie drehte sich um, sagte: »Dein Dad ist am Apparat«, und gab Amy das Telefon.

»Hi, Dad«, rief Amy und hörte die Stimme ihres Vaters, der danach fragte, wie es in New York gehe.

»Wenn deine Mutter das nächste Mal zu euch fährt, komme ich mit«, verkündete er.

Amy versuchte sich ihren Vater neben ihrer Mutter auf der Luftmatratze vorzustellen. Ihr Körper war im Alter stattlicher geworden, seiner dagegen schmaler, wie der eines Terriers. Er war noch immer Professor für Wirtschaft an der McGill University, plante aber, sich demnächst zur Ruhe zu setzen. »Alles Liebe« wünschte Henry Lamb seiner Tochter und sie ihm. Dann gab sie ihrer Mutter das Telefon zurück. Die beiden kamen wieder auf die Schweinelende zu sprechen. Antonia schien es überaus wichtig zu sein, dass er sie in der Gefriertruhe fand, was er im Verlauf des restlichen Telefonats auch tat. Dann legte er sie auf die Arbeitsfläche in der heimatlichen Küche oben im Norden, damit sie in den nächsten Stunden langsam auftauen und sich in eine Mahlzeit verwandeln konnte, die er seiner Frau bei ihrer Rückkehr servieren würde.

»So, dann gute Nacht«, sagte Antonia, nachdem sie aufgelegt hatte. »Und danke, dass die NAFITAS-Frauen kommen durften. Und dass ich auf deinem Boden schlafen und Zeit mit Mason verbringen konnte. Er ist ein wunderbarer Junge.«

»Gerne, Mom.« Unvermittelt fügte sie hinzu: »Weißt du, ich wollte nie Pflichtverteidigerin werden. Das wolltest immer nur du.«

»Ach, das war nur so eine Idee.«

»Ich würde dafür nicht genug brennen«, sagte Amy in dem Versuch, es ihrer Mutter zu erklären. »Und brennen muss man in diesem Job, sonst haben die Mandanten keine Chance.«

»Klingt plausibel.«

»Du hast fürs Schreiben gebrannt. Schon beim ersten Buch.«

Auf Antonias Gesicht erschien ein feines Lächeln. »Mir war nicht klar, dass du das bemerkt hast. Ihr drei hattet immer so viel mit euch selbst zu tun. Ich musste einfach etwas machen, und geschrieben hatte ich seit jeher gern. Die Arbeit hat mein Leben verändert. Die Arbeit ist mein Mittel gegen den Tod.«

»Und für mich war es eine Riesensache, eine Mutter zu haben, die etwas unbedingt wollte und es dann auch noch richtig gut konnte.«

»Ich wollte mit gutem Beispiel vorangehen.«

»Das ist dir gelungen.« Amys Kehle zog sich zusammen. Sie schämte sich für die Gereiztheit, die in ihr aufkam. »Aber dass etwas für den einen möglich wird, heißt nicht automatisch, dass alle etwas haben, was sie gut können.«

»Ich bitte dich – du warst schon immer ausgesprochen klug und begabt!«

»Und ich hatte Erwartungen an mich«, sagte Amy. »Aber nicht jeder besitzt diesen Ehrgeiz. Und nicht jeder ist wirklich talentiert. Und manchmal ist es einfach zu schwer, etwas in die Tat umzusetzen.«

Sie dachte daran, wie sie und ihre Schwestern mit den Fäusten an die Tür des Arbeitszimmers gehämmert und sich von ihrer Mutter vernachlässigt gefühlt hatten, obwohl ihnen durch diese intelligente, kreative, liebevolle Frau bereits Bemutterung genug für eine halbe Ewigkeit zuteil geworden war.

Doch damals hatten sie nur wahrgenommen, dass Antonia »Das ist jetzt meine Zeit« sagte und leise die Tür schloss. Dann hatten sie Jane Eyre gespielt und sich von ihrer wundervollen Mutter zu Waisen degradiert gefühlt – wenn nicht sogar vom Feminismus selbst, diesem damals so förmlich, so unsympathisch klingenden

Wort. Wie der Name einer Binden-Marke, hatte Naomi einmal gesagt: *Feminismus – der saubere und diskrete Schutz.*

»Ich weiß, es ist schwierig, mein Schatz«, sagte Antonia sanft. »Manchmal muss man improvisieren. Aber irgendetwas hättest du in den letzten Jahren doch finden können, nicht wahr? Irgendetwas Sinnvolles, mit dem du dich wohlgefühlt hättest.«

»Ich fühle mich wohl. Jedenfalls einigermaßen.« Amys Stimme klang gepresst. »Ich weiß auch nicht, warum ich es nicht geschafft habe. Ich hatte es mir fest vorgenommen.«

»Das kriegst du schon noch hin. Wir haben es auch hingekriegt oder es zumindest versucht. Wir haben etwas aufgebaut und gehofft, dass alle wenigstens ein bisschen von dem kriegen, was sie brauchen. Aber wir standen am Anfang. Wir waren die Ersten. Wir haben viel falsch gemacht, aber immer versucht, alle zu ihrem Recht kommen zu lassen. Jetzt liegt es nicht mehr in unserer Hand.«

Als Antonia am nächsten Tag mit dem Taxi zum Flughafen gefahren war, um die Heimreise nach Montreal anzutreten, fand Amy die Quittung. Während die Luft leise zischend aus der Matratze im Arbeitszimmer entwich, fiel ihr Blick auf einige Papiere, die ihre Mutter wohl versehentlich in Unordnung gebracht hatte. Der Raum war so klein, dass es schwierig gewesen wäre, nichts durcheinanderzuwerfen. Die Sachen lagen verstreut auf dem Sven-Schreibtisch, nachdem sie offenbar aus einem Fach gefallen waren. Ohne großes Interesse überflog Amy Leos Hotel-, Restaurant- und Einkaufsquittungen zur Vorlage für die Spesenabrechnung in der Kanzlei. Eine kam ihr merkwürdig vor. Oben auf dem Blatt war etwas Gedrucktes per Hand geweißt worden, vermutlich um das Ganze zu kopieren. Leo hatte mit Kugelschreiber »Mandantengeschenk« auf die Stelle geschrieben.

Die Quittung belief sich auf 233,00 Dollar. Zuerst wusste sie nicht, was es war, und kam nicht darauf, warum ihr die Summe so bekannt erschien. Dann fiel ihr die Frau in dem Souvenirladen auf St. Doe's ein. »Zweihundertdreiunddreißig«, hatte sie in einer Art Singsang gesagt, während Amy den Briefbeschwerer mit der Koralle und den Türkissplittern bewunderte. Dann hatte Amy ihn für ihre Mutter gekauft, die begeistert gewesen war und Amys Vorschlag befolgen wollte, ihre Manuskripte damit zusammenzuhalten. Leo war nie in dem Souvenirgeschäft und auch in keinem anderen auf der Insel gewesen. Vor jedem dieser kleinen, mit unnötigem Krimskrams vollgestopften Läden hätte er schreiend die Flucht ergriffen. Er war als Junge von seiner Mutter ständig gezwungen worden, sie in Geschenkeshops, Damenmodegeschäfte und Läden für Nähbedarf zu begleiten, wo Zackenlitzen von den Regalen hingen und sich Rollen mit Nesselstoff und Denim stapelten. Er hasste mit Deko-Artikeln überladene Räume und konnte die kleine Hütte auf St. Doe's unmöglich jemals betreten haben. Er gab den Briefbeschwerer für ihre Mutter als Geschenk an einen Mandanten aus, um sich die Kosten als Spesen erstatten zu lassen.

Ihr war klar, dass sie in Svens Fächern – für sie bisher genauso öde wie Souvenirläden für Leo – weitere Quittungen finden würde, Quittungen, auf denen »Essen mit Mandanten« stünde oder »Drinks mit Mandanten«. Die Einsicht war nicht nur erschreckend und machte ihr Angst. Sie gab ihr auch das Gefühl, keine Ahnung mehr zu haben, was Leo in letzter Zeit umtrieb und was ihm noch wichtig war. Wie Schuppen fiel es ihr von den Augen, dass die Schreibtischfächer anderer gestresster Angestellter überall in der Stadt und in den Städten ringsum ähnliche Quittungen bargen, ja, dass die ganze Welt mit solchen Zetteln vollgestopft war und es überall Menschen gab, die von anderen verlangten, die Rechnung für sie zu bezahlen.

Zwölf

Montreal 1973

Die Mädchen hörten ihn nicht kommen, denn er war ein ruhiger Mensch, der den Schlüssel im Schloss leise drehte. Sie saßen im Wohnzimmer und waren schwer beschäftigt; zunächst wusste er nicht, womit. Er blieb kurz stehen und hörte zu. Es war kein richtiges Lauschen, eher der Versuch, etwas zu erfahren über seine Töchter, die ihm fremd erschienen, obwohl er mit ihnen zusammenlebte; so wie ihm seine Frau manchmal fremd erschien.

»Jane, als Strafe für deine Sünden musst du mit Helen Burns stundenlang durch den Regen gehen«, sagte Naomi gerade zu Amy, wobei sie wohl einen Mann darstellen sollte, denn sie sprach mit künstlich tiefer Stimme.

»Bitte nicht, Mr. Brocklehurst!«, erwiderte Amy. »Ich flehe Sie an!«

»Bitte nicht!«, wiederholte Jennifer.

»Ihr lasst mir leider keine Wahl. Ihr seid schreckliche Kinder und müsst euch in Demut üben.«

»Du weißt doch gar nicht, was Demut ist, Naomi«, sagte Amy.

»Ich heiße nicht Naomi, sondern Mr. Brocklehurst. Und natürlich weiß ich, was Demut ist. Die christlichen Märtyrer besaßen Demut. Sie waren … ganz groß darin. Und ihr müsst sie auch lernen.« Als Reaktion darauf verpasste seine jüngste Tochter der ältesten einen leichten Stups, die mittlere mischte sich ein, und schon lieferten sich alle drei ein gespieltes Gerangel, das sie offenbar sehr genossen. Ihr Vater sah unbemerkt zu, wie sie sich balgten und hauten. Amy stieß gegen die Stehlampe, die zu Boden fiel, aber unbeschädigt blieb. Mit leisem Ächzen verschob sich die Couch auf ihren Rollen.

Henry hatte das Institut etwas früher verlassen, weil ihn der Magen drückte und er spätnachmittags besonders gern daheim war. Immer wenn er ins Haus trat und seine Töchter bei ihren komplizierten Spielen sah, wünschte er sich, er könnte den ganzen Tag mit ihnen verbringen. An den Abenden der Verbannung im oberen Stock hatte er sich an das Zusammensein mit den Mädchen gewöhnt. Nach und nach hatte er gespürt, wie gut ihm die aufgezwungene Vaterzeit tat. Sie machte mehr Spaß als die Theorie der Makroökonomie. Er war kein Genie in seinem Fach, nur ein fleißiger Arbeiter, den seit Kindheitstagen die vage Überzeugung getrieben hatte, er werde eines Tages erfolgreich sein. Doch wäre die Welt eine andere gewesen – eine freiere, fremdere –, hätte er vielleicht zu Antonia gesagt: »Geh du arbeiten, ich bleibe daheim.«

Auch wenn er sich das alles nur im Stillen dachte, erschien es ihm selbst ein bisschen sonderbar und traurig. Die Gedanken eines Mannes in der Midlife-Crisis. Im Herbst war er an der Reihe, die Fachbereichsleitung zu übernehmen, ein rotierendes Amt. Ihm graute vor den sinnlosen Besprechungen, den fakultätsinternen Memos, die ständig verschickt werden mussten, der Verantwortung für das kleine Herzogtum namens »Fachbereich Wirtschaftswissenschaften«, die er zu übernehmen hatte, obwohl er eigentlich Hausmann sein wollte.

Hätte er den Haushalt geführt, wären wie früher schon nachmittags um halb fünf die ersten Küchenschwaden durchs Haus gezogen – der Duft von Lammkoteletts, die fettspritzend auf dem Grillrost brieten, vielleicht sogar der erdige Geruch eines Schokokuchens. Kinder liebten Häuser, in denen Kuchen gebacken wurde, nichts machte sie so zufrieden. Aber seine Töchter versetzten sich spätnachmittags nach der Schule in Jane Eyres Waisenhaus. In den Zimmern, die sie bevölkerten, ging es chaotisch, lebendig und ziemlich wild zu. Der Teppich war aufgeworfen. Unweigerlich, dachte Henry, würde demnächst eines der Mädchen darüber stolpern. Doch er wollte nicht hineingehen und ihn geradeziehen, denn dann hätten sie ihn bemerkt und ihr Spiel verlegen abgebrochen. Er hätte die Kinder so gern öfter spielen, ihr Spiel sich ungehindert entfalten sehen. Er hätte so gern inmitten seiner unverstellten Kinder herumhantiert, unbeachtet und doch unverzichtbar wie eine Mutter, die den ganzen Tag über daheim war.

Antonia hatte diese Rolle gern ausgefüllt, bis plötzlich neue Wünsche in ihr entstanden waren. Henry Lamb fand es gut, dass seine Töchter dadurch selbstständiger wurden, doch er wäre gern in die Bresche gesprungen, um Lammkoteletts zu grillen, den Teppich geradezuziehen und vieles, vieles mehr zu tun. Wenigstens ein paar Jahre lang, bis die Mädchen groß und ihm ganz und gar entglitten wären.

Dass Antonia und er anders als andere Paare waren, hatte er schon früh geahnt. Sie war sexy, ein ziemlich fortschrittliches Mädchen aus Halifax, angetan von seiner Belesenheit und Schlaksigkeit, damals, bei ihrer ersten Begegnung im Sommer 1958. Henry hatte nach dem Abschluss an der University of Toronto seine Cousins und Cousinen in Halifax besucht. »Ich kenne eigentlich nur Langweiler«, sagte sie, als sie in Badekleidung an der Felsenküste saßen und er ihr von seinem Interesse an John Stuart Mill erzählt hatte. »Du bist keiner.«

Er wäre nicht verwundert gewesen, wenn sie auch ihn als langweilig empfunden hätte. Manchmal fand er sich selbst etwas dröge. Wenn sonst niemand da war, schliefen sie miteinander im Haus von

Antonias Eltern am Meer, in Bettzeug, das draußen zum Trocknen aufgehängt wurde und salzig roch. Er hätte gern gewusst, wie sie es fand, brachte jedoch nie den Mut auf, danach zu fragen. Auf jeden Fall wurde sie immer sehr laut dabei, warf den Kopf hin und her und rollte die Zehen ein wie im Todeskampf. Ihm war das immer etwas peinlich, aber peinlich war ihm vieles.

Jetzt, 1973, nach dreizehnjähriger Ehe, glaubte er nicht, dass sich Antonia für andere Männer interessierte, doch auch er selbst schien für sie nicht mehr von großem Interesse zu sein. Zum Teil war er selbst schuld daran. Bei der Weihnachtsfeier 1969 hatte er die Fachschaftssekretärin Ginny Foley geküsst – ein Versehen, ein Akt der Verzweiflung. Er hatte sich in den engen Grenzen seines Lebens insgeheim tief unglücklich gefühlt und in der Welt seines Fachbereichs einen Sinn zu finden versucht.

Und war auf die kleine rothaarige Ginny gestoßen. Sogar während der Weihnachtsfeier hatte sie wie immer an ihrem Schreibtisch gesessen. Er hatte sie freundlich angelächelt, einen Bonbon aus dem Glas genommen und gesagt: »Na, Ginny, hoffentlich kommen Sie auch mal von Ihrem Schreibtisch weg und gönnen sich einen Eggnog.« Dann war er weitergegangen. Sie war ihm zu seinem Büro gefolgt, hatte sich in die Tür gestellt und ihm mitgeteilt: »Professor Lamb, Sie sind der einzige Mann im ganzen Fachbereich, der mich wie einen Menschen behandelt.« Dann hatte sie ihn an der Schulter gepackt, sich zu ihm hochgestreckt und ihn auf den Mund geküsst.

Er war erschrocken. Ihre Zungen spielten ein bisschen Pingpong mit dem Brausebonbon in seinem Mund, das dem Kuss Kirschgeschmack verlieh und ihn noch aufreizender machte. Ginny Foley stand für alles Angenehme, Tröstliche, das seinem Dasein an der Uni fehlte. Der Kuss erinnerte ihn daran, wie wenig Freude ihm die meisten Dinge machten. Eine Männer-Selbsthilfegruppe, das wäre es gewesen – er wäre sofort ins Wohnzimmer eines anderen Mannes getreten und hätte verkündet: »Am liebsten würde ich zu Hause bleiben, meine Töchter großziehen, Lammkoteletts braten, Kuchen backen, meiner Frau dabei zusehen, wie sie ihrem eigenen Wunsch entsprechend Tag für Tag in die Zivilisation hinausgeht, und mir abends anhören, was sie von dort zu erzählen hat.«

Doch Männer brauchten solche Gruppen angeblich nicht. Männer waren mit dem zufrieden, was war. Seit Jahrhunderten hielten sie an ihrer Macht fest, leiteten Fachschaften, wie es ihnen gefiel, gaben in der Welt den Ton an. Mittlerweile holten sich die Frauen die Welt zwar zurück, doch allen war für immer bewusst, dass die Männer sie als Erste erreicht und ihre großen, plumpen Fußabdrücke darauf hinterlassen hatten.

Während der Heimfahrt im Auto hatte es ihm Antonia damals so richtig gegeben. Sie hatte den Kuss entsetzlicherweise vom Gang aus gesehen und empfand Henrys Verhalten als skandalös. Manchmal, sagte sie, werde in der Selbsterfahrungsgruppe über Untreue und den Umgang damit diskutiert. *Nein! Nein! Es ist doch ganz anders!,* wollte er ihr entgegenhalten. Doch weil er nicht wusste, wie er es ihr erklären sollte, hatte er neben ihr im überheizten Wagen gesessen, beteuert, wie unendlich leid es ihm tue, und sich langsam über die in Montreal den ganzen Winter über vereisten Straßen gekämpft. So waren sie gemeinsam nach Hause gefahren.

Danach gab es keine Kirschbonbonküsse mit Ginny Foley mehr. Ein Jahr später hatte sie einen Elektriker geheiratet und war nach Saskatoon gezogen. Henry widmete sich seiner Arbeit. Hin und wieder ging er, so wie heute, früher von der Universität nach Hause und bekam ein letztes bisschen von dem reichen, ganz und gar imaginierten Innenleben seiner Töchter mit. Es war wie ein Blick in die schon verfliegende Kindheit.

»Jane Eyre, du wirst unverzüglich ins Schulzimmer befohlen!«, sagte eine Tochter zu ihrer Schwester. Wie schön sie waren. Er betrachtete sie von der Diele aus, als sähe er sie zum ersten Mal. Als sie noch klein gewesen waren, hatte er sich in der Fachschaft mit Ausschüssen und politischem Hickhack herumgeschlagen, Aufsätze publiziert und sklavisch die Jagd nach dem unschätzbar wertvollen goldenen Ring betrieben, der festen Professur. Damals hatten ihn seine Töchter fast wie einen Außenstehenden behandelt. Wenn er im Arbeitszimmer saß, verkroch sich Amy manchmal in die Aussparung unten am Schreibtisch, packte seinen Knöchel und hielt ihn fest, und er schüttelte sie nie ab, sondern blieb mitunter sogar länger sitzen als geplant.

Die Welt veränderte sich, aber nicht schnell genug. Vielleicht würden Mütter schon bald den ganzen Tag lang schreiben können, ohne an irgendwen oder irgendwas denken zu müssen, und Väter blieben daheim, erfüllten das Haus mit Schokoladenduft und spielten mit ihren Töchtern und deren Puppen. Im Augenblick war das, soweit er sah, nicht möglich. Doch in diesem Haus gab es immerhin eine Zwischenlösung: Antonia war manchmal gereizt und innerlich zerrissen, Henry oft rührselig und gelangweilt. Ihre Töchter schienen es kaum zu bemerken; sie waren im riesigen Bernstein der Kindheit gefangen. Er blieb noch kurz in der Diele stehen und sah ihnen beim Spielen zu.

Dreizehn

In der ersten Woche nach der Rückkehr von St. Doe's rief Amy Jill fast so oft an wie früher im College. Ihre Stimme war tonlos vor Traurigkeit. Jill dachte daran zurück, wie Amy und sie, genau halb so alt wie heute, damals von ihren Zimmern im Wohnheim aus hin- und hertelefoniert und sich gegen Mitternacht vielleicht in einer Campus-Bar getroffen hatten, die sie beide sehr mochten. Dort hingen Teppiche an den Wänden, und auf den Eckplätzen konnte man sich an die schwammige, nicht sonderlich saubere Fläche lehnen und sagen, was gesagt werden musste. Man konnte sich ausweinen – er liebt mich nicht mehr, meine Mutter ist tot, ich schaffe es nicht, für die Klausur über die Ideengeschichte des Westens zu büffeln –, und die andere schüttelte den Kopf oder tätschelte einem die Schulter oder versicherte, ja, das Leben sei manchmal wirklich sehr hart. Die eine sprach, die andere hörte zu, und beim nächsten Mal umgekehrt. Keine von beiden war sehr viel bedürftiger als die andere. Obwohl der Selbstmord ihrer Mutter erst wenige Jahre zurücklag, bewältigte Jill das Trauma auf ihre eigene ruhige, methodische Art. Trotz der unterschiedlichen Herkunft war beider Verständnis von Anstand und Treue ganz ähnlich – so wurden sie engste Vertraute. Sie trafen sich zu allen Tages- und Nachtzeiten und erzählten einander alles, ohne es je zu bereuen. Hatten sie als junge Mädchen noch so oft mit einem eingedrückten Plastikbecher Bier in der Hand heulend an der fusseligen Wand gelehnt – als vierzigjährige Frauen mussten sie nie befürchten, die beste Freundin würde ihnen das jemals aufs Butterbrot schmieren.

Amy Lamb erinnerte Jill jetzt wieder sehr an die Freundin von damals. Amy wirkte wie ein Mensch, der geformt und wieder umgeformt worden war. Die Sache mit Penny Ramsey hatte sie ziemlich mitgenommen, hatte sie schwer gekränkt und kränkte sie nach wie vor. Und jetzt kam noch etwas dazu. Sie war todunglücklich wegen Leo und wütend auf ihn, weil er mit Spesenquittungen geschummelt hatte, um ein paar Extra-Dollar mitzunehmen. Sie sei vielleicht naiv gewesen, weil sie nicht gewusst habe, wie viele das machten, hatte Amy gesagt, doch auch wenn es kein großes Verbrechen sei, bleibe es doch Betrug, und die Beiläufigkeit der Sache erschüttere sie. Sie habe Leo immer für einen Guten gehalten, nicht für einen wie Greg Ramsey und die anderen geldgeilen Ehemänner.

Nach dem Fund der Quittungen hatte sie noch am selben Tag bei Jill angerufen. Es war Mitternacht, viel zu spät für ein klingelndes Telefon. Doch im Gegensatz zu den meisten Leuten erstarrte Jill nicht, wenn es um diese Zeit schrillte, und zwar aus einem einzigen Grund: Ihre Eltern waren beide tot. Diese Anrufe hatte sie hinter sich. Der erste, grauenhafte, wegen ihrer Mutter, nachmittags in der Pouncey School, der zweite, wegen ihres Vaters, Jahre später und nicht überraschend, denn er litt bereits an Bauchspeicheldrüsenkrebs. Sie hatte in ihrem Bett in Holly Hills nicht viel zu fürchten, als zu nachtschlafender Zeit das Telefon ging. Donald lag neben ihr, und Nadia schlief ganz in der Nähe.

»Jill? Ich weiß, es ist spät. Entschuldige bitte.«

»Was ist los?«

Amy erzählte ihr von den falschen Quittungen, die Leo aus dem Urlaub mitgebracht hatte, und sagte, er mache das offenbar schon seit einiger Zeit. »Ich habe drei gefunden, die er noch nicht eingereicht hat. Das Geschenk für den Mandanten, eine Getränkequittung von der Insel und eine für ein sogenanntes ›Mandantenessen‹ aus einem toskanischen Lokal, in dem wir vor einem Monat waren.«

»Und was war das Mandantengeschenk in Wirklichkeit?«, fragte Jill.

»Ein Briefbeschwerer, den ich für meine Mutter gekauft habe.«

»Wie viel hat er gekostet? Reine Neugier.«

»Knapp über zweihundert Dollar.«

»Wow! Ein ziemlich edler Briefbeschwerer.«

»Ja, er war hübsch«, erwiderte Amy leicht gereizt, und Jill bohrte nicht weiter.

Donald öffnete ein Auge und sah sie genervt an. Da ging Jill mit dem schnurlosen Telefon die breite, düstere Treppe hinunter und setzte sich ins dunkle Wohnzimmer. Obwohl Amy so unglücklich war, fand Jill es schön, mit ihr zu reden, zumal es ausnahmsweise einmal nicht um Penny Ramsey ging. Sie sprachen über die Ehe und über das Leben, genau wie damals, als Jill noch in der Stadt gewohnt hatte. »Komm schon, Amy«, sagte sie nach einer Weile. »Mach kein so großes Ding daraus. Das ist doch keine Katastrophe.«

»Ich mache kein großes Ding daraus. Ich empfinde es so.«

»Und? Hast du sie verschwinden lassen?«

»Die Quittungen? Nein, ich habe sie zurückgelegt.«

»Ich möchte nicht besserwisserisch klingen, aber ist das in der Geschäftswelt nicht weit verbreitet? Machen das nicht alle?«

»Ja, wahrscheinlich. Aber Leo war immer anders. Und sag jetzt bitte nicht, über Moral lässt sich streiten.«

»Hatte ich nicht vor. Habe ich nicht mal gedacht. Aber ich würde sagen, dass es tatsächlich so ist. Es kommt auf die Umstände an.«

»Aber warum plötzlich diese klammheimlichen, erbärmlichen Schummeleien, wenn auch nur im ganz kleinen Stil? Und warum sagt er mir nichts davon?«, fragte Amy.

»Vielleicht weil es klein und erbärmlich ist.«

»Ich weiß in letzter Zeit überhaupt nicht mehr, was er denkt. Wir leben nur noch nebeneinander her, und wahrscheinlich ist ihm das nicht mal bewusst.«

»Du musst mit ihm reden«, sagte Jill.

»Ich kann nicht.«

»Dann weiß ich auch keinen Rat mehr für dich.« Eine Weile herrschte Stille in der Leitung. »Irgendwelche Neuigkeiten von Penny?«

»Nein.«

»Nein?«

»Damit bin ich fertig.«

»Und was ist mit ihrem Freund?«

»Der hatte offenbar Glück. Ich habe bei den Rahmenleuten im Met angerufen. Angeblich kommt er demnächst in eine Rehaklinik außerhalb von London. Er wird wieder, aber das dauert. Seine Tante kümmert sich um ihn. Ich habe ihm Pralinen und einen Brief geschickt, aber ich wusste nicht recht, was ich schreiben sollte. Ich kenne ihn ja gar nicht richtig. Ich habe geschrieben, dass mir das alles sehr leidtut, und gute Besserung gewünscht – die üblichen Floskeln. Eine Geschichte ohne richtiges Ende. Seltsam.«

»Das ist das Ende, auch wenn es unbefriedigend ist. Es fehlt die Auflösung, wie es so schön heißt.«

Jill begann die bezüglich Penny Ramsey in ihr schwelende Selbstgefälligkeit fast zu genießen. Doch gleich darauf überkam sie Mitleid mit Amy. Die erschien ihr wie ein Kind, das trotz der elterlichen Warnungen vor der Schlechtigkeit der Welt sein Zuhause verlassen hatte und nun traurig und als gebrochener Mensch zurückgekehrt war, weil die Eltern recht gehabt hatten. Mit vierzig brauchte man keine neuen Freunde mehr, dachte Jill. Ja, wie man sah, waren neue Freunde in diesem Alter sogar schädlich. Sie sorgten nur für Enttäuschung.

»Geh jetzt schlafen«, sagte sie. »Und morgen redest du mit Leo über die Quittungen.«

»Ja, du musst auch ins Bett«, erwiderte Amy. Dann schnäuzte sie sich. »Nimmst du noch dieses Noctrem? Sollte ich mir auch besorgen.«

»Ja, jede Nacht. Es wirkt gut. Ich gebe dir gern ein paar ab.«

»Danke. Du wirst noch meine Dealerin.«

Sie schwiegen. Jill hätte die Gelegenheit nutzen und unvermittelt von ihrer Tochter erzählen können, hätte Amy ihre Zweifel an Nadias Intellekt viel umfassender gestehen können, als sie selbst sie sich jemals eingestanden hatte, doch sie schaffte es nicht.

»In der Sache mit Penny habe ich mich ziemlich mies verhalten«, sagte Amy. »Ich weiß, dass du einsam bist da draußen, weit weg von der Stadt und von uns. Und du sollst dich nie wieder von mir allein gelassen fühlen.«

»Schon gut.«

»Mir tut so einiges leid. Du bist eine so gute Freundin und hast schon so viel mitgemacht. Deine Mutter, die Probleme mit dem Kinderkriegen …«

»Alles längst vergessen, Amy.«

»Wirklich?«

»Ja, wirklich.«

Sie unterhielten sich noch kurz miteinander, brachten das Gespräch in die Vertrautheit und Sicherheit des Alltäglichen zurück. So hätten sie beide einschlafen können, am Telefon, in innigem Austausch, bis ihre Stimmen langsamer geworden und verstummt wären. Im College hatten sie das einmal gemacht. Jill war frühmorgens am Schreibtisch in ihrem Wohnheim aufgewacht, dicht am umgeknickten, heiß gewordenen Ohr noch den Hörer, aus dem Amys tiefe Atemzüge drangen.

Sie wollte mit niemandem außer Amy befreundet sein, dachte Jill, als sie aufgelegt hatten. Das dachte sie oft. Keine neuen Freundinnen. Mit diesem Motto kämpfte sie sich durch den Rest des ersten Winters in Holly Hills.

Am Vormittag nach dem Telefonat fuhr Jill Hamlin auf der breiten, von Läden und Bäumen gesäumten Hauptstraße durch das Zentrum ihres Vororts, um Nadia von der Geburtstagsparty eines Klassenkameraden namens Liam Rostower abzuholen. Obwohl Weihnachten und Silvester vorbei waren, hingen über der Fahrbahn noch die bogenförmige Festbeleuchtung und das Kabelgewirr. Offenbar beließ die Gemeinde die Lichter bis zum letzten Atemzug des Winters Mitte Januar dort oben und schickte erst dann Arbeiter auf die Leitern, damit sie alle Zeichen von Fröhlichkeit abmontierten und entfernten.

Sie parkte neben dem Einkaufszentrum. Gleich daneben, in der Töpferwerkstatt »Zu Potte kommen«, fand die Party statt. Im Vorraum standen schon die ersten Mütter. Einige telefonierten mit dem Handy, sehr bemüht, die frisch glasierten Vasen oder Schälchen ihrer Kinder nicht fallen zu lassen. »Zu Potte kommen« war eine Geburtstagsfeierlocation. Die Kinder durften sich bei den Partys ein Stück bereits getöpferte Keramik aussuchen und es bemalen, tüpfeln und mit Glitzer bestreuen. Dann kamen die Sachen in den dröhnenden Brennofen, der sich in einem hinten gelegenen Raum befand. Am Ende erfolgten die Verteilung von Kuchen auf Papptellern, das hastige Absingen des Geburtstagslieds und die Rückgabe der nunmehr glasierten und gebrannten Kunstwerke. Dann fuhren alle heim.

In »Zu Potte kommen« konnte nichts schiefgehen. Man musste kein großer Künstler sein, um ein passables Stück vorgefertigte

Keramik nach Hause zu bringen. Doch Nadias Kreation war so schief, dass sie nicht von selbst stand, und Nadias Hände hatten das Ding so flach gedrückt, dass nur noch – ja, was? Ein einzelner Grashalm, ein Haar? – in die Öffnung passte.

Die Kinder betatschten ihre bunten kleinen Kreationen gegenseitig und drückten sie schließlich den Müttern in die Hand, um von ihrer Last befreit voreinander wichtigzutun und die Köpfe zusammenzustecken, weil es so viel zu sagen gab. Nur Nadia hatte nichts zu sagen und stand abseits. Sie wirkte nicht einmal besonders unglücklich dabei, doch schon die Art ihres Schweigens ängstigte Jill. Sie nahm ihre Tochter an die Hand und führte sie durch die plappernde Kinderschar. Keiner bemerkte, dass Nadia, die Neue in diesem Schuljahr, die Party verließ. Ihre Abwesenheit würde ebenso wenig Beachtung finden wie ihre Anwesenheit.

Am Abend aßen Jill, Nadia und Donald Thai-Gerichte aus dem »Bangkok House«, die Donald auf dem Weg vom Bahnhof geholt hatte. Nadias kleine Vase lehnte an einem Behälter mit Kokosreis. Das Kind mühte sich mit den Stäbchen und versuchte mit je einem in jeder Hand einzelne Nudeln aus dem Pad Thai herauszufischen. Sein Gesicht war über und über mit Öl beschmiert. Als Donald die Keramik sah, nahm er sie in die Hand, drehte sie langsam und fragte: »Wo hast du das gekauft, Jill? Das sieht wertvoll aus.«

Nadia spürte, dass er sie auf den Arm nahm, und starrte ihren Vater an. Doch Donald verriet sich nicht. Er war ein liebevoller Vater, der seiner Tochter Zuneigung auf eine spielerische Weise zeigen konnte, zu der sich Jill nicht fähig fühlte. »Die hat Mom nicht gekauft, Daddy«, sagte Nadia.

»Nein? Woher kommt sie dann?«

»Die habe ich bei der Geburtstagsparty von Liam Rostower gemacht.«

»Wie bitte?« Donald wischte sich über den Mund und legte die Serviette ab. »Das soll ich glauben?«

»Ja, Daddy, ich hab das gemacht. Sag's ihm, Mommy!«

Jill wurde gegen ihren Willen in das Spiel hineingezogen und versicherte Donald lustlos, dass tatsächlich Nadia die Vase gemacht habe. Warum konnte sie nicht von sich aus mitmachen? Warum störte es sie, dass Nadia für so ein Spiel im Grunde zu alt war? Warum war Jill nicht fähig zu den üblichen Scherzen zwischen Eltern und Kind?

Als sie ihre Tochter einige Tage später von der öffentlichen Grundschule abholen wollte, ging sie zwischen den in Gruppen herumstehenden Kindern hindurch und sah Nadia einsam vor den Heizungsrohren stehen. Ganz in ihrer Nähe unterhielten sich zwei Mädchen kreischend über einen dicken Fantasyroman – »Blindman und ...« irgendwas. »Blindman und der Nebel im Moor«? »Und das Monster im Moor«? »Und die Jagd durchs Moor«? Dass Erstklässlerinnen zu einer solchen Leseleistung in der Lage waren, alarmierte Jill, und ebenso erschreckend fand sie, dass sie sich obendrein so kenntnisreich darüber austauschen konnten.

»Ich mag die Stelle, wo der Moorjäger den Goldbarren kriegt«, sagte das eine Mädchen zum anderen. »Kennst du die Überraschung am Ende? Da stellt sich nämlich raus, dass Blindman gar nicht blind ist. Er ist zwar ohne Augenhöhlen auf die Welt gekommen, aber dafür hat er winzige Augen in den Nasenlöchern! Er hat immer alles gesehen, die ganze Zeit!«

»Ich find's toll, wenn am Ende eine Überraschung kommt.«

»Kannst du am Wochenende bei mir übernachten?«

»Ich muss erst nachsehen, ob ich schon was anderes vorhabe.«

Obwohl sich das Gespräch um nichts Ungeheuerliches drehte, ertrug Jill es nicht. Da gerade kein Erwachsener in ihre Richtung sah, beugte sie sich zu den Mädchen hinunter und sagte: »Seid ihr nicht ein bisschen zu klein für das Buch? Ihr geht doch gerade mal in die erste Klasse. Manche Kinder können so etwas noch nicht lesen und sind vielleicht traurig, wenn sie euch reden hören.«

Das eine Mädchen erschrak und lief weg, doch das andere behauptete sich und erwiderte: »Sie sind die Mutter von Nadia Hamlin, oder?« In diesem Moment erkannte Jill an den roten Haaren und den leicht hervorstehenden Augen, dass sie mit Juliana Gregorius sprach, Tochter von Sharon Gregorius, der Designerin der »Hab-dich-lieb-Karten«. Obwohl alle Kinder normale Alltagssachen trugen, war deutlich zu spüren, dass Juliana die Stilsicherheit und Coolness ihrer Mutter besaß und Jill einen taktischen Fehler begangen hatte.

»Ja, bin ich«, antwortete sie leicht verdattert.

»Entschuldigung, aber Nadia kann dieses Buch *nie* lesen«, sagte Juliana Gregorius, drehte sich um und ging.

Niemand hatte den Wortwechsel beobachtet, niemand Jills aggressiven Vorwurf oder die niederschmetternde Erwiderung des Mädchens gehört. Natürlich hatte sich Jill unmöglich benommen, aber es waren keine Konsequenzen zu befürchten. Wer würde einer Sechsjährigen glauben, die behauptete, eine durch und durch anständige Mutter habe sie angesprochen und gesagt, sie solle ein schwer zu lesendes Buch nicht lesen, weil das andere Kinder kränken würde? Das konnte nur ein Missverständnis sein. Innerlich aufgebracht stand Jill im Abholbereich der Schule, doch sie war noch nicht fertig.

Mit leicht irrem Blick ging sie auf Nadias Lehrerin zu. Mrs. Kelleher, eine altgediente Lehrerin Mitte sechzig, deren Haar an vergilbte Lammwolle erinnerte, hatte in ihrem Beruf schon alles gesehen. Sie wusste Bescheid, und wie den meisten Lehrern waren ihr die Mädchen am liebsten, die ein gewisses Potenzial erkennen ließen. Das wurde Jill klar, als sie die breite, bullige Mrs. Kelleher im Gespräch mit mehreren Müttern sah.

Nur in der abgeschlossenen Welt einer Grundschule konnte es eine so reizlose, biedere Frau zu Beliebtheit bringen, nur dort war es denkbar, dass Mütter sich bei ihr einzuschleimen versuchten. Jill erkannte, wie bereitwillig sich die Lehrerin von den Müttern eher frühreifer Kinder umgarnen ließ, und verglich Mrs. Kellehers Reaktion darauf mit dem matten Blick, den sie ihr zuwarf. Jill konnte tun, was sie wollte – niemals würde sie Mrs. Kelleher dazu bringen, Nadia zu mögen.

Sie musste sich sowieso über Nadia erkundigen, und warum nicht jetzt, wenn sie, selten genug, auf Konfrontationskurs war? Ohne dass Amy es mit ihr hätte üben und sie mäßigen können, nahm sie die Sache in Angriff und drängte sich mit den Worten »Hi, Mrs. Kelleher!« in die Müttergruppe.

Mrs. Kellehers Blick haftete mehrere Sekunden lang sehnsüchtig flackernd an den anderen Frauen. Erst dann erwiderte die Lehrerin, die nicht nur ein alter Hase, sondern in Jills Augen auch eine blöde Kuh war: »Hi.«

»Ich wollte fragen, wie sich Nadia im Unterricht macht«, sagte Jill.

Mrs. Kelleher sah ihr direkt in die Augen, ging dicht an sie heran, bugsierte sie von der Gruppe weg und sagte leise und in vertraulichem Ton: »Ich wollte Sie ohnehin anrufen, Mrs. Hamlin. Ich mache mir allmählich echte Sorgen um Nadia. Anfangs dachte ich noch, es hätte mit der neuen Schule und der Umgebung zu tun, an die sie sich erst gewöhnen muss, aber es wird nicht besser. Haben Sie schon mal daran gedacht, sie testen zu lassen?«

Dies war der Nachmittag der Wahrheit, und es wurde spannend. Jill hatte es so gewollt und empfand es sogar als erleichternd. Die übliche Heuchelei, die ganze Anspannung waren mit einem Schlag weg. »Ja«, sagte sie.

»Wenn Sie möchten, kann ich jemanden hier in Holly Hills empfehlen«, sagte die Lehrerin. »Ich schicke Ihnen heute Abend eine Mail.«

Mrs. Kelleher schenkte ihr ein extrem kurzes Lächeln und ging zu den anderen Müttern zurück. Jill hörte noch, wie sie erwähnte, dass Liam Rostower alles über den Ursprung des Groundhog Day wisse. »Im Stuhlkreis hat er erzählt, dass diese Tradition wahrscheinlich im fünften Jahrhundert entstanden ist, weil die Kelten in Europa den Murmeltieren übernatürliche Fähigkeiten zuschrieben. Ein richtiger Experte!« Und wie die Murmeltiere machten die Mütter vor der Lehrerin grinsend und lächelnd Männchen.

Wenig später saß Jill mit Nadia am Küchentisch und beobachtete ihre Tochter, die eine Kleinigkeit aß und zugleich mit den Hausaufgaben kämpfte. In der einen Hand hielt sie einen rosa Cupcake, den sie etwas zu stark drückte, mit der anderen umklammerte sie krampfhaft den Bleistift. Die aufgeschlagene Seite ihres Arbeitsbuchs war dicht gefüllt mit einem Text sowie mit Fragen, die Nadia lesen und beantworten sollte.

1. Warum möchte der Farmer den alten Gaul Gypsy verkaufen?
2. Findest du das fair?
3. Was hättest du mit Gypsy gemacht?

Nadia war kaum in der Lage, die Fragen auch nur zu entziffern. Jill würde sich über ihre Tochter beugen und jede Silbe einzeln so vorsprechen müssen, dass beide das beruhigende, aber irrige Gefühl bekämen, Nadia hätte alles eigenständig gelesen. Während der Himmel vor dem Küchenfenster dunkler wurde und die Laterne am Straßenrand zu leuchten begann, rang Nadia mit den Hausaufgaben. Der Tag ging in den Abend über; bald würde Donald mit dem Zug nach Hause kommen, wie die anderen Männer auch. Man würde seine Schritte in der Diele hören und das leise Rascheln der Briefe, wenn er die Post auf dem Tischchen durchsah. Nadia würde aufspringen und sich mit hemmungslosem Überschwang auf ihn stürzen, und Donald, nach Büro und Zug und Druckerschwärze riechend, würde sich dem Angriff dankbar stellen.

Doch bis es so weit war, würde sie mit ihrem Kind am Tisch sitzen, und die Geschichte vom Farmer, der seinen Gaul über die grüne Weide führte, würde für Nadia etwas Abstraktes bleiben. Die Cupcakekrümel auf dem Text würden fesselnder sein als der Text selbst. Jeden dieser Krümel würde Nadia in wehmütiger Erinnerung an den vergangenen Genuss mit feuchtem Zeigefinger aufnehmen und in den Mund stecken. Doch die Spur der Krümel führte immer zurück zum Farmer und seinem Gaul, in deren Gesellschaft Nadia Hamlin – vielleicht für immer – würde leben müssen.

Der Himmel wurde schwarz, und der Farmer wartete mit seinem Gaul auf der Weide. Jill betrachtete das ratlose Gesicht, die müden Augen ihrer Tochter und sagte: »Ich glaube, es ist genug, mein Schatz. Du hast lange und fleißig gearbeitet. Hören wir auf.«

»Aber ich muss noch mehr tun.«

»Nein, es ist gut jetzt.«

Nadia fragte: »Hast du deine Hausaufgaben mit deiner Mom gemacht, wie du klein warst?«

»Manchmal.«

Nach einer Pause sagte Nadia: »Wo ist sie noch mal?«

»Sie ist gestorben, erinnerst du dich?«, antwortete Jill, und selbst so viele Jahre danach zog sich ihre Kehle zusammen. Das Gefühl versteckte sich nur und kam in Momenten wie diesem zurück, in denen man gefasst bleiben und seinen Empfindungen nicht nachgeben durfte. »Das ist lange her. Wir haben doch darüber gesprochen.«

»Ja, stimmt«, sagte Nadia. Und dann, ganz sachlich: »Ich habe früher auch noch eine andere Mom gehabt. Aber sie konnte nicht auf mich aufpassen, deshalb musst du dich um mich kümmern.«

»Ich muss nicht, ich will. Ich werde es immer wollen.«

Nadia blickte ihre Mutter ernst an, legte ihre Hand auf Jills Hand und tätschelte sie. »Können wir wirklich aufhören mit den Hausaufgaben?«

»Ja.«

Jill sah, wie tapfer ihre Tochter war. Es war nicht richtig, dass sie so tapfer sein musste – dass sie sich jeden Tag wappnen musste gegen eine Armee von Kindern mit ziegelsteinschweren Moorjäger-Romanen unter dem Arm, gegen eine Lehrerin, die es nicht erfüllend fand, sie zu unterrichten, gegen eine Mittagspause, in der sie fast eine Stunde lang unbeachtet am Ende eines langen Tisches saß und an einem weichen Sandwich nagte. An ihren Augen erkannte man, wie verloren sie sich mittags in der Schulkantine fühlte, wenn sie so abgeschieden von den anderen mit ihrer seltsam schönen Stimme das Lied vom safrangelben Schwesternbaum sang.

Am darauffolgenden Montag ließ Jill ihre Tochter diagnostizieren. In einer Testambulanz in einem kleinen Bürogebäude im Zentrum von Holly Hills setzte sich Nadia mit Mrs. Jantzen, einer ungemein engagierten Frau, an einen Tisch und verließ den Raum Stunden später völlig erledigt. Auch Mrs. Jantzen wirkte erschöpft. Die Tests waren zu viel gewesen. Die Schule und einfach alles war zu viel. Es lag klar auf der Hand.

Obwohl die Testergebnisse nicht überraschend waren, hätten sie dem Narzissmus jeder Mutter und jedes Vaters einen schweren Schlag versetzt. In einem kleinen Raum wurden Jill und Donald von Mrs. Jantzen darüber informiert, in welchen Bereichen

Nadia signifikante kognitive Entwicklungsverzögerungen aufwies. Als routinierte Überbringerin solcher Nachrichten sprach Mrs. Jantzen die Begriffe ohne jeden vorwurfsvollen oder verlegenen Unterton aus. Nadia sei kein Ausnahmefall, und es stehe um sie auch »nicht so schlimm, wie Sie glauben«.

Mrs. Jantzen reichte Jill die Schachtel mit den Papiertaschentüchern, die neben einem Briefbeschwerer mit der Aufschrift »Kinder sind wie Schneeflocken« und einem Block Haftnotizen mit dem Slogan für ein Depotpräparat gegen Hyperaktivität gestanden hatte. Jill putzte sich die Nase, weinte in eine Handvoll Tücher hinein und versuchte zuzuhören, während die Frau erklärte, dass Nadia ihre schulischen Leistungen vermutlich verbessern könnte, wenn sie einen eigenen »Schattenlehrer« hätte, der ihr durch den Tag helfen und ihr mehr Zeit und Aufmerksamkeit widmen würde als Mrs. Kelleher. »Und das Gute daran ist, dass die Maßnahme vom Staat New York bezahlt wird«, verkündete Mrs. Jantzen.

»Das Gute daran?«, erwiderte Donald. »Toll – auf das Gute hatte ich schon gewartet.«

»Sie müssten einen Antrag stellen und wahrscheinlich sogar klagen, würden jedoch letztlich recht bekommen«, fuhr Mrs. Jantzen unbeirrt fort. »Es ist zwar – Entschuldigung – eine Scheißarbeit, aber so ist es nun mal.«

»Soll das heißen, dass wir das tun müssen?«, fragte Donald. »Dass wir verpflichtet sind, Nadia eine Sonderbehandlung zuzumuten?«

Mrs. Jantzen schüttelte den Kopf. »Nein, Mr. Hamlin. Manche Eltern geben ihre Kinder lieber auf die Förderschule. Die Entscheidung treffen alle Eltern individuell, je nach Lage. Aber Sie sagen ja selbst, dass sie sich schwertut, und in Anbetracht der Testergebnisse kann ich mir das gut vorstellen. Ich finde es grausam, dass Nadia sich so quälen muss.«

Schweigend fuhren sie nach Hause. Jill fühlte sich an die vielen, inzwischen Jahre zurückliegenden Besuche bei den Kinderwunschexperten erinnert, deren Praxen sie ähnlich verzweifelt verlassen hatten. Immer, immer Verzweiflung: weil ihre Mutter gestorben war, weil sie ihre beste Freundin vermisste, weil sie sich ein Kind gewünscht hatte, weil sie ein Kind großzog. Donald war den ganzen Tag über bei der Arbeit, abgeschirmt von den Beeinträchtigungen seiner Tochter. Abends, aus der Stadt zurückgekehrt, genoss er Nadias liebevolle Art so sehr, dass sie ihm wahrscheinlich wie das beredtste, außergewöhnlichste Kind der Welt erschien. Vielleicht hatte er ihre Vase sogar ernsthaft schön gefunden. Vielleicht war er geblendet, weil er Nadia vor lauter Vernarrtheit nur im hellsten Licht erstrahlen sah. Jill gestand sich ein, dass das gut war. Doch als Donald jetzt im Auto seine Hand kurz in die Anzugjacke schob und ans Herz presste, als hätte man ihn angeschossen, half das nicht das Geringste.

An diesem Abend spaßte er mit Nadia wie immer. Er tanzte mit ihr durchs Wohnzimmer, setzte sich vor dem Schlafengehen zu ihr aufs Bett, und sie lasen Bilderbücher. Als Jill einen Blick in das Zimmer warf, sah sie, dass es Bücher waren, die Nadia schon seit dem dritten Lebensjahr besaß, Bücher, die andere Kinder längst aussortiert hatten. Für Nadia hatten sie mehr als nur nostalgischen Wert – sie waren für sie wie das Leben selbst.

Jill rief Amy an. »Ich bin's.«

»Was gibt's?«

Nach einer langen Pause sagte Jill: »Nichts.« Sie würde sich nur aufregen, wenn sie jetzt am Telefon über Nadia zu sprechen begänne. Irgendwann würde sie es Amy von Angesicht zu Angesicht sagen, auch wenn es im Grunde sinnlos war, denn Amy hatte einen Jungen, dessen Gehirn alles Erdenkliche in sich aufnahm. »Ich fahre diese Woche mit Nadia nach der Schule in die Stadt«, sagte sie. »Sie braucht einen Frühlingsmantel. Können wir uns treffen?« Amy antwortete, es gehe ihr noch immer ziemlich schlecht und von den Quittungen habe sie Leo noch nichts gesagt, obwohl seit der Entdeckung schon eine Woche vergangen sei. Auf Jills Vorschlag reagierte sie zögerlich. »Ich habe keine Lust auf andere Leute«, sagte sie und willigte erst ein, nachdem Jill entgegnet hatte: »Ach komm, Amy, ich bin's, Jill!«

Sie vereinbarten einen Termin am Donnerstagnachmittag. Wenn es Jill recht sei, sagte Amy, könnten sie während Masons Klavierstunde reden. Jill und Nadia fuhren mit dem Zug in die Stadt, und nach dem Kauf des benötigten Mantels trafen sie sich mit Amy in einer Musikschule, die Kindern schon seit mehr als hundert Jahren Unterricht in Gesang, Klavier und Flöte bot.

Die zwei Frauen und das kleine Mädchen setzten sich in den zugigen Vorraum, in den aus den Unterrichtskabinen stockende Tonleitern, die ersten »Für Elise«-Takte und die Titelmelodie von *»A Charlie Brown Christmas«* drangen. Es war, als stünden diese Klänge für die Kindheit selbst, so vertraut waren sie, und doch entsprangen sie so häufig eher elterlichen Wünschen als kindlicher Passion. Amy wäre es wohl nie eingefallen, Mason nicht Klavier lernen zu lassen. Glaubte sie wirklich, aus dem robusten, auf Fakten fixierten Jungen würde einmal ein Noël Coward werden, um den sich bei Partys attraktive junge Leute scharten und beliebte Oldies sängen? In Amerika waren mittlerweile viele Mädchen und Jungen terminbeladen und überfordert wie Manager. Ihre Mütter – ihre Sekretärinnen – verwalteten die Kalender der Kinder, immer leicht im Verzug auf dem Weg zwischen Klavierstunde, Fechttraining, Papierschöpfen, Kampfsport, den Wohnungen und Häusern anderer Kinder und hinaus in die Welt. Mit Nadia würden solche Zeitpläne für Jill nie existieren. An dieser amerikanischen Manie würde sie niemals beteiligt sein.

»Wir haben Nadia testen lassen«, sagte sie, und während Amy der Geschichte ihrer Freundin lauschte, verflog für eine Weile all ihre Traurigkeit und Ichbezogenheit. Nadia saß etwas abseits mit Schulbüchern auf dem Schoß. Anstatt zu lernen, bürstete sie eines ihrer hässlichen Spielpferde, die nicht nur vier Beine und einen Schweif besaßen, sondern auch langes blondes Frauenhaar als Mähne und künstliche Wimpern. *Ihr kleines Mädchen träumt nicht nur vom Reiten, es wäre auch gern eine Schlampe?*, fiel Jill prompt als passender Werbeslogan für das Ding ein.

»Das ist bestimmt sehr schwer für dich und Donald«, meinte Amy. »Warum hast du mir nie gesagt, wie sehr du dich um sie sorgst?«

Umgeben von Musik saßen die beiden Frauen zusammen. Nadia hatte sich auf den Boden gehockt, striegelte das Haar des Wesens, das halb Pferd, halb Frau war, und sang dabei vor sich hin. Zuerst ein Lied über »fröhliche Landratten« aus der Kindersendung »Ahoy, Mateys!«, dann eines über den Wechsel der Jahreszeiten, das sie aus der Schule kannte, und zum Schluss wie üblich *»Rise, sorrow, 'neath the saffron sister tree ...«*.

Als Jill ihrem Mann die Szene abends zu schildern versuchte, gelang es ihr nicht, die Empfindungen wiederzugeben, die sie augenblicklich in ihr ausgelöst hatte. Nadia hatte mit ihrem Pferd gespielt und vor sich hin gesungen, als die Musik, die in wechselnder Lautstärke in den Vorraum drang, plötzlich abbrach, weil offenbar alle Lehrer in den Unterrichtskabinen ihre Schüler zufällig genau im selben Augenblick pausieren ließen. Von einer einsamen Harfe kamen noch ein paar neckische letzte Töne, dann war es still, und nur noch Nadias Volkslied war zu hören. Während sie sang und Amy und Jill dasaßen, ging eine große Frau mit schwarzem, zum Dutt geschlungenen Haar vorbei, die renommierte Gesangslehrerin Anna Milofsky, eine zweiundfünfzigjährige russische Emigrantin, die an einem Nachmittag pro Woche Stunden gab, um die Schule zu unterstützen.

Doch das wusste Jill in diesem Moment nicht, sondern sollte es erst später erfahren. Langsam schritt Anna Milofsky, ein Libretto in der Hand, durch den schmalen Korridor und blieb, als die musikalische Pause eintrat, plötzlich stehen.

Jill blickte die Frau zunächst nur neugierig an. Amy kapierte es als Erste und flüsterte: »Sie hört Nadia zu.«

»So ein Quatsch«, flüsterte Jill zurück, doch Amy hatte recht. Anna Milofsky lauschte tatsächlich Nadias kleinem Lied *»Rise, sorrow, 'neath the saffron sister tree«*.

»Entschuldigen Sie bitte, wer ist dieses Mädchen?«, fragte sie.

»Meine Tochter Nadia«, antwortete Jill.

»Sie ist ziemlich gut. Sie hat die Melodie nach Moll transponiert und entsprechend angepasst.«

»Tut mir leid, aber ich verstehe kein Wort«, erwiderte Jill und stand von der Bank auf. Anna Milofsky und sie waren gleich groß. Nur wenige Frauen waren so hoch aufgeschossen wie Jill.

»Wie raffiniert! Die reinste Freude!«, sagte Anna Milofsky.

»Wie bitte?«

»Sie hat es ganz neu arrangiert. Sie hat die ursprüngliche Version gehört und etwas völlig anderes daraus gemacht.«

»Wir begreifen das selbst nicht«, sagte Amy. »Die Tochter meiner Freundin singt ständig und am liebsten dieses Volkslied.«

»Mein Mann und ich haben sie adoptiert. Sie kommt aus einem Waisenhaus in Sibirien«, erklärte Jill. »Wir nehmen an, dass sie das Lied dort gelernt hat.«

Erst jetzt schenkte Nadia dem Gespräch Aufmerksamkeit. Leicht beklommen hob sie den Blick zu ihrer Mutter, zu Amy und der fremden Frau, die an einen großen, freundlichen Vogel mit glänzenden schwarzen Flügeln erinnerte.

»Das ist kein Volkslied«, widersprach die Gesangslehrerin. »Sie haben es für ein Volkslied gehalten?« Beide Frauen nickten. »Du musst das anderswo gehört haben, meine Kleine«, fuhr sie an Nadia gewandt fort. »Weißt du noch, wo?« Nadia schüttelte den Kopf und wurde rot vor Freude. »Ich singe dir die ursprüngliche Fassung vor, die du so geschickt transponiert hast.«

Sie stimmte Nadias Lied an. Durch die andere Betonung, die sie dem Text gab, gingen die Silben plötzlich nahtlos ineinander über. Anna Milofskys Vortrag machte sofort klar, warum alle Nadia Hamlins Gesang falsch verstanden hatten.

Nadias Version lautete: *»Rise, sorrow, 'neath the saffron sister tree.«*

Anna Milofskys Version hatte folgenden Text: *»Rice-a-Roni, the San Francisco treat.«*

Es gab darin weder einen *»saffron sister tree«* noch den Befehl *»rise, sorrow«*. Das schwermütige, friedliche Mantra, in dem Nadia seit Jahren Trost fand und das die Frauen auf ihren Yogamatten gesungen hatten, entpuppte sich als etwas völlig Banales: als ein Werbesong für ein Fertiggericht aus Nudeln und Reis. Jill entfuhr ein leiser Laut, halb Klageschrei, halb sarkastisches Lachen. Wie absurd, dass sie der scheuen, verhuschten Nadia etwas undefinierbar Schwermütiges, halb Magisches angehängt, sie mystifiziert hatten, obwohl sie seit Jahren ganz real vor ihnen stand. Jill selbst hatte etwas in das Mädchen hineininterpretiert, was es in Wirklichkeit nicht gab. Kinder seien große Unbekannte, hatte Karen gesagt; manchmal verstand man sie, manchmal nicht.

Während Anna Milofsky Nadia zum Trinkbrunnen im Gang führte und sich mit ihr ein bisschen über Musik unterhielt, packte Amy Jill am Arm und sagte: »Gut, wir haben es alle für ein schönes, rätselhaftes Lied gehalten, aber jetzt ist es eben was anderes, okay?« Jill erwiderte nichts. »Bitte lass dich von den Testergebnissen nicht verrückt machen!« Jill brachte noch immer kein Wort hervor. »Erinnerst du dich daran, wie wir einmal im ›Golden Horn‹ saßen, als Nadia noch ganz klein war, und du mich gefragt hast, ob ich sie mag?«

»Ja«, antwortete Jill nickend. Man sah ihr an, dass sie sich schämte.

»Sie hat Probleme, das steht fest«, sagte Amy. »Gut, das wissen wir inzwischen. Aber vielleicht ist sie dafür hochmusikalisch. Du darfst nicht immer vom Allerschlimmsten ausgehen! Sei nicht so verdammt verbohrt!«

In den Unterrichtsräumen setzte die Musik wieder ein. Mason fuhr pflichtschuldig mit seiner Beethoven-Interpretation fort, ohne mit den Händen die geringste Innigkeit hervorzubringen. Ein Stück den Gang hinunter wurde übermütig an einer Harfensaite gezupft. Es war spät. Wahrscheinlich gähnten die Musiklehrer vor sich hin, während sie ihre Schüler durch das Ende der Unterrichtsstunde führten.

Nadias Lied war nur eine Melodie aus einer Fernsehwerbung, amerikanischer ging es nicht. Sie hatte diese Melodie als kleines Mädchen sicherlich oft in der New Yorker Wohnung gehört, wenn Jill sie vor den Fernseher setzte in dem verzweifelten Versuch, ein Kind zu unterhalten, das sie nicht kannte und sogar ein bisschen fürchtete. So schwierig Nadias Leben, so ungewöhnlich ihr Gehör. Ihr Lied klang nicht mehr schwermütig. Es war nie schwermütig gewesen.

Wenn Donald Hamlin gelegentlich darüber nachdachte, ärgerte es ihn, dass seine Frau keine Freundinnen hatte. »Das stimmt nicht«, entgegnete Jill, wenn er das ansprach, doch davon ließ er sich nicht beruhigen. Amy, Roberta und Karen, die sie ins Feld führte, zählten für ihn nicht. Ihm ging es um die fehlenden Freundinnen vor Ort, und obwohl Jill gar keine wollte, stand für ihn fest, dass sie welche brauchte, und zwar schnell. Die Stadt war in die Ferne gerückt, und das Leben der Menschen dort, so deutlich es ihr weiterhin vor Augen stand und in all seiner Dramatik beschrieben wurde – Penny Ramseys Affäre und die spätere Abkehr vom verunglückten Geliebten, Robertas E-Mail-Freundschaft mit dem Mädchen, dem sie um jeden Preis helfen wollte, Leo Buckners miese, routinierte Schummeleien am Arbeitsplatz –, hatte mit Jills Alltag nichts zu tun. Amy und die anderen waren anderswo, Jill war hier, in diesem Vorort, wo nicht nur der Name an einen Pornostar erinnerte, wie Donald einst gesagt hatte: große, weit gespreizte Häuser mit Flügeln und Anbauten, ausgedehnte, verführerische Rasenflächen, Platz zum Parken, so viel das Herz begehrte, aber weder Tiefgang noch Liebe.

Zumindest fand man beides nicht, solange man beides nicht wollte. Jill wusste, dass es hier Frauen gab, die ihr vielleicht sympathisch gewesen wären, doch sie weigerte sich, nach ihnen zu suchen. Donalds Ansicht nach hatte sie eine krankhafte Midlife-Introvertiertheit entwickelt.

»Hier im Ort hast du keine Freundinnen«, insistierte er.

»Du bist mein Freund. Und du wohnst hier im Ort.«

»Ein erbärmliches Argument. Du weißt genau, was ich meine.«

»Du hast auch nicht gerade viele Freunde, Donald. Und in Holly Hills kennst du keinen Menschen.«

»Stimmt, aber ich bin ein Mann. Wir Männer haben unsere Pokerfreunde und klammern uns ansonsten wie Koalas an unsere Frauen. Außerdem bin ich im Prinzip nur an den Wochenenden tagsüber hier. Was soll ich denn tun – mich im Bagel-Laden mit den anderen Vätern unterhalten? ›Ist das da Mohn, Kumpel? Also ich habe einen mit Sesam, und der ist sogar noch warm!‹«

Der Bagel-Laden war an Sonntagvormittagen ein beliebtes Ausflugsziel für die Männer von Holly Hills. Sie packten ihre Kinder ins Auto, um etwas Gesellschaft zu haben, reihten sich in die Schlange ein und warteten in dem kleinen, rappelvollen Geschäft, in dem es köstlich nach Zwiebeln roch, deuteten auf die diversen Metallkörbe, verließen den Laden mit heißen, klobigen Tüten und beendeten ihre Runde mit der Fahrt nach Hause.

»Nein, ich erwarte nicht, dass du im Bagel-Laden Konversation machst«, sagte Jill.

»Der große Unterschied ist, dass ich im Gegensatz zu dir hier und eigentlich überall einigermaßen glücklich bin.«

Genau das, dachte Jill Hamlin manchmal, war der Unterschied zwischen einem Menschen, dessen Mutter sich umgebracht hatte, und einem Menschen, dessen Mutter das nicht getan hatte. Doch dieser Unterschied war wie viele andere auch im Lauf der Zeit immer unbedeutender geworden. Sobald ein Mensch vierzig war, hatte seine persönliche Leidensgeschichte so in sein Wesen eingebettet zu sein, dass man sie kaum mehr als solche erkannte.

Als Jill in Holly Hills schließlich doch eine Freundschaft schloss, geschah es fast gegen ihren Willen und wider besseres Wissen, heimlich, im Dunkeln, im Schlaf. Wie seltsam das im Rückblick war! Sie hatte nicht vorgehabt, Amy Lamb zu ersetzen, denn Amy würde nie ersetzt werden müssen. Dennoch brauchte Jill Hamlin andere Menschen um sich und musste zu dieser Einsicht gezwungen werden.

Eines Abends, als sie wie immer nicht schlafen konnte, nahm sie nicht nur ihre übliche Dosis Noctrem ein, sondern schluckte zur Sicherheit fünf Milligramm extra. Dann ging sie durchs Haus, überprüfte die Türen und Lampen. Es war Mitternacht und alles in Ordnung. Sie warf einen Blick auf ihre schlafende Tochter. Nadia hatte seit einer Woche einen »Schattenlehrer« – welch ominöses Wort; als würde sie von einem Pädophilen gestalkt –, und die

Ergebnisse waren bisher ermutigend. Zum ersten Mal im Schuljahr könne sie mithalten, hatte Mrs. Kelleher gesagt und dabei sogar erfreut geklungen. Vielleicht war sie doch nicht so grauenhaft, sondern einfach Realistin und würde dem Kind nun, da es die benötigte Hilfe bekam, mehr Aufmerksamkeit schenken. Jill war ihrerseits eine Art Schattenmutter geworden, und Nadia brauchte den großen, schützenden Schatten, den Jill auf sie warf. Außerdem hatte das Kind Anna Milofskys Angebot angenommen und diese Woche mit großer Freude die erste private Gesangsstunde in der Stadt absolviert. Nadia war sehr talentiert, wenn auch kein Star wie ihre Namensvetterin Nadia Comaneci. Ihr fehlte die Resolutheit der anderen Nadia und die extreme Selbstbestimmtheit. Auch waren ihre Fähigkeiten noch lange nicht ausgereift. Aber Jills Nadia war ein Mädchen, das fleißig übte.

»Wir haben Tonleitern gesungen«, hatte sie nach der ersten Stunde erzählt. »Die will ich jetzt jeden Tag mit einer Eieruhr in meinem Zimmer üben. Haben wir eine Eieruhr, Mom? Miss Milofsky hat gesagt, wenn nicht, sollen wir uns eine kaufen.«

Mit Nadia ging es bergauf, dachte Jill. Sie fand, dass das eigentlich ausreichen müsste, um einer ängstlichen Mutter nachts Schlaf zu bescheren, doch es reichte nicht aus.

Sie ging ins Schlafzimmer zurück und legte sich neben ihren Mann. »Ah, endlich – meine ungesellige Frau! Husch, husch, unter die Decke!«, sagte Donald liebevoll.

Gestreifter Schlafanzug berührte weißes Nachthemd, und trotz des Stoffs zwischen ihnen, trotz des Schleiers der eingenommenen Doppeldosis Nonbenzodiazepin-Hypnotikum empfand es Jill als erregend, und sie liebten sich in der Dunkelheit des stillen Hauses. Danach schlief sie neben ihrem Mann ein.

An das, was dann geschah, konnte sie sich später nicht erinnern, sondern musste es für sich zusammenfügen wie die Mosaiksteinchen eines Kriminalromans. Sie hatte sich nur eingebildet zu schlafen, so wie die Frau auf dem Transatlantikflug, die nach der Einnahme von Noctrem mit dem Filzstift Kreise auf ihre Bluse gekritzelt hatte, aber das Kreuzworträtsel in einer britischen Zeitung zu lösen glaubte. Jill befand sich im Noctrem-Halbschlaf. Um zwei Uhr stieg sie, noch immer im Nachthemd, aus dem Bett, zog sich Laufschuhe an, nahm ihren Schlüsselbund vom Nachttisch und ging die Treppe hinunter. Das alles mit offenen Augen, denn sie stolperte kein einziges Mal. Die Tür öffnete sie erst, als die Alarmanlage deaktiviert war. Dann trat sie auf den Jacob's Path hinaus.

Ihre Straße hier im Vorort, die sie noch nie in tiefer Nacht gesehen hatte, war unbestreitbar schön mit den verschnörkelten eisernen Straßenlaternen und den dunklen, hinter den struppigen Silhouetten der Bäume und Sträucher fast verborgen liegenden Häusern. In manchen war, immer in einer ungewöhnlichen, zarten Farbe, jeweils ein einzelnes Fenster erhellt – vielleicht vom goldgelben Licht einer ständig über dem Herd scheinenden LED-Lampe oder vom türkisen Leuchten eines winzigen flachen Nachtlichts, das im Gästebad die kleinen Seifen, Handtücher und Potpourris bewachte. Licht im Inneren eines Hauses vermittelte das Gefühl gelebten Lebens. Selbst wenn man die Zeit verschlief, in der die Lampen brannten, war es schön, beim Eindösen zu wissen, dass es sie gab.

Jill konnte sich hinterher nicht erklären, warum ihre Wahl auf 21 Jacob's Path gefallen war. Hätte sie sich für 23 Jacob's Path entschieden, wäre sie vor der Tür der unfreundlichen Familie Glesser gelandet, die wahrscheinlich die Polizei gerufen hätte. Karen Yip mutmaßte später, es habe daran gelegen, dass 21 eine Fibonacci-Zahl sei. »Ich weiß nicht mal, was Fibonacci-Zahlen sind, Karen«, sagte Jill. »Ich kenne den Begriff, aber das ist auch schon alles.« Karen erklärte ihr, dass Fibonacci-Zahlen – eine Folge natürlicher Zahlen, die jeweils die Summe der beiden unmittelbar vorhergehenden bildeten: 0, 1, 1, 2, 3, 5, 8, 13, 21 und so weiter – bekanntermaßen in vielen natürlichen Mustern vorkämen, was sowohl Mathematiker als auch spirituell interessierte Menschen für eine Art Wunder hielten. Vielleicht, meinte Karen, habe die 21 Jill deshalb auf so mysteriöse Weise angezogen. Jill selbst vermutete eher, dass sich von allen zur Straße gehenden Fenstern in Jacob's Path nur in einem Fenster der Nummer 21 etwas bewegt hatte und sie wahrscheinlich darauf aufmerksam geworden war.

Jill Hamlin ging mit Nachthemd und Laufschuhen bekleidet zur Tür von Nummer 21 und klingelte. Als sich nichts rührte, betätigte sie die tief und melodisch klingende Glocke so lange, bis eine Frau an der Tür erschien, die etwas älter als Jill war, sehr feines brünettes Haar hatte und ein T-Shirt und eine Arzthose trug. Die beiden Frauen hatten sich schon ein, zwei Mal aus dem fahrenden Auto heraus zugenickt, waren jedoch nie zur jeweils anderen gegangen, um sich vorzustellen. Alice Ettinger hielt sich nur selten und zu unregelmäßigen Zeiten in ihrem Haus auf.

»Hallo«, sagte Jill. Die Frau an der Tür starrte sie schweigend an. »Ich glaube, wir kennen uns noch nicht«, fuhr Jill fort. »Wir wohnen ein paar Häuser weiter.« Sie klang völlig arglos. Ihr Gegenüber versuchte die Lage zu erfassen und eine Erklärung zu finden.

»Vielleicht wissen Sie es nicht, aber es ist zwei Uhr morgens«, sagte Alice Ettinger. Ihre Züge waren weicher geworden angesichts der so plötzlich entstandenen höchst befremdlichen Situation, denn sie hielt Jill für psychisch gestört oder hirngeschädigt. »Sie gehen jetzt besser nach Hause. Ist dort jemand?«, fragte sie langsam, freundlich. »Leben Sie mit jemandem zusammen?«

»Ja, mit meinem Mann und meiner Tochter.«

»Gut, dann bringe ich Sie jetzt zu ihnen. Sie machen sich bestimmt schon Sorgen. Warten Sie einen Moment, ich hole nur schnell meinen Mantel.«

In diesem Augenblick begann der Bann zu weichen. Vielleicht halfen die Wörter »Mann« und »Tochter« als eine Art Gegenmittel gegen die starke Droge Noctrem und deren – wenn auch selten auftretende – unvorhersehbare Nebenwirkungen. Als die Frau mit dem Mantel in der Hand zurückkam, war Jill bereits wieder fast sie selbst und begriff benommen und schockiert, dass sie frühmorgens im Nachthemd vor der Tür des Hauses 21 Jacob's Path stand. »O Gott, ich fasse es nicht«, sagte sie.

»Kein Problem«, erwiderte Alice Ettinger, während sie in den Mantel schlüpfte und aus dem Haus trat. »Jetzt sind Sie in Sicherheit.«

»Nein, Sie verstehen nicht – ich bin jetzt wach. Ich bin wach.«

»Was?«

»Ich glaube, das eben war eine Nebenwirkung des Noctrem.«

»Eine Nebenwirkung des Noctrem? Wie das, was dieser Frau im Flugzeug passiert ist, die ihre Bluse für ein Kreuzworträtsel gehalten hat?«

»Ja.«

»Oder der anderen, die bei der Polizei anrief, weil sie als Kind Ladendiebstähle begangen hatte? Das habe ich in der Zeitung gelesen.«

»Ja, genau!«

»Ach du Scheiße.«

Sie begannen lauthals zu lachen. Alice Ettinger, seit zehn Jahren geschieden, die Kinder im College, Hebamme, erst eineinhalb Stunden zuvor erschöpft von einer Entbindung in der Klinik von Holly Hills zurückgekehrt, bat Jill Hamlin in ihr Haus. Während sich Jill im Wohnzimmer aus ihrer kurzen chemischen Trance löste, entschuldigte sie sich pausenlos und beteuerte, wie schrecklich und peinlich sie es finde, mitten in der Nacht an einer fremden Tür geklingelt zu haben. Völlig durchgeknallt sei das.

Den restlichen langen Winter hindurch und bis in den beginnenden Frühling hinein trafen sie sich oft, um ein bisschen zu plaudern, und als es Ende Februar warm genug war, fuhren sie gemeinsam in den Park und in Naherholungsgebiete, kauerten mit Alice' Bestimmungsbuch im Unterholz und strichen mit den Händen durchs Grün, als würden sie im Supermarkt Obst und Gemüse prüfen.

»Holly Hills war gar nicht schlecht, um die Jungs großzuziehen«, sagte Alice. »Es ist schöner, als die meisten denken. Irgendwann werden die Bauunternehmer die Natur zerstört haben, aber bis es so weit ist, beanspruche ich sie für mich.«

In diesem Vorort gab es stellenweise eine üppige Pflanzenwelt, die Alice im Gegensatz zu den meisten mit ihren Jobs oder ihren Kindern voll ausgefüllten Bewohnern intensiv erkundete, wenn sie nicht gerade in der Klinik war. Zu sagen, die Freundschaft mit Alice Ettinger hätte in Jill die Liebe zu Holly Hills geweckt, wäre gelogen gewesen. Sie verschloss die Augen weder vor der Tristesse im Zentrum des Städtchens noch vor dem damit zusammenhängenden Bedürfnis der Leute, etwas auf die Beine zu stellen – einen Kunsthandwerksmarkt auf dem Parkplatz des Einkaufszentrums oder die alljährlich penibel einstudierte und wirklich beachtliche Darbietung der Operngruppe, die in diesem Jahr Benjamin Brittens »Billy Budd« aufführen wollte. Doch idyllisch war es nirgendwo, und die Selbstgefälligkeit der unsichtbar in der Ferne funkelnden Stadt gefiel Jill ebenso wenig. Jetzt war sie fürs Erste hier und hatte einen intelligenten, liebenswerten Menschen zum Reden, in dessen Beisein das Gefühl verflog, sie würde ihr restliches Leben verkommen lassen.

Sie erzählte Alice von ihren früheren Plänen, Unidozentin zu werden, und vom Scheitern ihres Vorhabens. »Interessant«, sagte Alice während eines Spaziergangs. »Meine Eltern waren beide Englischlehrer und damit gewissermaßen Dozenten, wenn auch auf Highschool-Niveau. Sie haben uns Kindern geraten, möglichst schnell etwas zu suchen und zu finden, was uns wirklich Spaß machen würde.«

»Sehr klug.«

»Ja. Denn später wird die Suche schwieriger. Es gibt so viele beschissene, unfassbar öde Jobs auf der Welt. Aber mit einem guten verliert man nie die Lust. Oder hast du schon mal von einem Astrophysiker gehört, der seinen Beruf an den Nagel gehängt hat?«

»Und du hast einen guten Job gefunden.«

»Ich fühle mich ziemlich wohl in der Klinik. In meiner Familie lieben alle ihren Beruf.«

»Meine Mutter hatte eine Zeit lang einen Beruf, den sie liebte. Sie war Schauspielerin. Sie ist sogar in einem Broadway-Musical aufgetreten.«

Jill versetzte sich in eine Zeit zurück, die so fern erschien wie das antike Rom selbst, und sah ihre Mutter als junge Frau, die sie nur von Fotos kannte. Sie stand in einer Toga auf einer Broadway-Bühne und machte für eine kurze Zeit das, wovon sie immer geträumt hatte.

Vierzehn

AN: ROBERTA SOKOLOV <sokpuppet@earthlink.net>
VON: BRANDY GILLOP <Brandyg2311@aol.com>
Liebe Roberta,
hey, wie geht's? Meine Freundin Chrissy, die eine Kamera hat, hat Fotos von meinen Bildern gemacht. Ich schicke sie dir als Attachment. Ich finde, sie sind ganz okay geworden, aber ich bin mir nicht sicher, weil ich noch nie Fotos von Gemälden gemacht habe. Bitte vergiss nicht, dass Chrissy kein »Profi« ist. (Und ich auch nicht.) Hoffentlich sehen sie so aus, wie du es dir vorgestellt hast. Hier ist nicht viel los. Aber gut, dass ich dieses Jahr meinen Abschluss an der Lorton HS mache, weil, du wirst es nicht glauben: Ab nächstem Jahr gibt es keinen Kunstunterricht mehr, sondern stattdessen das Fach »Business Skills am Arbeitsplatz«. Vielen, vielen Dank, dass du dir meine Sachen anschaust!
xxx
Brandy

AN: BRANDY GILLOP <Brandyg2311@aol.com>
VON: ROBERTA SOKOLOV <sokpuppet@earthlink.net>
Liebe Brandy,
schön, von dir zu hören. Ich finde die Fotos ganz toll. Eines der Bilder – das mit der alten Frau im Schaukelstuhl – kommt mir allerdings ein bisschen nichtssagend vor, tut mir leid. Falls es dir recht ist, nehme ich es nicht in die Reihe der Bilder

mit auf, die ich weiterschicken werde. Jetzt muss ich nur noch rausfinden, wem ich sie geben könnte. Derjenige, dem ich sie schicken wollte, der Freund einer Freundin, die ein kleines Museum in New York leitet, ist nicht mehr erreichbar. (Lange Geschichte …) Ich muss mir also etwas anderes überlegen. Aber ich werde mich umhören und bestimmt innerhalb der nächsten Woche jemanden auftreiben. Bitte vergiss nicht, dass du noch sehr jung bist und dir wahrscheinlich niemand direkt eine Ausstellung in einer Galerie anbieten wird. Aber vielleicht springt ja ein Praktikum dabei raus. Ich könnte dann auch herumfragen, ob jemand von einer günstigen WG in Brooklyn weiß, wo viele junge Leute wie du wohnen, und vielleicht auch von einem Kellnerinnenjob. Ich halte dich auf dem Laufenden.

Hier läuft alles bestens. Ich bin gut beschäftigt mit meinem Mann und den Kindern und dem Alltagschaos, aber sobald ich etwas von dem Galeristen höre, dem ich die Fotos letztlich schicken werde, melde ich mich bei dir. Pass auf dich auf, grüß deine Mom von mir, halt dich von Tyler Parvell fern (tust du bestimmt, haha) und mal schön weiter!

xxx

Roberta

Als Nathaniel Greenacre seine Frau eines Nachmittags aus dem Sender anrief und sagte, er komme heute früher nach Hause, weil er ihr etwas erzählen müsse, schossen ihr all die Gedanken durch den Kopf, auf die sie sich seit Jahren innerlich vorbereitet hatte. Er liebte sie nicht mehr. Er würde sterben. Roberta sah seinen langen, hageren Körper in einem schlichten Sarg aus rohem Holz liegen. Wahrscheinlich würde er gemeinsam mit seinen Puppen begraben werden wollen. »Es ist eine gute Nachricht, Babe«, sagte

Nathaniel, beharrte aber darauf, sie ihr persönlich zu überbringen. In ihrer ganzen Ehe hatte er sich noch nie so dramatisch gegeben. Mit Nathaniel gab es keine Überraschungen. Normalerweise untertrieb er eher und machte keine großen Worte.

Er kam mit der Subway zu ihr nach Uptown, doch genau in dem Moment, als er die Wohnung betrat, musste Roberta los, um Harry und Grace von der Schule abzuholen. Deshalb begleitete er sie, was noch nie vorgekommen war. »Jetzt erzähl endlich«, sagte sie, während sie mit ihrem Mann durchs frostige Sonnenlicht ging. »Spann mich nicht auf die Folter, das macht mich nervös!«

Nathaniel blieb stehen, drehte Roberta so, dass er sie ansehen konnte, und ergriff ihre Hände. »Es ist passiert.«

»Was?«

»Wir wollten ein Außeninterview machen, mussten aber ewig warten, weil eine Nachrichtensprecherin noch etwas über den Brand auf der Fähre zu vermelden hatte –«

»Welcher Brand?«

»Nicht wichtig, keine Verletzten. Wir haben also alle im Studio herumgesessen, und da habe ich meine Puppen rausgeholt.«

»Welche Puppen?«

»Nuzzle und Peeps natürlich. Um die Leute zu bespaßen. Ich habe die Kinderversion ein bisschen auf schmutzig getrimmt. Alle waren da, und die anderen Kameraleute haben mich angefeuert. Ich habe gar nicht gemerkt, dass noch jemand dazukam.«

»O Gott.«

»Was heißt ›O Gott‹? Wer war das denn deiner Meinung nach?«

»Keine Ahnung. Bestimmt jemand Wichtiges.«

»Genau. Irwin Mester.«

»Der Chef des Senders?«

»Jawohl. Er steht da und sieht zu, und keiner sagt was, keiner unterbricht mich, und ich lege eine Riesenshow hin, mache die ganzen Stimmen. Die Jungs haben wahnsinnig gelacht und Irwin Mester offenbar auch. Irgendwann habe ich ihn dann erkannt. Ich hatte ihn zwar noch nie gesehen, aber es hängen ja Fotos von ihm bei uns an der Wand: Unser geliebter Chef. Er fand die Vorführung sehr witzig und hat mich gefragt, ob ich das schon mal professionell gemacht hätte. *Professionell!* Ich konnte mir gerade noch verkneifen zu sagen: ›Nö, nur jedes Wochenende seit dreißig Jahren.‹ Jedenfalls hat er mich gefragt, ob ich Lust hätte, mit den Leuten vom Kinderprogramm zu reden. Die planen offenbar seit Längerem etwas mit ›Crossover‹-Potenzial, kommen aber nicht weiter, und er meinte, meine Puppensache könnte es sein. Dann ist er mit mir zur Leitung des Kinderprogramms gegangen. Irwin Mester hat mich persönlich in die Büros dieser Leute gebracht und ist mit mir in ein Meeting geplatzt! Die haben vielleicht geguckt! Dann sollte ich sofort Nuzzle und Peeps vorführen. Es war vollkommen unwirklich. Alle saßen mit diesen kleinen Wasserflaschen da, und ich stand mit meinen Puppen vor ihnen, und als ich loslegte, haben alle gelacht. Wir haben uns dann noch lange unterhalten, und sie wollen mir eine eigene Sendung geben, Roberta!«

Nathaniel sah aus, als würde er gleich losheulen. Roberta zog ihn an sich und gab ihm einen Kuss. Die Leute auf der Straße schielten zu ihnen hinüber und gingen lächelnd weiter. Ein Gefühlsausbruch mitten im Alltag.

»Wahnsinn«, sagte Roberta.

Nathaniel beschrieb sich später als der Mensch, der häufiger als jeder andere in der Geschichte gescheitert war, bis er Erfolg in der Kinderunterhaltung hatte. Zweiundfünfzig war er, als ihm völlig unverhofft der Durchbruch gelang. Was ihm so viele Jahre nicht geglückt war, hatte er niemals zu schaffen geglaubt. Er war ein Versager gewesen, und er selbst und Roberta hatten längst aufgehört, sich darüber zu wundern und es ändern zu wollen. Der Job als

Kameramann hatte eigentlich das Ende des Puppenspieltraums bedeutet. Nun ging der Traum plötzlich doch weiter.

»Zu Hause muss ich sofort Wolf anrufen«, sagte Nathaniel, als sie vor der Auburn Day School ankamen. »Das wird ihn umhauen. In Zukunft heißt es für ihn weniger kiffen und mehr proben.«

»Willst du damit sagen, dass du die Sendung mit ihm zusammen machst?«

»Klar. Er ist Peeps.«

»Ich war Peeps«, erwiderte sie scharf.

»Aber das ist mehr als zehn Jahre her.«

»Ja, ich habe aufgehört, als Harry kam.«

»Stimmt. Aber als die Kinder älter waren, hast du immer gesagt, du würdest es nie wieder machen, weil das nicht du bist und weil du es nicht gern machst, und das war völlig in Ordnung für mich, Babe. Wolf ist mein Peeps. Die miesen Orte, an denen wir spielen, stören ihn bis heute nicht. Ich kann es kaum erwarten, ihm alles zu erzählen. Endlich verdient er Geld, und wir auch! Und zwar viel, wenn alles wie geplant läuft. Ich kann den Kamerajob kündigen! Ich bin dann zwar weiterhin im Sender, aber unten, wo mir keine schweren Kameras den Rücken ruinieren. Sie wollen die Sendung jetzt ganz schnell entwickeln. Sie holen ein paar Autoren mit ins Boot und heuern einen Showrunner an – denselben, der ›Ahoy, Mateys!‹ gemacht hat. Mann, ich glaube, ich brauche jetzt einen Agenten!«

Roberta ließ sich nicht beirren. »Ich finde, ich sollte Peeps machen. Schließlich war ich die erste Peeps, und immerhin sind wir miteinander verheiratet. Außerdem hat Wolf nicht mal Kinder«, fügte sie unsinnigerweise hinzu.

»Muss er auch nicht.«

Roberta griff nach dem nächsten Strohhalm. »Er ist ein *Kiffer.*«

»Ich muss ihn mitmachen lassen«, entgegnete Nathaniel. »Er hat schon so viel Zeit investiert.«

Er rückte nicht mehr davon ab. Wolf Purdy mochte ein gesellschaftlicher Außenseiter sein, aber er war Nathaniels Freund und hatte zehn Jahre lang Wochenende für Wochenende in öffentlichen Bibliotheken und YMCA-Sälen Peeps seine Stimme geliehen. Das musste honoriert werden. Wenn Nathaniel Geld bekam, würde auch Wolf Geld bekommen. Roberta, die angesichts des zu erwartenden Erfolgs unbedingt Peeps sprechen wollte, wusste, wie das Ganze ausgehen würde, und dachte:

»Wer erntet den Weizen?«, fragte das kleine rote Huhn.

»Ich nicht«, sagte die Ente.

»Ich nicht«, sagte die Katze.

»Ich nicht«, sagte der Hund.

»Ich nicht«, sagte Roberta Sokolov.

Am Abend nahm Nathaniel, der sonst nur selten telefonierte, den Apparat in Beschlag und rief alle Leute an, die er kannte. Dass einer der Ihren eine solche Chance erhielt, elektrisierte die Puppenspielergemeinde. Natürlich kam auch Verbitterung auf in einigen der kleinen Häuser und Wohnungen anderer Puppenspieler, wo sich Männer und Frauen die hohle Haut lebloser Wesen über die Hände stülpten und unablässig übten. Man konnte sich gut vorstellen, wie sie »Scheiße!« riefen, nachdem ihnen der sonst so melancholische, wortkarge Nathaniel Greenacre die Neuigkeit mitgeteilt und aufgelegt hatte.

»Scheiße!«, zischte Roberta, die Nathaniel im anderen Zimmer überglücklich telefonieren hörte, während sie ihrer Tochter Grace beim Haarewaschen in der frei stehenden Wanne im einzigen Badezimmer der Wohnung half.

»Was?«, fragte Grace und wandte sich so abrupt um, dass das Wasser spritzte. »Was hast du gesagt, Mom?«

»›Meise‹. Ich habe ›Meise‹ gesagt.«

»Ich dachte, du hättest geflucht, wegen Daddy.«

»Das würde ich nie tun«, beteuerte Roberta und goss Grace warmes Wasser aus einem Plastikmessbecher über den Kopf, von dem das nasse Haar in Form kleiner Hörner abstand. Dann packte sie plötzlich das schlechte Gewissen. Sie beugte sich hinunter und küsste den Kopf ihrer Tochter, der noch sauber und nach Blütenessenz roch, bevor der langsame Verschmutzungsprozess von Neuem begann. Wie viele Kunstprojekte sie mit ihren Kindern verwirklicht hatte! Die vielen mit Basteln, nicht mit Kunst verbrachten Stunden! Sie hatte es geliebt; es war herrlich gewesen, und es hatte sich gelohnt. Doch jetzt kam wieder das bittere Gefühl, dass sie eigentlich dort draußen in die Welt gehörte und Kunst machen sollte. Die großen männlichen Stars der späten Achtziger- und Neunzigerjahre hatten ihre Zeit jedenfalls nicht dafür aufgewendet, mit ihren Kindern aus Putzmittelflaschen Schweinchen zu basteln oder ungekochte Makkaroni auf Fäden zu ziehen. Das war Sache der Ehefrauen, der Kindermädchen oder der Mitarbeiter im Atelier gewesen.

Harry saß im Wohnzimmer vor einem Videospiel. *Pschu, pschu, pschu* machten die Luftgewehre, während sie Asteroiden zu Brei schossen. Ohne sich von dem Lärm stören zu lassen, erzählte Nathaniel am Telefon wem auch immer von seinem unverhofften Glück, als könnte er es selbst noch nicht recht glauben. Seine Schilderung der Ereignisse hatte etwas Überhebliches. Er hatte viel zu lange darauf warten müssen.

Vielleicht war eine radikale berufliche Wende im Leben eines Amerikaners einfach nicht vorgesehen, dachte Roberta, und gerade in so fortgeschrittenem Alter wurde einem offenbar höchstens zugestanden, sich ein, zwei Mal ein bisschen umzuorientieren. Jedenfalls reagierte die Welt auf einen über fünfzigjährigen, lässigen, faltigen, langhaarigen Vater, der der Anonymität aufgrund seines Talents entronnen war, nicht sonderlich begeistert. Normalerweise bot nur ein Lotteriegewinn alten Menschen die Chance, groß rauszukommen. Alle liebten die Geschichten derer, die nie mit etwas Gutem gerechnet hatten – der eingewanderte Hausmeister, der gemeinsam mit seiner Frau tränenüberströmt den eineinhalb Meter langen Scheck in die Kameras hielt. Unerwartetes Glück fanden alle prickelnd. Aber dass jemand mit über fünfzig noch die Chance erhielt, seine Kreativität unter Beweis zu stellen, hatte nichts Romantisches mehr. Robertas Blick auf ihren Mann war jedenfalls erstaunlich kühl.

Natürlich wollte er in dieser Nacht Sex. Wahrscheinlich würde er die nächsten fünf Jahre mit einem Ständer durch die Gegend laufen oder eben solange der Erfolg von Nuzzle und Peeps anhielte. Vermutlich würde er auch dann noch ständig eine Latte haben, wenn die Sendung in die Phase der Zweitverwertung einträte. »Nein«, sagte sie abends im Bett, als die Kinder in den Stockbetten in ihrem winzigen Zimmer lagen, das Geschirr im Becken gespült war und ihre Hände noch nach Zitrone-Verbene-Spülmittel rochen. »Ich kann nicht, Nathaniel. Es war ein Wahnsinnstag.«

»Gerade deshalb, Süße! Ich bin super drauf. Wir könnten eine Menge Spaß haben.« Er nahm ihre Hand und legte sie leicht auf seinen Penis, fast wie ein Teenager, der ein Mädchen rumkriegen will, das sich ziert.

»Nein, Nathaniel«, sagte sie und ließ die Hand noch ein bisschen liegen, aber reglos und abweisend, wie um ihr mangelndes Interesse zu unterstreichen und ihm zu zeigen, wie unpassend sie seine Erregung fand. Sie wusste, dass das gemein war. Er war doch nur ein vor Freude und Glück fast platzender Mann, der unendliche Geduld bewiesen hatte und jetzt seine Belohnung kassierte.

Und wo ist meine Belohnung?, fragte sich Roberta bockig, fast unter Tränen. Wann bin ich an der Reihe?

»Tut mir leid.« Sie zog ihre Hand weg. »Ich weiß, das ist dein großer Tag. Und ich freue mich wirklich für dich und auf alles, was jetzt kommt.«

»Du wirst auch was davon haben. Wenn alles klappt, ziehen wir hier aus.«

»Wie bitte? Wir können doch unsere mietfreie Wohnung nicht aufgeben!«

»Und wie wir das können! Wir sagen deinen Eltern, dass es hier wunderschön war, dass wir die Wohnung aber verkaufen, falls sie nichts dagegen haben, und uns mit dem Geld ein altes Haus oben in Harlem zulegen, wo das echte Leben tobt. Ein historisches Brownstone, die haben dir doch schon immer gefallen. Dann kannst du dir ein Atelier einrichten und musst nicht mehr in einem dunklen Eckchen malen. Ah, das wird super!«

»Ein Atelier? Ich male schon lange nicht mehr, Nathaniel«, fauchte sie.

»Na gut, du hast es auf Eis gelegt, genau wie ich. Aber du siehst ja, was passieren kann!«

»Nein, du hast nie etwas auf Eis gelegt. Du hattest keinen Erfolg, aber du hast weitergemacht. Mit dem Kamerajob hast du uns über Wasser gehalten, und am Wochenende hast du dir die Puppen geschnappt und bist in die Bibliotheken und Schulen und Bürgerzentren gegangen. Du hast es einfach gemacht, ich nicht. Ich bin weder mitgekommen noch Malerin geblieben. Ich habe mich nicht so weiterentwickelt, wie ich es hätte tun sollen. Ich hatte Talent, aber ich bin nicht am Ball geblieben. Erinnerst du dich an diese Serie, die ich machen wollte, ›Alte Kinder‹? Mit Anne Frank und den anderen früh verstorbenen Leuten? Vielleicht habe ich nicht weitergemacht, weil meine Eltern uns die Wohnung geschenkt haben.«

»Was soll das heißen?«

»Wir mussten sie nehmen, und wir haben hier günstig gelebt. Aber vielleicht hat sie mir die Energie geraubt. Außerdem gehören wir nicht in diese Gegend. Hier ist alles so teuer und langweilig und vorhersehbar.« Sie machte eine kurze Pause und bemerkte, dass sie außer Atem war. »Für mich war die Kunst nie eine Sache auf Leben und Tod. Ich musste mich nie aus einem Kaff in South Dakota herausmalen.«

»Es geht nicht immer nur um Leben und Tod in der Kunst«, entgegnete Nathaniel.

»Ich kann da nicht mitreden, schließlich habe ich keinen Kontakt mehr zu Künstlern. Ich liebe meine Freundinnen, aber wir sitzen ständig nur in diesem Café. Wir sind wie die *Nighthawks* auf dem Hopper-Gemälde. Nur dass man uns *Dayhawks* nennen müsste.«

»Du bist viel zu streng mit dir«, sagte er und strich ihr übers Haar.

Sein Bemühen, im frühen Licht des eigenen Glücks, des vielleicht ersten ungetrübten Glücks seines bisher so enttäuschenden Erwachsenenlebens, auch sie glücklich zu machen, besänftigte Roberta. »Ich glaube nicht, dass es mich inspirieren würde, in einer interessanteren, bunteren Gegend zu leben«, flüsterte sie.

»Warten wir's ab.«

Doch sie hatte durchaus Lust, aus der einschläfernden Routine herauszukommen, in die sie verfallen war. Ja, sie würden wegziehen. Sie würde noch lange an dem Schock und der Kränkung durch den Aufstieg ihres Mannes zu knabbern haben, aber sie würde ihren Neid vor ihm und allen anderen verbergen, denn dieser Neid ließ sie wie ein schlechter Mensch wirken, und das war sie nicht. Es gehörte sich nicht, neidisch zu sein, schon gar nicht auf den eigenen Mann. Der Ehemann war untrennbar mit dem eigenen Leben verbunden; als Paar sollte man durch die Welt gehen wie ein Tier mit zwei Rücken. Sie dachte an Karen Yip, die von allen Freundinnen die größte Begeisterung für ihren Mann aufbrachte und ihn am meisten in Schutz nahm. Penny Ramseys Affäre hatte Karen geradezu angewidert. Frauen wie Penny, die mit skrupellosen Rüpeln verheiratet waren, hatten das Recht, wütend auf ihre Männer zu sein, aber doch nicht Frauen wie Roberta mit ihrem authentischen, echten, ehrlichen Mann.

Nathaniel hätte ihr Peeps fürs Fernsehen überlassen sollen, das war er ihr schuldig. Doch er verweigerte es ihr eisern. Er würde nicht für einen neuen Sinn in ihrem Leben sorgen. Dafür würde sie von ihm ein schönes Haus in Harlem mit einem lichtdurchfluteten Atelier bekommen – und die Möglichkeit, neue, interessante Freundinnen zu finden.

Beim Gedanken an Freundinnen bekam Roberta ein schlechtes Gewissen. Sie schrieb sofort E-Mails an Amy und Karen und schlug für den nächsten Tag Frühstück im »Golden Horn« vor. Dann würde sie ihnen von der Sache mit Nathaniel erzählen, und sie würden baff und glücklich, vielleicht sogar zu Tränen gerührt sein. Shelly Harbison, sollte sie mitkommen, würde bestimmt zu kreischen beginnen. Heute in einem Jahr würde Nathaniel mit Nuzzle und Peeps und dem verpeilten Kiffer Wolf zum Star des Kinderprogramms aufgestiegen sein, und Roberta würde seinen Erfolg aus ihrem Atelier in Harlem heraus miterleben, an der Staffelei, mit dem Pinsel knapp vor der Leinwand verharrend, wenn auch noch nicht bereit, ihn anzusetzen.

AN: ROBERTA SOKOLOV <sokpuppet@earthlink.net>
VON: BRANDY GILLOP <Brandyg2311@aol.com>
Hi Roberta,
wollte nur mal Hallo sagen. Es ist zwar erst ein paar Wochen her, dass wir uns geschrieben haben, aber du hast gesagt, du würdest mir schreiben, an wen du die Fotos schickst. Ich will dich nicht drängeln, aber es wäre super, wenn du es mir

schreiben würdest. Ich arbeite gerade an neuen Bildern, die Serie heißt »Hinter den Bahngleisen«. Übrigens: Tyler Parvell haben sie von der Schule geschmissen, weil er Meth verkauft hat. Der fehlt mir garantiert nicht, aber du!

xoxxo

Brandy

Ende Januar fand der Elternsprechabend für die vierten Klassen der Auburn Day School statt. Zwei Mal pro Schuljahr ließen sich alle Väter und Mütter gleichzeitig blicken und absolvierten brav den Rundgang durchs Gebäude. Die Schule war richtig schön an diesen Abenden ohne die Jungs. Die Böden in den Gängen glänzten, und an den Wänden hingen dicht an dicht Zeichnungen und Plakate, deren übergeordnetes Thema einem großen handbeschriebenen Stück Pappe zufolge der prähistorische Mensch war. Auf dem Weg durch die Gänge hielten die Eltern Ausschau nach dem Beitrag des eigenen Sohns zu der chronologisch dargestellten Geschichte der trotteligen Menschheit, die im öden, trüben Dunkel einer im Werden begriffenen Welt Fuß zu fassen versuchte.

Jedes Elternpaar betrachtete die Zeichnungen und Schriftzüge seines Kindes mit eitler Liebe und maßlosem Stolz. Jedes Bild eines Höhlenmenschen, jede geschriebene Zeile wurde mit freudigem Raunen bedacht. Danach informierte ein junger Lehrer in seinem Klassenraum über das Curriculum. Als sich alle erhoben, um ins Zimmer der nächsten Lehrkraft zu wandern, wurde es in einer Ecke plötzlich unruhig. Roberta blickte hinüber und sah, dass Geralynn Freund, die magersüchtige Mutter, kreidebleich auf ihrem Stuhl zusammengesackt war.

»Lehnen Sie sich zurück!«, riet ihr ein Vater, ein Orthopäde.

»Entschuldigung, mir ist schwindlig geworden«, sagte Geralynn Freund. »Ich bin wohl zu schnell aufgestanden.«

»Wann haben Sie Ihre letzte Mahlzeit eingenommen?«

»Heute Mittag, glaube ich.«

»Und was haben Sie gegessen?«

»Das weiß ich nicht mehr.«

»Lehnen Sie sich zurück!«, wiederholte der Arzt, und diesmal gehorchte sie. Die anderen Eltern standen ratlos herum, doch Geralynn versicherte immer wieder, es sei alles in Ordnung, sie sollten das nicht überbewerten und jetzt bitte alle gehen. Der Orthopäde und ein paar andere blieben, während die übrigen Eltern besorgt tuschelnd den Raum verließen. Sollte man eine Freundin von ihr kontaktieren? Ihren Arzt? Geralynn hatte alle Fragen verneint und beteuert, es gehe ihr gut. Ein paar Minuten später stand sie auf, strich ihre Hose glatt, lächelte müde und ging mit den anderen hinaus.

Der Abend schleppte sich dahin. Die Eltern sprachen mit dem Mathelehrer, mit der Lateinlehrerin, der Physik- und Biolehrerin und zum Schluss kurz mit dem Kunsterzieher. Amüsiert beobachtete Roberta, wie sich ein Vater, Geschäftsmann durch und durch, mit Unbehagen auf seinem Stuhl wand, als der sehr ernste Kunstlehrer von »Pastell« und »selbst hergestellter Temperafarbe« sprach und ankündigte, »dass wir dann auch einen Miniaturzirkus basteln werden«. Vor Verzweiflung begann der Mann den kalten, stummen Organizer an seinem Gürtel zu befingern, als wollte er ihn zum Leben erwecken.

Auf dem Weg von einem Klassenzimmer zum nächsten tauchten auch Penny und Greg Ramsey in den Gängen auf. Sie wirkten so wie immer bei den seltenen Gelegenheiten, bei denen Roberta sie gemeinsam gesehen hatte. Es schien weder Spannungen noch Distanz zwischen ihnen zu geben. Aus einiger Entfernung bekam Roberta mit, dass auch Amy die beiden bemerkte, kurz zu ihnen hinüberschielte und Leo etwas zuflüsterte. Doch sollte sich Penny

Ramsey darüber im Klaren gewesen sein, dass alle anderen Frauen und sogar die Männer die Geschichte ihrer Affäre und deren schreckliches Ende kannten, so ließ sie es sich nicht anmerken. »Hi«, sagte sie zu Roberta, »schön, dich zu sehen!«

»Hey, wie geht's?«, fragte Greg Ramsey mit halbherzigem Grinsen. Sein Hemdkragen war steif, die silbrig glänzende Krawatte saß perfekt. Erhobenen Hauptes betrat er mit Penny den Biosaal. Vermutlich hatte er nie von dem Geliebten seiner Frau erfahren; schließlich waren sie noch verheiratet. Oder er wusste alles, und sie hatten sich arrangiert. Doch dass sämtliche Frauen rings um ihn im Bilde waren, konnte ihm unmöglich klar sein. Penny an seiner Seite schwieg. Die im Gleichschritt zur Schau getragene Abgeklärtheit der beiden war fast erschreckend.

Viele Menschen hatten offenkundig, was sie wollten, dachte Roberta. Viele Menschen nahmen sich still und leise, was sie brauchten. Ich sollte Peeps spielen dürfen, schoss es ihr wieder wütend und verzweifelt durch den Kopf. Warum werde ich bestraft? Wenigstens Peeps sollte ich spielen und bei einer erfolgreichen Fernsehsendung mitmachen dürfen, damit ich jeden Tag einen Job machen könnte, der mir gefällt, und spüren würde, wie gut Arbeit tut. Meinetwegen dürfte es auch eine Nebenrolle sein, Crinkle oder Thistle. Nathaniel hat kein Recht, mich davon auszuschließen. Doch er hatte ihr höflich zu verstehen gegeben, dass er es als seine Chance, seine Sendung betrachtete. Er wollte die Sache ohne sie durchziehen. Sie waren ein Team in der Ehe, nirgends sonst. Gerade bogen die Ramseys in ein Klassenzimmer am Ende des Gangs ein. Greg hielt seiner Frau die Tür auf und legte seine Hand tief unten an ihren Rücken, während sie eintrat und den Kopf hob, um den nächsten Lehrer zu begrüßen.

Nach dem Elternsprechabend gingen die Sokolov-Greenacres, die Lamb-Buckners und die Yips zum Abendessen ins »Shin-ba«, ein japanisches Restaurant in der Nähe der Schule, und setzten sich an einen runden, mit einer brennenden Kerze geschmückten Tisch vor dem Fenster zur Straße. Zunächst waren alle ein bisschen abgelenkt, blickten auf die Uhr und dachten an die Babysitter bei sich zu Hause. Die hatten sicherlich ebenfalls ein Auge auf die Zeit, denn es war ein normaler Werktag. Die Frauen zückten ihre Handys, wandten sich kurz vom Tisch ab und sprachen parallel, aber zeitlich versetzt mit zu Hause. »Hi, mein Schatz …« – »Nein, nach halb neun keine Videospiele mehr, habe ich gesagt!« – »Gut, eine kannst du essen, aber mehr nicht …« – »Ja, lass sie mithören … Hallo, Sharmila!«

»Wie waren eure Weihnachtsferien?«, fragte Wilson Yip in die Runde. »Seid ihr schön in den Urlaub gefahren?«

»Kommt mir vor, als wären die Ferien ewig her. Nö, wir fahren nie weg«, sagte Nathaniel. »Ist nicht unser Stil. Wir sind Stubenhocker.«

»Nicht mehr lang, schätze ich«, erwiderte Karen, wodurch sie ihm die Möglichkeit eröffnete, ungeniert die tolle Neuigkeit zu verkünden und zu erzählen, wie es mit seiner bevorstehenden Fernsehsendung voranging. Roberta beobachtete, wie er sich voller Stolz präsentierte. Auch wenn keiner der anderen selbst gern Puppenspieler gewesen wäre, kannten sie doch alle den Hunger nach Erfolg und wussten, was es bedeutete, erfolgreich zu sein.

Sie erhoben ihre mit Suntory-Bier gefüllten Gläser und stießen auf Nuzzle und Peeps an, über die gerade »hart verhandelt« werde, wie Nathaniel mit fast wollüstiger Aussprache der beiden Wörter berichtete. Er trank sein Bier und erklärte (ohne es wirklich so zu meinen), man könne nie sagen, ob es eine Sendung über den Piloten hinaus schaffe, und selbst wenn, ob sie ein Erfolg werde. Dann beteiligte er sich an einem von Leo angeregten Gespräch über die Rechte am geistigen Eigentum in Bezug auf die Charaktere von

Puppen und über die Frage, ob er, Nathaniel, juristisch ausreichend vertreten sei.

»Am besten rufst du Ned Bertucci von Selker Dean an«, sagte Leo. »Die machen ausschließlich Medien- und Urheberrecht. Ich schicke dir seine Mailadresse.«

Ohne den jüngsten Erfolg, dachte Roberta, würde Nathaniel sich jetzt an keinem Gespräch beteiligen, sondern stumm in sein Bier starren. Doch so, wie die Dinge standen, hatte sich ihr Mann mitten in den Privatclub der beruflich Erfolgreichen katapultiert. Er hatte die Parole genannt, und die schwere Tür hatte sich aufgetan und ihm Einlass gewährt in einen coolen, mit Eichenholz getäfelten Raum, wo er nun verblüfft, aber souverän in einem Clubsessel saß.

Das Thema wechselte zu den Ereignissen der Woche. Je länger sie sich darüber unterhielten, »was in den USA los war«, umso hoffnungsloser und melancholischer wurde das Gespräch. Die Frauen mussten daran denken, wie ihre Männer damals im Wald andächtig »Donna Donna« gesungen und den Tod des armen Kalbs mit den traurigen Augen betrauert hatten.

»Ich habe in letzter Zeit oft das Gefühl, dass dieses Land vollkommen die Kontrolle verloren hat«, sagte Nathaniel.

»Ja, stimmt«, pflichtete ihm Amy bei. »Eine harte Einsicht, weil sie dazu führt, dass man sich mit allem, was passiert ist, auseinandersetzen muss. Mit allem, was diesem Land angetan wurde.«

»Ich war als Jugendlicher richtig patriotisch«, gestand Leo. »Bei der Nationalhymne wurde ich immer sentimental. Inzwischen reagiere ich darauf nur noch mit Zynismus.«

»Aber die Auseinandersetzung mit dem, was passiert ist, hat etwas vom Erwachen aus einem Albtraum –«, warf Wilson ein.

»– und dann geht der Albtraum einfach weiter«, ergänzte Roberta. »Das wolltest du doch sagen, oder?«

»Genau.«

»Da gönnt man sich am besten noch ein Suntory«, meinte Nathaniel. »Was kann man schon machen, außer sich zu besaufen? Bedienung!« Er tat so, als riefe er die Kellnerin herbei.

Die anderen lachten und beschäftigten sich dann mit der tatsächlichen Bestellung der nächsten Runde. Eine Zeit lang unterhielten sich die Männer mit den Männern, die Frauen mit den Frauen. So kam es manchmal während eines gemeinsamen Essens; plötzlich war der Tisch nach Geschlechtern unterteilt. Die Männer sprachen über Finanzangelegenheiten, während die Frauen jeweils nur kurz dies und das behandelten: Dustin Kavanaugh, gerade mal zwölf, hatte sich offenbar vor ein paar Tagen geoutet und seinen Eltern erklärt, er wisse, dass er schwul sei. Seine Mutter Helen, die einflussreiche, selbstlose Charity-Dame, hatte ihn daraufhin angeblich umarmt und ihm mitgeteilt, falls er sich von ihr jemals eine Wohltätigkeitsveranstaltung zugunsten von Schwulen wünsche, sei sie gern bereit, eine zu organisieren. In der Zwischenzeit aber würden sein Dad und sie ihn einfach lieben und unterstützen. Der »Hand-in-Hand-Tag« war im Übrigen tatsächlich aus dem Schulkalender getilgt worden, möglicherweise für immer. Jake Giffen hatte während eines Schulausflugs in einen Botanischen Garten seinen Autoinjektor benutzen müssen, weil sein Sitznachbar mit Erdnussöl hergestellte Chips gegessen hatte. Bei »Camarata & Bello« war nachts in den Behältern mit Quinoasalat und Mango-Chutney-Huhn Ungeziefer entdeckt worden – Kakerlaken beziehungsweise, einer anderen Version zufolge, Rüsselkäfer. Die Gesundheitsbehörde hatte den Laden daraufhin geschlossen – sehr zum Leidwesen, zugleich jedoch zur klammheimlichen Freude der Kundschaft, die das Essen zwar liebte, ja geradezu danach gierte, sich angesichts der unverschämten Preise aber immer irgendwie erpresst gefühlt hatte. Die Mutter von

Jackson Pershing, dessen Vater, der Bondhändler, im World Trade Center umgekommen war, würde in einigen Monaten Mr. Bregman heiraten, den früheren Physiklehrer ihres Sohns, und hatte allen Schülern aus Jacksons Klasse angeboten, als Tischanweiser für die Gäste an der Feier teilzunehmen.

Wilson Yip hatte ein paar Brocken der Unterhaltung über Jackson Pershing aufgeschnappt und schaltete sich ein. Nach und nach folgten ihm die anderen Männer. Tischgespräche verliefen über unsichtbare Stränge, die man festhielt und denen man folgte. »Freut mich, dass Laura Pershing wieder heiratet«, sagte Wilson. »Ich kannte ihren Mann. Er war ein netter Kerl.«

Roberta fiel wieder ein, dass alle Restaurants der Stadt in den ersten Tagen nach dem Anschlag auf die Twin Towers rappelvoll gewesen waren, weil es keiner zu Hause ausgehalten hatte. Auch sie hatte sich mit ihren Freundinnen und deren Männern und Kindern zum Abendessen in einem Lokal getroffen. Die Kinder hatten Hähnchensticks gegessen und Milch aus Bechern mit Deckeln und biegsamen Strohhalmen getrunken, während sich die Eltern hauptsächlich an harte Drinks hielten und redeten und redeten. Dicht gedrängt hatten sie an den Tischen gesessen und sich die traumatischen Bilder auf den Fernsehbildschirmen angesehen. Angesichts der neuen, verstörenden Situation waren alle zusammengerückt. Wir stürzen alle in den Abgrund, hatte Roberta gedacht, und wir haben alle Angst.

Die Berufstätigen hatten es gut, war ihr damals durch den Kopf gegangen. Sie konnten nach 9/11 ins Büro gehen, sich mit Routine, Ordnung und Arbeitsdruck beruhigen. Ohne das alles fühlte man sich verloren und die Angst war viel größer, obwohl man so, wenn etwas passierte, am Arbeitsplatz in ein Treppenhaus eingeschlossen werden und gemeinsam mit Kollegen sterben würde, anstatt zu Hause mit den Menschen, die man liebte. Robertas Tochter Grace, zu jenem Zeitpunkt erst ein Jahr alt, hatte das Geschehen noch nicht verstanden, doch Harry, ihr dreijähriger Sohn, war verängstigt gewesen oder hatte zumindest die Angst seiner Mutter gespürt und gespiegelt. Weil ihr nichts Besseres einfiel, hatte Roberta an jenem Nachmittag alle Perlen und Pfeifenreiniger zusammengesucht, die sie finden konnte, und gemeinsam mit Harry ein gigantisches Bastelprojekt in Angriff genommen. »Wir machen jetzt das Tollste, was es gibt«, hatte sie gesagt. »Pass auf, das wird unglaublich!«

Ein ganzer Rummelplatz sollte es werden. Harry taufte ihn spontan »Spaßpark«, und sie vertieften sich lange in diesen Festplatz, der für Roberta das Gegenteil des rauchenden Leichenhauses Downtown Manhattan war. Das Projekt begleitete sie durch die folgenden Wochen, bis der »Spaßpark« mit einem Riesenrad, einem Karussell und einem Zuckerwattestand ausgestattet war, um den sich Legofiguren mit winzigen Wattebäuschen gruppierten. Irgendwann hatten sie genug davon oder brauchten ihn nicht mehr und brachen die Arbeit ab. Der weggeräumte »Spaßpark« erlitt sein erwartbares Schicksal: Er moderte vor sich hin, bis er eines Tages verschwunden war. Doch das Basteln hatte sie durch die ersten Wochen größter Verunsicherung getragen.

Im Restaurant wurde das Sushi serviert. Schweigend bewunderten sie die theatralische Präsentation jedes einzelnen Tellers. »Habt ihr heute Abend die Ramseys gesehen?«, fragte Amy.

»Ja. Sie sind an mir vorbeigeschwebt und wirkten sehr innig«, antwortete Karen.

»Das glückliche Paar«, sagte Roberta.

»Worum geht's?«, fragte Nathaniel.

»Erzähl ich dir später.«

»Ich glaube, jede Ehe ist irgendwie merkwürdig und anders als die anderen. Wie eine Art Geheimbund«, sagte Amy. »Letzten Endes unergründlich.«

»Sehr tiefsinnig«, bemerkte Nathaniel.

»Ich meine es ernst. Das gilt für alle Ehen.«

»Für unsere nicht«, widersprach Wilson Yip. »Bei uns ist nichts dunkel und unergründlich.«

»Das kann ich bestätigen«, sagte Karen und nahm seine Hand.

In diesem Moment hob Roberta den Blick und sah vor dem Fenster, wo jetzt Schneeflocken zu Boden taumelten, eine Gestalt: Geralynn Freund in ihrem weiten, schwarzen Lammfellmantel. Sie spähte in das Lokal, als sehnte sie sich danach, mit Freunden bei Kerzenlicht an einem Tisch zu sitzen. Plötzlich entdeckte sie Roberta, und die beiden Frauen sahen sich an wie zwei von Panik ergriffene wilde Tiere. Roberta winkte ihr mit den Essstäbchen zu, doch Geralynn lächelte nur kurz und wandte sich ab.

»Wartet mal, das ist doch die Mutter mit dem Schwindelanfall«, rief Leo.

»Ja, Geralynn Freund«, sagte Amy. »Du weißt genau, wer sie ist. Ich habe dir von ihr erzählt.«

»Hast du nicht.«

»Doch, natürlich. Schon öfter.« Der ganzen Tischrunde fiel auf, wie sauer, fast wütend sie klang.

»Tut mir leid, ich kann mich nicht erinnern.«

»War ja klar.«

Leo erhob sich abrupt von seinem Stuhl. »Wir sollten sie fragen, ob sie sich dazusetzen möchte.«

Ohne die Meinung der anderen abzuwarten, zog er die Eingangstür auf, sodass der Nachtwind in das kleine, dunkle Lokal wehte und die Kerzenflammen synchron zu flackern begannen, als steckten sie in einem Geburtstagskuchen und jemand würde vergeblich versuchen sie auszupusten. Alle am Tisch verfolgten die seltsame Pantomime, die der kräftige Leo und die schmächtige Geralynn auf dem verschneiten Gehsteig darboten. Leo gestikulierte und deutete mit dem Finger; Geralynn schüttelte bedauernd den Kopf. Doch Leo ließ nicht locker, bis sie plötzlich mit den Schultern zuckte. Er öffnete die Tür und führte sie hinein.

Jemand brachte einen Stuhl, auf dem Geralynn schüchtern zwischen den Paaren Platz nahm. Sie bestellte nur Miso-Suppe und führte die kleine Lackschale so selten an den Mund, als hätte sie sie vor allem kommen lassen, um sich die Hände daran zu wärmen. Man unterhielt sich über die Schule, über die Jungs und erzählte von einem gut besprochenen Film, ohne denen, die ihn noch nicht gesehen hatten, die Handlung zu verraten. Schließlich wandte sich Roberta an Geralynn und fragte höflich: »Und was machst du so?«

Geralynn setzte die Lackschale ab und sagte nach kurzem Zögern: »Ich habe gerade sehr viel zu tun.«

»Was denn?«, fragte Amy.

»Früher haben wir uns ja immer mal wieder im Fitnessstudio gesehen«, sagte Geralynn. Die Frauen versuchten so ahnungslos dreinzublicken, als könnten sie sich nicht daran erinnern, sie dort jemals getroffen zu haben. »Ich bin dann aber wegen meiner persönlichen Situation nicht mehr hingegangen.« Alle behielten ihr Pokerface bei. »Und dann kam mir die Idee, dass es eigentlich spezielle Fitnessstudios geben sollte, in denen Menschen mit Essstörungen trainieren können, ohne sich genieren oder ständig erklären zu müssen.« Sie hob die Schultern. »Und dann habe ich die Sache einfach angepackt. Ich habe einen Raum in SoHo gemietet, Investoren gewonnen und Kundinnen akquiriert. In drei Monaten eröffnen wir. Je mehr ich mich damit beschäftigt habe, umso klarer wurde mir, dass es einen riesigen, noch völlig unerschlossenen Kundenkreis aus Frauen mit differentem Ernährungsverhalten gibt. Das Studio soll ›SlimGym‹ heißen.« Sie lachte verlegen. »Hoffentlich werden wir nicht von ›Slim Jim‹ verklagt, dieser Firma, die Beef Jerky herstellt.«

Bestürzt, beeindruckt und ein bisschen fassungslos gratulierten ihr die Frauen zu der großartigen Neuigkeit, über die sie ihnen daraufhin noch mehr erzählte. Len Goodling, der Hausmann, zählte zu ihren wichtigsten Investoren. Sie hatten den Deal eines Nachmittags vor der Schule eingefädelt. Während sie auf die Jungs warteten, waren sie ins Gespräch gekommen. Len, der vor Jahren viel Geld mit Lösungstechnologien für die Lagerung von Nabelschnurblut gemacht und sich mit siebenunddreißig aus dem Berufsleben zurückgezogen hatte, war ohnehin gerade auf der Suche nach einer neuen Investitionsmöglichkeit gewesen und wollte wieder ein bisschen mitmischen.

Während Roberta und Nathaniel nach dem Essen die Treppe zu ihrer Wohnung im dritten Stock hinaufstiegen, ärgerte sich Roberta über die Selbstverständlichkeit, mit der Geralynn den merkwürdigen Begriff »differentes Ernährungsverhalten« verwendet hatte. Ihr Unbehagen gründete in der Vermutung, dass Geralynn zu den Frauen gehörte, die eigentlich gar nicht geheilt werden wollten und auf Pro-Anorexia-Websites bornierte Postings veröffentlichten. Vielleicht war das Ganze sogar als Pro-Ana-Gym geplant, dessen Mitglieder alle das Ziel verfolgten, eines Tages wie dünne, lange »Beef-Jerky«-Sticks auszusehen. Wie auch immer – Geralynn hatte offenbar das Kommando und wirkte seltsamerweise nicht im Mindesten hilfsbedürftig.

Auf der Treppe zu ihrer Wohnung lagen eine Kassettenbox mit der Aufschrift »Italienisch-Sprachkurs nach der Maria-Tornello-Methode« und ein Puzzle mit dem Motiv von Big Ben, dem mit Sicherheit wichtige Teile fehlten – ein Fleckchen Londoner Himmel vielleicht, als wäre die Atmosphäre wie ein Stück Haut durchstochen worden. Im Grunde, dachte Roberta, wollten Magersüchtige wie Geralynn Freund Steinchen von dem fehlerhaften Mosaik abstoßen, aus denen jeder Mensch bestand. Dafür brachte sie inzwischen sogar Verständnis auf. Vielleicht fand sich unter dem abgestreiften Selbst etwas ganz Neues. Sie saß schon so lange ständig mit ihren Freundinnen zusammen und unterhielt sich mit ihnen über das Leben, war nun auch so lange schon bei ihren Kindern, und beides war schön und wichtig gewesen. Doch jetzt wollte sie etwas von dieser Zeit zurück. Sie wünschte, sie könnte einen ganzen Raum voller Bilder vorweisen, selbst wenn sie ein bisschen unreif und plump wären wie die von Brandy Gillop. Sie sehnte Brandy Gillops Enthusiasmus herbei.

Sie schämte sich dessen, was sie für Brandy Gillop getan, genauer gesagt, nicht getan hatte. Brandy schickte ihr mehrmals pro Woche Mails aus Lorton, South Dakota, »um mich kurz zu melden«, wie sie schrieb, oder »um zu fragen, wie es so läuft«. Ursprünglich hatte Roberta die Fotos an Penny Ramsey weiterleiten wollen, was aber nach dem Ende der Freundschaft zwischen Penny und Amy nicht mehr möglich gewesen war. Daraufhin hätte sie herumfragen und Brandys Fotos jemand anderem schicken müssen. Doch genau in diese Phase war Nathaniels Erfolgsmeldung gefallen. Erst war Roberta durch Nathaniel abgelenkt, dann auf ihn wütend gewesen. Sie hatte immer weniger darüber nachgedacht, wie sie Brandy helfen könnte, und wenn sie daran dachte, dann stets mit einem grundlosen Anflug von Ärger. Die Fotos lagen nach wie vor in einem Ordner auf ihrem Computer. Zu ihrem eigenen Entsetzen hatte sie Brandy Gillop das Blaue vom Himmel versprochen, aber nicht das Geringste für sie getan und brachte es nicht einmal über sich, ihr wenigstens »Ich hab's vermasselt« zu schreiben oder »Ich habe mich nicht darum gekümmert« oder »Ich war neidisch, weil offenbar alle außer mir ungeachtet der jeweiligen Umstände den Hintern hochkriegen, künstlerisch tätig sind und irgendwann Erfolg haben« – oder einfach: »Ich habe keine Ausrede, aber jetzt packe ich es wirklich an!«

So viele Menschen dort draußen waren dabei, ihre Zukunft zu planen und in die Wege zu leiten. Selbst Geralynn Freund hatte große, wenn auch besorgniserregende Pläne. Nathaniel telefonierte ständig mit seinem Agenten. Er stromerte durch die Wohnung, trug dabei ein Headset wie ein Geschäftsmann und machte sich Notizen, während er Fragen stellte. »Und wie lautet das Gegenangebot? Könnte da nicht doch ein bisschen mehr für uns rausspringen?« Aus Robertas resignierendem Mann war ein hellwacher, wortgewaltiger, ehrgeiziger Mensch geworden, der sein Projekt vorantrieb und bewies, dass Arbeit dem Leben einen Sinn geben konnte. Roberta dachte an Nuzzle und Peeps und hätte sie ihrem Mann und Wolf Purdy am liebsten von den Händen gezogen. Und während die Männer verständnislos vor ihr gestanden hätten, hätte sie die Puppen zerschnitten, obwohl ihre Familie dank dieser wahrscheinlich bald in einem tollen Haus in Uptown wohnen würde. Sollte auch nach dem Umzug keine Künstlerin aus ihr werden, wäre es ganz allein ihre Schuld.

In den folgenden sechs Wochen schrieb Brandy Gillop eingedenk ihrer Zukunft alle paar Tage eine Mail an Roberta, fragte, ob sie die Fotos weitergeleitet habe, und nach einiger Zeit, ob Roberta ihr aus irgendeinem Grund böse sei. Zuletzt wollte sie wissen, ob Roberta überhaupt noch lebe. Denn warum sollte diese Frau aus New York, die ihr unbedingt hatte helfen wollen, plötzlich so gleichgültig sein und einfach verschwinden? »Hallo?«, schrieb Brandy in den Äther. »Hallo? Hallo? Ist das noch die richtige Mailadresse? Bist du noch da, Roberta? Hallo?«

Fünfzehn

Lorton, South Dakota, 2007

Weil es im Casino keinen Unterschied zwischen Tag und Nacht gab, wusste Jo Gillop nicht, wann sie müde werden sollte. Und weil sie das nicht wusste, war sie fast immer erstaunlich wach und gut gelaunt. Die meisten Frauen hassten das Casino und erklärten im Pausenraum, sie wären überall lieber als hier. Eine behauptete, sie würde sogar lieber in der prallen Sonne Zapfsäulen bedienen, als im kühlen Casino Chiprollen auszugeben, aber das war natürlich absurd. Gut, die Männer mit den Cowboykrawatten und die alten Damen, die ihre Münzbecher trugen wie Angler ihre zerschnittenen Köderfische, konnten sehr deprimierend sein. Aber im Casino war immer was los, immer waren Freudenschreie zu hören, und man vergaß alles andere im Leben.

Während ihrer Schicht auf dem Hocker hinter der Glasscheibe vergaß Jo Gillop ihren Ex-Mann, der keinen Kindesunterhalt zahlte und nie welchen zahlen würde. Jo hatte Brandy in den letzten zehn Jahren allein großgezogen. Im Casino vergaß sie die Raten für ihr Auto, vergaß, dass die Demenz ihrer Mutter von Tag zu Tag schlimmer wurde und sie die alte Frau in eine Einrichtung in Vermillion würde geben müssen, und wer sollte das bezahlen? Sie vergaß, dass Brandy von der Frau aus New York, der Frau, die ihr Hilfe angeboten hatte, im Stich gelassen worden war. Und sie vergaß, dass alles immer teurer und brutaler wurde. Abends betrat sie das »Kubla Khan Casino« durch den Personaleingang, schlüpfte in die rote Bluse, steckte sich das Namensschild an und setzte sich beruhigt und voller Vorfreude hinter die Scheibe.

Die Kolleginnen waren wahnsinnig nett. Ständig sprachen sie über ihr Liebesleben. Die jüngeren erzählten Geschichten aus der Welt der Online-Dates, berichteten von Sex und unbrauchbaren Männern und wurden von den älteren mit Tipps und Ratschlägen versorgt. Jo war durch mit den Männern. Nie wieder! Schade, dass sie keine Lesbe war, sagte sie manchmal; dann lachten die anderen – leicht entrüstet, weil sie es tatsächlich ernst meinte. Sie fand nicht mal die Männer interessant, die im Casino mit ihr flirteten. Sie war jetzt vierzig, sie brauchte das alles nicht mehr. Alles, was sie im Leben wollte, bekam sie hier – das »Kubla Khan« war wie eine abgeschlossene Gesellschaft. Und manchmal jobbte Brandy am Nebenschalter.

Brandy interessierte das Casino nicht. Sie war nicht gern hier, geschweige denn, dass sie hier viel Zeit verbringen wollte. Sie hasste den Laden und fragte manchmal: »Wie hältst du das nur aus, Mom? Schau dir die Leute an – ein wandelnder Friedhof! Warum bringen die sich nicht einfach um, damit sie's hinter sich haben?« Manchmal musste Jo ihre Tochter ermahnen, nicht so arrogant zu sein. Andererseits war das das Recht der Jugend. Die beiden Gillops saßen nebeneinander auf ihren Hockern und wechselten Geld, was wegen der neuen, computerähnlichen Kassen ganz leicht war. Man konnte fast einschlafen bei der Arbeit.

Aber Jo Gillop wollte nicht schlafen. Ihr Leben glich einem einzigen Scheitern. Noch in der Highschool war sie schwanger geworden und hatte den Erzeuger, den ewig grinsenden, als Vater völlig untauglichen Trottel Roy Gillop geheiratet. Von da an war es nur noch bergab gegangen. Sie hatte geweint, als der aalglatte, strohdumme Tyler Parvell Brandy geschwängert hatte, hatte ihre Tochter angefleht, in Sioux Falls eine Abtreibung machen zu lassen, obwohl ihr schon bei dem Gedanken übel wurde. Jo Gillop hatte ein schweres Leben gehabt, das auch jetzt nicht weiß Gott wie toll war, aber die tägliche Arbeit hier im Casino war mit Abstand das Beste daran. In dieser grellen, hektischen Welt gab es nie Langeweile. Die Männer bewunderten sie, und die Kolleginnen waren wie Kumpels. Ständig lief fröhliche Musik, die Chips klapperten, und hin und wieder prasselten Münzen, wenn irgendwo in der Ferne der Jackpot geknackt worden war.

Sechzehn

Der Umzugswagen hielt an einem Morgen Anfang Februar um Viertel vor acht auf der Straße vor dem »Rivermere«, und mehrere Männer in einheitlichen roten T-Shirts begannen auszuschwärmen. Zunächst ließ sich nicht erkennen, ob es mit den Möbeln hinauf- oder hinuntergehen sollte, doch schon nach kurzer Zeit war es klar. In der Zufahrt stand eine junge, etwa fünfunddreißigjährige Mutter in einer Daunenweste und versuchte, umringt von mehreren Kindern, die Prozession ihrer Habseligkeiten zu dirigieren. »Ziehen Sie aus?«, fragte Amy, ohne lange nachzudenken, und erhielt ein Nicken als Antwort. Es war die Witwe aus 14H, eine unscheinbare, blasse, aschblonde Frau mit dunklen Haaransätzen. Was hatte Amy gedacht? Dass sie so viele Monate später noch Schwarz tragen würde? Dass sie verschleiert sein und ihre Trauer offen und für jeden auf den ersten Blick erkennbar zeigen würde?

Die anderen Mütter im Haus hatten recht gehabt. Sie hatte die Wohnung nicht lange halten können und musste in eine ziehen, die günstiger war, in einen Vorort oder eine Kleinstadt, zeitweise vielleicht sogar zu einer Schwester oder zu den Eltern. Die Witwe aus 14H tat am Tag des Umzugs das, was sonst Ehemänner taten, wenn sie mit geschäftigen, teilnahmslosen Möbelpackern zurechtkommen mussten, die nur Hebräisch sprachen. »Diese Kiste muss umgedreht werden«, sagte sie, ohne Gehör zu finden. »Joshua, geh weg da!«, rief sie einem ihrer Kinder zu. »Wenn wir dort sind, kriegst du deine Sachen wieder.«

»Wo immer es hingeht – ich wünsche Ihnen viel Glück«, sagte Amy. Die Frau lächelte fahrig, nickte und wandte sich wieder dem weiten Schlund des riesigen Lastwagens zu.

»Das ist die, wo der Mann gestorben ist, oder?«, sagte Mason, als Amy und er um die Ecke bogen.

»Ja, ich glaube schon.«

Es gebe jetzt einen Defibrillator im Gebäude, hatte eine Mutter letzte Woche im Aufzug berichtet. Wodurch sich wieder die Miete erhöhe, hatte eine andere hinzugefügt.

»Vielleicht heiratet sie jetzt noch mal, so wie die Mutter von Jackson Pershing«, sagte Mason.

»Das glaube ich eher nicht, mein Schatz. Dafür ist es noch zu früh.«

»Du würdest nicht noch mal heiraten, oder?« Für ihn gab es nur Amy und Leo, die seiner Vorstellung nach bis in alle Ewigkeit miteinander und mit ihrer Familie verbunden und unsterblich waren. Als Amy nichts erwiderte, fügte er, ein bisschen weniger überzeugt und fast zu sich selbst, »Ganz bestimmt nicht« hinzu.

Obwohl Amys Entdeckung bereits einen Monat zurücklag, hatte sie Leo noch immer nicht gesagt, dass sie von seinen gefälschten Quittungen wusste. Vor etwa zwei Wochen hatte er sie von seinem Schreibtisch entfernt. Amy hatte die Schweigephasen zwischen ihnen immer mehr in die Länge gezogen, ohne zu wissen, ob es ihm überhaupt auffiel. Greg Ramsey war ihr zuwider, weil er an sich raffte, was er in die Finger bekam. Dabei taten Männer wie Greg nur, was von ihnen erwartet wurde, hatte Karen einmal gesagt. Leo hatte diese Art von Arroganz nie besessen. Er war ein anständiger Mann, ein Arbeitstier und Familienmensch. Und doch war ihr damals in ihrem kleinen Büro der Beweis dafür in die Hände gefallen, dass er auch eine andere, von ihr bis dahin unbemerkte Seite hatte.

Heute Abend musste allerdings Zusammengehörigkeit demonstriert werden, denn das Tanzdinner von Kenley Shuber im Waldorf-Astoria stand bevor. Früher, als sie noch beide in der Kanzlei angestellt gewesen waren, hatte sich Amy jedes Jahr auf das Ereignis gefreut, und sei es nur, weil beide sich dann in Schale werfen und besseren Wein als sonst trinken konnten. Hinterher hatten sie im Bett die Äußerungen und Outfits der anderen Anwälte und Anwältinnen durchgehechelt und über Mitarbeiter gelästert, die ihren Vorgesetzten ungeniert in den Hintern gekrochen waren. Amy hatte sich insbesondere auf einige Ehefrauen eingeschossen, die ihr damals, als Endzwanzigerin, nett, aber ziemlich dämlich vorkamen.

Einmal hatte sie sich beim Cocktail kurz mit Rita Pfarrer unterhalten, der Frau eines Kanzleipartners, und erinnerte sich nun an den endlosen Bericht über einen Golfurlaub, den Rita mit ihrem Mann in einem Schloss in Irland verbracht hatte. Amy hatte währenddessen an ihr vorbei zu den in der Ferne lockenden anderen Leuten geschielt und sich, so schnell es ging, von Rita befreit, um mit ihrer Freundin Lisa Silvestri eiskalte Cosmopolitans aus großen Martinigläsern zu kippen und mit Lisa, Leo und den Angestellten zusammenzustehen, die sie mochte.

Rita Pfarrer war inzwischen an Darmkrebs gestorben, und Stewart Pfarrer hatte sich zur Ruhe gesetzt. Die alte Garde war zum größten Teil verschwunden; jetzt begann der Aufstieg der neuen, zu der Senior Associates wie Leo, seine Freundin Corinna und einige andere gehörten. Lisa Silvestri hatte durchgehalten und war im Gegensatz zu Leo Partner geworden. Sie hatte weder geheiratet noch Kinder bekommen. Entweder hatte sie sich bewusst so entschieden oder die Arbeit hatte ihre gesamte Zeit beansprucht. Jedenfalls war sie mit vierzig ziemlich allein, was wohl der Grund dafür war, dass sie Amy gelegentlich unter der Woche im abendlichen Familientrubel anrief und plaudern wollte.

Sie war die Erste, die Amy sah, als sie an diesem Abend mit Leo den Ballsaal betrat. Lisa, eine hochgewachsene, großbusige, imposante Frau, stand im schwarzen Cocktailkleid mit einigen anderen Partnern und deren Begleitung zusammen. Leo zog seine Frau sofort zu der Gruppe, und schon stand Amy in einem Kreis von fachsimpelnden Leuten, wo sie nicht sein wollte. Während die Gäste ihre Plätze suchten und sich setzten, spielte die Band hinter der dunkel glänzenden Tanzfläche dieselben hallenden, schwunglosen Songs, zu denen Amy schon im College getanzt hatte. Die großen runden Tische sorgten für eine Hochzeitsatmosphäre. Amy landete zwischen zwei Anwälten, die sie von anderen Kenley-Shuber-Veranstaltungen her kannte, ohne jemals ein Wort mit ihnen gewechselt zu haben. Der eine, Ron Devenish, war zwischen vierzig und fünfzig, ein gedrungener, zerstreut wirkender Mann mit Glatze, der andere, Mark Canterburg, war jung und galant oder gab sich zumindest während der Vorspeise – Kürbissuppe – den Anschein.

Im Saal herrschte lautes Stimmengewirr. Löffel schlugen an Porzellan, zu heiße Suppe wurde vorsichtig geschlürft. Ein paar Stühle weiter saß die junge Frau eines jungen Associates, Mutter eines Babys. Sie schien sich in dieser Umgebung keineswegs unbehaglich oder gar unglücklich zu fühlen. Wahrscheinlich war dies für sie der Abend ihres Mannes. Ja, es war unglaublich langweilig – vielleicht sogar die denkbar langweiligste Art, einen Abend zu verbringen –, aber es ging hier nicht um sie, sondern um ihn. Und weil die junge Ehefrau niemandem etwas beweisen musste, nahm sie einen kräftigen Schluck aus ihrem Glas, drückte mit einem stumpfen Messer ein geriffeltes Röllchen geeiste Butter ins Sauerteigbrötchen und lehnte sich zurück, um in aller Ruhe zu essen, zu trinken und sich im Saal umzusehen. Leo saß weit weg von Amy, ihr gegenüber, zwischen seiner jungen, hübschen schwarzen Freundin und Kollegin Corinna Berry, deren Körper wie ein Schwert in einer nachtblauen Scheide steckte, und einem der ältesten Partner, einem Mann mit struppigen, ungepflegt wirkenden Brauen. Leo bewegte den Kopf hin und her, als würde jeder der beiden Sitznachbarn ein anderes Bedürfnis von ihm befriedigen. Im Gespräch mit dem alten Partner gab er sich jungenhaft, spielte den Sohn; sobald er sich wieder Corinna Berry zuwandte, wirkte er einfach nur glücklich. Trotz des Blumenschmucks in der Mitte, der ihr mit seinen Trieben, Ranken und überdimensionierten Blüten beinahe die Sicht nahm, sah Amy, wie sehr sich ihr Mann amüsierte.

Auf ihrer Seite des Gestecks war die Stimmung eher mau. Devenish sprach sie an. Nachdem er erfahren hatte, dass sie mit Leo verheiratet war, fühlte er sich bemüßigt, sie mit einem kurzen Bericht über neueste Gerichtsverfahren und den Verlauf der Pittsburgh-Sache – »die Salmonellen-Verteidigung« – anzuöden. Als Amy erwähnte, dass auch sie einst bei Kenley Shuber gearbeitet hatte, wuchs schlagartig sein Interesse an ihr.

»Und wo arbeiten Sie jetzt?«

»Nirgends.«

»Ach so.« Sein Blick schoss an ihr vorbei und sofort wieder zurück, wie um die reflexartige Unhöflichkeit zu kaschieren. Doch Amy hatte das Zucken der Augen gesehen, das ihr in dieser Stadt schon so oft begegnet war. Hier galt Berufstätigkeit als Mittel der Imagepflege. Die Leute reagierten erleichtert, wenn sie erfuhren, dass man etwas machte. Ohne den Deckmantel eines Berufs war man schwer einzuschätzen und ließ dem anderen keine Chance auf ein vorschnelles Urteil. Erklärte man, man mache nichts, schoss der Blick des anderen über einen hinweg zu jemandem, der, weil er etwas machte, mühelos bewertet werden konnte und als Gesprächspartner taugte. Hier und in L.A., vielleicht auch in London und anderen Städten, in denen es wichtige Jobs gab und die Wirtschaft florierte, waren viele Freundschaften von Nützlichkeitsdenken geprägt. Jeder versuchte so schnell wie möglich herauszufinden, inwiefern ihm sein Gegenüber irgendwann, und sei es in ferner Zukunft, dienlich sein könnte.

Kurz nachdem Devenish begonnen hatte, sein Essen wie ein Roboter in sich hineinzuschlingen, versuchte sich Canterburg, der die Frage des Kollegen nicht gehört hatte, an einer eigenen Version. »Und was machen Sie?«, erkundigte er sich so inbrünstig, als gäbe es kein originelleres Thema.

»Ich drehe den ganzen Tag Däumchen.«

Canterburg sah sie lange an. »O mein Gott, das würde ich am liebsten auch tun.«

»Ernsthaft?« Seine Antwort hatte sie verwirrt. Diesen Wunsch hatte ihr gegenüber bisher noch niemand eingestanden.

»Ja, ganz ernsthaft. Sie können sich nicht vorstellen, wie ausgebrannt ich bin.«

»Ich habe nur Spaß gemacht.«

»Ich nicht.« Er lächelte sie an, Amy erwiderte sein Lächeln erstaunt, und sie unterhielten sich, bis Amy sah, wie Corinna Berry Leos Hand ergriff und ihn auf die Tanzfläche zog. Leo ließ es geschehen, blickte hilflos zu seiner Frau und zuckte mit den Achseln.

Leidenschaftslos beobachtete Amy, wie er mit der schlanken jungen Frau tanzte. Dass er es nicht gut konnte, war ihr schon bei einem ihrer ersten Dates aufgefallen, und weil er nie Fortschritte gemacht hatte, war Tanzen für sie nie zu einem gemeinsamen Hobby geworden. Nicht im Traum wäre es ihr an diesem Abend eingefallen, mit ihm aufs Parkett zu gehen; sie hatte keine Lust, ihm nah zu sein oder mehr als nötig mit ihm zu reden. Doch er wirkte nicht unglücklich, während er herumtapste wie ein Bär, der eine junge Frau zwischen den Tatzen hielt. Verlegen, aber zufrieden. Corinna und er tanzten eng miteinander, lachten und tuschelten.

Lisa Silvestri beobachtete die beiden auch, und Amy spürte, dass ihre alte Freundin Mitleid mit ihr hatte.

Kaum war der Rinderbraten abserviert, schoben Canterburg und Devenish ihre Stühle ein Stück vom Tisch weg und sprachen hinter Amys Rücken miteinander. Kurz darauf gesellte sich eine Frau vom Nebentisch dazu. Amy lauschte ein bisschen und verstand auch alles, doch obwohl das Gespräch gelegentlich Fahrt aufnahm und lebhaft wurde, erwies es sich schnell als eine müde, oberflächliche Feierabendunterhaltung. Das eigene Gespräch schien die drei Kollegen abwechselnd zu fesseln und zu langweilen. Um rechtliche Raffinessen, die Schönheit und Genauigkeit der juristischen Sprache, die Komplexität eines bestimmten, schlaflose Nächte bereitenden Falls ging es kaum; eher um das nächste *Weekend Retreat* und um Rechnungsstellungen. Die Frau bezeichnete sich als »Rechnungsstellungsmaschine«. Demnächst werde sie ihren Kindern die Zeit berechnen, die sie damit verbringe, mit ihnen »Cluedo« und »Boggle« zu spielen.

Amy dachte an das Vorstellungsgespräch, in dem man sie nach Juxtapose BriefScan gefragt hatte, und an ihre Verzweiflung, weil sie die Kanzleisoftware nicht kannte. Auch die frühere Debattierlust war damals längst verschwunden gewesen. Wie viele ihrer Bekannten hatte sie sich in den Hintergrund zurückgezogen. Die Zeit war vergangen, und bis vor Kurzem war sie nur selten untätig, meist sogar sehr beschäftigt gewesen. Aber dass das Leben so langweilig sein konnte, dachte sie, fast so langweilig wie manche Jobs. In dem riesigen Ballsaal voller Wirtschaftsanwälte mitsamt Anhang kam ihr der Gedanke, dass nicht Arbeit an sich einen Menschen interessant machte, sondern eine interessante Arbeit. Ihr wurde klar, dass es ihr darum ging, eine Aufgabe zu haben.

Von der Abendgarderobe befreit lagen Amy und Leo spätnachts im Schlafanzug nebeneinander im Bett. Leo rülpste leise, griff sich an den Bauch und sagte: »Der Rinderbraten liegt mir im Magen. Außerdem habe ich zu viel getrunken.«

»Du hättest dir eben nicht ständig nachschenken lassen sollen«, erwiderte Amy leicht genervt.

Leo drehte sich bereits auf seine Seite. Wie Devenish, dachte Amy. Auch Leo brachte ihr kein Interesse entgegen, schließlich hatte er einen Fixpunkt im Leben, eine gute Antwort auf die Frage, was er denn »mache«. Dabei war er nichts Besseres als sie. Sie hatte ihre Fehler, aber er war auf kleinliche, widerliche, gewöhnliche Art unmoralisch. Spontan stupste sie ihn mit dem Finger an die Schulter und sagte: »Ich muss dich was fragen.«

Leo drehte sich zu ihr. Sie wartete kurz. Dann sagte sie es einfach. »Was steckt hinter der Sache mit den Quittungen?«

»Wie bitte?«

»Die Quittungen, die neulich auf deinem Schreibtisch lagen. Die aus St. Doe's – vom Briefbeschwerer, den ich für meine Mutter gekauft habe und den du als ›Geschenk für einen Mandanten‹ deklariert hast, die Rechnung aus der Bar und die aus dem Toskana-Lokal, in dem wir waren.«

»Du hast ewig nicht mehr gearbeitet, Amy. Du hast keine Ahnung.«

»Dann klär mich bitte auf.«

»Das ist keine große Sache. Und das Mandantengeschenk – das waren gerade mal ein paar hundert Dollar.«

»Genau. Zweihundertdreiunddreißig.«

»Was?«

»Du warst von allen Leuten, die wir kennen, immer der Anständigste. In dem japanischen Restaurant nach dem Elternsprechabend hast du Geralynn Freund gebeten, sich zu uns zu setzen. Das ist typisch für dich. So bist du. Und dann machst du so was. Welche Reaktion erwartest du von mir?«

»Jeder macht, was er machen muss«, erwiderte Leo. »Das habe mittlerweile selbst ich kapiert. Anders kämen wir gar nicht über die Runden. Wir haben so viele Schulden, und ständig willst du irgendwas.«

»Ich will ständig irgendwas?«

»Ja, ständig! Das Wellness-Wochenende mit Jill. Die Privatschule für Mason. Und natürlich diesen absurden Urlaub auf St. Doe's, in dem du Tausende Dollar rausgeschmissen hast, unter anderem für diesen Briefbeschwerer.«

»Du warst mit dem Urlaub einverstanden. Außerdem haben wir dafür Meilen und Kreditkartenpunkte benutzt.«

»Meilen schon, aber keine Kreditkartenpunkte. Glaubst du, auf dieser supervornehmen Insel, von der angeblich kein Mensch weiß, nehmen sie Kreditkartenpunkte?«

»Warum hast du dann gesagt, wir könnten hinfliegen?«

»Weil es dir wichtig war. Und weil du dich praktisch um alles außer ums Geldverdienen kümmerst und ich ein schlechtes Gewissen hatte und es dir ermöglichen wollte. Du wolltest unbedingt, dass ich Ja sage. Du hast alles so hingedreht, dass ich Ja sagen musste. Aber ich arbeite so viel, und es reicht doch nie.«

»Das mit den Quittungen könnte auffliegen, oder?«

Leo zuckte mit den Schultern. »Möglich, aber unwahrscheinlich. Ist allerdings in anderen Kanzleien schon vorgekommen.«

»Jetzt liegen die Quittungen also irgendwo in irgendeinem Ordner? War das das erste Mal?« Als Leo schwieg, fragte sie: »Was ist los mit dir?«

»Was ist los mit *dir*? Einerseits willst du diese Ehe führen und andererseits benimmst du dich wie ein Kind, willst möglichst nichts wissen, außer wenn es gar nicht mehr geht.« Er wandte den Blick ab und richtete ihn plötzlich wieder scharf auf sie. »Eigentlich konnten wir uns diesen Urlaub nicht leisten. Wir können uns unseren ganzen Lebensstil nicht leisten. Die Quittungen ändern daran nicht das Geringste, verstehst du? Sie sind der jämmerliche Versuch, mir in einer ausweglosen Situation irgendetwas einfallen zu lassen.« Sein Mund verzog sich zu einem sarkastischen Lächeln. »Ich schaffe es kaum noch, dich und Mason zu versorgen. Ich bin nicht mehr in der Lage, meine Aufgabe zu erfüllen.«

Amys Herz pochte wie wild. »Mason kann auch eine öffentliche Schule besuchen, das wäre kein Weltuntergang. Damit hätten wir schon einen großen Posten weniger, oder?«

Leo sah sie schweigend an.

»Gut, dann arbeite ich wieder«, sagte sie nach einer Weile. »Nicht nur ehrenamtlich wie geplant, sondern als Juristin. Ich suche mir etwas in der Treuhand- und Nachlassverwaltung.«

Leo nickte, als hätte er gewusst, dass das kommen würde. »So schlimm ist es gar nicht«, sagte er sanft. »Du wolltest doch arbeiten. Hinter der Entscheidung, weiterhin zu Hause zu bleiben, stehst du schon lange nicht mehr hundertprozentig. Ständig redest du davon, etwas zu ändern, und tust es dann doch nicht. Ich dachte mir, irgendwann würdest du so weit sein.«

»Ja.« Amys Stimme begann zu zittern. »Aber ich wollte es nicht tun müssen. Ich kenne mich überhaupt nicht mehr aus. Ich weiß nicht mal, wie man Juxtapose BriefScan anwendet!«

»Wozu auch?«, fragte Leo erstaunt. »Das Programm wurde vor zwei Jahren eingestellt. Wir verwenden jetzt Comprehend Corporate Litigator, CCL.«

Die sagenhafte neue Software aus dem Bewerbungsgespräch war inzwischen ein alter Hut – so viel Zeit war seitdem vergangen. Sie selbst war ein so alter Hut, dass ihr die Vorstellung, in den Beruf zurückzukehren, absurd erschien. Trotzdem würde es ihr nicht erspart bleiben. Sie würde sich mit Leo an den kleinen Sven-Schreibtisch setzen und sich von ihrem Mann nicht nur Comprehend Corporate Litigator erklären lassen, sondern auch den Umgang mit den monatlichen Abrechnungen, die man wie Erpresserschreiben rücksichtslos in ihren Briefkasten stopfte. Sie würde die Kreditkartenabrechnungen inklusive der Überziehungszinsen gründlich lesen, zum ersten Mal sehen, wie hoch ihre Schulden waren, und sich klarmachen, welchen Problemen Leo und sie gegenüberstanden. Beim Blick auf die Zahlen unterm Strich würde ihr bewusst werden, dass es sich nicht um abstrakte, sondern um reale, kaum in den Griff zu bekommende Beträge handelte.

Amy würde sich ins Arbeitszimmer setzen – endlich wäre »Arbeitszimmer« ein sinnvoller Name für den Raum – und sich in ihre alten Jura-Lehrbücher und die juristischen Zeitschriften vertiefen, die gebunden in Leos Regal standen, und nach einer Weile würde sie sich so weit an ihr früheres Leben als Anwältin zurückerinnern, dass sie zwar noch nicht alles aufgeholt hätte, aber, wenn auch mühsam, wieder einigermaßen mitmischen könnte. Sie würde wieder während der Rushhour in der Subway stehen und nachts im Bett liegen und schlaflos an Mandanten denken, die ihr nicht mehr aus dem Kopf gingen. O Gott, sie würde wieder jeden Tag Strumpfhosen anziehen müssen …

»Glaubst du, mich stellt noch irgendwer ein?«, fragte sie kleinlaut.

»Ich denke schon. Nicht mit einem Riesengehalt und nicht in einer sogenannten ›guten‹ Kanzlei. Aber es gibt ja genug andere.«

Sie widersprach nicht, nickte nur. »Es hat mich ehrlich gesagt richtig deprimiert, als du heute Abend beim Dinner mit Corinna Berry getanzt hast«, sagte sie und schob sofort einen Schwall Fragen nach: »Warum schläfst du nicht mehr mit mir? Ziehe ich dich sexuell überhaupt nicht mehr an? Bin ich nur noch eine reizlose alte Schachtel für dich? Einfach die Mutter deines Kindes und deshalb erotisch uninteressant?«

»So ein Quatsch«, entgegnete Leo. »Mit dir hat das gar nichts zu tun.« Dann fügte er sanft hinzu: »Wir sind nur ein bisschen aus der Übung.«

»Nein, es steckt mehr dahinter.«

»Ja, stimmt, es hat wohl viele Gründe«, räumte Leo nach kurzem Zögern ein. »Aber das geht allen so, es ist ganz normal. Genauso normal wie das mit den Quittungen«, glaubte er anfügen zu müssen. »Aber da ist noch was. Ich weiß nicht, ob du es bemerkt hast, Amy – ich habe in diesem Jahr zehn Kilo zugenommen. Ich sehe aus wie ein Wal.«

»Das ist Unsinn«, sagte Amy. Doch dann dachte sie an die Kekse, die er abends vor dem Schlafengehen aß. Neulich hatte er der Tochter einer Kollegin für ihre Pfadfindergruppe eine zerknitterte Schachtel Kokoskekse abgekauft. Am Abend zuvor war er mit einem Teller voll Schoko-Bing-Bongs aus St. Doe's ins Bett gegangen, und in seinem Büro lag morgens immer Gebäck auf dem Schreibtisch.

»Doch, ich sehe aus wie ein Wal. Und die Vorstellung, dass wir miteinander schlafen und diese Wampe über dir aufgeht wie die Sonne, ist mir unerträglich. Ich sehe schon aus wie mein Vater. Ein Mann in den besten Jahren, der aussieht wie Murray Buckner, Besitzer des Zeitungskiosks im Strode Building. Wie konnte es so weit kommen?«

»Das geht allen so.«

»Dir nicht. Du bist zu Hause und kümmerst dich um alles und jeden, auch um dich selbst. Im Grunde hältst du die Zeit an.«

»Ach, wirklich? Das glaube ich eher nicht.«

So ausführlich hatten sie schon lange nicht mehr miteinander geredet. Es würde weitere Gespräche über diese Themen geben, Gespräche, die Amy und Leo in den folgenden Wochen und Monaten begleiteten. Sie würden sich wiederholen. Manchmal würde

Leo an Gesprächen interessiert sein, meistens nicht. Wenn Amy von Mason und von der Schule erzählte oder Leo gestand, wie sehr sie Jill vermisste, wenn sie berichtete, dass Roberta nach Harlem ziehen und sie sich viel weniger als bisher sehen würden, spürte sie, dass er zuhörte, aber auch, dass es ihm schwerfiel. Die Welt, die sie sich in den zehn Jahren seit Masons Geburt und ihrem Ausstieg aus der Berufstätigkeit geschaffen hatte, fand er nun einmal nicht übermäßig spannend. Sie hatte ihre interessanten Momente, doch im Grunde war sie langweilig, und beide wussten es.

Das lag vor allem an den Kindern. Sie waren das Faszinierendste in dieser Welt, aber sie waren es hauptsächlich für ihre Eltern und manchmal, je nachdem, worum es ging, sogar nur für die Mutter oder den Vater. Man blieb möglichst lange mit ihnen zusammen, inhalierte das flirrende Gold ihrer Jugend, entließ sie erst in letzter Sekunde ins Leben und hoffte, das kleine bisschen Zeit, das man ihnen geschenkt hatte, würde sie künftig vor Ängstlichkeit und Verzweiflung bewahren. Das Ergebnis zeigte sich immer erst sehr viel später.

»Ich muss jetzt schlafen«, sagte Leo und fügte hinzu: »Wenn ich zu Hause bleiben könnte, würde ich abnehmen.«

»Aber du würdest durchdrehen.«

»Schon möglich. Ich habe ja nichts gegen meinen Job. Ich mag ihn sogar wesentlich lieber, als du denkst. Ich mag die Tage bei Gericht. Ich mag die Gespräche mit den Richtern. Es ist immer interessant.«

»Ich weiß«, sagte Amy.

»Zu Hause würde ich stundenlang Thomas Mann lesen. Vor allem diesen richtig langen Roman, für den ich bisher nie Zeit gefunden habe.«

»Die sind alle lang.«

»Wie hat er es nur geschafft, derartig dicke Bücher zu schreiben?

So viel Zeit hat heute niemand mehr. Die Welt ist unglaublich hektisch geworden.«

Er rutschte so dicht an sie heran, dass sie die Wölbung seines Bauchs spürte. Er hatte recht, er war dicker als früher. »Ich könnte dir beim Abnehmen helfen«, schlug sie vor.

»Danke.« Er küsste sie auf den Kopf. »Wenn es klappt und ich mich körperlich nicht mehr so abstoßend fühle, können wir wunschgemäß weitermachen.«

»Du hast es also nicht auf eine Affäre mit Corinna Berry abgesehen?«

»Corinna Berry schläft mit Lisa Silvestri.«

»Mit Lisa? Echt?« Diese in aller Heimlichkeit erfolgte Wendung der Dinge verblüffte sie. Als Leo nickte, fiel ihr ein, dass Lisas letzter abendlicher Anruf eine Weile zurücklag, und als sie sich Lisas Blick auf das Tanzpaar Corinna und Leo in Erinnerung rief, wurde ihr klar, dass er keineswegs Leo gegolten hatte.

»Aber selbst wenn es nicht so wäre«, sagte Leo, »würde ich niemals mit ihr schlafen. Hättest du gern eine Affäre? Hältst du dich für Penny Ramsey?«

»Nein.«

»Dann ist ja alles gut.« Er zog sie auf sich, wie er es früher manchmal getan hatte. Zuerst lag sie leicht und wendig wie ein Papierflieger auf seinem Bauch, doch sobald sie es sich bequem gemacht hatte, lastete ihr Körper bleischwer auf ihm.

Irgendetwas würde passieren. Es musste passieren, und sei es nur, um eine Grenze zwischen Nicht-Sex und Sex zu ziehen. Beide waren vollgestopft mit Essen und Getränken, und die Luft war stickig wie in einer heißen Küche. Leo stank nach Wein, und auch an sich selbst bemerkte Amy den Geruch. Er gab ihr das Gefühl, dass sie und er in diesem etwas derangierten, angeschickerten Zustand zusammengehörten. Als Teenager hatte sie Jungs angehimmelt, die ihr ähnelten – harmlos wirkende, dünne, schmale Typen; nie würde sie andere küssen können, hatte sie gedacht. Von diesem Beuteschema war sie eines Tages abgekommen, doch dass sie jemals an einem nicht mehr taufrischen, hilflos daliegenden Mann Gefallen finden würde – teils Bär, teils Mensch, teils Luftmatratze –, hätte sie sich nie träumen lassen. Sie machte sich leicht auf ihm, und er küsste sie so hingebungsvoll wie früher, als sie junge Kollegen und Verschworene gewesen waren. Er küsste mit der gebotenen Konzentration, um zu zeigen, dass er nicht abgelenkt war. Sex in mittleren Jahren, ehelicher Sex – vielleicht doch noch kein Abgesang auf den Körper. Es würde mehr davon geben. Aber wie hatten sie nur glauben können, es würde immer so bleiben wie früher!

In der Lebensmitte sollte man so viel Sex wie nur möglich haben, dachte Amy Lamb, und zwar direkt, ohne zu warten. Ein als Luxus getarnter Notfall. Leo küsste sie jetzt hastiger. Die wölfischen Laute, die er dabei ausstieß, ähnelten denen, die er manchmal im Traum von sich gab. Die Pheromone zwischen den weichen Härchen unter seinem Arm zogen Amy an. Sie schmiegte ihr Gesicht in seine Achselhöhle.

Die Liebe war stärker als die Unlust. Zumindest musste man dafür sorgen, dass es so war. Man musste alles tun, damit die Frau ihren Mann wiederbekam und der Mann seine Frau, um sie auf sich zu ziehen. Mit offenen Mündern, verschlossener Tür und einem mehrere Zimmer entfernt schlafenden Kind. Es hatte nichts mehr mit der Dringlichkeit junger Liebe zu tun oder mit dem möglichen Entstehen einer Familie. Leo wusste, was Amy wollte, und machte es. Senkte den Kopf zwischen ihre Beine wie ein Mann, der sich daran erinnert, was seiner Frau gefällt, und es tut – ihr Blumen mitbringt oder genau die eine Sorte Schokolade. Amy stützte sich auf die Ellbogen und sah ihm kurz zu.

Sie hatten den Sex aufgegeben und zum Teil sogar ihre Ehe, aber jetzt war er wieder da, mit anderer Gewichtung, anderen Vorlieben. Amy legte sich hin und packte Leos Haar. »Bald brauche ich Regaine«, hatte er ganz am Anfang einmal gesagt, nachdem sie ihn so heftig an den Haaren gezogen hatte, dass es wehtat. Aber natürlich waren ihm alle Haare geblieben. Sein Vater hatte noch als Rentner einen dichten Schopf, auch wenn der mittlerweile nicht mehr schwarz, sondern grau war. Amy hielt sich an Leos Haaren fest und dachte, wie beharrlich sie doch beide waren. »Ich komme«, sagte sie fast singend, als wüsste er das nicht längst. Er wusste es immer, so wie sie es bei ihm kurz darauf ebenfalls wusste. Als würden sie alles, was beim Sex mit ihnen geschah, einer dritten Person beschreiben, die weder sehen noch fühlen konnte. Solche Ankündigungen brachen aus unerfindlichen, vielleicht evolutionär bedingten Gründen oft und wie eine Warnung aus ihnen heraus.

Dann hatten sie beide Durst. Leo stapfte hinaus, um Wasser zu holen – den Weg durch die Wohnung fand er auch ohne Licht –, und kam mit einer alten Plastiktasse von Mason zurück. Die Aufschrift »Ahoy, Mateys!« war schon halb abgeblättert wie ein Abziehtattoo. Nach dem ehelichen Sex ein Schluck aus dem alten, ausgeblichenen Kelch ihres kleinen Jungen. Auch Masons Wesen wurde in diesem Augenblick, während er schlief, abgeschliffen und verändert. Es war nicht mehr dasselbe wie früher. »Warum weint Mummy?«, hatte der kleine Junge seine Mutter einst gefragt.

Als Mann und Frau lagen sie nachts in ihrem Bett hoch oben im »Rivermere«. Ihre Abendgarderobe hing wie Spinnweben über den beiden Stühlen im Raum. Dass sie an diesem Abend mitten in der Woche viel zu lange wach geblieben waren, störte sie nicht. Die Plastiktasse war noch warm von der Geschirrspülmaschine, doch das Wasser, das sie daraus tranken, war köstlich kalt.

Der Frühling kam, auch wenn der Schnee länger als sonst lag und die Straßen der Stadt mit scheinbar strategisch platzierten Lachen und kleinen Tümpeln übersät waren, in die die Jungs hineinsprangen, sehr zum Verdruss ihrer Mütter. Eine alte Frau aus dem »Rivermere« rutschte vor dem Gebäude aus und brach sich die Hüfte. Nach und nach wurden die Tage länger und heller.

Draußen in Holly Hills lebten sich die Bewohner in die neue Jahreszeit ein. In der pollengeschwängerten Luft sahen die Mütter ihren Kindern mit tränenden Augen beim Tollen durch die Gärten und die breiten Straßen zu. Jacob's Path strahlte in seiner ganz eigenen Schönheit, und die Makler fuhren potenzielle Käufer schwatzend und heftig gestikulierend durch die Gegend. Alle Rasenflächen waren gemäht, alle Sträucher in Form geschnitten. Donald ging mit Nadia über das Grundstück und ließ sie mit der Akku-Gartenschere Äste kürzen. »Sie säbelt sich noch die Hand ab«, hatte Jill gesagt, als sie losgezogen waren. »Sie kann mit der Gartenschere nicht umgehen.«

»Sie macht das schon«, hatte Donald zuversichtlich und ohne zu zögern entgegnet, während Nadia vor ihm aufs Gras lief.

An einem Samstag im Mai gaben Nadia und die anderen Gesangsschüler von Anna Milofsky in New York ein kleines Konzert in einem von der Juilliard School zur Verfügung gestellten Unterrichtsraum. Alle anderen Schüler waren im Teenageralter. Die Jungs trugen Blazer und Krawatte, die zierlichen Mädchen schulterfreie Kleider und das Haar straff aus den schon fraulich werdenden Gesichtern gekämmt. Nadia trat in einem grünen Samtkleid mit Schärpe auf, das sie sich in einer Kinderboutique in der Shopping Plaza von Holly Hills ausgesucht hatte. Ihre Mutter erstaunte die Wahl und das Beharren ihrer Tochter auf der Farbe Grün – bis Nadia ein unangekündigtes zweites Lied zu singen begann.

»Alas, my love, you do me wrong,
To cast me off discourteously.
For I have loved you well and long,
Delighting in your company.
Greensleeves was all my joy,
Greensleeves was my delight,
Greensleeves was my heart of gold,
And who but my lady Greensleeves.«

Ihre Stimme hatte ein leichtes Tremolo und klang zu leise für den zugigen Raum, doch ihre Freude am Singen war für alle spürbar und der triftigste Grund dafür, dass sie Unterricht erhielt. Donald ließ die Kamera sinken und vergaß Fotos zu machen. Jill und er wurden demütig beim Anblick ihrer Tochter.

Nachdem sie den Abend in einem Szechuan-Restaurant in der West Side beendet hatten – eines ihrer früheren Lieblingslokale –, stiegen sie in den Van und fuhren nach Hause. Nadia, todmüde und schläfrig, ließ den Kopf an die Rückenlehne fallen, in der Hand noch das mittlerweile eingerollte Konzertprogramm. Im Dunkeln verließ die Familie die Stadt, die ihnen einmal gehört hatte, und auf dem Highway verschwanden die Gebäude hinter ihnen wie nacheinander weggeworfene Gegenstände. Goodbye, Chrysler Building, dachte Jill Hamlin, goodbye Citicorp Center, goodbye, Empire State Building. Goodbye, ihr heimlichen Geister der einst so ungeliebten Türme, die erst durch ihr Verschwinden liebenswert geworden sind.

Nach dem Umzug nach Holly Hills, als Jill befürchtete, einen Fehler begangen zu haben, hatte Amy zu ihr gesagt: »Mach dir klar, dass das hier nur ein Abschnitt deines Lebens ist. Es muss ja nicht für immer sein. Wer denkt schon in solchen Kategorien? Betrachte es als ein Kapitel in der Biografie, die über dich geschrieben wird. Achtes Kapitel – Jill Hamlins Jahre in der Vorstadt.«

Daran dachte Jill jetzt im Auto: Dies waren ihre Vorstadtjahre. New York, eine Silhouette aus funkelndem Licht. Nicht einmal zur Weihnachtszeit würde Holly Hills jemals diese unglaubliche Wirkung erzielen. New York war irrwitzig unmenschlich und irrwitzig menschlich zugleich. Wie konnte man nur so leben, aufeinander, immer in Eile, immer in Konkurrenz, immer das nächste Ziel im Blick? Und wie konnte man anders leben, jeder so abgeschottet und allein im eigenen Haus und auf stolz voneinander abgegrenzten Parzellen? Es war wohl so, dass sich Menschen überall rasch an die ihnen auferlegte Daseinsart gewöhnten und sie als ihr Leben verstanden.

Vor Kurzem hatte ihre Nachbarin Alice Ettinger angeboten, sie zu einer Entbindung in der örtlichen Klinik mitzunehmen, und trotz ihrer Angst vor dem Blut, dem Schmerz, dem ganzen Drama hatte Jill eingewilligt. Sie dachte an sich beim Anblick der nervösen jungen Frau, die in einem Nachthemd mit Teddybär-Muster, den PDA-Katheter an den weißen Rücken geklebt, auf dem zur Hälfte hochgekurbelten Bett in den Wehen lag und sich auf ihre unfassbare Aufgabe vorbereitete. Das war mir nie vergönnt, sagte sie sich und sah angespannt zu, wie die Frau ihr Kind in die Vorstadt und die Welt hinauspresste.

»Holly Hills ist nicht die Hölle«, verkündete Jill ihrem Mann eines Tages. Es gab hier zwar kaum Hügel – trotzdem: Holly Hills war nicht die Hölle. Fast ein Zungenbrecher. Seit Nadia besser in die Schule eingebunden war, lernte Jill andere Mütter kennen. Sie riefen bei ihr an, und allmählich öffnete sie sich. Mit Sharon Gregorius und den »Hab-dich-lieb-Karten«-Frauen schloss sie keine Freundschaft, obwohl das Unternehmen im Lauf der Zeit unbegreiflicherweise erfolgreich sein sollte. In einem halben Jahr würden die vier Mütter, die an jener ersten, anstrengenden Vorbesprechung teilgenommen hatten, ihre Grußkarten in die Kameras eines Teleshopping-Senders halten und zum Erstaunen aller hohe Bestellzahlen ernten.

Irgendwann fiel Jill auf, dass sie das Leben in Holly Hills nicht mehr so oft mit ihrem Leben in New York verglich. Die Stadt konnte sehr viel besser auf sie verzichten, als sie in ihrer menschlichen Überheblichkeit gedacht hatte. Die Wolkenkratzer würden bleiben, so Gott wollte. Die Lichter würden weiterhin verschwimmen, und die Subway würde nie aufhören, alles zum Zittern zu bringen wie Gläser in einem Regal. Jill und ihre Familie würden lange weg sein, vielleicht für immer, aber oft zu Besuch kommen, zum Yoga und zum Mittagessen mit Amy. Amy und sie würden wahrscheinlich erst wieder im selben Ort wohnen, wenn sie alt und ihre Männer tot wären. Dann würden sie in ein kleines Haus am Meer ziehen. Jetzt brachte Jill ihre Tochter jede Woche mit dem Zug in die Musikschule zum Gesangsunterricht bei Anna Milofsky und wartete, wo Mütter immer saßen, draußen im Gang.

Manchmal las sie Bücher über geschichtliche Themen. Sie sah sich die Hausaufgaben ihrer Tochter an und tippte dann und wann mit dem Stift in ihren BlackBerry ein, dass sie nicht vergessen dürfe, einen neuen Sprachtherapeuten oder einen angeblich großartigen Mathe-Nachhilfelehrer für Nadia anzurufen. Manchmal war sie schwer beschäftigt und voller Energie, dann wieder so müde, dass sie auf der Stelle einschlief. Als sie einmal während Nadias Gesangsstunde fünfzehn Minuten lang schlummerte, träumte sie, wieder ein junges Mädchen zu sein und in der Pouncey School Hockey zu spielen. Mit dem Schläger in der Hand stürmte sie übers Feld auf etwas Fernes zu, das noch nicht sichtbar war.

Eines Tages brachte die Post eine Einladung zum fünfundsiebzigsten Wiedersehenstreffen aller ehemaligen Schülerinnen der

Pouncey School, die den Vivian-Swope-Preis »für die vielversprechendste Absolventin« gewonnen hatten. Jill sagte zu, und als Donald meinte, das wäre eine schöne Gelegenheit für einen Wochenendausflug zu dritt, dachte sie nach und erklärte, nein, sie fahre allein.

An einem Samstagnachmittag Anfang Juni versammelten sich die vielversprechenden Mädchen, alle längst Frauen, auf dem Rasen vor der Schule in New Hampshire. Der Tag war so klar wie alle Schultage in ihrer Erinnerung, doch die Luft roch erdig, beinahe nach Kot, woran sich keine von ihnen erinnern konnte. Das Gedächtnis ist ein Snob, ein Magnet, der nur auserlesene Späne anzieht: Sonnenlicht, leichten Wind, alterslose Gebäude mit blitzblanken Ziegeln und wucherndem Efeu. Ein wunderschöner Tag, dessen Geruch sie aber als so peinlich empfanden, als wären sie schuld daran. In Wahrheit stammte er von einer Schubkarre mit Dünger, die in der Nähe stand. Ein Fremder wäre nicht darauf gekommen und hätte sich vermutlich auch nicht dafür interessiert, dass diese Frauen vor langer Zeit über diesen Rasen gelaufen waren.

Ihre Schritte waren damals viel leichter gewesen, ihre Füße kleiner, schmaler, noch nicht geschwollen vom jahrelangen Tragen unbequemer, aber unwiderstehlicher Schuhe und den Unbilden der Schwangerschaften, die vielen von ihnen eine ganze Schuhgröße mehr beschert hatten. Auch die Schuhe selbst waren nicht immer die gleichen gewesen: Pennyloafers, Pumps, Mokassins, Zehentrenner, während einer kurzen Phase klobige, plumpe Earth Shoes und irgendwann wieder Loafers, weil das meiste im Leben einen Kreis durchläuft, auch das Schuhwerk.

Wenn doch auch das Jungsein einen Kreis beschreiben würde! Wenn doch jedes vor Verheißung fast platzende Mädchen mit einem großen Vorrat an Freude und kaum Enttäuschung aufwachsen und sein Leben als Frau leben könnte, um genau in dem

Moment, in dem es das Gefühl bekommt, es hätte sich nicht gelohnt – in dem Moment, in dem es sich einen mürrischen Blick auf die Welt angewöhnt –, erneut jung zu werden und wundersamerweise wieder so vielversprechend zu funkeln wie die Pennys, die es früher in die Schlitze seiner Schuhe gesteckt hatte!

Aus den Frauen auf dem Rasen würden nie wieder Mädchen werden, doch sie wussten, wie es sich anfühlte, ein Mädchen zu sein – zumindest hier in der Pouncey School in Weyburn, New Hampshire, am ersten Wochenende im Juni, wo dieses Gefühl gewissermaßen eine Düngung erfuhr. Sie waren aus allen Teilen des Landes gekommen, mit kleinen Flugzeugen, im Auto oder mit dem Bus, aus den Städten, Vororten und Dörfern, in denen sie lebten. Monate zuvor hatten sie das Datum in ihren Kalendern umkringelt, obwohl jeder von ihnen andere, dringlichere Termine bevorgestanden hatten: »MAMMOGRAFIE: 10:15 (KEIN DEO ODER BABYPUDER)« oder »LESEKREIS. ERSTE 320 SEITEN VON ›SWANNS WELT‹«. Das Pouncey-Wochenende aber hatte wie ein Leuchtturm durchs ganze Frühjahr gestrahlt. In manchen Regionen des Landes war Regen gefallen. Ehepaare hatten gestritten. Der Blick der Kinder hatte auf jedem verführerisch flackernden Bildschirm geruht, und die Verlockung war überall in Amerika immer die gleiche gewesen.

Gespannt hatten die Swope-Preisträgerinnen auf die Rückkehr an den Ort gewartet, an dem sie jung und vielversprechend gewesen waren, wo sie eine gute, umfassende Bildung mit Aussicht auf spätere Höhenflüge genossen und das Wort »Mammografie« nie auch nur gehört hatten. An den Ort, an dem unter ihrer Haut nur wenig Fett und fast ausschließlich jene hängenden Organgebilde gewesen waren, rosig leuchtend wie Luftballons, die nie jemand sehen würde.

Jill war am 3. Juni sechs Stunden lang nach Norden gefahren

und hatte den Wagen auf dem Parkplatz für Lehrer und Besucher abgestellt, gleich neben der neuen Turnhalle, die, soweit sie sich erinnerte, vor mehreren Jahren nach einer aggressiven Spendenkampagne gebaut worden war. In den Achtzigerjahren, Jill Hamlins Ära, hatten die Mädchen in einem kleinen Turnsaal mit dunklem Holzboden Ballett getanzt und, wenn es das Wetter erlaubte, auf dem Rasen, auf dem sie jetzt stand, Hockey gespielt. Und obwohl immer Torlinien in Orange aufgesprüht worden waren, hatte das Gras überlebt.

Die Versammlung der Vivian-Swope-Preisträgerinnen bot ein uneinheitliches Bild, denn das Altersspektrum war breit. Die betagteren ähnelten einander ein bisschen mit ihren schwindenden Taillen und dem verblassenden Haar, das ein guter Friseur zu Gold spinnen konnte. Die jüngsten, Absolventinnen der Jahrgänge Ende der Neunziger und später, waren schick gekleidet und konnten leicht mit derzeitigen Pouncey-Schülerinnen aus Belgien oder Dubai verwechselt werden, die von ihren Eltern mit Schiffskoffern über die Meere geschickt worden waren, um in der guten alten Pounce einen Abschluss zu erwerben. Sie tauschten Visitenkarten aus, betrieben Networking, was bestimmt sinnvoll war. Andererseits wussten alle Frauen, die sich untereinander vernetzten, dass zur selben Zeit an anderen Orten Männer das Gleiche taten – mit größeren Chancen, dadurch Geld und Erfolg zu erzielen.

»Margie Allenberg, Naples, Florida, Jahrgang 63«, sagte eine dünne, stark gebräunte Frau, Typ Tennisspielerin, während sie mit ausgestreckter Hand auf Jill zukam. Die Frauen aus den unterschiedlichsten Regionen nannten ihre Namen und Wohnorte und fragten einander, weil es in diesem Zusammenhang tatsächlich angebracht war, was sie »machten« und was aus ihrem Leben geworden sei. Was war aus den Verheißungen geworden, die sie verkörpert hatten? Eine war stellvertretender Marketingvorstand einer Hotelkette, eine Ärztin in der U.S. Navy, eine lehrte Ethnologie an der University of Michigan, und einige der ältesten stellten sich als pensionierte Lehrerinnen oder Bibliothekarinnen vor oder waren Hausfrauen. Eine Frau aus dem Jahrgang 92 behauptete, Domina geworden zu sein, lachte schrill und erklärte, das sei nur ein Scherz, in Wirklichkeit entwerfe sie Sportbekleidung. Eine Frau in Jills Alter war Tierärztin, eine andere arbeitete halbtags und eine erzählte, sie nehme sich gerade eine Auszeit.

Als Jill von einer Frau danach gefragt wurde, antwortete sie: »Genau genommen bin ich Schattenmutter.«

»Wie bitte?«

»Meine Tochter hat mehrere Teilleistungsschwächen. Wir mussten einen Schattenlehrer engagieren, der ihr in der Schule hilft, und ich bin sozusagen die Schattenmutter. Ich muss mich um einiges kümmern, organisiere viel und, na ja, bin eben einfach da.«

Sie holte ein Foto hervor, und die Frau fand Nadia sehr hübsch. Jill würde noch jahrelang Schattenmutter sein. Irgendwann würden Nadia und sie getrennte Wege gehen müssen, doch das lag noch in ferner Zukunft. Sie stellte sich vor, dass sie dann in ihren ausgebauten Keller gehen und aus der Ecke mit den gestapelten Kartons den mit »Seminarunterlagen NYU« beschrifteten herausziehen würde, um darüber nachzudenken, wie es wäre, ihre Dissertation nach langer Zeit für eine außeruniversitäre Veröffentlichung umzuschreiben, so wie es Donald damals vorgeschlagen hatte. Für Bücher über den Bürgerkrieg gab es nach wie vor eine riesige Leserschaft. Die Grundgedanken ihrer Arbeit hatten Hand und Fuß, waren aber noch nicht richtig ausgearbeitet. Sie würde eher populärwissenschaftlich schreiben und herausfinden müssen, in welche Richtung es ging, wenn ihr keine Prüfungskommission über die Schulter schaute. Waren die Seiten ihrer Doktorarbeit womöglich schon zerfallen wie menschliche Überreste? Nein, es war bestimmt noch alles da und unversehrt geblieben. Eines Tages würde sie den Mut aufbringen, einen Blick darauf zu werfen.

Den Seminarräumen hatte sie damals kurz entschlossen Adieu gesagt – zuerst, um eine Weile für »Tilt-a-Whirl« zu arbeiten, dann, um all das zu erleben, was darauf folgte. Niemandem fiel es leicht, den eigenen Lebensweg selbstgewiss und beständig zu verfolgen. Viele waren Jahre später nicht gelandet, wo man sie erwartet hatte. Selby Rothberg, ihre frühere Vorgesetzte bei »Tilt-a-Whirl«, war zur Chefin eines großen Filmstudios aufgestiegen und hatte mehrere Kino-Sommerhits gelandet, bis man sie in einer Nacht- und Nebelaktion aus dem Job putschte. Zum normalen Sexismus habe sich nun die Altersdiskriminierung gesellt, hatte damals irgendwer gesagt. Selby Rothberg war aus dem System herausgealtert und durch ein permanent lächelndes cooles Haibaby namens Caitlin Verstappen ersetzt worden, eine Frau, die haargenau das tat, was die japanischen Aktionäre des Mutterunternehmens wollten. Was aus Selby Rothberg geworden war, wusste niemand. Angeblich schrieb sie an einem bissigen Buch über ihre Erfahrungen in Hollywood, obwohl sie damit wohl kaum mehr auf Interesse stoßen würde. Schließlich gab es bereits viele solcher Memoirs aus einer Zeit, in der die Leute noch Muße für das Thema gehabt hatten. Ein anderes Gerücht besagte, Selby lebe von ihrer Abfindung, wohne in einem halb zerfallenen Haus in Malibu und engagiere sich für den Tierschutz. Vielleicht war ihr gar nicht bewusst, wie viele Frauen sie als ihre Mentorin betrachtet hatten.

Jills Doktorvater Michael Dearborn war Mitte der Neunzigerjahre, noch vor dem weit verbreiteten Einsatz von Proteaseinhibitoren, an den Folgen einer AIDS-Infektion gestorben. So hatte es in dem Alumni-Magazin gestanden, das sie trotz fehlender Promotion jeden Monat erhielt. Ihr schöner bärtiger Mentor hatte die Welt im Zuge jenes Massensterbens junger Männer verlassen. Aus großer Distanz betrachtet war das Schicksal eines jeden Menschen erstaunlich, aber auch unausweichlich – und unausweichlich traurig.

»Ich glaube, als ich damals mit meiner Doktorarbeit kämpfte, hatte ich Depressionen und wusste es einfach nicht«, hatte Jill neulich zu Amy gesagt.

»Depressionen sind vererbbar, oder? Eine genetische Disposition.«

»Ja. Es heißt, wenn eine Mutter Suizid begeht, lässt sie die Tür für ihr Kind offen, und diese Tür schließt sich nie wieder.«

»Für dich ist sie geschlossen«, erwiderte Amy. »Klick. Ich habe sie gerade zugemacht.«

»Nein, Nadia hat sie zugemacht.« Sie schwiegen. »Wenn ich damals meinen Doktor geschafft hätte, wäre ich seit fünfzehn Jahren College-Dozentin. Das wäre jetzt mein Leben. ›Könnten wir über meine Arbeit sprechen, Frau Professor?‹ – ›Klar, Sally, komm rein.‹«

Nachdem sich die Frauen auf dem Rasen der Pouncey School ihre Geschichten erzählt hatten, sagte eine: »Was, meint ihr, wäre aus ihr geworden?«

»Aus wem?«, wurde nachgefragt.

»Aus Vivian Swope.«

Sie versuchten sich vorzustellen, was aus dem ersten vielversprechenden Mädchen mit der Seidenschleife im Haar geworden wäre, hätte es nicht bei einem Schulausflug 1931 den Tod gefunden. Pilotin hätte Vivian werden können, spekulierte eine Frau; angeblich sei sie sehr abenteuerlustig gewesen. Oder Biologin, meinte eine andere. Dichterin. Kostümbildnerin. Hausfrau. Nonne. Ins Gespräch vertieft gingen sie auf das Westaway Refectory zu, wo sie früher frittierte Flunder und Pudding gegessen hatten und wo sie in wenigen Minuten wieder sitzen und essen und so lange miteinander reden würden, bis das Küchenpersonal verkündete, es sei spät, man wolle nun schließen.

Niemand war überrascht, als Roberta Sokolov bekannt gab, sie werde mit ihrer Familie nach Harlem ziehen. Wenn sie »Harlem« hörten, erstarrten die Leute kaum merklich, weil sie dachten, sie ziehe an einen Ort, an dem sie nicht willkommen sei und ihre Familie nicht sicher. Beides schien nicht ganz zu stimmen, auch wenn Roberta durchaus Zweifel hatte. Doch ihr ging es um die große Chance. Sie müsse nur herausfinden, welche Straßen in Ordnung seien, erklärte sie den Freundinnen. Sie müsse ihr Viertel kennenlernen. Ihre Freundinnen hatten ihr bei einem Abschiedsfrühstück im »Golden Horn« Einstandsgeschenke überreicht, und Roberta hatte ein bisschen geweint und gesagt: »Es wird mir fehlen, hier mit euch Mutter zu sein!« Doch kaum waren die sentimentalen Gefühle verebbt, empfand sie es nicht mehr als schlimm, die anderen Frauen zurückzulassen. Sie würde ihre Kinder aus den Privatschulen nehmen und in einer neuen Schule in freier Trägerschaft unterbringen, die nicht weit von der neuen Adresse entfernt lag und einen guten Ruf genoss, obwohl sie erst seit einem Jahr existierte. Als Nathaniel und sie kein Geld gehabt hatten, waren ihre Kinder ironischerweise auf Privatschulen gegangen, während sie demnächst eine öffentliche Schule besuchten, obwohl jetzt Geld da war.

In den Wochen vor dem Umzug ging sie ihr Hab und Gut durch und mistete aus, was sie nicht behalten wollte. Die Sachen verteilte sie auf die Fenstersimse im Treppenhaus, so wie es viele andere Bewohner taten. Dort lagen sie nun, die Bücher, die sie besessen, aber nie gelesen oder bereits gelesen hatte und kein zweites Mal lesen würde, die teure, nie angetastete Feuchtigkeitscreme, die

Karen Yip ihr einmal zum Geburtstag geschenkt hatte, der alte St.-Patrick's-Day-Tischschmuck ihrer Eltern mit den steinhart gewordenen Kleeblättern aus Zucker und dem längst zerrissenen grünen Seidenpapier, hinter dem sich kleine Kobolde versteckten. Sie hatte es nie übers Herz gebracht, das Ding wegzuwerfen. Jetzt war der Mut dazu plötzlich da. Alles Unnötige verschwand vor dem Umzug.

Dann hatte sich die Familie endlich in der Strivers' Row eingerichtet, einer denkmalgeschützten Straße in Harlem. Obwohl es noch viel zu renovieren gab, war das Haus wunderschön, und Roberta fühlte sich wohl. Jedes Kind hatte ein eigenes Zimmer und sie selbst, wie von Nathaniel versprochen, ein Atelier. Trotzdem war sie mit ihrer Malerei nicht wie erhofft vorangekommen. Es war keine Riesenüberraschung für sie, mehr eine Ernüchterung, mit der sie gerechnet hatte. Die anfänglichen Malversuche in der Zeit, in der Harry und Grace nicht zu Hause waren, hatten nach mehreren unentschlossenen Ansätzen und dürftigen Ergebnissen in dem Gedanken »Scheiß drauf« geendet, und dabei hatte sie es fürs Erste belassen.

Während ihrer Rundgänge im Viertel auf der Suche nach einem Drogeriemarkt und einem Lokal für ihren Morgenkaffee hatte sie an einem Laternenmast den Flyer des Frauengesundheitszentrums »Essential Care« in der 128th Street entdeckt, mit dem um ehrenamtliche Unterstützung geworben wurde. Nach einem Anruf hatte sie dort einen Telefonjob erhalten. Das Zentrum verfügte über zu wenig Personal und stand der Leiterin zufolge kurz vor der Schließung. Die bezahlten Angestellten von EC beklagten sich bitterlich über das schlechte Gehalt und die undankbare Arbeit, die häufig darin bestand, heranwachsende Mädchen mit Geschlechtskrankheiten oder sehr alte Frauen zum ersten Gynäkologenbesuch ihres Lebens zu überreden.

Roberta war weder von den tristen Räumlichkeiten noch von den darin arbeitenden Leuten besonders angetan. Die meisten verhielten sich autoritär, wahrscheinlich als Schutz vor dem, was dort Tag für Tag auf sie einstürmte: die Patientinnen, die sich im schmuddeligen Wartebereich drängten und versorgt werden wollten. Ständig steckte jemand den Kopf durch den kleinen Schlitz im Aufnahmeschalter, hinter dem eine argwöhnisch blickende Frau saß.

Anfangs arbeitete sie ehrenamtlich, nach einiger Zeit gegen Bezahlung – zunächst halbtags, dann in Vollzeit, obwohl das nie geplant gewesen war. Schon bald erledigte sie alles, was anfiel: Sie saß am Telefon, beriet die Frauen, tätigte Überweisungen an Ärzte. Manchmal war auch sie autoritär, meist aber freundlich und müde. Hin und wieder hörte sie sich zu einer verängstigten Frau Dinge sagen wie: »Lassen Sie die Mammografie machen! Es ist immer besser, Bescheid zu wissen, als im Unklaren zu bleiben.«

Die Arbeit rückte ebenso unerklärlicherweise in den Vordergrund, wie Robertas künstlerische Betätigung in den Hintergrund getreten war. Nur ab und zu ging sie am Wochenende in ihr Atelier und strichelte halbherzig mit dem Kohlestift oder malte mit dünnem Pinsel und einem Glas trübem Aquarellwasser. Harry und Grace fragten nie, ob sie im Atelier ihre Fahrräder abstellen oder eine Übernachtungsparty veranstalten dürften oder warum der Raum eigentlich »Atelier« genannt werde, obwohl Roberta ihn so selten als solches nutzte. Vielleicht hatte Nathaniel die Kinder ermahnt, ihre Mutter niemals auch nur mit einem Wort daran zu erinnern, dass es im neuen Haus mit dem Malen ebenso wenig etwas geworden war wie zuvor in der kleinen Wohnung.

Das Feingefühl der Kinder rührte sie. Aber möglicherweise bildete sie sich das alles auch nur ein. Kinder waren Narzissten, und wahrscheinlich dachten die beiden einfach nie an das Atelier und wunderten sich nicht darüber, dass ihre Mutter sich kaum darin aufhielt. Oder sie kamen schlicht nicht auf die Idee, es könnte einige wenige Glückliche geben, die in Vollzeit Kunst betrieben. Es war schließlich hart, sein Geld mit Kunst zu verdienen. Man musste wahnsinnig diszipliniert sein, und kaum jemand konnte von seiner Kunst leben.

Sie war in letzter Zeit überhaupt nur selten daheim. Nathaniel arbeitete erfolgreich im Fernsehen, Harry und Grace wurden in ihrer chaotischen, aber bunten und bisher gar nicht so schlechten Schule auch nach dem Unterricht betreut, während Roberta ganztags im EC arbeitete und an personalarmen Tagen Überstunden machte. So stand das Haus, gut geschützt durch eine Alarmanlage, nachmittags allein im Sonnenlicht, und niemand bewunderte die alten, frisch gestrichenen Zierleisten, die kleinen grün-violetten Rechtecke aus Farbglas, die hohen Decken und das schön geschwungene Treppengeländer. Wie eine Bastelarbeit würde es im Lauf der Zeit zu schwanken beginnen und in Schönheit zusammensinken, doch sehen würde man das erst in sehr vielen Jahren. Abends kamen alle wieder zusammen, stapften erschöpft und überarbeitet durch die Räume und konnten es kaum erwarten, ihre Klagen und Anekdoten loszuwerden. Dann setzten sie sich an den Tisch im vornehmen Speisezimmer, aßen das, was irgendwer aus einem Lokal mitgebracht hatte, und erzählten sich von ihrem Tag.

Tief im Land, in Lorton, South Dakota, kam Brandy Gillop vom Casino nach Hause und ging im kleinen Wohnzimmer vor der Staffelei auf und ab, um ihr jüngstes Gemälde nüchtern und kritisch zu bewerten. Sie fand es gut, aber nicht toll, obwohl sie keine große Erfahrung im Beurteilen von Bildern hatte. Die Frau aus New York hatte sie verarscht, aber das war ja klar gewesen. Man konnte sich darauf verlassen, enttäuscht zu werden, und durfte es nie vergessen. Roberta Sokolov hatte sich als ein Riesenfake entpuppt, und dasselbe galt für den Traum von New York.

Roberta hatte Brandy einmal von einer geplanten Serie erzählt. Irgendetwas mit Kindern, die erwachsen wurden, erinnerte sich Brandy. Jetzt wollte sie ihre eigene Porträtserie machen und sie »Die Enttäuschungs-Serie« nennen. Dann fiel ihr ein noch besserer Titel ein: »Leute, die mich verarscht haben«. In Erdfarben und mit satten, wütenden Pinselstrichen. Widerliche, eklige Porträts von Tyler Parvell, von ihrem Onkel Roy, von ihrem Vater und natürlich von Roberta. Dafür brauchte sie nur einen dickeren Pinsel. Später würde sie noch mal rausgehen und einen kaufen.

Gegen Frühlingsende reisten Karen Yips Eltern Chu Hua und Jun Tang aus San Francisco an, brachten taschenweise Fruchtgummi mit Lychee-Geschmack für die Zwillinge mit und blieben eine ganze Woche. Wieder einmal entlockte ihnen der opulente Lebensstil ihrer Tochter und ihres Schwiegersohns Entzückensschreie. Niemand wusste genau zu sagen, was ein erfülltes Leben war; jeder hatte seinen eigenen Maßstab. Karen ging noch immer zu Vorstellungsgesprächen wie zu einem Event. Vergnügt schlüpfte sie in ein edles Kostüm, hörte sich an, was im jeweiligen Unternehmen gerade lief und wie sie »hineinpassen« würde, und weil sie eine herausragende Statistische Analytikerin war, erhielt sie jedes Mal ein Jobangebot, obwohl sie nicht mehr gearbeitet hatte, seit die Zwillinge auf der Welt waren.

»Wir könnten Sie uns hier sehr gut vorstellen«, sagten die Interviewer. »Ihre Mitarbeit wäre für beide Seiten von Vorteil.«

Sie schrieben eine Zahl auf ein Blatt Papier und schoben es ihr zu. Ein dramatischer, geradezu erotischer Moment, wenn das Papier über den Tisch glitt. Die Zahl war immer eindrucksvoll. Trotz jahrelanger Abwesenheit war Karens Wert hoch geblieben. Doch sie sagte jedes Mal Nein. Das sei nichts für sie, sie glaube nicht, dass der Job wirklich zu ihr passe. Wilson war es völlig egal, ob sie arbeitete oder nicht. Er hörte gern zu, wenn sie von den Gesprächen, den Angeboten und von den Abläufen in den jeweiligen Firmen erzählte, doch die Entscheidung, zurückzugehen oder nicht, überließ er ganz ihr. Eines Tages, dachte sie, würde vielleicht ein Job kommen, der sie von den angenehmen Freiheiten in ihrem Alltag weglocken könnte; das war nicht nur möglich, sondern statistisch wahrscheinlich. Nötig war es nicht. Sie hatte ihr Leben keineswegs satt, Geld war genug da, und was andere dachten, interessierte sie nicht.

Während ihre Eltern unten im Gästezimmer und ihre Zwillingssöhne auf der anderen Seite des Flurs schliefen, während ihr Ehemann Wilson neben ihr lag, überließ sich Karen dem Geprassel der Zahlen, die sich rings um sie häuften, erhöhten, summierten.

In orangen Westen patrouillierten zwei Väter durch die Straßen des Viertels. »Wonach genau sollen wir eigentlich Ausschau halten?«, fragte der eine.

»Keine Ahnung«, erwiderte der andere. »Nach Krawallen wahrscheinlich.«

Leise lachend lästerten sie ein bisschen über die Sicherheitsbegehungen, die ihrer Ansicht nach in der Theorie gut und schön, in der Praxis jedoch eher sinnlos waren. Beide Männer waren zweiunddreißig Jahre alt. Der eine hatte seine kleine Tochter mit einer Babysitterin zu Hause gelassen, um die Sicherheitsbegehung an der Schule seines älteren Sohns durchführen zu können. Seine Frau war Psychopharmakologin mit einer florierenden Praxis. Wurden die Leute in der Stadt von Jahr zu Jahr unruhiger, weil ihre Lebensumstände so beängstigend waren, oder war seine Frau schlicht eine hervorragende Ärztin? Er wusste es nicht.

Bis zur Geburt des zweiten Kindes war er Kulturredakteur eines Nachrichtenmagazins gewesen und hatte dann gemeinsam mit seiner Frau entschieden, zwei Jahre lang aus dem Job auszusteigen und bei der Kleinen zu bleiben. Zwei Jahre – danach sollte das Kind in Tagesbetreuung kommen, sie hatten genug dafür gespart. Hin und wieder dachte er an die Redaktion, an ihren sauberen, metallischen Geruch, den es bei ihm zu Hause nicht gab. Es war der Geruch von Büroklammern, dachte er eines Tages voller Sehnsucht, nachdem ihm das Baby eine Mischung aus Milchbrei und püriertem Lammfleisch auf den Ärmel gekotzt hatte.

Im Grunde aber wusste er, dass einen die Sehnsucht nach dem, was man nicht hatte, zu einem jener unglücklichen Menschen machte, wie man sie überall antraf, Menschen, denen der Blick auf das Fehlende die Möglichkeit nahm, das Vorhandene wertzuschätzen. Er dachte an seine Frau, die sich vielleicht in diesem Moment mit dem Rezeptblock in der Hand einer schluchzend vor ihrem Schreibtisch sitzenden Patientin zuwandte. Obwohl er sie bewunderte, weil sie die Bürde dieses Schmerzes auf sich nahm, war er sehr froh, dass es nicht seine Bürde war. In seinem Leben gab es keine Deadlines mehr, keine Artdirectors, mit denen er sich herumschlagen musste. Dann dachte er an die Kleine und hoffte, sie hatte mittags gut geschlafen. Andernfalls waren der restliche Tag und die Nacht im Eimer. Und er dachte an seinen Sohn, der jetzt im Karatetraining nach dem Unterricht mit wirbelnden Armen und »Hi-yaaaaaaa!«-Gebrüll wahrscheinlich gegen einen anderen Jungen trat, der seine Rufe ebenso lautstark erwiderte.

Die beiden Väter grüßten die Mütter, denen sie in der schönen, ruhigen Straße begegneten an diesem Nachmittag, der früher ein Arbeitstag gewesen wäre, jetzt aber, zumindest vorläufig, etwas anderes war.

In einem Forschungsinstitut in Midtown, das von einem europäischen Konglomerat finanziert wurde, brannte in einem Büro noch Licht, obwohl die meisten Wissenschaftler längst nach Hause gegangen waren. Isabelle Gordon, Stringtheoretikerin, und ihre Kollegin Martha Scarpino standen an einer grünen Tafel und sprachen über die Gleichung, die Isabelle gerade anschrieb und die so lang wurde, dass das gelbe Kreidestückchen zwischen ihren Fingern zu Krümeln zerfiel. Weil es so gut lief und sie nicht aufhören wollte, machte sie nahtlos ohne Kreide weiter und vollendete die Gleichung mit den Fingerspitzen in der Luft über der Tafel, während ihr der Blick der heftig nickenden Martha folgte.

Ihr Gehirn ausknipsen wie eine Lampe, das konnten sie beide nicht. Und beide waren überzeugt, dass sich ihr größtes gemeinsames Interesse, die Stringtheorie, als eine universell gültige Theorie erweisen und eines Tages weltweit anerkannt sein würde. Bis dahin galt es, geduldig weiterzuarbeiten, Daten zu sammeln, die eigenen Thesen in Konferenzen vorzutragen, an Rednerpulten mit leiser, aber eindringlicher Stimme Vorträge zu halten oder eben spätabends vor einer Tafel zu stehen und eine Gleichung anzuschreiben, bis die Kreide zerfiel. Es störte Isabelle Gordon nicht, selbst nur eine Wolke gelben Kreidestaubs zu sein, ein vibrierendes Gebilde, das ständig über alles nachdachte, Wert auf Designerschuhe legte und seinen Mann und seine Kinder abgöttisch liebte – genauso sehr liebte wie D-Branen und Eichbosonen und Calabi-Yau-Mannigfaltigkeiten, hatte sie ihrem Sohn Ty einmal vor dem Zubettgehen gesagt. Ja, genauso sehr, und das hieß viel.

Bei der Arbeit ging es allerdings nicht unbedingt um Liebe, wie Amy in ihrem neuen Job schnell erkannte. Seit nunmehr fünf Monaten arbeitete sie als Anwältin in einer Allgemeinkanzlei. Die Suche nach einer akzeptablen Stelle hatte sich hingezogen. Sie hatte sich auf eine vielversprechende Anzeige einer reinen Frauenkanzlei gemeldet, beim Vorstellungsgespräch jedoch sofort gespürt, dass die junge Frau hinter dem Schreibtisch sie viel zu alt fand, und es als große Kränkung empfunden. Nach mehreren Vorstellungsgesprächen aufgrund von Spontanbewerbungen bekam sie schließlich durch Vermittlung von Lisa Silvestri eine der vier Anwaltsstellen in der Kanzlei Stellan Frankel Bern. Die schlichten Räumlichkeiten befanden sich in einem ehemaligen Laden in Downtown. Ihre Kollegen, zwei Männer und eine Frau in den Dreißigern, waren gesellige Menschen, die ein Leben jenseits der Arbeit hatten. Amy betreute hauptsächlich ganz normale Treuhand- und Nachlassfälle, eine Arbeit, für die sie nicht brannte, die sie nicht erstrebenswert fand. Insgeheim gab sie ihrer Mutter inzwischen recht: Schade, dass sie sich nicht frühzeitig etwas gesucht hatte, was ihr wirklich gefiel und ihren Fähigkeiten entsprach. Zumindest empfand sie es als beruhigend, Geld zu verdienen, und immer wenn sie bemerkte, dass ihr Anwaltsinstinkt und die Kenntnis der Juristensprache all die Jahre zum größten Teil überdauert hatten, staunte sie selbst, wie sehr sie sich darüber freute. Überhaupt zu arbeiten war eine Freude, war eine Ehre. Montagmorgens trödelten die Kollegen und sie noch ein bisschen herum und unterhielten sich über das Wochenende, bevor sie sich in die Arbeit der neuen Woche stürzten.

Leo und Amy brachten Mason jetzt abwechselnd in die Schule. Leo gefiel es zwar nicht, das Fitnesstraining jeden zweiten Tag schwänzen zu müssen und gegebenenfalls viel zu spät in die Arbeit zu kommen, doch er machte kein Drama daraus. Seine Mandanten würden es überleben, wenn er zu einer zumutbaren Zeit mit der Arbeit begann. Amy freute sich noch immer auf die Tage, an denen sie Mason zur Schule brachte. Sie machte das schon so lange, es gehörte für sie zum Alltag. Manchmal ging es morgens unangenehm hektisch zu, wenn in der Kanzlei gleich als Erstes eine Besprechung mit einem Mandanten anstand, zu der sie nicht zu spät kommen durfte, und Mason nicht aus dem Bett zu kriegen war.

»WEISST DU ÜBERHAUPT, WIE WICHTIG ES IST, DASS DU JETZT SOFORT AUFSTEHST?«, brüllte sie ihn dann an und wurde fast wahnsinnig, wenn er nicht antwortete.

Manchmal konnte er das Buch, das er gerade las, einfach nicht finden. Die Schmöker aus der »Blindman«-Serie von Rachel Millar hatten allerdings ausgedient und waren einer Romanreihe des Engländers Sebastian Sunderland gewichen. Seine Trilogie »Insel der Seesterne« spielte in einer Unterwasserhöhle, deren Bewohner verletzte Gliedmaßen nach Belieben nachwachsen lassen und in den lautlosen Tiefen des Ozeans mühelos atmen konnten. »Blindman und die Jagd durchs Moor. Drittes Buch« stand nun hoch oben in Masons Regal. Wahrscheinlich würde er es keines Blickes mehr würdigen, bis er es irgendwann seinem eigenen Kind vorlas.

Als sie die Wohnung eines Tages verlassen wollten, um in die Schule beziehungsweise zur Arbeit zu gehen, fand Amy ihre Aktentasche nicht. »Wo ist sie nur?«, rief sie immer wieder. »Wo habe ich sie hingelegt? So ein Mist!«

»Was passiert, wenn du einen Strich kriegst, weil du etwas vergessen hast?«, fragte Mason.

»Ich meine es ernst. Es ist wirklich, wirklich wichtig!«

Mason griff zu seinem elektronischen Objektsuchgerät, das, wie Amy kürzlich erfahren hatte, seit der neuen Berufstätigkeit seiner Mutter auch auf deren wichtigste Utensilien programmiert war, und tippte einen Code ein. Sie warteten. Nach wenigen Sekunden ertönte in der Ferne eine Androidenstimme: »Dei-ne-Ak-ten-tasche-ist-hier.« Sie liefen los.

Unter einem Haufen seidig schimmernder Kleidungsstücke, die sie am Vortag getragen, abends jedoch vor lauter Müdigkeit nicht weggeräumt hatte, lag ihre braune Leder-Aktentasche mit dem goldenen Metallverschluss, der beim Einrasten so schön klickte.

»Dei-ne-Ak-ten-ta-sche-ist-hier«, wiederholte das Objektsuchgerät. Amy hob die Tasche auf, öffnete sie und sah, dass sich alle an diesem Tag erforderlichen Unterlagen darin befanden. »Dein-Le-ben-ist-end-lich«, verkündete das Gerät. »Nie-mand-weiß-etwas. A-ber-mach-wei-ter. Bleib-stark. War-te-nicht. Es-ist-spät-a-ber-nicht-zu-spät.«

An dem Nachmittag, an dem sie ihren ersten, ziemlich bescheidenen Gehaltsscheck eingelöst hatte, kaufte Amy in einer kleinen Buchhandlung in der Nähe der Kanzlei für Leo den »Zauberberg«. In den folgenden Wochen wanderte das rote Satin-Lesezeichen weiter und weiter wie der Zeiger einer Uhr, und die gelesenen Seiten wurden mehr und mehr. Trotz seiner Müdigkeit arbeitete sich Leo jeden Abend durch das Buch, das Amy ihm geschenkt hatte. Er war ein bisschen schlanker geworden, sah aber trotzdem, vor allem mit der Lesebrille auf der Nase, seinem Vater unglaublich ähnlich. Amy dagegen kam nach ihrer Mutter und hätte es schlechter treffen können.

Von Penny Ramsey bekam sie nicht mehr viel mit. Wenn Amy sie auf der Straße sah, was nur selten passierte, hatte Penny ihren Sohn Holden oder die Teenagertöchter bei sich – ein Mal auch Greg – oder Amy war in Begleitung von Mason, sodass die beiden Frauen nur lächelnd »Hallo« sagten und sich nach einander erkundigten (»Wie geht's im Museum?« – »Du hast in einer Kanzlei angefangen, läuft es gut?«), ohne die Antwort der anderen wirklich abzuwarten. Amy hatte die Vision, Penny irgendwann unter vier Augen zu begegnen und ihr bei dieser Gelegenheit einige wichtige Fragen zu stellen. Obwohl die Sache länger als ein Jahr zurücklag, war es dazu bisher nie gekommen.

Ich wüsste gern etwas, würde Amy sagen. *War das damals eine echte Freundschaft zwischen uns? Hast du mich wirklich gemocht? Hast du Ian geliebt? Hast du deinen Mann geliebt? Liebst du ihn noch immer? War das Ganze nicht völlig daneben? Weißt du, was aus Ian geworden ist?*

Amy hatte Ian Janeway endgültig aus den Augen verloren. Auf ihre Briefe hatte sie nie eine Antwort erhalten, und sie hatte auch keine erwartet. Manchmal stellte sie sich vor, dass er wieder in London war, noch nicht gesund, aber noch immer liebesbesessen, ein hoffnungsloser Fall, ein Mann, der sich an Krücken die Steintreppe zur National Gallery hinaufschleppte und dem bei jeder Stufe ein stechender Schmerz durch die dreiunddreißig Wirbel seines Rückgrats fuhr.

Eines Tages, Anfang des Sommers, war es so weit. Amy Lamb traf auf Penny Ramsey, und beide waren allein. Es geschah während der abendlichen Rushhour in der Subway unter der Penn Station. Während Amy nach der Arbeit in einem Menschenpulk zu den Zügen eilte, fiel ihr Blick in einen der grell beleuchteten kleinen Läden, die fettfreie Eiscreme verkauften und vor allem Frauen anlockten, denen am Ende des Arbeitstags nach etwas Süßem war. Penny Ramsey saß in dem engen Kabuff auf einem Hocker und löffelte hastig Milch, Zucker, Chemikalien und Luft aus einem Becher. Neben ihr auf dem Boden standen eine Aktentasche und eine teure, wie kandiert aussehende Handtasche. Mit der linken Hand hielt sie einen Diastreifen ins Licht.

Amy hätte sie fast angesprochen. Doch alles war schon so lange her, dass weder sie noch Penny oft daran dachten, und sie war nicht mehr wütend auf Penny. Es wäre keine große Sache gewesen. Aber Penny arbeitete, das war deutlich zu sehen. Selbst jetzt, nach Büroschluss, saß sie in einer Eiscreme-Bude, weil es eben vorkam, dass die Arbeit länger dauerte und in die freie Zeit hineinschwappte. Penny dachte über etwas nach, was nichts zu tun hatte mit Amy oder Ian, mit Freundschaft, Verliebtsein oder mit der Flucht vor dem verletzten, überspannten Geliebten. Vielleicht dachte sie über Daguerreotypien aus der Mitte des neunzehnten Jahrhunderts nach, fragte sich, ob sie in ihrem Museum eine Ausstellung dazu machen sollte, und Amy erschien es als einzig richtig, sie in Ruhe zu lassen. Penny Ramsey betrachtete die Dias lange und sehr konzentriert. Schließlich warf sie den Eisbecher in den Müll, ergriff Aktentasche und Handtasche und verschwand im Gewühl der Menschen, die zu den vielen Zügen eilten, die dieser einen Station wie Flüsse entsprangen.

Am letzten Montagmorgen im Schuljahr fragte Adnan Veysel, der Wirt des »Golden Horn«: »Was ist eigentlich mit den Damen, die immer ganz hinten saßen? Man sieht sie kaum noch.« Die junge Bedienung zuckte gleichgültig mit den Schultern und fuhr fort, den Tisch mit einer blauen Flüssigkeit zu besprühen, abzuwischen und mit gefalteten Servietten und Besteck einzudecken.

Der Wirt gab sich die Antwort selbst. »Vielleicht haben sie ein neues Stammcafé«, murmelte er vor sich hin. Seiner Beobachtung nach war die hinterste Sitznische morgens nach Schulbeginn nicht mehr so oft besetzt wie früher oder zumindest nicht mit den Frauen, die er schon jahrelang kannte. Seit einiger Zeit saßen dort eher jüngere mit Kinderwagen und Buggys, unterhielten sich laut und lebhaft und dekorierten die Nische mit Babyzubehör. Wahrscheinlich würde er die Stammgäste irgendwann vergessen, und die jetzigen Neuen würden die neuen Stammgäste sein.

Aber noch beschäftigte ihn die Frage, wo die Frauen abgeblieben waren, die bis vor Kurzem fast jeden Vormittag bei ihm verbracht hatten. Er wusste nicht, wie sie hießen, hatte sie immer nur flüchtig beim Hereinkommen gesehen und dann vielleicht später noch von oben, wenn besonders viel los war und er das Wasser oder gar ihre Bestellungen bringen musste. Dann hatte er auf ihre gescheitelten Köpfe hinuntergeblickt, denn sie saßen ja, während er stand. Die unauffällige Brünette hatte ihn immer angelächelt. Die große, hübsche Blonde kam zwar schon sehr viel länger nicht mehr, aber er konnte sich an sie erinnern. Dann die etwas Dickliche mit der Nase und die Asiatin, die sich die Rechnung immer ganz genau angesehen hatte. Hin und wieder waren auch andere dabei gewesen, doch die ursprünglichen vier erschienen jetzt nur mehr selten.

Eine oder auch zwei sah er gelegentlich noch, aber sie kamen unregelmäßig und nicht als Gruppe. Früher waren sie immer bis weit nach dem Frühstück geblieben und hatten unabhängig vom Umfang ihrer Bestellungen fürstliches Trinkgeld gezahlt.

Je länger er darüber nachdachte, umso mehr wuchs seine Gewissheit, dass sie sich nicht für ein anderes Café entschieden hatten. Das passte einfach nicht zu ihnen. Bestimmt hatten sie sich dem »Golden Horn« ebenso treu verbunden gefühlt wie ihrer alten Schule oder ihrer Kirche und waren deshalb so lange gekommen, worüber er sich aus naheliegenden Gründen freute. Jetzt hatte er sie offenbar an die Welt verloren. So etwas konnte ganz plötzlich geschehen. Eines Tages wachte man auf und musste irgendwohin.

Dank

Ich habe vielen Menschen für ihre Großzügigkeit, ihren Rat und für gute Gespräche zu danken. Zu ihnen gehören meine Mutter, Hilma Wolitzer, meine kluge, mich immer anspornende Freundin Deborah Copaken Kogan sowie Stacy Schiff, Cathleen Schine, Martha Parker, Erin Cox und Grey Hirschfeld. Dank auch an meine tolle Agentin Suzanne Gluck und meine wunderbare Lektorin Sarah McGrath. Meinen lieben Söhnen Gabriel und Charlie danke ich ebenso wie meinem Mann Richard Panek für seine so ungemein wichtige Unterstützung.

Quellennachweise

»Lady Lazarus« von Sylvia Plath (S. 13) wurde zitiert nach:
Plath, Sylvia: »Ariel. Gedichte«. Aus dem Englischen von Erich Fried. Suhrkamp Verlag, Frankfurt am Main 1988.

»J. Alfred Prufrocks Liebesgesang« von T. S. Eliot (S. 74) wurde zitiert nach:
Eliot, T. S.: »Gesammelte Gedichte«. Herausgegeben und mit einem Nachwort versehen von Eva Hesse. Aus dem Englischen von Christian Enzensberger u. a. Suhrkamp Verlag, Frankfurt am Main 1988.
Die zitierte Übersetzung von »J. Alfred Prufrocks Liebesgesang« stammt von Klaus Günther Just.

»Die Wellen« von Virginia Woolf (S. 247 f.) wurde zitiert nach:
Woolf, Virginia: »Gesammelte Werke. Prosa 8«. Herausgegeben von Klaus Reichert. Aus dem Englischen von Maria Bosse-Sporleder. S. Fischer Verlag, Frankfurt 1991.